suhrkamp taschenbuch 5025

Stephan Thome
Gott der Barbaren
Roman

Suhrkamp

Erste Auflage 2020
suhrkamp taschenbuch 5025
© Suhrkamp Verlag Berlin 2018
Suhrkamp Taschenbuch Verlag
Alle Rechte vorbehalten, insbesondere das der Übersetzung,
des öffentlichen Vortrags sowie der Übertragung
durch Rundfunk und Fernsehen, auch einzelner Teile.
Kein Teil des Werkes darf in irgendeiner Form
(durch Fotografie, Mikrofilm oder andere Verfahren)
ohne schriftliche Genehmigung des Verlages reproduziert
oder unter Verwendung elektronischer Systeme
verarbeitet, vervielfältigt oder verbreitet werden.
Umschlagabbildung: Sovfoto/UIG via Getty Images
Druck und Bindung: CPI – Ebner & Spiegel, Ulm
Printed in Germany
ISBN 978-3-518-47025-1

Gott der Barbaren

Für meine Eltern

*Gedanken eines Unbekannten*

無
名
氏
之
見

*Niemand weiß etwas über sie. Manche nennen sie langhaarige Banditen, andere die Gottesanbeter, aber warum rasieren sie sich die Stirn nicht, und welchen Gott beten sie an? Zuerst sollen sie in der Provinz Guangxi aufgetaucht sein, in einer abgelegenen Gegend namens Distelberg, wo die Menschen so arm sind, dass sie schwarzen Reis essen und in Hütten mit undichten Dächern leben. Zugezogene Bauern vom Volk der Hakka, die von den Alteingesessenen verachtet werden. Einer meiner Kollegen hat sie Erdfresser aus dem Süden genannt, die nur darauf gewartet hätten, dass jemand kommt und sie mit aufwieglerischen Reden verwirrt. In diesem Fall ein gescheiterter Prüfungskandidat, von denen es bei uns so viele gibt. Dreimal durchgefallen und danach verrückt geworden, sagen die Leute, aber stimmt es auch? Ich bin selbst einmal bei den Prüfungen gescheitert und weiß, wie es sich anfühlt, wenn der große Traum platzt. Dornen hat man sich in die Schuhe gesteckt, um nicht über den Büchern einzuschlafen, und dann war alles umsonst?*

*Nicht wenige glauben, dass es mit den ausländischen Teufeln zu tun hat. Auch von ihnen weiß niemand, wer sie sind. Eines Tages kamen sie über den Ozean und ließen sich an unserer Küste nieder, als wäre es ihre. Sie handeln mit Opium, stellen Forderungen und drohen mit Krieg, wenn sie nicht erfüllt wer-*

den. Dem Himmel missfällt ihre Anwesenheit, doch leider ist unser Reich nicht mehr so stark wie früher. Gegen die Barbaren an unseren Grenzen kämpfen wir seit jeher, aber nie hatten sie Kanonen von solcher Feuerkraft. Im südlichen Meer haben die Fremden eine Insel besetzt, um noch mehr Opium zu schmuggeln und ihren fremden Gott anzubeten. Shang Di, der Herrscher in der Höhe, angeblich ist es derselbe, den auch die Langhaarigen verehren. Als ihr Anführer zum dritten Mal durch die Prüfung fiel, sollen die ausländischen Teufel ihm ein Buch gegeben haben, um ihn zu verhexen. Nach der Rückkehr in sein Dorf wurde er prompt krank, und als er fiebernd im Bett lag, träumte er davon, dass Shang Di ihn zu sich in den Himmel rief, ihm ein Schwert gab und ihm befahl, die Dämonen zu töten. So hat es begonnen, heißt es. Ein Traum platzt, und ein anderer beginnt. Seitdem hält er sich für Gottes Sohn und für Dämonen all jene, die den Zopf tragen und dem Kaiser in der Hauptstadt dienen – so wie ich.

Hat das Auftauchen der Fremden die kosmische Ordnung zerstört? Inzwischen besitzen die Rebellen ihre eigene Hauptstadt, in der einst die Kaiser der Ming residierten und die nun Himmlische Hauptstadt genannt wird. Als junger Mann habe ich ihre prächtigen Gärten und Straßen bewundert und sehnsüchtig auf die Blumenboote am Qinhuai-Fluss geblickt. Wenn eine solche Stadt erobert wird, hat es etwas zu bedeuten, aber was? Wie können arme, ungebildete Bauern Gebiete besetzen, die größer sind als ihre Heimatprovinz? Ihren Anführer verehren sie als Himmlischen König, und ich kann nicht aufhören, mich über sie zu wundern. Wenn die Kollegen im Yamen sie beschimpfen, denke ich insgeheim, dass auch der Kaiser im Norden ein Fremder ist, ein Mandschu von jenseits der Großen Mauer. Dann frage ich mich, ob es nicht besser wäre, wir würden von unseresgleichen regiert. Früher habe ich darüber nicht nachgedacht, warum tue ich es jetzt? Der Himmel hat keine Vorlieben, heißt es im Buch der Geschichte, er bevorzugt allein die Tugendhaften.

Es gibt Tage, da erkenne ich mich selbst nicht wieder. Der Gouverneur, für den ich arbeite, ist so korrupt wie viele hohe Amtsträger, und manchmal wünsche ich, dass jemand kommt und den ganzen Schmutz hinwegfegt. Obwohl ich am liebsten in einem stillen Zimmer sitze und lese, träume ich von der großen reinigenden Flut. Ein Junzi muss die heiligen Texte studieren, den Ahnen opfern und seine Kinder zu Pietät und Bescheidenheit erziehen. All das tue ich, so gut ich kann, und dennoch findet mein Herz keine Ruhe. Warum ist das so? Woher kommt diese Wut in mir?

Vor dreihundert Jahren lebte der berühmte Beamte Hai Rui. Frustriert über den Zustand des Reiches, verfasste er eine Eingabe an den Kaiser und machte ihn für die vielen Missstände verantwortlich. ›Schon vor geraumer Zeit‹, schrieb er, ›haben die Menschen begonnen, Eure Majestät für unwürdig zu halten.‹ Bevor er den Text abschickte, kaufte er sich einen Sarg. Er wurde verhaftet und nur deshalb nicht hingerichtet, weil der Kaiser kurz darauf starb, aber als man Hai Rui die Todesnachricht überbrachte, soll er nicht etwa gejubelt haben, sondern vor Trauer in Tränen ausgebrochen sein. Nach der Entlassung stieg er in höchste Ämter auf, und trotzdem hinterließ er bei seinem Tod nicht genug Geld für ein ordentliches Begräbnis. Viele nennen ihn exzentrisch und töricht, für mich ist er ein Vorbild, schließlich werde ich auch oft für verrückt erklärt, weil ich meiner Tochter lesen und schreiben beibringe, statt ihr die Füße zu binden.

*Was würde Hai Rui an meiner Stelle tun? Wie es heißt, wollen die Rebellen den Feldzug bald fortsetzen, dann wird auch um unsere Stadt gekämpft werden. Sind sie die Rettung oder unser Untergang? Sollen wir fliehen oder bleiben? Meine Kinder schauen zu mir auf und ahnen nichts von der Verwirrung in meinem Herzen. Wehe uns! Wir leben in einer Zeit der Zweifel und der bösen Omen, niemand ist mehr sicher.*

# 1 Der Hafen der Düfte

Shanghai, im Sommer 1860

Als ich noch eine Frau und zwei Hände hatte, war ich ein glücklicher Mann. Das wird mir erst bewusst, seit ich in Shanghai bin und viel Zeit habe nachzudenken. Der Juni neigt sich dem Ende zu, und in dem Haus, in dem ich liege, stöhnt das Gebälk unter der Hitze. Vom nahen Hafen dringt das Gebrodel der Massen herüber, die Shanghai verlassen wollen, bevor die Rebellen kommen. Bis zu zehn Silberdollar, wurde mir erzählt, verlangen die Bootsbetreiber, nur um Passagiere auf die andere Seite des Flusses zu bringen, wo sie keineswegs sicher, sondern sich selbst überlassen sind. Aus dem Yangtze-Tal strömen immer neue Flüchtlinge herbei, wie eine riesige Bugwelle treibt sie der Krieg vor sich her. Wäre mir unterwegs nicht das Unglück zugestoßen, das mich seit einem Dreivierteljahr ans Bett fesselt, wäre ich längst in Nanking, der Himmlischen Hauptstadt am Unterlauf des großen Flusses. Oder nicht? Wäre etwas anderes dazwischengekommen, das mich mehr als die linke Hand gekostet hätte?

Wenigstens bin ich Rechtshänder. Zwischen den Fieberattacken, die mich in regelmäßigen Abständen heimsuchen, gibt es nichts zu tun, und meine Gastgeber – Reverend Jenkins von der London Missionary Society und seine Frau Mary Ann – haben mir ein paar Bögen Papier ins Zimmer gelegt. Für Briefe, meinten sie, aber wem sollte ich schreiben?

Mit Elisabeth rede ich zwar gelegentlich, aber nur nachts, wenn der Schlaf ausbleibt und Erinnerungen an die Stelle der Träume treten. Dann denke ich über alles nach, was seit dem Beginn meiner Reise geschehen ist. Für jeden von uns gibt es eine Grenze dessen, was er aushalten kann, ohne ein anderer zu werden, und ich hatte meine schon lange vor jenem verhängnisvollen Tag auf dem Poyang-See überschritten. Ohne es zu merken. Nachdem die Revolution zu Hause gescheitert war, wollte ich in Amerika ein neues Leben beginnen, aber es kam anders, und jetzt bin ich nicht mehr sicher, ob es das überhaupt gibt – ein neues Leben. Wir folgen unserem Weg, ohne zu wissen, wohin er führt. Mich verschlug es über Rotterdam und Singapur nach Hongkong, wo ich für kurze Zeit glücklich war, dann immer tiefer hinein in dieses vom Krieg geschundene Land. Auf dem See war ein chinesischer Pirat schneller mit der Waffe als ich, und nicht einmal Alonzo Potter konnte meine Hand retten. Jetzt habe ich alles verloren, wenig zu bereuen und keine Ahnung, wie es weitergehen soll.

Kann man mit einer Hand helfen, den Kaiser von China zu stürzen?

Wann und in welcher Stärke die Rebellen Shanghai erreichen werden, weiß niemand. Bis vor wenigen Wochen waren sie in Nanking eingeschlossen, nun überrennen ihre Armeen das Yangtze-Tal und sorgen für Panik in den Städten. Wie einst Napoleons Soldaten in Italien tauchen sie immer im Rücken des Feindes auf, ohne sich von Flüssen oder Bergen aufhalten zu lassen. Dem *North China Herald* zufolge soll ihnen Suzhou bereits gehören, und die Rauchsäule über Hangzhou habe ich mit eigenen Augen gesehen. Ein Aufstand von armen Bauern und Köhlern aus dem Süden, die glauben, Gottes Sohn zu folgen, dem Himmlischen König, der außerdem der Vetter meines besten Freundes ist. Das

Schreiben, das mich nach Nanking einlädt, steckt in der Tasche meines Gewands, zerfleddert und aufgeweicht, aber das Siegel kann man noch erkennen. Fragt sich nur, ob von mir genug übrig ist, um den Weg zu wagen. Stromaufwärts, mitten durch die große Flut, die ganz China zu verwüsten droht.

Philipp Johann Neukamp ist mein Name. Ältester Sohn eines Zimmermeisters aus dem Märkischen, aber ohne Beruf, seit ich vor einem Jahr aus der Basler Missionsgesellschaft ausgeschieden bin. Was danach passiert ist, habe ich noch nie jemandem erzählt, und um die Geschehnisse verständlich zu machen, muss ich ein wenig ausholen. Die Ereignisse von 48 darf ich als bekannt voraussetzen; meine Rolle darin war nicht wichtig, trotzdem musste ich, als alles vorbei war, für eine Weile aus dem Gebiet des Deutschen Bundes verschwinden. In den Niederlanden wollte ich mir das Geld für eine Schiffspassage ins einzige Land der Welt verdienen, das nicht von einem Fürsten regiert wird, sondern von freien Männern. Mit den Händen zu arbeiten, war nicht neu für mich. In Scheunen, überfüllten Schlafsälen oder unter freiem Himmel zu schlafen, machte mir wenig aus. Zwei Gaben sind in meinem Leben hilfreich gewesen, vor allem später, nach der Ankunft in China: ein Talent für fremde Sprachen und eine robuste Gesundheit. Im Hafen von Rotterdam gab es ausreichend Kisten zu schleppen, und nach ein paar Monaten verstand ich genug Holländisch, um eine bessere Arbeit zu finden. Jong & Söhne, eine Werkstatt, die die Innenräume von Schiffen ausstattete, stellte mich ein, aber die Summe, die ich für die Überfahrt nach Amerika gebraucht hätte, blieb ein fernes Ziel. Dann traf ich einen Mann, der mit einer einzigen Bemerkung meinem Leben buchstäblich eine neue Richtung gab. Vielleicht ist das meine dritte Gabe, zum richtigen Zeitpunkt den richtigen Mann zu treffen. Auf meiner deutschen Wanderschaft war ich Robert Blum begegnet, der mich, obwohl ich nur sechs Jahre die Schule besucht hatte, zu den Treffen der Schillerfreunde mitnahm. Blum sorgte dafür, dass ich vom obersten Rang des Leipziger Theaters aus den *Don Carlos* sehen durfte, und sagte mir jenen Satz, dessen Wahrheit ich vorher nur gespürt hatte, ohne sie zu verstehen: Monarchie ist Hochverrat am Volk. Wenn ich könnte, würde ich heute noch nach Wien fahren und dem alten Windisch-Grätz einen Dolch in sein verdorrtes Herz stoßen, aber das ist ein anderes Thema.

In Rotterdam traf ich Karl Gützlaff.

Es war Ende 1849, in einem milden, verregneten Winter. Auf dem Weg zur Arbeit sah ich den Aushang für den Vortrag eines deutschen Missionars, der über seine Erlebnisse in China berichten sollte, und nach Feierabend hatte ich nichts Besseres zu tun. Gützlaff reiste damals durch Europa, um Geld für seinen Chinesischen Verein zu sammeln, und wo er auftrat, füllte er die Säle, auch die Laurenskerk in Rotterdam. Im Gewand eines chinesischen Fischers sprach er wie ein Prophet des Alten Testaments, allerdings auf Deutsch und Holländisch und mit so vielen Einsprengseln in fremden Zungen, dass mir beim Zuhören schwindlig wurde. Er erzählte von bitterer Armut und korrupten Mandarinen, die das zu sein schienen, was ich als Polizeiinspektoren und Zensoren kannte, von Eltern, die ihre Kinder zum Betteln zwangen, damit sie nicht verhungerten, was oft genug trotzdem geschah. Die Zuhörer hingen an seinen Lippen, nach dem Vortrag stiegen sie förmlich übereinander, um Geld in die Spendenbüchsen zu stecken. Für mich war es ein Erlebnis wie der *Don Carlos* wenige Jahre zuvor, aber da ich kein Geld hatte, sprach ich den Vortragenden an und fragte, was ich sonst tun könnte. Ich wusste selbst nicht, woran ich dachte. Karl Gützlaff hatte eine Idee. »Gesund und kräftig?«, fragte er und musterte mich.

Ich nickte entschieden.

»Gläubig?«

Ich nickte.

»Komm nach China«, sagte er. »Dort brauchen wir Männer wie dich.« Er trug einen breiten Schnurrbart, hatte ein einnehmendes Lächeln, und sein Vorschlag war so verrückt, dass ich noch einmal nur nicken konnte.

Dass der Chinesische Verein zu keiner Kirche gehörte, gefiel mir. Er wurde finanziert von Spenden, die entweder Gützlaff selbst einsammelte oder die Unterstützervereine, die in fast jeder Stadt entstanden, die er besuchte, denn niemand beherrschte die Klaviatur von Not und Trost, Mitleid und Hoffnung besser als er. Wo Gützlaff sprach, sahen seine Zuhörer eine Welt, die auf Rettung wartete und deren Rettung nahte. Der Berliner Frauen-Missionsverein für China, der Elisabeth später nach Hongkong schicken sollte, ging ebenso auf Gützlaff zurück wie die niederländische Missionsbrüderschaft, der ich als fünfzehntes Mitglied und mit dem erklärten Ziel beitrat, so bald wie möglich nach Fernost aufzubrechen. Vorher besuchte ich dasselbe Seminar in Rotterdam, das Gützlaff als junger Mann absolviert hatte. Ein gutes Wort seinerseits und ein geschönter Lebenslauf von mir genügten, und man nahm mich auf, die Kosten trug der Verein. Mangelnde Bildung war kein Hindernis, in Missionskreisen hielt man nicht viel von Universitäten, und unter meinen Mitschülern gab es einige, die nicht nur mit der Rechtschreibung im Lateinischen ihre Mühe hatten. Über China lernte ich in den kommenden Monaten nichts, selbst die Sprache fehlte im Curriculum, das aus Bibelkunde, Predigtlehre und der Geschichte des Christentums bestand. Anfangs fühlte ich mich wie ein Parasit, beinahe wie ein Betrüger. Ich ein Missionar? Die Lehrer waren streng, aber in Glaubensfragen herrschte ein offener Geist, der lediglich auf die Abgrenzung zum verhassten ›Papismus‹ Wert legte, und mit der Zeit machte mir die Sache Freude. So saubere Laken wie im Wohnheim der Schule hatte ich selbst zu Hause nicht gekannt. Ab und zu erhielt ich Post von meinen Eltern, die froh waren, dass ihr schwieriger Sohn auf den rechten Weg zurückgefunden hatte; und ich sagte mir, dass ich notfalls auch von China aus nach Amerika gehen konnte. Als der Verein mir mitteilte, dass das Geld für die Überfahrt beisammen war, fühlte ich mich wie in den magischen Tagen im Frühjahr 48, als die Nachrichten aus Paris uns hatten glauben lassen, die Welt werde sich für immer verändern.

Übrigens bin ich es nicht gewöhnt, so viel von mir zu erzählen. Je mehr ein Mann erlebt hat, desto schweigsamer wird er, habe ich von Alonzo Potter gelernt. Nachdem Reverend Jenkins morgens zur Arbeit aufgebrochen ist, wird es still in seinem Haus, das in einer langen Reihe ähnlicher Anwesen steht: ummauerte Gärten mit knorrigen Platanen, Maulbeerbäumen und gestutzten Hecken. Die britische Siedlung von Shanghai sieht aus wie John's Wood, sagt mein Gastgeber gern, das muss ein Vorort von London sein, aber ich war nie in England. Wo ich herkomme, standen die Häuser eng beieinander und hatten niedrige Kammern über den Werkstätten von Schmieden, Fassmachern und Schreinern. Feuer waren eine ständige Gefahr, aber wer davon verschont blieb, hatte gute Chancen, sein Leben im selben Haus zu beenden, in dem er geboren worden war (was im Brandfall natürlich erst recht galt). Wahrscheinlich wäre ich nie von dort weggegangen, hätte ein bestimmtes Ereignis meiner Kindheit mir nicht die Überzeugung eingegeben, die mich seither begleitet: dass es mir vorherbestimmt ist, mein Leben einer großen Sache zu widmen. Mit zehn Jahren hatte ich die Masern, und eines Morgens, den ich nie vergessen werde, wachte ich auf, und die Welt war dunkel. Der Herbst hatte begonnen. Ich hörte Schritte im Haus und rieb mir die Augen. Meine jüngere Schwester kam ans Bett, um zu fragen, ob ich wieder gesund sei. Mach die Fensterläden auf, sagte ich. Die sind auf, antwortete sie. Noch einmal rieb ich mir die Augen und blinzelte, ich spürte Luises Nähe und roch, dass sie heiße Milch getrunken hatte. Sogar ihre Blicke auf meinem Gesicht konnte ich spüren, aber ich sah nichts, nicht einmal flimmernde Punkte. Gar nichts.

Hier, sagte sie, deine Milch.

Das Wort ›blind‹ kannte ich aus der Geschichte, in der Jesus einen Blinden sehend macht. Außerdem gab es im Ort einen alten Mann, der nur an der Hand seiner Frau aus dem Haus ging, aber von blinden Kindern hatte ich nie gehört. Am dritten Tag kam der Arzt und meinte, er könne es zwar nicht erklären, habe es aber schon zweimal erlebt, beide Male bei Jungen mit Masern. Er empfahl Umschläge mit heißem Essig und absolute Ruhe, manchmal kehre das Augenlicht zurück. Pfarrer Arnold besuchte mich ebenfalls und schien eine Erklärung zu haben, die er flüsternd mit meinen Eltern besprach. Ich sollte liegen bleiben, beide Hände über der Bettdecke falten und beten. Sein Tonfall legte nahe, dass ich für das Unglück selbst verantwortlich war. Den ganzen Winter über lag ich mit frierenden Händen im Bett, betete stundenlang und hatte unbeschreibliche Angst. Um jede Ruhestörung zu vermeiden, wurde mein Bett in die Kammer neben der Waschküche gestellt, meine Geschwister durften nur hereinschauen, um mir etwas zu essen zu bringen. Manchmal schlief ich tagsüber ein und horchte nachts in die Stille des Hauses. An Weihnachten brachten mich meine Eltern in die Kirche, wo ich ohnmächtig wurde, weil ich so lange gelegen hatte, danach wurde das Regiment schrittweise gelockert. Die Kur hatte nichts gebracht, und der Arzt war mit seiner Weisheit am Ende. Als der Schnee taute, beschloss mein Vater, dass es Zeit wurde, sich ins Unvermeidliche zu fügen und das Beste daraus zu machen. Manche Arbeiten in der Schreinerei könne er mit geschlossenen Augen ausführen, warum also ein Blinder nicht auch. Etwa zur selben Zeit stellte ich das Beten ein. Ich hatte alle Sünden bekannt, an die ich mich erinnerte, aber keine gefunden, die nach solcher Bestrafung verlangt hätten. Ab und zu war ich grob zu meinen Geschwistern gewesen oder in der Schule durch schlechtes Betragen aufgefallen, einmal hatte ich aus der Speisekammer ein Stück Kuchen stibitzt. Warum lag ich blind im Bett, während meine Freunde draußen herumtollten?

In meinem letzten Gebet sagte ich: Mach mich wieder gesund, dann bete ich weiter.

Ein Hang zur Aufsässigkeit war mir schon immer zu eigen gewesen. Als Ältester sollte ich meinen Geschwistern ein Vorbild sein, aber die Rolle lag mir nicht. Gleichzeitig war ich ein so guter Schüler, dass der Direktor davon gesprochen hatte, ich könnte das Lehrerseminar in Potsdam besuchen, aber nun verpasste ich den Unterricht, und der Hang zur Auflehnung wurde stärker. Wenn mein Vater das Tischgebet sprach, löste ich die Hände. Las meine Mutter mir aus der Bibel vor, dachte ich mit aller Kraft an etwas anderes. In der Schreinerei lernte ich, Holzsorten durch Betasten zu unterscheiden und einfaches Werkzeug zu gebrauchen, aber wenn mir jemand einen Streich spielte, wurde ich so wild, dass es zwei erwachsene Männer brauchte, um mich zu bändigen. Es war, als ob die Dunkelheit um mich herum eine dunkle Seite in mir zum Vorschein gebracht hätte. Nicht wenige im Ort dachten, ich sei besessen.

Dann, kurz vor Ostern, glaubte ich plötzlich einen hellen

Fleck zu sehen. Genau da, wo sich das Fenster der Werkstatt befand. Wenn ich die Augen schloss, verschwand er, und wenn ich zur anderen Wand blickte, sah ich nichts. In den nächsten Tagen wurde die Wahrnehmung schärfer, andere Kontraste kamen hinzu. Die Angst, ich könnte mich täuschen, war ebenso groß, wie der Horror der Erblindung gewesen war, aber ich täuschte mich nicht. Langsam tauchte die Welt aus der Dunkelheit auf, und an Ostern – wirklich genau zum Osterfest – war sie wie zuvor, ein Meer aus Farben und Formen. Heute träume ich davon, eines Morgens aufzuwachen und wieder zwei Hände zu haben, aber selbst dieses Glück würde nicht an das heranreichen, was mich als Kind erfüllte. Mit ausgebreiteten Armen rannte ich über die Felder. Der ganze Ort sprach davon, man hielt mir Finger vors Gesicht und fragte, wie viele es seien, und später erwähnte mich Pfarrer Arnold in seiner Predigt über das Pfingstwunder.

Alles schien wieder in Ordnung zu sein, aber so einfach war es nicht. Eine innere Unruhe hielt mich gefangen, ich war gleichzeitig übermütig und ängstlich, hatte Flausen im Kopf und wurde von Alpträumen geplagt, in denen sich die Welt schlagartig verfinsterte. Statt stillzusitzen, wollte ich rennen, und manchmal schloss ich mitten im Lauf die Augen, fiel hin und fühlte eine rätselhafte Erleichterung. Meine Leistungen in der Schule ließen nach, niemand schlug mich mehr für den Lehrerberuf vor, aber das war mir nur recht. Ich misstraute allen, denen zu gehorchen man mir beigebracht hatte, den Lehrern wie dem Pfarrer, der behauptete, Gott habe mir eine Gnade erwiesen. Gespielt hatte er mit mir, oder nicht? Ich verließ die Schule und kehrte in die väterliche Werkstatt zurück, aber bald wurde es mir auch dort zu eng.

Im dritten Lehrjahr beschloss ich, als Zimmermann auf die Walz zu gehen.

Es war die Zeit, in der es vielerorts zu gären begann. Sogar in der märkischen Provinz hatte ich davon erfahren, nun ging ich nach Thüringen und Leipzig, wo ich für eine Saison als Kulissenbauer am Alten Theater angestellt wurde und zum ersten Mal den Namen Robert Blum hörte. Auf der großen Schillerfeier in Gohlis hörte ich ihn selbst, einen kräftigen Mann mit tiefer Stimme, Rheinländer von Geburt, dem man ansah, dass er gerne aß und trank. Er sprach über die Freiheit als höchsten Ausdruck der Menschenwürde und wurde nach jedem Satz von Bravo-Rufen unterbrochen. Obwohl er aus einfachen Verhältnissen stammte, wie ich später lernte, stand er auf dem Podest, als gehörte es ihm. Niemals hätte ich zu hoffen gewagt, ihn persönlich zu treffen, geschweige denn sein Freund und Mitstreiter zu werden, doch genau das geschah. Eines Abends im Herbst sah ich ihn ins Theater gehen. Bis zum Beginn der Vorstellung war es noch mehr als eine Stunde, und statt Abendgarderobe trug er einen alten braunen Überrock. Ich zögerte kurz, dann fasste ich mir ein Herz und folgte ihm.

Noch nie hatte ich das Haus durchs Hauptportal betreten, nun fand ich mich in der leeren Eingangshalle wieder. Von Blum war nichts zu sehen. Ehrfurchtsvoll betrachtete ich die gewölbten Decken und die Ölbilder an den Wänden und wollte gerade den Rückzug antreten, als im Kassenhäuschen vor mir eine Lampe angezündet wurde. Zuerst traute ich meinen Augen nicht: Robert Blum, der stadtbekannte Freiheitskämpfer, entledigte sich seines Überrocks, zog ein Buch aus der Tasche und wartete lesend auf die ersten Besucher. Als mich sein Blick traf, erwartete ich einen Verweis, aber er seufzte nur und sagte, dass es für den *Don Carlos* noch viele Karten gebe. Dass ich bekannte, kein Geld zu haben, nahm er nickend zur Kenntnis, und als ich hinzufügte, dass ich in der Werkstatt des Theaters arbeitete, winkte er mich heran und begann ein Gespräch. Niemand hatte mich je auf so wohlwollend teilnahmsvolle Weise ausgefragt wie er. Wo ich herkam, was mich nach Leipzig verschlagen hatte, ob ich gern las. All die Jahre hindurch hatte ich in der Hoffnung gelebt, dass irgendwo eine große Sache wartete, der ich mein Leben widmen konnte, und als ich eine Stunde später im dunklen Theatersaal saß, wurde daraus Gewissheit. Das Leipziger Haus verfügte über 1300 Plätze und einen mit Gaslicht ausgeleuchteten Bühnenraum, der dem Geschehen einen besonderen Zauber verlieh. Vor Spannung wagte ich kaum zu atmen, aber als der Marquis de Posa seinen berühmten Satz sagte, sprang ich vor Begeisterung auf, und bei unserer nächsten Begegnung fiel ich Robert Blum um den Hals. In den folgenden Monaten, in denen die große Sache Gestalt annahm und uns alle mitriss, traf ich ihn fast täglich, im Theater, auf Versammlungen oder bei ihm zu Hause in der List-Straße. Er gab mir den *Hessischen Landboten* zu lesen und erklärte mir den Freiheitskampf der Polen, für die er eine besondere Bewunderung hegte. Mein Jähzorn nach der Erblindung, sagte er, sei kein Ausdruck von Wut, sondern von Angst gewesen, und als ich fragte, woher er das wisse, meinte er, es sei ihm ebenso ergangen. Ja, auch er hatte die Masern gehabt und ein halbes Jahr blind im Bett gelegen, auch er hatte auf einmal das Augenlicht zurückerlangt und nicht gewusst, wie ihm geschah. Ab sofort war er mein älterer Bruder, aber als er nach Frankfurt und schließlich nach Wien ging, konnte ich ihn nicht begleiten. Wir hatten beide kein Geld, außerdem begannen sich die Ereignisse zu überschlagen. Kurz besuchte ich meine Familie und eilte weiter nach Berlin, wo ich zum ersten Mal Schießpulver roch und feststellte, dass im Moment der Gefahr alle Angst von mir abfiel. Wenn die Kugeln pfiffen, handelte ich ruhig und besonnen, manchmal überkam mich ein erhebendes, fast rauschhaftes Gefühl. Wir kämpften für die richtige Sache. Am 19. März war ich dabei, als man den König zwang, die auf dem Schlossplatz aufgebahrten Gefallenen zu ehren. »Hut ab!«, rief jemand aus der Menge, und siehe da, der Monarch gehorchte! Alles schien möglich. Roberts Frankfurter Reden wurden als Flugschriften in ganz Deutschland verteilt, und bis heute verstehe ich nicht, wie sich kurz darauf alles zum Bösen wenden konnte. Schneller als in den Bergen das Wetter umschlägt, zeigten die Herrschenden ihr wahres Gesicht. Als ich von den Ereignissen in Wien hörte, war ich bereits auf dem Weg nach Holland. In meiner linken Schulter steckten Metallsplitter, und die Nachricht von Robert Blums Hinrichtung traf mich wie ein Stich ins Herz. Statt eine Republik zu werden, setzte Deutschland seine Kleinstaaterei fort, den Popanz der Höfe und das geistige Muckertum, damit wollte ich nichts zu tun haben. Wenn ich heute zurückschaue, erstaunt es mich, was zwei Jahre politischer Kampf aus mir gemacht hatten. Als Jüngling mit dem ersten Flaum im Gesicht war ich nach Leipzig gekommen, in Rotterdam traf ich mit frischen Narben ein, einem Vollbart und der festen Überzeugung, dass meine Zukunft – ich war noch keine zwanzig – im fernen Amerika lag.

Stattdessen also brach ich im Sommer 1850 nach China auf. Dass meine Ausbildung kaum begonnen hatte und ich über das Land nichts wusste, schien niemanden zu stören. Gützlaff schrieb mir einen aufmunternden Brief, in dem wenig von Theologie und viel von dem die Rede war, was man gerade die soziale Frage zu nennen begann. Mir gefiel das, ich wollte mithelfen, ein Land aus seiner Rückständigkeit zu befreien. In Singapur, einem britischen Handelsposten mit vielen chinesischen Einwanderern, sollte ich Station machen, um die fremde Sprache zu lernen, vorher verbrachte ich achtundneunzig Tage auf See. Seit es die Eisenbahn über den Sinai gibt, nehmen Asienreisende die sogenannte Overland Route, ich umrundete auf einem P&O Clipper das Kap der Guten Hoffnung. Meine Koje war zwei Fuß breit und kürzer als mein Körper, so dass ich weder ausgestreckt liegen noch die Position ändern konnte, ohne mich zu stoßen. Eingeklemmt zu sein, erklärte man mir, war bei hohem Wellengang am sichersten, und tatsächlich gerieten wir mehrmals in schwere See und mussten tagelang im Hafen liegen, um die zerstörten Segel zu reparieren. Wollte ich mich waschen, ging ich frühmorgens an Deck, wo es den dunkelhäutigen Bootsleuten egal war, ob sie ihren Wassereimer über den Planken oder einem ›Sahib‹ der zweiten Klasse ausgossen. Nur die erste Klasse hatte Anspruch auf ein Wannenbad pro Woche.

Je weiter wir nach Osten kamen, desto größer wurde die Hitze. Einmal brach in der Küche Feuer aus und vernichtete die Verpflegung für zwei Tage. Mitten in einem Sturm, der uns in der Hafeneinfahrt von Galle überraschte, hörte ich zum ersten Mal den Ruf ›man overboard!‹. Streitigkeiten zwischen betrunkenen Passagieren waren so alltäglich wie der Klatsch, der sich um das Geschehen in den Kabinen der ersten Klasse drehte. An Bord befanden sich mehrere junge Engländerinnen, die in Indien einen Kolonialbeamten oder Offizier heiraten wollten und von männlichen Passagieren – meist Kolonialbeamten oder Offizieren – eifrig umworben wurden. Die Stewards hatten oft alle Hände voll zu tun, um Schlägereien zu verhindern, und ich verbesserte mein Englisch, indem ich alles beobachtete. Als eine ältere Dame aus Kent ihrem Fieber erlag, wurde heftig darüber gestritten, ob die Spieltische im Salon für einen Abend geschlossen bleiben sollten.

Sie blieben geöffnet. Ich lernte jeden Tag etwas Neues.

Bei der Ankunft in Singapur wog ich sieben Kilo weniger

als vor der Abreise. Es dauerte lange, bis mich nachts das Gefühl verließ, mein Bett treibe auf den Wellen, trotzdem genoss ich es, nicht länger zwischen hölzernen Bettstreben eingezwängt zu sein. Im ehemaligen Anglo-Chinese College fand ich ein Quartier und begann den Unterricht bei einem hohlwangigen Chinesen namens Yen. Angeblich hatte er schon viele Missionare auf ihre Arbeit vorbereitet, aber wie sich herausstellte, erwarb ich in den nächsten Monaten einen Dialekt, von dem ich bis heute nicht weiß, wo in China er gesprochen wird. Von der Vielzahl der Sprachen und Dialekte, die Gützlaff unter der Bezeichnung ›Chinesisch‹ zusammengefasst hatte, sollte ich erst auf Hongkong eine Vorstellung bekommen; in Singapur wurde ich zunächst mit den Eigenheiten des tropischen Klimas bekannt. Statt Jahreszeiten gab es nur den Unterschied zwischen Regen- und Trockenperioden, aber die Hitze blieb stets gleich. Moskitos hatten es auf mein Blut abgesehen, und nie wurde es nachts still, überall zirpte, kreischte und quakte es. Der Hafen lag ein paar hundert Yards entfernt an einer Bucht, die wegen der Inseln, die sie vom Meer abschirmten, einem See glich. Wenige Meilen landeinwärts begann der Dschungel. Einheimische warnten mich, dass jedes Jahr Hunderte Menschen von Tigern gefressen würden, aber ich bekam nur ein totes Tier zu Gesicht, das an einer Holzstange zum Government House getragen wurde. Fünfzig Dollar zahlte man dort für jedes erlegte Exemplar.

Lehrer Yen war mit meinen Fortschritten zufrieden, und ich auch. Mit einem feinen Pinsel chinesische Schriftzeichen zu malen, empfand ich als merkwürdig befriedigende Tätigkeit, auch wenn das Ergebnis aussah wie die Schreibversuche eines kleinen Kindes. Die ersten drei Zeichen, die ich lernte, bildeten meinen neuen Namen: *Fei Lipu*, eine vage Annäherung an Phi-lipp. Anfangs klangen die Laute so fremd, dass ich lachen musste, aber mit der Zeit gewöhnte ich mich daran und versuchte, auch außerhalb des Unterrichts mit Einheimischen in Kontakt zu kommen.

Die gelb getünchten Häuser im chinesischen Viertel sahen hübsch aus, aber die Bewohner waren arm und fuhren erschrocken zusammen, wenn ich sie ansprach. Im englischen Teil der Stadt erntete ich vorwurfsvolle Blicke, weil ich statt der Kleidung von zu Hause das lange Gewand eines chinesischen Magisters trug. Auch das verstand ich erst später auf Hongkong: In den Augen der weißen Herren war es ein schweres Vergehen, die Grenze zu verwischen, die zwischen ›ihnen‹ und ›uns‹ verlief und die zu bewachen sie als ihre wichtigste Aufgabe ansahen. Aus der Heimat kannte ich feudale Vorrechte und die Anmaßung derer, die sie genossen, hier waren es tabakkauende Indigo-Pflanzer, die sich in Sänften tragen ließen oder mit dem Gehstock auf alle einschlugen, die ihnen den Weg versperrten. Auf der Veranda des London Hotels saßen Reisende in steifen Anzügen, tranken Gin und Port und blickten auf die Händler herab, die vor ihnen ihre Waren ausbreiteten. Einmal beobachtete ich, wie drei Halbwüchsige eine Schlange feilboten, die sie gefangen hatten. Ein prächtiges Tier, zehn Fuß lang, mit ölig glänzender schwarzer Haut. Nach einigem Handeln kaufte ein Engländer sie für einen Dollar, verlangte aber, dass man sie für ihn tötete und häutete, anders könne er sie nicht mit aufs Schiff nehmen. Die Jungen ersäuften die Schlange in einem Fass und zogen ihr an Ort und Stelle die Haut ab. Halb amüsiert, halb angeekelt sahen die Hotelgäste zu. Auf der Straße trugen alle Weißen eine müde Verstimmung im Gesicht, über deren Grund ich nur mutmaßen konnte. Am eigenen Überlegenheitsgefühl festzuhalten, schien eine auszehrende Tätigkeit zu sein – ich beschloss, mich damit nicht zu belasten.

Das Leben in der Fremde gefiel mir, alles war neu. In den

Sümpfen beim Hafen sah ich Alligatoren, die träge im Wasser lagen, und jeden Tag aß ich eine Ananas. Die Frucht wuchs überall und kostete fast nichts. Auf den Märkten roch es nach Anis und Muskat, es gab Kakerlaken von der Größe einer Feldmaus, die Gassen waren laut und voll, aber meistens friedlich, und sogar im Sitzen lief mir Schweiß über die Stirn. Als im August ein Brief von Gützlaff eintraf, der mich dringend nach Hongkong rief, war ich wenig erfreut. Ich wollte den Unterricht nicht schon wieder vorzeitig abbrechen und ließ mir einige Wochen Zeit, bevor ich ein Handelsschiff namens *Madras* bestieg. Da in der Vorwoche ein anderes Schiff ausgefallen war, hatte die *Madras* mehr Passagiere an Bord als Plätze, und ich bekam nur eine Koje in der Kabine des Schiffsarztes, direkt neben den Turbinen. Vier Nächte lang ertrug ich den Lärm, dann suchte ich mir einen Platz zwischen den Beibooten an Deck. Einen schöneren Sternenhimmel hatte ich nie gesehen. Eine Woche später erreichten wir Hongkong.

Es war der 9. November 1851, der dritte Todestag von Robert Blum.

Die Insel bot einen ernüchternden Anblick. Schroffe Felsen erhoben sich aus dem Wasser, deren Gipfel im Nebel verschwanden, und noch bevor wir in den Hafen einliefen, begann ich die üppig grüne Bucht von Singapur zu vermissen. Vom Meer aus gesehen, wirkte Hongkong so karg wie eine Gefängnisinsel, die einzige Stadt hieß wie die englische Königin, Victoria, und bestand aus wenig mehr als zwei Kirchtürmen und ein paar Handelshäusern. Erst seit zehn Jahren gab es die Kolonie, sie war die Beute eines Krieges, den viele als Opiumkrieg bezeichneten und der nicht der letzte Waffengang bleiben sollte. Der merkwürdige Name der Insel bedeutete Hafen der Düfte, und soweit ich erkennen konnte, war er das Schönste, was sie zu bieten hatte.

Niemand kam ans Pier, um mich abzuholen. Da es auf Hongkong keinen Telegrafen gab, hatte ich meine Ankunft per Brief angekündigt, nun wartete ich verloren zwischen Kulis, Passagieren und Schaulustigen. Das faulige Aroma von Tang und Salz hing in der Luft. Alle Chinesen, die ich sah, hatten die Stirn rasiert und trugen die Haare zum Zopf gebunden, der ihnen bis zum Gesäß reichte. Über die graue See wehte ein kühler Wind, und nach zwei Stunden des untätigen Wartens nahm ich mir ein Zimmer in einer billigen Pension. Dass Gützlaff gestorben war, erfuhr ich erst, als ich am nächsten Tag Erkundigungen einholte. Wassersucht, hieß es. Sein Chinesischer Verein, für den ich hätte arbeiten sollen, besaß keine feste Adresse, er war durch nichts als Gützlaffs rastlose Tätigkeit zusammengehalten worden, und wie ich bald feststellte, wollte keine andere Missionsgesellschaft den drohenden Verfall aufhalten. Karl Gützlaff, der zu Hause als Retter Chinas aufgetreten war, galt hier in der Kolonie als ein fintenreicher Betrüger. Auf seinen Reisen hatte er dutzendweise Gemeinden gegründet und jeden Einheimischen getauft, der nicht davonlief, oft nach nur zweitägiger Unterweisung, ohne dass die Konvertiten Jesus und Jesaja unterscheiden konnten. Männer wie Reverend Legge von der London Missionary Society nannten den Mann, dem ich nach China gefolgt war, ›the greatest humbug of all time‹.

Hier war ich also, gestrandet auf einem winzigen Eiland vor der chinesischen Küste. Ich hatte keine Arbeit und kannte niemanden, die Post nach Hause brauchte zwei Monate, also waren vorerst keine neuen Instruktionen zu erwarten. Mein Geld immerhin würde für ein Jahr reichen, und nachdem ich den ersten Schreck überwunden hatte, empfand ich das Ganze als Abenteuer. Im Vergleich zu Singapur war Victoria ein Dorf, eingeklemmt zwischen hohen Felsen und dem Meer. Die Handelshäuser und der Turm der St.-John's-

Kathedrale verliehen dem Ort ein europäisches Gepräge, aber es gab Opiumhöhlen an jeder Straßenecke und so viele Bordelle wie Schiffe an den Docks. Etwa fünfhundert Europäer lebten hier inmitten von mehreren zehntausend Einheimischen, die sich über die gesamte Insel verteilten. Einige waren Fischer oder Handwerker, die meisten arbeiteten als Hausmädchen und Kulis, Prostituierte und Köche, Schmuggler und Räuber. Täglich kam es zu Überfällen, und ich hatte noch keine Woche auf der Insel verbracht, als ich miterlebte, wie ein Dutzend Piraten an den Haaren zusammengebunden zum Galgen geführt wurde. Finster dreinblickende Sikhs versahen den Polizeidienst, von den Schiffen stiegen Matrosen aus allen Gegenden der Welt, und die inoffizielle Landessprache war ein Kauderwelsch aus englischen, portugiesischen und hindustanischen Wörtern, das man Kanton-Englisch oder Pidgin nannte. Letzteres war die verballhornte Form des Wortes ›business‹ und brachte den Zweck des Ganzen auf den Punkt. Ich lernte die Sprache binnen weniger Wochen, indem ich durch die Straßen schlenderte und die Ohren offenhielt. Wantchee catchee extra dolla, you go chop-chop, riefen weiße Herren den Trägern ihrer Sänfte zu, um sie zur Eile anzutreiben. Flugschriften, die vor Bordellen aushingen, verkündeten eine Kurzversion der frohen Botschaft ›Papa-joss lovee allo man‹. ›Joss‹ hieß Gott, ein ›joss-house‹ konnte ein Tempel oder eine Kirche sein, Missionare und Priester wurden ›joss-men‹ genannt, und der Beruf, dem ich hätte nachgehen sollen, hieß ›joss-pidgin‹. Einstweilen beschränkte ich mich darauf, sonntags die Union Church zu besuchen. Außer Zeitungen waren Predigten das beste Mittel, um richtiges Englisch zu lernen. In der Messe blieben die weißen Herren unter sich, es gab keine Chinesen und fast keine Frauen – auf zehn Männer kam in Victoria kaum eine Frau, und das schloss bereits die vielen Prostituierten ein. Die Familien der meisten Kaufleute wohnten in Macao, auf der anderen Seite des Perlflussdeltas, wo es sauberer und sicherer war. Bei uns verließ niemand das Haus ohne Waffe, und wenn sich die Gemeinde nach dem Gebet setzte, hörte man das dutzendfache Aufschlagen von Pistolenläufen auf der Kirchbank. Auch ich hatte begonnen, mich bei Pfandleihern nach den Waffenpreisen zu erkundigen.

Im März traf ich vor der Union Church einen melancholisch dreinblickenden Schweden namens Hamberg, der mir erzählte, dass die Basler Missionsgesellschaft dringend neue Mitarbeiter suchte. Er selbst hatte einige Jahre im Inland missioniert, bereitete nun aber seine Heimreise vor, wegen gesundheitlicher Probleme und einer allgemeinen Auszehrung, die ihm deutlich ins Gesicht geschrieben stand. Zwei Basler Brüder waren kürzlich in der Bucht von Sai Ying Pun angeschwemmt worden, nahe der Stelle, wo später Elisabeths Findelhaus entstand. Die Todesumstände blieben ungeklärt. Hamberg versprach, meine Bewerbung nach Europa mitzunehmen und ein gutes Wort für mich einzulegen. Meine Verbindung zu Gützlaff nahm er – wie alles, was ich sagte – mit einem erschöpften Nicken zur Kenntnis.

Nach dem Frühjahrsmonsun begann der Sommer. Je heißer es wurde, desto früher stand ich morgens auf, lernte Schriftzeichen und machte einen Spaziergang entlang der Docks. Ein Kowloon genannter Zipfel des Festlands kam der Insel so nahe, dass er die Hafeneinfahrt in zwei Fahrrinnen teilte, und wenn ich das Ufer aus dem Dunst auftauchen sah, fragte ich mich, wie die Menschen dort lebten. Nachmittags ging ich in die Bibliothek der Londoner Mission, wo es Zeitungen und ein Englisch-Deutsch-Wörterbuch gab, und las alle verfügbaren Artikel über das fremde Land. China war älter als Rom und so riesig wie ein Kontinent. Die herrschende Dynastie hatte das Territorium bis nach Zentralasien und an die Grenze zu Indien ausgedehnt, innerhalb seiner Grenzen lebten Dutzende Völker, und zu meiner Überraschung erfuhr ich, dass ausgerechnet der Kaiser im fernen Peking kein Chinese war. Er gehörte zu einem Reitervolk aus dem hohen Norden, das vor zweihundert Jahren das Reich erobert hatte; Mandschus lautete die korrekte Bezeichnung, die Zeitungen schrieben fälschlicherweise von Tataren und nannten ihre Herrschaft grausam und korrupt. Ihretwegen versank das Land in Armut, sie verlangten, dass alle Chinesen zum Zeichen ihrer Unterwerfung den hündischen Zopf trugen, den ich überall sah. Lange bevor ich chinesischen Boden betreten hatte, begann ich die hiesige Elite ebenso zu hassen wie die adligen Herren zu Hause. Bloß, was konnte ich tun? Mein Geld ging zur Neige, und ich dachte bereits daran, mit dem Rest die Überfahrt nach Amerika zu bezahlen, als unerwartet Post aus Basel eintraf. Meine Bewerbung war angenommen worden, wenn auch mit Vorbehalt. Angesichts meines Hintergrundes komme vorerst nur eine Anstellung auf Probe in Betracht, schrieb mir ein Generalinspektor namens Josenhans und meinte entweder meine kurze Ausbildung oder die Verbindung zu Gützlaff. Es klang, als sollte ich die Stelle übernehmen, bis ein besserer Kandidat gefunden war, aber das kam mir gelegen. Dass mein Einsatzort ein Dorf auf dem Festland sein sollte, gefiel mir ebenfalls. Lange genug hatte ich zwischen arroganten Engländern und betrunkenen Matrosen gelebt und brannte darauf, das Land kennenzulernen, das ich bisher nur in Gedanken bereist hatte.

Mit der Fähre setzte ich über nach Kowloon, lief ein paar Meilen zu Fuß, durchquerte auf einer zweiten Fähre eine flache Bucht, lief noch etwas weiter und erreichte mein Ziel. Tongfu war ein ärmliches Dorf mit fünfzig Häusern, umgeben von Reisfeldern und langen, waldlosen Bergketten. Flüsse mäanderten durch die Landschaft, Regen fiel reichlich, aber den Boden bedeckten nur dünne Schichten von Sand und Ton, die kaum etwas abwarfen. Zu Hause war ich selbst in den Hungerjahren vor der Revolution keiner solchen Armut begegnet. Die dreihundert Dorfbewohner gehörten zur Volksgruppe der Hakka, von der ich nie gehört hatte, ehe der Brief aus Basel mich anwies, meine Arbeit auf sie zu konzentrieren. Wegen ihrer Außenseiterstellung in der Gesellschaft seien Hakka besonders empfänglich für die frohe Botschaft, schrieb Inspektor Josenhans, der es wissen musste, schließlich war er nie in China gewesen. Nachdem ich in Singapur einen Dialekt erworben hatte, den niemand verstand, stellte ich nun fest, dass die wenigen Brocken Kantonesisch, die ich inzwischen beherrschte, mir auch nicht weiterhalfen. Die Hakka hatten ihre eigene Sprache. Um mich verständlich zu machen, musste ich mit dem Stock Schriftzeichen in den Boden malen und hoffen, dass mein Gegenüber lesen konnte. Es gab keine Kirche und nur eine Bibel, die bei Zusammenkünften von Hand zu Hand ging. Alle küssten sie oder hielten sie sich kurz an die Stirn. Den Vorsitz führte ein zahnloser Greis mit sonnengegerbtem Gesicht, genannt der alte Luo, der mich beäugte, als wäre ich gekommen, um seine Autorität zu untergraben. In gewisser Weise stimmte das.

Ich begann meine Arbeit im Frühjahr, mitten in der Regenzeit. Die Flüsse führten Hochwasser, und obwohl es pro Jahr drei Ernten gab – einmal Gerste, zweimal Reis –, lebten die Menschen in Häusern, die an Ställe gemahnten. Meist bestanden sie aus einem einzigen Raum, in dem außer der Familie auch Hühner und Schweine ein und aus gingen. Die Wände waren aus Backstein, der Boden aus festgetretenem Lehm, und im ersten Quartalsbericht schrieb ich, die Bewohner von Tongfu lebten im wahrsten Sinn des Wortes *parterre*. Mir wies man ein Häuschen zu, in dem es nach verschimmelten Kartoffeln roch, aber immerhin lag kein Tierkot herum wie überall sonst. Junge Männer halfen mir, aus geriebenen Muscheln, Hanföl und Sand einen Putz herzustellen, mit dem ich die Wände abdichtete, außerdem baute ich mir aus Bambusrohren ein Bett und spannte das mitgebrachte Moskitonetz auf. Ein einziger Gegenstand in meinem Zuhause erfüllte keinen praktischen Zweck: ein in Bernstein gefasstes Porträtbild von Robert Blum, das meine Mutter mir vor der Abreise aus Rotterdam geschickt hatte. Eines Tages würde in jeder deutschen Stadt ein Platz nach ihm benannt sein, auf dem sich freie Bürger begegneten, die wussten, wer für ihre Freiheit gestorben war. Dann, vielleicht, würde auch ich zurückkehren.

Vorher hatte ich in Tongfu einiges zu tun. Für den Hakka-Dialekt gab es kein Wörterbuch, also ging ich durchs Dorf, half den Leuten bei der Arbeit und ließ mir für jeden Gegenstand, den ich in die Hand nahm, das Wort sagen. Manchmal besuchten mich Bewohner, die auf eine Anstellung und die entsprechende Bezahlung hofften und enttäuscht wieder abzogen, wenn ich ihnen nichts als Tee anbot. Die Zentrale in Basel enttäuschte ich ebenfalls. Auf meinen ersten Quartalsbericht antwortete Josenhans, die geographischen Angaben seien zwar durchaus instruktiv, aber ihn interessiere mehr, wie viele Heiden ich inzwischen getauft hatte. Ich las den Bericht auf dem Rückweg von Victoria, wohin ich alle zwei Wochen reiste, um einzukaufen und nach Post zu fragen. Über Josenhans' Ansinnen musste ich lachen. Der Mann wollte Konvertiten, Taufen, wachsende Gemeinden, aber wie sollte ich Menschen missionieren, deren Sprache ich nicht verstand?

Zunächst unterband ich das Betatschen der Bibel und

bat den alten Luo, das Amulett abzunehmen, das er um den Hals trug. Daraufhin gab er mir zu verstehen, dass es ihn vor Krankheiten schützte, die mein Gott nicht kannte, da er von jenseits des Ozeans kam. Solche in Zeichensprache geführten Debatten nannte ich in meinen Berichten theologische Unterweisung. Speiste ich einen Bittsteller mit Tee und warmen Worten ab, schrieb ich von Erbauungsstunden mit einzelnen Gemeindemitgliedern, und als solche zählte ich alle Bewohner, die nicht demonstrativ wegsahen, wenn ich ihnen begegnete. Ansonsten tat ich, was ich konnte. Auf den Feldern herrschte Not am Mann, es gab zu wenig Zugtiere, und manchmal ließ ich mich selbst vor den Pflug spannen, bis meine Beine vor Erschöpfung einknickten. Immerzu mussten Dächer repariert werden, wofür ich aus Hongkong das nötige Werkzeug mitbrachte. Die Leute waren mir dankbar, und mit mehr Zeit wäre in Tongfu vielleicht eine Gemeinde entstanden, die den Namen verdiente. Warum es anders kam, erzähle ich später; jetzt will ich berichten, wie ich zum ersten Mal von den gewaltigen Umwälzungen hörte, die sich in jenen Jahren im Landesinneren zutrugen.

Es war wenige Wochen nach meiner Ankunft. Um das Vertrauen der Bewohner zu gewinnen, passte ich mich dem dörflichen Leben so weit wie möglich an. Statt westlicher Kleidung trug ich das Gewand eines Dorfschullehrers, meine Füße steckten in Stoffschuhen, und Aufzeichnungen datierte ich doppelt, auf unsere Weise und nach dem chinesischen Kalender, dessen Jahr mit dem Frühlingsfest begann. 1853 war das dritte Jahr der Herrschaft Xianfeng, und das Ende des vierten Mondes fiel auf den Übergang vom Mai in den Juni.

Am späten Nachmittag kehrten die Bewohner von den Feldern zurück. Ich saß in meinem Haus und machte Notizen, als das Knallen von Feuerwerkskörpern die Stille zerriss. Erstaunt hörte ich, wie sich Jubelrufe unter die Explosionen mischten. Aus Hongkong kannte ich solchen Lärm, der an jedem Feiertag erklang, aber in den Tagen zuvor waren mir keine Vorbereitungen aufgefallen. Eine Hochzeit stand auch nicht an. Als ich vor die Tür trat, sah ich, dass sich das gesamte Dorf vor dem Haus des alten Luo eingefunden hatte, blauer Rauch stieg in die Luft, und ich bekam ein ungutes Gefühl. Die Anweisungen aus Basel waren klar: Heidnische Rituale mussten rigoros unterbunden werden. In jeder Ausgabe des *Evangelischen Heidenboten* wurden Missionare dafür gefeiert, dass sie Einheimische davon abhielten, ihre Tempel zu besuchen oder Götzenstatuen anzubeten. In Rotterdam hatte ich gelernt, dass die Jesuiten in China einst große Schuld auf sich geladen hatten, als sie dem Kaiserhof die Durchführung gewisser Rituale erlaubten, andererseits hatte Gützlaff gesagt, dass man nicht alle fremden Gebräuche auf einmal abschaffen konnte, und das erschien mir einleuchtend. Wie sollten die Bewohner mir vertrauen, wenn ich ihnen verbot, was sie seit Jahrhunderten zu tun gewohnt waren? Die Berichte im *Heidenboten* endeten meist so, dass die Missionare mit Steinwürfen verjagt wurden und über die verstockten Herzen der Einheimischen klagten. Was war damit gewonnen?

Langsam näherte ich mich der Versammlung. Aus dem Haus des alten Luo wurde eine Statue getragen, die ich vorher nie gesehen hatte. Sie sah aus wie von Kinderhänden gemacht, aus rot bemaltem Ton geformt und auf ein altes Holzbrett montiert. Sobald die Bewohner mich bemerkten, wurde ich umringt und mit Worten überschüttet. Nanking sei erobert worden, verstand ich, ohne die Information einordnen zu können. Das ganze Dorf befand sich im Freudentaumel, der alte Luo schenkte Hirseschnaps aus. Erobert von wem und warum, fragte ich und weiß heute nicht mehr, was ich damals erfuhr und was später. Der große Aufstand, der inzwischen ganz China erfasst hatte, war einige Jahre zuvor ausgebrochen und erreichte mit der Eroberung von Nanking seinen vorläufigen Höhepunkt. Dass die Anführer Hakka waren und mehrere Männer aus der Familie des alten Luo in ihrer Armee kämpften, erzählte man mir zwar, aber wie alles, was ich hörte, klang es verrückt. Nanking war ebenso berühmt für seine lange Geschichte wie für die uneinnehmbaren Mauern. Arme Hakka aus dem Süden sollten die Stadt erobert und in Himmlische Hauptstadt umbenannt haben? Aufgeregt deutete der alte Luo immer wieder auf die Statue und machte das Kreuzeszeichen, wie um mir zu sagen, dass die Aufständischen Christen seien.

Tian Wang, Himmlischer König, stand in zwei Schriftzeichen auf der Brust der Figur.

Jemand drückte mir einen Schnaps in die Hand, und ich trank ihn. Dann noch einen. Er brannte im Hals, die Umgebung begann sich zu drehen, und auf einmal musste ich an die Zeit denken, als ich nach der Erblindung wieder sehen konnte: Wie ich hatte rennen müssen, immerzu rennen, trotz der Angst, die Blindheit könnte zurückkehren und mich mitten im Lauf zu Fall bringen. Ich rannte und rief innerlich: Mach mich blind, mach mich doch blind! Dann schloss ich die Augen, rannte weiter und fiel hin. Rappelte mich auf, rannte erneut los und fiel wieder hin. Die Dunkelheit, die mich monatelang umgeben hatte, ließ mich nicht los, aber Angst war nicht das einzige Gefühl, das sie auslöste. Warum verschaffte es mir solche Erleichterung, zu fallen? Wieso fühlte ich mich in diesem Moment lebendig und stark, beinahe unverwundbar, und warum kehrte das Gefühl zurück, als ich in Tongfu die Statue des Himmlischen Königs betrachtete? Gab es auch hier in China eine große Sache, die auf mich wartete? Auf die Antwort kam ich erst später, oder glaubte es zumindest, nachdem ich der Lockung noch einmal nachgegeben und mich auf den Weg nach Nanking gemacht hatte. Das Risiko kannte ich, aber ich wollte es eingehen, um jeden Preis – wie hoch er sein würde, konnte ich damals nicht ahnen.

Hong Jin 洪
仁
玕

*Im Dorf Guanlubu riefen ihn alle den kleinen Hong. Von Kind-*
*heit an hatte er zusammen mit seinem Vetter für die Prüfun-*
*gen gelernt, aber die Hoffnungen der Bewohner ruhten allein*
*auf dem Älteren. Von ihm erwartete niemand die Erlösung*
*aus der Armut, er war nur der brave Gefährte, den jeder moch-*
*te und kaum jemand beachtete, und manchmal ärgerte ihn*
*das – bis zu jenem Tag, an dem der Vetter zum dritten Mal*
*aus Kanton zurückkehrte. In seiner Abwesenheit hatte Hong*
*Jin im Dorftempel gebetet und gewacht. Noch war er zu jung,*
*um selbst an den Prüfungen teilzunehmen, aber was auf dem*
*Spiel stand, wusste er so gut wie alle anderen. Ein drittes*
*Scheitern wäre das Ende aller Träume.*

*Nach achtzehn Tagen kehrte Hong Xiuquan ins Dorf zu-*
*rück, nicht zu Fuß, sondern in einer gemieteten Sänfte. Wie*
*ein Schwerkranker wurde er zu Hause ins Bett gelegt. Als sich*
*die Familie um ihn versammelte, bat er mit dünner Stimme*
*um Verzeihung für sein Versagen. Dann schloss er die Augen,*
*um zu sterben. In den nächsten Wochen lag er mal stumm im*
*Bett, mal gebärdete er sich so wild, dass Eltern und Geschwis-*
*ter entsetzt aus dem Haus flohen. Nur Hong Jin wich nicht*
*von seiner Seite, sondern schrieb alles auf, was er hörte und*
*sah. Mit der Zeit ergaben sich die Umrisse eines Bildes: Der*
*Vetter kämpfte mit dem Schlangenteufel Yan Luo, dem Fürs-*
*ten der Unterwelt. Seine Waffe war ein gewaltiges Schwert,*

*und an seiner Seite focht ein zweiter Mann, den er den älteren Bruder nannte. Wenn er nach einem Kampf in die Kissen sank, zeigten sich auf seinen Armen frische Wunden. Eines Morgens standen über dem Türbalken vier Zeilen in einer fremden Handschrift:*

Mit dem Schwert in der Hand bringe ich Frieden auf
die Erde.
Die Bösen werden geköpft, die Guten verschont und
die hundert Namen beruhigt.
Mein Blick schweift nach Norden und Süden, über Berge
und Flüsse.
Meine Stimme dröhnt von Ost nach West, bis hinauf zu
Sonne und Mond.

*Als der Vetter nach vierzig Tagen erwachte, hatte sein Bart die Farbe von Sand. Auch die Stimme klang anders, und sein Blick war so bohrend, dass die Kinder davonrannten, wenn er das Haus verließ. Viele im Dorf glaubten, er sei vom Fuchsgeist verhext worden. Hong Jin allein ahnte, dass es eine andere Erklärung geben musste. In alten Büchern suchte er nach Geschichten über Yan Luo, der sich in ein Tier verwandeln konnte, um seine Feinde zu täuschen, aber wenn er den Vetter fragte, bekam er keine Antwort. Jahre vergingen, ohne dass er herausfand, was geschehen war. Felder mussten bestellt und Familien ernährt werden, und außer ihm wollte niemand an alten Wunden rühren. Eines Tages jedoch fiel sein Blick auf ein ungelesenes Buch im Regal. Ausländische Teufel hätten es ihm in Kanton geschenkt, erzählte der Vetter, aber der Verfasser war ein Landsmann aus dem Süden.* Gute Worte zur Ermahnung des Zeitalters *stand auf dem Einband. Hong Jin nahm es mit nach Hause und las vom großen Schlangenteufel, der die Menschen mit einer List dazu ver-*

*führte, verbotene Früchte zu essen. Von einer gewaltigen Flut las er, die geschrieben wurde wie der Familienname Hong und alle hinwegspülte, die an Götzen und Geister glaubten. Er las vom Gott Shang Di, dem Herrscher in der Höhe, der die Menschen liebte und über ihre Abwege in Zorn geriet, so dass sie die Felder bestellen mussten im Schweiße ihres Angesichts, genau wie die Hakka in Guanlubu. Vieles in dem Buch klang vertraut, anderes unerhört. Lu Ban, der Meister der Holzarbeiter, und Guanyin Pusa, die Göttin der Gnade, Frau Goldblume, die Hoffnung der Kinderlosen, der Gelbe Kaiser, der Nordkaiser und die Himmelsmutter, sie alle, stand dort, waren hölzerne Statuen ohne Macht.*

*Hatten seine Gebete deshalb nichts bewirkt?*

*Zuerst wollte sein Vetter ihn nicht anhören. Der Ältere träumte noch immer davon, die Scharte auszuwetzen und die Prüfung abzulegen, aber Hong Jin war nicht mehr der brave Gefährte von einst. Sieben Jahre hatte er nach dem Schlüssel gesucht, nun war er überzeugt, ihn gefunden zu haben. Gemeinsam studierten sie das Buch und die Notizen von damals, und zum ersten Mal erzählte der Vetter von seinen Erlebnissen während der vierzig Tage. In einer goldenen Sänfte war er in den Himmel getragen worden, wo ein Mann mit langem Bart ihn empfangen und seinen Sohn genannt hatte. Von ihm hatte er ein Schwert erhalten, um auf der Erde die Dämonen zu töten. Je länger sie sprachen, desto klarer wurde alles. Als sie ihren Auftrag erkannten, zögerten sie nicht, sondern gingen in den Dorftempel und schlugen die Ahnentafeln in Stücke. Hong Xiuquan ließ sich ein Schwert schmieden und zertrümmerte auch den Familienaltar zu Hause. Sieben Jahre lang hatte er sich geschämt, jetzt trat er auf den Dorfplatz und schrie laut heraus, dass er der Sohn des Höchsten war. Die Bewohner bewarfen ihn mit Steinen. Hong Jin wurde von seinen Brüdern halb totgeschlagen, und als er wieder laufen* konnte, war der Vetter verschwunden. Niemand wollte ihm verraten wohin. Eine Zeitlang glaubte er, die Dorfbewohner hätten ihn umgebracht. Als die Nachrichten von den Gottesanbetern das Dorf erreichten, die weit weg auf dem Distelberg lebten und ihren Anführer den Himmlischen König nannten, brach er sofort auf, aber es gab bereits kein Durchkommen mehr. Überall lauerten Soldaten des Kaisers, die Jagd auf die Hakka machten. Rastlos wanderte er durchs Land. In Shanghai traf er englische Missionare und studierte mit ihnen die Heilige Schrift, bis die Aufständischen eines Tages Nanking eroberten und er nirgends mehr sicher war. Mit knapper Not erreichte er Hongkong, wo er Unterschlupf bei denen fand, die er bald seine ausländischen Brüder nannte. Er lernte ihre Sprache und ließ sich taufen, aber was die Ausländer ihm beibrachten, verwirrte ihn. Hatte der Gott Shang Di einen Sohn oder zwei? Er predigte und träumte insgeheim davon, mit Waffen zu kämpfen statt mit Worten. Von Tag zu Tag wuchs seine Unzufriedenheit, weil er nicht zu glauben wagte, was er im Herzen wusste: Dass es denen mit dem Namen Hong vorherbestimmt war, den Kaiser zu stürzen. Wir sind die große Flut, sagte er sich, die das Alte hinwegspülen wird. Wir müssen uns nur trauen.

Einstweilen blieb er auf Hongkong, fand einen Freund und wartete auf seinen Mut.

## 2 Die große Flut im Land Sinim

Shanghai, Sommer 1860

Seit jenem Tag in Tongfu sind sieben Jahre vergangen. Die Provinzen südlich des Yangtze habe ich inzwischen ausgiebig bereist, aber auf die Frage, was China ist, wüsste ich keine Antwort außer: ein Rätsel. Manche behaupten, es gebe zwei Chinas, das nördliche und das südliche, in Wahrheit sind oft sogar die Unterschiede innerhalb einer Provinz gewaltig. Meine deutsche Heimat zerfällt in unzählige kleine Fürstentümer, aber in den Köpfen lebt die Idee eines Volkes, das sich zur Republik zusammenschließen will. China dagegen besteht seit Jahrhunderten als ein Reich, und trotzdem glaubt niemand an die Existenz eines chinesischen Volkes. Der gemeine Mann fühlt sich seiner Familie verpflichtet, seinem Clan oder Dorf, alle haben ihre eigenen Erd- und Herdgötter, und in jeder Präfektur wird ein anderer Dialekt gesprochen. Deutschland existiert als Idee, nicht als Realität, mit China ist es umgekehrt, und ich weiß nicht, was merkwürdiger ist. Mit meinem Freund Hong Jin habe ich oft darüber geredet. Er hat jedes Buch in der Bibliothek der Londoner Mission gelesen und kam zu folgendem Schluss: Völker entstehen durch Schienen und Straßen, durch Zeitungen, Telegrafen und die Post, während das Reich der Mitte auf der Unterdrückung der Menschen durch korrupte Beamte basiert. Erst müssen wir den Kaiser stürzen und die Mandarine davonjagen, folgerte er, dann können wir als ein Volk leben und frei sein. Hong Jin stammte aus einem armen Dorf im Süden und war Revolutionär durch und durch. Wenn wir uns trauen, sagte er, bestimmen wir alles selbst.

Nachdem ich zum ersten Mal von der Rebellion gehört hatte, vergingen zwei Jahre, ehe ich Hong Jin begegnete. Den Hakka-Dialekt beherrschte ich inzwischen gut genug, um mit den Bewohnern Tongfus zu reden, aber je besser wir uns verständigen konnten, desto weniger verstanden wir einander. Von einem Gemeindeleben konnte keine Rede sein. Was zu Hause ein Gottesdienst heißen würde – und in meinen Berichten nach Basel auch so hieß –, war eine lockere Zusammenkunft, die bei gutem Wetter im Freien stattfand, bei Regen in meinem Haus. Leute kamen und gingen, knabberten Sonnenblumenkerne und schwatzten, während zu ihren Füßen halbnackte Kinder spielten. Schon auf der Missionsschule war ich ein schlechter Prediger gewesen. Erbaulich zu reden, lag mir nicht, ich glaubte an einen Gott, der kleine Kinder erblinden ließ und wieder sehend machte, wenn sie aufhörten, zu beten. Die Bewohner Tongfus mochten am liebsten Geschichten von der Sintflut, der Zerstörung Babels oder den Wunderheilungen. Lots Frau, die zur Salzsäule erstarrte, war ein Favorit. Der alte Luo saß vor mir, und manchmal ergriff er das Wort, als hätte ich die Sache zwar im Grundsatz richtig dargestellt, aber die Pointe vergessen. Einmal, als es um die Schöpfungsgeschichte ging, stand er auf und lieferte mit gewichtiger Miene den Beweis dafür, dass Gott zuerst den Mann und dann aus seiner Rippe die Frau geschaffen hatte: Alle Männer besaßen eine Rippe weniger als die Frauen. Sofort sprangen die Leute auf, betasteten sich und kamen zu dem Schluss, dass es stimmte. Jubel brach aus. Man klopfte mir auf die Schulter und begab sich auf einen Gang durchs Dorf, um die Entdeckung weiterzugeben. Kurz zuvor hatte Inspektor Josenhans in einem Brief gefragt, ob sich die Chinesen auch so schwer damit täten, den Unterschied zwischen ›gottähnlich‹ und ›gottgleich‹ zu erfassen. Er vermutete, dass es sich um ein linguistisches Problem handelte.

Am härtesten waren die Nächte. Auch im Sommer ging die Sonne zwischen sechs und sieben Uhr unter, danach erstarben alle Geräusche außer dem Quaken der Frösche im Dorfteich. Tongfu schlief, ich hockte über meinen Sprachstudien und schlug nach Moskitos. Ein junger Mann von vierundzwanzig, fünfundzwanzig, dann sechsundzwanzig Jahren. Die endlosen Nächte meiner Kindheit kehrten zurück, aber die Einsamkeit war von anderer Art. Wenn ich nicht genug Lampenöl gekauft hatte, blieben mir zu später Stunde nur noch Träume, in denen ich anderswo lebte und nicht allein war.

Über die Rebellion erfuhr ich vorerst wenig Neues. Was der alte Luo erzählte, klang nach Aufschneiderei, und die anderen Bewohner wussten nichts. Bei Besuchen in Victoria stieß ich auf vereinzelte Zeitungsartikel, die größtenteils auf Hörensagen beruhten, aber eines Tages bestätigte der *North China Herald*, dass Nanking gefallen war. Dem Bericht nach hatten die Rebellen eine neue Dynastie ausgerufen, die sie Taiping Tianguo nannten, das Himmlische Reich des Großen Friedens. Ihr Ziel war es, ganz China zu unterwerfen – das sollte für lange Zeit alles bleiben, was die Zeitungen berichteten. Die Aufmerksamkeit der Reporter wurde in jenen Jahren größtenteils von der sogenannten Kanton-Frage beansprucht. Die Stadt lag eine Tagesreise entfernt am Ufer des Perlflusses. Vor dem Krieg, der Hongkong zur britischen Kolonie gemacht hatte, war sie das Zentrum des Opiumhandels gewesen, und dazu wollten die ausländischen Kaufleute sie auch wieder machen, aber der Gouverneur von Kanton ließ es nicht zu. Er behauptete, die Bevölkerung hasse die Fremden so sehr, dass er nicht für ihre Sicherheit garantieren könne. In der Tat musste jeder von uns, der sich aufs Festland begab, mit tätlichen Angriffen rechnen, auch ich wurde auf dem Weg nach Tongfu mehrmals von Jugendlichen verfolgt, die Steine nach mir warfen und mich als ausländischen Teufel beschimpften.

Mit der Zeit schaukelten sich die Dinge hoch. Die weißen Herren von Hongkong drängten ihren Gouverneur, den ebenso eitlen wie weltfremden Sir Bowring, zu größerer Härte. Immer öfter stürmten britische Soldaten aufs Festland, wo sie auf einheimische Milizen stießen, es gab Tote und Verletzte, und irgendwann war die Lage so angespannt, dass die Basler Zentrale mir erlaubte, in Victoria eine Wohnung zu suchen, wohin ich mich im Ernstfall zurückziehen konnte. Sofort mietete ich zwei dunkle Zimmer in einer Barackensiedlung namens Sai Ying Pun, wo außer mir nur Einheimische lebten. Bei jedem Besuch kamen mir die Gassen des Viertels voller vor, aber erst nach einer Weile fiel mir auf, dass fast alle Nachbarn den Hakka-Dialekt sprachen. Was der alte Luo gesagt hatte, stimmte: Die Anführer der Rebellion waren Hakka, und das gesamte Volk wurde dafür bestraft. Kaiserliche Truppen brannten ihre Dörfer nieder, ermordeten die Männer und verschleppten die Frauen, und wer überlebte, floh nach Hongkong. Ganze Großfamilien zwängten sich in die ärmlichen Baracken von Sai Ying Pun, wo es nach Exkrementen und Unrat stank. Rubbish Bay nannten die Engländer den Bezirk, in den sich selten ein indischer Polizist verirrte.

Ausgerechnet dort begegnete ich eines Tages Elisabeth.

In Victoria bekam man ausländische Frauen nur zu Gesicht, wenn sie in einer Sänfte vorbeigetragen wurden oder begleitet von Dienern am Praya promenierten. Stets waren sie von Chinesen umringt, die einen Blick auf die fremdarti-

44

gen, hinter Sonnenschirmen und Schleiern verborgenen Wesen erhaschen wollten. Eine weiße Frau war ein Ereignis, und an jenem Tag hielt ich vor der Haustür inne, weil hinter mir lautes Johlen erklang. Es war im Frühjahr 1855. Den Nachmittag hatte ich wie üblich in der Bibliothek der Londoner Mission verbracht, am nächsten Tag musste ich zurück nach Tongfu. Ich drehte den Kopf und war auf vieles gefasst, aber nicht auf das, was ich im nächsten Moment sah. In der Gasse hatte sich ein Spalier gebildet und hindurch schritt eine junge ausländische Frau – allein! Statt eines Sonnenschirms trug sie zwei volle Wassereimer, und genau genommen schritt sie nicht, sondern wankte unter dem Gewicht und kam nur mit Mühe voran.

Ohne nachzudenken, stürzte ich nach vorn, sprach die Frau auf Englisch an und nahm ihr die beiden Eimer ab. Haarsträhnen hingen ihr ins verschwitzte Gesicht, die blasse Haut verriet, dass sie noch nicht lange auf Hongkong lebte. Als sie sich auf Deutsch bedankte, wäre ich vor Überraschung beinahe gestolpert. Meine Muttersprache hatte ich seit Jahren nicht gehört. Da die Eimer bis zum Rand gefüllt waren und wir von Schaulustigen bedrängt wurden, musste ich zunächst jedoch auf den Weg achten und die Leute abwimmeln, so gut es ging. Trotzdem erfuhr ich, dass sie Elisabeth hieß und im Auftrag des Berliner Frauen-Missionsvereins nach Hongkong gekommen war. Wie hätte ich nicht an Schicksal glauben können? Sie war dem Ruf desselben Mannes gefolgt wie ich, zusammen mit zwei weiteren Schwestern, von denen eine auf dem Schiff gestorben war, die andere kurz nach der Ankunft. Gemeinsam hätten sie das neu gegründete Findelhaus für Mädchen leiten sollen, von dem ich gehört hatte und das Elisabeth nun allein betreute. Es befand sich in einer zweistöckigen Baracke, die wir nach wenigen Minuten erreichten. Ich war schweißüberströmt und noch immer sprachlos. Am liebsten hätte ich sie auf der Stelle zu einem Spaziergang eingeladen, um alles über sie zu erfahren, aber sie schien wenig Zeit zu haben. »Vielen Dank«, sagte sie und wollte mir die Eimer abnehmen.

»Wie viele sind es?«, fragte ich. »Ich meine Kinder. Waisen.«

»Acht.«

»Nur Mädchen?«

Sie nickte.

»Die von ihren Eltern ausgesetzt wurden?«

»Waisen eben, man hat sie irgendwo gefunden.« Basket Babys hießen sie in der Kolonie. Es gab viele, und fast alle waren Mädchen.

»Wie kannst du sie ganz alleine versorgen?«

»Zwei einheimische Ammen helfen«, erwiderte sie knapp und musterte den seltsamen Aufzug, in dem ich vor ihr stand: das lange, nicht mehr saubere Gewand und die chinesischen Stoffschuhe. Seit Wochen hatte ich mich weder rasiert noch ordentlich gekämmt und sah aus wie der Einsiedler, der ich in Tongfu war.

»Ich lebe in einem Dorf auf dem Festland«, erklärte ich, aber statt nachzufragen, griff sie nach den Eimern und wollte nicht zulassen, dass ich sie ins Haus brachte. Männer durften es nicht betreten, es gab im Viertel schon genug Gerede. Viele Chinesen glaubten, dass wir Missionare die Augen kleiner Kinder zu Pillen verarbeiteten, die das Leben verlängerten. »Nochmals danke.« Ein letztes Lächeln, dann schloss sie die Tür.

Für einen Mann meines Alters hatte ich einiges erlebt, aber Erfahrungen mit Frauen besaß ich nicht. In Leipzig hatte ich für die eine oder andere Schauspielerin in Robert Blums Bekanntenkreis geschwärmt, jetzt kehrte ich nach Tongfu zurück und flüsterte nachts Elisabeths Namen vor mich hin. Die Begegnung war so flüchtig gewesen, dass ich nach einer Woche Schwierigkeiten hatte, mich an ihr Gesicht zu erinnern; blasse Lippen und milchweiße Haut, aber waren die Augen grün oder braun? Gemäß den Basler Bestimmungen durfte ein Missionar frühestens nach fünf Dienstjahren heiraten, wenn die Zentrale die Braut geprüft und der Verbindung zugestimmt hatte. Meine Dienstzeit betrug erst die Hälfte, aber war ich nicht der einzigen Person in ganz China begegnet, die als Partnerin in Frage kam? Sollte ich einem Paragrafen erlauben, meine Zukunft zu bestimmen? Wie sie darüber dachte, wusste ich nicht – wer als Frau allein nach Asien reiste, hatte sicher einen eigenen Kopf –, aber ich beschloss bereits nach der ersten Begegnung, dass wir entweder heiraten würden oder ich musste den Dienst quittieren und mein Glück doch in Amerika suchen.

Die Bewohner von Tongfu merkten, dass ich meiner Aufgabe nur noch mit halber Kraft nachkam. Kaum zurückgekehrt, suchte ich nach einem Grund für die nächste Abwesenheit und war beinahe froh, dass die Umstände mir zuarbeiteten. Anfangs hatte sich die Verfolgung der Hakka auf die Nachbarprovinz beschränkt, wo die Rebellion ausgebrochen war, aber im Lauf des Sommers wurden die Maßnahmen ausgeweitet. Immer mehr junge Männer flohen nach Hongkong, bald folgten ihre Familien, und nachdem auch der alte Luo gegangen war, gab es in Tongfu keine Gemeinde mehr, die ich hätte betreuen können. Ich schrieb nach Basel, dass ich es für das Beste hielt, die Gemeinde in Victoria neu zu formieren, allerdings fehlte dafür ein Ort, wo wir uns treffen konnten. Die Leute lebten verstreut über die Insel und klopften nur an meine Tür, wenn sie Hunger hatten. Vorerst übernahm ich kleine Aufgaben in der Londoner Mission, die restliche Zeit verbrachte ich am Fenster meiner Kammer und beobachtete das Treiben auf der Gasse. Mindestens einmal am Tag musste Elisabeth Wasser holen. Wenn sie nicht kam, schaute ich beim Findelhaus vorbei und bot meine Hilfe an. Der Brunnen war eine Viertelmeile entfernt, man konnte Kulis dorthin schicken, aber dafür fehlte es an Geld. Die Mädchen schliefen in schlecht durchlüfteten Zimmern und waren ständig krank, also kaufte ich Medizin und tat so, als hätte ich mehr als genug davon. Elisabeth verstand natürlich, dass ich nicht ohne Hintergedanken handelte, aber das war mir egal. »Du bringst dich nicht meinetwegen in Schwierigkeiten, oder?«, fragte sie eines Abends, als ich ihr ein Fläschchen Chinin brachte. Es half gegen Durchfall und Fieber, zwar nicht so gut wie Opiumlösungen, aber damit wollte sie nichts zu tun haben.

»Für die Kinder«, sagte ich und winkte ab. Josenhans würde es anders sehen, aber ich fand das Geld dort am besten aufgehoben, wo es am dringendsten gebraucht wurde. »*Du* bringst dich in Schwierigkeiten«, fügte ich hinzu, weil sie das Päckchen zwar annahm, aber in der Tür stehen blieb, ohne sich zu rühren. In ihrem einfachen Kleid aus Kaliko sah sie aus wie ein erschöpftes Dienstmädchen. »Wenn du so viel arbeitest, meine ich.«

»Für die Kinder. Und danke.« Mit einem Nicken wollte sie zurück ins Haus, als ihr etwas einfiel. »Du kannst doch Chinesisch«, sagte sie. »Was heißt ›bobbely‹ oder so ähnlich? Die Ammen sagen es ständig.«

»Lärm, Ärger, Streit. Alles, was einen stört.«

»Kanton-Dialekt?«

»Pidgin«, sagte ich.

Über ihr Gesicht zog ein verzagtes Lächeln. »Ich weiß nicht mal, welche Sprache ich nicht verstehe.«

Inzwischen wusste ich etwas mehr über sie. Ihre Familie stammte aus dem Böhmischen, aber sie war in Berlin im Umkreis der Bethlehemskirche aufgewachsen, wo sie von klein auf Geschichten von Missionaren in fernen Ländern gehört hatte. Der Basler Mission wäre es niemals eingefallen, unverheiratete Frauen nach China zu schicken, obwohl es die einzige Möglichkeit war, Chinesinnen zu bekehren, die abgeschottet zu Hause lebten. Ohne Frauen keine Familien, ohne Familien keine Gemeinde – eine einfache Rechnung, aber der Berliner Frauen-Missionsverein war der erste, der das Experiment wagte, und nach dem Tod der beiden anderen Schwestern konnte nur Elisabeth sein Scheitern abwenden. Vorbereitet hatte man sie kaum. Sie sprach passabel Englisch, aber keinen einheimischen Dialekt. Manchmal tauchte der Vermieter auf, redete laut auf sie ein und schien Geld zu wollen. Aus Berlin waren ein Schuhmacher und seine Frau unterwegs, die das Findelhaus als Heimeltern übernehmen sollten, aber bis sie eintrafen, hatte ich viele Möglichkeiten, mir Elisabeths Dankbarkeit zu verdienen. »Es gibt ein berühmtes Gedicht, das so beginnt«, sagte ich, um sie aufzuheitern. Verse und Sprichwörter von einer Sprache in die andere zu übersetzen, war ein Zeitvertreib meiner einsamen Nächte in Tongfu. »Top-side allo tree no catchee bobbely. Kennst du das?«

Ungeduldig zuckte sie mit den Schultern, wahrscheinlich war ihr Tag noch lange nicht zu Ende. In der Gasse vor dem Haus roch es nach den getrockneten Meeresfrüchten, die unten am Praya verkauft wurden.

»Über allen Gipfeln ist Ruh'«, übersetzte ich.

Es dauerte einen Moment, bevor ihr Lachen herausplatzte. Sie hielt sich die Hand vor den Mund, und die Wangen wurden ein wenig rot. Für ein paar Sekunden sah sie nicht übermüdet aus, sondern unbeschwert und fröhlich. Dann wünschte sie mir eine gute Nacht. Ich kehrte in meine Wohnung zurück, mit Zeilen im Kopf, die ich ihr bei nächster Gelegenheit vortragen würde.

Den Aufenthalt in Singapur nicht eingerechnet, lebte ich seit fünf Jahren in China, als der zweite chinesisch-englische Krieg begann. Ebenso lange hatten die weißen Herren gefordert, dass man in der Kanton-Frage andere Saiten aufziehen müsse, um die Chinesen zur Räson zu bringen, und im Herbst 56 bot sich der passende Anlass. Kaiserliche Soldaten brachten im Hafen von Kanton ein Schiff auf, das zwar einem Chinesen gehörte, aber unter britischer Flagge segelte, weil es in Hongkong registriert war. *Arrow* lautete der Name. Im Delta des Perlflusses gab es Tausende solcher Schiffe, die Opium oder Diebesgut schmuggelten und eine ausländische Flagge nur gehisst hatten, um die chinesischen Behörden abzuschrecken – was in diesem Fall misslang. Die Soldaten beschlagnahmten die Fracht und verhafteten die Crew, und trotzdem wäre der Vorfall folgenlos geblieben, hätten sie nicht zudem den Union Jack vom Mast geholt. In diesem Punkt verstanden Engländer keinen Spaß. Wenn es um das ging, was sie ihr nationales Prestige nannten, wurde aus Argwohn blanker Hass, und wann ging es nicht darum? In Victoria sah ich einmal, wie ein britischer Gentleman auf zwei Chinesen einprügelte, die auf einer öffentlichen Bank saßen und nur zur Seite gerückt waren, als er sich näherte. Der Sitzplatz hätte für vier oder fünf Personen gereicht, aber es war unter der Würde eines Weißen, *seine* Bank mit Einheimischen zu teilen. Im Grunde verletzte es seine Ehre, sich in irgendeiner Form mit ihnen abzugeben, also drosch er auf sie ein, bis der Stock zerbrach und zog erbost von dannen. Die Chinesen blieben zurück und betrachteten ihre Wunden. Sie hatten sich nicht gewehrt, nur mit den Händen ihren Kopf geschützt.

Nach dem *Arrow*-Zwischenfall entlud sich die Empörung in wüsten Beschimpfungen. Entweihung unserer stolzen Fahne, schrieben die englischen Zeitungen, Herabwürdigung der Krone! Die Ehre des Landes, so wurde es dargestellt, war von einer Horde Wilder beschmutzt worden, obwohl der Vorfall Fragen aufwarf, sobald man die Berichte genauer las. Britische Schiffe strichen die Flagge, wenn sie im Hafen lagen, wie konnte sie in diesem Fall von den Soldaten eingeholt worden sein? Statt zuzugeben, dass die *Arrow* ein Piratenboot und die ganze Affäre nur ein Vorwand war, um die Öffnung Kantons für ausländische Opiumhändler zu erzwingen, provozierten die Engländer einen diplomatischen Eklat. Unmittelbar nach dem Vorfall hatte ein junger Konsul namens Parkes den Tatort aufgesucht, um die Freilassung der Crew und das sofortige Hissen des Union Jack zu fordern. Dabei war es zu Handgreiflichkeiten gekommen, also fühlte sich nun auch der Konsul in seiner Ehre verletzt und verlangte eine Entschuldigung. Als sie ausblieb, wurde ein britisches Kanonenboot den Perlfluss hinaufgeschickt, doch der Gouverneur von Kanton ließ sich nicht einschüchtern, sondern schloss das Zollbüro und brachte damit den Warenverkehr zwischen Hongkong und dem Festland zum Erliegen. In Fragen der Ehre gab es für beide Seiten kein Zurück. Ende Oktober flogen die ersten Mörser auf Kanton, und der Gouverneur antwortete, indem er auf jeden Ausländer ein Kopfgeld von dreißig Silberdollar aussetzte. Missionsgesellschaften riefen ihre Mitarbeiter vom Festland in die Kolonie zurück, aber auch dort tauchten Plakate auf, die zu unserer Ermordung aufriefen. In den englischen Häusern wurde das Personal nachts eingeschlossen, und wer konnte, brachte Frau und Kinder nach Macao. Elisabeth wollte ihre Mädchen natürlich nicht allein lassen, außerdem war sie zu überarbeitet, um den Ereignissen viel Beachtung zu schenken. Dass ich auf einmal mit einer doppelläufigen Flinte beim Findelhaus erschien, fand sie übertrieben, aber ich ließ mich nicht abhalten. Im Dezember wurde das Brot einer bekannten Bäckerei mit Arsen versetzt – zum Glück in so hoher Dosierung, dass die meisten es nach dem ersten Bissen ausspien. »Meine Mädchen leben von Reissuppe und verdünnter Milch«, entgegnete Elisabeth, als ich ihr davon erzählte. Dass sie manchmal furchtloser tat, als sie war, sollte ich erst später herausfinden.

»Dreißig Silberdollar sind viel Geld«, sagte ich.

»Ich weiß. Unsere Ammen bekommen drei im Monat.«

»Und es gibt gefährlichere Menschen als deine Ammen. Du kannst die Plakate nicht lesen, aber sie hängen überall. Also sei vorsichtig, bleib nach Sonnenuntergang im Haus ...«

»Statt wie sonst durch die Stadt zu flanieren?«

»... und roll nicht mit den Augen, wenn ein Freund vorbeikommt, um zu schauen, ob alles in Ordnung ist.«

Nickend rollte sie mit den Augen. »Du meinst so?«

Mit mehr Erfahrung hätte ich wahrscheinlich verstanden, dass meine Besuche sie weniger störten, als sie mich glauben ließ. In den chinesischen Kleidern und mit dem dichten Vollbart entsprach ich womöglich der romantischen Vorstellung, die sie sich als Kind von Missionaren in fernen Ländern gemacht hatte, außerdem waren wir inmitten des furchtbaren Geschehens merkwürdig frei. Es gab keine familiären Verpflichtungen, wir gehörten nicht zur britischen Gesellschaft, und unsere Arbeitgeber waren so weit weg, dass wir alle Entscheidungen allein trafen. Als mir von Josenhans gestattet wurde, mich aus Tongfu zurückzuziehen, hatte ich seit einem halben Jahr keinen Fuß mehr aufs Festland gesetzt. Ich solle in Victoria aber keine Missionsstation eröffnen, schrieb er, sondern die Arbeit im Dorf so schnell wie möglich wiederaufnehmen und bis dahin schriftlich Kontakt zu meiner Gemeinde halten. Da es keinen Postdienst gab und in Tongfu nur noch ein paar Alte wohnten, die nie zur Gemeinde gehört hatten, war die Anweisung sinnlos. Eine Missionsstation auf Hongkong war genau das, was die Umstände verlangten. Hakka kamen inzwischen zu Tausenden in die Kolonie, und als ich hörte, dass amerikanische Baptisten ihre Einrichtung schließen wollten und einen Nachmieter für die Räume suchten, griff ich zu. Ein Haus und eine kleine Kapelle außerhalb von Victoria, auf halbem Weg den Berg hinauf, der sich hinter der Stadt erhob. Der Blick reichte über die gesamte Bucht, und die Miete betrug nur sechs Dollar im Monat, also unterschrieb ich den Vertrag und begann, die heruntergekommenen Gebäude auszubessern. Josenhans würde toben, aber ich glaubte, den idealen Ort für eine Gemeindegründung gefunden zu haben, und nicht nur dafür. Nach dem Eintreffen der neuen Heimeltern würde Elisabeth aus dem Findelhaus ausziehen müssen, und von der Station hätte sie es nicht allzu weit zu ihrem Arbeitsplatz. Das Haus war groß genug für zwei.

In den folgenden Monaten arbeitete ich tagsüber in der Station und ging danach ins Tal, um beim Findelhaus nach dem Rechten zu sehen. Meine wenige freie Zeit verbrachte ich in der Londoner Mission. Deren Bibliothek war eine winzige Kammer mit kaum zweihundert Büchern, aber ich hoffte, dort einem Mann zu begegnen, von dem ich in letzter Zeit viel gehört hatte. Die Mitarbeiter der Mission, allen voran Reverend Legge, lobten ihn in den höchsten Tönen, und wenn er in der Kapelle am Lower Bazaar predigte, füllte sie sich bis auf den letzten Platz – mit Hakka. Er war nicht nur einer von ihnen, sondern obendrein ein Vetter des Rebellenführers in Nanking, dessen Truppen inzwischen ein Gebiet kontrollierten, das größer war als England und Frankreich zusammen. Trotzdem wurde der Aufstand in den Zeitungen als Ärgernis oder als bloße Kuriosität behandelt. Statt nach den Ursachen zu fragen, mokierte man sich über die blumigen Titel der Anführer und verdammte alles, was man über ihre Theologie zu wissen glaubte. Ihre militärischen Erfolge konnte sich niemand erklären. Dass bei der Londoner Mission jemand arbeitete, der mit dem Himmlischen König aufgewachsen war, blieb den meisten von uns verborgen. Bei der ersten Begegnung staunte ich, wie unscheinbar er aussah: älter als ich, mit einem kindlich runden Gesicht ohne Bart oder Falten und einer angenehm sanften Stimme. Weder rasierte er sich die Stirn, noch trug er einen Zopf, trotzdem hatte er das gemessene Auftreten eines chinesischen Gelehrten. Als ich ihn ansprach, fuhr er zusammen, weil er noch nie einen Ausländer getroffen hatte, der den Hakka-Dialekt konnte. Er selbst sprach fließend Englisch und half Reverend Legge beim Studium der alten Schriften, die dieser eines Tages ins Englische übersetzen wollte. »Ist es schwer, mit dem Reverend auszukommen?«, fragte ich, nachdem ich mich vorgestellt hatte. »In der Station erzählen alle, er sei so streng.«

»Mich behandelt er wie einen teuren Rassehund«, sagte Hong Jin mit einem für Chinesen ungewöhnlichen ironischen Unterton. »Ich werde viel gelobt und getätschelt.« Sein Blick schien hinzuzufügen: aber immer von oben herab.

Danach dauerte es nicht lange, bis wir uns regelmäßig sahen. Anfangs antwortete Hong Jin zögerlich, wenn ich nach dem Aufstand fragte, aber als ich von meinen Erfahrungen zu Hause erzählte, wurde er offener. Er war der erste Chinese, den ich traf, der sein Land nicht für die einzige Zivilisation der Welt hielt, sondern alles über das Leben in Europa wissen wollte. Was eine Republik sei und was ein Parlament, ob es außer England weitere konstitutionelle Monarchien gab, warum wir überlegene Waffen hatten, wie eine Universität funktionierte und so weiter. Viele Fragen überstiegen meinen Horizont, aber er hörte auch gern Geschichten vom Barrikadenkampf oder alte Revolutionslieder. Am besten gefiel ihm Herweghs *Aufruf*, den wir gemeinsam ins Chinesische übersetzten: »Reißt die Kreuze aus der Erden! / Alle sollen Schwerter werden / Gott im Himmel wird's verzeihn. / Gen Tyrannen und Philister! / Auch das Schwert hat seine Priester / Und wir wollen Priester sein!«

Nach und nach erfuhr ich, wie die Rebellion begonnen hatte. Das dreifache Scheitern bei den Prüfungen, die Krankheit des Vetters, seine Vision und die gemeinsame Entdeckung ihres Sinns. Wenn Hong Jin spürte, dass ich seiner Erzählung zweifelnd folgte, versuchte er mich nicht zu überzeugen, sondern sprach von anderen Dingen, zum Beispiel von der Steuerlast, die Chinas Bauern erdrückte, seit alles Silber in den Opiumhandel floss. Er schien genau zu wissen, welche Fragen mich umtrieben. Eigentum betrachtete er als die Wurzel allen Übels und träumte von bäuerlichen Gemeinschaften, die gemeinsam die Felder bestellten. Zuerst allerdings müsse das Reich von den Mandschus befreit werden, den Feinden des Fortschritts, und das werde auch geschehen. Wenn ich fragte, wann, beugte er sich nach vorne und flüsterte, als wollte er mir ein Geheimnis anvertrauen. »Wir beide werden es noch erleben.« Ein stilles Lächeln der Vorfreude erschien auf seinem Gesicht. Wie viel Entschlossenheit sich dahinter verbarg, sollte ich erst nach und nach herausfinden.

Durch Hong Jin lernte ich weitere Mitarbeiter der Londoner Mission kennen, Thomas Reilly und seine Frau Sara, die seit über zehn Jahren auf Hongkong lebten. Als im Mai die neuen Heimeltern eintrafen, zog Elisabeth ins geräumige Haus der Reillys in der Queens Road, ich gab die beiden Zimmer in Sai Ying Pun auf und bezog meine Station auf dem Berg, wo an heißen Sommerabenden eine angenehme Brise wehte. Mit der Zeit wurde es zur Gewohnheit, dass wir uns am Wochenende dort trafen, meistens zu fünft. Thomas und

Sara, Elisabeth und ich, Hong Jin brachte seine Frau nie mit. Auch sonntags in der Union Church erschien sie nicht, und wenn wir ihn nach dem Grund fragten, antwortete er, es sei eben so. Private Dinge gab er ungern preis, obwohl er sonst ausgesprochen zugänglich war. Nach den Predigten am Lower Bazaar wurde er jedes Mal von Landsleuten umringt, und nachdem mir aufgefallen war, dass viele ihn um medizinischen Rat fragten, sprach ich ihn darauf an und erfuhr, dass er auf seinen früheren Wanderjahren auch als Arzt gearbeitet hatte. Ich fragte, ob er ein Mittel gegen Kopfschmerzen kenne.

»Für dich?«, fragte er zurück.

Ich schüttelte den Kopf. In der schwülen Sommerhitze litt Elisabeth an heftigen Attacken von Fieber und Kopfschmerzen. Wenn ich sie besuchen wollte, war sie oft zu krank, um mich zu empfangen. Bei geschlossenen Fensterläden lag sie im Bett und konnte an manchen Tagen vor Schmerzen kaum die Augen öffnen. Dass sie sich weigerte, Opium zu nehmen, war typisch für ihre Halsstarrigkeit.

»Kopfschmerzen sind leicht zu kurieren«, meinte Hong Jin. »Manchen Leuten macht die Behandlung allerdings Angst. Ausländern vor allem.«

»Ist die Medizin sehr bitter?«, fragte ich.

»Bitter eigentlich nicht.« Er lachte wie über einen beiläufigen Scherz.

»Du hast sie getroffen«, sagte ich. »Sie ist nicht wie andere Frauen.«

»Ich hatte eher an dich gedacht.« Es gab nicht viele Chinesen, die so mit einem Ausländer redeten, vertraut, von gleich zu gleich, mit einem gelegentlichen Hang zur Überheblichkeit, den er lächelnd kaschierte. Seine gesamte Kindheit und Jugend hatte er dem Studium der klassischen Schriften gewidmet und von einem Tag auf den anderen beschlossen, dass sie wertlos waren. Seitdem kannte seine Neugier keine Grenzen, wie ein Schwamm saugte er alles in sich auf, und vielleicht hielt er sich insgeheim für klüger als Reverend Legge, der sein Chef war und als der gelehrteste unter Hongkongs Missionaren galt. Jedenfalls war Hong Jin ausgesprochen stolz. Wenn wir uns in kleiner Runde trafen, stand er oft im Mittelpunkt und schien es zu genießen, uns mit seinen vielen Talenten zu beeindrucken.

»Arzt bist du also auch«, meinte Sara eines Abends und schüttelte den Kopf. Trotz der vielen Moskitos saßen wir draußen vor meinem Haus. Eine sanfte Brise wehte den Victoria Peak herauf. »Wo hast du das wieder gelernt?«

»In Shanghai«, antwortete er. »Von einem Medizinmann, der mich bei sich aufgenommen hatte. Ich habe ihm alte Gedichte beigebracht, er mir seine Kunst.«

»Chinesische Medizin«, sagte Thomas. »Kräuter und so.«

Hong Jin schüttelte den Kopf. »Nadeln.«

»Du meinst Spritzen.«

»Nadeln«, warf Elisabeth ein, bevor unser Freund weiterreden konnte. »In Sai Ying Pun gibt es einen Arzt, der seine Patienten mit Nadeln behandelt. Eine unserer Ammen war bei ihm, weil sie nicht genug Milch hatte. Es wird gegen alles Mögliche eingesetzt.«

»Wie setzt man Nadeln gegen alles Mögliche ein?«, fragte Thomas. »Wie setzt man sie überhaupt ein?«

Während Hong Jin von Meridianen und Qi und anderen Dingen sprach, die ich nicht verstand, beobachtete ich Elisabeth. Den ganzen Abend über hatte sie sich zwar am Gespräch beteiligt, kniff aber immer wieder die Augen zusammen und schaute ins Leere. Jetzt spürte sie meinen Blick, nickte mir kurz zu und verfolgte, wie Hong Jin ein mit Samt ausgeschlagenes Kästchen aus der Tasche zog. »So sehen sie aus«, sagte er und hielt einen dünnen Metallstift zwischen zwei Fingern. Das eine Ende war spitz, das andere ein wenig abgeflacht.

»Was macht man damit?«, fragte ich.

»Wie gesagt, man steckt sie an den entscheidenden Punkten in die Haut, um den Qi-Fluss zu regulieren. Bei Kopfschmerzen vor allem in Ohren und Zehen.«

»Ohren und Zehen? Du hast hoffentlich nicht vor, Nadeln in die Ohren meiner ...«, platzte ich heraus und hielt gerade noch rechtzeitig inne. »Nicht in meinem Haus, wollte ich sagen. Es ist schließlich kein Hospital. Und wieso ausgerechnet in diese Stellen?« Als ich Elisabeths tadelnden Blick auf mir spürte, hielt ich kopfschüttelnd inne und winkte ab.

»In den meisten Fällen wirkt es.« Hong Jin legte die Nadel zurück in das Kästchen. »Und es ist ungefährlich, mehr kann ich nicht sagen.«

»Tut es weh?«, fragte sie.

»Am Anfang ein bisschen. Weniger als man denkt.«

»Kannst du mich behandeln? Jetzt gleich?«

Mein Freund sah mich fragend an, aber was hätte ich tun sollen? Als Tochter eines Schuldirektors war Elisabeth mit fünf älteren Brüdern aufgewachsen und hatte gelernt, sich zu behaupten. Auf der Überfahrt nach China war sie von Läusen befallen worden, aber statt dreimal am Tag den Läusekamm zu benutzen wie die anderen Passagiere, hatte sie sich die Haare lieber abgeschnitten. Nicht einmal die beiden mitreisenden Schwestern wollten danach mit ihr gesehen werden. In den vergangenen Monaten hatte ich mich beim Findelhaus unentbehrlich gemacht und glaubte, dass sie mehr als nur Dankbarkeit für mich empfand, aber statt meinen Mut zusammenzunehmen und ... »Es sind schließlich ihre Ohren«, sagte ich, als wäre es mir egal.

Hong Jin meinte, die Patientin müsse bei der Behandlung

liegen, also gingen wir ins Haus. Ich räumte den großen Esstisch ab, holte eine Decke und breitete sie darüber. Elisabeth zog sich die Schuhe aus. »Weißt du, was du tust?«, fragte ich.

»Du hast deinen Freund gehört«, sagte sie. »Chinesen tun es seit Jahrhunderten. Vertraust du ihm nicht?« Vorsichtig legte sie sich hin und strich den Rock glatt. Moskitos umschwirrten die Öllampe, deren Licht Hong Jins länglichen Schatten an die Wand warf. Langsam und ein bisschen wichtigtuerisch trat er an den Tisch und schlug die Ärmel zurück. Am liebsten wäre ich dazwischengegangen, aber als er die erste Nadel ansetzte, presste ich nur die Lippen zusammen. Er drückte die Fingerkuppe an Elisabeths Ohr, dann führte er die Spitze sanft an denselben Punkt, und als er losließ, blieb die Nadel stecken. Das Ende vibrierte ein wenig. »Du hättest das verhindern müssen«, flüsterte Thomas.

»Und wie?«

»Es *ist* dein Haus.«

»Tut es weh?«, fragte ich flüsternd. Kaum sichtbar deutete Elisabeth ein Kopfschütteln an.

»Nicht bewegen«, sagte Hong Jin. »Nicht reden.«

Es war gespenstisch. Elisabeth lag auf dem Tisch wie tot, während Hong Jin in seinem weiten Gewand um sie herumging und die Nadeln platzierte. An den Ohren, auf der Stirn, zwischen den Zehen. Aus ihrer Miene schien alle Anspannung zu weichen, aber für mich sah es aus, als würde sie gefoltert. Nach wenigen Minuten sagte Hong Jin, wir sollten vor die Tür gehen und die Patientin eine Weile allein lassen. »Geht ihr ruhig«, erwiderte ich. »Ich bleibe hier.« Sobald die drei anderen den Raum verlassen hatten, stellte ich mich an den Tisch. Elisabeths Gesicht wirkte beinahe andächtig. Der Schein der Lampe malte ein Relief aus Licht und Schatten darauf, und die Brust bewegte sich so gleichmäßig, als schliefe sie. Trotzdem fiel es mir schwer, hinzusehen. »Wirkt es?«, flüsterte ich.

Sie antwortete mit einem leisen Murmeln, das nach Zustimmung klang.

Ohne nachzudenken, griff ich nach ihrer Hand. Mein Herz klopfte wie wild, aber sie blieb vollkommen reglos, nicht einmal die warmen, schlanken Finger bewegten sich. Draußen hörte ich die leisen Stimmen der anderen. »Ich will, dass wir heiraten«, sagte ich.

Ihr Atmen wurde tiefer.

»Hast du mich gehört?«

»Ist das dein Ernst?«, fragte sie zurück. »Jetzt? Es stecken Nadeln in meinem Kopf.«

»Jetzt und für immer.«

»Bestimmt sehe ich aus wie ein Kaktus, falls du weißt, was das ist.«

»Ein bisschen stachelig kamst du mir von Anfang an vor.«

Die Andeutung eines Lächelns zog über ihr Gesicht, aber sie hielt die Augen geschlossen und sagte nichts mehr. Nach einer Viertelstunde kam Hong Jin zurück. Er überprüfte den Sitz der Nadeln, an manchen drehte er ein wenig, ehe er sie mit sicheren Bewegungen entfernte und Elisabeth riet, noch eine Weile liegen zu bleiben. Wie sie sich fühlte, fragte er nicht, er schien es zu wissen. Flink packte er seine Sachen ein und bedeutete mir, dass es Zeit war, zu gehen. Ich riss mich los und brachte ihn nach draußen. Thomas und Sara warteten am Rand der Terrasse, wo ein schmaler Fußpfad hinab ins Tal führte, aber erst ihre irritierten Blicke machten mir bewusst, dass sie dabei waren, ohne Elisabeth aufzubrechen. »Hat es gewirkt?«, fragte Thomas.

»Scheint so, aber sie muss sich ausruhen.«

»Wir müssen los.«

»Geht ruhig. Ich kann ihr das zweite Zimmer herrichten.«

Seine Miene verriet, dass er sowohl mir als auch Hong Jin Vorwürfe machte, aber in diesem Moment war mir das egal. Rasch verabschiedete ich die drei und kehrte ins Haus zurück. Elisabeth sah wie verwandelt aus, sie saß auf der Tischkante und ließ die Beine baumeln. »Sie sind weg«, sagte sie.

»Ja. Thomas war nicht erfreut, dass du allein zurückbleibst.«

»Ich meinte die Kopfschmerzen. Sie sind weg. Einfach verschwunden.« Aus großen Augen sah sie sich um, als müsste irgendwo eine Erklärung für das Wunder zu finden sein. »Dein Freund ist ein Zauberer«, sagte sie. »Es hat überhaupt nicht wehgetan.«

»Bekomme ich keine Antwort auf meine Frage?«

Sie atmete tief durch. »Du hast keine Frage gestellt, sondern gesagt, was du willst.«

»Was willst du?«

»Einen Mann, der genauso an Gott glaubt wie ich.« Was ich dem entgegnen wollte, schnitt sie mit einer Handbewegung ab. »Dass du deiner Zentrale nicht immer die Wahrheit sagst, kann ich verstehen. Sie sind zu weit weg und wissen nicht, wie es hier ist. Ohne dich hätte ich einige Mädchen nicht durch den Winter gebracht. Ich bin dir dankbar, Philipp Johann, aber ich werde dich nicht heiraten, wenn dein Glaube weniger fest ist als meiner.« Dass ihre Stimme traurig klang, minderte meine Enttäuschung nur wenig. Statt mich zu verteidigen, räumte ich die Gläser ins Regal und zog die Decke vom Tisch. »Du kannst mein Bett haben«, sagte ich, »ich schlafe auf dem Boden.«

»Du musst verrückt sein, wenn du denkst, dass ich die Nacht hier verbringe.«

»Es ist bereits Nacht, und die anderen sind weg. Verrückt wäre es, wenn du allein ...«

»Du wirst mich natürlich begleiten. Wozu hast du ein Gewehr?«

Bleich und rund stand der Mond über der Bucht, als wir hinab in die Stadt gingen. Je tiefer wir kamen, desto windstiller wurde es. Ich wusste, dass es nicht leicht sein würde, sie umzustimmen, aber einfach kapitulieren wollte ich auch nicht. »Hast du schon mal die Bibel auf Chinesisch gelesen?«, fragte ich.

»Ich bezweifle, dass es je dazu kommen wird.«

»Alles klingt ein bisschen anders, als wir es gewohnt sind. Der Heilige Geist heißt Heiliger Wind, die Apostelgeschichte heißt Heiliger Bericht von den Taten der Schüler. Wo wir Jehova lesen, sehen Chinesen drei Schriftzeichen, die so viel bedeuten wie Großvater, Feuer und China. Es ist wie mit unseren chinesischen Namen: Wenn wir sie hören, werden wir uns für einen Moment selbst fremd. Mir jedenfalls geht es so.«

»Ich habe keinen chinesischen Namen.«

»Doch«, sagte ich, »du erkennst bloß nicht, wenn die Ammen ihn benutzen. Du weißt auch nicht, was in ihrem Kopf vorgeht. Woran glauben sie? Reverend Legge erzählt oft von einem Mann, der sonntags in die Union Church kommt. Er hört am liebsten die Geschichte von der Sintflut. Die armen Sünder, sagt er dann, und wie froh er sei, noch nie gesündigt zu haben. Wenn der Reverend erwidert, dass alle Menschen Sünder sind, schüttelt er den Kopf. Er ist das, was die Chinesen einen *Junzi* nennen, ein edler Mann. So jemand sündigt nicht.«

»Man muss es ihm erklären.«

»Ihr Wort für Sünde ist dasselbe wie für Verbrechen. Wahrscheinlich hat er wirklich noch nie etwas verbrochen.

Ein Sünder ist er trotzdem, bloß, wie bringt man es ihm bei? Ich nehme an, solche Probleme gibt es nicht, wenn man kleine Mädchen erzieht. In welcher Sprache eigentlich, Deutsch? Man fragt sich, was später aus ihnen werden soll.«

»Die Ammen reden Kanton-Dialekt mit ihnen.«

»Und erzählen ihnen vielleicht von Guanyin, der Göttin der Gnade, oder dem Jadekaiser.« An manchen Stellen wurde der Weg so steil, dass ich Elisabeth die Hand reichte, aber sobald es ging, ließ sie wieder los. Am liebsten hätte ich ihr ins Gesicht gesagt, dass der Hauptzweck des Findelhauses nicht darin bestand, kleine Mädchen vor dem Hungertod zu bewahren. Es ging um Mission. Männliche Chinesen konnte man nur bekehren, wenn sie auch als Christen heiraten durften, aber wen? Niemand wollte seine Tochter einem Mann anvertrauen, der nicht den Ahnen opferte, also war die einzige Lösung, dass wir Missionare die künftigen Ehefrauen selbst heranzogen. Genau dafür gab es das Findelhaus.

Nach einer Stunde erreichten wir das Haus in der Queens Road. Im Erdgeschoss brannte noch Licht. »Ich hoffe, wir können das Gespräch ein andermal fortsetzen«, sagte ich, um einen versöhnlichen Ton bemüht.

Sie nickte. »Vielleicht erzählst du mir dann, woran *du* glaubst. Einen Chinesen werde ich nämlich sowieso nicht heiraten, Herr Fei Lipu! Wenn du Hong Jin siehst, sag ihm vielen Dank. Ich habe noch nie erlebt, dass die Kopfschmerzen so schnell verschwinden.«

Vom Gartentor aus sah ich ihr hinterher und wartete, bis ich das Türschloss hörte. Ich wünschte, Elisabeth könnte das Unbehagen nachvollziehen, das mich schon lange begleitete und mit der Zeit immer stärker wurde. Erklären konnte ich es nicht. Wenn ich auf der Straße beobachtete, wie die weißen Herren die Einheimischen behandelten, schämte ich mich, aber was war ich selbst, wenn nicht ein weißer Herr? Als ich einmal Hong Jin fragte, ob es eine Möglichkeit gäbe, die Seiten zu wechseln, machte er sein undurchschaubares Gesicht und sagte: Das meinst du nicht ernst. Allmählich verstand ich, dass auch er einen geheimen Groll gegen uns Ausländer hegte, obwohl er viele Ideen bewunderte, die wir nach China gebracht hatten. Nicht lange nach dem Abend in meiner Station begann er, seine Haare wachsen zu lassen, und als er sie zum Zopf flocht und sich die Stirn rasierte, wurde mir klar, was er plante. Gesprochen hatte er schon oft davon und auf meine Frage, warum er nicht warten wolle, bis sich die Situation im Landesinneren beruhigt hatte, jedes Mal geantwortet: Sie wird sich beruhigen, wenn wir gewonnen haben. Jetzt stand sein Entschluss fest. Als Händler verkleidet in die Hauptstadt der Rebellen zu reisen, war ein lebensgefährliches Vorhaben, und Reverend Legge tobte, als er davon erfuhr, aber da war Hong Jin schon weg. Seine Frau und zwei kleine Kinder ließ er in Victoria zurück. Thomas und ich machten uns große Sorgen, vor allem aber bewunderten wir unseren Freund für seine Konsequenz. Ihm war es ernst. Mit allem, was er sagte und tat.

Wochen vergingen ohne eine Nachricht. An einem Tag Anfang Juli, als die Temperaturen hundert Grad Fahrenheit erreichten, machten der Reverend, Thomas Reilly und ich einen Spaziergang. Wir kamen von einer Versammlung in der Union Church und wollten uns trotz der Hitze die Beine vertreten. Am frühen Nachmittag stand die Sonne so hoch, dass wir fast keine Schatten warfen. Unter den Vordächern entlang der Aberdeen Street dösten Kulis vor sich hin, und je höher wir bergan stiegen, desto herrschaftlicher wirkte die Stadt, auf die wir herabblickten. Das neu gebaute Government House glänzte in der Sonne. Victoria wuchs die

Bucht entlang und die Hügel hinauf, Aufschüttungen im Meer schufen Platz für immer neue Handelshäuser, und trotzdem hielt der Ausbau der Stadt kaum Schritt mit dem Andrang der Flüchtlinge. Die Zeitungen berichteten, dass in Kanton täglich mehrere Dutzend Männer hingerichtet wurden, die man für Rebellen hielt. Täglich! Jedes Mal, wenn ich davon las, zweifelte ich, ob ich je wieder von Hong Jin hören würde.

Im Schatten einer Gartenmauer blieben wir stehen und verschnauften. Aus nordwestlicher Richtung, durch den sogenannten Sulphur Channel, kam ein Schiff in den Hafen gefahren. Zuerst hielt ich es für die Post aus Bombay, aber als es beidrehte, erkannte ich, dass es ein riesiger Dreimaster mit zusätzlichem Dampfantrieb war. Solche Schiffe kamen selten in Hongkong an, und wenn, dann aus Europa oder Amerika. Gerade wollte ich meine Begleiter darauf aufmerksam machen, als weißer Rauch aus den Geschützpforten quoll. Im nächsten Moment dröhnte das Echo der Salutschüsse über die Bucht.

»Es ist die *Shannon*.« Der Reverend hatte den imposanten Auftritt ebenfalls bemerkt. Die Luft zitterte, und die Antwort der Admiralty ließ nicht lange auf sich warten. »Die *Shannon*«, wiederholte er ernst. »Der Sonderbotschafter Ihrer Majestät betritt chinesischen Boden.«

»Britischen«, bemerkte Thomas trocken.

Als die Schüsse verhallt waren, senkte sich Stille über die Bucht. Die Ankunft eines Sondergesandten war bereits mehrfach angekündigt worden. Das ganze Frühjahr hindurch hatten Engländer und Chinesen um die Forts entlang der Perlfluss-Mündung gekämpft, ohne dass einer Seite der entscheidende Schlag gelungen wäre. England besaß bessere Kanonen, China mehr Männer, und die Regierung in London hatte allen Grund, über den Gang der Ereignisse verärgert zu sein. Gouverneur Bowring und Konsul Parkes waren gar nicht autorisiert, einem Land den Krieg zu erklären, und genau genommen hatten sie es auch nicht getan, sondern einfach das Feuer eröffnet. Ein Plan für den Feldzug schien allerdings zu fehlen. Nun kam der Retter, Lord Elgin hieß er, und wurde begeistert empfangen, weil er eine Streitmacht von nicht weniger als fünftausend Mann anführte. Demnach war London zwar verärgert, aber dennoch entschlossen, den Chinesen die Lektion zu erteilen, nach der die Opiumbarone seit Jahren riefen.

»Weiß man etwas über den Mann?«, fragte ich. Es war ein windstiller Tag, der Rauch der Kanonen verzog sich nur langsam. An Deck der *Shannon* standen Männer in Reih und Glied.

»Er entstammt einer illustren Familie.« Der Reverend starrte auf das Schiff im Hafen wie auf ein böses Omen. »Earl of Elgin and Kincardine, ältester schottischer Adel, der Mann ist ein direkter Nachfahre von Robert the Bruce. Sein Vater war Botschafter bei der Hohen Pforte, sollte mit dem Sultan eine Allianz gegen Napoleon schmieden, aber das hat ihn nicht ausgelastet. Er ist nach Athen gefahren, um Gipsabdrücke antiker Kunstschätze zu machen. Dann hat er aus irgendeinem Grund beschlossen, lieber viel Marmor mitzunehmen. Der halbe Parthenon lagert seitdem in London, aber gebracht hat es dem noblen Lord wenig, im Gegenteil. Die Familienfinanzen sollen zerrüttet sein.«

»Und der Sohn?«, fragte Thomas.

»Erfahrener Diplomat, hat lange in Übersee gedient. Jamaika, Kanada. Unser Gouverneur sorgt sich, dass er künftig nicht mehr viel zu sagen haben wird. Hört ihr das?« Als zu Ehren des großen Mannes die Glocken der St.-John's-Kathedrale läuteten, hob der Reverend den Finger. »Die Totenglocken des alten China. Was auch immer er vorhat, die bisherigen Scharmützel waren nur das Vorspiel. Dieser Leviathan kommt nicht in friedlicher Absicht.«

Tagelang gab es in der Kolonie nur ein Thema. Alle waren begierig darauf, einen Blick auf den Neuankömmling zu werfen, aber die Ereignisse ließen es nicht zu. Mit demselben Schiff wie Lord Elgin traf die Nachricht von einem Aufstand in Indien ein, dessen Niederschlagung höchste Eile gebot. Kaum angekommen, musste der Sonderbotschafter mit seiner Armada nach Kalkutta aufbrechen. In Hongkong blieb er gerade lange genug, um Zweifel zu säen, ob er wirklich der von den Kaufleuten ersehnte Racheengel war. In seiner einzigen Ansprache vermisste man den kriegerischen Tonfall. In den folgenden Wochen feierten ihn die Zeitungen zwar als Retter Indiens, aber als er im September zurückkehrte, tat er nichts, um sich bei seinen Landsleuten in der Kronkolonie beliebt zu machen. Meistens blieb er auf dem Schiff, unternahm Ausflüge nach Macao oder zu obskuren Inseln im Meer. Ein zu seinen Ehren angesetzter Ball, dem ganz Victoria entgegenfieberte, wurde wieder abgesagt, und der Lord erwarb sich den Ruf, ein schwieriger Mann zu sein. Die ihn trafen, beschrieben ihn als hochmütig und schweigsam, angeblich schrieb er am liebsten lange Briefe an seine Frau. Aus seiner Abneigung gegen den Opiumschmuggel machte er keinen Hehl, Empörung über die chinesische Niederträchtigkeit ließ er nicht erkennen, und obendrein betonte er bei jeder Gelegenheit, man müsse gemeinsam mit den Franzosen vorgehen. Kurz vor Weihnachten jedoch, als die Kaufleute bereits an seiner Haltung verzweifelten, befahl Lord Elgin plötzlich, Kanton einzunehmen. Die Stadt wurde vom Fluss aus bombardiert, Brände brachen aus, unzählige Zivilisten starben. Die weißen Herren jubelten zwar, schrieben die Aktion aber größtenteils Konsul Parkes gut, der sich wie kein Zweiter um einen ordentlichen Krieg bemühte. Ließ Lord Elgin ihn deshalb in Kanton zurück, als er nach seiner ›show of force‹ gen Norden aufbrach, um mit dem Kaiser einen Friedensvertrag auszuhandeln? Was will der Sonderbevollmächtigte?, fragte die *China Mail* stellvertretend für Victorias Kaufleute und fand ebenso wenig wie jene eine Antwort.

Im Winter 1857/58 wusste auf Hongkong niemand, woran er war.

Ich war ziemlich beschäftigt. Nach Hong Jins Abreise kamen sonntags weniger Hakka als vorher zum Lower Bazaar, dafür fanden mehr von ihnen den Weg hinauf zu meiner Station. Es sprach sich herum, dass alle Besucher einen Teller Reissuppe bekamen. Inspektor Josenhans protestierte zwar gegen mein eigenmächtiges Handeln und verlangte, dass ich die Station wieder schloss, sobald eine Rückkehr aufs Festland möglich war, aber davon konnte keine Rede sein. Die Bombardierung Kantons hatte es nicht vermocht, die Herzen der Bevölkerung für uns Ausländer zu öffnen. Immer wieder kam es in der Umgebung der Stadt zu Scharmützeln, also blieb ich in Victoria und überlegte, wie ich Elisabeth doch noch für mich gewinnen konnte. Seit dem Eintreffen der Heimeltern hatte sie gelegentlich abends frei, und in der kühlen Jahreszeit ging es ihr auch gesundheitlich besser. Ich spürte, dass sie gern zu meiner Station kam, aber weder wiederholte ich meinen Antrag, noch nahm ich den Faden des Gesprächs auf, das wir danach geführt hatten. Was sollte ich ihr schon sagen? Statt über meinen Glauben nachzugrübeln, fand ich es wichtiger, das Leid um mich herum zu lindern, indem ich hungernden Menschen zu einer Mahlzeit verhalf. Da ich Elisabeth aber nicht täuschen wollte, war es besser, das Thema vorerst zu vermeiden. Wir hatten viel Zeit, oder nicht?

Hong Jins Abreise lag inzwischen ein halbes Jahr zurück.

Eines Morgens stand ich vor der Kapelle, dort, wo der Pfad ins Tal begann. Im Winter hing dichter Nebel über der Bucht und hüllte die Stadt zu meinen Füßen ein. Mir war, als hätte jemand meinen Namen gerufen, aber es dauerte einige Zeit, bis ich Thomas Reilly erkannte, der in großer Eile den Hang heraufkam und mir mit beiden Händen winkte. Überrascht ging ich ihm entgegen. »Mit dir habe ich so früh am Tag nicht gerechnet.«

»Es ist … tatsächlich geschehen.« Schweiß lief ihm übers Gesicht, als er vor mir stehen blieb. Die dunklen Locken gaben ihm ein südländisches Aussehen, obwohl er Schotte war und aus Dundee stammte. »Der Brief ist da«, keuchte er und nickte vielsagend. »*Der* Brief.«

Ich spürte, wie mein Herz einen Sprung machte. Vom selben Ort aus hatte ich am Vortag die Einfahrt des P&O Dampfschiffs verfolgt, das die Post aus Shanghai brachte. »Von Hong Jin?«, fragte ich. »Hat er es nach Nanking geschafft?«

»Es ist unglaublich. Du musst sofort mitkommen.«

»Hast du den Brief nicht bei dir?«

»Jemand schreibt die Übersetzung ins Reine, unten in der Station.«

»Sag schon, hat er es geschafft?«

»Du hast keine Ahnung, mein Lieber. Ein Wunder ist geschehen. Komm mit, sag ich!«

Während wir den Hang hinabeilten, hörte ich Thomas' bruchstückhafter Erzählung zu und wurde immer aufgeregter. Nicht nur hatte Hong Jin sein Reiseziel erreicht, er war sofort in die Führungsriege der Rebellen aufgestiegen. Allerdings sprach Thomas so hastig, wie er lief, das heißt, er rannte und stotterte, und als wir in der Hollywood Road ankamen, wusste ich kaum mehr als eine halbe Stunde zuvor.

Sämtliche Mitglieder drängten sich im größten Raum der Station. Am Tisch in der Mitte saß einer der Brüder und schrieb, Reverend Legge stand mit verschränkten Armen hinter ihm und sah ihm über die Schulter. Die Aufregung, die alle erfasst hatte, war wie mit Händen zu greifen, sogar die chinesischen Küchenmädchen steckten den Kopf durch die Tür. Als ich den Umschlag auf dem Tisch sah, wollte ich meinen Augen nicht trauen. Er war groß wie eine Urkunde und – gelb! Jeder wusste, dass solche Umschläge nur der Kaiser von China benutzen durfte, um seine heiligen Edikte zu versenden. Zur Tarnung hatte Hong Jin ein zweites Kuvert benutzt, der Brief selbst bestand aus drei Rechtecken feinster Seide, auf denen ich die Schrift meines Freundes erkannte. Eine Art Premierminister sei er, hatte Thomas unterwegs erzählt. Regierungschef. Es klang verrückt, aber das Siegel, das groß wie mein Handteller auf dem inneren Kuvert prangte, sprach dafür.

Reverend Legges Blick traf meinen. »Fast hätte ich vor dem Öffnen weiße Handschuhe angezogen«, sagte er und deutete auf den Tisch. Den Inhalt des Briefs kannte er bereits, sein Chinesisch war zu gut, als dass er auf die Übersetzung hätte warten müssen. Als Einziger im Raum wirkte er ruhig und gefasst.

Archibald Hutchison hieß der Mann, der die englische Version ins Reine schrieb. Nach ein paar Minuten lehnte er sich zurück und bewegte die verspannten Finger. Gemurmel kam auf. Betont langsam griff der Reverend nach den Bögen, überflog sie und schüttelte den Kopf. »Lies vor«, sagte er, »aber halte dich gerade dabei; nicht, dass du wegen Majestätsbeleidigung belangt wirst.«

Kein Missionar in China wurde höher geachtet als Reverend James Legge. Er war ein Mann, der die Bibel auswendig konnte, auf Englisch wie auf Latein, und überhaupt beide Sprachen gleich gut beherrschte. Im Lateinischen habe er keinen schottischen Akzent, sagte er manchmal, so weit reichten seine Versuche in Selbstironie. Chinesisch hatte er schon als junger Mann gelernt und sprach es zwar mit Mühe, las es aber besser als jeder andere von uns. *Nulla dies sine linea*, sagte er, wenn man ihn nach seinem Geheimnis fragte. Wie so viele Missionare glaubte er, dass Chinas Bekehrung zum Christentum bereits im Buch Jesaja geweissagt war. »Siehe, diese werden von ferne kommen«, stand dort, »und siehe, jene vom Norden und diese vom Meer, und jene vom Lande Sinim.« Sinim stand für das Reich der Mitte, davon war der Reverend überzeugt, aber wenn man ihn fragte, warum seine Gemeinde so klein blieb, zuckte er mit den Schultern und murmelte, einem Chinesen könne man nicht ins Herz sehen. Am liebsten hätte er nur Einheimische getauft, deren Latein ebenso gut war wie seines. Nicht ohne Genugtuung sah ich den Missmut in seinem Gesicht, als Archibald zu lesen begann. Blumige Titel schmückten den Briefkopf und bezeugten Hong Jins hohen Rang bei den Rebellen. In Victoria war er ein einfacher Katechist gewesen, nun sprach er aus dem fernen Nanking zu uns, nannte sich Schildkönig im Himmlischen Reich des Großen Friedens, und Reverend Legge sah aus, als hätte er in einen faulen Apfel gebissen.

*Hong Rengan*
*Schildkönig von achttausend Jahren*
*Träger des Schildes Himmlisches Glück*
*Oberster Beschützer der Himmlischen Hauptstadt*
*Heiliger Wächter der Neun Tore des Herrscherwaldes*

Mit großer Freude, liebe Brüder, schreibe ich Euch diesen Brief. Seit ich aus Eurer Mitte aufgebrochen bin, habe ich mir täglich gewünscht, vom Ende meiner langen Reise berichten zu können, und endlich ist es so weit. Ich bin in der Himmlischen Hauptstadt angekommen! Dass ich mit dem offiziellen Siegel meiner neuen Ämter zeichne, müsst Ihr mir verzeihen, es geschieht allein aus Gründen des Protokolls. Im Herzen bin ich, wer ich all die Jahre war und immer bleiben werde: Euer Freund und Bruder Hong Jin.

Der Weg hierher war gefährlich. Als Händler verkleidet, habe ich mich unter den Strom der Kaufleute gemischt, die von Kanton nach Norden reisen. Überall entlang der Strecke lauerten Soldaten, angeblich zum Schutz der Reisenden, tatsächlich aber, um sie nach Lust und Laune auszurauben. Mehrfach wurde ich Zeuge von Überfällen und entkam einige Male nur knapp, aber mit Gottes Hilfe gelangte ich über den Meiling-Pass in die Provinz Jiangxi und fuhr mit dem Boot nach Nordosten. Bald darauf – ich schreibe so, als wäre es ein kurzer Gang gewesen, aber ich hatte bereits das dritte Paar Schuhe kaputt gelaufen, und meine Füße waren mit Blasen übersät – erreichte ich den Rand der umkämpften Gebiete. Dort schloss ich mich zum Schein den kaiserlichen Truppen an, weil ich auf eine Gelegenheit hoffte, zu meinen Brüdern überzulaufen.

Liebe Freunde, niemand macht sich eine Vorstellung vom Zustand dieser Armee! Es ist ein zusammengewürfelter Haufen Krimineller, die seit Monaten auf ihren Sold warten und sich von der Bevölkerung holen, was die Offiziere ihnen schulden. Den ganzen Tag rauchen sie Opium, plündern, morden und schänden Frauen, und niemand zieht sie zur Rechenschaft. Sobald sie jedoch auf ein Rebellenheer treffen, werfen sie die Waffen weg und suchen das Weite. Ich sah es mit eigenen Augen, aber meine Hoffnung, bei dieser Gelegenheit überlaufen zu können, erfüllte sich nicht. Die flüchtenden Truppen rissen mich mit, und ich konnte sie erst verlassen, als meine Brüder außer Sicht waren. Allein schlug ich einen weiten Bogen westwärts um das Kriegsgebiet, bis zum Mittellauf des Yangtze. Mehrere Wochen lief ich durch menschenleere Gegenden, die einmal zu den fruchtbarsten des Reiches gehört hatten. Von den Häusern standen nur noch die Grundmauern, und auf den Feldern verdorrten die Reste einst üppiger Ernten. In Hubei traf ich einen desertierten Soldaten, der einen Partner für sein Geschäft suchte. Er wollte Tee aus der Gegend um den Dongting-See in die Himmlische Hauptstadt verkaufen, und da er über gute Kontakte verfügte, wurde ich sein Partner. Als er loszog, um frische Ware zu holen, blieb ich im Haus eines Magistrats, der Gefallen an unseren Gesprächen fand und mir eine Stelle als Lehrer seiner Söhne anbot. Das musste ich ablehnen, aber ich nutzte meine medizinischen Kenntnisse, um den Magistrat von seinen Rückenschmerzen zu kurieren. So vergingen einige Wochen. Als uns Gerüchte erreichten, dass die Himmlische Hauptstadt eingekesselt sei, konnte ich nicht länger auf meinen Kompagnon warten. Der Magistrat zeigte sich großzügig und gab mir Geld für den weiteren Weg.

Ich denke, ich muss mich kürzer fassen. Ihr wisst, dass ich lebe, denn Ihr lest diesen Brief. In der Provinz Anhui traf ich endlich auf eine Patrouille meiner Brüder, die mir zunächst nicht glauben wollten, aber die Familienchronik, die ich in mein Gewand eingenäht hatte, überzeugte sie. Von ihnen wurde ich in die Himmlische Hauptstadt eskortiert, und hier traf ich meinen Vetter, den Himmlischen König, den ich von klein auf kenne und dessen Freude über das Wiedersehen so groß war wie meine. Es ist, als wäre ein Traum wahr geworden. Tatsächlich jedoch stehen gewaltige Aufgaben vor uns, und so stürzte ich mich vom ersten Tag an in die Arbeit. Der Kampf um das neue China tritt in die entscheidende Phase. Der Kaiser und seine Schergen behaupten, sie hätten das Mandat des Himmels, aber sie halten es für eine Lizenz, das Volk zu unterdrücken und auszusaugen. Erst wenn wir sie verjagt haben, werden meine Landsleute frei atmen können und bereit sein, einen neuen Glauben anzunehmen. Das christliche China, davon bin ich mehr denn je überzeugt, wird entweder die Frucht unseres Sieges sein, oder es wird gar nicht sein. Welchen weiteren Anreiz brauchen wir noch?

Liebe Brüder, ich weiß um Eure Zweifel. Ihr seid Missionare, und vieles an unserer Religion trägt in Euren Augen die Züge von Frevelei. Ist das verwunderlich? Von klein auf habt Ihr die Bibel gelesen, bei Euch zu Hause stehen Kirchen in jedem Dorf, wir dagegen sind wie Kinder im Glauben, also kommt her und seid unsere Lehrer! Oder bleibt, wo Ihr seid, und leistet Euren Beitrag dort. Klärt Eure Regierungen darüber auf, dass unsere Ziele die Euren sind! Der Kaiser wird niemals Freundschaft mit denen schließen, die er als Barbaren verachtet. Hat er sein Wort noch nicht oft genug gebrochen? Ihr seid gekommen, um die Geburtshelfer eines christlichen Reiches zu sein. Hier in der Himmlischen Hauptstadt wird dafür der Grundstein gelegt, so wie es in dem Vers der Offenbarung steht, den Ihr alle kennt: »Und der auf dem Thron saß, sprach: Siehe, ich mache alles neu!« Wollt Ihr nicht dabei sein, wenn das Neue entsteht?

Verzeiht mir, Brüder, ich habe zu viel erzählt, und nun rufen mich andere Pflichten. Ich bete, dass es Euch gutgeht und ich bald von Euch höre. Die Reise hierher ist gefährlich, trotzdem bitte ich Euch, zu kommen. Richtet allen meine Grüße aus, vor allem meinem verehrten Lehrer Dr. Legge und meinem lieben Freund Fei Lipu aus Preußen.

Wie ich mir wünsche, meine lieben Freunde, Ihr könntet sehen, was hier geschieht!

Die Gnade des Herrn Jesus sei mit Euch allen!

Euer Bruder Hong Jin

## 3  In der Mündung des weißen Flusses

An Bord der HMS *Furious*
Mai 1858, im Golf von Zhili

Hier lagen sie und warteten auf den Krieg. Irgendwo in China. Dichter Nebel hing über dem Wasser, eine graue Wand, durch die der Westwind hindurchwehte, ohne sie zu verschieben. Ungefähr zweimal in der Woche lichtete er sich und enthüllte eine flache Küste, die so aussah, wie man sich die Welt am dritten Tag der Schöpfung vorstellte. Weder Städte noch Bäume oder Sträucher waren zu sehen und außer den Mauern der Forts keine Spuren menschlicher Besiedlung. Auf den Zinnen standen Kanonen aus der Zeit Cromwells, und bei einer Erkundungsfahrt hatte er durchs Fernrohr Gestalten beobachtet, die wie Ameisen herumwuselten und mit den Händen gestikulierten, als wollten sie ihn verscheuchen. Die Soldaten des Kaisers von China, Englands fremder Feind, für den er keine Feindschaft empfand, sondern – was? Seit drei Wochen ankerten sie vor der Mündung des Peiho, und ein Ende dieser Farce war nicht abzusehen. Der Krieg, auf den sie warteten, er kam nicht.

James Bruce, achter Earl of Elgin, zwölfter Earl of Kincardine und Sonderbotschafter der britischen Krone, stand auf dem Achterdeck der *Furious* und schüttelte sich Sandkörner aus dem lichter werdenden Haar. Wenn es in dieser Ödnis etwas im Überfluss gab, dann Sand. Aus einer Wüste viele hundert Meilen im Landesinneren wurde er herangeweht, um sich rau im Rachenraum abzusetzen, die Augen zu entzünden und zusammen mit der Langeweile für eine gewisse Gereiztheit an Bord zu sorgen. Heute war der Nebel so dicht, dass Lord Elgin an die Schneeblindheit denken musste, die er seinerzeit in Kanada erlebt hatte. Nicht einmal der Hauptmast der *Audacieuse*, die eine halbe Meile östlich vor Anker lag, war in diesem körnigen Nichts auszumachen. Ab und zu krachten Schüsse, weil sich Soldaten die Zeit damit vertrieben, auf Seemöwen zu feuern. Die *Slaney* lag nah genug, dass er hören konnte, welche Befehle von ihrer Brücke gebellt wurden, und vor drei Tagen war wie eine Fata Morgana die *Pique* aus den weißen Schleiern aufgetaucht. Ein Ereignis, über das man noch beim Dinner gesprochen hatte. Irgendwo ankerten außerdem die Flaggschiffe des amerikanischen und des russischen Gesandten, aber keines hatte in dieser seichten Bucht genügend Wasser unterm Kiel, also waren alle miteinander gezwungen, neun Meilen vor der Küste zu dümpeln und die Chinesen glauben zu lassen, sie schreckten vor ihrer altertümlichen Küstenbefestigung zurück.

»Diesen lächerlichen Forts«, murmelte er, blickte durchs Fernrohr und erkannte nichts. Damals in Jamaika, nach dem Tod seiner ersten Frau, hatte er sich angewöhnt, mit sich selbst zu reden, und solange Frederick fort war, gab es an Bord ohnehin keinen Gesprächspartner für ihn. Die Einladung des französischen Gesandten ließ auf eine interessante Unterhaltung am Abend hoffen, aber auf der *Furious* sorgten allenfalls die exzentrischen Ansichten seines Privatsekretärs für intellektuelle Zerstreuung. Seufzend setzte Lord Elgin das Fernrohr ab und überlegte, ob er Maddox zum Dinner auf die *Audacieuse* mitnehmen sollte. Es wäre eine Ehre für den jungen Mann, außerdem könnte es amüsant sein, zu beobachten, wie er sich das erstens nicht anmerken ließ und zweitens zu verbergen versuchte, dass er kein Französisch verstand.

»L'eau peu profonde de la Chine.« Fünfundzwanzig Fuß waren es der letzten Messung zufolge, aber heute Morgen hatte Kapitän Osborn plötzlich behauptet, dass das Wasser im Lauf der Woche ansteigen und es der *Furious* erlauben werde, die Barre in der Flussmündung zu überwinden. Für die *Audacieuse* mit ihrem größeren Tiefgang galt das allerdings nicht, was prompt eine Diskussion darüber entfacht hatte, welche Umquartierungen an Bord nötig sein würden, um die französische Delegation aufzunehmen – so als hätten sie nicht nur die Barre bereits hinter sich gelassen, sondern auch die Forts und befänden sich auf dem Weg in die chinesische Hauptstadt! »Das Gift der erzwungenen Tatenlosigkeit.« Als Lord Elgin den Kopf in den Nacken legte und hinauf in die Takelage schaute, kamen ihm die ausgemergelten Körper der Opiumsüchtigen in den Sinn, die er in Singapur gesehen hatte. Gab das hinfällige Reich, vor dessen Küste sie lagen, nicht ein warnendes Beispiel dafür, wie sich Realität und Wunschdenken vermischen konnten? Am Morgen hatte er es nicht einmal für nötig befunden, Osborn zu fragen, worauf sich seine Zuversicht stützte. Sollte der Meeresspiegel auf einmal ansteigen, nur weil England es wünschte?

Jetzt war es elf Uhr vormittags. Nach seiner morgendlichen Gymnastik hatte Lord Elgin allein gefrühstückt, lediglich in Gesellschaft des Boys, der ihn in der Kabine bediente, und danach seiner Frau geschrieben. Ein Journal in Briefform, das die abendlichen Gespräche zu Hause ersetzte und sein einziger Anker in diesem Meer aus Unwägbarkeiten geworden war. Ein Jahr vergangen und noch immer kein Abkommen in Sicht. Ob der Kaiser von der Präsenz der feindlichen Flotte vor seiner Küste wusste, war höchst ungewiss, und welchen Schluss legte das nahe? Offenbar traf man in Peking keine Entscheidungen, sondern schob die Verantwortung so lange hin und her, bis alle ihr Ziel erreicht, nämlich vergessen hatten, was es zu entscheiden galt. Wie führte man Krieg gegen ein Land, das nicht anerkannte, dass es sich im Krieg befand? Das streng genommen nicht einmal glaubte, ein Land unter anderen zu sein, sondern alles unter dem Himmel. Maddox hatte ihn darüber aufgeklärt. Er, Lord Elgin, musste den Chinesen also beibringen, dass der Himmel weiter reichte, als sie bisher geglaubt hatten, vor allem im Westen, aber dafür brauchte er jemanden, der die Botschaft entgegennahm und an den Kaiser weiterleitete. Der wiederum galt als der Sohn des Himmels und war kein Souverän neben anderen, sondern der Herr der Welt, der vermutlich nicht allzu begierig auf solche Botschaften wartete.

Im April letzten Jahres war er aufgebrochen. Ein Handelsschiff hatte ihn durch die Straße von Gibraltar nach Alexandria gebracht, das Wetter war gut und die See ruhig gewesen, und es hatte genug Abwechslungen gegeben, um sein Heimweh in Schach zu halten. Wenn er an Land ging, genoss er die Gastfreundschaft von Gouverneuren und Paschas, und bei einem der vielen opulenten Mahle – in Kairo, wenn er sich nicht täuschte – war ihm klargeworden, dass er als britischer Diplomat zwar im Dienst des Fortschritts stand, aber insgeheim Respekt vor der majestätischen Selbstgewissheit des Altertums empfand, sogar vor ihrer orientalischen Variante, die zwar dekadent und grausam, aber darum nicht weniger majestätisch war, sogar eher noch mehr. Mary Louisa schrieb daraufhin, die Reise – sie meinte: die Entfernung von Broomhall und seinen zerrütteten Finanzen – tue ihm offenbar gut. Das Nildelta gefiel ihm besonders, selbst Kamele und Esel sahen dort lebendiger aus als anderswo. Mit der Eisenbahn waren sie quer durch die Wüste gefahren, um in Aden ein Dampfschiff der P&O Company zu besteigen, und irgendwo auf dem Indischen Ozean hatte es angefangen. Bis heute fehlten ihm die Worte für die düstere Vorahnung, die sich nachts zu Anflügen von Atemnot steigerte. Ihm fiel nur Hamlet ein: *It is not, nor it cannot come to good.* Woran hielt sich ein Mann fest, wenn er wochenlang nichts als Wasser um sich hatte? Zum ersten Mal im Leben fühlte er sich alt. Auf dem Tisch der Kajüte lagen die Blue Books und dokumentierten das Unheil, das inkompetente Diplomaten in China angerichtet hatten. Nie in der Geschichte Englands war ein Krieg aus nichtigerem Grund begonnen worden; die Sache mit der *Arrow* empörte ihn nicht nur, sie ekelte ihn regelrecht an. Gouverneur Bowring und Konsul Parkes schienen weder zu wissen, wo ihre Befugnisse endeten, noch kannten sie die diplomatischen Formen. Sir Bowring hatte einen Brief nach London weitergeleitet, in dem er Parkes über das abgelaufene Register der *Arrow* informiert und ihn angewiesen hatte, dieses Detail vor der chinesischen Seite zu verbergen! Dass der Union Jack nicht von Chinesen, sondern vom Kapitän eines Schiffes enthert worden war, der ihn zur Verschleierung illegaler Aktivitäten missbrauchte, lag auf der Hand, aber wie hatte Lord Palmerston gesagt: Wenn das Kind im Brunnen liegt, schimpft man es nicht, sondern holt es heraus. Der Premierminister wollte einen verdienten Gouverneur nicht fallenlassen, nur weil er ein paar Halbwilden auf die Füße getreten war, und so bekamen die Verantwortungslosen in Kanton und Hongkong nun genau das, was sie wollten: einen Krieg.

Hongkong, dachte er bitter. Der Wurmfortsatz des Empire. Kein Mann von Statur hatte je dort gedient; von Bowring hieß es, er besitze jede Gabe außer gesundem Menschenverstand. Während sein übereifriger Konsul einen Krieg vom Zaun brach, war ihm genug freie Zeit geblieben, um Gedichte aus dem Ungarischen zu übersetzen oder neue Buchstaben zu erfinden, die kein Mensch brauchte, und auch die eigenen lyrischen Ergüsse hielt er für zu gut, um sie der Öffentlichkeit vorzuenthalten. *In the cross of Christ I glory / Towering o'er the wrecks of time* ... Konsul Parkes wiederum war in China aufgewachsen, unter den Fittichen eines windigen deutschen Missionars, also kaum als Engländer zu bezeichnen. Unter anderen Umständen hätte Lord Elgin frohlockt über die Möglichkeit, in Fernost ordentlich aufzuräumen, aber er wurde das Gefühl nicht los, gefesselt zu sein. Alle wussten, worum es eigentlich ging, nur sprach es niemand aus. An Bord des Schiffes, das ihn von Ceylon nach Borneo brachte, stank es von 1500 Kisten mit Opium, die unter Deck lagerten. Über das Land, mit dem er ein Abkommen aushandeln sollte, wusste er nichts. Niemand in London wusste etwas. Was zum Teufel war China?

Alles unter dem Himmel ... Alles an dieser Angelegenheit stank zum Himmel!

Anfang Juni waren sie in Singapur an Land gegangen, um auf die *Shannon* zu warten. Seine Unterkunft lag zweihundert Fuß über der prächtigen Bucht, auf die jeden Morgen sein Blick fiel. Die Häuser mit ihren roten Dächern saßen versteckt zwischen alten Bäumen und gaben dem einen Teil der Stadt das Gepräge eines riesigen Ziergartens. Im anderen Teil, von seiner Residenz aus nicht zu sehen, lebten sechzigtausend Chinesen, und er musste erstaunt feststellen, dass es in ganz Singapur keinen einzigen Weißen gab, der ihre Sprache verstand. Landsleute, mit denen er redete, beteuerten ihm, die Chinesen würden Waffen horten, um bei nächster Gelegenheit alle Europäer niederzumetzeln. Wenn er seine Zweifel äußerte, erntete er indignierte Blicke. Er sei naiv, gab man ihm zu verstehen, aber er werde schon dazulernen, niemand übertreffe die Chinesen an Verschlagenheit und bösem Willen. Dass Gewalt die einzige Sprache sei, die sie verstanden, hörte er fast täglich.

Statt der *Shannon* traf schließlich ein Handelsschiff mit schlechten Nachrichten aus Indien ein. Eine Meuterei einheimischer Regimenter. Sie hatten britische Offiziere ermordet und in Kanpur ein Massaker an Frauen und Kindern verübt, Lucknow wurde von fünfzehntausend Aufständischen belagert. Er zögerte keine Sekunde, leitete alle Truppen um und segelte nur kurz nach Hongkong, um weitere Soldaten zu mobilisieren, bevor er selbst nach Kalkutta aufbrach. Sein selbstloses Handeln brachte ihm Bewunderung ein, aber er ahnte den Preis, den er zahlen würde. In den Augen der Chinesen musste es aussehen, als schrecke er vor dem Betreten ihres Territoriums zurück, und diesen Glauben würde er ihnen nur gewaltsam austreiben können. Mary Louisa schrieb er, dass die Umstände ihn zwangen, nach Prinzipien zu handeln, die er für falsch hielt, um Resultate zu erzielen, die er mit seinem Gewissen nicht vereinbaren konnte. Über den Plan, den Opiumhandel zu legalisieren, hatte man zu Hause nicht einmal die verbündeten Franzosen informiert.

Der Jubel, der ihn in Kalkutta empfing, minderte sein Unbehagen nur kurz. Er wurde im Palast des Generalgouverneurs untergebracht, umgeben von dreihundert Dienern in weißen Uniformen, die nicht darauf warteten, dass er einen Wunsch äußerte, bevor sie ihn erfüllten. Lord Canning war so beschäftigt, dass er ihm nur abends Gesellschaft leistete. Aus Kanpur trafen immer neue Horrorgeschichten über das ein, was englische Frauen und Kinder erlitten hatten, von massenhaften Vergewaltigungen war die Rede, von abgeschnittenen Gliedmaßen und Brüsten – er konnte sich nicht erinnern, am Tisch jemals solche Unterhaltungen angehört zu haben, aber noch schockierender als die grausigen Details war die Gier, mit der sie ausgebreitet wurden. Als bereite es den Herrschaften insgeheim Lust, öffentlich von abgeschnittenen Brüsten zu sprechen und darüber zu fantasieren, wie man sich an den Aufständischen rächen werde. Schwitzend und mit roten Wangen forderten sie ein gnadenloses Durchgreifen gegenüber den ›Niggern‹ – ein Wort, das er zuletzt in Jamaika gehört hatte. Je länger er sich in Asien aufhielt, desto weniger verstand er, was um ihn herum geschah; mit seinen Landsleuten, vielleicht auch mit ihm. Verglichen mit dem Palast des Generalgouverneurs war Buckingham Palace eine Baracke. Er verbrachte seine Tage auf einer schattigen Veranda und trank Gin, statt zu lesen. Mehr noch als die Uniformen, fiel ihm auf, war es ihre rätselhafte Wesenlosigkeit, die alle Diener gleich aussehen ließ. Weder sahen sie ihn an, noch blickten sie weg, nie lächelten sie oder zeigten eine andere Emotion, ja, sie schienen nicht einmal dieselbe Luft zu atmen, die von den Punkahs in angenehm sanfter Bewegung gehalten wurde. Wie sollte man sich solchen Nicht-Wesen gegenüber verhalten, dachte er. Einen Hund konnte man tätscheln, wenn er folgsam war, oder treten, wenn er bellte, aber diese dunkelhäutigen livrierten Diener waren weder das eine, noch taten sie das andere. Ein Glas wurde vor ihm abgestellt, und wenn es leer war, verschwand es wieder. Als er sich bemühte, seiner Frau diese Eindrücke zu schildern, rutschte ihm der Satz heraus, die Existenz der Diener und das Verhalten ihrer Herren, beides zusammen widerspreche der Annahme, *alle* Menschen seien Gottes Kinder. Ein Gedanke, der vermutlich Melancholie und Gin zu gleichen Teilen enthielt, und den er im Übrigen selbst nicht verstand. Zu Hause konnte man den Begriff des Nächsten auf Minenarbeiter und Küchenmädchen anwenden, weil man wusste, woher sie kamen und wie sie Weihnachten feierten, aber hier ... Abend für Abend redeten sich die Gäste in Rage, Gentlemen mit Orden an der Brust bekundeten ihre Bereitschaft, den Aufständischen eigenhändig die Genitalien abzuschneiden, und aus dem Mund eines

Geistlichen hörte er, es wäre eine Verhöhnung der Berg-predigt, solchen Bestien gegenüber Gnade walten zu lassen.

Lord Elgin trank Gin und beobachtete die livrierten Diener, die ihm mit der Zeit immer unheimlicher wurden. Worüber sprachen sie untereinander? Gab es einheimische Zeitungen, und wenn ja, schrieben die auch bewundernd von Colonel Neill, der gefangene Aufständische vor die Mündung seiner Kanonen binden ließ, um sie in Fetzen zu schießen? Als er nach fünf Wochen das Schiff bestieg, um seine Mission wiederaufzunehmen, konnte er an Bord nicht *The Deserted Village* lesen, ohne dass seine Augen feucht wurden. *To distant climes, a dreary scene / Where half the convex world intrudes between ...*

Mitte September war er zurück in Hongkong. Da ihn an Land fortwährend kriegslüsterne Kaufleute bedrängten, blieb er an Bord, floh für ein paar Tage nach Macao, wo es immerhin schöne Parks gab, und tat ansonsten, was er auch jetzt zu tun gezwungen war: warten, Briefe aufsetzen, den Chinesen mit Krieg drohen und auf besseres Wetter hoffen. Noch einmal hielt sich Lord Elgin das Fernglas vors Auge, blickte auf die undurchsichtige Nebelwand und setzte es wieder ab. Im Süden hatte es einmal sechzig Stunden am Stück geregnet. Seine Anweisungen aus London waren so vage, dass man sie in dem Satz zusammenfassen konnte, er solle tun, was er für richtig hielt. Säbelrasselnde Landsleute musste er glauben machen, er habe allein die Ehre der Krone im Sinn und denke wie sie, dass deren Prestige im selben Maß stieg wie der Reichtum britischer Opiumhändler. Frederick war sein einziger Vertrauter, der aber meist anderswo gebraucht wurde. An Bord blieb Maddox – der in diesem Moment zehn Fuß hinter ihm stand und darauf wartete, bemerkt zu werden. Sein Sekretär neigte nicht zum Säbelrasseln, sondern stellte eine Belästigung eigener Art dar. Ein belesener junger Mann aus Verhältnissen, die es ihm unmöglich machten, seine Talente für eine echte Karriere zu nutzen. Sohn eines Apothekers aus Sussex, der *in München* studiert hatte! Nach einem Jahrzehnt in China war Maddox allerdings selbst zum Chinesen geworden und könnte vermutlich stundenlang dort bei der Treppe verharren, die von der Kapitänsmesse heraufführte, ohne durch einen Mucks auf sich aufmerksam zu machen. Was ihn zum Asiaten qualifizierte, war indes nicht seine stumme Ergebenheit, sondern die Sturheit, die sich dahinter verbarg. Als ihm der Posten des persönlichen Sekretärs angeboten wurde, hatte Maddox – bis dahin Übersetzer am Gericht von Victoria – darauf beharrt, er könne die Arbeit nur erledigen, wenn ihm sein einheimischer Assistent zur Hand gehe. Und er, Lord Elgin, hatte diese Bedingung akzeptiert. Jawohl, sie lagen vor der Mündung des Peiho und hatten einen waschechten Chinesen an Bord! Ein Individuum namens Wong, mit rasierter Stirn und langem Zopf, das zum Glück selten die Kabine verließ, die sich Maddox und er *teilten*! Wenn Ersterer den Tisch in der Kapitänsmesse verließ, nahm er das Essen für seinen Assistenten mit. Man fragte sich, was die Queen sagen würde, wenn sie wüsste, was auf ihren Schiffen geschah. Der Rest der Crew fand es zum Schießen.

Nach zehn Minuten hatte Lord Elgin genug von dem Spiel. »Zum Teufel, Maddox«, rief er, ohne seine Freude über die Ablenkung zu verraten. »Ich weiß, dass Sie dort hinter mir stehen, also reden Sie endlich!«

»Ich wollte Eure Exzellenz nicht stören, Sir.«

»Danke, das weiß ich zu schätzen. Darf ich fragen, was Sie außerdem wollten?«

»Wie es scheint, ist eine weitere Botschaft eingetroffen, Sir. Eben gerade.«

»Schriftlich?«

»Persönlich, Sir. Genau genommen sind es zwei Abgesandte, die um die Erlaubnis bitten, an Bord kommen zu dürfen.«

»Haben sie die entsprechenden Vollmachten bei sich?«

In der einsetzenden Stille drehte Lord Elgin den Kopf, um auf keinen Fall den gequälten Gesichtsausdruck zu verpassen, der seinem Sekretär jedes Mal so überzeugend gelang. Statt zu antworten, machte Maddox zwei zögerliche Schritte auf ihn zu. Auch in dieser bestimmten Art von aufdringlicher Rücksichtnahme glich er den Einheimischen – und in seiner Kleidung. Ein schlichtes Gewand aus braunem Stoff, das Lord Elgin ihm nur deshalb nicht zu tragen untersagte, weil es dann in der Kapitänsmesse weniger zu lachen gäbe. Die Säbelrassler bei Laune zu halten, war wichtig, und Maddox' lächerlicher Aufzug half dabei sehr. In gewisser Weise hing das Schicksal Chinas an diesem braunen Fetzen, aber man musste einen feinen Sinn für Ironie besitzen, um das zu würdigen.

»Die Sache mit den Vollmachten, Sir. Eure Exzellenz erinnern sich an unser Gespräch vor einigen Tagen?«

Nickend winkte Lord Elgin seinen Sekretär ein Stück näher heran. Es gab keinen Grund, warum er nicht zwischendurch ein bisschen Spaß haben sollte. »Maddox, sagen Sie mir eins: Besitzen Sie eigentlich eine Uniform?«

»Sir?«

»Eine Uniform. Sehen Sie ...« Er streckte den rechten Arm aus und hätte Maddox beinahe an der Schulter gefasst, wie er es zu Hause tat, wenn er seinen Kindern einen väterlichen Rat geben wollte. Die Erinnerung ließ ihn jedoch den Arm wieder senken, und für einen Moment war er kurz davor, die Fassung zu verlieren. Fünf Kinder warteten zu Hause auf ihn, die beiden Jüngsten würden ihn kaum noch kennen, wenn er endlich wieder bei ihnen war. Um den Gedanken abzuschütteln, deutete er in den Nebel, der die Flussmündung verhüllte, als läge dort der Eingang zum Hades. In der Takelage knirschten das Holz und die Taue. »Wenn wir in den nächsten Tagen an Land gehen, um zu verhandeln; wenn wir nach Peking fahren und hoffentlich den Kaiser, mindestens aber seine höchsten Beamten treffen – was werden Sie dann tragen, Maddox? Ich fürchte, in diesem Aufzug kann ich Sie nicht einmal zum Dinner auf die *Audacieuse* mitnehmen.«

»Ich besitze einen Anzug, Sir.«

»In der Tat. Wollen Sie mir sagen, wo er geschneidert wurde?«

»In München, Sir.«

»In München, hm? Mein lieber Maddox, Sie können von Glück sagen, dass mein Bruder in einigen Tagen eintreffen und aus Shanghai einen Schneider mitbringen wird. Die ganze Affäre zieht sich länger hin als geplant, und in diesem Klima ... Schauen Sie sich meine Uniform an. Wir werden die Wartezeit nutzen, um aus Ihnen einen würdigen Vertreter der Krone zu machen. Was meinen Sie?«

»Ich verstehe nicht recht, Sir, worauf Sie hinauswollen.«

»Dann sag ich's Ihnen: Mein Bruder, ich und Sie, Maddox, wir sind hier eine Minderheit. Im Gegensatz zu den Kaufleuten und Militärs glauben wir nicht, dass auf unserer Mission die größte Härte zum bestmöglichen Resultat führt. Wir haben nicht vor, die Chinesen in die Knie zu zwingen, nur weil wir es können. Uns geht es auch nicht darum, ein Exempel zu statuieren. Wir haben Respekt vor ihren Sitten und achten ihre Tradition, auch wenn wir sie nicht verstehen. Über den Teil, den zu achten uns schwerfällt, sehen wir hinweg. Die Füße der Frauen, von denen Sie mir berichtet hatten, und noch einiges andere.«

Diesmal nickte Maddox nur, statt seine Zustimmung zu äußern, und für einen Moment war sich Lord Elgin nicht sicher, worauf er hinauswollte. »Was wir stattdessen vorhaben, ist, den Grundstein für die friedliche Kooperation unserer Länder in der Zukunft zu legen. Handel zum beiderseitigen Nutzen, Wandel der chinesischen Gesellschaft durch den Kontakt mit uns, das ist unsere Mission. Leider stehen solche Begriffe bei der Gegenseite nicht besonders hoch im Kurs. Ich erinnere mich an unser Gespräch über das Problem der Vollmachten, Maddox. Es gibt in China niemanden, der für den Sohn des Himmels sprechen darf, denn es wäre, was wir ein Sakrileg nennen. Gut, das müssen wir akzeptieren, aber was folgt daraus? Sollen wir umkehren und unseren Landsleuten sagen, was Lord Macartney ihnen seinerzeit sagen musste? Nein. Die Zeiten haben sich geändert, Maddox. Es wäre feige, von unseren Zielen abzurücken, nur weil die Chinesen deren Wert nicht erkennen. Schließlich gibt es einen Lauf der Geschichte, dem sich ein Land nicht einfach verweigern kann. Sehen Sie sich um, vierhundert Millionen Menschen, die meisten bettelarm. Es ist unsere christliche Pflicht, ihnen zu helfen, auch wenn wir dafür gegen ihren erklärten Willen handeln müssen. Eines Tages werden sie uns dankbar sein. Dann und nur dann war unsere Mission erfolgreich. Ich hoffe, wir werden es noch erleben. Ihre Chancen stehen besser als meine.«

Es folgte eine unbehagliche Stille, in der Lord Elgin merkte, dass er seinen Sekretär nicht nur an der Schulter gefasst, sondern auch zu sich herangezogen hatte, als wollte er Maddox an die Brust drücken. Außerdem waren ihm Tränen in die Augen gestiegen. Schon lange hatte er seine Aufgabe nicht mehr so klar vor sich gesehen und so deutlich gespürt, dass es trotz des unwürdigen Anlasses eine noble Mission war – bloß, wie sollte er sie angehen? Dass Arroganz nicht vor Enfield-Gewehren schützte, war die Lehre aus dem traurigen Gemetzel von Kanton, die sich eines Tages bis nach Peking herumsprechen würde. Danach hing alles davon ab, ob der Kaiser das nötige Maß an Vernunft besaß oder so verstockt war wie die Mandarine, die ihnen bisher ihre Aufwartung gemacht hatten. Um die Mission zu retten, musste in den Köpfen der Chinesen etwas geschehen, und alle militärischen Aktionen zielten darauf ab, es geschehen zu lassen. Daher das Problem der Dosierung. Ohne Gewalt ging es nicht, aber im Yangtze-Tal war bereits eine Rebellion im Gang, die Regierung in Peking stand mit dem Rücken zur Wand, was eine zum besonnenen Nachdenken untaugliche Position war. Musste man dem Kaiser mehr Zeit geben? Brauchte es nur noch etwas Geduld, um die Mission zu retten, mit anderen Worten: War er selbst es, der seinen Stolz unter Kontrolle halten musste und den seiner kriegslüsternen Offiziere gleich mit? Fragen über Fragen. Wenn man irgendetwas über die Chinesen wüsste, wäre alles einfacher, aber man wusste nichts.

»In Kanton wurde uns keine Wahl gelassen, richtig?« Seit einigen Minuten drängten ihn seine Gedanken zu dieser Frage, und Lord Elgin sah seinem Sekretär ins Gesicht, als er sie stellte. Maddox war gutaussehend, groß gewachsen und schlank, mit einem Zug um die Mundwinkel, der verriet, dass er sich zu Höherem berufen fühlte. Ob er auch das Zeug dazu hatte, war eine andere Frage.

»Vermutlich nicht, Sir«, lautete seine etwas gequälte Antwort.

»Sie sind anderer Meinung?«

»Sir, die beiden Abgesandten, die Eure Lordschaft zu sprechen wünschen ...«

»Die warten, Maddox. Chinesen sind geduldig, wer wüsste das besser als Sie.« Es ging hier um Probleme von histori-

scher Tragweite, und er würde gern glauben, dass Maddox
das verstand. Wenn ja, würden es die Chinesen eines Tages
auch verstehen.

»Wäre es nicht besser, Sir, sie wenigstens an Bord zu bitten?«

»Es ist noch nicht entschieden, ob ich sie an Bord lassen
werde. Sind Sie anderer Meinung, Maddox? Jetzt ist der Zeitpunkt, es mir zu sagen. Ich muss wissen, wo Sie stehen.« Drei
Monate hatte er in Hongkong gewartet und auf keine seiner
schriftlichen Kontaktversuche eine befriedigende Antwort
erhalten. Chinesen spielten immer dasselbe Spiel, das sich
nicht um Inhalte, sondern um Fragen des Protokolls drehte.
Der Gouverneur von Kanton, ein berüchtigter Schlächter
namens Ye Mingchen, hatte fortwährend guten Willen be-
teuert und darauf verwiesen, dass ihm die Hände gebunden
seien. Er könne nun einmal nicht gewähren, was der Kaiser
nicht gewähren wolle. Im Dezember war Lord Elgin den Perlfluss hinaufgefahren, und nachdem Gouverneur Ye auch das
letzte Ultimatum hatte verstreichen lassen, war an Weihnachten der Befehl ergangen, die Stadt einzunehmen. ›Un car-
nage mélancolique‹ hatte der französische Gesandte den ein-
seitigen Beschuss genannt. Die Verteidiger hatten das Feuer
aus veralteten Gingals erwidert, als wollten sie den britischen
Kanonieren nur signalisieren, wo sie lagen. Es war wie 1841,
als die *Nemesis* binnen weniger Stunden die gegnerische
Flotte zusammengeschossen hatte, und es warf die Frage
auf, ob die Chinesen nichts aus der Vergangenheit lernten.
Maddox behauptete, sie verehrten die Tradition mehr als jedes andere Volk, aber wer sie bloß verehrte, kam eben nie
über sie hinaus. Wandel war das Wesen der Geschichte. Als
Baron Gros und er am Neujahrstag an Land gegangen waren, hatten Schneefall und verkohlte Ruinen für ein trauri-
ges Bild gesorgt. Eine Million Einwohner, eine Stadt halb

so groß wie London, durch deren Gassen graue Asche wehte. Vom Yamen des Gouverneurs und einigen Tempeln abgesehen, gab es nichts, was an öffentliches Leben erinnerte.
Stattdessen stank es. Leichen lagen herum, von denen sich
einige bewegten, wenn man sie fortschaffen wollte. Wie hätte man die Soldaten in einem solchen Terrain kontrollieren
sollen? Wochenlang hatten sie auf den Marschbefehl gewartet, nun verschwanden sie in den Gassen und suchten nach
Beute. ›To loot‹, schrieb er Mary Louisa, hieß das neuerdings, ein aus Indien importiertes Wort, das nach den harm-
losen Streichen übermütiger Kinder klang. Are these little
rascals looting again …? Sobald Lord Elgin daran dachte,
hätte er am liebsten über die Reling ins trübe Wasser gespuckt. Wieso hatte man ausgerechnet ihn geschickt, um
diesen ehrlosen Krieg zu führen?

Maddox schwieg. Oder hatte er bereits geantwortet?

Gouverneur Ye übrigens – der fetteste und gerissenste
Chinese, mit dem Lord Elgin je zu tun gehabt hatte – war
nicht geflohen, als die Granaten fielen. Bei seiner Verhaftung hatte er sich keinen Anflug von Überraschung erlaubt,
sondern lediglich gefragt, ob man ihn sofort oder später hinrichten werde. Ein Mann von vollendeter Höflichkeit, der
keine Ähnlichkeit mit dem Monster aufwies, als das sogar
Premier Palmerston ihn bezeichnet hatte. Es hieß, er habe
mehrere zehntausend Rebellen hinrichten und sich zum Beweis ihre abgeschnittenen Ohren schicken lassen. Große
Kisten, die täglich in seinen Amtssitz geliefert wurden – es
war schwer vorstellbar, aber man musste es versuchen: Kam
er morgens durch die Tür und fragte als Erstes, ob die Ohren
schon da waren? Wer mit solchen Individuen zu tun hatte,
wandelte auf einem schmalen Grat zwischen Diplomatie und
etwas anderem, für das Lord Elgin kein Name einfiel. Sein
Sekretär konnte sich glücklich schätzen, dass er anscheinend

nie überlegen musste, wie man unter diesen Umständen Mensch blieb.

»Wir wollen es für heute dabei bewenden lassen, Maddox.« Einen Moment lang schaffte er es nicht, die Müdigkeit in seiner Stimme zu unterdrücken, dann hatte er sich wieder gefangen und nahm die Haltung des Sonderbotschafters der britischen Krone an. »Bitten Sie die beiden Mandarine an Bord. Führen Sie sie in den Gun Room, aber lassen Sie ihnen nichts servieren, sie sollen wissen, dass es ein kurzer Aufenthalt wird. Dann suchen Sie Ihre Kabine auf und sagen Wong, dass er den Anzug bereitlegen soll. Das Dinner auf der *Audacieuse* beginnt um acht. Nein, erwidern Sie nichts ...«, fügte er hinzu, weil Maddox die Unterstellung zurückweisen wollte, sein Assistent erfülle die Pflichten eines Boys. Abend für Abend arbeiteten die beiden an einem Buch, das die Welt über das Wesen der Chinesen aufklären sollte. »Sie müssen mir nicht danken, Maddox. Es ist gut möglich, dass ich Sie in Zukunft auf gewisse vertrauliche Missionen schicken werde. Sie verstehen die Sprache und kennen das Land. Ich habe einiges mit Ihnen vor, aber was die Politik betrifft, müssen Sie noch lernen. Baron Gros ist ein erfahrener Mann, nutzen Sie die Gelegenheit und hören Sie ihm zu.«

»Jawohl, Sir.«

»Wenn ich mich nicht täusche, haben Sie noch andere Gaben als die eines Übersetzers.«

»Vielen Dank, Sir. Das ist sehr freundlich.«

Lord Elgin nickte. Es war in der Tat freundlich von ihm. »Sie können dann gehen.«

Als er eine halbe Stunde später den Gun Room betrat, erfasste er die Situation mit einem Blick. Die beiden Mandarine saßen am Tisch, und entweder hatte Maddox seine Anweisung ignoriert oder sie hatten um Wasser gebettelt. Ihr Gesichtsausdruck – beide zu unterscheiden, war unmöglich, sie glichen einander aufs Haar – legte Letzteres nahe. Um Fassung bemüht, aber zu ängstlich, sie zu wahren, starrten sie ihn aus schmalen schwarzen Augen an. Aus chinesischen Depeschen, die in Kanton in seinen Besitz gelangt waren, wusste Lord Elgin, dass die Tataren ihn den ›schrecklichen Barbar‹ nannten, und vermutlich endeten sämtliche Szenarien, die die beiden im Kopf durchspielten, mit ihrem qualvollen Tod auf der *Furious*. Einer hatte seine Kappe abgenommen und drehte sie nervös in den Händen, der andere saß auf seinem Stuhl, als sitze er Porträt. Über die Gesichter ließ sich ansonsten nichts sagen, es waren eben Chinesen.

Nach Maddox' Abgang hatte Lord Elgin an der Reling gestanden und sich innerlich auf die Begegnung vorbereitet. Es gefiel ihm nicht, die Rolle des furchteinflößenden Unmenschen zu spielen, aber inzwischen wusste er, dass er damit seiner Sache diente, also schloss er jetzt die Kajütentür mit einem harten Tritt der Ferse. Maddox fuhr erschrocken von seinen Notizen auf, Kapitän Osborn stand mit verschränkten Armen vor dem Fenster und lächelte. »Was ist das?« Lord Elgins ausgestreckter Finger zeigte auf den Tisch, wo zwei Bögen gelber Seide lagen, beschrieben in zinnoberroter Tinte. Laut Maddox das Vorrecht des Kaisers.

»Die Dokumente, Sir.« Mit derselben Beflissenheit, die sein Sekretär immer an den Tag legte, wenn es offiziell wurde, wollte er sich von seinem Platz erheben.

»Bleiben Sie sitzen, Maddox. Sagen Sie einem der beiden, er soll sie mir geben.«

»Wie Eure Lordschaft wünschen, Sir.«

Nachdem ihnen die Anweisung übersetzt worden war, erhoben sich die Mandarine von ihren Plätzen. Der eine griff nach den Bögen und hielt sie zuerst mit beiden Händen über den Kopf, bevor er sie mit einer tiefen Verbeugung überreichte. Lord Elgin funkelte ihn böse an und wünschte, endlich auf Einheimische zu treffen, die Hosen trugen und ordentliche Schuhe an den Füßen hatten. Wie sollte man mit Männern reden, die ihren Dienst in solch weibischer Aufmachung versahen? Er nahm die Bögen, warf einen Blick darauf und knüllte sie in der Hand zusammen.

»Die kaiserlichen Dokumente, Sir, denen zufolge ...«

»Kaiserlich. Gut, gut.« Er bedeutete Maddox, eine Pause zu machen und stellte sich vor den Tisch. Der Anblick chinesischer Schriftzeichen hatte einen Effekt auf ihn, der es ihm schwer machte, in seiner Rolle zu bleiben. Maddox zufolge gab es so viele, dass niemand die genaue Zahl kannte und kein Mensch sie alle beherrschte. Mehrere zehntausend jedenfalls, deren Ursprung hinter Mythen verborgen lag. Dem Volk, das dieses Schreibsystem ersonnen hatte, so unpraktisch es auch war, konnte man ein gewisses Genie nicht absprechen. Die Zeichen hatten etwas Verschwenderisches und wirkten gleichzeitig streng, sie zeugten von Fantasie wie von Disziplin, und weil es Jahre dauerte, sie zu erlernen, markierten sie zudem ein Vorrecht der Elite. Als Träger eines alten schottischen Adelstitels fand er daran nichts auszusetzen; die Frage war, warum sich das Land trotzdem in einem so erbärmlichen Zustand befand. Versagte die Elite, oder hatte sich die gesamte Zivilisation überlebt? War sie noch zu retten, und sollte man ihren Wert an der vergangenen Größe oder dem heutigen Elend messen? Niemand wusste schließlich, ob das Kaiserreich den Angriff der britischen Flotte überleben würde, und für einen Mann wie ihn war es keine Kleinigkeit, einer alten Zivilisation den Todesstoß zu versetzen. Besaß eine Nation das Recht, den Wandel nicht zu wollen, weil sie ihr Erbe für unüberbietbar hielt? Das war zumindest nicht zweifelhafter als das Ansinnen seines Landes, das den Fortschritt ausgerechnet in Opiumkisten ans andere Ende der Welt tragen wollte. Was wäre zum Beispiel, hatte er neulich überlegt, wenn die griechische Zivilisation fortgedauert hätte. Wäre sie heute in einem besseren Zustand als der Marmorfries des Parthenon, den sein Vater nach London verschifft hatte? Angenommen, sie hätte überdauert, aber keinen zweiten Pindar oder Platon hervorgebracht, sondern sich mit deren Exegese begnügt, dann wäre sie in der Verehrung der Vergangenheit erstarrt und zum Fossil geworden. Ihren Wert aber – gemessen am höchsten Zustand, den sie einmal erreicht hatte – hätte das nicht gemindert, jedenfalls nicht in den Augen derer, denen Pindars Oden etwas bedeuteten. Übrigens war es merkwürdig, wie er manchmal trotz allem die Gedanken seines Vaters dachte. *Cold as the crags upon his native coast ... His mind as barren and his heart as hard,* hatte Byron über ihn geschrieben, aber das war eine andere Geschichte. Sein Vater hatte die Akropolis vor dem Verfall retten wollen und dafür nicht nur seine Finanzen, sondern auch die Gesundheit und seinen Ruf ruiniert. Kein geringes Opfer für einen Nachfahren von Robert the Bruce. Wie stand es mit ihm, war er bereit, für den Fortschritt Chinas einen ähnlichen Preis zu zahlen?

»Sir?«

Als sich Maddox vernehmlich räusperte, kehrten Lord Elgins Gedanken in die Gegenwart zurück. Gespanntes Schweigen füllte die Kajüte. Hatte er wieder mit sich selbst gesprochen? Unsicher warf er einen Blick auf Osborn, der wie vorher am Fenster stand und das Schweigen offenbar als Teil des Spiels interpretierte. Demnach war nichts passiert.

»Kaiserliche Dokumente.« Er schwenkte die Bögen vor den Gesichtern der Mandarine hin und her. »Genau das, worauf wir seit Monaten warten. Dokumente, aus denen hervorgeht, dass die beiden Gentlemen gekommen sind, um mit uns ein Abkommen auszuhandeln. Sie wissen, worum es geht: Die Öffnung weiterer Treaty Ports für den Handel, nach Möglichkeit auch von einem Hafen im Landesinneren. Die Stationierung eines Botschafters, um künftige Konflikte diplomatisch zu lösen. Das Recht britischer Staatsbürger, einschließlich der Missionare, sich frei auf chinesischem Territorium zu bewegen. Aus den Dokumenten, die ich in der Hand halte, geht hervor, dass die Herren die chinesische Delegation stellen, mit der wir diese Fragen verhandeln. Mit anderen Worten, die Gentlemen sind autorisiert, ein Abkommen zu unterzeichnen und es dem Kaiser zur Ratifizierung vorzulegen, so wie ich autorisiert bin, als Bevollmächtigter der britischen Krone zu handeln. Maddox, wollen Sie übersetzen?«

Für eine Weile war Osborns unterdrücktes Kichern das einzige Geräusch. Dann und wann knirschte es in den Balken des Schiffes, das sich auf den Wellen ganz leicht hob und senkte. Die *Furious* war keine so majestätische Fregatte wie die *Shannon*, aber vermutlich hatten die Mandarine nie ein besseres Schiff gesehen. Sie saßen auf ihrem Platz und verständigten sich mit Blicken. Die leidige Frage der Reparationszahlungen hatte Lord Elgin absichtlich unerwähnt gelassen; nicht nur, weil in der gegenwärtigen Situation egal war, was er sagte, sondern weil er es auch dann kaum über sich brachte, davon zu sprechen. Hier stand er und stauchte zwei Mandarine zusammen, deren Verbrechen darin bestand, ebenso ahnungslos zu sein wie die, die er vorher zusammengestaucht hatte. Als sich einer von ihnen erhob, war Lord Elgin erstaunt, dass er ihm direkt in die Augen sah. Der Mann schien kurz abzuwarten, ob ihm das Wort verboten wurde, dann begann er zu sprechen. Seine Gesten waren sparsam, die Stimme verriet keine Emotion. Er sprach wie jemand, der Vernunft und Recht auf seiner Seite wusste, und wer genau hinhörte, vernahm einen Unterton von Belehrung, den Lord Elgin irritierend fand. Maddox' unaufhörliches Kopfnicken sollte hoffentlich nur bedeuten, dass er verstand, was gesagt wurde. Nachdem der Chinese geendet hatte, räusperte er sich erneut und begann zu übersetzen. »Nun, Generalgouverneur Tan sagt, dass die mitgeführten …«

»Generalgouverneur, demnach vertritt er eine Provinz und nicht das Reich. Ist das so?«

»Sir, der Gentleman ist Generalgouverneur der Provinz Zhili, in der sich die Hauptstadt befindet. An seiner Seite sitzt der Generaldirektor der Kaiserlichen Kornkammern und Salzpfannen, der persönlich mit dem Kaiser verwandt ist. Meines Wissens handelt es sich bei den beiden Abgesandten um Tataren von sehr hohem …«

»Ihre Einschätzung heben Sie sich für später auf, Maddox. Übersetzen Sie!«

»Also, der Generalgouverneur versichert Ihnen, dass der Hof in Peking großes Interesse an einer einvernehmlichen Lösung hat, dass es jedoch ein Protokoll gibt, das beide Seiten zur Einhaltung verpflichtet. Nach der Absetzung von Gouverneur Ye in Kanton wurde umgehend …«

Energisch hob Lord Elgin die Hand. »Verzeihung, Maddox, wenn ich Sie schon wieder unterbreche, aber wieso Absetzung? Wissen die beiden Gentlemen, dass Gouverneur Ye von uns verhaftet wurde? Dass er sich in diesem Moment in der Gewalt der britischen Armee und auf dem Weg nach Indien befindet?« Man hatte nicht gewusst, was man sonst mit dem Mann anstellen sollte. In Kalkutta konnte er wenigstens kein Unheil anrichten.

»Sir, ich … Moment.« Maddox schwitzte wie ein Ringer und wendete sich für eine kurze Nachfrage an die beiden Chinesen. Diesmal stand der Generaldirektor der Kornkammern auf und sprach eine halbe Minute lang, dann war erneut Maddox an der Reihe. »Sir, wie es scheint, wurde Gouverneur Ye kurz nach der Verhaftung seines Amtes enthoben. Der Kaiser hat die Absetzung rückwirkend ausgesprochen, insofern ist Mr Ye bereits seit einem halben Jahr nicht mehr Gouverneur von Kanton. Offenbar missfiel dem Kaiser sein Verhandlungsstil mit der Gegen… also mit der britischen Seite. Mit uns.«

»Verstehe ich das richtig, Maddox? Er war nicht mehr Gouverneur, aber er wusste es nicht. Konnte er auch schlecht, schließlich lag der Zeitpunkt seiner Absetzung zwar ein halbes Jahr zurück, aber trotzdem noch in der Zukunft, ja? Nein, übersetzen Sie das nicht, machen Sie einfach weiter. Was folgt aus dem ganzen Unsinn für unsere Verhandlungen?«

»Also, der Kaiser hat einen Nachfolger für den abgesetzten Gouverneur ernannt, der sich zurzeit … oder in Kürze auf dem Weg nach Kanton befinden wird, um dort mit uns …«

»Weshalb wir gebeten werden, uns ebenfalls auf den Weg nach Kanton zu machen, ja? Weil das Protokoll vorsieht, dass Barbaren von der Hauptstadt fernzuhalten sind, damit dort alle so tun können, als wären sie nicht da. Maddox, das ist derselbe Unfug, mit dem man uns schon in Shanghai vertrösten wollte. Seit Monaten hören wir dasselbe Lied.«

»Sir, nach chinesischer Lesart geht es hier um Fragen des Handels, und dafür ist der in Kanton ansässige Gouverneur zuständig.«

»Ich *war* in Kanton, Maddox. Ich war nicht nur dort, ich habe persönlich die Einnahme der Stadt angeordnet. Seit Januar steht Kanton unter britischer und französischer Verwaltung. Die für alle Fragen des dortigen Handels zuständige höchste Instanz, wenn man es genau nimmt, bin ich. Ich bezweifle, dass unser hoher Besuch das weiß. Sagen Sie es ihm. Der Kaiser kann nach Kanton schicken, wen er will, ich werde nicht dorthin fahren. Die Verhandlungen finden entweder im Norden statt oder gar nicht.«

Maddox übersetzte. Anschließend war es wieder am Generalgouverneur, sich gravitätisch zu erheben und Dinge zu sagen, die auch nur anzuhören – und sei es auf Chinesisch – Lord Elgin als Verletzung seiner Würde empfand. Hörte das nie auf? Die britische Seite fragte, forderte, drängte, und die Chinesen führten ihren absurden Tanz auf, dessen einziges Ziel darin bestand, nicht zur Kenntnis zu nehmen, worum es ging. Sie verhielten sich wie Kinder, die sich die Hände vors Gesicht hielten, um nicht gesehen zu werden. Indem sie Fragen nicht beantworteten, bildeten sie sich ein, sie wären nie gestellt worden. Nachdem ihr Gouverneur verhaftet worden war, setzten sie ihn ab und beriefen einen neuen, als gäbe ihnen dieses Manöver das Heft des Handelns zurück. So viel weltfremde Verbohrtheit war beschämend!

»Sir. Der Generalgouverneur betont, dass der Kaiser sehr dankbar für die Hilfe ist, welche die britische Seite seit der Absetzung von Gouverneur Ye leistet, um den Übergang ...«

»Es reicht, Maddox. Ich bin nicht bereit, mir das länger anzuhören. Sagen Sie den beiden Gentlemen Folgendes: Hiermit stelle ich fest, dass die chinesische Seite uns das Recht einer jeden souveränen Nation vorenthält, auf Augenhöhe zu kommunizieren. Wir werden daher unsere diplomatischen Bemühungen aussetzen und militärische Schritte einleiten. Deren Ergebnis wird sein, dass in wenigen Wochen auch Peking unter britischer Verwaltung steht. Das war nicht unser Ziel, erweist sich nun aber als notwendiges Mittel, um die Gegenseite zum Einlenken zu bringen. Persönlich bedaure ich, dass es so weit kommen musste. Die Verantwortung liegt allein bei der kaiserlichen Regierung. Übersetzen Sie das, und bringen Sie die Gentlemen hinaus.« Damit warf er die zusammengeknüllten Briefbögen auf den Tisch und wendete sich ab. Vor dem Fenster hing grauer Nebel, der ihm jedes Gefühl von Raum und Zeit raubte. Die Sonne ging weder auf noch unter, nachts schien kein Mond, und er war seinem Ziel so fern wie am ersten Tag. Wahrscheinlich lebte der Kaiser seit jeher in einem solch konturlosen Universum, dem allein die Rituale am Hof einen Anschein von Struktur verliehen. Das ganze Reich war eingefroren in der unendlichen Gegenwart seiner Geschichte. Es half nicht, davor Respekt zu haben. Leichen wurden nicht lebendig, indem man sie einbalsamierte.

»Sir?«

»Kein Wort mehr, Maddox. Hinaus mit ihnen!«

Nachdem die drei den Gun Room verlassen hatten, holte Kapitän Osborn eine Flasche Rum und zwei Gläser aus dem Sideboard, goss beide halb voll und hielt Lord Elgin eines hin. »Sie haben alles versucht, Sir.«

»Habe ich, Admiral. Oder etwa nicht?«

»Sir, mit diesen arroganten Halbwilden kann man nicht verhandeln. Sie sind zu verstockt.«

Ohne Erwiderung nahm er sein Glas. Wenn er ehrlich war, respektierte er Osborn zwar, mochte ihn aber nicht. Er gehörte zu den erfahrensten Admirälen der Navy, aber dass er die Chinesen als Halbwilde bezeichnete, war typisch. Männer wie er und Konsul Parkes hatten das Königreich in die gegenwärtige Bredouille gebracht, und wenn es ihm, Lord Elgin, nicht gelang, sie zu kontrollieren, würde in China passieren, was schon in Indien keiner gewollt hatte. Gekommen, um Handel zu treiben, fand man sich plötzlich in der Rolle des Eroberers wieder, und je länger er darüber nachdachte, desto besser verstand er, was er den Chinesen am meisten verübelte: dass ihre Starrköpfigkeit ihm nicht erlaubte, nachsichtig zu sein und damit nicht nur ihnen, sondern auch seinen Landsleuten eine Lektion zu erteilen. Er leerte das Glas in einem Zug und stellte es auf den Tisch. »Sie garantieren mir, Admiral, dass es in Kürze möglich sein wird, die Barre zu überwinden?«

»Spätestens nächste Woche, Sir.«

»Die Männer sind bereit?«

»Können es kaum erwarten, John Chinaman ihre Fähigkeiten zu demonstrieren.«

»Was ist mit den Baumstämmen in der Fahrrinne?«

»Die *Cormorant* wird vorausfahren, Sir, und den Weg freimachen.«

»Gut. Am Abend spreche ich mit Baron Gros, Sie kontaktieren Admiral Seymour. Sobald die Flotte vollzählig ist, schlagen wir los.«

»Es fällt nicht in meine Zuständigkeit, Sir. Darf ich trotzdem eine Anmerkung machen?«

»Ich weiß, Admiral. Unsere Truppenstärke reicht nicht aus, um Peking zu besetzen. Keine Angst, ich habe nichts dergleichen vor. Es ist zwar unschön, wenn Angst die Funktion der Vernunft übernimmt, aber offenbar geht es in China nicht anders. Wir müssen näher heran an die Hauptstadt, um glaubhaft mit ihrer Besetzung zu drohen. Die Forts an der Mündung sind kein Problem, nehme ich an?«

Osborn nahm einen Schluck und schüttelte den Kopf. »A ship's a fool to fight a fort, sagen wir in der Navy, aber in diesem Fall ... Es wird uns höchstens einen Vormittag kosten, Sir. Die chinesischen Kanonen sind zu schwer, um einem beweglichen Ziel zu folgen.«

»Gut. Dann lassen Sie uns den elenden Krieg beginnen. Die Gegenseite hat lange genug darum gebettelt.« In der Tür drehte sich Lord Elgin noch einmal um. Statt seine Nerven zu beruhigen, hatte der Rum lediglich seinen Groll verstärkt, und er brauchte jemanden, an dem er ihn auslassen konnte. »Wenn Maddox zurückkommt, sagen Sie ihm, ich erwarte ihn in meiner Kabine.«

# 4  Im Tempel der höchsten Glückseligkeit

An Bord der HMS *Nimrod*
Mai 1858, im Golf von Zhili

Die Schlacht begann am 20. Mai um acht Minuten nach
zehn. Eine Flotte von einundzwanzig Schiffen lag kampfbereit vor der chinesischen Küste, fünfzehn britische und vier
französische Kanonenboote, dazu die beiden Flaggschiffe
*Audacieuse* und *Furious*. Seinen Platz auf der Letzteren hatte Lord Elgin kurz nach Sonnenaufgang geräumt und sich in
Maddox' Begleitung an Bord der *Nimrod* begeben, von deren
Vorderdeck aus er nun beobachtete, wie Admiral Seymour
die Signalflagge hissen ließ. Kurz darauf brach die *Cormorant* mit geblähten Segeln aus der Formation aus und nahm
Fahrt auf. Aus der Mitte ihres Decks stieg dichter Rauch in
den seit zwei Tagen blauen Himmel. Ganz plötzlich hatte
der Wind gedreht und den Nebel vertrieben, wie einen Vorhang, der sich hob, um die Arena für den Kampf freizugeben.
An der gestrigen Erkundungsfahrt hatte Lord Elgin teilge-
nommen und durch sein Glas die hektische Betriebsamkeit
auf den Mauern der Forts verfolgt. An schweren Seilen wurden Kanonen hin und her bewegt, dahinter Soldaten mit
brennenden Fackeln, jederzeit bereit, sie ans Ende der Zünd-
schnüre zu halten. Dann und wann hatte er Rufe gehört,
die von den Wachtürmen auf sie herabgeschleudert wurden. Wahrscheinlich Flüche. Wie befürchtet, waren die Chinesen in den letzten Wochen nicht untätig gewesen, sondern
hatten die Schießscharten der Forts mit Matten verhängt

und die Barrikaden im Fluss verstärkt. Ein gewaltiges Geflecht aus zusammengebundenen Baumstämmen lag in der Fahrrinne, und von beiden Ufern waren Kanonen auf die Stelle gerichtet, wo die Angreifer gezwungen werden sollten, anzuhalten.

In voller Fahrt hielt die *Cormorant* darauf zu.

Insgesamt verfügten die Alliierten über rund 1800 Soldaten. Laut den Generälen mehr als genug, um die Forts zu stürmen, deren abgestufte Mauern an einen riesigen Baumkuchen erinnerten. Sie sahen imposant aus, aber zum Land hin waren sie offen wie Hufeisen, weil sie die Flussmündung eigentlich vor Piraten schützten sollten, die naturgemäß vom Wasser her angriffen, und der britisch-französische Plan – eigentlich der britische Plan, dem die Franzosen nach viel Palaver zugestimmt hatten – wollte diesen Umstand ausnutzen. Die *Cormorant* würde die Barrieren durchbrechen und flussaufwärts fahren, bis sie außer Reichweite der Kanonen war, dann anlegen und ihre Haubitzen für einen Beschuss von der Landseite aus in Stellung bringen.

Als Nächstes brachen die *Fusée* und die *Mitraille* auf. Zwei wendige Fregatten mit wenig Tiefgang, die erst in Reichweite der Kanonen gelangen sollten, wenn die *Cormorant* die kritische Stelle erreicht hatte. Auch bei niedrigem Wasserstand konnten sie sich in der Mitte des Stroms halten und von dort aus beide Ufer beschießen, während die restliche Flotte frontal angriff. Auf diese Weise sollten die zwar massiven, aber unbeweglichen Kanonen der Verteidiger gezwungen werden, auf möglichst viele Ziele in unterschiedlichen Richtungen zu feuern.

Kurz richtete Lord Elgin sein Fernrohr auf das Deck der *Audacieuse*, wo Frederick neben Baron Gros stand und zur Küste blickte. Vor drei Tagen war sein Bruder eingetroffen, zwar mit der Post aus Shanghai, aber ohne Schneider. Gemeinsam hatten sie beschlossen, ein letztes Ultimatum an den Kaiser zu richten, aber auch das war ohne Antwort verstrichen. Ein Verbindungsmann der Russen in Peking berichtete, der Himmelssohn sei krank, und kein Beamter wage es, ihn auf die störende Anwesenheit der Barbaren an der Küste anzusprechen. Reis und Getreide wurden knapp, trotzdem schoben die Mandarine einander die Verantwortung zu wie eine heiße Kartoffel. Mit anderen Worten, es gab auf der Gegenseite niemanden, der ihn, Lord Elgin, bei dem Versuch unterstützte, weiteres Blutvergießen zu vermeiden. Als er das Glas auf die Küste richtete, sah er wehende Banner auf den Wachtürmen. Wussten die Männer dort, was ihnen bevorstand?

Die *Cormorant* war noch etwa drei Meilen von der Barre entfernt.

Hinter ihm lag eine schlaflose Nacht. Um halb drei war er an Deck gegangen und hatte dem Gesang auf den umliegenden Schiffen zugehört; entweder die Soldaten freuten sich auf den Kampf, oder sie sangen sich Mut an. Dunkel zeichneten sich die Umrisse der Schiffe vor dem sternklaren Himmel ab, und niemand außer ihm schien zu bemerken, wie das Meer anfing, geheimnisvoll zu leuchten. Unter der Wasseroberfläche schimmerte es, als läge Gold auf dem Grund. Einmal in Jamaika hatte er dasselbe Phänomen beobachtet, aber noch nie so weit nördlich des Äquators. Licht tanzte auf den schwarzen Wellen, und plötzlich musste er an Elma denken, die mit zweiundzwanzig Jahren in Kingston gestorben war. Hochschwanger und fiebrig schon bei der Ankunft – genauer gesagt bei dem Schiffbruch drei Meilen vor der Küste, der ihr gesamtes Gepäck vernichtet hatte –, war sie danach nie mehr gesund geworden. Die aus England einbestellte Krankenschwester hatte ihre Fahrt nur um zwei Tage überlebt. Jamaika, sein erster Posten als Gouverneur.

Statt beizeiten einen Sitz im Oberhaus einzunehmen und zwischen langen Partien von Whist ein wenig Politik zu betreiben, hatten ihn die väterlichen Eskapaden ins Exil des diplomatischen Dienstes gezwungen, aus dem es so schnell keine Rückkehr geben würde. Wenn er hier in China fertig war, sollte er umgehend nach Japan reisen; ein Land, über das er in diesem Moment nur sagen konnte, dass es existierte. Irgendwo hinter dem Meer.

Das dumpfe Wummern von Kanonenschüssen riss ihn aus seinen Gedanken. Als er sich das Fernglas vor die Augen hielt, sah er an drei Stellen über den Forts Rauch aufsteigen. Der feindliche Beschuss begann, aber soweit er es erkennen konnte, flogen die Kugeln über die Masten der *Cormorant* hinweg, ohne Schaden anzurichten. Osborn hatte recht gehabt, die Chinesen rechneten nicht mit einem Angriff bei Ebbe, und der Unterschied betrug innerhalb der Barre zehn bis zwölf Fuß. Als die *Cormorant* gegen die ersten Barrikaden krachte, richtete sich ihr Rumpf ruckartig auf, Holzstämme flogen zu beiden Seiten weg, im nächsten Moment eröffneten die *Fusée* und die *Mitraille* das Feuer. Statt des Schalls einzelner Schüsse lag jetzt ein ständiges Grollen in der Luft, wie von einem näher rückenden Gewitter. Erste Treffer brachen Gesteinsbrocken aus den Mauern der Forts, und Lord Elgin glaubte, den Jubel an Bord der Schiffe zu hören. Krieg, dachte er grimmig. Als er sich umdrehte, sah er Maddox und Wong, die mit offenem Mund auf das Spektakel starrten.

Er beschloss, dass es Zeit war, zu frühstücken.

»Sie beobachten alles und erstatten mir Bericht, Maddox.« Mit diesen Worten übergab er seinem Sekretär das Fernglas und begab sich in die Kajüte, die man auf der *Nimrod* für ihn hergerichtet hatte. Der Tisch war mit den kümmerlichen Resten gedeckt, die es nach einem Monat auf See noch an Bord gab. Gepökeltes Rindfleisch, Porridge und schrumpelige Äpfel. Ohne Appetit stopfte er alles in sich hinein und spülte mit einem Glas Portwein nach, dann saß er reglos auf seinem Platz, bis Maddox kam und meldete, es verlaufe alles nach Plan. Lediglich die *Mitraille* habe wegen eines Motorschadens fast eine Stunde unter Feuer gelegen, aber die Höhe der Verluste sei noch nicht bekannt. »Die Franzosen natürlich«, hörte Lord Elgin sich sagen.

»Sir, der Kapitän würde gern wissen, wann Eure Lordschaft an Land zu gehen wünschen.«

»Was soll ich an Land, Maddox? Ist ein kaiserlicher Kommissar da, um zu verhandeln? Wenn nicht: Für den Krieg sind Seymour und Osborn zuständig. Ich bin Diplomat.«

»Sir, Sie sind der Generalbevollmächtigte, und es wäre ...«

»Sagen Sie mir, Maddox, gab es je eine dümmere Rasse als diese idiotischen Tataren?« Unfähig, sich länger zu beherrschen, nahm er sein leeres Glas und schleuderte es zu Boden. Den Unterschied zwischen Tataren und Chinesen hatte Maddox ihm zu erklären versucht, aber es war kompliziert und im Übrigen egal. Tataren kamen von jenseits der großen Mauer, sie hatten das Reich erobert und regierten es nun so, als wären sie Chinesen, bloß dass sie diese insgeheim verachteten, was umgekehrt ebenso galt. So oder so, dumm waren sie alle.

»Sir ...«

»Was, Maddox?« Das Glas war nicht einmal kaputtgegangen. »Ein halbes Jahr lang verhandeln wir mit diesen Hohlköpfen! Was heißt verhandeln, wir schreiben Briefe und erhalten keine Antwort. Wir stellen Ultimaten, und niemanden kümmert es. Wir nehmen Kanton ein, aber der Kaiser bestellt einen neuen Gouverneur, als wäre nichts passiert! Haben Sie gehört, was man dem amerikanischen Gesandten gesagt hat: Wir können die Forts ruhig bombardieren, sie sind sowieso nur mit Chinesen bemannt. Als wäre den Mandarinen alles egal. Ist ihnen alles egal? Nein, keineswegs, sie würden sich lieber die Kehle durchschneiden, als einen Ausländer in ihre heilige Hauptstadt vorzulassen. Aber wissen Sie was, Maddox, dann müssen sie sich jetzt die Kehle durchschneiden, alle miteinander, denn wir marschieren nach Peking, und wenn es sein muss, brennen wir die Stadt nieder. Die ganze elende Stadt!«

»Sir ...«

»Was, Maddox?! Habe ich Ihnen nicht gesagt, Sie sollen alles beobachten und mir Bericht erstatten? Gehen Sie gefälligst auf Ihren Posten!«

»Darf ich vorher ...?«

»Sofort!«

Nachdem er eine Weile allein geblieben war, fühlte er sich besser. Im Sideboard entdeckte er eine halbvolle Flasche Gin. Das Kriegsgewitter, das draußen getobt hatte, verzog sich, und am frühen Nachmittag war kein Donner mehr zu hören. Der Signalton eines Horns verkündete das Ende der Kämpfe. Natürlich musste er an Land gehen, es war immer noch seine Mission, auch wenn sie sich der Steuerung durch seinen Willen entzog. Aus einer Schatulle nahm er den Knight-of-the-Thistle-Orden, den ihm die Queen für seine Verdienste in Kanada verliehen hatte, und strich das grüne Band glatt. Mit dem Stern sah seine Uniform nicht mehr ganz so abgetragen aus, aber er bedauerte immer noch, dass Frederick in Shanghai keinen fähigen Schneider hatte auftreiben können. Sie würden einen nachkommen lassen, notfalls aus Kalkutta. Lord Canning schuldete ihm sowieso einen Gefallen.

Um halb drei bestieg er ein Beiboot und ließ sich an Land rudern.

Schwarzer Rauch hing über den Forts. Die *Mitraille* lag zur Seite geneigt innerhalb der Barre, durchlöcherte Segel und gesplitterte Masten erzählten den Ausgang der Geschichte. Bei der Erstürmung der Forts war außerdem ein Pulvermagazin explodiert, hatte neun Franzosen getötet und einige weitere schwer verletzt. Der Geruch von Schwefel und verschmortem Fleisch trieb Lord Elgin entgegen, als er einem Offizier hinauf zum ersten Wachturm folgte. Tote Chinesen lagen verstreut auf dem braunen Lehmboden, oben standen Osborn und Seymour, rauchten Zigarren und meldeten, dass britische Verluste nicht zu beklagen seien. »Sir, die Männer von der *Cormorant* haben ganze Arbeit geleistet.« Admiral Seymour deutete auf das Schiff, das eine Meile entfernt in einer Flussbiegung lag. Das Land ringsum bestand aus nichts als Lehm und Schlick, durchbrochen von kleineren Salzpfannen, die weiß in der Sonne glänzten. Der schlanke Turm einer Pagode deutete auf eine Siedlung am gegenüberliegenden Ufer, vermutlich Dagu. »Wir werden es den Indern nicht sagen, aber diese Congreve-Raketen sind ein Segen. Es brauchte nur ein paar Volltreffer, schon begann die wilde Flucht. Rauchen Sie, Sir?«

»Später, Admiral. Was geschieht mit den Leichen?«

»Die Chinesen werden verbrannt. Für die Franzosen bereitet ihr Kaplan eine Beerdigung vor. Gleich heute Nachmittag, Sir. Es verspricht, heiß zu werden.«

»Ich nehme an, ich muss an der Beerdigung teilnehmen?«

Seymour nahm einen Zug und blickte sich kurz um, bevor er weitersprach. Ein Flocken Asche verfing sich in seinem dichten Backenbart. »Sir, es ist ein katholischer Kaplan.«

»Verstehe. Natürlich.«

Einen Moment lang schwiegen sie. Lord Elgin beobachtete einen jungen Mann, der keine Uniform trug und dabei war, zwei tote Chinesen über den Boden zu schleifen. Wenige Meter entfernt stand ein anderer Mann gebeugt unter einer Decke, aus der die drei Beine eines Kamerakastens hervorschauten. Niemand achtete darauf, was die beiden trieben. Der junge Mann legte die beiden Chinesen ab und begann damit, sie nach den Anweisungen des Fotografen zu arrangieren, bevor er die nächste Leiche heranschleppte. »Gentlemen, wer sind die beiden Männer, und was tun sie?«

Osborns Blick folgte seinem ausgestreckten Zeigefinger. »Oh. Zwei Italiener, Sir. Soweit ich weiß, reisen sie auf einem der französischen Schiffe. Sie waren schon auf der Krim dabei, die Namen sind mir entfallen.«

»Was zum Teufel tun sie mit den Leichen?«

»Um ehrlich zu sein, Sir, wir haben weniger Chinesen getötet als gedacht. Die meisten sind geflohen wie die Türken, sobald die ersten Kugeln flogen. Schauen Sie sich um, es sind allenfalls um die hundert. Ich vermute, unsere italienischen Freunde wollen die Szene etwas eindrucksvoller gestalten.«

»Die beiden werden auf der Stelle ... Maddox!«

»Sir, ich fürchte, Ihr Sekretär ist nicht mit an Land gekommen.« Diesmal sprach Seymour, und es klang, als müsste er ein Lachen unterdrücken.

»Admiral, schicken Sie sofort einen Ihrer Männer los und befehlen sie den beiden, die Toten in Frieden zu lassen. So etwas gibt es auf meinem Schlachtfeld nicht.«

Langsam wendete Seymour den Kopf. Mit den Augen fochten sie ein Duell über die Frage aus, ob der Sonderbotschafter befugt war, die Hoheit über das Schlachtfeld zu beanspruchen und einem Admiral der Royal Navy Befehle zu erteilen. Dahinter stand eine alte Rechnung. Seymour war es gewesen, der sich nach dem *Arrow*-Zwischenfall von Parkes und Bowring hatte einspannen lassen, um diesen Krieg zu beginnen, außerdem nahm er Anstoß daran, dass Lord

Elgin auf seinem Schiff die britische Flagge hisste; er hielt das für ein Vorrecht des ranghöchsten Militärs, das er ungern mit einem Zivilisten teilte. »Auf der Stelle, Admiral. Jetzt!«

»Selbstverständlich, Sir. Ich kümmere mich darum.« Noch zwei Sekunden hielt Seymour dem Blick stand, dann begab er sich persönlich zu den beiden Italienern, und Lord Elgin hatte zum ersten Mal an diesem Tag das Gefühl, einen Sieg errungen zu haben. Osborn neben ihm schwieg sich aus. Die Soldaten begannen, Zelte zu errichten und die Ausgabe von Mahlzeiten vorzubereiten. Erste Erkundungstrupps schwärmten aus, auf den Mauern wurden chinesische Banner eingeholt und als Souvenir verteilt. Immerhin hatten sie diesmal nicht auf Frauen und Kinder schießen müssen, so wie in Kanton.

»Wenn Sie etwas auf dem Herzen haben, Osborn, dann sagen Sie es.«

»Sir, wir sollten so schnell wie möglich eine Vorhut den Fluss hinaufschicken. Bis zum großen Kanal sind es etwa fünfzig Meilen. Dort hätten wir die Möglichkeit, die Versorgung der Hauptstadt mit Lebensmitteln abzuschneiden. Um den Druck zu erhöhen, Sir.«

»Gut. Sie entscheiden, welche Schiffe geeignet sind. Mein Bruder wird mitkommen und mir berichten. Ich will keine weiteren Kampfhandlungen, es sei denn zur Selbstverteidigung.« Er sah zu, wie die beiden Italiener ihre Gerätschaften zusammenpackten, dann begab er sich zurück auf die *Nimrod*. Bei Baron Gros bedankte er sich schriftlich für die französische Unterstützung, den amerikanischen und den russischen Gesandten informierte er über den Ausgang der Kämpfe und versprach, sie über alles Weitere auf dem Laufenden zu halten.

Einen Tag später brachen drei Schiffe auf, um den Peiho

zu erkunden. Lord Elgin hatte sich mit seinem Bruder beraten und beschlossen, vorerst nicht bis nach Peking vorzurücken, sondern abzuwarten, wie die Gegenseite auf die jüngste Niederlage reagierte. Frederick würde ein Quartier akquirieren, das nah genug an der Hauptstadt lag, um dort ein Gefühl der Bedrohung zu erzeugen, aber keinesfalls sollte der Kaiser zu einer panikartigen Reaktion provoziert werden. Was London betraf, war es wichtig, bereits jetzt die Weichen für die Zeit nach dem Abkommen zu stellen. Nach dem Verlust der Forts, schrieb Lord Elgin dem Außenminister, habe die Gegenseite keine Möglichkeiten mehr, Verhandlungen weiter zu verzögern, daher erlaube er sich, vorgreifend die Frage aufzuwerfen, wen London mit der schwierigen Aufgabe betrauen wolle, als britischer Botschafter in China zu dienen. Ohne Zweifel sei dies ein Posten, der höchste Anforderungen an das diplomatische Geschick und die Urteilskraft des Berufenen stelle, und seiner wohl erwogenen Ansicht nach sei sein Bruder, Frederick Bruce, der am besten geeignete Kandidat. Der bisherige Erfolg der Mission sei zu großen Teilen seiner Mitarbeit zu verdanken, aber das Erreichte dauerhaft zu sichern, werde noch weitaus schwieriger werden. »Bei seiner Verhandlungsführung«, schrieb er, »mit der ich Mr Bruce nach Maßgabe der Umstände, das heißt aufgrund des bedauerlichen Fehlens eines mir dem Rang nach gleichgestellten Verhandlungspartners, zeitweise betrauen musste, war er sich jederzeit schmerzhaft des Faktums bewusst, dass er es mit Personen zu tun hatte, deren Entscheidungen nie auf Vernunft gegründet, sondern immer aus Angst geboren waren, deren Unkenntnis nicht nur den in Frage stehenden Sachverhalten galt, sondern den eigenen, aus den Verhandlungen zu ziehenden Nutzen mit einschloss, und die sich daher nicht für rationale Argumente, sondern allein für Drohungen empfänglich zeigten.

Dies galt in besonderer Weise für die Frage nach der Entsendung eines permanenten Botschafters, weshalb ich es für ein Erfordernis von höchster Wichtigkeit erachte, dass wir uns nicht über die Konsequenzen hinwegtäuschen, die ein Einlenken der Gegenseite in diesem Punkt zumindest kurzfristig zu zeitigen vorherbestimmt ist. So selbstverständlich es uns erscheinen mag, zum Zweck des diplomatischen Verkehrs souveräner Staaten bevollmächtigte Botschafter zu entsenden, so sehr kommt diese Praxis in den Augen der chinesischen Regierung einer Revolution gleich, die einige der am höchsten geschätzten Prinzipien ihrer jahrtausendealten Tradition preisgibt. Dass die Preisgabe unter Zwang erfolgt, lässt es unumgänglich erscheinen, dass sich bis zur Bewährung der neuen Praxis – von deren beiderseitigem Nutzen ich ohne Einschränkung überzeugt bin – gewisse Verwerfungen zeigen werden, die friedlich zu lösen nur einem mit besonderen Fähigkeiten ausgestatteten Botschafter gelingen kann. Ich hoffe inständig, dass es Eure Exzellenz mir nicht als Unbotmäßigkeit auslegen werden, wenn ich noch einmal betone, dass Mr Bruce mehr als jede andere mir bekannte Person über diese Fähigkeiten verfügt. Der Nutzen, welcher der britischen Regierung aus der Inanspruchnahme seiner Dienste zu erwachsen in Aussicht steht, ist immens – selbiges gilt freilich für den Schaden, den ein weniger geeigneter Kandidat dem nationalen Interesse Großbritanniens zuzufügen vorherbestimmt wäre.

Ihr ergebenster Diener

Earl of Elgin and Kincardine«


Es dauerte eine Woche, bis das erste der drei Schiffe zurückkehrte. In einer Stadt namens Tianjin war Frederick auf einen alten Palast gestoßen – die Sommerresidenz eines früheren Kaisers –, der ihm sowohl als Quartier wie auch als Ort für

Verhandlungen ideal erschien. Peking war rund siebzig Meilen entfernt, und wegen der Nähe zum großen Kanal gab es genügend Vorräte an Reis, Getreide und Salz, um die Truppen zu versorgen. Dem Schreiben war eine hastig angefertigte Skizze des Flussverlaufs beigefügt. Lord Elgin entschied, nur die Schiffe mit zu viel Tiefgang bei den zerstörten Forts zurückzulassen und alle anderen nach Tianjin zu verlegen. Obwohl Frederick die Bewohner der Flussufer als friedlich beschrieb, beschlossen sie, nachts aufzubrechen. Wenn nichts Unvorhergesehenes geschah, würden sie ihr Ziel am nächsten Vormittag erreichen.

Lord Elgin hatte sich zurück an Bord der *Furious* begeben und stand mit Maddox auf dem Achterdeck, als die Armada gegen neun Uhr die Anker lichtete. Mondlicht legte einen silbrigen Schimmer auf den Fluss. Nie zuvor war ein westlicher Staatsmann unter eigener Flagge den Peiho hinaufgefahren; Lord Macartney und Lord Amherst hatten auf einheimische Dschunken umsteigen müssen, wie es sich für die Vertreter untergebener Nationen gehörte, die dem Kaiser ihren Tribut zollten, und Lord Elgin konnte nichts gegen den Stolz tun, der sich in seiner Brust regte. So weit das Auge reichte, war das Land unbewohnt und so flach wie das Meer, das hinter ihnen zurückblieb. Nach fünf Meilen tauchten die ersten Dörfer auf, aber niemand schien die Prozession zu bemerken, die dem gewundenen Verlauf des Flusses folgte. Im Bug maßen zwei Männer die Wassertiefe und gaben Zeichen in Richtung Brücke. Ab und zu verriet ein Knirschen, wie nah die *Furious* dem Grund kam. Es war eine milde, windstille Nacht, der sanfte Vorbote des heraufziehenden Sommers, und Lord Elgin wünschte, er könnte den Moment mit einem Glas Champagner würdigen. »Sagen Sie mir, Maddox, was passiert in diesen Tagen in Peking?«, fragte er. Seit einer halben Stunde stand sein Sekretär neben ihm und blickte drein, als fürchtete er, von einer feindlichen Kugel getroffen zu werden. »Wie reagiert der Kaiser auf das, was bei den Forts geschehen ist? Antworten Sie nicht, Sie wüssten es nicht, spekulieren Sie ruhig. Wir sind unter uns. Ich habe gelegentlich das Gefühl, Sie behalten Ihr Expertentum lieber für sich, statt es in den Dienst unserer Mission zu stellen.«

»Sir, dagegen muss ich …«

»Schon gut. Denken Sie daran, dass nach dem Abschluss der Verhandlungen neue Posten zu vergeben sein werden. Eine Botschaft braucht Mitarbeiter, und es müssen Leute mit Augenmaß sein. Konsul Parkes und seinesgleichen haben genug Schaden angerichtet.«

Maddox holte tief Luft. »Das wahrscheinlichste Szenario, Sir, dürfte ein Machtkampf unter den kaiserlichen Ministern sein. Einige von ihnen würden lieber untergehen, als unsere Forderungen zu erfüllen, andere dürften über eine gewisse Kompromissbereitschaft verfügen. Allerdings gibt es in keiner Fraktion auch nur eine Person, die uns wirklich wohlgesinnt wäre. In ihren Augen sind wir Barbaren, darüber sollten wir uns nicht täuschen.«

»Dieses Wort werden wir ihnen verbieten, Maddox. Wir können niemandem vorschreiben, was er über uns denkt, aber dass wir in ihrer offiziellen Korrespondenz so genannt werden, ist nicht hinnehmbar.«

»Ganz recht, Sir. Wobei zum Ursprung des Ausdrucks zu sagen ist …«

»Schreiben Sie's in Ihrem Buch. Wer bildet die Fraktion, die zu Zugeständnissen bereit sein könnte?«

»Prinz Gong, Sir, ist ein Halbbruder des Kaisers und steht in dem Ruf, innerhalb gewisser Grenzen progressiv zu denken.«

»Progressiv? Diese Vorliebe für abstrakte Begriffe haben

Sie wohl in München erworben, ja? Wie heißt der Mann noch gleich, den Sie gern zitieren? Der mit dem Weltgeist?«

»Hegel, Sir.«

»Hegel. Ich erinnere mich an eine Unterhaltung mit Prinz Albert. Der hat als junger Mann noch seine Vorlesungen gehört. In Bonn, wenn ich mich recht erinnere.«

»Ich fürchte, Sir, das war Professor Schlegel.«

»Ah. Nun, mit Namen sind Sie wirklich gut, Maddox.« Eine entspannte Konversation mit ihm zu führen, war hingegen schwierig. Sein Sekretär nahm es immer dann besonders genau, wenn es am wenigsten darauf ankam. »Der Weltgeist zu Pferde, jedenfalls eine originelle Formulierung. Wussten Sie, dass die Geschichte meiner Familie mit dem reitenden Weltgeist eng verbunden ist? Mein Vater war Napoleons persönlicher Gefangener, anno 1803. Es ging um die Vorgänge in Ägypten, Sie erinnern sich. Ich bin nicht sicher, ob ich die Bewunderung Ihres Herrn Hegel für den großen Mann teile.«

»Sir, ich hatte Hegel wegen des Prinzips ins Spiel gebracht. Weltgeschichte als Fortschritt im Bewusstsein der Freiheit.« Wenn Maddox seine Begriffe hervorhechelte, ähnelte er einem Cockerspaniel, der die Aufmerksamkeit seines Herrchens suchte. »Ich dachte, das sei ein Ihnen kongenialer Gedanke, Sir. Wenn ich das so sagen darf.«

Lord Elgin nickte gelangweilt. Gong, Wong, Hegel, Schlegel. Wahrscheinlich könnte er den Moment besser genießen, wenn er seinen Gedanken allein nachhinge. Drei lange Jahre hatte sein Vater in französischer Gefangenschaft verbracht, dann war er nach England zurückgekehrt, nur um zu erfahren, dass sich seine Frau unterdessen einen Liebhaber genommen hatte. Die Scheidung war ein noch größerer Skandal gewesen als die Sache mit dem griechischen Marmor.

»Kongenial schon, aber erkennen Sie davon etwas in diesem Land? Hat ein Chinese je das geringste Bewusstsein von Freiheit gezeigt? Ist in Ihren Gesprächen der Ausdruck auch nur einmal gefallen?«

»Ich fürchte nein, Sir.«

»Worin besteht dann die Progressivität, von der Sie sprachen? Hm? Man kann ja nur fortschrittlich sein, wenn man weiß, wohin man will. Mir kommt es so vor, als gäbe es in China nicht einmal einen Begriff von Zukunft.«

»Sir, unter den kaiserlichen Ministern sind einige, die auf britische Hilfe im Kampf gegen die Rebellion im Yangtze-Tal hoffen. Sie würden sich dafür in anderen Fragen gewiss entgegenkommend zeigen.«

»Die Rebellion ist eine innere Angelegenheit Chinas, Maddox. Wir sind neutral.«

»Bei allem Respekt, Sir, aber ...« Maddox' Hände klammerten sich an die Reling, als müsste er erst Halt suchen, bevor er seinem Vorgesetzten widersprach. »Neutralität ist eine Position, die wir nach dem Abkommen kaum werden aufrechterhalten können.«

Mürrisch wendete Lord Elgin den Blick von der nächtlichen Landschaft ab und sah seinen Sekretär an. »Ich hatte Sie um eine Einschätzung der chinesischen Seite gebeten, Maddox, in der Hoffnung, dass Sie darüber etwas wissen, was mir neu wäre. Mit Vorträgen über unsere Position müssen Sie mich bitte nicht behelligen. Man hat Ihnen in München ja beigebracht, was ein Prinzip ist. Hier haben Sie eins: Aus Bürgerkriegen halten wir uns heraus.«

»Verzeihen Sie, Sir, wenn ich insistiere, Sir, aber angenommen, die Tataren machen uns die Zugeständnisse, die wir fordern. Wenn sie den Handel an einem Hafen im Landesinneren gestatten, der de facto von den Rebellen kontrolliert wird ...«

»Wir wollen Hankou, Maddox. Die Stadt wird nicht von den Rebellen kontrolliert.«

»Im Moment nicht, aber der Weg dorthin schon. Die Tataren werden argumentieren, dass nur ein Vorgehen gegen die Rebellen uns erlaubt, die Rechte auszuüben, die das Abkommen uns garantiert.«

»Diese Argumentation werden wir zurückweisen.«

»Aber sie ist korrekt, Sir.«

»Was wollen Sie, Maddox, kein Abkommen? Wozu sind wir dann hier? Jeder Schritt, den wir bisher unternommen haben, galt dem Ziel, den Tataren ein Abkommen abzutrotzen. Jetzt sind wir dem Ziel so nahe wie nie zuvor, und was tun Sie? Sie versuchen, mir einzureden, dass es besser wäre ... Zum Teufel, Maddox, dass *was* besser wäre?«

»Sir, es ist die Natur von Verträgen, dass sie einen an den Vertragspartner binden.«

»Hören Sie auf, zu dozieren! Hankou wird für den Handel geöffnet, unsere Schiffe passieren als neutrale Partei das Gebiet der Rebellen. Wo ist das Problem?«

»Die Tataren werden Schiffe entsenden, Sir, um unsere den Yangtze hinaufzubegleiten. Sie werden sagen, das Abkommen verpflichte Sie zum Schutz ihres Vertragspartners.«

»Sie wissen, dass wir diesen Schutz nicht brauchen.«

»Sie gewähren ihn nicht, weil wir ihn brauchen, sondern damit es für die Rebellen so aussieht, als wären unsere Schiffe Teil der feindlichen Flotte. Woher sollen sie wissen, dass es sich anders verhält? Sir, sie werden unsere Schiffe beschießen, und sobald das geschieht, müssen wir gegen sie kämpfen, um den Handel zu betreiben, zu dem wir laut Abkommen berechtigt sind. Sie fragten, was derzeit in Peking geschieht. Ich glaube, dass einige Minister versuchen, den Kaiser vom Nutzen eines Abkommens zu überzeugen, weil es helfen könnte, uns in den Konflikt hineinzuziehen.«

Lord Elgin legte beide Hände auf die Reling und wünschte mehr denn je, allein zu sein. Von der Rebellion hatte er in Hongkong einiges gehört. Manche Missionare setzten große Hoffnungen auf sie, aber gegenüber Missionaren war er – obwohl ein gottesfürchtiger Mann, der sonntags nie eine Messe verpasste – skeptisch. In Jamaika hatten sie nichts weiter getan, als ehemalige Sklaven gegen die Plantagenbesitzer aufzuhetzen, und die Rebellen in China schienen es bisher lediglich geschafft zu haben, das Land zu verwüsten. Allerdings kontrollierten sie große Teile der hiesigen Seidenproduktion, und solange die Regierung zu schwach war, um den Aufstand niederzuschlagen, geboten es die britischen Interessen, sich mit ihnen ins Benehmen zu setzen, auch wenn man dafür den Begriff Neutralität ein wenig flexibel auslegen musste. »Sagen Sie, Maddox, Sie haben sich mit dieser Rebellion intensiv befasst, ist das richtig?«

»Ja, Sir, ich wage das zu behaupten.«

»Was ist Ihr Eindruck? Sind es gute Christen, wie die Hongkonger Missionare mir einreden wollten? Verkörpern sie den Fortschritt, den das Land so bitter nötig hat, zu dem es sich aber bisher nicht entschließen konnte?«

»Sir, es ist zu früh, um darauf eine Antwort zu geben.«

»Das mag sein. Allerdings habe ich nicht vor, einen Tag länger in China zu bleiben als unbedingt nötig. Was Sie mir über die Folgen eines Abkommens gesagt haben, gefällt mir nicht, aber es ist nie klug, vor unbequemen Fakten die Augen zu verschließen. Ich wurde hierhergeschickt, um ein Abkommen auszuhandeln, also werde ich das tun. Mit den Rebellen einen Vertrag zu schließen, kommt nicht in Frage, aber man könnte mit ihnen reden, oder nicht? Sie von unseren friedlichen Absichten überzeugen. Wenn wir Hankou haben, brauchen unsere Schiffe sowieso eine Station am Yangtze, wo sie Kohle laden können. Was halten Sie davon, nach dem Vertragsabschluss einen Abstecher nach Nan-king zu machen?«

»Sir, ich dachte, Exzellenz sollten nach Japan reisen.«

Dass er gerade dabei war, eine freiwillige Verlängerung seiner Mission ins Auge zu fassen, entging Lord Elgin nicht, aber sein Pflichtgefühl gebot es. Außerdem fand er es verlockend, auf eigene Faust zu handeln. Lord Palmerston hatte schließlich gewusst, dass er einen Mann der Tat nach Asien schickte. »Eins nach dem anderen«, sagte er. »China ist wichtiger.«

»Peking wird es als Verletzung unserer Neutralität betrachten, Sir, eine Delegation nach Nanking zu entsenden.«

»Nicht nach Nanking, Maddox, nach Hankou. Bevor wir Handelsschiffe dorthin schicken, müssen wir den Fluss erkunden. An Nanking kommen wir lediglich vorbei. Vielleicht am frühen Abend, wenn wir ohnehin anlegen müssen. Diese Gelegenheit könnten wir nutzen, um nach Steinkohle zu fragen und unsere friedliche Gesinnung zu zeigen. Was meinen Sie?«

»Das ist ein kühner Plan, Sir.«

»Sie sagen das, als hätten Sie Zahnschmerzen. Sehen Sie diesen Orden an meiner Jacke? Knight of the Thistle, begrenzt auf sechzehn Mitglieder. Die Queen hat ihn mir ... Sie wissen, dass sie die Taufpatin meines ältesten Sohnes ist? Victor Alexander.«

»Nein, Sir, dass wusste ich nicht. Was für eine Ehre.«

»Wie auch immer, Ihre Majestät hat mir den Orden verliehen, weil ich in der Lage bin, unter schwierigen Umständen entschieden zu handeln. Ich will Sie nicht mit den Einzelheiten langweilen. In Broomhall hebt meine Frau bis heute die Steine auf, die der Mob in Montreal auf mich geschleudert hat. Pflastersteine, schwer genug, um den Schädel eines Mannes zu zertrümmern, verstehen Sie? Es ist nicht meine

Art, den Weg des geringsten Widerstands zu gehen. Wir werden also nach Nanking fahren, sobald diese lästige Angelegenheit hier erledigt ist. Von langhaarigen Rebellen lassen wir uns nicht von unserem Ziel abbringen.«

»Jawohl, Sir.«

»Jetzt schlage ich vor, dass Sie Osborns Steward finden und mir ein Glas Champagner bringen lassen. Wissen Sie, es stört mich nicht, dass Sie so freimütig Ihre Meinung äußern, aber Ihnen fehlt ein Sinn für die historische Dimension unserer Mission. Wir handeln nicht einfach ein Abkommen aus, sondern beginnen ein neues Kapitel der Geschichte von Orient und Okzident. Von einem Reich über allen wird China zu einer Nation unter anderen. Das sieht nach einem Abstieg aus, ist aber das Gegenteil. Dieses Land hat großes Potential, und wir verbieten ihm, es noch länger verkommen zu lassen. Wenn Sie so wollen, sind wir der Weltgeist zu Wasser, wie gefällt Ihnen das?« Versöhnlich klopfte er Maddox auf die Schulter. Er hatte nicht vor, sich den Augenblick vergällen zu lassen, nur weil sein Sekretär an kalten Füßen litt. »Sie sehen nicht, mein Lieber, dass wir Geschichte schreiben, weil Sie es nicht für möglich halten. Es ist Ihnen zu kühn.«

»Sir, ich ...«

»Danke, das wäre alles. Lassen Sie mir jetzt den Champagner bringen.«

»Jawohl, Sir.«

»In den nächsten Tagen halten Sie sich bereit. Vielleicht gehen Ihnen die Augen auf, wenn ich Sie einmal von Ihrem Schreibtisch wegbeordere, damit Sie einen Auftrag für mich erfüllen. Enttäuschen Sie mich nicht.« Mit der rechten Hand winkte er Maddox hinaus.

Die umgebende Landschaft hatte sich unterdessen kaum verändert. In einiger Entfernung des Flusses wurde sie hügeliger, hier und da erhoben sich dunkle Pagoden in den Himmel. Erst Dutzende, dann Hunderte kleiner Dschunken lagen an den Ufern, aber auf keiner von ihnen sah Lord Elgin eine einzige Person. Nirgendwo schien ein Licht. Es war ein erhebendes Gefühl, durch die Dunkelheit zu gleiten, in der einen Hand ein Glas Champagner, in der anderen – bildlich gesprochen – das Schicksal von vierhundert Millionen Seelen. Wenn er ehrlich war, gefiel ihm die Metapher des Weltgeistes. In der *Westminster Review* hatte er jüngst einen Essay von Herbert Spencer gelesen, der das Prinzip des Fortschritts viel zu technisch fasste: als Prozess, in dem jede Veränderung der Grund für mehrere weitere Veränderungen war und der folglich kein Ziel hatte, sondern zu einer ›evergrowing complication of things‹ führte. Das war nicht nur abstrakt, sondern auch beängstigend, und es ließ außer Acht, dass es Männer gab, die sich mit Vernunft und Augenmaß in den Dienst des Fortschritts stellten. Geschichte geschah nicht einfach, sie wurde gemacht, und zwar im Idealfall nicht von den eigennützigen Mächten in Englands Schlepptau. Napoleon III. war der Allianz nur beigetreten, weil er sich zum Schutzherrn aller Katholiken aufschwingen wollte, auch dem der katholischen Missionare in Fernost. Die hinterlistigen Russen hofften auf territoriale Zugewinne, und Amerika strebte zwar auf die weltpolitische Bühne, mochte seine weiße Weste aber vorerst nicht gegen das schmutzigere Gewand des echten Akteurs tauschen. Anders gesagt, die Allianz handelte zwar gemeinsam, aber die Mission, von der er Maddox gesprochen hatte, war eine britische. Der Weltgeist hatte den Union Jack gehisst.

Das zweite Glas Champagner holte sich Lord Elgin selber.

Am frühen Morgen zog er sich in seine Kabine zurück und schlief ein paar Stunden. Als er das Deck wieder betrat, stand die Sonne hoch über dem Land. Er legte eine Hand über die Augen und brauchte einen Moment, bevor er die Quelle des Lärms erkannte, der ihn aus dem Schlaf gerissen hatte. Was er sah, raubte ihm den Atem: Der Fluss war nicht mehr breiter als die Themse bei Richmond, und die Ufer waren voller Menschen. Sie standen auf den Dschunken im Fluss, starrten aus den Fenstern ihrer Häuser, waren auf Dächer und Bäume geklettert und rissen staunend den Mund auf. Tausende schwarzhaariger Chinesen in ärmlichen Kleidern, die gestikulierten und lachten, Kinder im Arm hielten und auf die Prozession gewaltiger Schiffe zeigten, die an ihren Dörfern vorüberzog. An Deck standen Matrosen und machten sich einen Spaß daraus, Kekse und kleine Münzen an Land zu werfen. Keine Spur von Feindseligkeit trübte das ausgelassene Treiben, genau wie Frederick es berichtet hatte. Am Horizont erkannte Lord Elgin die Umrisse einer größeren Stadt.

»Guten Morgen, Sir.« Mit einem amüsierten Ausdruck im Gesicht kam Kapitän Osborn ihm entgegen. »Ein höchst bemerkenswertes Schauspiel, was meinen Sie?«

»Guten Morgen, Admiral. In der Tat.« Lord Elgin machte einen Schritt zur Seite, um in den schmalen Schatten neben dem Hauptmast zu treten. Es war ein heißer Tag – sein zweiter Sommer in Asien begann, er konnte nur hoffen, dass es auch der letzte war. »Wissen diese Leute, weshalb wir hier sind? Haben sie eine Ahnung, *wer* wir sind?«

»Sir, ich bin mir lediglich sicher, dass sie noch nie ein Dampfschiff gesehen haben.«

»Keine Anfeindungen, Steinwürfe oder dergleichen?«

»Nichts, Sir. Vor einer halben Stunde ist eine der französischen Fregatten auf Grund gelaufen. Sofort rannten von überall Einheimische herbei, um sie an Seilen weiterzuziehen.«

»Wie Sie sagen, Admiral, höchst bemerkenswert. Sehen Sie kaiserliche Soldaten?«

»Wenn wir nicht davon ausgehen, dass sie sich als Bauern verkleidet haben – nein, Sir. Ich vermute, dass alle Truppen vor der Hauptstadt zusammengezogen wurden.«

»Die Stadt dort im Westen ist Tianjin?«

»Eher Nord, Nordwest, Sir. Der Fluss mäandert so stark, dass man kaum die Orientierung behält. Nach der Skizze von Mr Bruce müsste es Tianjin sein, aber wir werden etwas außerhalb der Stadtmauer anlegen.« Osborns Hand wies auf einen in der Hitze flimmernden Hügel, der sich inmitten von Getreidefeldern erhob. Im Näherkommen erkannte Lord Elgin Pyramiden aus Salz und Korn, vermutlich die jährlichen Steuern aus den Provinzen, die für die Versorgung der Hauptstadt bestimmt waren. Der Auflauf an Land und auf dem Wasser wurde immer größer, die *Furious* bahnte sich ihren Weg durch ein Heer aus Dschunken, die den Fluss bedeckten wie eine zweite Oberfläche aus Holz. Entlang der Ufer standen die Menschen in Dreier- und Viererreihen auf jeder noch so kleinen Erhöhung. Lord Elgin sah sich nach Maddox um, aber sein Sekretär blieb sich treu, indem er den Moment zugunsten seines von niemandem erwarteten Buches verpasste.

Um zwei Uhr erreichten sie ihr Ziel.

Frederick hatte erneut hervorragende Arbeit geleistet und ein Quartier gefunden, das allen Ansprüchen genügte. Dass es direkt am Flussufer lag, erleichterte das Entladen der Schiffe, gleichzeitig war es durch den nahe gelegenen Hügel geschützt, von dem aus man das Land bis zu den Stadtmauern von Tianjin überblicken konnte. Den Namen des Palastes, den sich die britische und die französische Delegation teilten, übersetzte Maddox mit ›The Temple of Supreme Felicity‹. Ein berühmter Kaiser des 18. Jahrhunderts hatte ihn errichten lassen, um sich mit seinen Konkubinen zu vergnügen, möglicherweise in dem quadratischen Bett, das Lord Elgin etwas zu hart fand, aber es erging ihm besser als den Offizieren im Erdgeschoss, die mit ausgehängten Türen vorliebnehmen mussten. Vom Fenster aus fiel sein Blick auf einen breiten Innenhof, der mit Matten verhängt wurde, um die Sonne abzuhalten, dahinter bildeten die vor Anker liegenden Schiffe eine schützende Wand. Binnen zwei Tagen hatte die Allianz ihre Stellung gut gesichert, trotzdem schickte er Frederick los, um im Süden weitere Truppen zu organisieren. Der Feind lag nur wenige Meilen entfernt, und nach Rücksprache mit den Generälen entschied Lord Elgin, dass eine Streitmacht von fünftausend Mann nötig war, um in etwaigen Gefechten zu bestehen. Nach dem Ende des Aufstands in Indien würde sich Lord Canning hoffentlich für die Unterstützung im letzten Sommer revanchieren und Soldaten schicken. Bis zu deren Eintreffen blieb ihre Position trotz aller Vorsorge prekär.

Das Thermometer stieg unaufhörlich. Aus Holzlatten zimmerten Offiziere im Hof eine Bowlingbahn und bestückten sie mit den Tonbüsten, die es im Palast im Überfluss gab. Chinesische Bedienstete eilten umher und servierten kalte Getränke, und von irgendwo kam Eis in großen, mit Sägemehl ausgelegten Kisten. Den Beginn der sonntäglichen Messe setzte Lord Elgin auf sieben Uhr fest, bald danach senkte sich die Hitze wie Blei über den Palast. Draußen boten einheimische Händler ihre Nippes an, drinnen lagen die Männer im Schatten, und wenn er Mary Louisa schrieb, klebte das Papier an seinen verschwitzten Händen. Viel zu schreiben gab es nicht. Sie warteten, wieder einmal.

Nach einer Woche traf die nächste chinesische Delegation ein. Lord Elgin schickte Maddox voraus und entschied anschließend, die beiden Männer nicht zu empfangen; erstens waren ihre Befugnisse unzureichend, zweitens wollte er ein Zeichen der Stärke senden und für die Gegenseite unberechenbar bleiben. Gegen die Leere der Tage wappnete er sich mit Disziplin. Tägliche Gymnastik und Lektüre, keinen Drink vor Sonnenuntergang. Abends stand er mit einem Glas Gin am Fenster, blickte über den Fluss und hörte den Männern zu, die im Hof ihre Abenteuergeschichten erzählten. Einige hatten bereits Mittel und Wege gegen die Einsamkeit in der Fremde gefunden. Ihm selbst waren bisher kaum chinesische Frauen zu Gesicht gekommen, allenfalls Küchenmädchen, einmal eine Handvoll Schwestern in einem Missionshospital. Ihre schrägen Augen stießen ihn ab, und wenn sie verkrüppelte Füße hatten, nahm es den Bewegungen jeden Hauch weiblicher Anmut. Als zu später Stunde die Erzählungen im Hof geschmackloser wurden, schloss er das Fenster und las Milton.

Eine weitere Woche verging, ehe Gerüchte über eine hochrangige Delegation aufkamen, die sich auf dem Weg nach Tianjin befinden sollte. Soldaten berichteten von Bewegungen entlang der Straße zum großen Kanal, Wachen würden dort aufgestellt und Hindernisse beiseitegeräumt. Wenn Maddox zur morgendlichen Besprechung erschien, hielt er Lord Elgin über die Geschehnisse auf dem Laufenden. Seit kurzem trug sein Sekretär keine braune Toga mehr, sondern einen halbwegs präsentablen Anzug aus Leinen. Es schien, dass er Fredericks Abwesenheit nutzen wollte, um sein Ansehen in der Delegation zu verbessern. Nachdem Lord Elgin vor einigen Tagen die mindere Qualität der Spiegel im Palast beklagt hatte, war Maddox wenig später mit einem schweren, in Bronze gefassten Spiegel erschienen, in dem man zwar etwas dicker aussah, als man zu sein hoffte, aber für die morgendliche Toilette reichte es. »Nun, Maddox, was haben Sie heute für mich?«, begrüßte er seinen Sekretär jedes Mal, wenn dieser mit gesenktem Kopf durch die Tür trat. Immer pünktlich um zehn, so auch heute.

»Guten Morgen, Sir. Ich hoffe, Exzellenz haben gut geschlafen.«

»Leidlich. Meine Füße baumeln gelegentlich über den Rand der Matratze.« Das stimmte, lag aber daran, dass er unruhig schlief. Seine Statur war nicht so, dass er über zu kurze Betten klagen musste.

»Vielleicht finde ich eine Bank, Sir, die wir am Fußende positionieren könnten.«

»Lassen Sie's gut sein, Maddox. Wir wollen es nicht zu komfortabel haben. Das hier ist ein militärischer Stützpunkt im Feindesland. Gibt es Neuigkeiten von der Delegation, die sich angeblich auf dem Weg zu uns befindet?«

»Ich habe mir erlaubt, einige Erkundigungen einzuziehen, Sir.« Seinem Gesichtsausdruck nach war Maddox mit dem Ergebnis zufrieden. Man musste kein Menschenkenner sein, um zu spüren, dass er lieber heute als morgen auf eine wichtige Mission geschickt werden wollte, so wie es ihm Lord Elgin in Aussicht gestellt hatte. »Offenbar wird die Beharrlichkeit Eurer Exzellenz belohnt. Wenn meine Informationen richtig sind, befinden sich die folgenden beiden Minister auf dem Weg zu uns: Zum einen ...«

»Sagen Sie, Maddox, können Sie eigentlich reiten?«, unterbrach Lord Elgin ihn aus einer Laune heraus. »Ich habe Sie nie auf einem Pferd gesehen.«

»Ich darf von mir behaupten, Sir, ein durchaus erfahrener Reiter zu sein.«

»Gut. Ausgezeichnet. Ein Pony lässt sich hier leichter organisieren und erregt weniger Aufmerksamkeit als eine Sänfte, nicht wahr?«

»Gewiss, Sir. Darf ich fragen ...?«

»Die beiden Minister, Maddox. Um wen handelt es sich?«

»Nun.« Sein Sekretär räusperte sich und bezwang seine Neugierde. »Wie gesagt, alles unter dem Vorbehalt einer noch ausstehenden endgültigen Bestätigung. Es soll sich um die beiden Gentlemen Guiliang und Huashana handeln, Sir.«

»Wie schaffen Sie es nur, sich all diese Namen zu merken?« Am Morgen war Lord Elgin in heiterer Stimmung aufgestanden, sicherer denn je, vor einem Durchbruch seiner Mission zu stehen, und dazu aufgelegt, seinem Sekretär einen kleinen Streich zu spielen.

»Ich tue nur meine Arbeit, Sir.« Den Satz ließ Maddox beinahe wie eine Zurechtweisung klingen. »Besagter Mr Guiliang ist Großer Sekretär und damit einer der engsten Berater des Kaisers. Mr Huashana leitet das Ministerium für Öffentliche Ernennungen, dem alle zivilen Beamten unterstehen. Wenn ich mir eine Einschätzung erlauben darf, Sir: Außer dem Kaiser selbst gibt es am Hof fast niemanden von höherem Rang. Erinnern sich Exzellenz an meine Erwähnung des fortschrittlich gesinnten Prinz Gong? Mr Guiliang ist sein Schwiegervater.«

»Sie meinen, wir haben endlich einen Verhandlungspartner gefunden?«

»Es deutet alles darauf hin, Sir. Ja.«

»Wenn die Informationen stimmen. Hat Wong Ihnen bei der Beschaffung geholfen? Wo ist er eigentlich?«

»Mr Wong hat ein Quartier in der Stadt bezogen. Und ja, Sir, es gibt Fragen, auf die ein Chinese eher eine Antwort erhält als unsereiner.«

»Gute Arbeit, Maddox.« Unsereiner, dachte er, man mochte sich nicht vorstellen, welchen Umfang dieser Ausdruck in Maddox' Vorstellung anzunehmen begann. »Jetzt stellt sich die Frage, ob wir abwarten, bis die Gentlemen hier eintreffen, oder herauszufinden versuchen, mit welchen Instruktionen sie zu uns kommen. Was meinen Sie?«

»Ich denke, dass in jeder Verhandlung der im Vorteil ist,

der mehr über die Gegenseite weiß als diese über ihn. Exzellenz haben sich selbst einmal so geäußert.«

»Es scheint vorzukommen, dass ich kluge Dinge von mir gebe, nicht wahr, Maddox.« Mit einem gutmütigen Nicken stand Lord Elgin auf und ging zum Fenster. Im Hof fläzten sich die Offiziere in Stühlen, auf denen vielleicht einmal ein chinesischer Kaiser gesessen hatte. Es war schwer, der Versuchung zu widerstehen, die von einer solchen Umgebung ausging. Letzte Nacht hatte er wachgelegen und an seinen Aufenthalt in Kalkutta gedacht. Nach zwei oder drei Gläsern Gin hatte es ihn gereizt, herauszufinden, ob sich hinter den starren Mienen der Bediensteten nicht doch echte Menschen verbargen. Seinerzeit hatte das nur dazu geführt, dass er den nächsten Drink unangetastet ließ und sich in sein Zimmer zurückzog, aber der Reiz war geblieben. Jetzt verschränkte Lord Elgin die Arme und sah seinen Sekretär prüfend an. »Kann ich mich auf Sie verlassen, Maddox?«

»Unbedingt, Sir. Was auch immer Sie mir auftragen, ich werde tun, was ich kann.«

»Gut. Ich wüsste nicht, an wen ich mich sonst wenden sollte. Ich will nicht, dass ein falscher Eindruck entsteht, aber ich denke, ich brauche endlich ein Zimmermädchen. Könnten Sie mir eines besorgen, Maddox? Diskret natürlich.«

Was in Maddox' Gesicht geschah, erinnerte ihn an das Schicksal der bunten Tonbüsten auf der Bowlingbahn. Für einen Moment musste sich Lord Elgin beherrschen, nicht in lautes Lachen auszubrechen. Natürlich sollte sein Sekretär die chinesische Delegation auskundschaften, aber dass es Maddox nicht gelang, seine Entgeisterung zu verbergen, ließ ihn die Auflösung des Scherzes ein wenig hinauszögern.

»Ein ... Ich fürchte, ich verstehe nicht, Sir.«

»Sie verstehen mich sehr gut. Ich bin der Sonderbotschafter der britischen Krone, und ich war einen Monat lang auf

See. Zum Teufel, Maddox, ein Jahr lang haben wir auf Schiffen gelebt! Schauen Sie mich an, die Knöpfe an meiner Uniform müssen nachgenäht werden, und ganz unter uns, ich bin die Gesellschaft von Soldaten leid. Von Männern überhaupt. Ich will keinen Boy mehr, beschaffen Sie mir ein chinesisches Zimmermädchen!«

»Sie meinen eine Frau, Sir? Das ist in diesem Land ...«

»Wir sind nicht um die halbe Welt gesegelt, um die Sitten dieses Landes unangetastet zu lassen. Das hätten wir auch von zu Hause aus tun können. Es beginnt eine neue Zeit, und soweit ich weiß, gibt es in diesem Land Frauen!«

»Wo soll ich denn ... Ich dachte ...? Die Knöpfe könnte ich Ihnen annähen, Sir.«

»Wenn es Ihnen unangenehm ist, dann schicken Sie Wong los. Sie wollen mir doch nicht sagen, dass ein Volk von vierhundert Millionen keine Zimmermädchen hat.«

Es entstand ein Moment der Stille. Auch bei einer Person vom Schlage seines Sekretärs hatte Lord Elgin eine mannhafte Reaktion erwartet und fand deren Ausbleiben peinlich. Statt gemeinsam über den Streich zu lachen, musste er auf einmal befürchten, sich in Maddox' Augen eine Blöße gegeben zu haben. Der stand vor ihm wie ein kleiner Junge, der ein kostbares Geschenk erhalten und es beim Auspacken zerstört hatte. »Ich habe volles Vertrauen in Sie«, sagte Lord Elgin, wie um das Gespräch zu beenden. »Die Unterlagen über die chinesische Delegation können Sie mir hierlassen.« Mit einem Mal war seine gute Laune verflogen. Wie lange sich die Verhandlungen hinziehen würden, wusste niemand. Hinter den Grundsatzfragen der künftigen diplomatischen Beziehungen lauerten Details, deren Klärung viele Wochen dauern konnte, wenn nicht Monate. Tarife, Steuern, Währungsfragen, dann der elende Opiumhandel, die Situation in Kanton, schließlich eine Fahrt den Yangtze hinauf, um mit langhaarigen Rebellen zu reden, die sich für Christen hielten, und danach – Japan! Das Ganze von vorn, womöglich wieder mit einer feindseligen Bevölkerung und einer über die Wege der Welt sträflich uninformierten Regierung. Der Weltgeist als Sisyphos, hatte Herr Hegel-Schlegel das im Sinn gehabt? Eine Rückkehr nach Hause in diesem Jahr war ausgeschlossen und im kommenden keineswegs sicher, und für einen Moment fühlte er sich, als hätte man ihn für den Rest seines Lebens in die Verbannung geschickt.

Siebenundvierzig Jahre war er alt. Fast vierzehn Monate hatte er seine Frau nicht gesehen. Die jüngste Tochter lernte sprechen und der älteste Sohn reiten, ohne dass er es mitbekam. Er war der achte Earl of Elgin und der elfte Earl of Kincardine, Sonderbotschafter der britischen Krone in China, ehemaliger Gouverneur von Jamaika und Kanada und Knight of the Thistle. Musste er seinem Sekretär wirklich begründen, dass er Anspruch auf ein Zimmermädchen hatte?

# Hong Xiuquan

洪
秀
全

*Seit sechs Jahren lebt er im Palast des Goldenen Drachen und studiert das Buch, das alle Wahrheit enthält. Seine Palastdamen haben jedes Blatt auf ein großes Seidentuch kopiert, und er geht von einem zum anderen, liest und bittet seinen Vater um Weisung. Und Mo-xi ging in die Wolke hinein und stieg auf den Berg und blieb auf dem Berg vierzig Tage und vierzig Nächte. Der Herr aber redete mit Mo-xi von Angesicht zu Angesicht. Die Stelle gefällt ihm besonders, sie erinnert ihn an das erhebende Gefühl, vor Gott zu stehen, aber wieso heißt es später: Mein Angesicht kannst du nicht sehen, denn kein Mensch wird leben, der mich sieht? Ist er etwa kein Mensch? Wo liegt Yi-zhi-bi-duo, das Land, aus dem Mo-xi sein Volk führte, und wo Jia-nan, das verheißene Land, in das er es führte? Seit das kleine Paradies von Dämonen bedrängt wird, fragt er sich, wohin er das Volk führen soll, das Gott ihm anvertraut hat.*

*Alle Fenster des Palasts sind verhängt. Tageslicht stört beim Denken, aber am meisten stört ihn, dass in dem Buch keine Hinweise auf seine Himmelfahrt stehen. Auf einem Thron sitzend und mit einem goldenen Bart, der ihm bis auf die Brust reichte, hat sein Vater ihn empfangen. Geweint hat er über die Verirrung der Menschen, die auf der Erde und in den dreiunddreißig Himmeln Götzenbilder anbeten, statt ihrem Schöpfer zu folgen. Tue es ihnen nicht nach, hat sein Vater in einem*

Gedicht geschrieben, das er ihm zum Abschied gab, und nichts davon findet sich in dem Buch voller fremder Namen. Ruo-se-fu heißt der Mann, den seine Brüder nach Yi-zhi-bi-duo verkauft haben und der allen Leuten ihre Träume auslegt. Ein Fremder in einem fremden Land. Er, der Himmlische König ist in seinem Leben erst zwei Fremden begegnet; einer hat ihm in Kanton das Buch gegeben, das der Schlüssel zur Wahrheit ist, mit dem anderen hat er später das Buch studiert, das alle Wahrheit enthält. Jenseits des Ozeans wurde es geschrieben und ihm gebracht, damit er es seinem Volk auslegt, aber braucht er dafür Fremde, oder sind sie Brüder, die ihn am Ende verkaufen werden? Im Norden sollen sie vor einiger Zeit die Armee des großen Schlangenteufels besiegt und einen Vertrag geschlossen haben. Darf er sich mit denen einlassen, die einen Vertrag mit dem Teufel schließen?

Noch einmal kniet er nieder und bittet um Weisung. Von sieben fetten und sieben mageren Kühen hat der Herrscher von Yi-zhi-bi-duo geträumt, und der Fremde hat ihm gesagt, was es bedeutet. Jetzt dämmert hinter den Vorhängen der Morgen, in Kürze wird der Schildkönig zur Audienz erscheinen. Schiffe sind den Yangtze heraufgekommen und wurden für Kriegsschiffe des Schlangenteufels gehalten, aber in Wirklichkeit sind es Brüder von jenseits des Ozeans. Engländer, von ihnen steht auch nichts in dem Buch. Kommt ein Bote seines Vaters, um ihm zu sagen, wohin sie ziehen sollen? Ein Brief der Ausländer wurde ihm in den Palast gebracht, aber der Inhalt ist so verwirrend, dass er die ganze Nacht nicht schlafen konnte. Würden himmlische Boten einen derart herrischen Ton anschlagen und dann nichts weiter wollen als Steinkohle? Sind es vielmehr Handlanger des Teufels, die ihn aufsuchen? Ratlos hat er eine Antwort aufgesetzt und Fragen notiert, um die verdächtigen Gäste zu prüfen.

In einem anderen Traum sah der Herrscher sieben Ähren,

*die aus einem Halm wuchsen, voll und dick, und danach sieben dünne Ähren, die der Ostwind versengt hatte. Die sieben dünnen Ähren verschlangen die dicken und vollen, und als Ernährer seines Volkes weiß er, was es bedeutet. Seit sechs Jahren leben sie im kleinen Paradies, nun zieht von Osten der Feind herauf, und sie müssen fort von hier – nur wohin? Im Buch, das alle Wahrheit enthält, kommen Orte wie Luoma und Ye-lu-san-leng vor, von denen aus das Reich regiert wird, alles unter dem Himmel, wie sein Vater es befohlen hat, aber wer kann ihm sagen, wo sie liegen? Wo ist der Mann, von dem der Herrscher von Yi-zhi-bi-duo sagte: Wie könnten wir einen finden, in dem der Geist Gottes wohnt wie in diesem?*

*Und Ruo-se-fu war dreißig Jahre alt, als er vor dem Herrscher stand, dem König von Yi-zhi-bi-duo. Alsdann aber ging er hinweg von ihm und zog durchs ganze Land.*

## 5  Der Fremde mit dem gläsernen Auge

Hongkong-Kanton-Meiling Pass
Sommer/Herbst 1859

Ich war kein Witwer, aber ich fühlte mich so, als ich Hongkong in jenem Sommer verließ. Die Frau, die ich liebte, war
tot, gestorben an einer Mischung aus Fieberattacken, Durchfall und schleichender Entkräftung. Auf dem neuen Friedhof von Sai Ying Pun hatten wir sie im März begraben. Bereits im Vorjahr war in Tianjin ein Abkommen geschlossen
worden, das allen Ausländern erlaubte, sich frei im Land zu
bewegen; viele bezweifelten, dass sich die Chinesen daran
halten würden, und aus Basel war keine Erlaubnis gekommen, nach Nanking zu reisen, also musste ich entweder auf
eigene Faust losziehen oder den Plan für immer aufgeben.
Seit dem Eintreffen von Hong Jins Brief war viel Zeit vergangen, und für meinen Beruf fühlte ich mich sowieso ungeeig-
net. Eine Weile rang ich mit mir, aber eines Morgens im Juni,
kurz vor meinem dreißigsten Geburtstag, packte ich die nö-
tigsten Sachen und kaufte ein Billett für das nächste Post-
schiff nach Whampoa. Die letzten Stunden in Victoria verbrachte ich auf dem Friedhof und schrieb Thomas Reilly
einen Brief, um ihm für alles zu danken, was er und Sara für
Elisabeth getan hatten. Dass mein Reisegeld aus der Basler
Stationskasse stammte, verschwieg ich. Er würde es sowieso erfahren und hoffentlich verstehen.

Bleierne Hitze lag über der Bucht, als ich an Bord ging.
Die Stadt, auf die ich von der Reling aus zurückblickte, äh-

nelte kaum noch dem ärmlichen Vorposten, den ich acht Jahre zuvor betreten hatte. Herrschaftlich ragten die weißen Fassaden der Handelshäuser auf, und als sie allmählich am Horizont verschwammen, war es, als fiele eine Last von meinen Schultern. Ich war bereit für das Abenteuer, das gefährlich und dennoch verlockend vor mir lag. Manche Dinge sind jedes Opfer wert, hatte Hong Jin einmal gesagt, man muss nur sicher sein, dass man sie will. Ich wollte endlich einer Sache dienen, an die ich glaubte, und wusste nicht, wo außer in Nanking ich sie finden sollte. Was Inspektor Josenhans dachte, war mir egal, um Elisabeths Grab würden sich Thomas und Sara kümmern. Während sich das Dampfschiff langsam den Perlfluss hinaufarbeitete, lag ich in einer stickigen Kabine und fand keine angemesseneren Worte für meinen Zustand als diese: Ich war frei.

Am nächsten Morgen erreichten wir den Hafen von Whampoa. Hier, zwölf Meilen vor Kanton, ankerten britische und französische Fregatten, Tee-Clipper und die Dreimaster der großen Handelsfirmen. Nachdem ich auf die Fähre nach Kanton umgestiegen war, rückten die Ufer langsam näher, links tauchte Henan Island aus dem bleichen Morgendunst auf, rechts die Umrisse der Stadt, um deren Öffnung so lange gestritten worden war. Seit der Einnahme durch die Alliierten stand sie unter deren Verwaltung, aber den Zeitungen zufolge kam sie nicht zur Ruhe. An Deck stehend, sah ich ein englisches Kriegsschiff, die HMS *Ariel*, wie ein Muttertier auf dem Wasser ruhen, umschwirrt von unzähligen Sampans mit ihrem hohen Bug und den aufgemalten Augen. In schmalen Kanus paddelten Frauen herbei, um Dienste anzubieten, die vom Wäschewaschen bis zur Prostitution reichten. Auf den Hausbooten gingen Handwerker ihrer Arbeit nach, Händler navigierten ihre Waren durch das Gewirr – es war wie ein Jahrmarkt auf dem Wasser, über den hinweg mein Blick auf den rötlichen Stadtwall von Kanton fiel. Wie ein Ring saß er inmitten des Häusermeers, die Dächer schienen zu einem einzigen Schild zu verschmelzen, der in der Sonne metallisch glühte. Die größte Stadt Südchinas platzte aus allen Nähten, und die Hitze kam mir noch drückender vor als auf Hongkong.

Kaum an Land, war ich von Bettlern umringt. Vom Wasser aus wirkte die Stadt imposant, aber in den überfüllten Gassen siechten Kranke vor sich hin, und hungernde Kinder zerrten an meinen Kleidern. Ihre Gesichter hatten dieselbe Farbe wie der Schmutz, in dem sie lebten. Beißend stank es nach Exkrementen, ich musste mir eine Hand vor die Nase halten, presste das Gepäck an meine Brust und kämpfte mich Meter um Meter voran. An den Hauswänden hingen Plakate, die dazu aufriefen, allen westlichen Barbaren die Augen auszustechen, und an jeder Ecke begegneten mir feindselige Blicke. Dass von den alliierten Besatzern kaum etwas zu sehen war, gefiel mir weniger, als ich gedacht hätte.

In Schweiß gebadet, erreichte ich einen alten Tempel, den indische Soldaten für sich akquiriert hatten. Bärtige Männer mit weißen Turbanen, die wie in Victoria den Polizeidienst versahen und von den Einheimischen ›schwarze Teufel‹ genannt wurden. Für wenig Geld überließen sie mir eine Kammer in einem schattigen Seitenflügel, die ich mir notdürftig als Quartier einrichtete. In der Umgebung waren überall Spuren des britischen Bombardements zu sehen: Lücken in den Häuserreihen, verbrannte Ruinen, Schutt. Breite Straßen oder offene Plätze gab es nicht, nur mit Matten überdachte Gassen, unter denen sich die Hitze ebenso staute wie die Feindseligkeit der Bevölkerung. Obwohl ich einen Revolver bei mir trug, kam mir in den nächsten Tagen jeder Gang durch die Stadt wie eine Mutprobe vor. Morgens folgte ich den Sikhs, die zu ihren Patrouillen aufbrachen,

137

nachts lag ich auf einer provisorischen Schlafstätte aus Reisstroh und horchte in die unheimliche Stille. Ab und zu krachten Schüsse. Mit Verspätung wurde mir klar, dass ich alle Brücken hinter mir abgebrochen hatte. Der Basler Zentrale war mein eigenmächtiges Vorgehen seit jeher ein Dorn im Auge gewesen, und schon kurz nach Elisabeths Tod hatte sie neue Mitarbeiter geschickt, die mir auf die Finger schauen sollten. Zwei junge Männer aus dem Badischen, fromm und eifrig, ganz nach Josenhans' Geschmack. Über China wussten sie nur, dass es ein Hort des Heidentums war, und nichts als ihre mangelnde Sprachkenntnis hielt sie davon ab, am Tag der Ankunft die erste Straßenpredigt zu halten. Meine Hoffnung, sie für eine Weile nach Macao abschieben zu können, damit sie Chinesisch lernten, wurde enttäuscht. Man hatte sie angewiesen, in meiner Nähe zu bleiben, und Anweisungen der Zentrale waren für sie wie die zehn Gebote. Als ich Thomas Reilly von ihnen erzählte, zog ein Lächeln über sein Gesicht. »Motivierte neue Kollegen.« Der Tonfall ließ nicht erkennen, ob er es ernst meinte oder im Scherz sprach.

»Die beiden haben mir empfohlen, mich in meiner Arbeit auf die Hakka zu konzentrieren«, sagte ich genervt. »Wegen ihrer Randstellung in der Gesellschaft sind die nämlich besonders empfänglich für die frohe Botschaft.« Es war ein Sonntagabend am Ende der Regenzeit, wir saßen in den Räumen der Londoner Mission und verstießen gegen die Hausordnung, indem wir einen Schuss Rum in unseren schwarzen Tee gaben. »Mein erster Gedanke war: Wie lange werden sie es hier aushalten? Die dringendere Frage lautet, wie lange halte ich es mit ihnen aus.«

»Du hättest inzwischen Anspruch auf ein paar Monate Heimaturlaub.«

»Das stimmt«, sagte ich, »aber wenn ich jetzt fahre, komme ich nicht wieder zurück.«

Thomas verstand, was ich meinte, und erwiderte nichts. In den letzten Wochen hatte er hin und wieder Andeutungen gemacht, ob es mir nicht guttun würde, Hongkong für eine Weile zu verlassen, aber dass ich daran dachte, Hong Jins Einladung nach Nanking zu folgen, hielt er für verrückt. Angeblich wurde die Stadt von mehreren zehntausend kaiserlichen Soldaten belagert. »Wenn wir gewusst hätten, dass Lord Elgin nach Nanking fährt«, sagte ich, »hätten wir Hong Jin wenigstens einen Brief schicken können. Wahrscheinlich denkt er, wir hätten seinen nie erhalten.«

»Wir sind Missionare, mein Freund, unsere Post wird nicht vom Sonderbotschafter der Queen zugestellt. Außerdem ist Seine Lordschaft in Nanking gar nicht von Bord gegangen. Er hatte die Nase voll von China, konnte es kaum erwarten, nach Hause zu fahren.«

Drei Wochen waren seit Lord Elgins Abreise vergangen. Ob seine Mission als Erfolg zu werten war, wurde seitdem kontrovers diskutiert. Das Abkommen von Tianjin erfüllte die wichtigsten britischen Forderungen, aber dass man es nicht in Peking geschlossen hatte, hielten viele für einen Fehler, der die Chinesen in ihrer Widerspenstigkeit bestärken werde. Angeblich bestand sogar die mündliche Zusicherung Lord Elgins, dass seine Regierung das Recht, einen Botschafter in die Hauptstadt zu entsenden, vorerst nicht wahrnehmen würde. Zu viel Rücksicht, zu wenig Härte, lautete das Urteil in Victoria. Nach Abschluss der Verhandlungen hatte der Sonderbeauftragte Japan besucht und anschließend von Shanghai aus den Yangtze erkundet, aber über den Besuch bei den Rebellen wurde wenig bekannt. Wie es hieß, war die *Furious* zunächst für ein feindliches Kriegsschiff gehalten und beschossen worden, eine Kugel hatte die Wand von Lord Elgins Kabine durchschlagen und seinen Kopf nur knapp verfehlt. Die schriftliche Einladung des Himmlischen Königs, gemeinsam gegen den ›großen Schlangenteufel‹ zu kämpfen, hatte die Delegation abgelehnt und stattdessen die Uferbatterien der Aufständischen zu Klump geschossen – so viel Vergeltung musste sein. Die von uns Missionaren erhoffte Annäherung war ausgeblieben, das angeblich neutrale England setzte auf das neue Bündnis mit Peking, auch wenn es noch gar nicht von höchster Stelle bestätigt worden war.

»Glaubst du, dass der Kaiser das Abkommen von Tianjin ratifizieren wird?«, fragte ich, weil Thomas nachdenklich schwieg. Draußen ging ein kräftiges Gewitter nieder.

»Es würde mich wundern, wenn Lord Elgin daran glaubt. Wenn du mich fragst, hat er sich so schnell aus dem Staub gemacht, weil er genau weiß, dass er ein wertloses Stück Papier ausgehandelt hat. Seine einzige Hoffnung ist, dass London darauf hereinfällt.«

»Thomas, einer von uns muss nach Nanking!«

»Es ist zu gefährlich.«

»Wenn es eine Annäherung geben soll, muss jemand die Engländer davon überzeugen, dass die Rebellen kein Haufen blutrünstiger Wilder mit komischen Titeln sind.«

»Es sei denn, sie sind es«, entgegnete er bitter. »Du hast dieselben Berichte gelesen wie ich, was war dein Eindruck?« Mit gewohnter Gründlichkeit hatte Reverend Legge ein Dossier verfasst und es für alle seine Mitarbeiter zur Pflichtlektüre erklärt. Die aufgelisteten Vorwürfe reichten von der Vielweiberei bis zu willkürlichen Gräueltaten an der Bevölkerung. Beweise dafür gab es allerdings nicht.

»Es herrscht Krieg«, sagte ich. »Über die Grausamkeit der anderen Seite verfasst niemand ein Dossier. Der Reverend ist sauer, weil Hong Jin ihm nicht mehr bei seinen Übersetzungen hilft. Davon lässt er sich den Blick vernebeln.«

»Und unser Freund? Jahrelang hat er hier den Musterschüler gegeben, aber glaubt er wirklich, dass sein Vetter

Gottes Sohn ist? Dass die Tataren Dämonen sind, die man allesamt töten muss? Wenn ja, warum sollte er seine Truppen davon abhalten, genau das zu tun? Wenn nein, wieso ist er dort und nicht hier?«

»Er kann nicht alles auf einmal ändern. Du hast den Brief gelesen, es ist ein Anfang.«

»Oh, ich hab ihn gelesen. Und der auf dem Thron saß, sprach: Siehe, ich mache alles neu. Wen die Offenbarung damit meint, weiß ich. Fragt sich nur, wen Hong Jin meinte – seinen Vetter oder sich selbst?«

Statt etwas zu erwidern, leerte ich meine Teetasse. Gespräche wie unseres wurden in der Londoner Station täglich geführt. Wortreich versuchten alle Missionare, ihre Tatenlosigkeit zu rechtfertigen, und die kolportierten Grausamkeiten der Rebellen waren ein willkommener Vorwand. In Wirklichkeit verübelten wir ihnen, dass ihr Erfolg bei der Bevölkerung unser Versagen umso sichtbarer machte. In ihrem Heer kämpften Hunderttausende, während Reverend Legge pro Jahr weniger Chinesen taufte, als in seinem Haushalt angestellt waren. Wer tat mehr, um das Land zu verändern? Eine Revolution war nun einmal keine Bibelstunde.

»Solltest du wirklich nach Nanking reisen«, sagte Thomas nach einer Weile, »brauchst du einen Begleiter. Ich weiß, du hast zu Hause einiges erlebt, aber versuch dir nicht einzureden, du könntest unterwegs unschuldig bleiben. Du musst jemanden mitnehmen, der nicht zögert, bevor er abdrückt.« Sein Gewissen verbat ihm, mich zu der Reise zu ermutigen, auch wenn er insgeheim wünschte, dass ich es wagte. Ohne ein weiteres Wort stand er auf und griff nach den leeren Tassen.

Als ich bei meiner Station ankam, fiel Licht durch die Fenster. Vor zwei Jahren hatte ich das Haus gemietet, um es eines Tages mit Elisabeth zu bewohnen, stattdessen teilte ich es nun mit zwei Brüdern, die jeden Besucher in ihrem unbeholfenen Chinesisch bearbeiteten. Wer einen Teller Suppe wollte, musste die zehn Gebote aufsagen; machte er einen Fehler, gab es nur die halbe Portion. Immer weniger Hakka besuchten uns, außerdem war es bloß eine Frage der Zeit, bis die beiden die Unregelmäßigkeiten in den Büchern bemerken und mich in Basel anschwärzen würden. Warum brach ich nicht endlich auf? Ich träumte schon so lange davon, und es gab keine andere Möglichkeit, festzustellen, ob sich der Weg lohnte. Gewissheit, hatte Robert Blum einmal gesagt, bekommt man nicht geschenkt, man muss sie sich verdienen.

Mit der Ankunft in Kanton war der erste Schritt getan, und ich nahm sofort den nächsten in Angriff: die Suche nach einem Begleiter. Am Ufer des Perlflusses gab es viele Opiumhöhlen, wo sich ausländische Matrosen tummelten, aber in der ersten Woche traf ich dort nur auf Betrunkene, die entweder Prostituierte suchten oder jemanden, mit dem sie sich prügeln konnten. Als ich herumfragte, erfuhr ich von einer Gegend an der nördlichen Stadtmauer, wo auch Opium verkauft wurde und ich Männer zu finden hoffte, die eher meinen Vorstellungen entsprachen. Ein Einzelgänger schwebte mir vor, der zwar vor nichts zurückschreckte, aber Respekt vor fremden Orten hatte, umsichtig handelte und obendrein verlässlich war – gab es so einen unter den vielen Glücksrittern an Chinas Küste?

Abend für Abend zog ich los. Die tagsüber dicht bevölkerten Gassen Kantons wirkten bei Dunkelheit wie ausgestorben, trotzdem stolperte ich immer wieder über schlafende Gestalten, die sich manchmal bewegten, manchmal nicht. Fette Ratten wieselten umher. Die Straße, der ich folgte, hieß nach dem alten holländischen Fort im Perlfluss Folly Street und führte zum Amtssitz des neuen Statthalters Konsul Parkes. Als ich den Eingang passieren wollte, traten zwei Wachen aus dem Torbogen und versperrten mir den Weg. »Who goes there?«, fragte eine strenge Stimme.

»A friend«, antwortete ich, die Augen auf das schimmernde Metall eines Gewehrlaufs gerichtet. Derselbe Wortwechsel vollzog sich jedes Mal, wenn ich nachts auf Soldaten traf.

»Advance, friend, and give the parole.«

»England.«

»Pass, friend, and all's well.« Die Männer traten zurück in den Schatten, und ich lief weiter. Im Norden der Stadt standen sich die Häuser so dicht gegenüber, dass ich wie durch einen Tunnel ging und kaum die Hand vor Augen sah. Hinter den Fensterläden erklangen flüsternde Stimmen, manchmal ein Weinen oder Wimmern. Tags zuvor hatte ich von einem bestimmten Etablissement gehört und erkannte es an den beiden roten Laternen über dem Eingang. Davor lungerten Einheimische herum, deren rasierte Stirnen in der Dunkelheit wie Bronze glänzten. Mein Auftauchen brachte ihre Unterhaltung augenblicklich zum Verstummen. »Darf ich rein?«, fragte ich auf Kantonesisch. Um meinen Revolver zu verbergen, hatte ich ihn an einem Hüftband unter dem Gewand befestigt. Die Männer warfen mir abschätzige Blicke zu und sagten nichts. »Ich suche jemanden«, schob ich nach, »einen Engländer.«

Ihr feindseliges Schweigen kannte ich gut. Es spielte keine Rolle, ob wir Opium verkauften oder das Evangelium predigten, unsere Anwesenheit war den Chinesen zuwider. Sie blickten auf unsere spitzen Nasen wie wir auf ihre Zöpfe, wir hielten sie für unterwürfig und verschlagen, sie uns für herrschsüchtig und gierig, und im Grunde ihres Herzens verstanden sie nicht, was wir von ihnen wollten. Warum waren wir nicht zu Hause geblieben und ließen sie in Ruhe? »Ich bin sicher, dass er hier ist«, sagte ich und verschränkte die Arme. Es war ein Wettbewerb in Starrköpfigkeit. Die Männer berieten sich und kamen schließlich überein, dass ich zwar eine Belästigung, aber keine Gefahr darstellte. Als einer von ihnen ins Haus ging, folgte ich ihm ohne ein weiteres Wort.

Der Raum war größer als erwartet. Öllampen verbreiteten ein schummriges Licht, die Luft war schwanger mit Opiumdunst, und über den Tischen hing träge Stille. Wie dösende Tiere starrten mich die Gäste an. Der Mann, dem ich gefolgt war, sprach mit einer Frau, und wenn ich ihre Antwort richtig verstand, sagte sie, es sei kein Engländer da, nur der einäugige Amerikaner. Sie hatte die Haare hochgesteckt, trug ein verziertes Seidenkleid und saß auf einem hochbeinigen Stuhl bei der Tür, von dem aus sie den Raum überblickte.

Der Mann wollte sich mir zuwenden. »Ich warte«, kam ich ihm zuvor und setzte mich an einen freien Tisch. Aus zwei großen Wasserkesseln auf der Theke stieg Dampf auf, eine junge Angestellte spülte Teegeschirr und räumte es ins Regal. Keiner der Gäste rauchte, das schien im hinteren Teil des Hauses zu geschehen, der durch Stoffvorhänge abgetrennt war. Würzig und süßlich, mit einer Note von frischem Holz und exotischen Kräutern, so waberte es von dort herüber. Opium zu rauchen, hieß es, bescherte ein Glück, das weniger in der Erfüllung als im Verschwinden aller Wünsche bestand, ihrer langsamen Auflösung zugunsten völliger Gleichgültigkeit. Unter Missionaren galt der Stoff als Teufelszeug, das wie gemacht war für die angeblich von Natur aus teilnahmslosen Asiaten, weshalb nicht ausländische Händler die Schuld für seine Allgegenwart traf, sondern einheimische Konsumenten. Dass viele von uns ihre Bibeln auf denselben Booten verteilten, die das Rauschgift von Hongkong ins Landesinnere brachten, gehörte zu den peinlichen Wahrheiten, die man lieber überging.

Nach ein paar Minuten erhob sich die Hausherrin von ihrem Stuhl und kam in meine Richtung getippelt. Bunte Haarstifte aus Jade hielten die Frisur, sie trug mehrere Armreife und zog, bevor sie sich setzte, einen mit Blumenmuster bemalten Fächer aus ihrem Gewand. Ihr weiß geschminktes Gesicht nahm im Dämmerlicht eine gelbliche Farbe an. »You joss man?«, fragte sie und malte ein schiefes Kreuz in die Luft.

Statt zu fragen, wie sie darauf komme, sagte ich auf Kantonesisch, dass ich auf einen Bekannten wartete.

»English man no comee here.« Obwohl ich ihre Sprache verstand, blieb sie beim Pidgin.

»Er könnte auch Amerikaner sein. Kommen die hierher?«

»A-mei-ri-kan«, sagte sie langsam. »Only one-piece eye hab got. He look-see so fashion.« Mit einer Hand verdeckte sie ihr linkes Auge und lachte so laut, dass ich davon Gänsehaut bekam. Das Gebiss war voller breiter Lücken zwischen schwarzen Zahnstümpfen. Mit einem Mal hatte ich eine Greisin vor mir. »Devil comee often time«, sagte sie.

»Devil? Kommt er allein?«

»No goodee man, no flend hab got.«

»Wie ist sein richtiger Name?«

»No sabee. Devil no talkee.«

»Bring mich zu ihm«, sagte ich kurz entschlossen. Ihre Beschreibung klang mysteriös, aber mir gefiel, dass der Mann Amerikaner war.

»Joss man no wantchee chai? Wantchee girley?«

Kopfschüttelnd stand ich auf. Die Frau steckte den Fächer in eine Falte ihres Gewands, stöhnte ausgiebig und erhob sich ebenfalls. »Joss man allo thing no wantchee, me pidgin what-fashion can do, ah?«

»Bring mich zu ihm.«

»Numba one thing, Dollaa!«, sagte sie, zog die letzte Silbe in die Länge und hielt mir die offene Hand hin. Ich legte ein paar Kupfermünzen hinein, sie streckte die andere Hand aus. »You joss man, me pidgin woman. Must catchee life same-same.«

Nachdem ich ihre Geldgier befriedigt hatte, tippelte sie voran zur Theke und gab der jungen Frau eine Anweisung. Stets blieb sie in der Nähe einer Tischkante oder Stuhllehne, und mir fiel ein, wie Elisabeth jedes Mal vor Empörung geweint hatte, wenn sie von den gebundenen Füßen der Chinesinnen sprach. Bei den Vorhängen hielt die Frau inne und bedeutete mir, allein weiterzugehen. »Wo finde ich ihn?«, fragte ich.

»Joss man go look-see.«

Im nächsten Moment befand ich mich auf der anderen Seite des Vorhangs. Ein schmaler Gang verlief zwischen den Separees, die mit dünnen Decken verhängt waren. Nach oben schienen sie offen zu sein, jedenfalls stieg dünner Rauch auf und sammelte sich unter dem Dach. Leises Schnarchen, Husten und Flüstern untermalte die Stille, am Ende des Gangs flackerten Kerzen, und der Geruch des Opiums wurde so stark, dass mich schwindelte. Zögerlich machte ich ein paar Schritte nach vorn. Viele Vorhänge standen offen, nur der letzte war zugezogen und sagte mir, dass dort der rätselhafte Amerikaner liegen musste. Ein einäugiger Mann ohne Freunde, den sie hier Teufel nannten. Vor seinem Separee blieb ich stehen und horchte. Nichts.

»Hello?«, flüsterte ich, aber die Stille war so dicht, als hielte die Person im Inneren die Luft an. Sachte zog ich den Vorhang beiseite. Auf einem niedrigen Tisch flackerte eine halb niedergebrannte Kerze, dahinter waren die Umrisse eines chinesischen Bettes auszumachen, ein kniehohes Holzgestell ohne Matratze. Jemand lag seitlich darauf, dessen Füße auf einem runden Schemel ruhten. »Hello?«, flüsterte ich noch einmal. Es gab einen zweiten Schemel, den ich von der schlafenden Gestalt wegzog. Das Gesicht des Mannes wurde von seinen Armen verdeckt, die Hände berührten ein Tablett, auf dem ich die Pfeife und ein rotes Kästchen aus Lackware erkannte. Den Hut hatte er neben sich abgelegt, einen schwarzen Zylinder, dessen Oberseite mit Wachstuch verstärkt war, jedenfalls sah es im Kerzenschimmer so aus.

Nachdem ich es so weit geschafft hatte, setzte ich mich und beschloss, zu warten, bis der Amerikaner aufwachte. Mein Herzschlag beruhigte sich langsam. Der Zylinder, fiel mir auf, ähnelte dem meines Vaters, der früher eine seltsame Faszination auf mich ausgeübt hatte. Als Kind war ich einmal auf einen Stuhl geklettert, um ihn von der Garderobe zu nehmen und mir aufzusetzen. Normalerweise hätte ich mich das nicht getraut, aber an jenem Nachmittag wollte ich meine Schwester Luise aufheitern, die krank im Bett lag und mich erschrocken anblickte, als ich mit Vaters Hut ins Zimmer kam. Damit er mir nicht auf die Nase rutschte, hatte ich mir ein Tuch um die Stirn gebunden. Luise war damals sieben oder acht, ich drei Jahre älter, die Sache mit der Erblindung lag noch nicht lange zurück. Ich spielte Zauberkünstler und holte mit großer Geste dies und das aus dem Zylinder hervor, um sie zum Lachen zu bringen. Das gelang mir auch, bis ihr Blick plötzlich starr wurde und sich zur Tür richtete. Wortlos bedeutete mein Vater mir, ich solle ihm folgen. »Ich weiß, du hast es für sie getan«, sagte er, nahm mir den Hut aus der Hand und legte ihn zurück an seinen Platz. Ich nickte, obwohl ich genau wusste, dass ich aus Vorwitz gehandelt hatte. Den ganzen Nachmittag wartete ich auf das Klopfen an der Tür, aber nichts geschah. Auch nach dem Abendessen nicht. Ein halbes Jahr später starb Luise, und mein Vater weinte so heftig, als hätte er einen Anfall. Das war der Tag, an dem ich für immer die Furcht vor ihm verlor. Den Zylinder trug er weiter bis zu seinem eigenen Tod, aber da lebte ich bereits in Rotterdam und wartete auf ein Schiff nach China. Um den Heiden das Evangelium zu bringen, sagte ich, wenn ich nach den Gründen gefragt wurde. Niemand bezweifelte das, alle bewunderten meinen Mut und den Einsatz für die gute Sache. Der erste Mensch, der mir sagte, dass ich kein Missionar und vielleicht nicht einmal ein Christ sei, war Elisabeth. Du hast das Talent, anderen etwas vorzumachen, meinte sie, wahrscheinlich würdest du dir selbst gern glauben.

Der Mann auf dem Bett zuckte im Schlaf. In der Opiumhöhle herrschte jetzt vollkommene Stille, und um mir die Zeit zu vertreiben, griff ich nach dem Zylinder. Er war abgenutzter als der meines Vaters, wahrscheinlich hatte er nie lange auf einer Ablage geruht, sondern war mit dem Amerikaner um die Welt gereist. Sachte strichen meine Finger über das Wachstuch. Dass ich seit Jahren in der Fremde lebte, ohne an Heimweh zu leiden, hatte Elisabeth fast noch misstrauischer gemacht als die mangelnde Festigkeit meines Glaubens. Damals konnte ich ihr die Gründe nicht erklären, aber als ich den Hut in der Hand drehte und mir die Abenteuer seines Besitzers vorstellte, wurde mir klar, dass ich mehr von der Welt sehen wollte. Wenn es mit Gefahren verbunden war ... umso besser, oder nicht? Jahrelang hatte ich unter großem Einsatz meine eigentliche Bestimmung verfehlt und fragte mich, wie viel Zeit noch vergehen musste, ehe ich sie fand. Bevor ich dem Gedanken weiter nachgehen konnte, fiel mein Blick auf den Revolver. Er musste unter dem Hut gelegen haben, ein neues Modell mit rundem Abzugsbügel. Die Fingerspitzen des Mannes berührten den Griff, der Lauf war länger als seine ausgestreckte Hand, und obwohl ich selbst eine Waffe trug, konnte ich nicht widerstehen. Mit angehaltenem Atem beugte ich mich zur Seite. Der Schemel gab ein leises Knarzen von sich und ließ mich innehalten, dann stützte ich eine Hand aufs Knie und streckte die andere vorsichtig aus. Wie oft hatte der Amerikaner seinen Revolver wohl benutzt? Wie war er zu dem Spitznamen Devil gekommen? Im nächsten Augenblick schloss sich eine Fessel um mein Handgelenk. Als hätte eine unsichtbare Falle zugeschnappt.

Entsetzt bemerkte ich, dass es die Hand des Mannes war, die mich hielt. Sein Atem ging so gleichmäßig wie zuvor, aber als ich den Arm zurückziehen wollte, wurde der Griff fester. Mehrere Sekunden vergingen. Nichts außer der Tatsache, dass er mich festhielt, verriet mir, dass der Fremde wach war. Als ich die Hand noch einmal zu befreien versuchte, wurde der Druck so stark, dass ich laut aufstöhnte. »Ich werde ihn nicht nehmen«, presste ich hervor. Ohne den Griff zu lockern, richtete er sich auf. Über seinem ausgestreckten Arm erschien ein von Narben übersätes Gesicht, dessen Ausdruck nicht anders als böse zu nennen war. Hinter dunklen Haarsträhnen schimmerte das Glasauge. Spöttisch verzog er den Mund und spuckte aus, dann stieß er meine Hand von sich, als wollte er sie zu Boden schleudern.

Auf Hongkong hatte ich unzählige Banditen, Schmuggler und Piraten gesehen. Sie kamen aus allen Gegenden der Welt und mordeten mit einer Selbstverständlichkeit, mit der unsereins Briefe schrieb, aber ihre Grausamkeit hatte etwas Beschränktes an sich. Instinkthaft und getrieben, handelten sie wie Tiere. Der Einäugige, der mich einen Moment lang musterte, als blickte er geradewegs in meine Seele, war anders, und von einer Sekunde auf die nächste wusste ich, dass ich mein Ziel erreicht hatte. »Es tut mir leid, dass ich mich eingeschlichen habe«, sagte ich und rieb mir das Handgelenk. »Philipp Johann Neukamp ist mein Name. Ich bin mit einem Anliegen gekommen.«

Die Antwort bestand in einem scharfen Pfiff. Vom Gastraum näherten sich Schritte, und ein Chinese im blauen Gewand, den ich vorher nicht bemerkt hatte, brachte frischen Tee. Bei sich trug er eine zusammengerollte Decke, die ihm der Amerikaner abnahm und aufs Bett warf. Er verhielt sich, als wäre ich nicht da, trotzdem begann ich, mein Anliegen vorzutragen, und glaubte, dass er mir ebenso genau zuhörte, wie ich ihn beobachtete. Vom Saum seines zerschlissenen Mantels lösten sich Fäden, er sah heruntergekommen aus, aber aus seinen Bewegungen sprachen Sorgfalt und Geduld. Nachdem er den Tee ausgetrunken hatte, breitete er die Decke aus, legte den Revolver neben sich und verdeckte ihn mit dem Hut wie vorher. »... natürlich gegen Bezahlung«, schloss ich. Gähnend rollte er sich auf die Seite und drehte mir den Rücken zu. Eine Minute später hörte ich sein gleichmäßiges Schnarchen.

So endete meine erste Begegnung mit Alonzo Potter. Als ich die Opiumhöhle verließ, dachte ich, es sei mir ein weiteres Mal gelungen, im richtigen Moment den richtigen Mann zu treffen, aber wenn ich heute an ihn denke, fällt mir zuerst ein, wie er mir wenige Wochen später die Hand abgesägt hat. Ohne mit der Wimper zu zucken. Außerdem frage ich mich, wie ich mir so schnell sicher sein konnte, dass er der Mann war, den ich brauchte, und wieso er, der geradezu darauf brannte, mich nach Nanking zu begleiten – um eine alte Rechnung zu begleichen, über die ich noch immer nichts Genaues weiß –, zunächst so tat, als hätte er kein Interesse. Als ich am nächsten Abend in das Etablissement zurückkehrte, war er nicht da. Am übernächsten ebenso wenig. Tagelang streifte ich durch die Stadt und fragte nach einem Yankee mit Glasauge, aber es war, als suchte ich ein Phantom. In den Spelunken am Fluss oder den Docks am Hafen, überall schüttelten Männer den Kopf, und in der Opiumhöhle hieß es ein ums andere Mal »devil no comee no more«. Inzwischen hatte ich einen Monat in Kanton verbracht, es wurde höchste Zeit, aufzubrechen, aber ich steigerte mich in die Suche nach dem Einäugigen hinein. Jeden Morgen stand ich früh auf, und wenn ich in der Stadt unterwegs war, begleitete mich das seltsame Gefühl, verfolgt zu werden. Einmal wollte ich ein Pfandhaus am Hafen aufsuchen, wo Ausländer ihr letztes Gut versetzten, um eine Schiffspassage nach Ceylon oder Malakka zu kaufen, und kam unterwegs durch die Gasse der Heilkräuter. Die Läden boten Medizin aus eingelegten Wurzeln, Beeren und geriebenen Tierhörnern an. Aufgespannte Reisstrohmatten hielten die Sonne ab, darunter roch es so streng, dass mir übel wurde. Als ich stehen blieb, um zu verschnaufen, sah ich den Jungen. Wie jeder Fremde wurde ich in Kanton auf Schritt und Tritt von Kindern verfolgt, die kreischend davonstoben, wenn ich mich umdrehte, aber dieser stand in einem Spalt zwischen zwei Häusern und musterte mich, als würde er mich kennen. Er mochte sieben oder acht Jahre alt sein. Statt bettelnd die Hand auszustrecken, kam er auf mich zu und wirkte zwar unsicher, aber nicht ängstlich. Den Rotz, der ihm aus der Nase lief, wischte er mit dem Handrücken ab.

»Kann ich dir helfen?«, fragte ich auf Kantonesisch.

Seine Antwort bestand in einem Handzeichen: Komm mit, sollte das heißen. Sofort eilte er los, überzeugte sich mit einem Schulterblick, dass ich ihm folgte, und lief so schnell weiter, dass ich kaum hinterherkam. Zu wem er mich brachte, ahnte ich bereits. Wir passierten einen Tempel, wo das Gedränge noch dichter wurde, und erreichten nach zehn

151

Minuten eine geschlossene Markthalle. Je weiter wir hinein-
gingen, desto dunkler und kühler wurde es. Das wenige Licht
kam von Kerzen oder Öllampen, es spiegelte sich in Wasser-
lachen und leuchtete in gleichgültige Gesichter. Soweit ich
sah, wurde an den Ständen nichts verkauft, der Ort glich
eher einer Notunterkunft, jedenfalls hörte ich überall leises
Getuschel. An manchen Stellen waren die Gänge so eng, dass
ich mich seitlich hindurchzwängen musste. Flink wie eine
Katze huschte der Junge voran, und als ich ihn schließlich
aus den Augen verlor, stand ich vor dem Fremden mit dem
Glasauge. Er lag auf einem Holzbett, das dem in der Opiumhöhle ähnelte, aber statt zu schlafen, blickte er mir munter
entgegen. Das Glasauge schimmerte, als sammelte sich darin alles verstreute Licht, das den Ort erreichte. »Some sticky
bugger you are.« Seine Stimme klang gut gelaunt. Mit einer
Hand wies er auf den freien Holzschemel vor seinem Bett,
und völlig verschwitzt nahm ich darauf Platz.

»Seit wie vielen Tagen ist der Junge mir gefolgt?«, fragte
ich, aber mein Gegenüber ließ sich nicht drängen. »Want
some chai?«, entgegnete er, statt die Frage zu beantworten.

Eine junge Frau erschien mit zwei Schalen grünem Tee.
Durch einen Riss im Dach fielen einzelne Sonnenstrahlen
herein, und allmählich gewöhnten sich meine Augen an die
Lichtverhältnisse. Weitere Personen waren in der Nähe, ich
spürte ihre neugierigen Blicke und sagte: »Vielleicht wäre
es an der Zeit, mir deinen Namen zu verraten.«

Sein Kopf senkte sich zu einer ironischen Verbeugung.
»Alonzo Potter. Sehr erfreut.«

»Mein Angebot steht«, erwiderte ich, »dreißig Silberdollar sofort und noch einmal dreißig, wenn wir innerhalb eines
halben Jahres Nanking erreichen.«

»Die Himmlische Hauptstadt, huh? Mitmachen beim großen Hullabaloo.«

»Außerdem trage ich natürlich die Kosten für Transport und Verpflegung.«

»Warum sind alle Pfaffen so verrückt nach den Langhaarigen?«

»Ich bin kein Pfaffe und habe meine Gründe.« Diese war ich zwar bereit, ihm darzulegen, aber im Moment hatte ich das Gefühl, dass er mich testen wollte und nicht ja sagen würde, wenn er mich für zu leicht befand. Sein vernarbtes Gesicht erzählte von Gefahren, die er mit knapper Not überlebt und deren Lektionen er gelernt hatte. Nach wenigen Minuten wurde mir allerdings klar, dass er sich bereits zu der Reise entschlossen hatte; weder feilschte er mit mir ums Geld, noch interessierte er sich für meine Motive, nur die Strecke wollte er ausführlich besprechen. Über Land gab es zwei Routen, eine westliche durch die Provinz Hunan und eine östliche durch Jiangxi, und da die Hunanesen im Ruf standen, Ausländer noch mehr zu hassen als die Bewohner Kantons, entschieden wir uns für Letztere. Wo es möglich war, wollten wir auf Flüssen reisen, aber das Gebirge, das den Süden vom chinesischen Kernland trennte, konnte man nur zu Fuß durchqueren. Auf Karten glich es einem gezwirbelten Schnurrbart, über dessen Mitte der Meiling-Pass führte. Wie mein Freund Hong Jin würden wir diesen überschreiten, ohne zu wissen, was uns auf der anderen Seite erwartete. Der Vertrag von Tianjin war mittlerweile ein Jahr alt, aber neuerdings gab es Gerüchte, dass der Kaiser die Ratifizierung verweigerte, und wenn das stimmte, drohte bald der nächste Krieg. Je eher wir aufbrachen, desto besser. Die ersten Etappen würden wir auf einer der billigen Fähren zurücklegen, die im Stundentakt in Kanton ablegten, und jenseits des Passes ein eigenes Boot kaufen, um über den Poyang-See zum Yangtze zu gelangen. Meine Frage, ob er segeln könne, beantwortete Potter mit einem hochmütigen Lächeln. Warum er bereit war, für einen Besuch in der Hauptstadt der Rebellen sein Leben zu riskieren, fragte ich nicht. Ich war froh, endlich einen Begleiter gefunden zu haben, und sagte mir, dass ich unterwegs genug Zeit haben würde, um alles Mögliche zu erfahren – zum Beispiel, wie er zu seinem Glasauge gekommen war. Nach einer Stunde führte mich der Junge wieder nach draußen. Als ich geblendet und verschwitzt in der Sonne stand, begann ich auf einmal, unkontrolliert zu zittern. Hitze drückte auf die Stadt herab, und ich konnte minutenlang keinen Schritt machen, so als hätte ich schon in diesem Moment geahnt, dass mich die Fahrt mehr kosten würde als das Geld, das ich meinem Gefährten eben versprochen hatte. Devil comee often time, schoss es mir durch den Kopf.

Zunächst jedoch verlief alles nach Plan. An einem heißen Tag Anfang August gingen wir an Bord der Fähre. Sie ankerte auf einer riesigen Wasserfläche namens Weißer-Schwan-See, die sich vor der Stadtmauer ausbreitete und den ganzen Sommer über in milchigen Dunst gehüllt war, besonders am frühen Morgen, wenn die Sonne aufging wie ein bleicher Stern und an den Ufern hektische Betriebsamkeit ausbrach. Unser weniges Gepäck wurde unter Deck verstaut, zwischen Säcken mit Reis und Gemüse, Bottichen für lebende und Netzen für tote Fische. Die meisten Passagiere waren Händler, die in Kanton frische Waren einkauften, um sie im Umland zu vertreiben.

Gegen halb sieben gab der Kapitän das Zeichen zum Ablegen. In den Tagen zuvor hatte ich grobe Berechnungen angestellt und für die Fahrt flussaufwärts fünfzehn bis zwanzig chinesische Meilen pro Tag veranschlagt. Unsere Route führte zunächst zu einem Sanshui oder ›Dreiwasser‹ genannten Ort, wo sich der aus Guangxi kommende Westfluss mit dem von Norden herabfließenden Beijiang zum Perlfluss vereinte. Meine Karte war freilich von Hand gezeichnet und verriet nichts über die Stärke der Strömung, gegen die wir segeln mussten. Potter warf einen verächtlichen Blick darauf und erklärte sie zu einem ›piece of ass-wipe‹. Er selbst besaß nur einen alten Kompass mit Klappdeckel. Obwohl das Boot, auf dem wir die nächsten drei Tage verbrachten, voll besetzt war, blieb der Platz neben ihm immer frei. Der Lauf seines Gewehrs ragte aus einem Leinensack, den er nicht aus der Hand gab, und der Revolver steckte in einem Holster unter dem Mantel, den er nie auszog. Ab und zu holte er seine Pfeife hervor und bröselte eine braune Masse in den Tabak, die er ›Keef‹ nannte, danach verfiel er in tiefes Schweigen und enttäuschte meine Hoffnung, ihn unterwegs besser kennenzulernen. Devil no talkee, hatte die Frau in der Opiumhöhle gesagt.

Auf dem Beijiang – was so viel bedeutet wie Nordfluss – durchquerten wir die Provinz, in der Hong Jin aufgewachsen war. Bambus säumte die Ufer, und manchmal sah ich schlanke Bäume mit hellen Stämmen, die aussahen wie die Birken zu Hause. Mir schien, dass ich erst nach seiner Abreise aus Victoria begonnen hatte, meinen Freund besser zu verstehen; den geheimen Groll, den er gegen uns Ausländer hegte, insbesondere gegen die, die er seine Lehrer nannte. Durch die Bekehrung zum Christentum war die traditionelle Gelehrsamkeit, die er in jahrelangem, mühsamem Studium erworben hatte, wertlos geworden, und er trauerte dem womöglich nicht nach, aber es musste ihn wurmen, dass wir nicht anerkannten, welches Opfer das bedeutete. Abend für Abend hatte er seinen Zopf am Deckenbalken festgebunden, um sofort aufzuwachen, wenn ihm der Kopf auf die Brust sank. Für seine neuen Freunde auf Hongkong war es lediglich die Einsicht in einen Irrtum, das glückliche Wirken himmlischer Gnade, für das er gefälligst dankbar zu sein hatte – erstens Gott und zweitens denen, die keine Mühe gescheut hatten, die frohe Botschaft nach China zu bringen. Was es für einen Chinesen hieß, unseren Glauben anzunehmen, war uns nicht klar, obwohl wir wussten, dass viele Konvertiten von ihren Familien verstoßen oder sogar körperlich angegriffen wurden. Je länger ich jetzt darüber nachdachte, desto fragwürdiger erschien mir, was jahrelang mein Beruf gewesen war.

Nach vier Tagen wurde das Land hügeliger. Dörfer nestelten sich in die Senken, und wenn der Dunst verschwand, glänzten Reisfelder in der Sonne wie riesige Spiegel. Anfangs hatte ich jedes Detail der Landschaft in mein Journal notiert, aber mit der Zeit wurde ich faul und verträumt. Um mich wach zu halten, belauschte ich die Gespräche anderer Passagiere, was wegen der vielen Dialekte schwierig war. Einmal verwickelten mich zwei buddhistische Mönche in eine Unterhaltung, und ich nutzte die Gelegenheit, um zu fragen, ob sie von der Rebellion im Yangtze-Tal gehört hätten. Sie nickten. Was sie mir dazu sagen könnten, fragte ich weiter und bekam zur Antwort, die Rebellen würden in jeder Stadt, die sie einnahmen, zuerst alle Mandschus umbringen, dann die Tempel zerstören und sich schließlich die buddhistischen Mönche vorknöpfen. Hunderte von ihnen hätten bereits ihr Leben gelassen, beteuerten die beiden, gaben aber zu, nie Augenzeuge solcher Vorgänge gewesen zu sein. Ähnliche Gerüchte hatte ich in Victoria zur Genüge gehört. Nach dem Gespräch beteten sie eine Art Rosenkranz. Mit geschlossenen Augen ließen sie eine Schnur mit roten Perlen durch die Finger gleiten und murmelten unablässig dieselben Silben vor sich hin, während der Oberkörper vor und zurück wippte.

Alonzo Potter saß auf seinem Platz wie eine Statue.

Am siebten Tag erreichten wir die Stadt Shaoguan. Hier wollten wir den Nordfluss verlassen und einem Seitenarm folgen, der auf meiner Karte keinen Namen trug. Die Männer am Hafen nannten ihn Zhenjiang, aber bevor wir ihn befahren konnten, saßen wir zwei Tage lang fest, weil ein Taifun übers Land fegte. Bäume bogen sich im Wind wie Grashalme, wolkenbruchartiger Regen ließ die Flüsse anschwellen, und als wir die Reise fortsetzten, schafften wir kaum zehn chinesische Meilen am Tag. Mehrmals mussten am Ufer lagernde Kulis das Boot ziehen. Bekleidet mit nichts als einem Lendenschurz und einem um die Stirn gebundenen Schweißtuch griffen sie nach den Tauen, die die Besatzung ihnen zuwarf. Wenn sie zu ziehen begannen, schien die Anstrengung ihre ausgemergelten Körper in Stücke zu reißen. Der Lohn bestand in ein paar Kupfermünzen, die der Kapitän ans Ufer warf wie Hühnerfutter. All das, dachte ich, würde sich nach der Revolution ändern. Wir werden es noch erleben, hatte Hong Jin versprochen.

Nach weiteren vier Tagen erreichten wir Nanxiong. Hier gingen alle Passagiere an Land und überließen ihre Plätze jenen, die vom Meiling-Pass aus nach Süden reisten. Das Gepäck übernahmen Träger, die schon am Hafen unsere Sachen wogen und vermaßen. Nach so langer Zeit auf dem Wasser freute ich mich darauf, eine Weile zu Fuß zu gehen. Bis zum höchsten Punkt, den die Einheimischen Meiguan nannten, waren es achtzehn Meilen, auf der anderen Seite würden es noch einmal dreißig sein, bevor wir das nächste Boot besteigen konnten. Unsere Träger waren zwei hagere Gesellen in Pluderhosen, mit rasierter Stirn und listigen, schnellen Augen. Als sie uns am nächsten Morgen vor der Unterkunft abholten, trugen sie eine der Länge nach halbierte Bambusstange und verschiedene Seile bei sich. Die Sonne war kaum aufgegangen, trotzdem herrschte im Ort bereits reges Treiben. Händler und Träger feilschten lautstark um Preise, Garküchen verkauften Proviant, Kinder boten Tee-Eier und ge-

dämpfte Teigtaschen an. Im Nu war unser Gepäck transport-
fähig, nur den Sack mit dem Gewehr wollte Alonzo Potter
nicht aus der Hand geben. Als einer der Träger danach griff,
bekam er einen Stoß vor die Brust. »You takee dat-piece lug-
gage, you catchee dead, bugger!«

»Wir sind hier im Inland«, sagte ich und machte eine be-
schwichtigende Bemerkung auf Kantonesisch. »Ich glaube
nicht, dass die beiden Pidgin verstehen.«

»Das hat er verstanden«, knurrte Potter und setzte sich
in Bewegung.

Ein endloser Strom von Menschen zog aus der Stadt hinaus und auf die grüne Bergwand zu, die sich am Horizont erhob. Viele Träger marschierten mit freiem Oberkörper, einige
sangen laut, um den Rhythmus ihrer Schritte abzustimmen.
Auf Markierungssteinen war die Entfernung zum Meiguan
angegeben, der zugleich den Grenzübergang zur Nachbarprovinz bildete. Aus den Wiesen stieg heller Dunst, und bald
kamen uns die ersten Reisenden entgegen, die am Fuß der
Berge übernachtet hatten und nun nach Nanxiong wander-
ten. Leute erkannten einander und tauschten Neuigkeiten
über die Situation oben am Pass aus. Zu meinem Verdruss
hörte ich, dass Soldaten alle Reisenden kontrollierten und
dabei nicht zimperlich vorgingen. Da Potter und ich keine
ordentlichen Papiere besaßen, hatte ich in Victoria zwei
Exemplare des Vertrags von Tianjin in englischer Übersetzung gekauft und sie mit dem Stempel der Londoner Mission versehen. Kein chinesischer Soldat konnte das lesen,
aber ob man uns deshalb passieren lassen würde, war eine
andere Frage.

Gegen Mittag begann der Weg anzusteigen. Nebelschwaden trieben die Hänge herab und lösten sich auf, Ahornbäu-
me reckten ihre Äste in die Höhe, und wenn ich den Kopf in
den Nacken legte, sah ich Adler hoch über uns kreisen. Pot-

ter ging die meiste Zeit schweigend neben mir, erst auf halbem Weg zum Gipfel machte er von sich aus den Mund auf. »Ein Versteck für die Waffen«, sagte er. »Wir brauchen jemanden, der aussieht, als könnte er nicht bis drei zählen.«

Ich nickte und sah mich um. Rechts neben dem Weg öffnete sich eine Lichtung, von wo aus Treppen zu einem kleinen Tempel hochführten. Männer rasteten und verzehrten ihren Proviant, ein fettleibiger Mandarin ließ sich von den Trägern seiner Sänfte Luft zufächeln. Wir warteten, bis er wieder eingestiegen war, dann deutete Potter auf zwei große Bastkörbe mit Pilzen und getrocknetem Fisch. Die beiden Chinesen, die davorsaßen, zuckten zusammen, als ich sie antippte und fragte, ob sie zu einem Gefallen bereit wären. »Wertgegenstände«, sagte ich, »die den Wachen am Meiguan nicht auffallen sollen. Ausländer werden besonders streng kontrolliert.«

Zuerst schüttelten die beiden den Kopf, aber als ich eine Schnur mit Kupfermünzen aus der Tasche zog, wurden wir uns einig. Wenig später ruhten die Waffen in einem Versteck, in dem sie nur durch intensives Wühlen zu finden sein würden. Auf der nächsten Etappe folgte ich unseren Trägern und Potter den Waffen. Das Gedränge wurde dichter, offenbar war es nicht mehr weit bis zur Passhöhe. Soldaten sorgten mit barschen Anweisungen dafür, dass alle in Reihen marschierten, und wo Befehle nicht sofort befolgt wurden, teilten sie Hiebe und Tritte aus. Die Ausgelassenheit der Reisenden wich gespannter Stille, aber es verging noch über eine Stunde, ehe wir das gemauerte Tor des Meiguan erreichten. Wie ein Keil saß es zwischen zwei steilen Berghängen, darauf standen Wachen mit gezückten Lanzen und blickten grimmig drein. Vor mir wurde jemand gezwungen, den Inhalt seines Korbs auf den Boden zu schütten, Gewürze flossen auf das feuchte Pflaster, die Soldaten wischten mit den

Stiefeln darin herum, fanden nichts und stießen den verzweifelten Mann weiter. Als ich an die Reihe kam, begannen sie zu feixen. »Ausländischer Teufel«, zischte es an meinem Ohr. Der Soldat, der mich kontrollierte, trug um die Taille einen Gürtel, von dem mehrere Dolche baumelten. Gründlich tastete er das Gepäck unserer Träger ab, aber meine Papiere würdigte er kaum eines Blickes, bevor seine Kopfbewegung signalisierte, dass ich mich davonscheren sollte. Das tat ich und trat auf ein Plateau, das wie eine Terrasse aus dem Berg ragte. Als ich mich zum Rand vorgearbeitet hatte, machte mein Herz einen Sprung: Von weißen Wolken verziert, spannte sich der Himmel über Gipfel und Täler, ich erkannte Dörfer und in der Ferne die Umrisse einer größeren Stadt. Eine leichte Brise zog über die Hänge, Bambus wogte hin und her, und zum ersten Mal seit dem Aufbruch aus Hongkong lag ein Hauch herbstlicher Kühle in der Luft. Für einen Augenblick fühlte ich mich, als wäre ich bereits am Ziel. Ich fand eine Sitzbank, streckte die Beine aus und wünschte, Elisabeth wäre da, um den Moment mit mir zu teilen. In drei Jahren hatte sie die Kolonie kein einziges Mal verlassen, jetzt lag sie auf dem Friedhof von Sai Ying Pun, unweit des Findelhauses, in dem die Mädchen sie allmählich vergaßen.

Sie selbst würde sagen, es habe sich gelohnt.

Als Potter neben mir Platz nahm, trug er die Waffen bereits wieder bei sich. Außerdem hatte er eine Schale Reiswein gekauft, und zu meiner Überraschung bot er mir davon an. »Als du gestern Abend unterwegs warst«, sagte ich und trank einen Schluck, »habe ich zufällig das Gespräch zweier Männer mitgehört. Es ging um die Situation im Norden. Lord Elgins Bruder sollte nach Peking reisen, um den Vertrag von Tianjin zu ratifizieren, aber offenbar gab es Streit über die Route. An der Peiho-Mündung hat es Gefechte gegeben, meinten die Männer, schon im Juni. Vierhundert Engländer sollen gefallen sein. Davon hätten wir erfahren, oder?«

»Nicht unbedingt«, murmelte mein Gefährte, leerte die Schale und zog seine Pfeife hervor. »John Bull ist bekanntlich ein Schwachkopf. Vierhundert mehr oder weniger ...«

»Wenn es stimmt, ist das ganze Abkommen hinfällig. Ausländer dürfen die Vertragshäfen nicht verlassen. Es wird wieder Krieg geben, und für uns wird es gefährlich.«

»Kalte Füße?«

»Eben wurden wir durchgelassen«, sagte ich, um Zuversicht bemüht. Die Unterhaltung der beiden Männer hatte ich in einer Nudelküche belauscht, nachdem Potter losgezogen war, um sich auf den Blumenbooten am Fluss zu amüsieren. In jeder Stadt, in die wir kamen, fand er mit untrüglichem Instinkt einen Ort, um seine Lust auf Opium und Frauen zu befriedigen, aber das konnte es nicht sein, was ihn nach Nanking zog. Dort waren solche Dinge verboten. Statt die Gelegenheit zu nutzen und zu fragen, warum er mich begleitete, sah ich zu, wie er Keef in seine Pfeife bröselte, sie ansteckte und einen tiefen Zug nahm. Ahnte ich schon vor dem Verlust meiner Hand, dass unsere Schicksale auf eine Weise miteinander verknüpft waren, die ich lieber nicht näher ergründete? Heute hätte ich allen Grund zu wünschen, wir wären einander nie begegnet, aber wenn ich ehrlich bin, tue ich das nicht. Vielmehr glaube ich – hoffe es vielleicht sogar –, dass wir uns eines Tages wiedersehen werden. Nach allem, was wir erlebt haben, kenne ich ihn ein wenig, und falls er in Nanking wirklich eine alte Rechnung begleichen will, wird er sich von niemandem aufhalten lassen. Auch nicht von einem Krieg. Wenn ich ihn wiedersehen will, weiß ich also, was ich zu tun habe.

*Brief des Himmlischen Königs Hong Xiuquan*
*an den Chef der Barbaren-Brüder des westlichen Ozeans,*
*empfangen in Nanking, im November 1858*

Übersetzt und mit Anmerkungen versehen von Robert Taylor Maddox, Chinese Secretary.

Hong Xiuquan, der leibhaftige Sohn Gottes und jüngere Bruder von Jesus Christus, He-nai*-Lehrer, Himmlischer König und Herrscher des Himmlischen Reichs des Großen Friedens, vom wahren Gott zur Vernichtung der Dämonen bestimmt, sendet diese Kommunikation an die Barbaren-Brüder des westlichen Ozeans.

Froh sind Wir**, liebe Brüder, dass ihr den Weg ins kleine Paradies gefunden habt. Zwar verrät euer Schreiben ein bedauerliches Unwissen über Unsere Herrschaft, aber wenn ihr bereit seid, die Gesetze des Himmlischen Reichs zu achten, sollt ihr Uns willkommen sein. Lest die folgenden Zeilen aufmerksam durch und respektiert ihren Inhalt!

Als Gottes Sohn und Bruder des Himmlischen Älteren Bruders sind Wir der Herrscher über die zehntausend Nationen und von Gott beauftragt, alle Menschen von der Versklavung

---

* Es scheint, dass Hong Xiuquan hier die erste Silbe seines Vornamens (*xiu* 秀) in die Komponenten *he* 禾 und *nai* 乃 zerlegt hat. Der Sinn der Formulierung ist unklar. 禾 bedeutet ›Getreide‹ und mag die Rolle des Königs als Ernährer seines Volkes andeuten, aber 乃 ist lediglich eine Konjunktion ohne prägnante Bedeutung.
** Hong Xiuquan bedient sich des Pronomens 朕 (*zhen*), dessen Benutzung in China allein dem Kaiser zusteht.

durch Teufel und Dämonen zu befreien. Seit das Himmlische Reich die Waffen erhoben hat, leitet Gott unsere Wege und führt uns zum Sieg.

Im Folgenden klären Wir alle Punkte, die für euch zum gegenwärtigen Zeitpunkt zu wissen wichtig sind.

1. Auf eure Frage, ob das Himmlische Reich nach dem Sieg über Teufel und Dämonen bereit sein wird, mit England Handel zu treiben, antworten Wir, dass es bereit ist, mit allen Nationen der Welt Handel zu treiben. Davon ausgenommen sind Güter, die der menschlichen Konstitution schaden.

2. Auf eure Frage nach den Gesetzen, die das Himmlische Reich regieren, antworten Wir, dass es die zehn Gebote sind.

3. Auf eure Frage nach der Anzahl unserer Truppen antworten Wir, dass sie ohne Zahl sind. Die Völker der zehntausend Nationen sowie alle Kinder des Himmlischen Vaters sind Soldaten des Himmlischen Reichs. Wer könnte sie zählen und wer ihnen widerstehen?

4. Auf eure Frage nach Unseren Zielen antworten Wir, dass Gott Uns befohlen hat, Teufel und Dämonen zu besiegen und die zehntausend Nationen zur Wahrheit zu führen. Unser Ziel ist die Vernichtung all derer, die Gottes Gebote missachten.

5. Auf eure Frage nach der Anzahl der Frauen, die die Könige des Himmlischen Reichs ehelichen dürfen, antworten Wir, dass die Verbindung von Mann und Frau vom Himmel bestimmt wird und dass es vom Himmel abhängt, welche Anzahl er gestattet.

6. Auf die Frage nach der Strafe für den Konsum von Opium und Alkohol antworten Wir, dass der Verzehr von Opium

und Tabak, ebenso wie Trunkenheit und unzüchtiges Verhalten, mit Enthauptung bestraft wird, wie es Gottes Wille ist.

7. Auf eure Frage, ob ihr Steinkohle von uns erwerben könnt, antworten Wir, dass die zehntausend Dinge von Gott geschaffen wurden, darunter auch die Steinkohle. Was davon in unseren Speichern lagert, benötigen wir jedoch selbst.


Liebe Barbaren-Brüder des westlichen Ozeans! Zwar seid ihr unvertraut mit den Wegen des Himmlischen Reichs, doch betet ihr den Himmlischen Vater seit langer Zeit an und kennt Seine heiligen Worte. Erlaubt Uns daher, dass Wir nach der gewissenhaften Beantwortung eurer Fragen auch einige Fragen an euch richten. Nachdem Wir das Buch, das alle Wahrheit enthält (*d. h. die Bibel, Anm. d. Übers.*) mit großem Fleiß studiert haben, sind Uns folgende Punkte weiterhin unklar:

1. Wie groß ist Gott?
2. Trägt er einen Bart? Wenn ja, welche Farbe hat er und wie lang ist er?
3. Kommt es vor, dass Gott weint?
4. Ist seine Frau, die Himmlische Mutter, dieselbe Frau, die den Älteren Himmlischen Bruder Jesus geboren hat?
5. Hat Gott außer dem Älteren Himmlischen Bruder Jesus und dem Jüngeren Himmlischen Bruder Xiuquan noch weitere Söhne?
6. Ist Gott in der Lage, Gedichte zu schreiben, und wie lange braucht er dafür?
7. Wie viele Frauen und Kinder hat der Himmlische Ältere Bruder Jesus?
8. Wie viele Enkel hat Gott zum gegenwärtigen Zeitpunkt?

9. Wie viele Himmel gibt es? Sind sie von gleicher Höhe, oder gibt es Unterschiede?

10. Betrachtet ihr Barbaren-Brüder des westlichen Ozeans die Bewohner von Ländern, in denen Gott nicht verehrt wird, als Menschen oder als Dämonen?

11. Was hat der Himmlische Ältere Bruder gemeint, als er sagte, er werde den Tempel Gottes zerstören und in drei Tagen wieder aufbauen?

12. Glaubt ihr, das ewige Leben durch die Einhaltung von Gottes Geboten zu erlangen, oder hofft ihr, ewiges Leben ohne Gehorsam zu erlangen, wie es euer Verhalten nahelegt?

13. Wisst ihr, ob der Schlangenteufel des Alten Testaments identisch ist mit den Wesen, die Wir als Teufel und Dämonen bezeichnen?

14. Ist es euch ernst damit, Teufel und Dämonen zu besiegen, oder wollt ihr ihnen im Kampf gegen Gott und die Himmlischen Brüder beistehen?

15. Wie kann es sein, dass ihr als Boten des Himmlischen Vaters zu Uns kommt und dann über weltliche Dinge wie Steinkohle reden wollt? Hat euch der Schöpfer der Welt, der alles weiß, keine anderen Botschaften für Uns mitgegeben?

Siegel des Himmlischen Königs

## 6  Die Frau mit den Lotusfüßen

Broomhall, Lord Elgins Familiensitz in
Dunfermline, Schottland, Herbst 1859

Der Himmel sah aufgebracht und wütend aus. Graue Wolken trieben von der Küste heran, Wind schüttelte die Bäume, und bunte Blätter wirbelten wie Vogelschwärme durch die Luft. Vor dem Haus war die große Eiche bereits kahl, im hinteren Garten standen Eiben, Lärchen, Kiefern und dunkle Tannen, dazu ein paar Apfelbäume, die wie üblich kaum Früchte trugen. Früher war ihm nicht aufgefallen, wie grün die Wiesen seiner Heimat waren, sogar in diesem herbstlichen Zwielicht. Vom Fenster der Bibliothek aus reichte sein Blick bis zum Ende des Gartens und fiel auf das dichte Gesträuch, das dort wucherte. Dahinter begann der Wald. Seine Kinder sah er nicht, hörte nur ihre Stimmen nah beim Haus. Aus alten Holzlatten hatten sie ein Fort gebaut und stellten die Schlacht an der Peiho-Mündung nach, Victor Alexander befehligte den Angriff, die Jüngeren mussten feindliche Soldaten spielen, die entweder fielen oder flohen, wie es sich für Chinesen gehörte. Obwohl im Kamin ein Feuer brannte, spürte Lord Elgin die feuchte Kälte durch sämtliche Ritzen dringen. In der kalten Jahreszeit war Broomhall ein ungastlicher Ort. Um zu sparen, wurden nur fünf oder sechs Zimmer beheizt, und man sah dem Personal an, wie es fror. Viele waren erkältet, er auch.

»Zwei Jahre«, murmelte er und zog sein Taschentuch hervor. Zwei Jahre seines Lebens.

Sein ältester Sohn befahl, das Feuer zu eröffnen.

In Wahrheit fühlte er sich, als hätte ihm die Natur die dreifache Spanne angerechnet. Ein Kranz aus weißen Haaren umgab seinen Schädel, und die Augen saßen tiefer in den Höhlen als früher. Zumindest in Uniform war er immer eine stattliche Erscheinung gewesen, nun schien ein unsichtbares Gewicht auf ihm zu lasten. Vor dem Spiegel musste er sich ermahnen, die Schultern zurückzuziehen, und im Gespräch mit anderen aufpassen, dass sich sein Blick nicht gedankenverloren nach innen richtete – auf der Suche wonach? Wie ein Held war er empfangen worden, und am Anfang hatte er die ungewohnte Aufmerksamkeit auch genossen, aber wenn er jetzt zurückblickte, empfand er eine Scham, die sich an manchen Tagen bis zum Ekel steigerte. ›The man who opened China‹, hatte die *Times* geschrieben. Er war zum freeman der City of London ernannt und zum Lord Rector der Universität von Glasgow gewählt worden und hatte auf einer endlosen Reihe von Abendgesellschaften seine Erlebnisse ausgebreitet, bis er selbst nicht mehr wusste, wo die Tatsachen endeten und das andere begann, das nicht direkt Fiktion war, aber dazu diente, die Zuhörer zu unterhalten. Im Juni hatte Palmerston ihn ins Kabinett berufen. Zum Dank für seine Verdienste, die offenbar nicht so bemerkenswert waren, wenn es nur zum Postmaster General reichte. Seitdem verbrachte er die meiste Zeit auf Broomhall und verwaltete die Schulden, die durch seine Triumphe in Asien nicht geringer geworden waren. Noch immer genügte ein Blick in die Bücher, um den fröhlichsten Mann zu deprimieren. Zwei Jahre lang hatte er sich danach gesehnt, bei Mary Louisa und den Kindern zu sein, aber anstatt es jetzt zu genießen, verkroch er sich in der Bibliothek. In Wirklichkeit, dachte er, war alles umsonst gewesen.

»Feuer einstellen!«, rief Victor Alexander.

Seit vier Wochen wusste er es. Statt die Ratifizierung des Vertrags vorzubereiten, hatten die Chinesen die Forts an der Peiho-Mündung verstärkt und die Delegation seines Bruders in einen Hinterhalt gelockt. Ende Juni, während er in London Tischgesellschaften mit Histörchen über weltfremde Mandarine unterhalten hatte, waren in China neunundachtzig britische Soldaten gestorben! Dazu dreihundertfünfundvierzig Verwundete, sechs von zwölf Schiffen der Royal Navy gesunken oder außer Gefecht gesetzt. Der Vertrag von Tianjin, den er so mühsam ausgehandelt hatte, war null und nichtig, die chinesische Verlogenheit schrie nach Rache, und es war nur eine Frage der Zeit, wann Palmerston den nächsten Marschbefehl erteilen würde. Von einer Öffnung des Landes konnte keine Rede sein.

»Zum Teufel auch«, murmelte er und steckte die Hände in die Taschen seines gefütterten Hausmantels. Auf dem Tisch lag die neueste Ausgabe von *Blackwood's Edinburgh Magazine*, die Admiral Osborns Artikel enthielt. Die Lektüre hatte ihn so aufgewühlt, dass er sie unterbrechen und zum Fenster gehen musste, wo sein Atem milchige Flecken auf der Scheibe hinterließ. Wie es sich für einen Soldaten gehörte, suchte Osborn die Gründe für das Desaster allein im Militärischen. Die zu kleine Truppe, mangelnde Unterstützung durch die Franzosen, ein mit den Umständen vor Ort nicht vertrauter Oberkommandierender, der zudem keine brauchbare Karte besaß – keine einzige! Dazu der Zeitdruck, da die Ratifizierung spätestens ein Jahr nach Vertragsschluss zu erfolgen hatte und Briten sich an Vereinbarungen zu halten pflegten. Die gesteigerte Kampfkraft der chinesischen Truppen konnte der Admiral nur mit geheimer Unterstützung durch russische Söldner erklären, alles andere summierte er unter die angeborene Verschlagenheit der asiatischen Rasse.

Kopfschüttelnd wendete sich Lord Elgin vom Fenster ab

und nahm wieder Platz. So einfach war es nicht. Osborn zitierte zwar aus seinem Schreiben ans Foreign Office, in dem er auf den heikelsten Punkt der Verhandlungen hinwies, nämlich die dauerhafte Entsendung eines Botschafters, aber dass der Vertragstext sehr wohl das Recht festschrieb, in Peking eine britische Botschaft zu eröffnen, überging der Artikel. Bis zum Schluss war darum gerungen worden, mit feuchten Augen hatte der alte Guiliang ihn bekniet, in diesem Punkt nachgiebig zu sein. Maddox hatte gewarnt, der Kaiser werde niemals zulassen, dass sich Ausländer in der Hauptstadt ansiedelten, aber statt auf ihn zu hören, hatte er, Lord Elgin, seine Anweisungen aus London befolgt. Jetzt lag das Kind im Brunnen, neunundachtzig junge Briten waren tot, und angesichts solcher Infamie kam es nur einem notorischen Grübler wie ihm in den Sinn, den Fehler bei sich zu suchen. Leider gelangte er dabei zu zwei Ergebnissen, die zwar beide plausibel klangen, sich aber gegenseitig ausschlossen. Dem einen zufolge war er zu hart aufgetreten und hatte die Mandarine in die Enge getrieben. Man stelle sich vor, eine fremde Nation würde Kriegsschiffe die Themse hinaufschicken und sich kurz vor London, sagen wir in Greenwich oder Dartford, in einem Schloss einnisten und Forderungen stellen ... Einmal hatte er sich im Gespräch dazu hinreißen lassen, diese Fantasie zu äußern, aber niemand wollte so etwas hören, und nach den jüngsten Ereignissen wollte er es auch nicht mehr sagen. Mündlich hatte er dem alten Guiliang zugesichert, England werde vorerst keinen Botschafter in Peking stationieren, aber auf dem Recht dazu müsse er bestehen. Wie hätten die Chinesen darin etwas anderes sehen sollen als einen arglistigen Täuschungsversuch?

Das zweite Ergebnis lautete, er war zu nachgiebig gewesen. In Shanghai und Victoria hatte darüber schon lange Einigkeit geherrscht: Niemals hätte er es unterlassen dürfen, in Peking einzumarschieren. Rücksichtnahme förderte Widerspenstigkeit, wusste er das nicht? Wieso hatte er die Legalisierung des Opiumhandels nicht fettgedruckt in den Vertrag geschrieben, sondern sie im Dickicht der beigefügten Zollvereinbarungen versteckt? Nun, ihm wäre es lieber gewesen, dieses leidige Thema ganz auszusparen, aber das hatten die Umstände nicht zugelassen. Zuerst waren die Amerikaner eingeknickt, die inzwischen zu viel Geld mit dem Schmuggel verdienten, um ihren hehren Prinzipien treu zu bleiben, dann hatten auch die Mandarine in Shanghai frisches Silber gebraucht, um die Rebellen in Nanking zu bekämpfen und die britischen Reparationsforderungen zu erfüllen. Also beschlossen sie kurzerhand, die eigenen Gesetze zu brechen, indem sie eine Abgabe auf den verbotenen Stoff erhoben und ihn damit *de facto* legalisierten. Der Kaiser hatte es vermutlich unterlassen, jeden Zolltarif einzeln zu prüfen. Oder nicht? War die Sache am Peiho deshalb so ausgegangen?

Was würde Maddox sagen? Sein ehemaliger Sekretär war inzwischen Fredericks rechte Hand in Shanghai und hatte sich zum Diplomaten gemausert. Wenn er schrieb, sprach die Genugtuung, es besser gewusst zu haben, weniger aus seinen Worten, als dass sie zwischen den Zeilen hindurchschimmerte, und so weit hatte er es damit gebracht, dass Lord Elgin jedem neuen Brief beinahe ängstlich entgegensah. Im Rückblick kamen ihm die Tage von Tianjin unwirklich vor. Das Leben in einem Palast, den einmal ein chinesischer Kaiser bewohnt hatte, die Untätigkeit und die Hitze, das gespannte Warten auf die chinesische Delegation – es schienen viele kleine Faktoren gewesen zu sein, die seine Wahrnehmung beeinträchtigt hatten, und nicht nur seine. Den frivolen Scherz mit dem Zimmermädchen hätte Maddox spätestens dann durchschauen müssen, als Lord Elgin ihn zu sich gerufen und ihn gebeten hatte, die kaiserlichen Kommissare zu empfangen. Ich vertraue Ihrem diplomatischen Geschick, hatte er gesagt, er erinnerte sich genau. Es war der bisher heißeste Tag des Jahres gewesen. Unter dem Mattendach im Hof saßen die Offiziere und tranken Gin. Alle zwei Stunden legte ein chinesischer Diener frisches Eis in die Porzellanschale in der Zimmermitte, wo es schmolz, ohne auch nur für einen Hauch von Abkühlung zu sorgen. Wo in dieser Hitze das Eis herkam, wusste Lord Elgin nicht, und es war ihm egal.

Wie lange noch, fragte er sich.

Der Palast verfügte über hohe, von Säulen gestützte Decken. Fauchende Drachen und Tiger verzierten die Wände, Lotusblüten bedeckten gemalte Teiche, und in einem Alkoven gab ein Buddha geheime Zeichen mit den Fingern. Einige der abstoßendsten Gemälde hatte er abdecken lassen, trotzdem schlief er schlecht und träumte wirr. Von Frederick war noch keine Nachricht wegen neuer Truppen aus dem Süden eingetroffen, und überhaupt verlief die Kommunikation stockend. Nach der wochenlangen Sperrung des Peiho wurde der Fluss nun von Tausenden Reisdschunken blockiert, Telegrafenleitungen gab es nicht, und der große Kanal war unpassierbar. Unterdessen drohte die Stimmung in der einheimischen Bevölkerung zu kippen. Nach Gerüchten über vergiftete Lebensmittel hatte man die Händler vor dem Palasttor vertreiben müssen. Das heiße Wetter machte die Menschen nicht nur träge, sondern auch reizbar. Um die Zeit totzuschlagen, putzten die Soldaten ihre Gewehre.

»Wie lange noch?« Ein schwaches Echo kam von den Wänden zurück und erinnerte ihn an Erzählungen seines Vaters über Konstantinopel. Der Hof Selim III., als Kind hatte er davon nicht genug hören können. Paschas, Minarette und goldene Zimmer, der geheimnisvolle Klang des Wortes Harem. Die erste Ehefrau seines Vaters musste eine lebenslustige Person gewesen sein, die dem Sultan am Pianoforte vorgespielt und den Haremsdamen beigebracht hatte, schottische Reels zu tanzen. Zu einer Abendgesellschaft, zu der Frauen nicht zugelassen waren, erschien sie als Mann verkleidet. Nicht weniger als sechzig Bedienstete hatten sie gehabt, in einer Zeit, in der von britischen Botschaftern erwartet wurde, die Kosten ihrer Mission vorzustrecken und hinterher eine Rechnung zu stellen, die der Schatzkanzler auf Shilling und Pence prüfte. Woher hätte der wissen sollen, welche Geschenke ein türkischer Sultan erwartete? Fernrohre, Spieluhren, Gewehre, siebentausend Pfund allein in den ersten zwei Wochen. Als Kind war ihm entgangen, dass sein Vater nicht in süßen Erinnerungen schwelgte, sondern vom Beginn des Unglücks erzählte, das er über die Familie gebracht hatte. Fern der Heimat hatte der siebte Earl of Elgin begonnen, seine nervösen Beschwerden durch die Einnahme von Quecksilber zu behandeln, gegen den Rat der Ärzte und in großen Mengen. So hing auf seltsame Weise alles mit allem zusammen und hatte am Ende dazu geführt, dass er jedem, der ihn sah, den größten Schrecken einflößte.

Fern der Heimat, dachte Lord Elgin. Es war später Abend, vielleicht schon Nacht. Aus dem Hof drangen keine Geräusche mehr ins Zimmer, und einen Moment lang wusste er nicht, ob er das Klopfen an der Tür gehört oder geträumt hatte. Seine Uhr war stehengeblieben. Unsicher griff er nach der Öllampe neben dem Bett, aber erst als das Klopfen erneut erklang, stand er auf und sah nach. Vor der Tür stand Maddox. Er hielt eine Kerze in der Hand und wirkte atemlos, sein Blick wieselte nervös hin und her.

»Zum Teufel, Maddox, wissen Sie, wie spät es ist?« Lord Elgin zog die Tür ein Stück weiter auf. Der Gang lag im Dunkeln, am anderen Ende befanden sich die Gemächer von Baron Gros, der in der Regel früh schlafen ging.

»Es tut mir sehr leid, Eure Exzellenz zu stören.«

»Wie spät ist es?«

»Ich weiß nicht, Sir. Vielleicht Mitternacht.«

»Und?«

»Es geht um den Auftrag, Sir, den Sie so freundlich waren, mir zu erteilen.«

Ungeduldig nickte er seinem Sekretär zu. »Ich hatte noch keine Gelegenheit, Ihr Dossier zu lesen. Wir reden morgen. Zur Stunde wissen wir nicht einmal, wo sich die chinesische Delegation aufhält.«

»Nicht dieser Auftrag, Sir.« Maddox zögerte einen Moment, dann fixierten seine Augen plötzlich einen Punkt neben der Tür. Lord Elgin hielt die Luft an. Draußen erklang der kurze Wortwechsel zweier Wachen, die einander Meldung erstatteten, im nächsten Augenblick zog sein Sekretär eine Frau aus dem Schatten des Gangs. Eine in dunkle Seide gehüllte Chinesin, die er am Oberarm hielt, als drohte sie andernfalls umzukippen. Aus ihrem Blick sprach stille Panik, der gesamte Körper zitterte wie der eines Hasen.

»Maddox, was um alles in der Welt fällt Ihnen ein? Ich ...«

»Ihr Zimmermädchen, Sir.«

»Mein ... was?«

»Exzellenz hatten darum gebeten, oder nicht?«

Schweigend starrten sie einander an. Es gefiel Lord Elgin nicht, dass er den Blick heben musste, wenn er mit seinem Sekretär sprach, außerdem gab die kurze Pause ihm Gelegenheit, zu bemerken, dass er weniger empört war, als er tat, vielleicht sogar weniger überrascht. Nur dass er Maddox' Verhalten nicht verstand, irritierte ihn. Hatte der den Scherz wirklich für bare Münze genommen, oder rächte er sich für die eine oder andere ironische Bemerkung? Statt darüber nachzudenken, beschloss Lord Elgin, zunächst Kavalier zu sein. Die arme Frau war so verängstigt, dass sie nicht wegzuschauen wagte, als er sie musterte, sondern aus schwarzen Augen zurückstarrte. Man sah ihr an, dass sie geweint hatte. Die Haare trug sie hochgesteckt, und ihr Teint war heller, als er es aus dem Süden kannte. »Danke, Maddox, ich hatte nicht geglaubt, dass Sie so rasch jemanden finden würden.«

»Nun, es galt zunächst, gewisse Bedenken innerhalb ihrer ...«

»Morgen erstatten Sie mir Bericht«, unterbrach er ihn, fasste die Chinesin am Arm und zog sie ins Zimmer. Sie geriet ins Stolpern und gab einen erschrockenen Laut von sich. Der Geruch, der ihn anwehte, war herb, beinahe ein wenig streng. Mit der freien Hand schloss er die Tür. Vor einer Stunde hatte er Champagner bestellt, der jetzt zwischen zwei Eisblöcken in der blauen Porzellanschale stand. Erst als er sicher war, dass die Frau ihr Gleichgewicht wiedererlangt hatte, ließ er sie los.

»Seien Sie mir willkommen«, sagte er so sanft wie möglich, wissend, dass sie nichts weiter als den Tonfall seiner Worte verstand. Wie bei allen Orientalen war ihr Alter schwer zu schätzen. Das zweiteilige Kostüm bestand aus einer weiten Hose und einer Seidenjacke von kegelförmigem Schnitt, unter der sich keine weiblichen Formen abzeichneten. Sie trug Armreife aus Jade und an den Ohren silberne Gehänge, die leise klirrten. Als Nächstes fiel sein Blick auf die Schuhe, und zum ersten Mal sah er mit eigenen Augen, was er bis dahin nur gehört hatte. Es hieß, man beginne im Kindesalter damit, die Füße mit Stoff so fest zusammenzubinden, dass sich der Fußknochen langsam verformte. Die Zehen wuchsen ein und verkümmerten, das Ergebnis war eine verkrüppelte Knolle, die die Chinesen ›goldener Lotus‹ nannten. Die

Frau vor ihm trug winzige Puppenschuhe, deren Anblick ihn für einen Moment ganz und gar in Bann schlug. Im Stehen schwankte sie hin und her wie eine betrunkene Ballerina. Als er die Hand ausstreckte, griff sie danach und ließ sich zu dem mit Fellen bedeckten Holzgestell führen, das ihm als Ablage diente. Danach kehrte er zurück in die Zimmermitte und öffnete den Champagner.

»Keine Angst, Sie haben von mir nichts zu befürchten«, sagte er lächelnd. Das Glas wusch er mit Eiswasser aus, schenkte ein und gab es ihr. Sie roch daran und verzog das Gesicht. »Es ist französischer Champagner, aber er wurde von chinesischen Meeren durchgeschüttelt. Etwas Besseres kann ich leider nicht anbieten. Auf Ihr Wohl, Madame.« Da kein zweites Glas vorhanden war, behalf er sich mit der Flasche.

Schön sah die Frau nicht aus. Im Grunde war sie in seinen Augen gar keine Frau, sondern ein exotisches Tier, das sich in sein Gemach verirrt hatte. Er überlegte, wie er sie Mary Louisa beschreiben würde, fand es aber leichter, sich die Antwort vorzustellen. The poor thing! Zögerlich trank sie einen Schluck und hatte wahrscheinlich keine Ahnung, wo sie war. Außerhalb ihrer Welt jedenfalls. Wusste sie, dass es ein Land namens England und eine Stadt namens London gab, wo eine ungeduldige Queen auf Nachrichten aus Asien wartete? Mit diesen Füßen waren zehn Schritte für sie so anstrengend wie für ihn ein Marsch durch die Highlands. Das Glas hielt sie mit beiden Händen umklammert, und vermutlich war sie eine Prostituierte. Was hatte sich Maddox bloß gedacht! Dass ihr Zittern allmählich nachließ, mochte seinem beruhigenden Tonfall oder dem Alkohol geschuldet sein. Soweit er wusste, tranken chinesische Frauen nicht.

»Sie werden mich nicht verstehen, fürchte ich, aber die Etikette gebietet es, dass ich mich wenigstens vorstelle.« Er legte eine Hand auf die Brust und deutete eine Verbeugung an. »James Bruce, Earl of Elgin and Kincardine. Sehr erfreut. Dass wir beide uns an diesem Ort begegnen, ist schwerlich eine Selbstverständlichkeit zu nennen.« Er zögerte, aber natürlich kam von der Frau keine Erwiderung. »Sie sind, Madame, das Opfer eines Scherzes, für den ich mich bei Ihnen entschuldigen möchte. Mein Sekretär ist eine Person, die mich an einen Ausspruch meines Vaters erinnert: Ein Mann braucht außer Talent gewisse Eigenschaften, die nicht leicht zu definieren sind, die für seinen Charakter aber dieselbe Funktion erfüllen wie der Ballast für ein Schiff. Das ist es, woran es Mr Maddox mangelt, und deshalb ist er, um im Bild zu bleiben, schwer zu navigieren. Trotzdem liegt die Verantwortung für den Scherz bei mir. Ich hoffe, Sie verfügen über den Großmut, mir zu verzeihen.« Noch einmal verbeugte er sich und trank schnell den nächsten Schluck. Ihm wurde bewusst, dass die Anwesenheit des fremden Wesens zwar eine interessante Abwechslung bot, dass es aber ihm allein oblag, das Zusammensein zu gestalten – wofür ihm lediglich Worte zur Verfügung standen, die seinem Gast nichts bedeuteten. Gewiss eine ungewöhnliche Form von Geselligkeit. Die Frau saß auf dem Gestell, zwischen Papieren und Büchern, und erneut fiel sein Blick auf die winzigen Füße. Spitz zulaufende Schuhe aus grünem Brokat, die er mühelos in seiner Faust hätte verstecken können.

Ohne zu wissen warum, beschloss er, von seinem Vater zu erzählen.

»Ich komme nicht etwa darauf, weil eben von ihm die Rede war«, sagte er, »sondern weil Sie, Madame, so dekorativ zwischen meiner Post sitzen. Dazu fällt mir eine interessante kleine Geschichte ein. Im Jahr 1840 hat ein Gentleman namens Rowland Hill eine Erfindung gemacht, deren Genialität uns heute kaum noch begreiflich ist. Sie ist uns in kürzester Zeit allzu selbstverständlich geworden. Wir haben vergessen, dass es vor 1840 im Vereinten Königreich kein allgemein zugängliches System der Postzustellung gab. Briefe zu verschicken, war ein Privileg der Oberschicht. Das System war zudem ineffizient, weil die Preise sich nach dem Gewicht des Briefes *und* der Entfernung richteten und die Gebühr bei Zustellung erhoben wurde. Folglich mussten alle Briefe vor den Augen des Empfängers gewogen werden. Stellen Sie sich den Aufwand vor, zumal in ländlichen Gegenden! Postboten reisten mit ihrer Waage und einem Set verschiedener Gewichte. Es ist im Rückblick kaum noch verständlich, dass ein solches System so lange Bestand haben konnte. Wenn Sie mir die Abschweifung gestatten: Ich glaube, dass man auch in Ihrem Land bald voller Verwunderung auf die Vergangenheit blicken wird. Zwar weiß ich über die chinesische Post nichts, aber bezüglich der Verwaltung hätte ich einige Reformvorschläge zu machen. Möchten Sie noch Champagner?«, unterbrach er sich und hielt ihr die Flasche entgegen. Ohne darauf zu achten, hatte er sich auf dem Bett niedergelassen, aber da die Frau nicht reagierte, stellte er den Champagner wieder ab und schnürte seine Stiefel auf. Es kam ihm vor, als hätte der Alkohol eine stärkere Wirkung als sonst. Ihm wurde warm.

»Wo war ich? Ah, im Jahr 1840, und keine Angst, ich komme gleich auf meinen Vater zu sprechen. Bleiben wir für einen Moment bei Mr Hill. Der hatte sich schlicht und einfach die Mühe gemacht, zu errechnen, was – bei einem bestimmten Aufkommen – die tatsächlichen Kosten zur Beförderung eines Briefes von London nach Edinburgh waren. Das erstaunliche Ergebnis: Sie beliefen sich auf den sechsunddreißigsten Teil eines Pennys. Die eingehobene Gebühr lag zum damaligen Zeitpunkt bei über einem Shilling. In gewissen radikalen Kreisen würde man von Ausbeutung sprechen, aber ich sage Ihnen, was es war, Trägheit des Denkens. Die menschliche Natur. Man hatte sich an eine bestimmte Praxis gewöhnt und nicht daran gedacht, ihre Vernünftigkeit zu hinterfragen. Bis Mr Hill vorschlug, alle Briefe im Voraus zu bezahlen und einheitliche Gebühren zu erheben, unabhängig von der Entfernung, beginnend bei einem Penny. Ein unvoreingenommener Blick auf die Verhältnisse, die vernünftigen Gedanken eines Mannes – die Penny Post war geboren. Es ist nicht übertrieben, zu sagen, dass sie das soziale Leben in meiner Heimat revolutioniert hat. Heute wissen wir das, aber wie, glauben Sie, ist es Mr Hill ergangen? Wurde er gefeiert, hat man beschämt von der eigenen Trägheit den Kopf gesenkt? Weit gefehlt, und nun komme ich auf meinen Vater zu sprechen. Der ist ein Jahr nach der Erfindung von Mr Hill gestorben, hatte aber noch von ihr gehört.« Lord Elgin richtete sich auf, überrascht von der Mühe, die es ihn kostete, und entledigte sich seiner Uniformjacke. Was er erzählen wollte, war ihm allenfalls vage bewusst. Die Frau hockte reglos auf ihrem Platz, wie eine Statue auf einem Podest. Schweiß lief ihm von der Stirn und den Oberkörper hinab. Leider gab es im Palast keine Punkahs und nur sehr unbefriedigende sanitäre Einrichtungen. Der strenge Geruch, den er eben wahrgenommen hatte, mochte von ihm selbst kommen.

»Mein Vater war empört«, keuchte er. »Mehr als das, er fühlte sich persönlich beleidigt. Wie konnte man ihm, dem Träger eines ehrwürdigen schottischen Adelstitels, zumuten, etwas käuflich zu erwerben, das den Wert von einem Penny besaß? Seine letzten Briefe nach London – es ging immer noch um die leidige Marmor-Affäre – hat er von persönlichen Boten übermitteln lassen. Keine Penny Post, nicht für meinen Vater. Es war mit seinem Stolz nicht zu vereinbaren. Ich glaube, ich erwähne das, um zu zeigen, dass die Vernunft nicht immer die ihr gebührende Anerkennung genießt.

Vielleicht ist Ihnen als Chinesin das bekannt. Auf seine Art war mein Vater so etwas wie ein Mandarin.«

Statt auf sein Bett zurückzusinken, stand Lord Elgin auf und machte ein paar ziellose Schritte durchs Zimmer. Je weniger Kleidung er trug, desto stärker schwitzte er, aber es fühlte sich gut an, barfuß zu laufen. Marmorböden, natürlich. Wenn es einen Stoff gab, der sein Leben geradezu schicksalhaft bestimmt hatte, war es Marmor. Im Übrigen mangelte es seinen Gedanken an Ordnung, dafür überkam ihn das befremdliche Bedürfnis, sich vollständig zu entkleiden. »Sie wissen vermutlich nicht, wer Lord Byron war. Nein, woher sollten Sie. In Ihrem Land gibt es Monster wie Gouverneur Ye in Kanton, den kennen Sie vielleicht. Ja? Ye Ming-tschen, nein? Vielleicht spreche ich den Namen falsch aus.« Dicht vor ihr blieb er stehen. Der Schreck in ihrem Gesicht galt vermutlich nicht dem Schlächter von Kanton, sondern dem schrecklichen Barbaren vor ihr, der laut und mit schwerer Zunge auf sie einsprach. »Verzeihen Sie, ich wollte Sie nicht erschrecken. Massenmörder wie diesen Gouverneur gibt es also, aber ob das gesamte chinesische Reich einen Heuchler von der Art Lord Byrons kennt? Glauben Sie mir, Madame, ich wage es zu bezweifeln. Lady Melbourne, um nur ein Beispiel zu nennen, ist nie über die Affäre mit ihm hinweggekommen. Sie verfiel dem Alkohol und verfettete, die Frau eines so kultivierten Mannes wie Lord Melbourne! Die Queen hat heute noch Tränen in den Augen, wenn sie von ihm spricht. Sie mochte ihn sehr, beinahe zu sehr. Nun ja.« Verwirrt hielt er inne und starrte die Frau an. Ihre Augen standen schräg, fiel ihm auf. Die äußeren Ränder waren nach oben geschwungen, während die flache Nase kaum aus dem Gesicht hervortrat, sondern auf unauffällig aparte Weise in dessen Mitte saß. Sie bewegte sich so wenig – die Frau, nicht die Nase –, dass er einen Moment lang unsicher war, ob sie noch atmete. Er selbst atmete schwer. Sein Körper war schwer. Über ein Jahr hatte er auf Schiffen gelebt wie ein Verstoßener, der Sohn des von Lord Byron verfluchten Schänders der Akropolis, und im Grunde verbrachte er sein ganzes Leben in der Verbannung. Vor dem Schicksal gab es kein Entrinnen. Übrigens hatte Byron vor der Affäre mit Lady Melbourne das Bett bereits mit deren Schwiegermutter geteilt. »Trotzdem hat er uns verflucht«, stieß er hervor. »Nicht nur meinen Vater, auch meine Brüder und mich, uns alle. Ich wuchs auf, beladen mit dem Fluch des berühmtesten Dichters unserer Zeit. Wollen Sie ihn hören? First on the head of him who did this deed, my curse shall light – on him and all his seed: Without one spark of intellectual fire, be all the sons as senseless as the sire.« Er war so außer Atem, dass er die Worte kaum im richtigen Rhythmus aussprechen konnte. Gab es einen Grund, jetzt daran zu denken, außer dass er auf der falschen Seite der Welt dick und alt wurde, während man dem toten Byron geradezu religiöse Bewunderung entgegenbrachte? Wieso war es das Vorrecht der Dichter, mit jeder Schandtat ihren Ruhm zu erhöhen?

»Im Grunde war mein Vater selber schuld.« Er nahm einen langen Schluck und wischte sich wie ein Kind mit dem Unterarm über den Mund. Auf den Wangen der Frau lag ein rötlicher Schimmer. Er musste genau hinsehen, um das sanfte Heben und Senken ihrer Brust zu erkennen, aber die Augen standen weit offen. Wie versteinert wirkte sie. Langsam ging er auf sie zu, hielt eine Hand unter ihre Nase und spürte ihren Atem. Mit der Spitze des Zeigefingers tippte er einen der winzigen Schuhe an. Hatte Alkohol auf Personen, die ihn nicht gewohnt waren, eine betäubende Wirkung? Allerdings schien sie nur einen Schluck getrunken zu haben, der Rest perlte immer noch im Glas. »Er war der hässlichste Mensch der Welt«, flüsterte er. »Als Kind hat er mir Geschichten erzählt, und ich redete mir ein, sie gern zu hören. Vielleicht mochte ich sie wirklich, trotzdem saß ich steif vor Abscheu auf seinem Schoß und konnte kaum achtgeben auf seine Worte. Denn sehen Sie, er …« Ein letztes Mal hielt er inne. Nicht einmal seiner Frau hatte er davon erzählt. »Er hatte … keine Nase. In der Mitte seines Gesichts klaffte ein hässliches schwarzes Loch. Drum herum wuchsen ein paar Haare, und manchmal blutete es. Eine Folge des Quecksilbers, das er in solchen Mengen geschluckt haben muss, dass sich die Nase davon zurückbildete. Seine erste Frau hatte ihn verlassen, weil sie den Anblick nicht ertrug. Meine Mutter, seine zweite Frau, war die Einzige, die sich nicht daran störte. Ich gestehe, es ist mir unbegreiflich.« Er richtete sich auf und zog das Hemd aus, dann ging er zu dem Spiegel, den Maddox besorgt hatte. Durchs offene Fenster wehte die Nacht herein und strich über seine nackte Haut. Vierundzwanzig Jahre jünger als ihr von Skandalen gezeichneter Mann, hatte seine Mutter in ihm einen tragischen Helden gesehen, dem sie acht Kinder gebar. Acht! Bei der Geburt des jüngsten war er fünfundsechzig gewesen und hatte nicht nur keine Nase mehr, sondern litt außerdem an Lähmungen im Gesicht. Versuchte er zu sprechen, kam nur unverständliches Gurgeln. Allein die Zeugungskraft blieb offenbar unbeeinträchtigt.

»In Broomhall habe ich vor einigen Jahren Briefe gefunden.« Er sprach nicht länger zu der Chinesin, sondern zu dem Mann im Spiegel. Ein Zwitter war er, der Sohn eines entstellten geilen Bocks und einer naiv romantischen Frau, die für Milton schwärmte. Hatte sie bemerkt, dass der Teufel die bei weitem interessanteste Figur in *Paradise Lost* war? »Demnach hatte seine erste Frau trotz ihres Ekels angeboten, bei ihm zu bleiben, wenn er künftig darauf verzichtete … Verstehen Sie, das war ihre Bedingung, schließlich hatte sie ihm bereits fünf Kinder geboren, aber davon wollte er nichts wissen. Er war maßlos. Dass er und ich am selben Tag Geburtstag haben, wollte meine Mutter immer als Omen verstehen: Dass es mir vorherbestimmt war, seinen Titel zu erben, obwohl es einen älteren Sohn aus erster Ehe gab.« Als er verstummte, war kein Laut zu hören, außer dem Knacken des Eises in der Schale. Langsam drehte er sich um. Es war nicht zu entscheiden, ob der Blick der Frau ihm gefolgt war oder ob sich ihr Kopf im Schlaf zur Seite geneigt hatte. Als er auf sie zuging, veränderte sie die Position um keinen Millimeter. Nach dem Tod des Erstgeborenen war der Titel seines Vaters tatsächlich auf ihn übergegangen, mit Broomhall und den Minen, die nichts abwarfen, dem verfallenen Hafen und allen Schulden. Für immer würde sein Name verbunden bleiben mit der Zerstörung der wichtigsten Kulturstätte der Menschheit. Dass sonst die Türken sie zerstört hätten, tat nichts zur Sache, siehe Byron. Er konnte nichts daran ändern. Allenfalls könntest du versuchen, hatte Frederick einmal im bitteren Scherz bemerkt, eine noch größere Untat zu begehen.

Die Frau schlief nicht, sie sah ihn an.

Die leere Flasche stellte er auf den Boden. Das Licht der Lampe neben dem Bett flackerte, aber erst morgen früh würde jemand kommen, um Öl nachzufüllen. Von klein auf, dachte er, hatte man ihr beigebracht, Schmerz zu ertragen. Unvorstellbare, nie abklingende Schmerzen. Sie lebte mit dem Wissen, dass sie auf ihren Füßen nicht fliehen konnte, und irgendwie musste sie über alle Unterschiede hinweg einen Begriff von Schicksal haben, der seinem verwandt war. Sachte streckte er die Hand aus und zog sie wieder zurück. Streckte sie erneut aus, nahm das Glas aus ihren Händen und leerte es in einem Zug. Er hatte die Lektion früh gelernt: Es gab kein Entkommen, für niemanden. Den Blick starr auf ihr Ge-

182

sicht gerichtet, kniete er nieder und griff nach dem rechten Fuß ...

Ein erneutes Klopfen schreckte Lord Elgin auf. Er musste eingeschlafen sein, jedenfalls spürte er im Auffahren, wie sich ein Speichelfaden aus dem Mundwinkel löste. Die Uhr über dem Kamin zeigte Viertel vor zwölf. Noch immer hielt er *Blackwood's Edinburgh Magazine* in der Hand, aufgeschlagen auf der Seite, wo sich Osborn seiner, Lord Elgins, Formulierung bedient hatte, es sei zwar bedauerlich, wenn Angst die Funktion der Vernunft übernehme, aber der chinesische Kaiser könne seinem Handeln offenbar nur so den Anschein von Vernünftigkeit geben. Hastig wischte er sich über den Mund und rief »Herein!«.

Henry brachte ein Glas Tee und die Post. Fünf Kuverts, von denen Lord Elgin drei beiseitelegte, weil sie die üblichen schlechten Nachrichten enthielten. Im vierten Umschlag steckte das Telegramm des Foreign Office, das er eine Weile anstarrte und dabei überlegte, was er seiner Frau sagen sollte. Mary Louisa spürte, dass er verändert aus China zurückgekehrt war. Seine Leistungen damals in Kanada hatten außerhalb von Whitehall niemanden interessiert, aber er war zufrieden gewesen; jetzt wurde er mit öffentlichem Lob überschüttet und fragte sich, was er falsch gemacht hatte. Konnte Maddox es ihm sagen? Von dem kam der fünfte Brief, dessen abgestoßenen Ecken man die lange Strecke ansah, die er zurückgelegt hatte.

Er öffnete das Telegramm und überflog den Inhalt. Dringende Angelegenheit ... Situation verlangt entschiedenes Handeln ... Konsultationen in London ... Zügige Antwort erbeten ... Gezeichnet Russell. Knapper als gedacht, offenbar wollte man zunächst nur seine Meinung hören. Draußen im Garten war die Schlacht geschlagen, die Forts gehörten England, und Victor Alexander erklärte den dummen Chinesen ihre Fehler. Mit seinen zehn Jahren begann er, die Zeitung zu lesen und Fragen zu stellen. Sind die Chinesen wie wir, hatte er gestern beim Abendessen wissen wollen, oder eher so wie die Inder?

Die Inder? Er hatte den Sinn der Frage nicht verstanden. Wie sind die Inder?

So, dass man sie allesamt erschießen muss, lautete die Antwort seines Sohnes.

Seufzend steckte er Maddox' Brief ein und verließ die Bibliothek. Ein Dienstbote staubte die Bilderrahmen in der Galerie ab und teilte ihm mit, dass Lady Elgin im Salon beschäftigt sei. Dort fand er sie in Gesellschaft zweier Hausmädchen, umgeben von Dutzenden kleiner Kisten aus Holz und Pappe. Auf dem Boden stapelten sich seine Mitbringsel aus Asien. In Japan war er mit Geschenken überhäuft worden. Dreißig seidene Roben, Geschirr aus Lackware, Glas und Porzellan, silberne Figurinen, zwei hölzerne Pfeifenhalter, ein Teeservice und vieles mehr – der Anblick ließ ihn im Eintreten innehalten. In Broomhall gab es dafür keine Verwendung außer der, in diesem Jahr Geld für Weihnachtsgeschenke zu sparen. Im Übrigen gehörte der Aufenthalt in Edo zu den schönsten Erinnerungen an seine Mission. In kürzester Zeit hatte er mit den Japanern ein Abkommen ausgehandelt. Kein Druck war notwendig gewesen, geschweige denn die Ausübung von Gewalt. Japaner waren nicht nur diszipliniert und ehrlich, sie besaßen sogar Humor. Es seien so viele Präsente, sagte man ihm, weil der Shogun dachte, dass es sich beim Earl of Elgin und dem Earl of Kincardine um zwei Personen handeln müsse, von denen man keine benachteiligen wollte.

»Würden Eure Lordschaft bitte die Tür schließen«, sagte seine Frau mit in die Hüfte gestemmten Händen. »In Broomhall zieht es.« An ihren glänzenden Augen erkannte er die

Freude, mit der sie ihre Aufgabe versah. Sie kam aus einer der wohlhabendsten Familien des Königreichs, als Kind war sie die Spielkameradin der Queen gewesen, trotzdem hatte er sie nie über die beinahe bürgerlichen Einschränkungen klagen hören, die ihnen auferlegt waren. Diese Frau an seiner Seite war das Glück seines Lebens.

»Verzeihung, meine Liebe.« Sachte schloss er die Tür und machte eine Handbewegung, die besagen sollte: Lasst euch von mir nicht stören. Seit der Rückkehr befiel ihn manchmal das Gefühl, ein Eindringling im eigenen Haus zu sein, verbunden mit dem Drang, nach Mary Louisas Hand zu greifen und sie um Verzeihung zu bitten. Für alles.

»Betty, Rachel«, rief sie in diesem Moment, »wo ist der Storch?«

»Den Storch willst du auch wegpacken?« Er wurde zwar nicht gebraucht, wollte aber einen Moment bleiben, also stocherte er mit dem Haken im Kamin herum. Draußen wurden die Wolken dunkler. Sein Nacken fühlte sich steif an, aber noch immer wusste er nicht, ob er eben in der Bibliothek geschlafen hatte. War alles nur ein böser Traum gewesen?

»Hast du dafür Verwendung?«, fragte sie.

»Es ist das wertvollste Präsent von allen. Massives Silber.«

»Sehr massiv.« Ein herausfordernder Blick, dann wendete sie ihre Aufmerksamkeit dem Ungetüm zu, das die Mädchen hinter einem Sessel hervorzogen und auf den Tisch hievten. Achtzehn Zoll hoch und mehrere Pfund schwer, war der silberne Storch im Begriff, die Flügel zu spreizen und sich majestätisch in die Luft zu erheben. Ein Glückssymbol, hatte man ihm erklärt. Es war ihm im Namen des japanischen Kaisers überreicht worden, und erst später in Shanghai hatte er erfahren, dass besagter Kaiser zum Zeitpunkt der Abreise aus Edo bereits seit mehreren Wochen tot war. Eine merkwürdige Nachricht. In den Verhandlungen hatte man ihn oft erwähnt und beim Essen auf seine Gesundheit getrunken – eine Sitte, die die Japaner mit Begeisterung übernommen hatten –, und selbst im Rückblick wusste er nicht, ob seinen Gesprächspartnern das Ableben des Monarchen überhaupt bekannt gewesen war. Es schien üblich zu sein, dessen Tod geheim zu halten, bis man die Nachfolge geregelt hatte. Ein bemerkenswertes Volk. Wie froh die Queen über einen so diskreten Hofstaat wäre!

Kurz und gut, er hatte angenehme Erinnerungen an Japan, und er mochte den Storch. »Ich hatte überlegt, ihn in die Bibliothek zu stellen«, sagte er.

»Glaubst du, er kann lesen?«

Lachend fuhr er mit den Fingern über die Figur. »Schau dir die Flügel an, die feine Gravur der Federn. Das Kunsthandwerk in Japan steht dem englischen in nichts nach. Ich würde so weit gehen, zu behaupten, es sei dem unseren überlegen.«

»Du mochtest Japan, weil es anders ist als China.«

»Wie Tag und Nacht.«

»Was hältst du da hinter dem Rücken?«

»Bitte?« Eine Sekunde lang schaute er verwundert auf das Stück Papier in seiner Hand und wusste nicht, was er sagen sollte. Wieso um alles in der Welt hatte er das Telegramm mit in den Salon genommen? »Oh. Nichts, nur …« Verlegen wedelte er mit dem Zettel hin und her. Es gab Augenblicke, in denen er sich wie ein Lügner fühlte, wenn er bloß eine Bemerkung über das Wetter machte.

»Ein Telegramm?«, fragte sie alarmiert.

»Wie es scheint, muss ich kurz nach London reisen. Nur für zwei oder drei Tage. Du weißt schon, die leidige Sache in China.«

»Die dich nicht mehr betrifft.«

»Eben habe ich Admiral Osborns Bericht gelesen. Weißt du, sie hatten nie vor, sich an den Vertrag zu halten. Es war ein Manöver. Sie haben mich reingelegt.«

»Es gibt jetzt einen Botschafter. Deinen Bruder, zu dem du volles Vertrauen hast.«

»Das stimmt. Beziehungsweise, es gibt einen Botschafter, den die Chinesen aber nicht empfangen wollen. Sollte sich Palmerston entschließen, noch einmal militärisch ...« Erteilt ihnen eine Lektion, hatte die *Times* jüngst gefordert, die über China meistens das schrieb, was der Premierminister lesen wollte.

»Betty, Rachel«, sagte seine Frau, »seid so gut und schaut, ob ihr Miss McIntyre findet. Wir brauchen noch mehr Kartons.«

Die beiden Mädchen verließen den Salon. Auf dem Tisch stand der Storch, dessen Flügel bereits in Papier eingewickelt waren und der verwundert wirkte, dass man ihm im Moment des Abflugs Fesseln anlegen wollte. Mit feuchten Augen kam Mary Louisa auf ihn zu. »Du willst mir nicht sagen, dass ... Nein, willst du nicht, oder?«

»Liebes, sie wollen meine Meinung hören. In England bin ich so etwas wie die höchste Autorität, wenn es um China geht. Glaub mir, niemand ist sich der Ironie dieser Tatsache mehr bewusst als ich, aber wenn ich das Feld nicht Sir Bowring überlassen will ... Verstehst du?« Der ehemalige Gouverneur war immer noch so gekränkt über seine Abberufung aus Hongkong, dass er die englische Öffentlichkeit mit Schweigen strafte. Das würde sich aber ändern, sobald der Erste auf die Idee kam, ihn nach seiner Meinung zu fragen.

»Überlassen *willst*?« Eine Armlänge entfernt blieb seine Frau stehen. Dass sie im Haus wenig Schmuck trug, brachte ihre natürliche Schönheit besonders zur Geltung. Immer

wieder überkam ihn in letzter Zeit der Impuls, vor ihr nie-
derzuknien wie damals bei seinem Antrag. Der kurze Schock
in ihrem Blick, die Freude, das sachte Nicken, das beinahe
nur eine Bewegung der Augen gewesen war. Sie weinte leicht,
trotzdem stand sie mit beiden Füßen auf dem Boden, vielleicht fester als er. »Sagst du mir, dass die Regierung deine
Meinung hören will, oder bist du begierig darauf, sie mitzu-
teilen? James?«

»Gleich, meine Liebe, gleich. Ich bin eigentlich wegen einer
anderen Sache gekommen. Was hast du Victor Alexander
über Indien gesagt?«

»Was habe ich ihm über ... Was sollte ich ihm gesagt haben?« Seine Frau schien nicht zu wissen, worauf er hinauswollte, also kam sie einen Schritt näher und nahm ihm das
Telegramm aus der Hand. Kurz strichen ihre Finger über
seine. Sehr kurz.

»Seine Bemerkung gestern Abend, dass man die Inder allesamt erschießen muss.«

»Das klang nach mir?«

»Nein, aber wie kommt er darauf?«

Ihre Augen überflogen den Text, trotzdem fühlte er sich
noch strenger beobachtet. »Dein Sohn ist ein kluger Junge«,
sagte sie, »und sehr stolz auf dich. Er hat die Zeitung gelesen, in der Hoffnung, Nachrichten über seinen Vater zu finden. Jeden Tag.«

»Darin stand, dass man ...?«

»Zum Beispiel. Du hast sie in Kalkutta wüten hören und
mir davon geschrieben, erinnerst du dich?«

»Wir müssen mit ihm reden. Ihm klarmachen, dass er
nicht so sprechen darf. Was ist in den letzten zwei Jahren
mit diesem Land passiert? Manchmal erkenne ich es kaum
wieder.«

»Zwei Jahre sind eine lange Zeit.« Sie faltete das Telegramm zusammen und gab es ihm zurück. »Glaub mir, sie sind auf Broomhall nicht schneller vergangen.«

»Mary Louisa, Liebes! Jetzt bin ich wieder hier.«

»Sie wollen mehr als nur deine Meinung, richtig?«

»Vielleicht«, sagte er. »Wenn man der *Times* glauben darf, will Palmerston diesmal noch mehr Soldaten schicken. Was alles noch schwieriger macht. Und wenn sie mich fragen …«
Er zerknüllte das Telegramm, warf es auf den Boden und zog seine Frau zu sich heran.

»Verstehe.« Gegen ihre Tränen unternahm sie nichts und sah für einen Moment so schön aus, dass ihm keine Erwiderung einfiel. »Wann wirst du aufbrechen?«, fragte sie.

»Morgen oder übermorgen.«

»Nach China, James.« Sie machte sich aus der Umarmung los und ging zur Tür.

»Das weiß ich nicht, wirklich. Wohin gehst du?«

»Ich rufe die Kinder herein, es regnet.«

»Glaubst du, ich würde das wollen?«, fragte er. »Die endlosen Monate auf dem Schiff. Der Dreck und das Elend in China, die verstockten Beamten, mit denen wir verhandeln und …«

»Natürlich nicht«, unterbrach sie ihn. »Wieso solltest du das wollen?« Sie stand in der Tür und lächelte, aber bevor er beginnen konnte, ihre Miene zu deuten, war sie verschwunden, und er sank in den nächsten Sessel. Waren Frauen nicht die rätselhaftesten, wunderbarsten Wesen der Schöpfung? Er hörte, wie Mary Louisa die Tür zum Garten öffnete und nach den Kindern rief. Kurz darauf erklangen in der Halle fröhliche Stimmen, Mäntel wurden abgelegt und Schuhe gewechselt, und zum ersten Mal an diesem Morgen fühlte er sich wohl. Das Feuer im Kamin knisterte. Halb verpackt stand der Storch auf dem Tisch, eingefroren in dem kurzen Moment, in dem er nicht mehr am Boden und noch nicht in der Luft war.

Langsam zog er Maddox' Brief aus der Tasche. Die Hälfte der zwei Jahre in China hatte er mit Nichtstun verbracht, trotzdem drängten sich in seiner Erinnerung so viele Eindrücke, dass er Mühe bekam, sie in die richtige Reihenfolge zu bringen. Nach der Rückkehr aus Japan war er von Shanghai aus den Yangtze hinaufgefahren, zusammen mit Osborn und einer kleinen Delegation. Direkte Verhandlungen mit den Rebellen waren ausgeschlossen, es ging nur darum, einige Häfen am Mittellauf zu erkunden, die als Handelsstationen in Frage kamen. An Nanking waren sie vorbeigekommen und prompt beschossen worden. Irrtümlich, wie sich herausstellte. Eine Kanonenkugel hatte seine Kabine durchschlagen, zwei Tage später war eine wortreiche Entschuldigung eingetroffen, inklusive der Versicherung, die Schuldigen seien identifiziert und zügig enthauptet worden.

Egal, mit wem man es in China zu tun hatte, alle verstanden sich auf das Abschlagen von Köpfen und auf wenig sonst.

Drei Tage hatten sie außerhalb der Stadtmauer vor Anker gelegen. Um seine friedlichen Absichten kundzutun, hatte er Osborn ein Schreiben aufsetzen lassen, in dem es um die Ziele der Rebellen und die Frage ging, ob sie bereit wären, Dampfschiffe auf dem Fluss mit Kohle zu versorgen. Einige Mitglieder der Delegation waren an Land gegangen, er blieb lieber an Bord, damit die Visite keinen offiziellen Anstrich bekam. Die Briefe des selbsternannten Himmlischen Königs, die ihm auf die *Furious* gebracht wurden, beantworteten sie gemeinsam in Osborns Namen. Nie zuvor war ihm ein derart wirres Gefasel untergekommen. Selbst Maddox, der aus seiner Sympathie für die Rebellen keinen Hehl machte, konnte sich nur die Augen reiben: Blumige Bekundungen von Freundschaft mit den ›Barbaren-Brüdern‹, Predigten über ihre krude Theologie, absurde Fragen bezüglich der

Länge von Gottes Bart … Kopfschüttelnd hatten sie abends im Gun Room gesessen und nach Antworten gesucht. Ihre Synode, nannten sie es. Die Rebellen waren ein Haufen Irrer, aber militärisch gegen sie vorzugehen, kam nicht in Frage; damals nicht und nach der Sache an der Peiho-Mündung noch weniger. Sollte man den Kaiser für seine Hinterhältigkeit auch noch belohnen, indem man seine Feinde bekämpfte? Nein, England musste sich für das Desaster rächen, indem es Krieg gegen die einzige Partei führte, mit der künftig eine Zusammenarbeit möglich war: den Kaiser und seine verblödeten Mandarine. Eine heikle Mission, noch heikler als die letzte. Man musste die Chinesen bestrafen, zur Einsicht bringen und alles vermeiden, was freundschaftliche Beziehungen in der Zukunft gefährden könnte. Ein Drahtseilakt, dachte er und betrachtete die Marmorstücke auf dem Kaminsims. Er hatte seine Frau nicht belogen, er wollte wirklich nicht, aber ein Nachfahre von Robert the Bruce stahl sich nicht aus der Verantwortung. Entschlossen beugte er sich vor, nahm eine Schere und öffnete Maddox' Brief. Das Lob, mit dem man ihn überschüttet hatte, war verfrüht gewesen, manche Urteile überließ man ohnehin besser der Geschichte. Halten wir uns an das, was wir wissen, dachte er: Postmaster General war kein Amt für einen Mann mit seinen Talenten.

*Antwort von Admiral Osborn, Royal Navy,*
*Kapitän des Schiffs Ihrer Majestät Furious,*
*an den sog. Himmlischen König Hong Xiuquan*

*– überreicht am 12. November 1858 –*

Vor zwei Tagen wurde mir die Ehre zuteil, Ihren Brief zu empfangen, mit dessen Inhalt mich vertraut zu machen ich in
der Zwischenzeit ausreichend Gelegenheit hatte. Bevor ich
darauf antworte, liegt mir daran, zu betonen, dass die englische Seite größten Anstoß an der Anrede als ›Barbaren‹ bzw.
›Barbaren-Brüder‹ nimmt und es in Zukunft unterlassen wird,
auf Korrespondenzen zu reagieren, die sich dieser herablas-
senden Ausdrucksweise bedienen. Das Vereinte Königreich
ist kein unzivilisiertes oder zweitrangiges Land. Eine unser
nationales Prestige herabsetzende Bezeichnung wie die obige zu verwenden, wird daher kein anderes Resultat als die
Wiederaufnahme von Feindseligkeiten zeitigen, welche unserer Überzeugung nach die chinesische Seite mehr Grund
hat zu fürchten als die unsere.

Was die Ausführungen zu Beginn Ihres Briefes betrifft,
denen zufolge Sie der Sohn Gottes und der Herrscher über
alle Nationen der Welt sind, möchte ich feststellen, dass wir
diesen Glauben nicht teilen. Für uns ist allein maßgeblich, was
in der Heiligen Schrift geoffenbart wurde, weshalb wir ferner
nicht davon ausgehen, dass Ihr gegenwärtig gegen den Kaiser gerichteter Aufstand einen göttlichen Auftrag exekutiert.

Ungeachtet unserer unterschiedlichen Auslegung der Heiligen Schrift möchte ich es nicht versäumen, Ihnen für die de-
taillierte Beantwortung unserer Fragen zu danken! Anbei

finden Sie unsere Antworten auf die von Ihnen gestellten Fragen, deren eingehende Lektüre wir uns zu empfehlen erlauben. Sie werden daraus ersehen, in welchen Punkten Ihre religiösen Vorstellungen von den unseren abweichen. Es ist jedoch zu betonen, dass Menschen fehlbar sind, weshalb wir Ihnen außerdem die nochmalige Lektüre des geoffenbarten Willens Gottes ans Herz legen möchten. Wir sind fest davon überzeugt, dass eine Kenntnisnahme der Bibel für die Entwicklung Ihrer Theologie von größtem Nutzen sein wird.

Das Folgende sind unsere Antworten auf die von Ihnen gestellten Fragen:

Zu den Fragen 1 und 2: Gott ist kein Mensch und hat folglich keine Größe oder sonstige körperliche Beschaffenheit. In Johannes 1, Vers 18 steht »Niemand hat Gott je gesehen«, und in Johannes 4, 24 wird eindeutig festgestellt »Gott ist Geist«. Im selben Buch, Kapitel 5, Vers 37 schließlich lesen wir: »Ihr habt nie weder seine Stimme gehört noch seine Gestalt gesehen.« Wie könnte man also von Gott sagen, er habe einen Bart oder dergleichen?

Zu Frage 3: Gott weint nicht, er ist der Tröster, von dem es in Offenbarung 21, 4 heißt: »Und Gott wird abwischen alle Tränen von ihren Augen.« Jesus jedoch weint einmal, kurz vor der Auferweckung des Lazarus, wenngleich die Gründe unklar sind. Möglicherweise haben die verhärteten Herzen der Juden den Heiland zu Tränen gerührt. »Und Jesus gingen die Augen über.« Johannes 11, 35.

Zu Frage 4: Gott ist Geist und hat folglich keine Frau. Zu Maria, der Mutter Jesu, spricht der Engel in Lukas 1, Vers 35: »Der Heilige Geist wird über dich kommen, und die Kraft des Höchsten wird dich überschatten; darum wird das Heilige, das von dir geboren wird, Gottes Sohn genannt werden.« Diese Frau hat später einen Israeliten namens Joseph geheiratet und ihm Söhne und Töchter geboren, aber sie wird nicht Himmlische Mutter genannt, es sei denn in gewissen Übersteigerungen des römischen Aberglaubens.

Zu Frage 5: Gott hat außer Jesus keine weiteren Söhne.

Zu Frage 6: Für Gott ist nichts unmöglich, auch nicht das Verfassen von Gedichten in kürzester, jedoch nach Maßgabe der Bibel nicht genau zu beziffernder Zeit.

Zu Frage 7: Die Schrift sagt uns nicht, ob Jesus in seiner Zeit auf Erden eine Frau zur Ehefrau genommen hat. Nach seinem Aufstieg in den Himmel war er Geist und eins mit Gott. Die Anspielung in Offenbarung 19, 7 – »denn die Hochzeit des Lammes ist gekommen, und seine Braut hat sich bereitet« – ist bildlich zu verstehen und bezieht sich auf die Vereinigung der Gläubigen mit Christus.

Zu Frage 8: Unsere Antwort auf die Frage nach der Anzahl der Enkel Gottes ergibt sich aus den Antworten auf die Fragen 5 und 7. Die anderen Kinder von Maria und Joseph werden gewöhnlich nicht als Gottes Enkel bezeichnet.

Zu Frage 9: Wenngleich die Bibel hierzu keine Auskunft gibt, glauben wir, dass es nur einen Himmel gibt. Die Formulierung in 2. Korinther 12, Vers 2 »ward entzückt bis in den dritten Himmel« dürfte als bildliche Umschreibung höchsten Glücks zu verstehen sein, nicht als Hinweis auf die Existenz mehrerer übereinanderliegender Himmel.

Zu Frage 10: Viele Nationen der Erde kennen die Wahrheit nicht, und doch werden sie von Gott geliebt. »Denn er lässt seine Sonne aufgehen über die Bösen und über die Guten«, lesen wir in Matthäus 5, 45, und im zweiten Brief des Petrus 3, 9 heißt es, Gott »will nicht, dass jemand verloren werde, sondern dass sich jedermann zur Buße kehre«. Allerdings kommt jenen Ländern, die das Licht der Wahrheit kennen, die Aufgabe zu, auch anderen den Weg zum Heil zu weisen. Soweit es an uns liegt, sind wir dazu bereit.

Zu Frage 11: In Johannes 2, Vers 19 sagt Jesus: »Brechet diesen Tempel, und am dritten Tage will ich ihn aufrichten.« Der Satz bezieht sich auf seinen nahenden Tod und die leibliche Auferstehung. Wir weisen darauf hin, dass Sie ihn unkorrekt zitieren.

Zu Frage 12: Wir hoffen auf die Erlangung des ewigen Lebens und glauben, sie allein durch Gottes Gnade und Barmherzigkeit zu erlangen.

Zu Frage 13: Die Schlange, von der die Schöpfungsgeschichte berichtet, ist nicht identisch mit dem Kaiser in Peking oder den Tataren allgemein.

Zu Frage 14: Der Aufstieg und Fall weltlicher Reiche wird von Gottes Vorsehung bestimmt. Sind sie in Rechtschaffenheit gegründet, wie das britische Empire, werden sie florieren; wurzeln sie dagegen in Sünde, werden sie untergehen. Wir maßen uns nicht an, aus diesem Prinzip eine Vorhersage über den Ausgang des gegenwärtigen Konflikts zwischen Ihnen und der kaiserlichen Regierung abzuleiten.

Zu Frage 15: Wir sind unsicher, wie wir diese beantworten sollen. Zwar glauben wir fest, dass unser Wirken in China von christlichem Geist ist, gleichwohl verstehen wir uns nicht als Boten des Herrn im engeren Sinn und sehen keinen Grund, von der Verfolgung weltlicher Zwecke Abstand zu nehmen. Was die Steinkohle betrifft, so handelt es sich um ein Mittel, das die Verfolgung besagter Zwecke erleichtert (dies hängt mit der Funktionsweise unserer Schiffe zusammen) und das eine uns freundlich gesinnte Partei keinen Grund hat, uns vorzuenthalten. Wir glauben, dass freier Handel dem Völkerfrieden dienlich und daher Gott wohlgefällig ist. Wenn Sie so wollen, ist das unsere Botschaft.

Hochachtungsvoll, Admiral Osborn, RN

# 7 Nebel auf dem Poyang-See

Reise auf dem Ganjiang
September/Oktober 1859

In einer Stadt namens Ganzhou kauften wir schließlich ein Boot. Nach dem Überqueren des Meiling-Passes waren wir zwei Tage lang marschiert, dann vier Tage auf kleinen Dschunken ostwärts gefahren, bevor wir Ganzhou erreichten, einen Ort mit soliden doppelstöckigen Häusern aus Stein, umgeben von einer hohen Stadtmauer. Er war der Sitz der gleichnamigen Präfektur und ein altes Handelszentrum, in einer Windung des Ganjiang-Flusses gelegen und durchzogen von lauschigen Kanälen, an denen Kinder spielten, während Frauen die Wäsche wuschen – die schönste chinesische Stadt, die ich bis dahin gesehen hatte. Ringsum erhoben sich grüne Hügel, innerhalb der Mauern gab es Gärten mit schmucken Pavillons und mehrere Pagoden. Anfang September war das Wetter angenehm, nicht mehr heiß und noch nicht kalt, und ich hatte nichts dagegen, dass mein Gefährte ankündigte, er werde sich ein paar Tage Zeit lassen, um ein geeignetes Boot zu finden. Während er die Gegend um den Hafen durchstreifte, brachte ich mein Reisejournal auf den neuesten Stand und plante die nächsten Etappen. Meiner Karte zufolge mündete der Ganjiang in den Poyang-See, ein riesiges Gewässer im Norden der Provinz, das der Yangtze von West nach Ost durchfloss. Sollten wir auf keine Hindernisse treffen, müsste es möglich sein, den See in ein bis zwei und Nanking in vier bis sechs Wochen zu erreichen. Allerdings verlief irgendwo dazwischen die Front. Niemand in Ganzhou konnte mir sagen, wo genau.

Aus der Pause von einigen Tagen wurde eine volle Woche. Alonzo Potter fand ein Boot, behauptete aber, es müsse umgebaut werden, um für unsere Zwecke zu taugen. Es war eine chinesische Dschunke von dreißig Fuß Länge, mit Haupt- und Fockmast und zwei Rudern. Hinter dem Hauptmast, wo die Bootsschale mit zwölf Fuß am breitesten war, befand sich die Kabine, die man vor dem Umbau nur gebückt betreten konnte; Potter nahm in viertägiger Arbeit die Deckplanken heraus und brachte sie auf dem Boden des Rumpfs an, so dass der unter Deck liegende Stauraum zugunsten von mehr Platz in der Kabine verschwand. Zuerst hielt ich die Veränderung für überflüssig, aber als wir die Kabine bezogen, war ich froh, aufrecht darin stehen zu können. Ein großes Fenster bot freie Sicht nach vorne, mit Gardinen konnten wir uns gegen neugierige Blicke schützen, und der verbleibende Raum unter dem Achterdeck reichte für unser Gepäck vollkommen aus. Mein Gefährte war mit dem Ergebnis der Arbeit ebenfalls zufrieden. Mir schien, dass er einen großen Teil seines Lebens auf Schiffen verbracht haben musste, jedenfalls fühlte er sich vom ersten Tag an als Kapitän und beanspruchte das Recht, dem Boot einen Namen zu geben. Ich fand *Avenger of the Seas* zu bombastisch für eine Dschunke, die vermutlich nie das offene Meer sehen würde, aber er bestand darauf. Vielleicht war es seine Art von Humor.

Am Morgen des 8. September legten wir ab.

Die dreiköpfige Crew hatten wir erst am Vortag rekrutiert. Zwei Brüder oder Cousins, die einander ähnelten wie Zwillinge – sogar die Zähne waren auf identische Weise ruiniert – und die ich A-Gong und A-Bo nannte, wenn ich mit ihnen sprach. Sie verstanden weder den Kanton-Dialekt noch das Chinesisch des Nordens und wirkten überhaupt etwas zurückgeblieben. An Bord oblagen ihnen die schweren Arbeiten, die sie gut gelaunt verrichteten. Reichte die Strömung des Ganjiang nicht aus, was zu Beginn der Fahrt häufig vorkam, übernahmen sie die Ruder und sangen dabei laut, um den Rhythmus zu halten, und schief, weil sie es nicht besser konnten. Beaufsichtigt wurden sie von unserem Koch und Quartiermeister, einem verschmitzt dreinblickenden Mann namens Liu, den ich Liu-Liu rief, was in dieser Aussprache sechsundsechzig bedeutete; da er nicht schreiben konnte und ich seinen Zungenschlag kaum verstand, blieb mir der vollständige Name unbekannt. Potter nannte ihn Sixty-six und sprach Pidgin mit ihm. Was der Koch davon auf früheren Fahrten gelernt hatte, war für den Alltag an Bord ausreichend.

Die Berge blieben hinter uns zurück. Da der Meiling-Pass die Wasserscheide zwischen dem Perlfluss im Süden und dem Yangtze in Zentralchina bildete, führte unsere Reise fortan flussabwärts. Zügig durchquerten wir Jiangxi, eine der ärmsten Provinzen des Reiches. Wenn wir anlegten, strömten halbnackte Kinder und zahnlose Alte herbei, um zu betteln, und da ich es nicht übers Herz brachte, übernahm Potter die Aufgabe, sie zu verscheuchen. Auf der Suche nach Proviant wurde uns mehrfach Hundefleisch angeboten.

Breit und träge floss der Ganjiang dahin. Nadelwälder säumten die Ufer, das Wasser war von lehmig gelber Farbe, hier und da gab es kleine Inseln, wo wir abends anlegten. Im Schilf lebten viele Arten von Wasservögeln, und manchmal erlegte Potter einen Fasan oder eine Ente, um den Speiseplan zu ergänzen, der sonst aus Fisch, Reis und Gemüse bestand. Liu-Liu war ein geschickter Angler und ein guter Koch, der seinen Ofen unter dem löchrigen Mattendach im Heck bediente, wo er nachts auch schlief. A-Gong und A-Bo verbrachten die Nächte auf dem Achterdeck, bei Regen verzogen sie sich in den Stauraum darunter. Die Kabine mit Potter zu teilen, war derjenige Aspekt des Lebens an Bord, an den ich mich am schwersten gewöhnte. Entweder schlief mein Gefährte nie, oder Schlaf war in seinem Fall nicht das, was man gewöhnlich so nannte, jedenfalls schien es keinen Moment zu geben, in dem er die Umgebung nicht aufmerksam beobachtete. Da sein Glasauge zu groß war, um vom Lid verdeckt zu werden, lag er neben mir wie ein auf Beute lauerndes Krokodil. Tagsüber saß er dösend an Deck, aber sobald er etwas hörte, war er hellwach. Genauer gesagt – ich hatte es zu oft beobachtet, um mich zu täuschen – wurde er wach, *bevor* etwas zu hören war. Ein schreiendes Tier, ein Schuss in der Ferne oder das sich verändernde Geräusch des Flusses – er schlug die Augen auf, und kurz darauf hörte ich es auch. Einmal in der Gegend um Wangan rief er plötzlich: »Sixty-six, chow-chow water!« Verwundert blickte ich mich um, die Fahrt war ruhig, aber wenig später gerieten wir in heftige Stromschnellen. Wenn ich mich nachts am Kinn kratzte, brach sein Schnarchen so abrupt ab, als hätte er sich nur schlafend gestellt. Gleichzeitig kam er mir gesprächiger vor als zu Beginn der Reise. Nach dem Essen lag er oft ausgestreckt auf seiner Seite der Kabine, rauchte und sah zu, wie der Qualm zur offenen Tür hinauszog. Herein waberte der faulige Geruch der Strandschnecken, die Liu-Liu als Angelköder benutzte. Ein ganzer Eimer davon stand neben der Kochstelle. »Seeotter hab ich gejagt«, murmelte Potter eines Abends ohne erkennbaren Anlass, »als junger Mann.« Wenn er seinen Keef rauchte, war nicht immer klar, ob er mit mir oder zu sich selbst sprach.

»Seeotter?«, sagte ich. Es war der vierte Tag nach der Abfahrt aus Ganzhou, wir lagen in einer Biegung des Flusses, und ich spürte, wie die Strömung an der Ankerleine zog. Anders als im Süden waren die Nächte nicht vom Gesang der

Zikaden erfüllt, sondern von einem so tiefen Schweigen der Natur, dass es mich jedes Mal erleichterte, wenn jemand sprach.

»Aber zu spät«, fuhr er fort, »es gab nur noch im Südpazifik welche. Wie Gottes letzte Plage wurden wir auf den Inseln ausgesetzt. Wenn alle Tiere tot waren, saßen wir monatelang auf den Fellen und haben gesoffen. Zu dritt oder zu viert, bis es Streit gab. Dann zu zweit. Weniger Männer, mehr Lohn.« Schwerfällig stützte er sich auf, steckte den Kopf durchs Fenster und spuckte hinaus. Auf seiner löchrigen Matte lagen Tabakkrümel und Essensreste, darunter schaute der Dolch hervor, mit dem er sowohl seine Fingernägel reinigte als auch Vögel ausnahm. Dass er von einer Sekunde auf die andere das Interesse an einem Gespräch verlor, kam oft vor. »Alone-men wurden wir genannt«, fügte er hinzu, drehte sich auf die Seite, und ehe ich fragen konnte, wie alt er eigentlich war, begann er zu schnarchen.

Um keine Moskitos anzulocken, löschte ich die Öllampe.

Tagsüber hatte ich die Kabine für mich. Potter kam draußen seinen Kapitänspflichten nach, und wenn wir mit der Strömung trieben, war die Fahrt ruhig genug für ein paar Notizen. Seit dem Beginn der Reise erreichten mich keine verlässlichen Nachrichten mehr über den Verlauf der Rebellion. Dass Nanking belagert wurde, stand fest, aber es gab auch außerhalb der Stadt Rebellenheere, die mehrere kleine Orte in ihrer Gewalt hatten. Dies war kein herkömmlicher Krieg mit klaren Fronten, sondern ein ständiges Hin und Her. Ich hatte von Gegenden gehört, die erst von der einen, dann von der anderen und schließlich wieder von der ersten Seite besetzt worden waren. Die Bauern trugen den von den Mandschus vorgeschriebenen Zopf, versteckten ihn unter dem Hut, wenn die Rebellen kamen, und holten ihn erneut hervor, wenn die Soldaten des Kaisers zurückkehrten.

Milizen halfen mal dieser, mal jener Partei, und Räuberbanden nutzten das Chaos für ihre Zwecke. Je länger der Krieg dauerte, desto grausamer wurde er geführt, und mit jedem Tag unserer Reise wuchs die Gefahr. Einmal sah ich am Horizont eine riesige Staubwolke, die sich in dieselbe Richtung bewegte wie wir: eine Armee von mehreren tausend Mann. Wenig später behauptete Liu-Liu, es seien noch vier Tage bis zur Provinzhauptstadt Nanchang. Das Terrain änderte sich kaum, durch flaches Land trieben wir an Reisfeldern vorbei, und am nächsten Morgen tauchten vor uns die Umrisse einer kleinen Marktstadt auf. Vielleicht konnte mir dort jemand sagen, ob es möglich war, Nanchang zu umfahren und auf andere Weise zum Poyang-See zu gelangen. Solange nicht feststand, ob wir mit unserer Reise gegen das Gesetz verstießen, wollte ich größere Städte lieber meiden.

Eine Reihe einfacher Holzhäuser zog sich am Ufer dahin. Von Feuerstellen stieg Rauch auf, und wie in jeder chinesischen Ortschaft stank es nach verfaulten Kohlblättern und Exkrementen. Unter den Stegen pickten Möwen in Bergen von Unrat, demnach konnte der See nicht mehr weit sein. Nach dem Anlegen ging Liu-Liu zum Markt, seine beiden Gehilfen blieben zurück, um das Boot zu bewachen. Es war ein sonniger Tag, Stechkähne dümpelten auf dem Wasser, und wie üblich sah ich keine Frauen und nur eine Handvoll spielender Kinder. »Fällt dir was auf?«, fragte Potter, der neben mir stehen blieb, statt wie sonst seiner Wege zu gehen. Ich bemerkte, dass die Einheimischen uns zwar angafften, aber wir erregten nicht dieselbe Aufmerksamkeit wie sonst. Etwas Wichtigeres und Bedrohlicheres, so schien es, hatte die Leute in Bann geschlagen. »Sie bewegen sich schneller als gewöhnlich«, sagte er.

»Und warum?«

»Ist dein Revolver geladen?«

Ich nickte. »Sollen wir lieber auf dem Boot bleiben?«

»Gesehen haben sie uns sowieso«, erwiderte er. »Schauen wir nach.«

Getuschel folgte uns wie ein Schatten, als wir die Häuser am Fluss hinter uns ließen. Potter hatte sich den Leinensack mit dem Gewehr über die Schulter gehängt, den Revolver hielt er versteckt in der Manteltasche. Nach wenigen Schritten erreichten wir den Markt, wo dichtes Gedränge herrschte, aber unser Erscheinen ließ eine Gasse entstehen, durch die wir vorankamen. Eine merkwürdig gespannte Stille hing über dem Ort. Bewohner standen in Grüppchen beisammen, aber statt ausgelassen zu plaudern, vertieften sie sich in geflüsterte Beratungen. Dann mündete die Gasse in einen offenen Platz, und im nächsten Moment entdeckten wir den Grund der mühsam in Zaum gehaltenen Aufregung.

Nebeneinander lagen drei männliche Leichen im Staub. Bäuchlings, mit auf dem Rücken gefesselten Händen. Ihre Köpfe waren ein Stück von den klaffenden Halsöffnungen weggerollt, davor standen Soldaten und zwei ältere Männer, deren bestickte Roben sie als Amtsträger auswiesen. Sie waren die Ruhe selbst, obwohl die Exekution erst wenige Minuten zurückliegen konnte; die Blutlachen auf dem Boden sahen frisch aus. »Sieh dir die Haare an«, sagte Potter leise. »Von den Toten, meine ich.«

Ich richtete den Blick auf die Köpfe und verstand, was er meinte. Statt des Tataren-Zopfes trugen die Toten lange Haare, und die verquollenen Gesichter verrieten, dass man sie vor der Hinrichtung misshandelt hatte. Es waren Rebellen. Soweit ich wusste, endete das von ihnen kontrollierte Gebiet mehrere hundert Meilen weiter nordöstlich, aber bevor ich überlegen konnte, warum diese drei in feindliches Terrain vorgedrungen waren, zog mich Potter am Ärmel. Die

Soldaten hatten uns bemerkt und beratschlagten offenbar, ob sie uns ergreifen sollten. »Chop-chop«, sagte er, eine Hand in der Tasche, am Griff seiner Waffe. »Wir verschwinden.«

»Zurück zum Boot?«, fragte ich heiser.

»Langsam, als hätten wir das sowieso vorgehabt.«

Einer der Männer trat einen Schritt vor, zückte sein Schwert und stieß es in den nächsten Leichnam, ohne die Augen von uns abzuwenden. Sein Gesicht war zu einer höhnischen Grimasse verzogen, aber keiner von ihnen machte Anstalten, uns zu folgen. Mehrmals blickte ich mich um, und Potter ermahnte mich, das nicht zu tun, als wir den Weg zurück zum Fluss nahmen. Zum Glück hatte Liu-Liu seine Einkäufe bereits an Bord verstaut. Zügig legten wir ab und ließen die Stadt hinter uns zurück. Während der nächsten Stunden reihte sich in meinem Kopf Frage an Frage: War Nanking gefallen, und die Aufständischen befanden sich in versprengten Gruppen auf der Flucht? Oder war vielmehr der Ausbruch aus dem Kessel gelungen, und sie stießen tief nach Süden vor? Wie auch immer die Antwort lautete, für uns bedeutete das Auftauchen der Rebellen erhöhte Gefahr. Liu-Liu hatte sich nach der Strecke erkundigt und erfahren, dass es keine Möglichkeit gab, Nanchang zu umfahren. Alle anderen Zugänge zum See waren gesperrt, vielleicht trieben sich noch mehr Aufständische in der Gegend herum. Eine Nacht verbrachten wir innerhalb der Stadtmauern, ich schlaflos und Potter in diesem Zustand, den ich nicht genau benennen konnte, aber wie sich am nächsten Morgen zeigte, hatten wir Glück. Soldaten ließen sich nicht blicken, und an der Zollstation wollten die Kontrolleure nur wissen, ob sich Schmuggelware an Bord befand. Die Anwesenheit zweier Ausländer war ihnen egal.

Unbehelligt setzten wir die Reise fort. Der Fluss wurde breiter und floss immer langsamer, und als zwei Tage später die Ufer im Dunst verschwanden, meinte Liu-Liu, wir hätten den Poyang-See erreicht. Auf meiner Karte sah er so breit aus wie das Delta des Perlflusses, das sich von Kanton bis nach Hongkong und Macao erstreckte. Früher einmal hatten die Rebellen ihn kontrolliert, aber vor einigen Jahren war in der Nachbarprovinz eine neue Armee ausgehoben worden und hatte sie zurückgedrängt. General Zeng Guofan hieß ihr Anführer, ein ehemaliger Gelehrter der Pekinger Akademie, von dem Hong Jin mir erzählt hatte. Ihn und seine Soldaten hasste mein Freund noch mehr als den großen Schlangenteufel in der Hauptstadt. Mit dessen Schergen würden die Rebellen fertigwerden, glaubte er, aber Zeng Guofans Hunan Armee war ein anderes Kaliber, diszipliniert, erfahren und zu allem bereit. Da sie gegenwärtig die gesamte Gegend um den See hielt, durchquerten wir ab sofort Kriegsgebiet – und das nur sehr langsam. Zu dieser Jahreszeit lag dichter Nebel über dem Wasser und erschwerte die Navigation. Potter stand den ganzen Tag im Bug und starrte auf die weiße Wand, die weder näher kam noch hinter uns zurückblieb. Manchmal tauchte wie aus dem Nichts ein anderes Boot auf, und die Crews riefen einander Hinweise und Warnungen zu. Der Wind ließ nach, eine Strömung war nicht mehr zu erkennen, und wenn der schiefe Gesang der Matrosen verstummte, weil sich die beiden ausruhten, trieben wir richtungslos dahin. Wie im Süden brachte der Herbst eine alles durchdringende Feuchtigkeit, die die Kleidung verschimmeln und das Holz morsch werden ließ. Eines der Ruder brach, und wir konnten von Glück sagen, dass es Ersatz gab. A-Gong und A-Bo gefiel es zwar, dass sie ihre Pausen fortan mit der Sorge ums Material begründen konnten, aber Potters Laune verdüsterte sich. »Wir haben zu wenig verdammte Hände an Bord«, schimpfte er, als wir abends an einer Insel angelegt hatten. »Acht Hände müssten wir haben. Nicht vier, die rudern wie zwei.« Er saß auf seiner Matte und bröselte braune Krümel in die Pfeife, die aussahen wie getrocknete Hirse.

»Auf dem Yangtze wird uns die Strömung ziehen«, sagte ich, »dann müssen wir nicht mehr viel rudern. Seit wann hast du's so eilig?«

Mit einem verächtlichen Schnaufen steckte er die Pfeife an und nahm einen Zug. Wellen schlugen gegen die Bootswand, so als führe in der Nähe ein größeres Schiff vorbei. »Was ist das eigentlich für ein Zeug, das du rauchst?«, fragte ich.

»Keef.«

»So nennst du es, aber was ist es?«

»Keef.«

»Hat es keinen anderen Namen?«

»Kayif. Ein Kerl auf einem Schiff nannte es Tschong.«

»Woraus besteht es?«

»Aus Keef, Sir.« Kurz schloss er die Augen, und seine Miene entspannte sich.

»Bevor es zu diesem braunen Zeug verarbeitet wurde, muss es etwas anderes gewesen sein«, hakte ich nach, weil ich Lust auf eine Unterhaltung hatte. Es war nicht das langsame Vorankommen, das mir Sorgen bereitete, der See selbst machte mich nervös. Wenn ich horchte, glaubte ich, ferne Schreie zu hören, die von Vögeln, Wassertieren oder sterbenden Menschen stammen konnten und gespenstisch übers Wasser hallten. Ab und zu donnerte es, und ich wusste nicht, ob es ein Gewitter oder Kanonenfeuer war.

»Vorher war es Cannabis«, sagte Potter.

»Cannabis also. Was bewirkt es?«

»Man verliert die Angst vor dem Tod.« Damit nahm er den nächsten Zug und ließ den Rauch so langsam aus dem Mund strömen, dass er sich kräuselnd über sein Gesicht legte. Im Licht der Öllampe sah es aus, als würden sich die Gesichtszüge auflösen. Die hingerichteten Rebellen fielen mir wieder ein, ihre vom Rumpf getrennten Köpfe mit den starren Mienen. Der Poyang-See war mehrere hundert Meilen von der Küste entfernt, aber durch den Yangtze mit dem Meer verbunden, und sein Wasserspiegel änderte sich mit Ebbe und Flut. Tagsüber flogen Vögel kreischend über unseren Mast hinweg, nachts kam mir das Gewässer so bedrohlich vor wie der Krieg selbst, der jederzeit über uns hereinbrechen konnte. Potter gab es zwar nicht zu, aber auch bei ihm spürte ich eine erhöhte Anspannung. Vielleicht stimmte, was er über die Wirkung des Keefs gesagt hatte. Vielleicht brauchte er die Droge, um nachts ruhig schlafen zu können.

Bevor wir am nächsten Morgen ablegten, gab es Streit an Bord. Wegen des Nebels hielt es Liu-Liu für zu gefährlich, die Fahrt fortzusetzen. Das war nicht unvernünftig, die Sicht betrug kaum zwanzig Yards, aber ich wollte nicht den ganzen Tag festsitzen, und Potter grummelte mürrisch vor sich hin, dass von zu schlechter Sicht keine Rede sein könne. »Chop, chop!«, herrschte er den Koch an und hob drohend die Hand. Es grenzte an ein Wunder, dass nach einer halben Stunde Wind aufkam und den Nebel auflockerte. Rasch lichteten wir den Anker, aber der See zeigte sich abermals von seiner unberechenbaren Seite. Kaum hatten wir Fahrt aufgenommen, senkten sich neue Nebelbänke herab und verschluckten alle Geräusche. Die Stille war mir nicht geheuer, aber am meisten beunruhigte mich, dass Potter plötzlich aufgebracht wirkte und mit dem Gewehr im Anschlag an Deck stand, als zielte er auf einen unsichtbaren Angreifer. »Was ist?«, fragte ich und stellte mich neben ihn. Dass auf seinen Instinkt Verlass war, wusste ich inzwischen.

»Den Chinks ist nicht zu trauen.« Ein Mann mit zwei gesunden Augen hätte das linke zusammengekniffen und mit dem rechten gezielt, er musste den Kopf weit zur Seite neigen, um das linke zu benutzen.

»Für Liu-Liu lege ich die Hand ins Feuer«, sagte ich.

Der Antwort schenkte ich damals keine Beachtung, aber als sie mir später wieder einfiel, fragte ich mich, ob Potter hellsehen konnte. »Tu das, und du wirst sie verlieren«, genau das waren seine Worte. Erneut zielte er mit dem Gewehr ins Nichts. »Wir segeln zu dicht am Ufer.«

»Wegen der Sandbänke«, sagte ich.

Im nächsten Moment änderte das Boot so abrupt seinen Kurs, als wäre es gerammt worden. Erschrocken taumelte ich zur Seite und sah mich um. Eine Böe hatte das Segel des Hauptmastes erfasst, das nicht richtig gespannt war und sich wie ein Sack wölbte. Wütend wirbelte Potter herum und zielte auf die beiden Matrosen, die hastig begannen, am Hisstau zu ziehen. Auf einmal lag offene Feindseligkeit in der Luft. A-Gong und A-Bo schnitten Grimassen in Potters Richtung, achteten aber darauf, ihm nicht zu nahe zu kommen. Vor uns riss der Nebel auf, und zum ersten Mal reichte die Sicht bis zu den steilen Felsen, die den See wie eine Wand begrenzten. »Was hab ich gesagt«, schrie Potter außer sich vor Zorn. »Zu nah am Ufer, hab ich gesagt. Verdammtes Chinesenpack!«

»Ich rede mit Liu-Liu«, sagte ich beschwichtigend. Der Koch war mit der Vorbereitung des Mittagessens beschäftigt, und ich fragte ihn, ob er den beiden Matrosen vertraute. Das bejahte er, fügte aber hinzu, sie nicht gut zu kennen. Die Männer, die er für frühere Fahrten angeheuert hatte, waren kaiserlichen Soldaten in die Hände gefallen und zwangsrekrutiert worden, A-Gong und A-Bo arbeiteten erst seit wenigen Wochen mit ihm. »Beide ein bisschen faul, aber keine schlechten Männer.« Damit deutete er zum vorderen Teil des Bootes und fügte hinzu: »Po-de ist gefährlicher.« Mir fiel auf, dass vor der Holzfigur des Nordkaisers, die auf dem Altar beim Herd stand, mehr Kupfermünzen lagen als am Vortag.

»Droht uns auf dem See Gefahr?«, fragte ich.

Liu-Liu zuckte mit den Schultern. »Gefährliche Zeiten«, sagte er.

In der nächsten halben Stunde herrschte an Bord angespannte Stille. Trotz des bewölkten Himmels lag gleißendes Licht auf dem Wasser, und wenn ich nach Hindernissen Ausschau hielt, verschwamm die Umgebung. A-Gong und A-Bo flüsterten miteinander. Alle Chinesen glaubten, dass Ausländer steinreich waren, und wahrscheinlich unterlagen auch unsere Matrosen diesem Irrtum. Wer konnte wissen, was sie im Schilde führten? Als im Bug erneut geschrien wurde, lief ich nach vorne. Da die Kabine fast so breit war wie der Bootsrumpf, musste man entweder über eine schmale Planke an der Seite oder übers Dach klettern. Ich wählte den Weg über die Planke, rutschte aus und wäre beinahe ins Wasser gefallen. A-Gong und A-Bo standen mit dem Rücken zur Reling. Wie verängstigte Affen fauchten sie Alonzo Potter an, der mit erhobener Waffe vor ihnen stand und abwechselnd auf den einen und den anderen zielte. »Noch einen Ton, und ich blas' euch die Köpfe weg«, drohte er.

»Was ist los?« Mit klopfendem Herzen kam ich bei den dreien an. Liu-Liu folgte mir über das Dach der Kabine.

»Sie geben Zeichen. Verräterisches Pack!«

»Was für Zeichen? Wem?«

»Ihren Komplizen natürlich.« Verächtlich spuckte er aus. »Ins Wasser mit ihnen, sag ich. Am besten sofort.«

»Warte!« Ich machte einen Schritt nach vorn und trat in die Schusslinie. Liu-Liu begann zu schimpfen, die Matrosen schimpften zurück, ihre Hände deuteten hierhin und dorthin, aber ich verstand kein Wort. Die Rufe hatten in der

Tat wie ein Code geklungen, Signale an eine andere Crew draußen auf dem See. Potter senkte den Gewehrlauf gerade weit genug, dass er auf die Brust der Verdächtigen zielte, und behielt den Finger am Abzug.

»Es ist wegen ...« Liu-Liu wendete sich an mich, aber in der Aufregung sprach er zu schnell.

»Wegen was?«, fragte ich.

»Wegen der Felsen.«

»Der Felsen?«

»Weil man sie nicht sieht. Zu dichter Nebel.«

Es dauerte einen Moment, bis ich ihn verstand. »Echo«, sagte ich zu Potter. »Sie stoßen Rufe aus und warten, ob von den Felsen ein Echo kommt. Ihre Art der Navigation im Nebel.«

»Verdammte Lüge«, gab er zurück.

»Sag ihnen, sie sollen es noch einmal machen«, wies ich Liu-Liu an.

Erst musste Potter den Gewehrlauf senken, dann legte A-Gong beide Hände um den Mund und stieß denselben Ruf aus wie vorher. Fast sofort hallte er von den Felsen zurück, offenbar waren wir dem Ufer ziemlich nah. »Solange die Sicht nicht besser ist ...«, sagte ich, aber Potters Miene verriet, dass er den Chinesen nicht glaubte. Widerwillig ließ er zu, dass sich die Matrosen an die Reling stellten. Einer rief, einer horchte. Sie schienen zu wissen, was sie taten. Ich jedenfalls war für den Moment beruhigt.

»Wieder gut?«, fragte Liu-Liu. »Mittagessen in halber Stunde?«

»Ein falscher Ton, und sie sind tot«, brummte Potter.

»Vielleicht lassen wir sie einfach allein«, schlug ich vor.

»Von der Kabine aus haben wir sie im Blick.« Diesmal nahm ich den Weg übers Dach und Potter balancierte über die Planke. Gerade wollte ich die Leiter im Heck hinunterklettern, als auf den Ruf der Matrosen kein Echo antwortete, sondern ein ebenso lauter Ruf aus dem Nebel. Dann einer von der anderen Seite des Bootes.

Zwei Sekunden später fiel ein Schuss.

Statt zu klettern, sprang ich und sah mich um. Potter lehnte über der Reling; im ersten Moment glaubte ich, er sei getroffen worden, aber er beugte sich übers Wasser, um an der Kabine vorbei nach vorne zu feuern. »Deine Waffe!«, schrie er. Liu-Liu versteckte sich unter dem Board, das ihm als Arbeitsplatte diente, ich stürzte durch die Kabinentür, warf mich hin und zog den Revolver. Kriechend gelangte ich zum Fenster. Zwei grell bemalte Dschunken waren unserem Boot nahe genug gekommen, um der Besatzung das Entern zu ermöglichen, aber den Schuss von eben hatte Potter abgefeuert. Einer der Matrosen lag ausgestreckt an Deck, ich erkannte nicht welcher. Im nächsten Moment sprangen zwei Gestalten aus dem weißen Nebel. Sie hielten Schwerter in der Hand, und ihr suchender Blick traf mich durchs Fenster. Bevor ich etwas tun konnte, kam mein Gefährte in die Kabine, kniete sich hin und feuerte durch die Scheibe. Glas splitterte. Als ich das nächste Mal aufsah, lagen drei Körper an Deck. Kniend und ohne hinzusehen, lud Potter das Gewehr nach. »Wieso schießt du nicht?«, fragte er.

»Ich glaube, wir haben sie vertrieben.« Das sagte ich, ohne nachzudenken, aber es stimmte. Die zwei fremden Dschunken waren wieder weg. Unser Hauptsegel hing in Fetzen, das ganze Boot schaukelte hin und her, und der Nebel hüllte uns so dicht ein, dass die Mastspitze darin verschwand. Mit dem Gewehrkolben entfernte Potter die Glastücke aus dem Fensterrahmen und horchte. Einer der drei Männer an Deck gab ein leises Stöhnen von sich. Als wir nach draußen gingen, erkannte ich, dass es A-Gong war. Die beiden Piraten lagen in einer Blutlache und rührten sich nicht. Sie trugen weite Hosen, wie die Fischer an der Küste, aber keine Obergewänder. Jeden hatte ein Schuss in die Brust getroffen. Mit dem Fuß stieß Potter sie an, dann bedeutete er mir, mit anzufassen. »Was hast du vor?«, fragte ich.

»Ins Wasser.«

»Einfach so?«

Mit höhnischem Lächeln machte er über jedem der beiden das Kreuzzeichen. Was hätte ich tun sollen? Wir konnten nicht anlegen, um sie zu begraben, und sie erst recht nicht an Bord behalten. Potter griff die Arme, ich die Beine, ihre hageren Körper wogen nicht viel. Als es getan war, deutete ich auf A-Gong. »Und er?«

»Ist mir vor die Flinte gelaufen.«

Der Matrose lag auf dem Rücken und atmete noch, aber als er zu sprechen versuchte, kam nur ein unverständliches Gurgeln. Erst jetzt fiel mir auf, dass sich sein Zwilling nicht mehr an Bord befand. Hatten sie tatsächlich gemeinsame Sache mit den Piraten gemacht? »Was tun wir mit ihm?«, fragte ich.

»Geh zu Liu-Liu. Frag, ob er Verbandszeug hat. Ein Stück Stoff, einen Lappen.«

Als ich über die Planke ins Heck stieg, spürte ich einen Anflug von Übelkeit. Es war nicht mein erstes Feuergefecht, aber mir wurde bewusst, dass mich mehrere hundert Meilen vom nächsten Ort trennten, an dem ich nicht um mein Leben fürchten musste. Nach ein paar Schritten hielt ich inne, dann verriet mir das laute Platschen im Bug, dass Potter nicht vorgehabt hatte, einem mutmaßlichen Verräter das Leben zu retten. Wahrscheinlich wäre es sowieso nicht zu retten gewesen. Ich ging weiter und fragte Liu-Liu, ob er verletzt sei. Er schüttelte den Kopf. »Die beiden?«, fragte er.

Statt zu antworten, schaute ich durch das kaputte Fenster nach vorne. Potter stand an der Reling und richtete den

Blick auf einen Punkt im Wasser. Das Hauptsegel musste repariert werden, so viel stand fest, und wir konnten nicht ohne vollständige Besatzung den großen Fluss hinunterfahren. Drei Mann waren ohnehin wenig, wir hatten bereits überlegt, eine zusätzliche Hilfe anzuheuern. Ohne darüber nachzudenken, was ich tat, ging ich in die Kabine, nahm die Mappe mit meinen Notizen, wickelte sie in ein Wachstuch und steckte sie unter mein Gewand. »Wir legen in Jiujiang an«, sagte ich, als ich zu Liu-Liu zurückkehrte. »Wie weit ist es noch?«

Sein Arm deutete dahin, wo wir die Felsen gesehen hatten. Für einen Moment sah er mich an, als könne er sich nicht überwinden, auszusprechen, was ihm auf dem Herzen lag. An der Bootswand lehnte eine einfache Angel aus Bambus und Pferdehaar. »Ich lebe?«, brachte er schließlich hervor.

Kurz legte ich ihm eine Hand auf die Schulter und nickte.

Fürs Erste würden Potter und ich die Ruder übernehmen. Die von Liu-Liu angezeigte Richtung war West-Nordwest, demnach mussten wir schnell handeln, denn vor uns floss der Yangtze, und wenn wir in dessen Strömung gerieten, würden wir hilflos mitgezogen. Eilig stieg ich auf die Leiter und wollte nach Potter rufen, aber ich kam nicht dazu. Rechts neben dem Bug tauchte plötzlich eine braune Wand aus dem Nebel auf. Die Felsen, war mein erster Gedanke, wahrscheinlich hatten wir uns gedreht und trieben seitlich aufs Ufer zu. Rasch kam die Wand näher. Etwas war merkwürdig, und als ich aufs Wasser sah, erkannte ich, dass sich unser Boot kaum bewegte. »Teufel!«, hörte ich Potter ausrufen, dann verstand ich, dass neben uns keine Felswand aufragte und wir nicht darauf zutrieben. Etwas kam auf uns zu – der Rumpf eines anderen Schiffes.

Die Kollision erfolgte mit solcher Wucht, dass ich von der

Leiter fiel. Holz krachte und splitterte. Das Boot drohte zu kentern, ich griff hierhin und dorthin und bekam einen Haken in der Bordwand zu fassen, bevor das nächste Unglück geschah. Öl aus dem Wok musste auf Liu-Lius Kleidung gespritzt sein. Von der Feuerstelle schoss eine Stichflamme hoch, und sofort fing das Gewand unseres Kochs Feuer. Im Nu hüllten die Flammen ihn ein. Panisch schlug er mit den Armen, ich brüllte, er solle springen, aber er zappelte auf der Stelle. Das Boot lag schief im Wasser, Lebensmittel rollten über den Boden, und um ein Haar hätte das brennende Öl auch mich erreicht. Verzweifelt hielt ich Ausschau nach etwas, womit ich die Flammen ersticken konnte. Die Decke unter dem Küchenboard! Liu-Liu schrie und schrie, im Bug fielen Schüsse. »Von Bord!«, hörte ich Potter brüllen. Kriechend erwischte ich einen Zipfel der Decke, sprang auf, hielt sie mir vor den Körper und rammte den brennenden Koch. Es zischte, als er ins Wasser fiel, dann verlor ich erneut das Gleichgewicht. Um mich herum stand die Kochstelle lichterloh in Flammen. »Potter?«, rief ich und bekam keine Antwort, stattdessen durchschlug ein Schuss die Wand neben der Kabinentür. Ich wollte etwas ins Wasser werfen, woran sich Liu-Liu festhalten konnte, fand aber nichts. Meine Hände griffen nach der Pistole, die mir entglitten war. Mit Mühe richtete ich mich auf und feuerte, ohne zu zielen. Im Bug wurden Rufe und Befehle gebrüllt, aber statt endlich in den See zu springen, schoss ich noch zweimal, bevor mir ein plötzlicher Schlag die Waffe aus der Hand riss.

Im ersten Moment tat es nicht weh. Ich spürte nur starke Hitze und tastete reflexartig nach dem Bündel unter meinem Gewand. Als ich es hervorziehen wollte, sah ich, dass die linke Hand zerfetzt war. Eine Kugel hatte den Handteller durchschlagen und ein Stück Fleisch weggerissen. Weißlicher Knorpel schaute hervor, der Daumen baumelte hin

und her, als würde er gleich abfallen. »Von Bord, verdammt!«
Potters Stimme kam aus dem Wasser. Ich sah ihn nicht,
aber bei der Kabine nahm ich eine Bewegung wahr. Der
nächste Schuss schlug in die Bordwand, und ohne mich um-
zusehen, sprang ich über die Reling. Den linken Arm presste
ich an den Körper, mit den anderen Gliedmaßen machte ich
Schwimmbewegungen, so gut es ging. Weg vom Boot, war
mein einziger Gedanke. Jetzt erst spürte ich den Schmerz,
die verletzte Hand brannte. Noch zwei Mal krachten Schüsse, dann erkannte ich vor mir Potters Gesicht. »Wo ist die
Waffe?«, fragte er. Sein Gewehr hatte er sich um den Oberkörper gebunden, nur der Lauf ragte aus dem Wasser.

»Ich wurde getroffen.«

Seine Erwiderung verstand ich nicht. Am Kragen des Gewands zog er mich zu sich heran, drehte mich auf den Rücken und fasste mit dem Arm um meinen Brustkorb. Rück-
wärts wurde ich vom Boot weggezogen, das schnell hinter
Nebelschwaden verschwand. »Liu-Liu«, keuchte ich.

»Mund halten.« Auch Potter atmete schwer.

»Wir müssen ihm … er ist …«

»Halt den Mund, sag ich!«

Ob wir uns Richtung Ufer oder hinaus auf den See bewegten, konnte ich nicht erkennen. Ab und zu erklangen weit
weg triumphierende Stimmen. Ich wollte Potter mit Bein-
schlägen unterstützen, aber aus meinem Körper war alle
Kraft entwichen, und ich begann, heftig zu zittern. Kein anderes Boot tauchte neben uns auf, der See wirkte wie tot.
Nicht einmal Wasservögel ließen sich blicken. Nach zehn
oder zwanzig Minuten stieß Potter einen Fluch aus, und
ich drehte den Kopf. Eine senkrechte Wand aus grauem Fels
türmte sich hinter uns auf. Weit oben glaubte ich ein Dach
aus Bäumen zu erkennen, aber dorthin zu gelangen, schien
unmöglich. »Was … tun wir jetzt?«, fragte ich.

»Du hältst den Mund, wenn du nicht willst, dass ich dich ersäufe.«

Meine verletzte Hand schmerzte immer stärker. Ich spürte ein Pulsieren und das ekelhafte Gefühl von Wasser an offenem Fleisch. Dass ich den Daumen verlieren würde, war mir klar – oder nicht klar, aber ich wusste es. Außerdem fror ich und glaubte, mich übergeben zu müssen. Als wir der Felswand näher kamen, hörte ich das hohle Geräusch, mit dem die Wellen gegen den Stein schwappten. Ein Schatten fiel über den See, kurz darauf richtete sich Potter auf, weil er Grund unter den Füßen hatte.

Vor uns öffnete sich ein keilförmiger Riss im Fels. Wie tief er reichte, konnte ich nicht sehen, zu viel Gesträuch wuchs in der Öffnung, und für den Moment war allein wichtig, ins Trockene zu gelangen. Potter brach Äste ab, die uns den Weg versperrten, Vögel flogen auf, es roch nach nassem Gestein und Erde. Sobald ich genug Platz hatte, ließ ich mich auf den Boden fallen. Mit geschlossenen Augen spürte ich, wie mein Gefährte die Wunde inspizierte. »Nichts zu machen«, befand er. Ein kurzes Reißen, das nicht wehtat, aber meine Übelkeit verstärkte. Ich drehte mich zur Seite und kotzte auf den matschigen Boden, dann schleppte mich Potter weiter zu einem flachen Felsstück. »Du hast ... meinen Daumen abgerissen«, sagte ich. Statt zu antworten, zog er ein Messer hervor, schnitt ein Stück von seinem Hemd ab und wrang es aus. Den Hut hatte er verloren, Haare klebten ihm am Schädel, und das künstliche Auge sah noch größer aus als sonst. Seine Miene zeigte keine Rührung, als er den Verband um meine Hand wickelte und den zusammengerollten Mantel unter meinen Kopf schob. Dann stand er auf und griff nach dem Gewehr. »Du wartest.«

Im nächsten Augenblick war er verschwunden.

Durch die Äste sah ich einen weißlichen Ausschnitt des

Himmels. Krähen flogen dort. Oder Möwen? In manchen Momenten war mir, als würde ich im Wasser treiben, dann wieder fühlte sich der Fels unter mir so hart an, als wöge mein Körper eine Tonne. Eine Mischung aus Schlaf und Ohnmacht überkam mich, aber mein Bewusstsein erlosch nicht ganz. Ab und zu zuckte die linke Hand in unkontrollierten Reflexen. Ich fragte mich, ob ich sterben würde, und kam zu dem Schluss, dass es von Potter abhing. Einmal hörte ich Elisabeths Lachen und versuchte, es mit aller Kraft festzuhalten, aber im nächsten Moment sah ich Liu-Liu in Flammen aufgehen. Ein Matrose lag an Deck, und ich erinnerte mich an warmen, weichen Regen, aber nicht mehr, wo er gefallen war. Elisabeths kühle Hand lag auf meiner Stirn, oder bildete ich mir das ein? Berührten ihre Lippen meine Wange? Für kurze Zeit muss ich schließlich doch das Bewusstsein verloren haben, denn als sich Stimmen näherten, schreckte ich auf, als würde ich von weit weg in die Gegenwart zurückkehren.

Erleichtert erkannte ich Potter, der seine Waffe im Anschlag hielt und zwei Chinesen vor sich her trieb. Sie trugen identische Gewänder aus blauem Stoff und blieben abrupt stehen, als sie mich sahen. Mit einem Schwenk des Gewehrlaufs befahl mein Gefährte ihnen, mir aufzuhelfen. »Gibt es irgendwo einen Weg?«, fragte ich unter Aufbietung aller Kräfte.

»Treppen«, erwiderte er.

»Treppen?«

Es dauerte ein paar Minuten, bis wir sie erreichten. Sie waren am Ende der Schlucht in den Fels gehauen und notdürftig mit einem Geländer aus Bambus gesichert. Hier ein paar Stufen und dort ein paar, dazwischen ein schmaler, glitschiger Weg, auf dem meine Helfer und ich nur seitwärts vorankamen. Ich hatte meine Arme um ihre Schultern gelegt; sie schienen nicht zu wissen, wie sie mich fassen sollten. Von den glattrasierten Stirnen tropfte Schweiß. In winzigen Schritten arbeiteten wir uns die Schlucht hinauf, die wie ein offenes Treppenhaus den Fels teilte. Viel Zeit verging, ehe wir ein steinernes Tor erreichten, hinter dem sich ein großzügiges Anwesen erstreckte. Ein Tempel, dachte ich. Mein Blick fiel auf künstliche Teiche und gestutzte Zierpflanzen, ein Gong schlug, und irgendwo wurde ein chinesisches Saiteninstrument gespielt. Inzwischen war ich so entkräftet, dass ich auch mit Hilfe der Männer kaum noch gehen konnte. Meine Füße schleiften über den Boden. Um mich herum hörte ich erschrockenes Flüstern, dann betraten wir einen weiß getünchten Raum mit Bett. Mein linker Arm war taub, nur die Wunde spürte ich. Sie blutete stark. Mit vereinten Kräften wurde ich aufs Bett gehievt, Potter gab kurze Befehle, und obwohl ich die Augen geschlossen hielt, wusste ich, dass er sie mit Bewegungen seiner Waffe untermalte. Ich bekam trockene Kleider, kühl und weich wie Seide. Einige der Stimmen waren weiblich. Eine Schale mit heißem Tee berührte meine Lippen. Für einen Moment glaubte ich, gestorben und in den Himmel gekommen zu sein, aber der Schmerz hielt an. Vorhänge aus dunklem Stoff wurden heruntergelassen und dämpften das Licht. Die Stimmen verließen den Raum.

Dann wurde alles schwarz.

Die nächsten Tage waren ein Alptraum aus Fieber und Schmerzen. Durch die Papierfenster fiel Licht herein und tanzte auf den weißen Wänden. Ich schwitzte unaufhörlich und sehnte die seltenen Augenblicke der Linderung herbei, wenn meine Kleider gewechselt wurden oder sich ein feuchter Lappen auf meine Stirn legte. Potter berichtete später, es habe drei Tage gedauert, Opium aufzutreiben, in Form kleiner Pillen, die er mir in den Mund schob. Danach gab es Stunden, in denen die Qualen nachließen und ich ansprechbar war, aber mein Gesamtzustand verschlechterte sich stetig. Wenn der Verband gewechselt wurde, kam eine geschwollene dunkle Knolle zum Vorschein, die aussah wie verkohlt und übel zu riechen begann. Keinen der vier Finger konnte ich bewegen.

Manchmal wünschte ich, man würde mich nicht versorgen, sondern mit meinen Fieberträumen allein lassen. Ich wollte einen Brief nach Hause schreiben; obwohl ich das seit über einem Jahr nicht getan hatte, klammerte ich mich nun an den Wunsch wie ein Ertrinkender an eine Planke im Wasser. Mehrmals rief ich nach Potter und sagte, ich müsse ihm diktieren. Er nickte und gab mir die nächste Pille. Vor meinem inneren Auge wiederholte sich der Überfall, Liu-Liu ging schreiend über Bord, und manchmal fing ich selbst Feuer und fiel um mich schlagend in den See. Wenn ich in meinen Halluzinationen aufschrie, erschien entweder das freundliche Gesicht einer Chinesin mit schönen Augen oder Potters Glasauge, das mich eingehend musterte. Süßlich bitterer Rauch trieb durch den Raum, wenn er das Opium auf seine Weise konsumierte. Nachts schlief er auf einer Reisstrohmatte neben der Tür.

Wie viele Tage so vergingen, wusste ich nicht. Eine Woche oder zwei, dann kam jener Morgen, an dem mehr Menschen als sonst das Zimmer betraten. Die meisten trugen die schlichte Kleidung von Dienstboten und gehörten zu denen, die mich abwechselnd fütterten, meine Kleider wechselten und mir bei intimen Verrichtungen halfen; zu den peinlichsten Umständen meiner Verletzung gehörte, dass ich es oft nicht schaffte, zur Toilette zu gehen. Man musste mir entweder helfen oder sich um die Folgen kümmern, wenn die Hilfe zu spät eingetroffen war. So auch an diesem Morgen. Dass ich nach dem Waschen andersherum im Bett lag, mit der linken Seite zum Raum statt zur Wand, wunderte mich. Mit Potter kam ein älterer Mann herein, den ich zum ersten Mal sah. Sein grauer Kinnbart reichte ihm bis auf die Brust, aber der Schädel war vollkommen kahl. Bevor er näher trat, vergewisserte er sich mit einem Blick, dass mein Gefährte es gestattete. Potter hatte sich das Gewehr über die Schulter gehängt und bewegte den Kopf hin und her, um alle im Blick zu behalten. »Arzt«, murmelte er in meine Richtung, »behauptet er jedenfalls.«

Ich spürte die ängstliche Befangenheit im Raum. Zwei junge Frauen standen abseits und tuschelten miteinander. Der Arzt sagte etwas, das ich nicht verstand. Vorsichtig entfernte er den Verband und zuckte zusammen. Der Gestank, der mir in die Nase stieg, erinnerte an ein totes Tier. Ich wendete das Gesicht ab und sah, wie die beiden Frauen einander an den Händen fassten. Eine war die mit den schönen Augen. »Ist es Wundbrand?«, fragte ich Potter, bekam aber keine Antwort.

»Du brauchst mehr Opium«, erwiderte er nur.

»Sag mir, ob …«

»Du brauchst Opium, aber es gibt keine Pillen mehr. Pillen sind schwer zu bekommen.« Er ging zur Tür und zog einen Tisch herein. Außer dem Bett standen zwei elegante Stühle aus Ebenholz im Raum, aber der Tisch sah aus wie kürzlich zusammengezimmert. Potter stellte ihn auf Kopfhöhe neben mich und bedeutete den Frauen, näher zu treten. Sie brachten eine Opiumpfeife und das nötige Besteck. »Ich … rauche kein Opium«, murmelte ich.

»Doch, du rauchst.«

»Sag mir, ob es Wundbrand ist.«

»Erst die Pfeife.«

Ein Schauer aus Schmerz und Angst durchfuhr mich. Der Arzt stand reglos neben mir, als wartete er auf einen Befehl, aber Potter schubste ihn lediglich zur Seite, um Platz für die Frauen zu schaffen. Einer von ihnen liefen Tränen übers Gesicht, als sie den kleinen Klumpen auf eine Nadel spießte und über eine brennende Kerze hielt. Ihre Handbewegungen verrieten, dass sie schon viele Pfeifen vorbereitet hatte. Der Klumpen begann zu knistern und wurde auf das dünne Loch der Keramikkugel gesetzt. Als alles bereit war, halfen sie mit, mich auf die Seite zu drehen. Zwei weitere Diener drückten sich bei der offenen Tür herum, als wollten sie im nächsten Augenblick davonlaufen.

Gierig zog ich an der Pfeife. Der Rauch schmeckte herber, als er roch, ein unsichtbarer Vorhang senkte sich herab und wurde mit jedem Zug dichter. Aus den Menschen im Raum wurden Schemen, die sich fließend und stumm bewegten, nur Potter stand vor dem Bett und beobachtete mich. Vermutlich besaß er genügend Erfahrung, um einem Mann den Moment des tiefsten Rausches anzusehen. Mein Körper schien leichter zu werden, der Schmerz ließ nach, war aber immer noch sehr stark. Als sich ein Anflug von Übelkeit einstellte, drehte ich den Kopf weg, und sofort bedeutete Potter den Frauen, mir die Pfeife an den Mund zu halten. Noch zwei- oder dreimal zog ich, dann lag ich auf dem Bett und spürte, wie ich wieder auf den Rücken gedreht wurde. Über mir erschien das Gesicht meines Gefährten. »Niemand hat den nötigen Mumm«, sagte er, »also tu ich es.«

»Gut, ja. Was tust du?«

Um mich herum entstand Hektik. Die Frauen weinten, Potter trat jemanden, damit er sich rührte, und im nächsten Moment hielten zwei Chinesen meine Beine fest. Ein dritter fasste den linken Arm. Panik stieg in mir auf. Ich wollte mich wehren und war gefesselt. Die Frau mit den schönen Augen stand hinter mir und hielt meinen Kopf. »Ich hab's schon einmal getan«, sagte Potter. »Jahre her.«

»Hat der Mann überlebt?« Es verstärkte meine Angst, dass meine Stimme so fest klang. Ich war wacher, als ich sein wollte, und mein Herz raste.

»Wir hatten zu lange gewartet.«

Der verletzte Arm wurde auf den Tisch gepresst und auf der Höhe der Ellbogenbeuge mit einem Seil fixiert. Ich verstand, zu welchem Zweck der Tisch gebaut worden war. Nicht für das Opium. Potters Blick suchte nach der richtigen Stelle. »Warte!«, rief ich.

»Je eher wir anfangen ...«

Ich schloss die Augen, und als ich sie wieder öffnete, hatte er eine Säge in der Hand. Die Frau, die mein Kinn umfasste, wimmerte leise, und die Vorahnung des Schmerzes war so furchtbar, als würde ich ihn bereits fühlen. Worte strömten aus mir heraus, ohne dass ich sie stoppen konnte. Ich achtete nicht darauf, was ich sagte, sondern plapperte und starrte auf das Sägeblatt, das sich gleich durch mein Fleisch wühlen würde. Potter nickte, aber es galt nicht mir. Er hatte die Stelle gefunden und behielt sie im Blick. »Alles?«, fragte er.

»Gib mir etwas ... Lass mich noch einen Moment ... o Gott!«

»Beiß auf das hier.« Er gab der zweiten Frau einen Stoß. Ein Stück Holz, schmal und rund wie der Stiel eines Kochlöffels, wurde mir zwischen die Zähne geschoben. Etwas explodierte in meinem Kopf, so als wäre die Wirkung des Rauschgifts mit einem Mal verflogen. Schweiß trat auf meine Stirn, Muskeln und Sehnen spannten sich, ich glaubte vor Angst zu ersticken. Potters freie Hand drückte meinen Arm, dann spürte ich zum ersten Mal das kalte Metall auf der Haut. Tausend Mal hatte ich meinem Vater beim Zurechtschneiden der großen Holzstücke geholfen und kannte den Moment, in dem das Sägeblatt auf dem Ast ruhte. Das letzte

Justieren. Ich presste die Kiefer zusammen, so fest ich konnte. Alonzo Potter spuckte auf den Boden.

Dann begann er zu sägen.

*Das Tagebuch des Mädchens Huang Shuhua*
*Sechster Tag des neunten Mondes*
*im neunten Jahr der Herrschaft Xianfeng*

少
女
黃
淑
華
日
記

咸
豐
九
年
九
月
初
六
日

Letzte Nacht musste ich mich unzählige Male übergeben. Es war, als wollte mein Körper die schrecklichen Eindrücke des Tages aus sich herauswürgen; kaum lag ich im Bett, musste ich wieder raus. Wird dieser Alptraum nie enden? Von meiner Familie gibt es noch immer keine Nachricht. Wo sind meine Eltern? Lebt der kleine Baobao noch? Tag für Tag stelle ich mir dieselben Fragen, unentwegt wische ich mir die Tränen aus dem Gesicht und versuche zu lächeln, wenn ich jemandem begegne. Alle behaupten, ich hätte Glück gehabt. Hat mich Magistrat Wang nicht aufgenommen und mir eine Stelle in seinem Haushalt gegeben? Sogar eine Freundin habe ich gefunden. Obwohl wir nicht verwandt sind, nennen uns alle die dritte und die vierte Schwester, und inzwischen reden wir uns selbst so an. Si-mei ist der einzige Mensch, dem ich von meinem Unglück erzählen kann, alle anderen sagen bloß: Was wäre passiert, wenn die Langhaarigen dich erwischt hätten? Sie allein versteht, dass ich nicht über mein Schicksal weine, sondern um die, die ich liebe. Letzte Nacht ist sie jedes Mal mit aufgestanden, um mir die Haare zu halten. Sie hat dasselbe gesehen wie ich, aber sie ist die Stärkere von uns beiden. Ohne sie würde ich es hier nicht aushalten.

Die ganze Zeit über habe ich die Augen zugepresst und versucht, an andere Dinge zu denken, aber es half nicht. Die Geräusche! Das schreckliche Knirschen der Säge! Ich musste den Mann am Kinn fassen, damit ihm das Holzstück nicht aus dem Mund rutschte, wenn er den Kopf hin und her warf. Einmal trat mich der Einäugige, weil ich nicht aufgepasst hatte. Sobald ich daran denke ...

Heute früh haben Si-mei und ich den Verband gewechselt und versucht, dem Kranken etwas Brühe einzuflößen, aber er hat die ganze Zeit geschrien. Dem anderen schien es egal zu sein, der hockte auf dem Boden, hielt das komische lange Ding auf dem Schoß und rauchte Pfeife. Jedes Mal, wenn ich ihn anschaue, bekomme ich eine Gänsehaut. Herr Shi, der Verwalter, hat an Magistrat Wang geschrieben und um Anweisungen gebeten, was mit den Eindringlingen geschehen soll. Es heißt, ausländische Teufel hätten damals die Langhaarigen angestachelt. Mit ihnen hat alles begonnen, also habe ich ihretwegen kein Zuhause mehr, sondern liege nachts in der Kammer und lausche dem Wind, der draußen über den See weht. Wenn Si-mei mich weinen hört, nimmt sie meine Hand.

Schon bevor die beiden Ausländer kamen, wäre ich am liebsten von hier weggelaufen. Außer meiner Freundin ist niemand gut zu mir, sogar die Kinder auf dem Anwesen hänseln mich wegen meiner Füße. Si-meis Familie war so arm, dass die Töchter auf dem Feld arbeiten mussten. Meine nicht, bevor Vater seine Stelle beim korrupten Gouverneur verlor, aber dass man mir die Füße bindet, hat er trotzdem nicht erlaubt. Ich weiß noch, wie Mutter schimpfte, weil sie meinte, sie würden nie einen Mann für mich finden. Ein Mädchen mit hässlichen Füßen, das obendrein lesen und schreiben kann!

Und was sagte Vater? Deine Handschrift ist schöner als meine, sagte er, um mich zu ermutigen, noch fleißiger zu sein. Ob er wenigstens ein paar seiner Bücher einpacken konnte, bevor die Langhaarigen kamen?

Vor einigen Tagen ist der Magistrat aufgebrochen zu einer Reise durch die Präfektur. Alle sagen, er wird auf der anderen Seite des Flusses General Zeng Guofan besuchen. Sie sollen gute Freunde sein. Der General ist unsere letzte Hoffnung, die Langhaarigen zu besiegen. Aus der Gegend um den Poyang-See hat seine Armee sie vertrieben, und Nanking wird belagert, aber im restlichen Yangtze-Tal wüten sie wie eh und je. Ob unser Haus noch steht? Gibt es den Hof mit den Magnolien noch, wo Baobao im Sommer Glühwürmchen gefangen hat. Manchmal, wenn ich nachts wachliege, höre ich ihn plötzlich nach mir rufen: Hilf mir, Tante, sie fliegen so hoch! Dann bricht mir der Schweiß aus, weil ich denke, er ist tot. Vielleicht sind alle, um die ich weine, längst gestorben, und meine Tränen fließen einfach weiter, bis auch meine Zeit gekommen ist.

Si-mei ruft mich, ich muss Schluss machen. Weil der Verwalter uns nicht leiden kann, sollen wir jetzt den ausländischen Teufel pflegen. Niemand glaubt, dass er durchkommen wird, und vorhin habe ich mich bei dem Wunsch ertappt, dass er möglichst schnell krepiert. Jetzt bin ich über mich selbst erschrocken. Habe ich schon vergessen, was Vater mir beigebracht hat? *Ren* ist das Zeichen für Menschlichkeit und Mitgefühl, das in den *Gesprächen* einhundertneunmal vorkommt, wir haben gemeinsam nachgezählt: Links die beiden Striche für Mensch, rechts die Zahl zwei. Habe ich kein Mitgefühl mit einem Mann, der mit dem Tod ringt, oder ist mein Herz so voller Angst, dass ich nichts anderes spüre?

Auch wenn alle tot sind, die ich liebe, muss ich versuchen, ein guter Mensch zu sein. Das bin ich meinem Vater schuldig.

Der Himmel hat Augen! Der Himmel hat Augen!

# 8 Der Schlangengott aus dem Kunlun-Gebirge

Hauptquartier von General Zeng Guofan,
Provinz Anhui, im Winter 1859/60

Im Traum stieg der General den Berg hinauf. Ein schmaler
Pfad schlängelte sich nach oben, in nackten Fels gehauen
und so steil, dass er außer Atem geriet. Alles kam ihm vage
bekannt vor, als wäre er schon einmal hier gewesen und in
den weißen Nebel gestiegen, der die Gipfel umhüllte. Er
schwitzte, aber niemand begleitete ihn, dem er sein Schwert
hätte geben können, kein Geräusch war zu hören außer
dem Knirschen seiner Schritte. Was wollte er hier, und woran erinnerte ihn die Szenerie aus nackten Berghängen und
gähnenden Schluchten? Obwohl ihn schwindelte, blieb der
General nicht stehen, um zu verschnaufen. Weitergehen,
sagte er sich, immer weiter, bis er merkte, dass es die Stimme seines Großvaters war, die zu ihm sprach. Ein hagerer
alter Mann mit wässrigen Augen, der ihn die vier Familienregeln gelehrt hatte. War er auf dem Weg zu ihm? In den
Träumen traf man die Toten, das wusste er, es passierte
ihm oft. Die Landschaft sah aus wie ein Gemälde von Guo
Xi, aus den Lücken im Gestein ragte schlanker Bambus
und wogte im Wind. Kurz darauf hatte er den Gipfel erreicht, blickte sich um und erschrak: Den Weg, den er gekommen war, gab es nicht mehr. Nebel stieg aus dem Tal
empor und verschluckte Felsen, Pflanzen, Tiere und alles
andere. Taumelnd stand der General am höchsten Punkt
und begriff, dass er nicht träumte, sondern gestorben war.

Er befand sich auf dem Weg zu den neun Quellen der Unterwelt.

Erleichterung durchströmte seinen Körper.

Dann wachte er auf.

Durch die Zeltwand sickerte feuchte Kälte. Der Waldboden roch nach Tannennadeln und Morast, im Glutbecken glimmten die letzten Kohlenstücke, schon von Asche bedeckt und machtlos gegen den eisigen Griff des Winters. Wegen seiner Rückenschmerzen hatte er gestern das Bambusbett aufstellen lassen und deshalb länger geschlafen als sonst. Draußen wurde das Licht bläulich und das Schweigen der Nacht porös, die ersten Vögel zwitscherten, aber noch schliefen alle Männer in ihren provisorischen Lagern. Hier und da erklang lautes Schnarchen. Blinzelnd versuchte er, Umrisse im dunklen Zelt auszumachen, die Kisten mit Büchern und Schreibutensilien, aber seine Augen reagierten auf jede Anstrengung mit einem dumpfen Schmerz. Zweimal täglich wusch er sie aus, weil Doktor Huang ihm erklärt hatte, dass die Augen zur Leber gehörten und von Wasser genährt wurden. Wärme wäre ebenso wichtig, aber er verbrachte den Winter in diesen verschneiten Bergen, wo der Wind die Zelte aus dem Boden riss. An manchen Tagen taten seine Finger so weh, dass er den Schreibpinsel nicht halten konnte, die Beine fühlten sich taub an, und vom ungewohnten Essen bekam er Verstopfung. Seufzend richtete sich der General auf. Um die Augen zu schonen, spielte er nicht einmal mehr Go.

Vorsichtig legte er seine Nachtkleider ab und tastete sich durch die Finsternis. Schon seit dem Herbst zog seine Armee durch die Gegenden nördlich des Yangtze, ohne den Feind zu stellen, aber nun kamen sie endlich in flacheres Terrain. In vier oder fünf Tagen würden sie den Fluss erreichen und eine Pause einlegen, falls nicht doch noch ein Angriff erfolgte.

Als der General sein gefüttertes Gewand überstreifte, zuckte er zusammen und presste die Lippen aufeinander. Tagsüber juckte der Rücken, weil sich die Haut in verkrusteten Stücken vom Körper löste, nachts schlief er entweder gar nicht oder in der entwürdigenden Haltung eines kauernden Kindes. Auf seiner Robe prangte der Goldene Fasan als Zeichen des zweiten zivilen Rangs, aber das entsprechende Siegel war aus Holz, und statt Respekt trug es ihm skeptische Blicke ein. Wohin er auch kam, musste er den Beamten schmeicheln und konnte von Glück sagen, wenn er ein paar *Dan* Reis für seine Männer herausschlug. Inzwischen zwang ihn die mangelnde Unterstützung des Hofes dazu, Prüfungstitel zu verkaufen, was ein wenig einträgliches Geschäft war und außerdem entwürdigend. Als junger Mann hatte er, Zeng Guofan, die Palastprüfung abgelegt, jetzt machte er sich mit reichen Kaufleuten gemein, die nach unverdienten Ehren gierten, und warum? Damit seine Soldaten nicht verhungerten. Die einzige Armee, die die Langhaarigen besiegen könnte, wenn man sie vernünftig ausrüstete.

Der Unterschied zwischen den Barbaren und uns ist, dass wir Mitgefühl besitzen, hatte Wang Fuzhi vor zweihundert Jahren geschrieben. Der General wünschte, es wäre hell genug, um das Buch hervorzuholen. Früher hatte er die Wälder seiner Heimat durchstreift und das Refugium der fortgesetzten Träume gesucht: jenen Ort am Fuß des Chuanshan-Bergs, an den sich der berühmte Gelehrte einst zurückgezogen hatte. Niemand wusste, wo genau es lag, aber eines Tages würde er es finden und zu Ehren des großen Mannes eine Stele errichten. Und wenn es noch Jahre dauerte! Auf die Frage, ob seine Kolonne am Nordufer des Yangtze bleiben oder nach Süden übersetzen sollte, hatte das Orakel mit den Zeichen *Jie* und *Shi* geantwortet und für erhitzte Diskussionen im Stab gesorgt. Alle stimmten überein, dass Anqing der

Schlüssel war, aber dass er zunächst die andere Seite des Flusses sichern wollte, um den Feldzug von dort aus zu leiten, verstanden die ungeduldigen jungen Männer nicht, die für ihn arbeiteten. Als Go-Spieler wusste er, dass man den Feind nicht direkt angriff, sondern ihm nach und nach die Hoheit über das Geschehen entzog. Man lenkte ihn, indem man hier einen Weg versperrte und dort einen eröffnete, man bereitete in Ruhe das Feld. Fertig angezogen stand der General vor dem Bett, durch einen Riss in der Zeltwand sah er das fahle Blau des anbrechenden Morgens. Erst wenn der Feind in der Falle saß, schlug man zu.

Die Wache vor dem Eingang schrak zusammen, als er nach draußen trat. Im Gehen riss er ein paar Blätter von den Bäumen und sammelte sie in der Hand. Einen Steinwurf vom Camp entfernt lag das Kiefernwäldchen, das die Funktion einer Latrine erfüllte. Helle Schneereste schimmerten im Morgendämmer. Im Winter sind die Berge traurig und still, ging ihm durch den Kopf, als würden sie schlafen. Am Rand des Wäldchens hockte er sich hin und genoss das Vorgefühl der nahenden Erleichterung. Unten im Lager krochen die Männer aus ihren Zelten, Bemerkungen flogen hin und her, im rauen Dialekt Hunans und in dem harsch-kameradschaftlichen Ton, den das gemeinsame Töten stiftete. Am Ersten jedes Mondes fand das Opfer für den Kriegsgott statt, an dem normalerweise nur die Offiziere teilnahmen, aber heute wollte der General eine Ausnahme machen. Von seiner Armee hing die Zukunft der Dynastie ab. Das kaiserliche Heer war ein undisziplinierter Haufen, korrupt bis ins Mark. Soldaten rauchten Opium und gingen zu den Huren, und wenn ein Appell anstand, ließen sie sich für ein paar Kupfermünzen von armen Bauern vertreten. Es fiel niemandem auf, weil die Offiziere dasselbe taten. Angewidert hielt der General den Atem an und presste. In der Hunan Armee da-

gegen mussten alle höheren Dienstgrade ihre Untergebenen
kennen und auf sie achtgeben, als wären es Verwandte. Oft
waren sie es. Wer Opium rauchte oder das Volk bestahl, verlor den Kopf. Hatte er etwa darum gebeten, ein Feldherr zu
werden? Für einen Moment gab er sich der Vorstellung hin,
wie einst Wang Fuzhi in den Bergen zu leben und Bücher zu
schreiben, dann richtete er sich fluchend auf und warf die
Blätter fort. Wieder nichts. Schon der fünfte Tag.

Als er zum Zelt zurückkehrte, stand sein Adjutant mit
Umschlägen in der Hand vor dem Eingang. »Exzellenz haben
gut geschlafen?« Chen Nais frisch rasierte Stirn glänzte feucht,
obwohl es ein eiskalter Morgen war. Ohne zu antworten, streckte der General die Hand aus. Inzwischen war es hell geworden, Dunst stieg aus dem Boden auf, sammelte sich über
dem Tal und trieb nach Südosten. Je zwei Briefe stammten
von seinen Generälen Bao Chao und Duolunga. »Wann gekommen?«, fragte er.

»Letzte Nacht zur Stunde der Ratte.«

»Warum schwitzt du so? Gibt es schlechte Nachrichten?«

»Der Reiter war fünf Tage unterwegs.« Das hieß, dass zwischen den Schlachtfeldern im Osten und seiner Kolonne feindliche Truppen standen.

»Sonst noch was?«

»Eben ist ein Bote gekommen«, sagte Chen Nai. »Von Magistrat Wang aus Hukou. Er ist dienstlich in der Nähe und
möchte Eurer Exzellenz seine Aufwartung machen.«

»Magistrat Wang ist ein Freund, mein Lieber. Er macht
mir keine Aufwartung, sondern besucht mich.«

»Hätten Exzellenz am Nachmittag Zeit für ihn?«

»Wenn aus der Ferne gute Freunde kommen, ist das nicht
eine Freude?«, zitierte er die *Gespräche* des Konfuzius. »Für
den Magistrat habe ich immer Zeit. Die Zeremonie findet

heute übrigens vor meinem Zelt statt. Für alle. Seht zu, dass ihr ein kleines Podest aufbaut, sonst versteht mich keiner.«

»Darf man fragen, wieso für alle?«

»Weil es nötig ist. Wird noch gemurrt wegen des kleinen Peng?«

»Hier und da. Manche sagen, dass ...«

»Ich weiß, was sie sagen. Lass alles vorbereiten.« Der General zog sich ins Zelt zurück, öffnete die Briefe und spürte ein Zittern in den Eingeweiden. Wann kam endlich die Wende? Die Langhaarigen terrorisierten das Volk, zerstörten Ahnentafeln und Tempel, und dennoch wurden ihre Armeen immer größer. Angeblich hatten sie einen neuen Oberbefehlshaber, der von den Barbaren auf Hongkong unterstützt wurde, außerdem half ihnen die mangelnde Einigkeit der Gegenseite. Unbedingt wollte der Kaiser, dass ein Mandschu die alte Hauptstadt zurückeroberte, also vertraute er nicht seinen fähigsten Generälen, sondern denen, die er für die loyalsten hielt. Der Ring, den die Zentralarmee um Nanking gezogen hatte, war so weit, als sollte die Stadt nicht belagert, sondern nur aus sicherer Distanz beobachtet werden. Er, Zeng Guofan, wanderte unterdessen mit einem hölzernen Siegel durch Anhui und wartete auf die nächste Schlacht. Davon, dass er die Hoheit über das Geschehen hatte, konnte keine Rede sein. Einstweilen lag die Initiative beim Feind.

Seufzend saß der General am Tisch und notierte seine Antworten. Anqing, dachte er. Wenn sein ehrgeiziger Plan aufging, würde sich dort das Blatt wenden, aber die knappen Mittel, die ihm zur Verfügung standen, machten den Erfolg höchst ungewiss. Als es Zeit wurde, sich umzuziehen, legte er die Uniform an, verknotete das Band der Kappe unter dem Kinn und ging im Kopf durch, was er den Männern sagen wollte. Viele waren seit den Kämpfen in Hunan dabei. Aus Liebe zur Heimat hatten sie die langhaarigen Banditen vertrieben, und zur Belohnung zogen sie nun immer weiter ostwärts, froren erbärmlich und bekamen nur den halben Sold. Ein Auflauf, den die Köche ›Topf der tausend Stockwerke‹ nannten, hieß bei den Soldaten ›Höllentopf‹, weil er desto furchterregender aussah, je tiefer man sich durch die Schichten von Tofu und Gemüse nach unten durchfraß. Kein Wunder, dass die Disziplin litt. Ein junger Gefreiter namens Peng hatte unterwegs Hühner gestohlen und war dafür hingerichtet worden; seitdem murrten die Männer noch mehr. Einige wollten gesehen haben, wie der Geist des Toten in der Nacht durchs Lager geschlichen war, um Unfrieden zu stiften. Mit einer Hand fasste der General nach seinem Bart, als ließe er ein Seil durch die Finger gleiten. War er zu hart gewesen? Hatte der Traum der letzten Nacht ihn warnen sollen? Ein Mann in seiner Lage musste aufmerksam bleiben für die Zeichen des Himmels.

Chen Nai kam herein und sagte, es sei alles bereit.

Das Zelt lag in einer windgeschützten Mulde am Rand des Camps. Vor dem Eingang fiel der Boden zu einem kleinen Bach hin ab und stieg auf der anderen Seite steil an. Als der General hinaustrat, empfingen ihn die gespannten Blicke von dreitausend Männern. In voller Montur standen sie zwischen den Bäumen. Wind wehte den Hang herab und würde helfen, seine Stimme bis dahin zu tragen, wo die Köpfe zu einer grauen Masse verschwammen. Männer mit Gongs standen beiderseits des Podests, vor der Statue des Kriegsgotts glimmten Räucherstäbchen. Als der General seinen Platz eingenommen hatte, trieb ihm die kalte Luft Tränen in die Augen.

»Guten Morgen, Soldaten!«, rief er, und aus dreitausend Kehlen hallte der Gruß zurück. Mit einer hastig zusammengewürfelten Miliz hatte es angefangen, inzwischen umfasste sein Heer über zwanzigtausend kampferprobte Männer.

Wer konnte es dem Kaiser verdenken, dass er misstrauisch auf diese Streitmacht blickte. »Wie immer am Ersten und Fünfzehnten«, rief er, »opfern wir dem Kriegsgott Guandi und verneigen uns dreimal.« Er nahm die Räucherstäbchen und wendete sich der Statue zu. Am Saum ihrer Robe klebten Reste des Sägemehls, in dem sie transportiert wurde. Der General hob beide Hände auf Stirnhöhe: »Möge der Kriegsgott Guandi unser Heer begleiten und uns Stärke im Kampf geben!«

Alle verneigten sich und verharrten einen Moment. Nur die flappenden Geräusche der Lanzenwimpel durchbrachen die morgendliche Stille.

»Möge er unsere Feinde schwächen, deren Treiben gegen den Weg des Himmels verstößt!«

Alle verneigten sich ein zweites Mal.

»Möge er das Volk vor den Kämpfen beschützen, die das Land unserer Ahnen verwüstet haben!« Der General steckte die Räucherstäbchen in die mit Sand gefüllte Schale auf dem Altar. Schon nach wenigen Sätzen war sein Hals rau. Die Stille wurde dichter, alle fragten sich, warum der Oberbefehlshaber heute zur gesamten Kolonne sprach. Standen wieder Hinrichtungen an? Am Horizont trieben ein paar Wolken in Richtung des großen Flusses.

»Offiziere und Soldaten der Hunan Armee. Männer!«, rief er. »Seit sieben Jahren führen wir Krieg gegen die langhaarigen Banditen. In dieser Zeit haben wir Hunderte von Schlachten geschlagen und Tausende Kameraden begraben. Wir haben Städte erobert und sie wieder verloren, haben eine Provinz nach der anderen durchquert, und noch immer verschanzt sich der Feind hinter den Mauern von Nanking. Viele von uns fragen sich, ob sie ihre Familien je wiedersehen werden. Glaubt mir, ich weiß, welche Opfer jeder Einzelne von euch bringt. Ich weiß auch, dass im Moment viele von euch unzufrieden sind. Der kleine Peng war beliebt. Die Hühner wollte er mit seinen Kameraden teilen, hat er versichert, damit sie sich endlich mal wieder richtig satt essen können. Wer von uns sehnt sich nicht nach einer kräftigen, scharfen Mahlzeit von zu Hause? Der kleine Peng war ein guter Kamerad und ein tapferer Kämpfer, aber: Wenn wir für das Volk kämpfen, dürfen wir es nicht bestehlen. Um es zu beschützen, müssen wir sein Vertrauen besitzen. Wir sind eine Armee des Volkes, wer es bestiehlt, gehört nicht zu uns.« Er hielt inne, als wartete er auf Einspruch. Auf den Schalen vor ihm waren die Opfergaben ausgelegt, und es roch nach dem frisch geschlagenen Holz des Podests. »Manche von euch kennen den Namen Wang Fuzhi«, sprach er weiter. »Er war der größte Gelehrte, den unsere Heimat je hervorgebracht hat. Ein Mann wie wir, ein Mann aus Hunan. Vor zweihundert Jahren hat er geschrieben: Der Unterschied zwischen den Barbaren und uns ist, dass wir Mitgefühl besitzen. Er meinte damit die Liebe zum Volk.« Von Wang Fuzhi zu sprechen, war eine spontane und riskante Idee. Dessen Schriften kursierten nur in wenigen Ausgaben, die seine Verehrer untereinander weitergaben, denn wenn Wang Fuzhi das Wort Barbaren benutzte, meinte er nicht die, die über den Ozean gekommen waren, um Opium zu verkaufen, sondern die Mandschus. Er hatte der Dynastie gedient, die von ihnen gestürzt worden war, und für einen Moment kämpfte der General gegen die Versuchung an, es einfach auszusprechen: Der Gelehrte meinte die, die heute verhindern, dass unsere Armee genug Geld bekommt. Dann hatte er sich wieder gefangen und fuhr fort. »Worauf sich Wang Fuzhi beruft, ist das Buch *Mengzi*. Darin gibt es eine Geschichte, die ihr alle kennt. Sie ist kurz, besteht nur aus zwei Sätzen: Ein fremder Mann kommt in ein Dorf und sieht auf dem Rand des Brunnens ein Kind spielen. Aufgeschreckt stürzt er nach vorn, um es vor dem Fall in die Tiefe zu bewahren. Das ist alles, das ist die ganze Geschichte. Was will uns Menzius damit sagen? Der Mann, schreibt er, handelt nicht in der Hoffnung auf Belohnung. Er will nicht die Dankbarkeit der Eltern oder anderer Dorfbewohner erwerben. Er kalkuliert nicht, sondern handelt so, wie er handelt, weil er es muss. Der Anblick des Kindes erschüttert sein Herz und lässt ihn nach vorne stürzen, ohne die Folgen seines Tuns zu bedenken. Im Herzen weiß er, was er tun muss. Also tut er es.«

Kam kein Gemurmel auf? Als der General den Blick hob, begegnete ihm allein im Gesicht seines Adjutanten ein wissendes Lächeln. »Manchen von euch ist es aufgefallen«, rief er. »Ich habe die Geschichte falsch erzählt. Bei Menzius ist sie noch kürzer, sie besteht aus einem einzigen Satz: Der Mann sieht das Kind und spürt eine Erschütterung in seinem Herzen. Menzius sagt nicht, dass er das Kind tatsächlich rettet. Ihm kommt es allein auf das Herz an. Das Herz in dem Moment, da es von der Gefahr für das Kind – nicht für ihn selbst! – erschüttert wird. Er nennt es das mitfühlende Herz, und genau das ist es, was uns nach Wang Fuzhi von den Barbaren unterscheidet. Es gehört zur menschlichen Natur wie Hunger und Durst, aus ihm entspringt alles Gute, das wir tun, und trotzdem endet die Geschichte mit einer Frage: Was ist, wenn jemand diese Erschütterung nicht spürt, wenn das Schicksal eines kleines Kindes ihn gleichgültig lässt? Die Antwort liegt in diesen drei Zeichen: *fei ren ye*. Wer kein mitfühlendes Herz hat – ist kein Mensch!« Für die letzten Worte hatte der General seine Stimme erhoben, um die Stille danach umso bedeutungsvoller klingen zu lassen. In den Wipfeln der Bäume zwitscherten Vögel. Bei früheren Ansprachen hatte er die Skepsis gespürt, mit der die Soldaten einem Gelehrten der Akademie zuhörten, aber

nach sieben Jahren wusste er, wie es ging. Er war kein Gelehrter mehr. Nie wieder würde er die Stille eines Studier-
zimmers genießen und den Sinn der alten Texte in sich auf-
saugen. Sein Geschäft war das Töten.

»Soldaten und Offiziere der Hunan Armee«, fuhr er fort,
»wir sind dieser Mann. Wir sind der Mann in der Geschichte, wie ich sie zuerst erzählt habe. Unsere Herzen sind erschüttert, nicht vom Schicksal eines einzelnen Kindes, sondern dem eines ganzen Volkes. Kinder, Frauen und Alte, die
sich der Gefahr nicht erwehren können, die ihnen täglich
droht. Unsere Herzen sind erschüttert, und wir versuchen
nicht, das Mitgefühl zu unterdrücken. Wir fragen nicht, welche Gefahr vor uns liegt oder welcher Lohn uns erwartet –
wir handeln. Unsere Situation ist schwierig, denn unser Kind
ist umzingelt von langhaarigen Männern, die es in den Brunnen stoßen wollen. In seinem Dorf herrscht Krieg. Deshalb
stürzen wir nicht nach vorne, sondern handeln gemeinsam
und nach Plan. Jeder tut seine Pflicht, Offiziere befehlen, und
Soldaten gehorchen, aber was uns eint, ist das, wovon Menzius spricht und was uns von unseren Feinden unterscheidet: Wir haben das mitfühlende Herz, sie nicht. Wir beschützen das Volk, die Langhaarigen rauben es aus. Wir helfen
dem Volk, sie brennen seine Felder ab. Während wir dem Weg
des Himmels folgen, zerschmettern sie Ahnentafeln und opfern dem Gott der Barbaren. Wir lieben das Volk, aber sie
hassen es. Deshalb schauen wir heute nach Anqing und
Nanking und überall dorthin, wo sich die Langhaarigen verschanzt haben, und wir sagen: *fei ren ye*. Es sind keine Menschen.« Gemurmelte Zustimmung kam auf, aber der General wollte mehr. Aufmunternd hob er die Arme und rief: »Sagt
es mir! Sind es Menschen oder Bestien?«

»Bestien«, hörte er von den Offizieren, der Rest war ein
Gemurmel im Wind.

»Ich kann euch nicht verstehen!«, schrie er. »Sind es Menschen oder keine Menschen?«

»Keine Menschen. *Fei ren ye*«, klang es etwas lauter.

»Alle, hab ich gesagt! Lauter! Was ist mit unserem Feind?«

»*Fei ren ye*!«, hallte es ihm entgegen. Vögel flogen aus den Bäumen auf.

»Noch lauter! Kämpfen wir gegen unseresgleichen oder ...?«

»*Fei ren ye*!« Eine Woge aus Wut und Entschlossenheit schlug ihm entgegen. Soldaten ballten die Fäuste und hoben ihre Waffen.

»Also töten wir sie alle?«, schrie er.

»*FEI REN YE*!«

»Wir hacken sie in Stücke!«

»*FEI REN YE*!«

»Niemand wird verschont!«

»*FEI REN YE*!«

»Danke, Männer!«, rief der General mit heiserer Stimme. »Ich danke euch. Vergesst es nie: Die Liebe zum Volk und der Hass auf seinen Feind sind dasselbe. Unser Feldzug mag noch lange dauern, aber am Ende werden wir die Mauern einreißen, hinter denen sich die langhaarigen Hunde verkrochen haben. Die Türen ihrer Häuser werden unter unseren Schlägen bersten, und wir werden sie vernichten bis auf den letzten Mann! Seid ihr dabei?«

Jubelgeheul brandete auf, Säbel und Lanzen wurden gereckt und Fahnen geschwenkt. Vom sogenannten Himmlischen König in Nanking hieß es, er habe seine Anhänger einmal zu einer Götterstatue in den Bergen geführt und sie in eine solche Raserei versetzt, dass sie die Statue mit bloßen Händen zertrümmerten und anschließend verspeisten. Eine Figur aus Holz mit einem Bart aus Pferdehaar! Als der General das Podest verließ, umringten ihn die Offiziere, aber er wehrte sie ab und flüchtete in sein Zelt. Seine Sicht war verschwommen, der Schweiß auf dem Rücken verstärkte das Jucken der Flechte. Entkräftet sank er auf einen Stuhl.

Fei ren ye, dachte er, schloss die Augen und fragte sich, ob er selbst noch ein Mensch war.

Am Tag vor seiner Geburt hatte der Urgroßvater von einer riesigen Python geträumt. Sie war durch die Luft geschwebt und hatte sich auf dem Dach des Hauses niedergelassen. Als am nächsten Tag die Geburt des männlichen Nachkommens verkündet wurde, verstanden alle das Zeichen. Hatte nicht auch der Urahn von Guo Ziyi, dem größten General der Tang-Zeit, vor dessen Geburt eine Schlange gesehen? Später, als er sechs Jahre alt war, hatte seine Mutter ihn zu einer Kanufahrt auf dem Fluss mitgenommen. Bis heute erinnerte er sich, wie er eine Hand über den Bootsrand hatte baumeln lassen und die Mutter plötzlich aufschrie. Neben dem Kanu schwamm eine Wasserschlange. Ihre Panik brachte das Boot zum Schaukeln, so dass er, der sich vorgebeugt hatte, um das Tier zu sehen, kopfüber in den Fluss gefallen war. Nur dank eines im Wasser treibenden Asts, an den er sich klammerte, war er nicht ertrunken, und für den Rest ihres Lebens glaubte seine Mutter, dass sich die Schlange in ein Stück Holz verwandelt hatte, um ihn zu retten. Das war das zweite Zeichen gewesen. Schließlich die Flechte. Als junger Gelehrter in der Hauptstadt hatte er bemerkt, wie seine Haut immer trockener und schuppiger wurde, erst an den Schultern, dann auf dem ganzen Rücken. Kein Mittel half, keine Tinktur oder Diät konnte das unerträgliche Jucken lindern. Verzweifelt war er von einem Arzt zum anderen gegangen und schließlich einem Medizinmann begegnet, der ihn nur kurz untersucht und den Kopf geschüttelt hatte: Nichts zu machen. Er, Zeng Guofan, war die Reinkarnation des großen Schlangengottes aus dem Kunlun-Gebirge, der sich alle tausend Jahre in einen Menschen verwandelte. Keine Flechte verunstaltete seinen Rücken, sondern der Rest der alten Schlangenhaut.

Schwer atmend saß der General auf dem Stuhl. Glaubte er daran? Sein Großvater hatte ihn stets vor Wahrsagern gewarnt und ihn gelehrt, das alles Gute aus dem eigenen Herzen kam und damit begann, die vier Familienregeln zu befolgen: jeden Morgen vor der Sonne aufstehen, Haus und Hof sauber halten, den Ahnen opfern und den Nachbarn helfen. Jetzt war er das Oberhaupt der Familie und versuchte, seine Brüder und Söhne auf dieselbe Weise zu erziehen. Dass er oft von Bergen träumte, kam von seinem Aufstieg in die höchsten Ränge der Beamtenschaft. Die Hunan Armee wuchs und mit ihr seine Macht, aber je höher er stieg, desto größer wurde die Gefahr, abzustürzen. Wenn er nachts nicht schlafen konnte, weil der Rücken juckte, nahm er es als Mahnung zu noch größerer Wachsamkeit.

Als Chen Nai hereinkam, befahl der General, die Opfergaben auf dem Altar unter den Soldaten zu verteilen. »Das gegarte Huhn«, sagte er, »geht an die Gruppe des kleinen Peng.«

Sein Freund erschien zur Stunde des Hahns. Die Nachmittagssonne hatte die Luft im Zelt erwärmt, nun kühlte es wieder ab, und der General ließ ein Glutbecken mit frischer Kohle bringen. Als Liebhaber edlen Tees überreichte Magistrat Wang ihm eine Box aus Spanholz, die das Siegel der kaiserlichen Manufaktur trug. Außerhalb seines Distrikts verzichtete er auf eine Amtsrobe und sah in seinem schlichten Baumwollgewand und der schwarzen Kappe aus wie ein Privatgelehrter.

Gerührt nahm der General das Geschenk entgegen und bot dem Gast einen Stuhl an. Sie tauschten die üblichen

Grüße und erkundigten sich nach der Familie des anderen. Magistrat Wang wohnte da, wo sich der Yangtze aus den Wassermassen des Poyang-Sees löste. Das Anwesen lag auf einem Felsen direkt am südlichen Flussufer, und wann immer ihn seine mäandernden Feldzüge in die Nähe führten, machte der General dort Station. Im Garten stand ein Pavillon, wo er viele Stunden damit verbracht hatte, Tee zu trinken und über den See zu blicken. »Ich hoffe, der Weg war nicht zu beschwerlich«, sagte er. »Was verschafft mir die Freude dieses Besuchs?«

»Dein alter Freund ist unterwegs, um sich ein Bild der Verwüstungen zu machen. Es sieht überall gleich aus: niedergebrannte Tempel, kaputte Statuen, zertrümmerte Ahnentafeln. Dürfen wir hoffen, die langhaarigen Bestien für immer aus der Region vertrieben zu haben?«

Betrübt schüttelte der General den Kopf. »Die Gegend wird erst sicher sein, wenn wir Anqing erobert haben und den Yangtze kontrollieren. Zurzeit ziehe ich von Ort zu Ort wie ein Streuner. Wir halten uns über Wasser, indem wir Titel verkaufen, aber so entvölkert wie das Land ist, finden sich immer weniger Abnehmer.«

Der Magistrat nickte verständnisvoll, schlug die Ärmel seiner Robe um und griff nach dem Teebecher. Als erfahrener Beamter, der auf Posten im ganzen Reich gedient hatte, kannte er die Probleme nur zu gut. »Übrigens war der Riese nirgends zu sehen, als wir ankamen«, sagte er. »Arbeitet er nicht mehr hier im Stab?«

»Mein Zelt war zu klein für einen Mann mit seinen Ambitionen.« Für einen Moment gelang es ihm, die Trauer über das Zerwürfnis mit seinem Schüler Li Hongzhang zu verbergen. »Einige meiner Entscheidungen haben ihm nicht gepasst. Dass ich sechs Bataillone auf die andere Flussseite führen will, hält er für einen Fehler. Du kennst ihn, er weiß alles besser. Sich unterzuordnen, war noch nie seine Stärke.«

»Ausgerechnet jetzt«, sagte der Magistrat. »In der Gegend um Nanking braut sich was zusammen. Die Langhaarigen haben einen neuen Oberbefehlshaber, heißt es.«

»Ich weiß, ausgebildet von den Barbaren auf Hongkong.«

»Früher oder später werden sie versuchen, aus der Belagerung auszubrechen. Wenn sie es schaffen, wird alles auf die Hunan Armee ankommen. Wer soll die fälligen Eingaben an den Hof schreiben?«

»Mein Stab ist immer noch gut besetzt.«

»Gibt es keine Möglichkeit, den jungen Mann zur Vernunft zu bringen? Ein solches Talent!«

»Zurzeit ist er in Shanghai. Nach allem, was ich für ihn getan habe.« Im Glutbecken zischte es. Vor vielen Jahren hatte Li Hongzhangs Vater ihn gebeten, sich seines Sohnes anzunehmen, der außer Disziplin und Bescheidenheit alles besaß. Nicht nur überragte er andere Männer um mindestens einen Kopf, es hatte auch niemand ein besseres Gedächtnis oder eine schönere Handschrift als er, aber sein Hochmut stand ihm im Weg. Sobald der General daran dachte, brach der angestaute Ärger aus ihm heraus. »Wenn er weniger arrogant wäre, weißt du. Hier vor Ort müssten wir neue Truppen ausheben. In der Provinz Anhui essen die Leute sowohl Nudeln als auch Reis, man könnte sie überall einsetzen, ohne Proviant mitzuschicken. Bloß, wer soll es machen? Li Hongzhang kommt aus Anhui!«

»Was will er denn in Shanghai?«

»Neuerdings glaubt er, dass nicht Soldaten, sondern Waffen den Krieg entscheiden. Also interessiert er sich für die Schiffe und Kanonen der ausländischen Teufel – wie alle.«

»Er muss endlich lernen, auf Feuerholz zu schlafen und Galle zu schmecken«, zitierte der Magistrat sein Lieblingssprichwort. Seine Haut schimmerte rosig wie die eines Kindes, aber wer ihn kannte, wusste um die Entschlossenheit, mit der er handelte. Im Krieg gegen die Langhaarigen gehörte er seit langem zu den wichtigsten Unterstützern der Hunan Armee. »Wo wir von den ausländischen Teufeln sprechen«, sagte er jetzt und lehnte sich zurück, als wollte er die Reaktion seines Gesprächspartners genau beobachten, »auf meinem Anwesen treiben sich auch zwei herum. Schon eine ganze Weile.«

»Bei dir zu Hause?«, fragte der General erstaunt. »Wie kommen ausländische Teufel nach Hukou? Der Vertrag mit ihnen gilt nicht, sie dürfen sich nur an der Küste aufhalten.«

»Mein Verwalter schreibt, sie wurden auf dem See überfallen. Behaupten sie jedenfalls. Einer war an der Hand verletzt, der andere hat sie ihm abgeschnitten. Einfach so, mit einer alten Holzsäge.«

»Du hast sie noch nicht gesehen?«

»Ich war gerade aufgebrochen. Plötzlich standen sie am Tor, hieß es in dem Brief, mit vorgehaltener Waffe. Das ganze Haus ist in Aufruhr, aber vor dem Neujahrsfest kann ich nicht zurückreisen. Niemand weiß, was zu tun ist.«

Der General konnte nicht aufhören, den Kopf zu schütteln. In der Hauptstadt gab es eine russische Vertretung und zwei oder drei Kirchen, aber nie hatte er einen westlichen Teufel mit eigenen Augen gesehen. Angeblich waren sie groß und kräftig, hatten rote Haare im ganzen Gesicht und trugen Kleider so steif wie Teppiche. An der Küste wimmelte es von ihnen. Viele sagten, Shanghai sei keine chinesische Stadt mehr.

»Ehrlich gesagt«, fuhr der Magistrat fort, »ist dein Freund gekommen, weil er einen Rat braucht: Kann ich meinen Männern befehlen, sie einfach …?« Mit dem Daumen machte er eine Bewegung vor seiner Kehle.

»Schwierig. Weiß man, wohin sie wollten?«

»Sie kamen von Süden über den See – nach Nanking oder Shanghai, eins von beiden.«

»Stecken sie mit den Langhaarigen unter einer Decke?«

»Stecken sie nicht alle unter einer Decke?«

»Was für ein Chaos!« Um sich zu beruhigen, griff der General nach seiner Tasse, hob den Deckel und atmete tief ein. So roch seine Heimat im Frühjahr, wenn die Flüsse anschwollen, bis sie fast aus dem Bett traten. Seit sieben Jahren führte er Krieg und fragte sich, wann er nach Hause zurückkehren und seine Familie wiedersehen würde. Wann, wenn je? »Heute Morgen musste ich an Wang Fuzhi denken«, sagte er leise, »wahrscheinlich aus Heimweh. Nach dem Rückzug nach Hunan war er so arm, dass er in Geschäften um alte Rechnungsbücher betteln musste. Auf die Rückseite hat er seine Texte geschrieben, der größte Gelehrte der späten Ming-Zeit. Der Unterschied zwischen den Barbaren und uns ist, schrieb er, dass sie kein Mitgefühl besitzen. Weißt du, wen er meinte?«

Der Magistrat beugte sich vor und senkte die Stimme. »Mein Freund sollte sich auf seine Aufgabe konzentrieren. Sie ist wichtiger als alles andere.«

»Die Mandschus meinte er.«

»Die von damals. Heute würde er eine Armee aufstellen und gegen die Langhaarigen kämpfen.«

»Und was erreichen?«, erwiderte der General. »Kaum ist ein Brand gelöscht, bricht woanders der nächste aus. Der innere Hof setzt seine Truppen so ein, wie unerfahrene Go-Spieler ihre Steine legen: Hier einen und dort einen, nur von der Angst getrieben, der Gegner könnte sich irgendwo festsetzen. Es gibt keinen Plan.«

»Hat mein Freund noch ab und zu Zeit für eine Partie?«

»Zuletzt damals bei dir. Mein Bruder war kein Gegner für

mich, und seitdem ...« Er versuchte zu lächeln, aber es gelang ihm nicht. Auf dem Anwesen des Magistrats hatten sich Guohua und er zum letzten Mal gesehen, kurz vor der verhängnisvollen Schlacht von Sanhe. »Schon als Kind war er zu ungeduldig, wie alle meine Brüder. Ich hätte sie besser erziehen müssen, aber wie soll das gehen, mitten im Krieg? Nicht einmal meine Söhne kann ich erziehen.« Als wäre ihm Asche ins Auge geflogen, wischte er sich übers Gesicht. Vor dem Zelteingang warteten die üblichen Bittsteller, aber auf einmal fühlte er sich zu niedergeschlagen, um jemanden zu empfangen. Seinem Adjutanten bedeutete er, den Eingang zu schließen, dann zeigte er auf die mit Schnitzereien verzierte Sandelholzkiste neben dem Tisch. »Ich bin völlig außer Übung«, sagte er.

Der Magistrat verstand sofort. »Mein Freund meint, heute hätte ich eine Chance?«

»Wenn ich dir vier Steine Vorsprung gebe?«

»Sechs.«

»Chen Nai, das Brett!«, rief der General so laut, dass alle erschrocken zusammenzuckten. Auf der Stelle verwandelte sich seine Trauer in gespannte Vorfreude. So war es seit jeher: Auf Tabak, Wein und die Gesellschaft von Konkubinen konnte er verzichten, aber kaum hatte ihm sein Adjutant das Schälchen mit den Steinen gereicht, griff er gierig hinein und fieberte dem ersten Zug entgegen. Als er sah, dass der Magistrat zögerte, die Partie zu beginnen, runzelte er die Stirn. »Sechs Steine«, wiederholte er.

»Dein Freund muss noch einmal auf die beiden ausländischen Teufel zurückkommen. Was soll ich mit ihnen tun?«

»Es sind nur zwei«, winkte er ab. »Gib keinen Befehl, ehe du sie nicht selbst gesehen hast. Vielleicht lassen sie sich zur Weiterreise bewegen. Mit ein bisschen Geld, zum Beispiel.«

»Und wenn nicht?«

»Wenn nicht ...« Ungeduldig rieb er den Perlmutt zwischen den Fingerspitzen. Von den japanischen Meistern hieß es, dass sie während des Spiels aufstanden, um im Garten Blumen anzuschauen oder ein Gedicht zu schreiben, aber für ihn war das Brett ein Magnet. Vor seinem inneren Auge legte sich die Landschaft des Yangtze-Tals über die Spielfläche. Der Fluss kam aus Hubei und strömte nach Nordosten, erst an Anqing vorbei, dann weiter zur alten Kaiserstadt, die seit sieben Jahren in der Hand der Langhaarigen war. Wenn der Himmel ihn, Zeng Guofan, dazu bestimmt hatte, den Krieg zu gewinnen, dann musste es entlang dieses Flusses geschehen, der sich wie eine Schlange durch das chinesische Herzland wand. »Wenn nicht«, murmelte er, »gibt es noch andere Mittel und Wege. Hauptsache, sie führen uns schließlich ans Ziel. Fang an!«

Chen Nai ließ Kerzen und Öllampen aufstellen. Der General befahl, für den Magistrat und seine Männer Zelte herzurichten. Sie würden spielen bis zum Abendessen und dann weiter bis in die Nacht, und wie immer würden seine ersten Züge ungeordnet aussehen, als wüsste er nicht, was er tat. Man sagte, der größte Fehler beim Go sei es, zu sehr gewinnen zu wollen, aber in Wahrheit lag er darin, es zu früh zu zeigen. Wie im Krieg durfte der Gegner erst wissen, mit wem er es zu tun hatte, wenn ihm die Hoheit über das Geschehen entglitten war. Unbedingt musste er herausfinden, wer neuerdings in Nanking die Fäden zog. Wer war der geheimnisvolle Verwandte des Himmlischen Hundekönigs, und was hatte er vor? Zum ersten Mal an diesem Tag ließ das Jucken der Flechte nach. Vielleicht hatte ihn der Traum nicht warnen, sondern ermutigen sollen. Wenn es keinen Rückweg gab, musste man umso entschlossener voranschreiten. Weder Waffen noch der Gott der Barbaren wür-

246

den den Feind am Ende retten. Die Wende nahte. Der Schlangengott aus dem Kunlun-Gebirge hatte sich in einen Menschen verwandelt und sperrte wütend sein großes Maul auf ...

## 9 Die Rückkehr des Magistrats

Anwesen am Poyang-See
Winter/Frühjahr 1860

Es dauerte mehrere Wochen, bis ich ins Leben zurückfand. Draußen ging der Herbst in einen regnerisch kühlen Winter über, drinnen lag ich mal frierend, mal schwitzend im Bett und wusste die meiste Zeit nicht, wo ich mich befand. Wahrscheinlich war ich dem Tod sehr nah, jedenfalls meinte Potter später, er habe nicht geglaubt, dass ich überleben würde. Manchmal war es, als öffnete sich vor mir der Übergang in eine zwielichtige leere Welt, die ich durchwanderte, ohne irgendwo anzukommen. Ich lief und lief, aber sobald ich mich hinlegen und aufgeben wollte, hörte ich Elisabeths Stimme, die mich anspornte, weiterzugehen. Mein linker Arm endete drei Zoll unterhalb des Ellbogens. Wenn ich den Stumpf abspreizte, fühlte es sich an, als hätte ich eine unsichtbare Hand, die zwar nichts greifen konnte, aber der rasende Schmerz machte sie dennoch wirklich. Er saß tief im durchtrennten Knochen, reichte bis hinab in die Fingerspitzen und ließ nicht zu, dass ich den Verlust für einen Moment vergaß. Fünfzehn Minuten, sagte mein Gefährte, habe es gedauert, wegen der stumpfen Säge.

Als die Welt wieder deutliche Konturen annahm, war es bereits Januar.

An besonders kalten Tagen wurde mir ein Kohlenbecken ins Zimmer gebracht, das nachts einen rötlichen Schimmer auf die Wände warf. Tagsüber hörte ich Vögel und die Stimmen von Kindern, deren Schemen sich hinter den Papierfenstern drängten. Sie legten die Hände um die Augen, als könnten sie hereinschauen. In der Nähe musste ein Tempel sein, ab und zu ertönte ein Gong, und der Geruch von Räucherstäbchen wehte an mein Bett, aber vielleicht war es nur das Opium, das mein Gefährte rauchte. Sobald es mir etwas besser ging, zog er ins andere Zimmer des Pavillons, den wir bewohnten und der zum Anwesen eines Kreismagistrats gehörte. Die beiden Frauen, die mir das Essen brachten, sagten, er heiße Wang und sei ein angesehener Gelehrter, ein *Xiucai*. Die Bahnen mit Kalligraphie, die ich vom Bett aus sah, hatte er beschrieben, aber kennenlernen sollte ich ihn erst später. Zunächst schaute nur ein Verwalter namens Shi herein, musterte mich kühl und fragte, ob ich endlich gesund genug sei, meine Reise fortzusetzen. Daran war jedoch nicht zu denken. Mit Mühe schaffte ich es bis zu dem Topf, der hinter einer Trennwand aus Holz stand, danach war ich schweißgebadet. Meine Aufzeichnungen machte ich im Bett sitzend und schrieb selten mehr als eine halbe Seite. Potter hatte ich es zu verdanken, dass mir wenigstens die Notizen geblieben waren; nach dem Bad im See wären sie verschimmelt, hätte er die Blätter nicht einzeln zum Trocknen ausgelegt. Alles andere hatte ich verloren, und in den dunkelsten Stunden fühlte ich mich wie damals nach Elisabeths Tod. Warum, dachte ich bitter. Dann wieder staunte ich über mein Schicksal, so als wäre es nicht meines. Wie konnte *ich* ein Krüppel sein, der irgendwo in der chinesischen Provinz vor sich hin vegetierte?

Die Mahlzeiten waren meine einzige Zerstreuung. Die beiden Frauen nannten sich San-mei und Si-mei – dritte und vierte Schwester –, obwohl sie nicht wie Verwandte aussahen. Eine hatte ein rundliches Gesicht und den dunklen Teint der Menschen im Süden, die andere war ausgesprochen schön mit ihren schmalen Wangen, großen Augen und der weißen Haut einer Europäerin. Das Essen, das sie mir brachten, war scharf, und wenn ich aus Versehen auf ein Stück roter Paprika biss, wunderten sie sich über die Tränen, die mir aus den Augen schossen. Meine Fragen beantworteten sie einsilbig und blieben nie länger als nötig. Draußen hörte ich sie noch eine Weile reden, dann entfernten sich ihre Schritte, und es kehrte die Leere zurück, in der ich meine Tage verbrachte. Zu gern hätte ich erfahren, was sich in China in den letzten Monaten getan hatte. Wurde im Norden wieder gekämpft? Hielten die Rebellen in Nanking der Belagerung stand? Dass ich die Stadt eines Tages erreichen würde, war unwahrscheinlicher denn je, aber was sollte ich mir sonst vornehmen? Wenn ich daran dachte, ballte sich meine unsichtbare Hand zur Faust, wie um eine Entschlossenheit anzuzeigen, die mir in Wirklichkeit fehlte. Vielleicht war es das erste Anzeichen dafür, dass mein Lebenswille zurückkehrte.

Wurden die Schmerzen zu stark, nahm ich eine Pille und dachte an Elisabeth. Das Opium machte mich träumerisch, und mir fiel ein, wie wir einmal gemeinsam zur Hütte des alten Luo gelaufen waren, draußen im Happy Valley. Es musste im Frühjahr gewesen sein, jedenfalls erinnerte ich mich an den warmen, weichen Regen – Pflaumenregen nannten ihn die Einheimischen, weil er zur Zeit der Pflaumenblüte fiel. Damals lebte der alte Luo seit ungefähr einem Jahr auf Hongkong, und da ich keine Arbeit für ihn hatte, versah er Hausmeisterdienste für die Londoner Mission. Hong Jin mochte ihn, und bevor er Victoria verließ, bat er mich, nach dem alten Mann zu schauen, mit dessen Gesundheit es bergab ging. Er wurde immer dünner, und im Frühjahr 58 erkrankte er auch noch an der Ruhr. Als ich Elisabeth davon erzählte, überraschte sie mich mit der Bitte, beim nächsten

250

Besuch mitkommen zu dürfen. Mich interessiert, was du tust, sagte sie.

Wir nahmen den Weg über den Morrison Hill. Um den Zugang zu der dahinterliegenden Pferderennbahn zu erleichtern, war die Spitze des Hügels abgetragen worden, und schon von weitem erkannten wir die verlassenen, teils längst überwucherten Villen, die ahnungslose Ausländer hier gebaut hatten. Das Happy Valley war berüchtigt für seine vielen Moskitos und die ungesunde Ausdünstung des Bodens, daher der Name. Englischer Humor, nehme ich an. An jenem Nachmittag fiel der Regen so fein, dass ich den Schirm nicht aufspannte und kaum merkte, wie mein Gewand immer schwerer wurde. »Und dieser Mann«, fragte Elisabeth, »hat zu deiner Gemeinde auf dem Festland gehört?«

»Bevor ich ankam, war er so etwas wie der Vorsteher.«

»Ein Christ also.«

»Ja, schon.«

»Du sagst das, als meintest du nein.«

Statt zu antworten, half ich ihr über ein paar Gesteinsbrocken auf dem Weg. In den letzten Tagen hatte ich den alten Luo mehrmals besucht und wusste, dass es mit ihm zu Ende ging. Je näher der Tag rückte, desto feindseliger wurde das Verhalten seiner Frau. Es war die Zeit, in der wir Missionare darum kämpften, einheimische Konvertiten auf dem neuen Friedhof von Sai Ying Pun beisetzen zu dürfen statt in den Fiebersümpfen vor der Stadt, aber das stieß bei den weißen Herren auf Widerstand. Elisabeth und ich folgten einem Pfad am südlichen Rand des Tals. Hier und da standen ärmliche Hütten, und es stank nach den Kadavern wilder Hunde, die in den Sümpfen verwesten. »Da vorn«, sagte ich und wies auf eine besonders baufällige Behausung. Das Dach sah aus, als hätte man alle möglichen Materialien übereinandergeworfen. Holzlatten, Äste, Reisstrohmatten und dergleichen mehr. Bei Regen drang Wasser durch die Ritzen, drinnen roch es, als würde mit feuchtem Torf geheizt.

»Darin wohnt jemand?«, fragte Elisabeth ungläubig.

Nachdem ich geklopft hatte, dauerte es einen Moment, bis die Frau des alten Luo erschien und sich gleich wieder abwendete. Auf der Feuerstelle blubberte ein Metallkessel vor sich hin, wahrscheinlich mit einem Trank, den die buddhistischen Mönche verschrieben hatten. Schon in Tongfu hatte Luos Frau nie denselben Eifer gezeigt wie ihr Mann, jetzt würdigte sie uns keines Blickes, als wir den Vorhang zurückzogen, hinter dem er seine rasselnden Atemzüge tat. Elisabeth hielt sich die Hand vor die Nase. Der alte Mann lag auf einer Strohmatte und sah aus wie tot. Das Gesicht war von Pusteln übersät, auf denen Fliegen saßen, und als er mir den Blick zuwendete, schien er mich nicht zu erkennen. Unter der löchrigen Decke zuckte sein ausgemergelter Körper wie unter Schlägen. »Gibt es keinen Arzt, der nach ihm sehen kann?«, fragte Elisabeth.

»Dafür ist es zu spät«, erwiderte ich. Chinesen hielten alle Krankheiten für Götter, die man mit wohlklingenden Namen besänftigen musste, also nannten sie die Pusteln der Ruhr *tianhua*, Himmelsblumen. Als Mitglied der christlichen Gemeinde hatte sich der alte Luo zwar einer Impfung unterzogen, bei der die getrockneten Hautstücke eines Kranken zerrieben und den Leuten in die Nase geblasen wurden – war der Körper zu schwach, führte das allerdings keinen kontrollierten Ausbruch der Krankheit herbei, sondern das, was wir vor uns sahen. Luos Frau hielt es für eine Strafe der Götter.

»Was kocht sie da eigentlich?«, flüsterte Elisabeth.

»Chinesische Medizin.« Ich nahm die Schale mit kaltem Tee, die neben der Matte stand, und gemeinsam schafften wir es, dem Sterbenden einige Schlucke einzuflößen. Fragend zeigte Elisabeth auf das Amulett, das er um den Hals trug. »Nimm es ihm ab, wenn du willst«, sagte ich. »In Tongfu habe ich ihn mehrmals darum gebeten, aber er meinte, es schützt ihn vor Krankheiten. Vielleicht sieht er es jetzt anders.«

»Er war der Gemeindevorsteher, hast du gesagt.«

»Der Dorfälteste. Zwei Söhne von ihm kämpfen in der Rebellenarmee, deshalb hatten die Leute Respekt vor ihm.«

»Wo sind die Leute jetzt?«

»Da und dort, verstreut über die Insel und das Festland. Viele sind tot.«

»Besitzt er keine Bibel?«

»Besäße er eine, könnte er sie nicht lesen.«

»Du hast natürlich auch keine mitgebracht.«

Ich hörte, wie die Frau des alten Luo draußen mit jemandem sprach. Vielleicht war es ein Fehler gewesen, Elisabeth mitzunehmen, aber ich wollte, dass sie die Schwierigkeiten meiner Arbeit kennenlernte. Die Chinesen glaubten an Gott wie an einen ihrer vielen Haus- und Herdgeister, die man durch Gebete gnädig stimmen musste, und es war schwer zu sagen, ob sie nicht in Wahrheit uns gnädig stimmen wollten. Oft genug lief das, was wir Bekehrung nannten, auf ein gegenseitiges Täuschungsmanöver hinaus: Sie wussten, was sie tun mussten, damit wir so taten, als wären sie unsere Brüder und Schwestern. »Oder doch?«, fragte Elisabeth, weil ich nicht antwortete.

Ich schüttelte den Kopf, aber sie hatte ihre Bibel dabei und las auf Deutsch die Geschichte von der Heilung des Aussätzigen und das Zöllnermahl. ›Die Starken bedürfen keines Arztes, sondern die Kranken. Ich bin gekommen, die Sünder zu rufen und nicht die Gerechten.‹ Dann hielt sie inne und nahm die Hand des alten Luo. Im Dämmerlicht sah es aus, als zöge ein Lächeln über sein Gesicht, kurz öffneten sich die Augen und blickten erstaunt auf die fremde Frau, die ihre Hände um seine gefaltet hatte. Draußen ging der Tropenregen nieder wie ein Flüstern in der Luft. Als der Sterbende seinen letzten Atemzug tat, war er nicht länger oder tiefer als die vorigen. Er hörte einfach auf.

Elisabeth und ich sahen einander an. »Sprichst du den Segen für ihn?«, flüsterte sie. »In seiner Sprache?«

Ich tat es, dann stand ich auf, um Luos Frau Bescheid zu sagen. Vor dem Haus warteten zwei buddhistische Mönche, und zu meinem Schrecken sah ich, dass sich außerdem ein gutes Dutzend Nachbarn eingefunden hatte. Wenn ein Konvertit starb, kam es oft zum Streit mit der Familie, manchmal wurde regelrecht darum gekämpft, wie der Tote bestattet werden sollte. Als ich Luos Frau mein Beileid aussprach, zischte sie mich an, ich solle verschwinden. Zeternd warf sie sich auf den Boden, teils aus Trauer und teils, um die anderen gegen mich aufzubringen. Ich eilte zurück in die Hütte. »Wir müssen los.«

Elisabeth kniete betend vor dem Leichnam und antwortete nicht gleich. »Wann wird er abgeholt?«, fragte sie schließlich.

»Wir sagen in der Londoner Mission Bescheid. Jetzt müssen wir los. Draußen sind Leute.«

»Was für Leute?«

»Bleib nah bei mir, und lass mich reden.« Hastig half ich ihr in den Überrock und führte sie hinaus. Jetzt standen bereits an die zwanzig Personen auf dem matschigen Weg, der vom Tal heraufführte. Fäuste wurden geschüttelt. Es waren allesamt Hakka, jedenfalls sah ich ein paar Frauen, und keine hatte gebundene Füße. »Wir gehen«, sagte ich in ihrem Dialekt. »Am Abend werden Brüder von der Mission kommen und ...« Daraufhin brach ein Sturm von Anschuldigungen über uns herein, jemand wollte Elisabeth an den

Haaren ziehen, ich wurde bespuckt. Ausländische Teufel war das mildeste Schimpfwort, das wir zu hören bekamen. »Was werden sie tun?«, fragte Elisabeth.

»Nichts, wenn wir besonnen bleiben.«

»Ich meine mit dem Leichnam.«

»Ihn in den nächsten Tempel bringen.«

»Das müssen wir verhindern.« Wir hatten uns schon ein Stück von der Menge entfernt, als sie sich losmachen und umkehren wollte, und beinahe war ich froh, dass im selben Moment zwei Steine flogen, die sie eines Besseren belehrten. Hinter der nächsten Biegung kam die Pferderennbahn in Sicht, aber erst auf der gerodeten Anhöhe des Morrison Hill trauten wir uns, stehen zu bleiben und zu verschnaufen. Graue Wolken hingen über der Bucht. Elisabeth zog ein Taschentuch hervor und tupfte sich die Augen. »Als du mich damals gefragt hast, ob ich deine Frau werden will«, begann sie, »und ich sagte, dass ich nur einen gläubigen Christen heiraten kann ... da dachte ich, dass wir uns einig sind, was das heißt. Du würdest dich bemühen, dachte ich. Jetzt habe ich den Eindruck, du willst mich auf deine Seite ziehen.«

»Du wolltest mitkommen.«

»Zum Vorsteher deiner Gemeinde in ...« Sie wusste nicht weiter und zog die Nase hoch.

»Tongfu.«

»Was soll das für eine Gemeinde gewesen sein?«

»Wenn du das Wort hörst«, sagte ich, »denkst du an Menschen in Sonntagskleidern, die zu einer schmucken kleinen Kirche strömen. Jeder hat ein Gesangsbuch dabei, die Orgel spielt. In Tongfu haben die Leute Sonnenblumenkerne geknabbert und mit einem Ohr zugehört, wie ich in gebrochenem Dialekt Geschichten aus der Bibel erzählte. Manche schliefen, andere standen auf, um nach den Kindern zu sehen. Zu Hause hatten alle ihre Familienaltäre. Wir hätten gerne, dass sie so sind wie wir, aber wir haben keine Ahnung, was wir verlangen.«

»Dass sie das Heil annehmen.«

»Und dafür alles aufgeben, woran sie je geglaubt haben. Dass sie ihre Familien verlassen, das Gesetz brechen und sich in ihren Dörfern verhasst machen. Die Frau des alten Luo ... Übrigens kenne ich bis heute ihren Namen nicht, sie ist eben seine Frau. Was wir mit dem Leichnam vorhaben, ist für sie Frevel. Sie stirbt lieber, als es zuzulassen.« Resigniert zeigte ich auf die Stadt, die ausgestreckt auf einer schmalen Landzunge zwischen dem Meer und den Bergen lag. »An der Küste gibt es noch Fuzhou, Amoy, Ningbo und Shanghai. Hier ein Dutzend Christen und da ein paar. Der Rest ist China, vierhundert Millionen Seelen.« Die Dämmerung brach herein, und ich wusste, dass ich meine Entscheidung nicht mehr länger aufschieben konnte. Nanking war der einzige Ort, wo ich das lähmende Gefühl loswerden würde, mit dem ich jeden Morgen aufstand. »Dir gefällt nicht, was du gesehen hast«, sagte ich, »aber so ist es eben. Wir meinen es gut und zerreißen Familien. Wir glauben, dass wir ihnen dafür etwas geben, das jedes Opfer wert ist, aber wir müssen das Opfer nicht bringen. Den alten Luo können wir zwar christlich begraben, aber nicht auf unserem Friedhof.«

»Das wird sich ändern.«

»Vieles wird sich ändern, aber vermutlich nicht durch uns. Jetzt müssen wir weitergehen, ich habe keine Laterne dabei.«

Auf Hongkong wurde es schnell Nacht, und die Queens Road war die einzige beleuchtete Straße. Als wir dort ankamen, brannten die Gaslaternen bereits. Wir verabschiedeten uns vor dem Haus von Thomas und Sara, dann ging ich den Berg hinauf zu meiner Station. Der Regen ließ nach, um mich herum hörte ich Grillen zirpen und Frösche quaken und beschloss, noch am Abend einen Brief nach Basel zu schreiben. Wenn Inspektor Josenhans die Reise nicht genehmigte, würde ich den Dienst quittieren und auf eigene Faust aufbrechen. Es sei denn, Elisabeth überlegte es sich anders ...

Meinen letzten Rückfall hatte ich zur Zeit des Frühlingsfestes. Schweißüberströmt lag ich im Bett und war nur frühmorgens klar genug, um zu merken, dass die Frauen mir Tee oder eine Suppe einflößten. Danach versank ich für den Rest des Tages in wirren Fantasien. Überall wurde geschossen – vermutlich hörte ich die Knallfrösche, die auf dem Anwesen das neue Jahr einläuteten –, fremde Leute prügelten auf mich ein, und wenn ich mich wehren wollte, hatte ich keine Hände. Meine Hilferufe blieben ungehört, ich war allein in einer feindlichen Welt, die mir nach dem Leben trachtete.

Nach zwei Wochen sank das Fieber, und die beiden Frauen legten sich ins Zeug, um mich wieder aufzupäppeln. Jeden Morgen bekam ich Hühnersuppe mit Ginseng und Ei, mittags Reis und Fleisch, zwischendurch schaute eine von ihnen vorbei, um den Tee nachzuschenken oder mir etwas Obst zu bringen. Ich war dankbar für ihre Fürsorge, und sobald sie gegangen waren, sehnte ich den nächsten Besuch herbei, aber am meisten wünschte ich mir, endlich das Bett zu verlassen. Seit Monaten war die Sonne nichts als ein bleicher Punkt hinter Papier, ich wollte sie endlich auf der Haut spüren und den Himmel sehen, alles Weitere würde sich schon ergeben. Mitten durchs Kriegsgebiet nach Nanking zu reisen, kam nicht infrage, eine Rückkehr nach Hongkong ebenso wenig, und als ich allmählich kräftiger wurde, begannen sich meine Gedanken auf Shanghai zu richten. Dort lebten Ausländer, die Potter und mich aufnehmen konnten, vielleicht gab es sogar eine sichere Route den Yangtze hin-

257

auf. Vorher allerdings brauchten wir Geld. Unser Gastgeber befand sich auf Reisen, sagten die Frauen, werde aber bald zurückkehren, und mein Gefährte war zuversichtlich, dass er uns alles geben würde, was wir benötigten. »So viel wir wollen«, sagte er, als ich ihm den Plan eines Tages vorstellte. »Hauptsache, wir hauen ab von hier. Er kann es kaum erwarten.«

»Wieso, hast du den Magistrat getroffen?«, fragte ich überrascht und setzte mich im Bett auf. »Ich dachte, er ist nicht da.«

»Zum Frühlingsfest war er hier. Ich konnte ihn so wenig verstehen wie er mich, aber mein Eindruck ist, wir sind hier nicht willkommen.« Potter saß wie immer auf dem Boden und hantierte mit seiner Pfeife. »Die Wachen auf dem Anwesen tragen Lanzen und Schwerter.«

»Wahrscheinlich gefällt ihnen nicht, dass du ein Gewehr hast.«

»Wahrscheinlich wissen sie nicht, dass ich keine Kugeln mehr habe. Man kriegt nirgends welche.«

Mir fiel auf, dass er sich neu eingekleidet hatte. Der Mantel war noch derselbe, aber über der Hose trug er einen ledernen Schutz, der auf der Rückseite geschnürt wurde wie die Unterkleider einer Frau. Als ich fragte, ob er in Jiujiang gewesen sei, schüttelte er den Kopf. »Wir wurden ans östliche Ufer gespült«, sagte er. »Hätten die dreckigen Matrosen uns nicht verraten, wären wir längst am Ziel. Direkt unter unserem Felsen fließt der Yangtze vorbei.« Mit dem Daumen wies er über die Schulter. »Jiujiang liegt westlich von hier. Also die Ruinen, die mal Jiujiang waren, bevor deine langhaarigen Freunde kamen.«

»Wie heißt die Stadt, die ich draußen höre?«

»Du hörst den Hafen am See. Das nächste Kaff heißt Hukou oder so ähnlich.«

258

»Hast du dir dort die Lederstrümpfe gekauft? Erinnert mich an ein Buch, das ich ...«

»Ich hatte viel Zeit, während du nach deiner Frau geschrien hast«, unterbrach er mich und drückte mit der Fingerspitze den Tabak fest. »Elisabeth, huh?«

»Das geht dich nichts an.«

»Hongkong-Fieber?«

»Wie gesagt ... Sie war auch nicht meine Frau.« Ich war froh über seine Anwesenheit – die Langeweile fand ich fast schlimmer als die Schmerzen –, aber über Elisabeth wollte ich nicht mit ihm sprechen. Stattdessen fragte ich, aus welcher Gegend in Amerika er stammte.

»Aus der falschen«, sagte er gewohnt ausweichend.

»Was hat dich nach China geführt?«

»Ein entlaufener Sklave, den ich die Küste rauf- und runtergejagt habe. Auf einmal war er wie vom Erdboden verschluckt. Hatte wahrscheinlich längst auf einem Walfänger angeheuert oder sich nach Europa abgesetzt.«

»Bist du dir eigentlich für nichts zu schade? Sklavenjäger!«

»Sprach der Pfaffe, der den Leuten die Seele raubt.« Er zündete die Pfeife an und nahm einen tiefen Zug. Während meiner langsamen Genesung entwickelte sich zwischen uns eine gewisse kumpelhafte Vertrautheit. Dass ich die Amputation meiner Hand überlebt hatte, schien Potter Respekt abzunötigen. Auf seine Weise war er ein ehrlicher Mann.

»Also hast du beschlossen, dich auch abzusetzen?«, fragte ich. »Nach China?«

»Die Seeotter waren alle tot, die Sache in Kalifornien hatte ich verpasst. Plötzlich hieß es, Opium ist das neue Gold. Von Salem und New York aus fuhren die Schiffe ab.«

»Nimm's mir nicht übel, aber als wir uns in Kanton trafen, sahst du nicht aus, als hättest du ein Vermögen gemacht.«

»Gemacht und wieder verloren. Lange Geschichte. Mir kam jemand in die Quere.«

»Jemand, der jetzt in Nanking lebt?«

»Hör zu, wir beide haben zusammen drei Augen und drei Hände, für China reicht das. Iss weniger Opium und fang an, dich zu bewegen. Wir müssen hier weg, bevor jemand merkt, dass mein Gewehr nicht geladen ist.« Damit stand er auf und ging hinaus, ohne die lange Geschichte erzählt zu haben. Im Türrahmen sah ich denselben Ausschnitt der Welt wie seit Monaten. Der Winter war vorbei, das Licht im Garten wurde heller, und auf einmal spürte ich ein Zucken in meiner unsichtbaren Hand.

Wenige Tage später verließ ich zum ersten Mal das Zimmer.

Es war ein sonniger Morgen, an dem mir das Frühstück von der dritten Schwester allein gebracht wurde. Sie war die schweigsamere der beiden und sprach kein Wort, während sie wartend neben dem Bett stand. Als ich fragte, ob sie von hier oder aus einer anderen Provinz stamme, schüttelte sie nur den Kopf. Ob sie vielleicht aus Jiangsu komme, hakte ich nach in der Hoffnung, zu erfahren, was in den letzten Monaten in Nanking passiert war. Eine Weile sah sie mich aus traurigen Augen an, ohne dass ihr eine Antwort über die Lippen kam. Meine Erinnerung an die Amputation war verschwommen, aber ich bildete mir ein, dass sie es war, die meinen Kopf gehalten hatte. Etwas an ihr reizte und interessierte mich. Mit ihrer hellen Haut konnte sie nicht auf dem Land groß geworden sein, trotzdem hatte sie normale Füße und bewegte sich mit einer Grazie, die man in China selten sah. Außerdem war sie sehr jung, eher ein Mädchen als eine Frau, und es mochte an der Befangenheit liegen, die ich plötzlich empfand, dass ich nach dem Essen erklärte, aufstehen und hinausgehen zu wollen. Die hereinwehende Luft roch nach Frühling. Ich konnte es kaum erwarten.

Wortlos zog sie den Holzstuhl nach draußen. Seit dem Verlust meiner Hand hatte ich keine Träne vergossen, aber als ich auf die dritte Schwester gestützt mit unsicheren Schritten zur Tür schlich, konnte ich mich nicht länger beherrschen. Unter der rechten Hand spürte ich die zarte Schulter des Mädchens, und durch die offene Tür fiel Sonnenlicht herein, als wollte es mir entgegenkommen. Dann hatte ich die Schwelle erreicht und glaubte, zu schweben. Das Anwesen lag auf halber Höhe zwischen See und Himmel. Vor mir ragte eine Pagode in die Morgenluft, dahinter fiel das Land zum Wasser hin ab, und im ersten Moment wusste ich kaum, wohin ich schauen sollte. Das ungewohnte Licht tat mir in den Augen weh. Überall plätscherte, summte und zwitscherte es, Aprikosen- und Pflaumenbäume spendeten Schatten, eine laue Brise wehte rosafarbene Blüten durch die Luft. Sachte dirigierte meine Begleiterin mich zu dem Stuhl. ›Pflaumenblüten-Pavillon‹ stand über der Tür, die so lange die Grenze meiner Welt gebildet hatte. Um das Gebäude herum lief eine schmale Terrasse. Mit einem Tuch wischte mir die dritte Schwester über Augen und Wangen, so aufmerksam war sie selten, aber als ich den Kopf wendete, sah ich, dass auch sie weinte. Jiangnan hieß die Region am Unterlauf des großen Flusses, in deren Richtung wir schauten; vor dem Krieg hatte sie zu den reichsten des Landes gehört, jetzt war es die am heftigsten umkämpfte. Ich fragte, ob sie von dort stammte, und erneut schüttelte sie nur den Kopf. Als ich nach ihrer Hand griff, um sie zu trösten, fuhr sie erschrocken zusammen. Sofort ließ ich los und hörte im nächsten Moment ein unterdrücktes Kichern, das aus dem Strauch vor der Terrasse kam. Grinsend kletterten drei kleine Jungen aus ihrem Versteck. Trotz des schönen Wetters trugen sie Jacken aus wattierter Seide, zeigten mit dem Finger auf mich und riefen etwas, das wie ›ausländischer Teufel‹ klang. Sie benahmen sich wie die verwöhnten Söhne eines mächtigen Mannes, und ihre nächste Beleidigung schien sich an die dritte Schwester zu richten. Plattfüßiges Biest, wenn ich es richtig verstand. Wütend nahm sie einen Stein in die Hand und schleuderte ihn nach den Kindern, die lachend davonrannten. Als ich mich das nächste Mal umblickte, war auch meine Begleiterin verschwunden.

In der Ferne sahen die Boote auf dem See aus, als würden sie stillstehen.

Fortan verließ ich mein Zimmer täglich. Zuerst saß ich nur auf der Terrasse, dann wurde ich unternehmungslustiger und machte kleine Spaziergänge über das Anwesen. Es gab ein imposantes doppelstöckiges Haupthaus mit geschwungenen Dächern und so vielen Fenstern, dass ich beim Zählen durcheinandergeriet. Der Hausherr ließ sich immer noch nicht blicken, die Schwestern sagten, er besuche den Gouverneur in Nanchang, aber zwei Tage später brach hektische Betriebsamkeit aus. Bedienstete eilten zwischen den Gebäuden hin und her, und am Abend geisterte das Licht von Fackeln durch den Garten. Ja, der Magistrat sei zurück, bestätigte mir die dritte Schwester am nächsten Morgen. Ich fragte, ob ich ihn sprechen könne, aber sie zuckte nur mit den Schultern. Seit dem Vorfall mit den Kindern wirkte sie ängstlich und sprach fast gar nicht mehr. Entweder hatte ich sie verschreckt, oder sie war ermahnt worden, nicht so freundlich zu dem ausländischen Teufel zu sein.

Auf das Gespräch mit dem Hausherrn allerdings musste ich nicht mehr lange warten. Ein Diener erschien und kündigte an, Magistrat Wang werde mich am Nachmittag im Pavillon aufsuchen. Ich bat darum, einen zusätzlichen Stuhl auf die Terrasse zu stellen. Dort saß ich und sah gespannt meiner ersten Zusammenkunft mit einem chinesischen Mandarin entgegen. Ein anderer Diener brachte duftenden Tee, ihm folgte Herr Shi, der mit den Fingerspitzen die Tassen zurechtrückte, den freien Stuhl zurückzog und ein Blatt vom Boden aufhob, bevor er sich grußlos entfernte. Der Magistrat hingegen, der schließlich den Weg vom Haupthaus herabkam, erwies sich als das Gegenteil seines mürrischen Verwalters. Er winkte schon von weitem und strahlte Energie und eine verschmitzte Freundlichkeit aus, die mich gegen meinen Willen für ihn einnahm. Seine blaue Robe war auf der Brust bestickt, am Gürtelband hingen die üblichen Utensilien, ein Fächer, die Essstäbchen und das kleine Seidensäckchen mit dem Siegel. Erst als ich aufstand, um seinen chinesischen Gruß zu erwidern, fiel mir ein, dass ich dafür eine Hand zu wenig besaß. »Jaja, ich habe es gehört«, sagte der Magistrat und zeigte auf meine Verletzung, meinte aber etwas anderes. »Ich habe gehört, dass Sie Chinesisch sprechen. Stimmt das?«

»Ich bemühe mich«, sagte ich.

Kopfschüttelnd drehte er sich zu seiner Gefolgschaft um, die vor den Stufen der Terrasse Halt gemacht hatte. Vier bewaffnete junge Männer mit frisch rasierter Stirn und starrer Miene. »Ein ausländischer Teufel, der unsere Sprache spricht. Was es alles gibt.« Ihm antworteten pflichtschuldige Bekundungen des Erstaunens, und ich erlaubte mir den Hinweis, dass *yang guizi* ein abwertender Ausdruck war, den ich nicht gerne hörte. »Unhöflich, nicht wahr?«, rief der Magistrat lebhaft aus. »Sie müssen verzeihen, ich habe noch nie einen ... einen ...«

»Ausländer?«

»Ja. Noch nie einen getroffen. Einen leibhaftigen Ausländer. Wo ist die andere Hand?«

»Ich hatte eine Verletzung.«

»So ein Pech auch. Immerhin sind Sie wieder wach. Während des Frühlingsfestes waren Sie nicht ansprechbar, wurde mir gesagt. Trinken wir Tee!« Kaum hatte er Platz genommen, sprang einer der Männer herbei, um uns einzuschenken. Während der Magistrat trank, ließ er mich keine Sekunde aus den Augen. »In Kanton und in Shanghai, überall gibt es neuerdings solche ... Ausländer. Niemand weiß, woher sie kommen und wann sie wieder gehen.«

»Ich bin sehr dankbar für Ihre Gastfreundschaft. Es ist ...«

»Waren Sie nicht zu zweit hier?«, unterbrach er mich. »Einer mit einem Auge und Sie mit einer Hand. Sind alle Ausländer so?«

»Wir wurden unterwegs überfallen«, sagte ich. »Mein Begleiter und ich.«

»So ein Pech aber auch!« Seine Hand wies über das Gewässer. »Alles voller Piraten, der ganze See. Man hat sie aus dem Süden vertrieben, nun sind sie hier.«

»Könnten es nicht auch kaiserliche Soldaten gewesen sein?«

Diese Vermutung schien den Mann zu amüsieren, aber je länger er mich musterte, desto unbehaglicher wurde mir zumute. »Sie kennen sich in China nicht aus«, entschied er brüsk. »Es waren Piraten oder langhaarige Banditen. Soldaten tun so etwas nicht. Trinken Sie Ihren Tee, trinken Sie!« Er winkte einen Mann herbei, der mir nachschenkte, obwohl ich noch keinen Schluck probiert hatte. »Auf dem Weg nach Shanghai, nehme ich an?«

Ich nickte.

»Sie müssen in den Tempel gehen und beten, ehe Sie aufbrechen. Vielleicht wird Guanyin Sie beschützen. In China können Sie schlecht zu Ihren eigenen Göttern beten, nicht wahr? Die kennen sich hier auch nicht aus, und es ist ein gefährliches Land.«

»Können Sie mir etwas über die Situation im Norden sagen?«, fragte ich, um das Thema zu wechseln. »Stimmt es, dass im letzten Jahr an der Peiho-Mündung gekämpft wurde?«

»Allerdings«, antwortete er stolz. »Wir haben die englischen Teu... Sie wissen schon, wir haben ihnen eine gründliche Abreibung verpasst.«

»Was, glauben Sie, wird als Nächstes passieren?«

»Sie werden zurückkommen, und wir werden sie wieder schlagen«, sagte er, aber bevor ich fragen konnte, was ihn so zuversichtlich machte, sprang er auf und bedeutete mir, ihm zu folgen. »Kommen Sie, machen wir einen Spaziergang. Ich will Ihnen etwas zeigen.«

Mit Mühe folgte ich ihm in den unteren Teil des Gartens. Wegen der schmalen Wege und Treppen hatte ich diesen Bereich auf meinen Spaziergängen bisher ausgespart, jetzt passierten wir ein paar Felsen und betraten eine natürliche Empore, von der aus der Blick weit über das Wasser reichte. Unzählige Boote fuhren darauf und schienen einer unsichtbaren Linie von West nach Ost zu folgen. Der Yangtze, dachte ich, hatte aber keine Zeit, mich in den Anblick zu vertiefen. Magistrat Wang steuerte einen offenen Pavillon an und winkte mich zu sich. Sobald ich ihm gegenübersaß, wurde das Tablett mit Tee zwischen uns abgestellt. »Dies hier ist der Lieblingsplatz eines berühmten Mannes«, verkündete er stolz. »Ich hatte einige Male die Ehre, ihn zu empfangen. Von ihm können Sie etwas darüber lernen, wie man mit Rückschlägen umgeht. Der Yangtze kurz vor Hukou ist der Ort seiner größten Schmach. Vor einigen Jahren geriet er dort in einen Hinterhalt und verlor fast seine komplette Flotte. Der Gesichtsverlust war so schlimm, dass er versuchte, sich das Leben zu nehmen. Seine Leute mussten ihn aus dem Wasser ziehen. Anschließend hat er dem Kaiser geschrieben und um seine Bestrafung gebeten. Sehen Sie die Schriftzeichen dort an der Wand? Ich nehme an, Sie können das nicht lesen.«

Ich wendete den Blick und brauchte einen Moment, um zwischen den Verzierungen eine Kalligraphie zu erkennen. Eine Reihe kurzer Sentenzen, die man in die Wand geschnitzt und mit roter Farbe nachgezeichnet hatte. »Handle mit äußerster Vorsicht«, las ich. »Wenn du dein Ziel verfehlst, such den Grund in dir selbst.«

Magistrat Wang deutete eine Verbeugung an. »Sie können lesen, das ist bemerkenswert. Es sind die Worte eines großen Gelehrten, der um seine Unzulänglichkeit weiß. Im vorletzten Jahr war er zuletzt hier, zusammen mit einem seiner Brüder. Der ist wenig später in der Schlacht von Sanhe gefallen, es waren ihre letzten gemeinsamen Tage.«

Erweitere dein Wissen und strebe voran, las ich an einer anderen Stelle, bis zur letzten Stunde deines Lebens. »Wie heißt der Mann?«, fragte ich und erfuhr, dass es sich um General Zeng Guofan handelte, den Anführer der Hunan Armee. Hong Jins Erzfeind.

»Sie haben von ihm gehört?«, fragte der Magistrat erstaunt. »Sind Sie sicher, dass Sie kein Chinese sind? In den westlichen Provinzen gibt es welche, die sehen genauso komisch aus wie Sie.«

»Erzählen Sie mir von ihm. Wie wird aus einem Gelehrten ein Kriegsherr?«

»Die Umstände verlangten danach.« Betrübt schüttelte der Magistrat den Kopf. »General Zeng hat zu Hause um seine verstorbene Mutter getrauert, als ihn zum ersten Mal der Befehl ereilte, eine Armee gegen die Langhaarigen aufzustellen. Hat er gezweifelt? Jeden Tag. Fand er die Aufgabe zu groß für sich? Unbedingt. Hat er versucht, sich ihr zu entziehen? Niemals! Vier Jahre hat er den Kampf geführt, dann starb sein Vater. Wieder ging er nach Hause, um zu trauern, wieder kam ein Befehl. Es ging nicht ohne ihn. Also band er sich das schwarze Band um und zog erneut in den Krieg. Ich weiß nur eins, hat er zu mir gesagt, er saß genau dort, wo Sie jetzt sitzen, wir müssen sie besiegen, weil es der Wille des Himmels ist.«

»Trotzdem hätte er beinahe sein Leben aufgegeben, sagten Sie.«

Mit einer eleganten Bewegung schlug der Magistrat den Ärmel seiner Robe zurück und griff nach dem Teebecher. »Die Langhaarigen haben die eigenen Boote in Brand gesetzt und sie in seine Flotte treiben lassen. Der ganze See stand in Flammen. Dass er sich das Leben nehmen wollte, war eine Frage der Ehre.« Prüfend sah er mich an. »Spielen Sie Go?«

Ich wusste nicht, was er meinte, und schüttelte den Kopf.

»Der General spielt, wann immer es geht. Es gibt ihm Kraft. Sehen Sie, ein Go-Spieler muss so besonnen handeln wie ein Denker, aber so furchtlos denken wie ein Mann der Tat. Das ist es, was ihn auszeichnet.« Der Blick aus seinen kleinen harten Augen wurde bohrend. Es war merkwürdig, einem Mann gegenüberzusitzen, der nicht zögern würde, meinem besten Freund den Kopf abzuschlagen. Oder mir, wenn er um unsere Verbindung wüsste. »Ich weiß, dass die Langhaarigen im Süden viel Unterstützung erfahren«, sagte er, »aber hier nicht. Hier haben die Menschen sie erlebt.«

»Sie auch?«, fragte ich etwas zu schnell.

»So wie jeder. Vor drei Jahren war ich auf Reisen in der Provinz Anhui. Ich hatte an der Küste zu tun gehabt und wollte die Gelegenheit nutzen, mir ein Bild der Lage auf dem Land zu machen. In einem Ort namens Qimen lebte ein alter Freund, ein Teehändler. Ich hatte ihn schon oft besucht und kannte den Weg, also habe ich den Großteil meiner Männer

nach Hause geschickt und mich zu ihm aufgemacht.« Der
Magistrat hielt inne, um zu trinken. Auf einmal wirkte er
nicht mehr so aufgekratzt wie zuvor. »Einige Wochen vorher hatten die Banditen einen großen Sieg errungen und eine
ganze Armee vernichtet. Wie besoffen davon zogen sie nach
Westen. Alle jungen Männer, die ihnen in die Hände fielen,
wurden zwangsrekrutiert. Was mit den Frauen geschah ...
nun, jeder wusste es, aber als die Nachricht ihres Vormarschs
Qimen erreichte, war es bereits zu spät, um zu fliehen. Der
Ort verfügt über solide Mauern, trotzdem brach auf der Stelle Panik aus. Es stürzten sich so viele Frauen in den Brunnen, dass er verstopfte. Sie erhängten sich an Türbalken, sprangen in den Fluss oder erstachen sich mit Küchenmessern.
Eltern erdrosselten ihre Kinder im Schlaf, bevor sie Hand
an sich legten. Mein Freund war Witwer, und die Kinder lebten anderswo, also blieb ihm das erspart. Gemeinsam versteckten wir den Familienaltar und was die Banditen in ihrem Fanatismus sonst noch anstößig finden könnten. Ich
warf meine Amtsrobe fort und vergrub das Siegel vor der
Stadt. Sogar die Sänfte, mit der ich gekommen war, befahl
ich den Trägern zu verbrennen. Dann begann das Warten.
Drei Tage saßen wir im Haus und tranken den Tee, für den
Qimen so berühmt ist. Sogar die englischen Teufel, wurde
mir erzählt, mögen ihn. Bei Ihnen zu Hause gibt es keinen,
nicht wahr?« Kopfschüttelnd blickte er zu seinen Männern,
die neben dem Pavillon strammstanden. »Länder ohne Tee.
Kein Wunder, dass sie alle zu uns kommen.«

»Was geschah nach drei Tagen?«, fragte ich.

»Meine Geschichte interessiert Sie? Nun, das freut mich,
aber zunächst geschah nicht viel. Nur eine Vorhut der Banditen kam in den Ort. Ein Dutzend Männer mit verdreckten
Haaren, am Dialekt als Kämpfer aus dem Süden zu erkennen. Alle trugen Gewänder aus gelber und roter Seide, mit

Tüchern im Haar und Schmuck an den Händen. Wie heraus-
geputzte Affen sahen sie aus. Sie kündigten an, dass ihr Anführer in den nächsten Tagen in den Ort kommen werde.
Den Bewohnern wurde befohlen, einen gelben Wimpel an
der Haustür zu befestigen und das Zeichen für ›Gehorsam‹
daraufzuschreiben. Außerdem verlasen sie eine Liste von
Dingen, die ab sofort verboten waren: Opium und Alkohol
natürlich, Tabak ebenso. Der Besuch des Dorftempels war
nicht länger erlaubt, Frauen durften ihre Füße nicht mehr
binden. Sie taten, als gehörte alles ihnen, und als sie abzogen, ließen sie auf dem Stadttor ihre Fahne zurück. Ich hätte sie am liebsten mit ihren eigenen Ohren gefüttert, aber
was sollte ich tun? Im Nu hing an jeder Tür ein Wimpel und
versprach Gehorsam. Die einen rauchten ihre letzte Opiumpfeife und tranken den Wein aus, die anderen schütteten lieber alles weg. Und die Frauen? Als Ausländer finden Sie die
Sitte des Füßebindens abstoßend, nehme ich an. Sie mögen
Frauen mit großen Füßen. Solche wie das Mädchen, das Ihnen das Essen bringt, hab ich recht? Man sagt mir, sie gefällt Ihnen.« Spöttisch sah er mich an, aber als ich nichts erwiderte, fuhr er mit der Erzählung fort. »Wie auch immer,
sind die Füße einmal gebunden, kann man die Binden nicht
einfach abnehmen. Es schmerzt, wissen Sie. Manche Frauen
versuchten es, keine hielt es aus. So vergingen wieder einige
Tage. Mein Freund und ich nutzten die Zeit, um in einem Zimmer ein kleines Versteck einzurichten. Hinter dem Schrank,
es war allenfalls gut genug für den Fall einer oberflächlichen
Suche. Uns ging es darum, die Zeit nicht tatenlos zu verbringen.«

»Sie trauten den Ankündigungen nicht?«

»Würden Sie einem Hund trauen, der Ihnen verspricht,
das Bellen zu lassen? Es sind Tiere, und so muss man sie behandeln. Natürlich dauerte es nicht lang, bis sie ihr wahres

Gesicht zeigten. Beim nächsten Besuch erschien die ganze Armee. Wir hörten den Lärm und spürten das Vibrieren des Bodens, lange bevor die ersten Truppen auftauchten. Der Ort war zu klein, um alle aufzunehmen, es war eher ein Durchmarsch als ein Einzug. Voran marschierten die Affen aus Guangxi, gefolgt von drei Sänften, in denen angeblich Generäle saßen, die wir aber nicht zu Gesicht bekamen. Die Bewohner knieten im Staub, um ihren Gehorsam zu bezeugen. Ich stand am Wegrand und sah mir das Spektakel an. Die Aufmachung der Banditen wurde immer grotesker. Ihre Haare waren nicht mehr so lang, dafür steckte Schmuck aus Tierzähnen darin. Sie trugen Amulette und hatten Brandzeichen auf der Haut. Rinder und Schweine wurden durchs Dorf getrieben, plattfüßige Frauen schleppten Kochtöpfe, sogar Kinder waren dabei. Ich sah Männer mit Beilen aus Stein, manche waren betrunken, einer hatte sich das Fell eines Bären über den Kopf gezogen und tanzte.« Kopfschüttelnd hielt er einen Moment inne. »So sah sie aus, die Himmlische Dynastie des großen Banditentums. Natürlich gab es auch Männer in Uniform, die einen Anschein von Ordnung aufrechtzuerhalten suchten. Eine Weile, das gebe ich zu, hoffte ich, der Spuk werde vorübergehen und nichts außer Staub zurückbleiben. Übrigens sehen Sie ein wenig mitgenommen aus, wenn ich das sagen darf. Warum hat der Einäugige Ihnen denn die Hand abgeschnitten? Wenn Sie wollen, kümmern wir uns um ihn, der See ist groß.« Gleichgültig sah er mich an.

»Die Wunde war entzündet«, erwiderte ich. »Er hat mir das Leben gerettet, und sobald ich genesen bin, werden wir gemeinsam aufbrechen.«

»Wie Sie meinen.«

»Was geschah dann?«

»In Qimen? Nun, ein Bandit bekam Durst und wollte Tee

haben. In ihrem Eifer hatten die Bewohner draußen Tische aufgestellt, mit Obst, gefüllten Teigtaschen und dergleichen mehr. Alles, was sie besaßen, boten sie diesen Verbrechern an, aber am frühen Nachmittag war es aufgebraucht. Als der Bandit zu einem der Tische ging und von der alten Frau dahinter Tee verlangte, sagte sie, sie müsse erst frisches Wasser holen. Sofort, erwiderte er. Sie wollte loseilen, um seinen Befehl auszuführen, aber ... Sehen Sie, wir Chinesen glauben, dass die menschliche Natur gut ist. Sie ist gut, und man muss sie pflegen, damit sie so bleibt. Aber in den Herzen der Banditen gibt es nichts Gutes, das ist das Problem. Wenn Sie mir nicht glauben, hören Sie zu. Die alte Frau hatte unterwürfig mit ihm gesprochen. Ohne Wasser konnte sie ihm keinen Tee zubereiten, also tippelte sie auf ihren gebundenen Füßen zum Haus, und vielleicht waren es die Füße. Ich weiß es nicht. Der Bandit machte zwei Schritte und packte sie an der Schulter. ›Haben wir euch nicht verboten, die Füße zu binden‹, brüllte er. Auf einmal waren alle Augen auf ihn gerichtet, wie er sein Schwert zückte und die alte Frau anschrie. Jemand aus ihrer Familie stürzte nach vorne und flehte um Gnade, aber was nützt es, ein wildes Tier anzuflehen. ›Haben wir es euch nicht verboten?‹, brüllte er. Mit einer Hand zwang er die Frau auf den Tisch. Den Verwandten, der dazwischengehen wollte, streckte er mit einem Tritt nieder. Sofort waren weitere Banditen in der Nähe und zückten die Schwerter. Auf einmal ging alles sehr schnell.«

»Er hat die alte Frau umgebracht«, entfuhr es mir. Meine Kehle fühlte sich trocken an, aber ich war unfähig, die Hand nach der Tasse auszustrecken.

»Aber woher denn.« Der Magistrat schüttelte den Kopf. »Er schlug ihr die Füße ab.«

»Er schlug ihr ...«

»Jaja. Der erste Hieb war so gewaltig, dass er nicht nur

einen Fuß abtrennte, sondern den Tisch zertrümmerte. Schreiend fiel die Frau zu Boden, aber er hieb weiter auf sie ein und … Ich weiß nicht mehr, ob ich es in jenem Moment sah oder später erfuhr. Chaos brach aus. Bewohner flüchteten in ihre Häuser, mein Freund zog mich mit sich. Wir versteckten uns und konnten nicht sehen, was draußen geschah, aber der Lärm verriet es. Menschen rannten um ihr Leben, Türen wurden eingetreten, auch unsere, aber wir hatten Glück. In ihrem Blutrausch gingen die Banditen hastig vor. Sie suchten nicht nach Opfern, sondern metzelten einfach nieder, was ihnen über den Weg lief. Die Dörfer in den Bergen sind eng gebaut, müssen Sie wissen, die meisten Häuser klein und einfach – sie brauchten nicht zu suchen.« Damit verstummte er und starrte einen Moment auf den Tisch. Von meiner Stirn lief Schweiß. Früher in Victoria hatte ich viele Gerüchte gehört, und unterwegs war ich den buddhistischen Mönchen begegnet, aber mit einem Augenzeugen sprach ich zum ersten Mal. »Wie lange …« Ich musste mich räuspern und neu ansetzen. »Wie lange dauerte es?«

»Nicht allzu lange. Es war eine Armee auf dem Durchmarsch, sie wollten sich nicht aufhalten. Später hörte ich, dass es in anderen Dörfern zu ähnlichen Szenen gekommen war, aber nicht in allen. Es geschah, oder es geschah nicht, so wie wilde Hunde manchmal angreifen und manchmal nur bellen. Jedenfalls war es noch hell, als sich Stille über das Dorf legte. Was wir beim Verlassen des Verstecks sahen, erspare ich Ihnen«, sagte er, als habe er den Beschluss soeben gefasst. »Ich fürchte, die Geschichte trägt nicht zu Ihrer Genesung bei. Sie sind auch einer von denen, die Sympathien für die Banditen hegen, das habe ich mir gleich gedacht. Wahrscheinlich würden Sie mich gerne der Lüge bezichtigen.«

»Ich glaube Ihnen«, versicherte ich.

»Schön. Ihre seltsame Religion kenne ich nicht und will davon auch nichts wissen. Sie werden behaupten, die Banditen hätten sie falsch verstanden oder mutwillig verändert, und vielleicht ist es so. Trotzdem waren es Ihre Hände, aus denen diese Mörderbande sie empfangen hat. Ich meine natürlich nicht Ihre persönlich, Sie haben ja nur noch eine. Wann haben Sie vor, aufzubrechen?«, fragte er und verbarg nicht länger, dass er mich so schnell wie möglich loswerden wollte. Eher deutete sein Blick an, dass er hinsichtlich der Mittel nicht wählerisch sein würde.

»Wie gesagt, ich bin dankbar für Ihre Gastfreundschaft«, sagte ich überrumpelt. »Leider habe ich …«

»Der Einäugige muss gehen. Er verängstigt meine Frauen und Kinder, und die Zeit drängt. Sehen Sie, in den letzten Jahren waren die Banditen auf dem Rückzug. Sie halten nur noch wenige Städte entlang des Flusses, aber wie es heißt, haben sie einen neuen Befehlshaber.«

»Einen neuen Befehlshaber?«

»Er soll ein Verwandter des Ober-Banditen sein, der sich Himmlischer König nennt. Seit er aufgetaucht ist, sind sie wieder auf dem Vormarsch. Gut möglich, dass sie in diesem Frühjahr den Ausbruch aus der Belagerung wagen werden. Sehen Sie«, sein Arm wies nach Osten, wohin die meisten Schiffe unterwegs waren, »von dort werden sie kommen, den Fluss herauf. Sie und Ihr Begleiter können nicht bleiben, es ist zu gefährlich. Wenn Sie wollen, dürfen Sie die Kleine mit den hässlichen Füßen mitnehmen. Ich habe etwas über ihre Familie erfahren, das mir nicht gefällt. Interesse? Ein Wort, und sie gehört Ihnen.«

Irritiert schüttelte ich den Kopf. »Wie kommen wir von hier nach Shanghai?«

»Wenn Sie nicht durch die Berge reisen wollen, müssen

Sie einen Bogen schlagen. Südlich des Flusses, bis Hangzhou, von dort fahren Boote nach Shanghai.«

»Leider haben wir bei dem Überfall alle unsere Sachen verloren.«

»Es wird mir eine Freude sein, Ihnen eine Eskorte zu stellen. Ich muss sowieso einige Dinge in Sicherheit bringen, bevor die Banditen zurückkehren.« Damit erhob er sich, aber als ich es ihm nachtun wollte, winkte er ab. »Bleiben Sie sitzen, genießen Sie die Aussicht. General Zeng Guofan hat immer gesagt, sie verleihe ihm Ruhe und Zuversicht. Es wird Ihnen jemand Bescheid geben, sobald die Eskorte bereit ist. Falls Sie die Kleine doch noch haben wollen, sagen Sie es dem Verwalter, ansonsten merken Sie sich eins: Am Ende wird der General den Krieg gewinnen. Der Kraft seiner moralischen Natur sind die Langhaarigen nicht gewachsen, verstehen Sie das? Wenn nicht, glauben Sie es einfach.« Ohne eine Erwiderung abzuwarten, verbeugte er sich und ging. Seine Männer folgten ihm die Treppe hinauf.

*Brief des Vaters Zeng Guofan*
*an seinen erstgeborenen Sohn Jize,*
*am neunten Tag des vierten Mondes,*
*zehntes Jahr der Herrschaft Xianfeng*

字諭記澤兒
咸豐十年四月初九日

Mein lieber Sohn,

Deinen Brief vom Zweiundzwanzigsten des vorigen Mondes habe ich mit großer Freude erhalten. Zu wissen, dass Deine Studien Fortschritte machen, verschafft meinem Herzen etwas Ruhe. Lass niemals nach in Deinen Bemühungen! Deine Texte habe ich aufmerksam gelesen und schicke sie Dir mit einigen Anmerkungen zurück.

Alles in allem ist Deine Pinselkraft beim Gedichteschreiben größer als bei den Aufsätzen. Achte aber noch mehr auf Deine Haltung und begehe nicht den Fehler, den ich früher begangen habe: Fass den Pinsel weiter oben, damit die Zeichen mit natürlichem Schwung aufs Papier fließen. Lass das Handgelenk locker und gib beim Anrühren der Tinte weniger Wasser hinzu, Deinem Schwarz fehlt der Glanz, das wirkt sich unvorteilhaft auf den Leser aus. Sind die Zeichen zu matt, denkt man an das Gesicht einer blutarmen Person, und der Sinn verdorrt, bevor er seinen Weg ins Herz gefunden hat.

Jedes Zeichen muss lebendig sein! Mir scheint, dass für Deine Haltung der *Caoshu*-Stil am besten geeignet ist. Lass die anderen für den Moment beiseite und konzentriere Dich auf ihn. Kopiere jeden Tag hundert bis zweihundert Zeichen auf Ölpapier, bis Du das Gefühl hast, dass sie dem Vorbild der alten Meister zu gleichen beginnen. Ich habe die Kalligraphie viel zu spät begonnen und bereue es bis heute. Achte auf die Pinselführung und die Struktur der Zeichen, die Abstände müssen gleichmäßig sein, damit das Auge nicht hängenbleibt. Ich selbst komme kaum noch dazu, Gedichte zu schreiben, aber am Abend lese ich welche. Es ist wichtig, sie zuerst laut aufzusagen, um das Qi ihrer Silben und die Kraft der Laute zu spüren, dann mehrmals leise, um die Nuancen auszuschmecken. Beides zusammen nennt man *shengdiao;* in den Texten der Alten siehst Du, dass sie dort angesetzt haben, um ihre Komposition zu verbessern. Lass die Silben auf der Zunge spielen, Gedichte müssen Dir wie eine Frühlingsbrise über die Lippen gehen, warm und sanft. *Lang lang shang kou*, sagt man, wie weiße Jadeperlen rollen sie aus Deinem Mund. Nur wenn Du sie richtig liest, können die Zeichen ihr Aroma entfalten, und mit der Zeit wird Dein Stil reifen. Noch bist Du jung: Nimm Dir vor, ihn bis zum dreißigsten Lebensjahr zur Vollendung zu bringen!

Was die Lektüre betrifft, möchte ich Dich noch einmal an Zhu Xis Ausspruch erinnern: *Xu xin han yong*, das leere Herz wird eingeweicht und schwimmt. Darin liegt die Essenz seiner *Anleitung zum Lesen*. Lass Dich nicht entmutigen, weil Du ein durchschnittliches Gedächtnis hast; Fleiß und Ausdauer sind wichtiger. Lies nicht zu viel, aber sauge alles, was Du liest, mit leerem Herzen in Dich auf. Streich die unklaren Stellen an und kehre beim nächsten Mal zu ihnen zurück. Das leere Herz wird eingeweicht und schwimmt. Einen Text verstehen heißt, sich von seinem Sinn tränken zu lassen, so wie ein trockenes Feld vom Regen getränkt wird. Es geschieht nicht sofort, erst muss der Boden weich werden. Zu Büchern wie den *Dreizehn Klassikern* kehre jeden Tag zurück, bis deine Gedanken aufgehen wie frische Blüten. ›Leeres Herz‹ heißt auch, dass du die Kommentare der Han-, Tang- und Song-Zeit zwar lesen sollst, aber Dein Bemühen muss auf den ursprünglichen Sinn der Texte gerichtet sein. Lass Dir Zeit, aber arbeite jeden Tag! Wenn Dein Herz zu schwimmen beginnt, musst Du die Texte nicht mehr mühsam auswendig lernen, sondern wirst sie wie von selbst im Kopf behalten.

Wirf gelegentlich einen Blick in die *Sammlung der Achtzehn Großen Dichter*, die ich ediert habe. Was Du dort findest, wird Dich eine Zeitlang beschäftigen. Schreib mir, was Dir dazu einfällt oder was Du wissen möchtest. So gut ich kann, werde ich Deine Fragen beantworten. Sag mir auch, welche Bücher Du brauchst, die wir zu Hause nicht haben – ich lasse sie Dir schicken.

Meine Armee befindet sich auf dem Weg nach Qimen in Anhui. Wir hoffen, dass es uns dort gelingt, den Langhaarigen den Weg zum Yangtze zu versperren. Um Anqing zu belagern, müssen wir zuerst verhindern, dass uns der Feind in den Rücken fallen kann. Ein Heer sollte immer versuchen, die Rolle des Gastgebers zu spielen und die Hoheit über das Geschehen zu erlangen. Wir werden die Stadt Anqing einkesseln und aushungern, so dass wir im kommenden Jahr den Yangtze kontrollieren und in zwei oder drei Jahren Nanking erobern. Dein Vater ist ein mächtiger General, aber als Gelehrter wird er unvollendet bleiben. Seine größte Hoffnung ist, dass Dir ein anderes Schicksal beschieden sein wird. Strebe nicht nach Ruhm, aber studiere jeden Tag! Lerne alles, was ich wegen des Krieges nicht mehr lernen kann! Ich habe mein Möglichstes getan, damit wenigstens in Hunan Frieden herrscht. Den endgültigen Sieg über den Feind werde ich wahrscheinlich nicht mehr erleben.

Diesem Brief liegen fünfzig Silbertaler für Deinen Lehrer bei. Zum Geburtstag des vierten Onkels schicke ich ein Schwalbennest und eine Rolle *Qiuluo*-Stoff, aber den Wandschirm muss ich beim nächsten Mal nachreichen – meine Augenschmerzen erlauben mir nur noch selten, zu schreiben. Für Jiawus Hochzeit sind die anderen fünfzig Taler und die zweite Stoffrolle gedacht. Die beiden Aufsätze sind für Dich. Lies sie aufmerksam durch! Talent alleine reicht nicht, wie das traurige Beispiel meines Schülers Li Hongzhang zeigt. Ich habe ihm nach Shanghai geschrieben, aber ob er diesmal auf mich hören wird, weiß ich nicht. Wie heißt es im Buch *Guanzi*: Wenn das Scheffel zu voll ist, streicht der Mensch es glatt; ist der Mensch zu voll von sich selbst, muss der Himmel ihn glattstreichen.

桃　滌
樹　生
鋪　手
安　諭
徽
省

von eigener Hand geschrieben in Taoshu, Provinz Anhui, gezeichnet Disheng

## 10 Die Flügel des Tigers

Hauptquartier von General Zeng Guofan
Qimen, Frühjahr/Sommer 1860

In der Mitte des vierten Mondes erreichte die Hunan Armee Qimen. Ein hübsches kleines Städtchen, das vom Teeanbau lebte und bei der Ankunft der Soldaten in Panik verfiel. Die Bewohner fühlten sich umzingelt von den dreitausend Fremden, die auf einmal vor der Stadtmauer lagerten. Der Magistrat bekniete Zeng Guofan, sein Heer woandershin zu führen, der Ort war bereits einmal von den Rebellen heimgesucht worden, aber aus militärischer Sicht erfüllte er alle Voraussetzungen. Es gab reichlich Trinkwasser und entlang des Flusses genug Platz für ein Bataillon, das den ersten Verteidigungsring bildete; den zweiten würde man auf den Hügeln errichten, die den Ort umschlossen und wie ein grünes Meer in alle Richtungen rollten. Mehrere Tage lang inspizierte der General mit seiner Entourage die Umgebung, dann stand der Entschluss fest. Sein Adjutant fand ein mingzeitliches Haus aus Holz und Backstein, das über mehrere Höfe und zwei geräumige Seitenflügel verfügte. Einen machte Zeng Guofan zu seinen Privaträumen, im anderen lag eine doppelstöckige Halle, genannt ›Aula zur Weitergabe der Gnade‹, die sich für die Opferzeremonien eignete. Die Schreibstuben wurden in den Kammern im Obergeschoss eingerichtet, wo früher die Frauen gewohnt hatten. Nach und nach traf der gesamte Stab ein, Möbel wurden beschafft, Bücher einsortiert, Karten ausgerollt. Der General mochte den Geruch des alten Zedernholzes und den Blick aus den breiten Fenstern. Endlich war der Winter vorbei. Im Frühjahr sind die Berge hell und verführerisch, ging ihm durch den Kopf, als würden sie lächeln.

In den ersten Tagen machte er Besuche bei den angesehensten Familien des Ortes, verteilte Schriftrollen und Wandschirme, lobte den Tee und zerstreute Bedenken. Dass die Stadtmauer vermessen wurde, nannte er reine Routine. Um Wucher auf den Märkten vorzubeugen, legte sein Stab die Lebensmittelpreise fest, die Miliz des Magistrats musste ihre Waffen abgeben, und eine Tafel neben dem Eingang lud alle Bewohner ein, sich mit ihren Anliegen direkt an die Armee zu wenden. Was es auch ist, lautete die Botschaft, wir sind zuständig.

Das milde Klima tat ihm gut. Die Flechte juckte weniger stark, und er schlief besser. Für eine Weile arbeitete er so konzentriert wie lange nicht mehr, dann traf eine Nachricht ein, die alles veränderte: Der Feind hatte den Belagerungsring um Nanking gesprengt und überrannte das untere Yangtze-Tal! Wie blutige Anfänger hatten sich die Generäle der Zentralarmee übertölpeln lassen. Erst war ein ganzes Bataillon der Langhaarigen aus dem Ring entkommen und hatte Hangzhou angegriffen, dann war es keinem dieser Dilettanten eingefallen, sich zu fragen, was der Feind im Schilde führte. Niemand rechnete mit einer Finte. Um Hangzhou zu halten, waren auf der Stelle zwei Kolonnen losgeschickt worden, ohne ins Kalkül zu ziehen, dass die Banditen genau das bezweckt haben könnten. Kaum war die Zentralarmee geteilt, strömten von überall feindliche Truppen herbei, warteten so lange, bis die Präsenz der Belagerer schwach genug war, und schlugen dann erbarmungslos zu. Fluchend lief der General in seiner Stube auf und ab und fragte sich, wie der innere Hof reagieren würde. Wenn der Kaiser seiner kurzsichtigen

Linie treu blieb, würde er die Hunan Armee nach Osten schicken, um die Langhaarigen aufzuhalten, aber das wäre das Ende des Plans, alle Kräfte auf Anqing zu richten, um endlich die Kontrolle über den großen Fluss zu gewinnen. Was sollte er tun? Fieberhaft studierte er Karten und Zahlenkolonnen, bis sie vor seinen Augen verschwammen. Der Entschluss, den er schließlich fasste, konnte ihn den Kopf kosten, aber nachdem er alles durchdacht hatte, berief er die nächste Lagebesprechung ein. In dieser Sache durfte es nicht, wie beim Umzug nach Qimen, zum Streit kommen.

»Guten Morgen«, sagte er und blickte in gespannte Gesichter. Es war ein sonniger Tag, zwanzig Männer drängten sich vor seinem Schreibtisch und ahnten, dass eine wichtige Entscheidung anstand. »Ich will keine lange Rede halten«, begann er. »Wieder einmal hat sich gezeigt, dass mangelnde Disziplin geradewegs in den Untergang führt. Die Zentralarmee wurde geschlagen, ihre Befehlshaber sind tot, Nanking wird nicht länger belagert. Jetzt hängt das Überleben der Dynastie endgültig nur noch von uns ab. Der Himmel will, dass wir den Krieg gewinnen, also werden wir es tun. Allerdings mit unseren Mitteln und auf unsere Weise, ist das klar?« Er machte eine Pause, damit die Männer ihre Zustimmung äußern konnten. Sobald er die Hand hob, wurde es wieder still.

»Spätestens am Ende dieses Mondes wird ein Eilbote aus der Hauptstadt eintreffen. Der Kaiser wird uns befehlen, so schnell wie möglich nach Osten zu ziehen, um den Vormarsch der Banditen im Yangtze-Tal zu stoppen. Es ist seine Pflicht, alles zu tun, um die wichtigsten Städte und die fruchtbarsten Felder des Reiches zu retten, nicht wahr?« Diesmal nickten die Männer nur zögerlich, und der General erlaubte sich ein Lächeln. »Einige von euch scheinen sich zu erinnern. Vor sechs Jahren waren wir in einer ganz ähnlichen Situation. Die Langhaarigen hatten Wuchang eingenommen, wir haben sie von dort vertrieben. Es war unser erster großer Sieg, aber er forderte einen hohen Preis. Wir mussten die Ränge auffüllen, neue Rekruten trainieren und beim Wiederaufbau der Stadt helfen. Meine Bitte an den Hof, uns eine Pause zu gewähren, wurde trotzdem abgelehnt. Unverzüglich sollten wir aufbrechen und dem Feind den entscheidenden Schlag versetzen, wozu hatten wir gerade eine neue Flotte aufgebaut?« Die Erinnerung stand ihm so deutlich vor Augen, dass ihm Schweiß auf die Stirn trat. »Auch diejenigen von euch, die nicht dabei waren«, fuhr er fort, »kennen den Ausgang. Wir sind dem heiligen Befehl gefolgt und den Langhaarigen in die Falle gegangen. Am Poyang-See wurde die gesamte Flotte zerstört, die Armee stand vor dem Untergang, und alle Gebiete, die wir dem Feind abgenommen hatten, gingen wieder verloren. Sechs Jahre ist es her, aber ich, Zeng Guofan, habe meine Lektion gelernt: Stark sein heißt seine Grenzen kennen.« Er nahm seine Tasse, und damit alle sahen, dass seine Hand nicht zitterte, hielt er sie für einen Moment in die Luft, bevor er trank. »Ich weiß, dass nicht jeder einverstanden war mit dem Umzug in die Berge, aber inzwischen hat sogar unser Freund Li Hongzhang seine Meinung geändert. Oder ist er nur das ölige Essen in Shanghai leid?« Alle lachten. In der Aufregung der letzten Tage war das Gerücht von der bevorstehenden Rückkehr seines Schülers beinahe untergegangen. Der General nickte, als wollte er die Gruppe in ihrer Heiterkeit bestärken. »Mal sehen, was er vorhat«, sagte er. »Unser Plan bleibt der alte. Zuerst müssen wir hier unsere Stellung sichern und damit den südöstlichen Korridor nach Anqing. Die Stadtmauer von Qimen ist ein guter Schutz vor streunenden Hunden. Hat jemand Angst vor Hunden?«

»Nicht mal, wenn sie lange Haare haben«, rief jemand,

und noch einmal brandete Gelächter auf. Dass der General gerade angekündigt hatte, einen kaiserlichen Marschbefehl zu verweigern, schien niemanden zu beunruhigen.

»Ganz recht«, sagte er. »Es ist das Umland, das wir verteidigen müssen. Wenn der Feind auf einem einzigen Hügel seine Kanonen in Stellung bringen kann, gehört die Stadt ihm. Die Mauer hat eine Länge von 1283 *Zhang*, ein Drittel davon ist entbehrlich. Das wird reichen für den Bau von zehn Wachanlagen. Beim Westtor werden wir mit dem Abriss beginnen, morgen früh, wenn der Magistrat noch schläft. Das *Hua*-Bataillon und das *Shun*-Bataillon werden in Gruppen eingeteilt, jede bekommt einen Abschnitt und den Standort für einen Wachturm zugewiesen. Weil wir nicht genug Esel haben, wird in Schichten gearbeitet. Alle drei Tage Bauarbeit, an den anderen Wachdienst und Übungen, jeweils im Wechsel. Fragen?«

»Was ist mit den restlichen vier Bataillonen?«

Mit ernster Miene wendete sich der General seinem Offizier zu. »Das ist ein Punkt, der einigen von euch nicht gefallen wird. Ehrlich gesagt, mir auch nicht. Leider stehen wir aber unter großem Zeitdruck. Vier Bataillone müssen unverzüglich ausrücken. Ich weiß«, sagte er gegen das aufkommende Gemurmel, »wir gehen ein Risiko ein, aber uns bleibt keine Wahl. Der Hof wird wissen wollen, warum wir das Yangtze-Tal sich selbst überlassen. Die Antwort lautet: Die Hunan Armee kann in Anqing keinen Mann entbehren.« Ein Außenstehender wäre erstaunt, dass er so offen sprach, aber jeden Mann in diesem Raum hatte er persönlich geprüft und ausgewählt. Sein jüngerer Bruder Guoquan war bereits unterwegs nach Anqing, um die Operation zu beginnen. Solange sich die Langhaarigen anderswo austobten, mussten sie die Gelegenheit nutzen und ansonsten darauf hoffen, dass der innere Hof keine Machtprobe witterte. »Es

gibt eine alte Go-Regel«, schloss er. »Opfere, um vorwärtszukommen. Hier in Qimen droht uns vorerst keine Gefahr.
Ende der Besprechung.«

Schweigend packten die Männer ihre Unterlagen zusammen. Es war früher Vormittag, und auf dem Platz vor dem
Hauptquartier fanden sich die üblichen Schaulustigen ein.
Alte Frauen verkauften Reiskuchen und in Tee gekochte
Eier, Gerüchte gingen von Mund zu Mund. Der General stellte sich ans Fenster und sah dem Treiben zu. Dass in Qimen
keine Gefahr drohte, war eine gewagte Behauptung, aber
was hätte er sonst sagen sollen? Im Ort durfte keine Panik
ausbrechen. Noch gab es auf den Märkten genug zu kaufen,
und wenn er abends durch die Gassen ging und mit den Bewohnern plauderte, vergaß er beinahe, dass Krieg herrschte.
Kürzlich hatte er eine Stunde bei einem alten Mann verbracht, dessen Familie mit Tee handelte und der nicht weniger als einundzwanzig Mal bei den Prüfungen gescheitert
war. Glatzköpfig und fast zahnlos wohnte er in einer Kammer zwischen den Lagerräumen. Nächstes Jahr wolle er es
wieder versuchen, hatte er gesagt, er studiere fleißig und bete zum Gott der Literaten, dass er eines Tages doch noch
sein Diplom erwerbe. Den löchrigen Wandschirm vor dem
Bett zierte ein Spruch von Su Dongpo: ›Sein Leben führen,
ohne nach Reichtum zu streben; Bücher studieren, ohne auf
einen Posten zu hoffen.‹

In der nächsten Zeit begab sich der General jeden Morgen auf Inspektionstour. Der Sommer zog herauf, es wurde
trocken und heiß, und in der Stadt brodelte die Gerüchte-
küche. Ritt er morgens durch das Nordtor, erfuhr er bei der
Rückkehr, dass sich der Feind von Norden her näherte. Nahm
er das Osttor, hieß es, aus der Gegend um den Gelben Berg
sei ein Heer im Anmarsch, und je länger es auf sich warten
ließ, desto größer wurde es. In der Kiste vor dem Haupt-

284

quartier gingen so viele Meldungen ein, dass man sie zweimal täglich leeren musste. Dem General wurde geraten, seine Haut mit einer Paste aus dem Fruchtfleisch der Wolfsbeere zu behandeln. Schneider Guo meldete drei unverheiratete Töchter, darunter eine mit gesundem Gebiss. Dann, gegen Ende des fünften Mondes, als die Hitze ihren Höhepunkt erreichte, kehrte Li Hongzhang tatsächlich aus Shanghai zurück. Auf einmal war er da und erzählte großspurig herum, der General habe ihm eine Schriftrolle mit den Zeichen für ›Immergrüne Pinien und Zypressen‹ geschickt. Bei ihrem Anblick sei er in Tränen ausgebrochen und habe sofort seine Sachen gepackt. Allerdings musste er zugeben, dass er sich bisher erfolglos um einen Termin beim Chef bemüht hatte.

Der General empfing keine Besucher. Wenn er von der Inspektion der neuen Wachanlagen zurückkehrte, warteten Berge von Schriftstücken auf ihn, deren Erledigung bis in die Nacht dauerte. Danach lag er wach und spürte, wie sich die Flechte auf seinem Rücken ausbreitete wie Feuchtigkeit in feinem Stoff. Bei Kerzenschein las er Wang Fuzhis Kommentar zu Sima Guangs *Spiegel der Regierung*. Darin stand, die politischen Institutionen der Alten seien geeignet gewesen, die damalige Welt zu regieren. ›Die Welt von heute regiert man so, wie es heute angemessen ist, ohne zu wissen, ob es morgen noch gelten wird.‹ Wenn er aufsah, glaubte er, eine Vibration des Bodens zu spüren, wie von einer anrückenden Armee. Vor dem Fenster schimmerte das kühle Blau des anbrechenden Tages, und er fühlte sich so kraftlos, dass er das Buch sinken ließ. Als er horchte, schien das Vibrieren aus seinem eigenen Innern zu kommen. Von Wang Fuzhi gab es auch eine Schrift mit dem Titel *Der Alptraum*, worin er den Fall der Ming mit ihrem blinden Festhalten an überkommenen Traditionen begründete. Im nächsten Moment zitterte der General am ganzen Körper, schloss die Augen und sah den Feind über die Berge stürmen: zehntausend, zwanzigtausend, dreißigtausend Männer, in deren Augen blanke Mordlust stand. Sie flogen ihm entgegen wie damals auf dem See, durch denselben dichten Nebel, den er im Traum gesehen hatte. Seine Zähne schlugen aufeinander, er konnte nichts dagegen tun. Wer sollte sie aufhalten? Ihre Armee war so unbezähmbar wie der Zorn ihres Gottes, sie würden nicht eher ruhen, bis alles unter dem Himmel in Schutt und Asche lag. Wer sie besiegen wollte, durfte vor nichts zurückschrecken.

Wenig später traf die erwartete Post aus der Hauptstadt ein. Die letzten Überlebenden der Zentralarmee hatten sich an die Küste zurückgezogen, stand darin, Zeng Guofans Heer werde sie aufnehmen und zuerst Suzhou zurückerobern. Einem zweiten Schreiben zufolge befanden sich die westlichen Barbaren auf dem Weg nach Norden, eine Armada ihrer Schiffe sei von Hongkong heraufgekommen und werde bald die Peiho-Mündung angreifen, genau wie in den beiden Jahren zuvor. Das klang, als überlegte der Hof, die Hunan Armee in Kürze gegen die Barbaren kämpfen zu lassen! Der General befahl dem Sekretariat, eine Antwort aufzusetzen, die dieses Ansinnen abwies. Jeden Morgen ließ er sich die Entwürfe zeigen und korrigierte daran herum, aber tausend Kleinigkeiten lenkten ihn von der Arbeit ab. Qimens Magistrat bombardierte ihn mit Beschwerden, weil die neuen Wachtürme das Fengshui beeinträchtigten und die Ruhe der Ahnen störten. Auf dem Hügel gegenüber der Stadt wohnte ein Waldgeist, der ...

»Moment!« Der General sah von den Unterlagen auf, die sein Adjutant gebracht hatte, und deutete aus dem Fenster. »Auf dem Berg dort drüben wohnt ein Waldgeist?«

»Schon seit vielen Generationen«, sagte Chen Nai. »Ein ehemaliger Beamter des siebten Rangs.«

»Hat er sich persönlich beschwert?«

Ohne eine Miene zu verziehen, schüttelte sein Adjutant den Kopf. »Letzte Nacht kamen zwei missgebildete Ferkel zur Welt. Nach Ansicht des Magistrats ist das auf die Verärgerung des Waldgeistes zurückzuführen. Er ist ein direkter Nachfahre. Erst war er erbost über den Abriss der Stadtmauer und jetzt ...«

»Hat jemand die Ferkel gesehen? Ich meine, jemand von uns.«

»Die wurden sofort geschlachtet.«

»Natürlich. Hat der Magistrat nichts Besseres zu tun, als unsere Arbeit zu behindern?«

»Offenbar nicht. Im Stab kam die Idee auf, eine Ehrentafel für alle Prüfungskandidaten des Kreises zu stiften. Darunter wären zwei weitere Verwandte von ihm, vielleicht besänftigt ihn das.«

»Am besten schreibe ich dem Hof, wir können nicht gegen die Langhaarigen kämpfen, weil wir uns um Schweine und Waldgeister kümmern müssen. War sonst noch was?«

Mit schüchterner Verbeugung trat Chen Nai näher und legte ein Blatt vor ihm ab. Eine in Versform gehaltene Anleitung zur Selbstverteidigung, die an die Bauern der Umgebung verteilt werden sollte. Alles musste so simpel sein, dass man es nach dem ersten Hören im Kopf behielt. *Ballade zur Wahrung von Frieden und Stabilität* lautete die erste Zeile, die der General durchstrich. ›Den Heimatboden verteidigen‹, schrieb er stattdessen. Der Text ging so:

Ein Bauer muss sein Land beschützen,
dabei wird ihm die Kriegskunst nützen.
Drum hört gut zu, singt alle mit

und lernt das Handwerk Schritt für Schritt.
Zuerst wird Bambus angespitzt,
der dann versteckt im Boden sitzt,
auf dass des Feindes böser Fuß
selber tüchtig leiden muss.

Feuerwaffen sind ein großer Schatz
sie sichern den vertrauten Platz.
Mit der Vogelbüchse fängt es an
ihr werdet staunen, was sie kann.
Nur mit dem Pulver spielet nicht,
sonst knallt's euch schmerzlich ins Gesicht.
Und mit den Kugeln haltet haus,
sonst geh'n sie euch im Ernstfall aus.

Soll'n die Geschosse tüchtig fliegen,
muss genug Pulver im Laufe liegen.
Das Rohr muss fest und kräftig sein,
drei *Cun* breit und hart wie Stein.
Auf ein starkes Holz gebaut
und mit vier Schrauben festgeschraubt.
Am Ende sitzt ein starker Bolzen,
um die Geschosse auf den Weg zu holzen.

Sind alle Kugeln weggeschossen
der Feind kämpft weiter unverdrossen:
Nimm Axt und Harke oder Rechen,
um endlich seinen Hals zu brechen.
Mitleid musst du keines haben
er will alleine deinen Schaden.
Sein böses Tun ist deine Not
hack ihn in Stücke, schlag ihn tot.

Zweifelnd sah der General seinen Adjutanten an. »Keine große Lyrik«, stellte er fest. »Und drei *Cun* ... Wird das ein Gewehr oder eine Kanone?«

»Eine Art Gingal, sagen die Leute aus der Waffenabteilung. Man braucht zwei Mann, um es zu bedienen, aber es hat den Vorteil, mobil zu sein. Bei gutem Metall würden auch zwei *Cun* reichen, aber kriegt man hier gutes Metall?«

»Kriegt man Pulver? Gibt es ausreichend Salpeter? Haben die Bauern Schrauben?«

»Exzellenz meinen, wir sollten auf Feuerwaffen verzichten?«

»Ihr sollt herausfinden, welche Materialien die Bauern zur Verfügung haben – bevor ihr anfangt, zu dichten! War sonst noch was?«

»Li Hongzhang hat mich gebeten, Exzellenz ein Schriftstück auszuhändigen.«

»Schon wieder.« Widerwillig nahm der General das Dokument entgegen und rollte es auf. Seit Tagen schlich sein Schüler ums Hauptquartier herum und beschwatzte die Männer mit hochfliegenden Plänen zur Geldbeschaffung. Eine Transitsteuer für den Binnenhandel wollte er einführen! Man konnte sich vorstellen, welche Begeisterung der Plan im inneren Hof auslösen würde: eine chinesische Armee, die ihre eigenen Steuern erhob.

»Außerdem hat er mich noch einmal gebeten, nach einem Termin für ihn zu fragen.«

»Kein Zeit«, sagte der General, legte das Schreiben ab und schickte seinen Adjutanten aus dem Zimmer. Als es kurz darauf erneut klopfte, konnte er ein Stöhnen nicht unterdrücken. Am Nachmittag wollte er dem Hauptquartier für eine Stunde entfliehen, um beim alten Herrn Zhi, dem ewigen Prüfungsanwärter, eine Tasse Tee zu trinken. Seit Wochen war das seine einzige Ablenkung von der Arbeit, außerdem hielt ihn der Alte auf dem Laufenden über die Gerüchte im Ort. »Herein!«, rief er unwirsch und kniff die schmerzenden Augen zusammen.

Schwungvoll flog die Tür auf. Jedes Mal erschrak der General über die riesenhafte Gestalt, die kaum durch den Rahmen passte. Ehe er sich versah, hatte sein Schüler zwei Schritte ins Zimmer gemacht, sank auf die Knie und hob beide Hände, als bete er zum Buddha der Gnade. »Exzellenz!«, rief er. »Untertänigst bitte ich, Li Hongzhang, um Verzeihung für mein Verhalten. Seid gnädig! Fortan wird Euer ungelehriger Schüler alles tun, um Euer Vertrauen zurückzugewinnen!« Sprach's und wollte mit der Stirn den Boden berühren. Außer sich vor Wut griff der General nach dem Tuschestein auf dem Tisch.

»Alles tun?«, schrie er. »Raus hier, auf der Stelle!«

»Exzellenz mögen mich anhören!« Ergriffen von der eigenen Darbietung, war sein Schüler drauf und dran, in Tränen auszubrechen. »Es geht um die Zukunft der Dynastie. Exzellenz müssen mich anhören!«

Im Flur erklang aufgeregtes Getuschel. Aus den angrenzenden Schreibstuben strömten Männer herbei, um das Schauspiel nicht zu verpassen. Der General ließ die Hand sinken und drehte das Gesicht zum Fenster. Der Anblick der wolkenumwehten Hügel tat ihm gut. Im Traum von letzter Nacht war er seinen Söhnen begegnet und hoffte, bald gute Nachrichten von zu Hause zu erhalten. Der jüngere bereitete sich auf die Provinzprüfung in Changsha vor, und im Übrigen stellte er fest, dass er sich trotz allem freute, seinen Schüler zu sehen. »Steh gefälligst auf und schließ die Tür«, befahl er barsch. Li Hongzhang ließ es sich nicht nehmen, vorher den Kotau zu vollführen, aber als er im Besucherstuhl Platz nahm, wirkte er zufrieden mit sich. Es gab keinen Zweiten wie ihn. Seine hohen Wangenknochen deuteten zwar an, aus welchem

290

Holz er geschnitzt war, doch die Wahrheit lag wie bei jedem Mann in den Augen. Die seines Schülers hatten den harten Glanz von poliertem Metall, auch wenn er so ergeben lächelte wie jetzt.

»Aufrichtigkeit«, sagte der General und schrieb das Zeichen mit dem Finger auf den Tisch. »Jahrelang habe ich dir beizubringen versucht, was es bedeutet: Die Übereinstimmung von Denken und Handeln. Dein Vater würde zu Recht sagen, ich habe als Lehrer versagt.« Dem wollte der Junge sofort widersprechen, aber mit einer Handbewegung hieß der General ihn schweigen. »Er und ich haben oft darüber gesprochen, wie sehr unsere Herkunft uns geprägt hat. Die Feldarbeit ist ein guter Ausgleich zur Studierstube, weil sie einen lehrt, bescheiden zu bleiben. Aufs Land sollte ich dich schicken, für mindestens zwei Jahre.«

»Sind wir nicht bereits ...«

»Unterbrich mich nicht! Dein Großvater hat vierzig Jahre lang sein Heimatdorf nicht verlassen. Er wollte sich ganz und gar auf die Erziehung seiner Söhne konzentrieren, genau wie mein Großvater. Dein Vater behauptete immer, er sei nicht der begabteste von ihnen gewesen. Dafür war er fleißig, so hat er schließlich das höchste Diplom erworben.«

»Im selben Jahr wie mein Lehrer.« Die zerknirschte Miene hatte sein Schüler abgelegt wie einen Fächer. Auf seiner blauen Robe prangte das *Buzi* mit dem gestickten Panther, das ihn als Beamten des sechsten militärischen Rangs auswies.

»Disziplin kann einen weit bringen«, sagte der General tadelnd. »Mit deinem Freund Chen Nai sprach ich neulich über die drei Arten der Kultivierung von Talent: Prüfen, unterweisen, überwachen – welche hältst du für die wichtigste?«

»Um welche Art von Talent geht es?«

»Frag nicht zurück, antworte!«

»Wer geprüft wird, muss lernen. Wer unterwiesen wird, muss zuhören, und wer überwacht wird, muss gehorchen. Es ist die Entscheidung des Lehrers, welche Art er für geeignet hält.«

»Was kann ein Lehrer erreichen, wenn der Schüler nicht seinen Teil beiträgt?«

»Mancher Schüler kennt sein Talent nicht. Er braucht die Unterweisung durch ...«

»Unterweisung also. Ja? Die beim Schüler die Bereitschaft voraussetzt, zuzuhören. Sich unterweisen zu lassen, auch wenn das nicht seine größte Stärke sein sollte?«

»Dann sogar ganz besonders.«

Obwohl der General den berechnenden Tonfall durchschaute, entfuhr ihm ein Seufzer der Erleichterung. Jetzt kam es darauf an, ob Li Hongzhang bereit war, ›auf Feuerholz zu schlafen und Galle zu schmecken‹, oder ob er wie üblich nur so tat. »Während du fort warst«, sagte der General und goss sich Tee ein, »hat sich im Reich einiges getan. Ich hatte gehofft, du könntest mich auf dem Laufenden halten. Wie ist die Lage in Shanghai? Führen sich die westlichen Barbaren so dreist auf, wie alle sagen?«

»Exzellenz, entlang des Huangpu entstehen unablässig neue Häuser und Straßen, Docks und Brücken. Sie leben dort, als gehörte alles ihnen.«

»So weit ist es gekommen. Erzähl mir mehr.«

»Auf einem großen Platz vor der Stadt lassen sie Pferde um die Wette laufen. Das ist ihr liebster Zeitvertreib, beim Zuschauen gebärden sie sich wie Kinder. Es liegt in ihrer Natur, aus allem einen Wettstreit zu machen. Die Pferde kommen aus der arabischen Welt, prächtige Tiere. Die westlichen Barbaren fahren überall hin und nehmen sich das Beste.«

»Bei ihnen zu Hause gibt es demnach nichts. Ihr Reichtum beruht auf Diebstahl.«

»Auf Handel. Sie verehren die Kaufleute so wie wir die Gelehrten.«

»Lesen Sie Bücher?«

»Nur eines. Es besteht aus zwei Teilen, dem alten und dem neuen Vertrag. Darin lesen sie täglich, und alle sieben Tage kommen sie zusammen, um es gemeinsam zu studieren. Verträge sind ihnen heilig.«

Verständnislos schüttelte der General den Kopf. »Stimmt es, dass der schreckliche Barbar zurückgekehrt ist und erneut die Peiho-Mündung angreifen will?«

»Als ich abgereist bin, wurde seine Ankunft erwartet. Die Flotte soll noch größer sein als vor zwei Jahren. Er will uns dafür bestrafen, dass wir den Vertrag von Tianjin gebrochen haben. Die Barbaren sind gierig, aber man kann nicht sagen, dass sie keine Prinzipien haben. In Shanghai wurde ein Zollbüro gegründet, das die Einnahmen aus dem Seehandel sammelt und an den Kaiser abführt – an unseren Kaiser! Es sei ihre vertragliche Pflicht, sagen sie.«

»Da siehst du, wie verschlagen sie sind. Erst schicken sie dem Himmelssohn Geld, dann fordern sie es wieder zurück. Wir schulden es ihnen, so will es ein anderer Vertrag. Verträge sind ihnen dann heilig, wenn darin steht, was ihnen nützt. Es war falsch von dir, ihre Nähe zu suchen. Du hast dich täuschen lassen.«

»Exzellenz, mit Verlaub …«

»Sag nichts.« Von diesem Seezollbüro hatte er bereits gehört. Viele staunten, wie gut es arbeitete, statt sich daran zu stören, dass die ausländischen Teufel neuerdings ihre eigenen Behörden gründeten. Was als Nächstes? Sollten sie Prüfungen abhalten und entscheiden, wer Beamter wurde? »Es enttäuscht mich«, sagte er, »dass du ihre Gerissenheit und

293

Stärke bewunderst. Tiger sind stark, bewundern wir sie dafür, oder halten wir uns von ihnen fern? Die Barbaren *haben* keine Prinzipien, sie benutzen sie. Erst hast du dich von ihnen hinters Licht führen lassen, jetzt machst du meine Mitarbeiter verrückt mit deinen halbgaren Ideen. Was steht in dem Bericht, den du Chen Nai gegeben hast?«

»Ein Vorschlag zur Lösung unseres dringendsten Problems. Uns fehlt Geld.«

»Dein dringendstes Problem ist dein Stolz. Weil du dachtest, dass der Oberbefehlshaber der Armee eine falsche Entscheidung getroffen hat, hast du den Dienst quittiert. Großzügig schreibe ich dir nach Shanghai, und was machst du? Platzt ungebeten in mein Büro, um mir vorzuschreiben, was ich zu tun habe. Was ist los mit dir?«

»Exzellenz, der Bericht enthält lediglich einen Vorschlag darüber ...«

»Hör auf, mir zu widersprechen!«, schrie der General. Beinahe wäre er aufgesprungen und hätte seinen Schüler am Kragen gepackt. »Wenn du mich noch einmal unterbrichst, lasse ich dich aus der Stadt werfen, ist das klar? Kein Wort sagst du, bis ich dir erlaube, zu reden.« Das Herz klopfte ihm in der Kehle, und die Flechte schmerzte, als wäre der ganze Rücken offen. Wollte dieser unverschämte Kerl nie Vernunft annehmen? Gab es keine Möglichkeit, ihn zu bändigen? »Ich werde dir jetzt eine Geschichte erzählen«, sagte er schwer atmend. »Du kennst sie, trotzdem wirst du mir zuhören, ohne einen Mucks von dir zu geben. Es ist deine letzte Chance. Wenn du sie nicht nutzt, werde ich zum Grab deines Vaters reiten und um Verzeihung für mein Versagen bitten.«

Eine kurze Pause entstand, aber sein Schüler presste die Lippen aufeinander und erwiderte nichts. Um sich zu sammeln, ließ der General seinen Bart durch die Finger gleiten.

»Die Geschichte spielt am Ende der Frühling-und-Herbst-Epoche«, begann er. »Die Königreiche Wu und Yue befanden sich seit Jahren im Krieg miteinander. In Wu regierte König Fuchai, in Yue sein Erzfeind Goujian. Der hatte im Kampf Fuchais Vater getötet, und der Sohn sann auf Rache. In der nächsten Schlacht geriet Goujian in Gefangenschaft, wurde nach Wu gebracht und dazu verurteilt, König Fuchai persönlich zu dienen. Seine Schlafstätte bestand aus einem Haufen Feuerholz, er bekam wenig zu essen und musste die niedrigsten Arbeiten verrichten. Das tat er, ohne zu murren. Alle Demütigungen ertrug er, und nicht nur das. Als der König krank wurde, bot Goujian an, man möge ihm seinen Kot bringen, er werde anhand des Geschmacks diagnostizieren, an welcher Krankheit er leide. So geschah es. Der Kot wurde gebracht, Goujian stellte seine Diagnose, schlug die beste Kur vor, und binnen kürzester Zeit wurde sein Erzfeind gesund. So vergingen drei Jahre. Der ehemals mächtige Herrscher von Yue schlief auf Feuerholz und diente seinem Peiniger, ohne zu klagen. Mit der Zeit glaubte Fuchai, dass Goujian vom Erzfeind zum Verbündeten geworden war, und nach Ablauf der drei Jahre entließ er ihn. Goujian kehrte nach Yue zurück. Dort ließ er sein Bett aus dem Palast entfernen und schlief stattdessen auf einem Haufen Feuerholz. Außerdem brachte er über der Schlafstätte die Gallenblase eines Tieres an, und jeden Abend leckte er daran, um sich an die bitteren Erfahrungen als Gefangener zu erinnern. Er begann eine Reihe von Reformen in seinem Reich. Einer seiner Berater engagierte die berühmte Schönheit Xi Shi und schickte sie zu König Fuchai, zum Dank dafür, dass er Goujian entlassen hatte. So vergingen weitere zehn Jahre. Nacht für Nacht schlief der König auf Feuerholz und schmeckte Galle, um die erlittene Demütigung nicht zu vergessen. Sein Erzfeind vergnügte sich derweil mit der schönen Xi Shi und vernachlässigte die Staatsgeschäfte. Dann, nach Jahren penibler Vorbereitung, erklärte Goujian seinem Feind erneut den Krieg. An der Spitze eines riesigen Heeres zog er zur Hauptstadt von Wu und belagerte sie. In der Stadt wurden die Reserven so knapp, dass König Fuchai gezwungen war, um einen Waffenstillstand zu bitten. Als der abgelehnt wurde, nahm er sich das Leben. Goujian eroberte die Hauptstadt und besetzte das gesamte Territorium des Feindes. Sämtliche Berater Fuchais wurden exekutiert, der Staat Wu hörte auf, zu existieren. Yue hingegen war mächtiger als je zuvor.« Unverwandt sah der General seinem Schüler in die Augen. Manchmal war ihm deren Glanz regelrecht unheimlich. »Vielleicht hättest du Lust, einen Aufsatz zu schreiben? Über die Notwendigkeit, seinen Stolz zu überwinden und den eigenen Hass gleichzeitig zu zügeln und zu nähren, bis die Gelegenheit kommt, zurückzuschlagen. Egal wie lange es dauert.«

»Darf ich sprechen?« Li Hongzhang klang nicht beeindruckt, sondern ungeduldig.

»Noch nicht. Ich weiß, dass du Opfer gebracht hast, wie wir alle. Mit deiner Mutter auf dem Rücken bist du in die Berge geflohen, als die Langhaarigen kamen. Wir beide haben dasselbe Ziel, aber ich, Zeng Guofan, bestimme, wie wir es erreichen. Wenn du willst, kannst du zurück auf deinen alten Posten in der Schreibstube. Vorher will ich den Aufsatz von dir.« Der General griff nach seiner Tasse. »Jetzt darfst du sprechen.«

»Den Aufsatz hat Euer Schüler bereits geschrieben.«

»Zeig ihn mir.«

»Er liegt auf dem Tisch. Statt auf Feuerholz und Galle konzentriert er sich auf die Reformen, die Goujian nach der Haft in Angriff nahm. Maßnahmen, durch die der Staat Yue in die Lage versetzt wurde, den Feldzug gegen Wu zu führen. Euer Schüler war lediglich so frei, Goujians Namen durch den Eurer Exzellenz zu ersetzen.«

»Shao Quan, du bist unverbesserlich.« Aus Versehen rutschte ihm der vertrauliche Zweitname seines Schülers heraus.

»Sechs Generationen nach Goujians Tod ging sein Staat unter, weil die Nachbarstaaten noch gründlichere Reformen durchgeführt hatten.« Li Hongzhang beugte sich auf dem Stuhl nach vorne, als könne er nicht länger stillhalten. »Exzellenz, würde es uns helfen, wäre ich bereit, nicht nur Galle zu schmecken, sondern die Scheiße des Himmlischen Hundekönigs zu fressen. Mein Lehrer hat einen Bruder verloren, das Haus meiner Familie steht nicht mehr. Haben unsere Opfer uns dem Sieg einen Schritt nähergebracht? Nein, weil es an Geld fehlt. Andernorts gibt es diese Steuer bereits, wir brauchen sie auch, und jetzt ist die Gelegenheit. Stimmt es, dass Exzellenz zum Generalgouverneur der unteren Yangtze-Provinzen befördert werden soll?«

»Woher weißt du das?«, fragte der General erschrocken. »Endlich!«

»Es ist ein Gerücht!« Und zwar ein heikles. Vor wenigen Tagen war ein Brief seines alten Mentors Mushun eingetroffen. Demnach reagierte der Hof auf den Verlust der Zentralarmee anders als erwartet. So hohe Ämter wie das eines Generalgouverneurs waren eigentlich den Mandschus vorbehalten, und der General fragte sich, was hinter der Beförderung steckte. War das Vertrauen in ihn gewachsen, oder handelte es sich um den erneuten Versuch, seine Armee unter die Fuchtel der kaiserlichen Bürokratie zu bringen? Seit Jahren hatte er auf ein solches Amt gehofft, jetzt zögerte er. Mushun schrieb zwar, der Hof wisse, dass die Langhaarigen ohne chinesische Generäle nicht zu besiegen seien, aber die entscheidende Frage blieb offen: Besaß er das Vertrauen des Kaisers, oder überließ man ihm die vom Krieg verwüsteten Provinzen, um ihn demnächst für deren Zustand verantwortlich zu machen? Sollte er nicht befördert, sondern unauffällig entmachtet werden?

»Vor sechs Jahren«, sagte Li Hongzhang, »nach dem Sieg in Wuchang, wurde mein Lehrer schon einmal zum Gouverneur berufen. War es nicht so?«

»Nein. Die Ernennung wurde während der Trauerzeit für meine Mutter ausgesprochen. Der Kaiser wusste, dass ich sie nicht annehmen konnte, es war ein Test.«

»Aber diesmal ...«

»Hör mir zu. Du hast keine Ahnung, mit wie viel Misstrauen der Hof jeden meiner Schritte beobachtet. Ich bin Chinese, und ich habe eine Armee.«

»Die seit Jahren die Drecksarbeit erledigt. Der Zentralarmee war es vorbehalten, Nanking zu belagern, und sie hat auf ganzer Linie versagt! Jetzt sind wir dran und müssen es besser machen. Durch Jiangxi kommen sämtliche Güter von der südlichen Küste. Bereits eine Handvoll Zollstationen würde enorme Einnahmen bringen.«

Der General beugte sich nach vorne, und seine Stimme wurde eindringlich. »Gerade habe ich den heiligen Befehl verweigert, meine Armee an die Küste zu schicken. Wenn wir jetzt anfangen, eigene Steuern einzutreiben, werde ich in die Hauptstadt beordert und auf dem Kohlmarkt enthauptet. Sei geduldig, Shao Quan! Vom Mut bis zur Dummheit ist es oft nur ein kleiner Schritt.«

»Vom Zögern zur Niederlage auch. Im wichtigsten Kriegsgebiet hat die Regierung keine Armee mehr. Die Bannertruppen werden im Norden gebraucht, wenn die Barbaren kommen. Soll der Hof etwa den einzigen Kommandeur absetzen, der überhaupt noch gegen die Langhaarigen kämpft? Wir können tun, was wir wollen, Exzellenz. Wir sind *free*.«

»Wir sind was?«

»*Free*.« Sein Schüler gab einen Laut von sich, der an eine quietschende Tür erinnerte. »In Shanghai habe ich ein paar Worte von der Sprache der Barbaren aufgeschnappt. Es heißt so viel wie ...«

Ungehalten schnitt ihm der General das Wort ab. »Ich bin bereit, es noch ein letztes Mal mit dir zu versuchen. Zeig mir, dass du dazugelernt hast. Ab und zu besuche ich in der Nähe des Hauptquartiers einen alten Mann, der für die Prüfung lernt. Einundzwanzigmal ist er schon gescheitert, und sollte er eines Tages doch noch bestehen, wird er keinen Posten erhalten. Er ist zu alt und weiß es, trotzdem studiert er weiter. Wenn ich in seiner Kammer sitze, frage ich mich, ob er vielleicht ein größerer Gelehrter ist als wir alle.«

»Wenn er es so oft vermasselt hat ...«

»Jeden Morgen steht er vor der Sonne auf. Ehrlich gesagt, hat er mich an meinen Vater erinnert. Der ist siebzehnmal durchgefallen, bevor er sich endlich *Xiucai* nennen durfte. Ihm fehlte der richtige Lehrer.«

Sie sahen einander an, der General lächelnd und sein Schüler mit saurer Miene, als ihm zu dämmern begann, was er tun sollte. »Im Ernst?«, fragte er in unhöflicher Direktheit.

»Er wohnt ganz in der Nähe. Chen Nai kann dich hinführen.«

»Dafür bin ich aus Shanghai gekommen. Mit einem Vorschlag, der dem Tiger Flügel verleihen könnte.«

»Willst du nun zurück auf deinen alten Posten in der Schreibstube? Der Dienst beginnt wie gehabt nach dem gemeinsamen Frühstück, bis dahin muss der Privatunterricht beendet sein.«

Sein Schüler erhob sich und strich die Robe glatt. Beinahe stieß sein Kopf gegen die Deckenbalken. »Kann ich den Bericht zurückhaben?«

»Vielleicht schaue ich bei Gelegenheit hinein. Derweil schreibst du den Aufsatz, entweder über die Geschichte von König Goujian oder über ein Zitat von Wang Fuzhi, das die Offiziere neulich bearbeitet haben: Der Unterschied zwischen den Barbaren und uns ist, dass wir Mitgefühl besitzen. Such es dir aus.« Sein Schüler wendete sich zum Gehen, aber der General rief ihn noch einmal zurück. »Weiß man in Shanghai etwas über den Neuen in Nanking? Wer er ist, woher er kommt?«

»Ein Vetter des Himmlischen Hundekönigs. Hong Rengan heißt er und hat mehrere Jahre bei den Barbaren auf Hongkong gelebt.«

»Was habe ich dir gesagt. Sie sind nicht nur gierig und gewissenlos, sie haben eine andere Natur als wir. Wer zu lange mit ihnen zu tun hat, wird ihnen ähnlich. Glaubst du, es macht keinen Unterschied, ob man seit Urzeiten dem Weg des Himmels folgt oder nicht?«

»Doch.« Li Hongzhang füllte den Türrahmen aus und nickte. »Ich frage mich nur, welchem Weg sind sie gefolgt? Wir wissen es nicht, aber wir sehen, wohin er sie geführt hat. Fünf Häfen haben sie eröffnet, bald werden es mehr sein. Vor unseren Augen bauen sie Städte, treiben Handel und werden reich. Wir schaffen es nicht, sie zu vertreiben, denn leider gibt es noch einen Unterschied. Man muss nicht Wang Fuzhi gelesen haben, um ihn zu erkennen, ein Besuch in Shanghai reicht: Sie besitzen Kanonenboote, wir können uns keine leisten.«

*No. 285 – New Series, no. 2*                    *August 2, 1860*

THE
*Missionary Magazine*
and
CHRONICLE

Chiefly Relating to the Missions of the London Missionary Society.

*Aus Shanghai erreicht uns dieser Bericht über einen Vortrag des geschätzten Rv. Edvin Jenkins über »Die theologischen Grundlagen der Taiping-Rebellion, betrachtet vor dem Hintergrund der abendländischen Kirchengeschichte«, der am 17. Mai in den Räumen der dortigen Missionsstation gehalten wurde.*

Eine erneute Kostprobe seiner stupenden Gelehrsamkeit gab Reverend Edvin Jenkins jüngst im gut gefüllten Sitzungssaal der London Missionary Society, in deren Dienst er seit nunmehr fünfzehn Jahren steht. Gebannt lauschte die Zuhörerschaft seinem Vortrag über die religiösen Vorstellungen jener mysteriösen Aufstandsbewegung, die das Reich der Mitte seit Jahren in Atem hält und neuerdings einen Eroberungsfeldzug zur chinesischen Küste begonnen hat.

Einleitend verkündete der Reverend, er sei in den Besitz einiger Dokumente gelangt, die von den Rebellen verfasst und daher geeignet seien, Licht auf ihre Glaubensvorstellungen zu werfen und die immer noch kontrovers diskutierte Frage zu beantworten, ob es sich bei ihnen um Christen handelt oder nicht. Die Aufgabe sei freilich keine einfache. Verlangt würden außer der sorgfältigen Analyse besagter Dokumente einige Ausführungen dazu, wie sich das Wort Gottes im Abendland entwickelt hat, also gleichsam eine

Abschätzung jenes Weges von der Offenbarung zum kirchlichen Dogma, den unsere Vorväter zurücklegen mussten, damit wir die frohe Botschaft des Erlösers in die Welt tragen können. Das gespannte Schweigen im Saal verriet die Bereitschaft der Anwesenden, dem Redner durch das schwierige Terrain zu folgen.

Es sei das vierte nachchristliche Jahrhundert, in das man sich zurückbegeben müsse, um die Theologie der Taiping-Rebellen zu verstehen, begann unser Reverend. Damals, zwischen dem Konzil von Nicäa und dem von Konstantinopel habe der sogenannte Arianische Streit die Einheit der Christenheit zu sprengen gedroht. Nicht weniger als achtzehn verschiedene Glaubensbekenntnisse wurden in dieser Zeit verfasst, diskutiert und wieder verworfen, bevor man sich auf jenes verständigte, das uns heute allen geläufig ist und das die Einheit von Gott, dem Vater, dem Sohn und dem Heiligen Geist zum Ausdruck bringt. Die Arianer hingegen, benannt nach Arius, dem Presbyter von Alexandria, hatten vertreten, dass allein der Vater Gott sei. Jesus als sein Sohn und menschliches Geschöpf sei ihm lediglich wesensähnlich, nicht wesensgleich. Es war, mit anderen Worten, ein mangelndes Verständnis der Trinität, das die Arianer auf den Weg der Häresie führte. Sie beriefen sich auf Autoritäten wie Origines und Tertullian, und wer ihnen trotz ihrer Abirrung Gerechtigkeit widerfahren lassen wolle, so der Reverend, müsse zugestehen, dass sie inmitten der hellenistischen Vielgötterei bemüht gewesen waren, am monotheistischen Kern der christlichen Lehre festzuhalten. Sie hatten freilich nicht gesehen, dass die Trinität keine Aufweichung des Monotheismus bedeutet, sondern eine Form desselben ist: die Drei*einig*keit.

Können Sie mir folgen, fragte der Reverend in seiner unnachahmlichen Art und bekam durch ermunternde Zwischenrufe bestätigt, dass die Zuhörer – unter denen sich erfreulicherweise auch vier Einheimische befanden – regelrecht an seinen Lippen hingen. Als Nächstes bewies er, dass er nicht nur mit der abendländischen Kirchengeschichte vertraut ist, sondern überdies ein intimer Kenner der orientalischen Geisteswelt. Seinen Zuhörern legte er einen Traktat aus der Druckerei der Rebellen in Nanking vor, in dem Gottes Name nach heimischer Sitte und als Form von Respektbezeugung um einige Einheiten höher gesetzt war als der laufende Text. Genauer gesagt um fünf Einheiten, erklärte der Redner nicht um bloßer Beckmesserei willen, sondern weil der Name Jesu nur um drei Einheiten nach oben gesetzt war. Die kühne Schlussfolgerung, die er aus seiner Entdeckung zog, verstand er sogleich durch Zitate aus dem Text zu untermauern: Die Rebellen vertreten eine Form des Arianismus, worin nur der Vater im Himmel als Gott verehrt wird, während sein Sohn als das höchste der Geschöpfe gilt. Eine Irrlehre, so der Reverend, die gleichwohl mehr Wahrheit enthalte als all die heidnischen Fantasmen, die in China seit Jahrtausenden gediehen.

Seien wir nicht ungerecht, sagte er, die Rebellen sind mit unserer Religion gerade erst in Kontakt gekommen. Sie haben verstanden, dass es nur einen Gott gibt. Vor dem Hintergrund ihrer eigenen konfuzianischen Lehre sei es jedoch selbstverständlich, den Sohn dem Vater nicht gleichzustellen, sondern ihn jenem unterzuordnen. Das Gebot kindlicher Pietät, auf dem die gesamte orientalische Zivilisation fuße, verlange es so. Für wichtiger hielt der Reverend eine andere Erkenntnis, die aus dem Gesagten folgte: Wenn die Rebellen ihren Anführer, den sogenannten Himmlischen König, als Sohn Gottes und Bruder Jesu bezeichneten, bedeute das in ihren Augen gerade nicht, ihn als Gott zu verehren. Der Name des Himmlischen Königs sei im selben Traktat sogar nur um zwei Einheiten erhöht, da er als jüngerer Bruder auch dem älteren untergeordnet bleibe. Eine Anmaßung liege darin zwar immer noch, so der Reverend, aber der gegen die Rebellen erhobene Vorwurf der Blasphemie gehe fehl.

Sind die Taiping-Rebellen also Christen, kam der Redner zum Ende seines Vortrags auf die leitende Frage zurück, um sie mit einem entschiedenen Ja zu beantworten. Ihre Lehre bedürfe der Korrektur, so wie ihre Anhänger der Unterweisung durch bibelfeste Missionare bedürften, aber wir sollten von den Kindern einer heidnischen Nation nicht verlangen, dass sie die frohe Botschaft nach einem Dutzend Jahren besser verstehen, als es unseren Vorvätern nach vier Jahrhunderten möglich war. Seine Frau, schloss der Redner mit einem sein bescheidenes Wesen trefflich enthüllenden Scherz, erinnere ihn täglich an seine Unvollkommenheit, lasse sich jedoch nicht davon abhalten, ihm zur Besserung zu verhelfen. »Tun wir es ihr also nach.« Dass die von uns allen verehrte Mrs Jenkins dem glanzvollen Vortrag ihres Mannes nicht beiwohnen konnte, war der einzige Wermutstropfen in einem die Zuhörer mit Dankbarkeit und Hoffnung erfüllenden Abend. Nach einem gemeinsamen Gebet entließ der Reverend sie in die Gewissheit, dass die Morgenröte des christlichen Glaubens im Reich der Mitte eben erst begonnen hat.

## 11 Die Stadt über dem Meer

Shanghai, Sommer 1860

Nun bin ich also dort, wo ich meinen Bericht begonnen habe: in Shanghai. Die Hitze ist kaum zu ertragen, im Sommer gibt es hier noch mehr Mücken als auf Hongkong, und wenn ich die Fensterläden meiner kleinen Mansarde öffne, sehe ich statt des Himmels nur weißen Dunst. Nachts weht ein kühler Hauch herein, der nach Eukalyptus und Jasmin duftet, tagsüber liegt eine drückende Stille über den Häusern der britischen Siedlung. Die meisten Familien sind geflohen. Die Rebellen haben sich aus der Belagerung von Nanking befreit, ihre Armeen strömen das Yangtze-Tal herab, und es kann nicht mehr lange dauern, bis sie Shanghai erreichen. Der *North China Herald* versucht zwar, Zuversicht zu verbreiten, indem er aufzählt, wer die Stadt verteidigen wird, aber damit verrät er bloß, wie wenige Soldaten sich noch hier befinden. Hundert Marines stehen bei der Brücke über den Suzhou Creek, die ich vom Fenster aus sehen kann, weitere hundert bei der Pferderennbahn und einige kleinere Einheiten vor irgendwelchen Tempeln. Draußen vor der Stadt patrouillieren vierhundert Franzosen, je fünfundzwanzig Mann bewachen das Nord- und das Westtor, alle anderen Truppen müssen im Norden gegen den Kaiser kämpfen. Das Rebellenheer soll mehrere hunderttausend Mann umfassen. Ein erfahrener General, den sie den Treuen König nennen, führt es an. Eigentlich müsste ich Angst haben, aber nach der letzten Reiseetappe bin ich zu schwach, um mehr als Entmutigung zu empfinden. Auf der Flucht vor dem Krieg wären wir ihm beinahe direkt in die Arme gelaufen, Potter und ich.

Magistrat Wang hatte Wort gehalten: eine Sänfte samt Trägern stand für uns bereit, dazu acht bewaffnete Männer, die für unsere Sicherheit sorgen sollten. Sie sprachen einen Dialekt, den ich nicht verstand, aber da uns nichts anderes übrig blieb, vertrauten wir ihnen und wurden nicht enttäuscht. Wohin wir auch kamen, arrangierten sie ein Quartier, an den Kontrollposten garantierten ihre Papiere stets freie Durchreise. Vom Vormarsch der Rebellen hörten wir erst, als es zu spät war, umzukehren, und nahe der Küste gerieten wir mitten hinein in die große Flut. Hunderttausende waren auf der Flucht, meist zu Fuß, was für die Frauen hieß, auf ihren verstümmelten Füßen, beladen mit kleinen Kindern und Gepäck, entkräftet, krank und verdreckt. Die wenigsten besaßen Esel oder eine einrädrige Schubkarre, wie es sie in den Städten gibt, und nur zweimal sah ich Leute in Sänften. Am Wegrand lagen Leichen, die Felder waren kahl, trotzdem krochen Menschen bäuchlings durch den Staub, um nach Essbarem zu suchen. Meine Entkräftung hielt mich in einem Dämmerzustand, für den ich dankbar war, aber das Geschrei hungriger Kinder, das in den Dörfern anschwoll und über der offenen Landschaft dünner wurde, verfolgte mich bis in die Träume. Nie zuvor habe ich solches Elend gesehen.

Auf dem Boot, das uns über die Bucht von Hangzhou brachte, begegnete ich einem alten Ehepaar. Die Stadt selbst hatten wir umgehen müssen, weil sie belagert wurde, und waren dem Südufer der Bucht bis zu einem Hafen gefolgt, wo Fähren nach Norden ablegten. An den Stegen warteten so viele Flüchtlinge, dass wir ohne die tatkräftige Hilfe unserer Begleiter nie an Bord gelangt wären. Menschen trampelten einander tot. Ich sah Väter, die versuchten, ihre Töchter gegen einen Platz auf der Fähre zu tauschen, und andere, die sich an die Bootswand klammerten und von der Besatzung geschlagen wurden, bis sie ins Wasser fielen. Vor meinen Augen ertrank ein halbes Dutzend Männer. Als das überladene Schiff endlich ablegte, war überall an Bord leises Wimmern zu hören. Die Rauchsäulen am Horizont erzählten vom Schicksal der Stadt Hangzhou.

Das Ehepaar fiel mir sofort auf. Stumm kauerten sie beieinander und blickten gleichgültig auf alles, was um sie herum geschah. Wenn die Frau aufstand, schwankte sie auf gebundenen Füßen hin und her, obwohl es eine ruhige Überfahrt war. Warum ich den Blick nicht von ihnen abwenden konnte, verstand ich selbst nicht. Als der Mann in ein Gespräch verwickelt wurde, erfuhr ich, dass er von der Küste stammte und der Kopf eines Clans von zwanzig Familien war, die es mit Rinderzucht zu Wohlstand gebracht hatten. Zuletzt allerdings lebten sie in ständiger Angst vor dem Krieg und wappneten sich, so gut es ging. Mit anderen Clans hatten sie eine Miliz aufgestellt und Vorräte gesammelt, aber gegen die Übermacht der Rebellen, als sie schließlich anrückten, konnten sie nichts ausrichten. Statt zu den Waffen zu greifen, hefteten alle ein Papier mit dem Zeichen für ›Gehorsam‹ an ihre Haustüren. Die Tiere wurden beschlagnahmt, aber den Menschen geschah zunächst nichts. Den Mann ernannten die neuen Herrscher zum Aufseher, der dafür zu sorgen hatte, dass bestimmte Mengen von Reis an sie abgeführt wurden, und mehrere Wochen lang tat er seine Pflicht. Nachts ging er in den Stall und versuchte, die zertrümmerte Ahnentafel seiner Familie zu reparieren. Was dann geschah, fasste er in ein Seufzen und die Worte »bis ich nicht mehr konnte«. Ob er gehofft hatte, sein Verschwinden würde nicht auffallen? Wollte er Hilfe holen? In dem Gespräch, das ich

307

belauschte, behielt er es für sich. Als die Rebellen seine Abwesenheit bemerkten, nahmen sie seine fünf Söhne als Geiseln und schickten die Frau los, ihren Mann zu finden. Sollte er nicht binnen einem Monat zurück sein, würden alle Kinder enthauptet werden; brachte sie ihn rechtzeitig nach Hause, musste nur er sterben. Auf ihren gebundenen Füßen machte sie sich auf den Weg zu Verwandten und fand ihren Mann. Jetzt blieben ihnen noch vier Tage, sagte er seinem Sitznachbarn und dankte dem Himmel, dass er es auf die Fähre geschafft hatte und rechtzeitig zurück sein würde, um die Nachkommen zu retten. Seine Frau nickte stumm. Ihre winzigen Schuhe waren blutgetränkt.

Ein Klopfen an der Tür weckte mich auf. Es war später Vormittag, und im Zimmer hing der säuerliche Geruch von Krankheit und Schweiß. Als ich mich im Bett aufsetzte, hörte ich hinter den geschlossenen Fensterläden die schwermütigen Klänge eines Harmoniums. Beim Verlassen der Fähre hatte ich einen Mann vorausgeschickt und ihm aufgetragen, in Shanghai eine Kirche zu finden und die Ankunft eines verletzten Missionsbruders zu melden, so war ich zu meinem Zimmer bei Reverend Jenkins gekommen, der die hiesige Station der London Missionary Society leitete. Ein wortkarger Mann um die vierzig, belesen und humorlos, ganz anders als seine Frau Mary Ann, die in diesem Moment hereinkam, nachdem ich gerufen hatte. Sie stellte ein Tablett mit Tee ab und öffnete die Fensterläden. Das hereinfallende Licht brachte ihre fiebrig roten Wangen zum Glänzen. »Es gibt wichtige Neuigkeiten«, verkündete sie, »aber sag mir erst, wie es dir geht. Besser?«

Ich antwortete mit dem üblichen Schulterzucken; das Fieber stieg und fiel, und sobald die Wirkung der Opiumpillen nachließ, schmerzte meine unsichtbare Hand. Verschwitzt richtete ich meinen Pyjama, eine Leihgabe des Hausherrn, und griff nach der Tasse. »Stell dir vor«, rief sie, »Lord Elgin kommt doch! Sein Schiff ist bereits auf dem Huangpu, sie warten nur auf die Flut.«

»Tatsächlich. Sagt wer?«

»Mrs Lay war am Morgen zu Besuch.«

»Waren die Gerüchte also falsch.«

»O nein.« Mehrmals am Tag schaute Mary Ann vorbei, um mich mit Getränken und den neuesten Nachrichten zu versorgen. Gewöhnlich war ihre Haut bleich, geradezu wächsern, aber heute glühte sie vor Aufregung. »Baron Gros und er hatten wirklich einen Schiffbruch. Auf Ceylon, sagt Mrs Lay. Sie wurden gerettet, aber zwei Wochen aufgehalten. Das gesunkene Schiff hieß *Malabar*. Hast du eine Ahnung, was der Name bedeutet?«

Gleichgültig schüttelte ich den Kopf. Mary Ann war lungenkrank und oft bettlägerig, aber an allem, was in China geschah, nahm sie lebhaften Anteil. »Malabar«, murmelte sie vor sich hin. »Was glaubst du, was Lord Elgin hier will?«

»Nichts. Er will nach Norden und endlich den Vertrag ratifizieren. Shanghai ist ihm egal.«

Mehr als ein Jahr war seit dem Debakel am Peiho vergangen, und allmählich nahm der britische Rachefeldzug Gestalt an. Der *Herald* spekulierte schon seit Mai über die Stärke der Truppen, aber nach den jüngsten Ereignissen hofften viele, dass Lord Elgin nicht die Tataren in Peking bestrafen, sondern Shanghai verteidigen wollte. Die Verzögerung seines Eintreffens hatte Gerüchte genährt, die von einem Schiffsunglück bis zur Aufstellung riesiger Heere in Indien reichten, mit denen ganz China unterworfen werden sollte. Es war wie in Victoria: Niemand wusste, was geschah, aber alle redeten darüber, schrieben Briefe an die Zeitung, und wenn sie gedruckt wurden, galten selbst die abwegigsten Spekulationen als verbürgte Wahrheiten. Vier Wochen bevor die Rebellen aus der Belagerung um Nanking ausgebrochen waren, hatte es noch geheißen, sie stünden kurz vor der Kapitulation.

Mary Ann rückte einen Stuhl an die Bettkante. Sie gehörte zu den wenigen in der Stadt, die Lord Elgins Eintreffen nicht herbeisehnten, ihr Herz schlug für die Aufständischen. »Der Reverend hat ihnen geschrieben«, sagte sie, »den Rebellen. Er überlegt, eine Delegation nach Suzhou oder Nanking zu schicken.«

»Wann?«, fragte ich erschrocken.

»Erst müssen sie antworten und ihn einladen, sonst wäre es zu gefährlich. Nächste Woche beginnt eine Konferenz aller Missionsgesellschaften. Oh, wie ich wünschte, ich könnte selbst nach Nanking fahren.«

»An wen hat er geschrieben?«

»An den General in … ich weiß nicht. Sie nennen ihn den Treuen König. Kennst du ihn?«

»Hong Jin ist der Einzige, den ich kenne. Worum geht es bei der Konferenz?«

»Der Reverend sagt, jetzt sei die letzte Gelegenheit. England wird den Rebellen gegenüber immer feindseliger. Niemand will das Wunder sehen, das hier geschieht!« Sie griff nach meinem verletzten Arm, und ich versuchte, mir nicht anmerken zu lassen, dass es wehtat. »Ich muss Chinesisch lernen«, flüsterte sie. »Ich will es unbedingt: mich wie ein Mann anziehen und rausgehen, um zu predigen. Letztes Jahr war ich in der Chinese City, und überall haben sich die Menschen um uns gedrängt und auf meine Füße gestarrt. Oh, es war so aufregend!« Als sie sich nach vorn beugte, um meine feuchte Stirn abzuwischen, roch ich einen Hauch von Portwein. Mary Ann trank ihn gegen den Durchfall, an dem alle Ausländer in Shanghai litten. Schüttelfrost bekämpfte sie mit Chinin, und wenn es schlimm wurde, nahm sie Opium, genau wie ich.

»Es ist gefährlich da draußen«, sagte ich, weil mir nichts Besseres einfiel.

»Ich könnte eine Pistole mitnehmen.« Einen Moment lang sah sie mich ernst an, dann lachte sie schüchtern. Sie war Jenkins' zweite Frau und halb so alt wie er. Ab und zu fuhr er mit ihr nach Amoy, damit sie sich erholte, ansonsten ging er dem nach, was er für seine christliche Pflicht hielt, und überließ Mary Ann ihrem Schicksal. »Warum dürfen sich nur Männer der Gefahr aussetzen?«

»Es ist ein kleineres Privileg, als du glaubst«, sagte ich und hob meinen Armstumpf.

Fahrig nahm sie die englische Bibel vom Nachttisch und blätterte darin herum. Von unten drangen die Stimmen der beiden Hausmädchen herauf. »Wer weiß, wie viele Briefe bei dem Schiffbruch verloren gegangen sind. Mrs Lay sagt, es wurden Taucher herbeigerufen – aus Colombo, glaube ich –, aber sie haben nur ein paar Kisten mit Geld und Opium geborgen. Nächste Woche wird die Geschichte im *Herald* stehen.«

»In zwei Wochen werden neue Briefe kommen. Spätestens.«

»Du hast, seit du hier bist, noch überhaupt nicht geschrieben. Nur dein Journal.« Sie zeigte darauf, ohne den Blick von mir abzuwenden. Dass ich sie nicht mehr ins Vertrauen zog, verletzte sie, sie hungerte nach Geschichten, die ihren schwärmerischen Fantasien über die Rebellion Nahrung gaben, aber was hätte ich erzählen sollen – was der Magistrat mir erzählt hatte? Vom Ehepaar auf der Fähre? Seit der Ankunft in Shanghai empfand ich ein seltsames Desinteresse an meiner Umgebung. Der einzige Mensch, dem ich mich verbunden fühlte, hatte sich so unsentimental verabschiedet, wie es eben seine Art war, und seitdem nichts von sich hören lassen. Einem wie Potter bot die Stadt endlose Möglichkeiten, wahrscheinlich brauchte er mich nicht mehr, um sein Ziel zu erreichen. Mary Ann legte die Bibel zurück. »Was steht denn in deinem Journal?«, fragte sie.

»Nicht viel, Notizen von unterwegs. Glaubst du, du könntest mir noch ein paar von deinen Pillen geben?«

»Wieso schreibst du nicht über die Rebellion?«

»Was soll ich schreiben?«

»Was dein Freund dir erzählt hat. Dass es ein Wunder ist. Niemand hatte ihnen von Gott erzählt, und trotzdem hat seine Stimme sie erreicht, mitten im Busch.« Ihr fiebriger Blick heftete sich auf mich. »Du musst zu Botschafter Bruce gehen und ihm alles sagen, was du weißt. Mrs Lay meint, er ist ein gottesfürchtiger Mann.«

»Solange ich nicht in Nanking war, weiß ich gar nichts.«

»Oh, wenn ich du wäre, ich würde keine Minute zögern.« Noch einmal nahm sie das Tuch vom Nachttisch und wischte mir über die Stirn. »Neulich hat der Reverend darüber gepredigt, dass die Tataren wie das verstockte Volk sind, zu dem der Prophet Jesaja geschickt wurde: Lass ihre Ohren hart sein und ihre Augen blind, sprach Gott, dass sie nicht sehen mit ihren Augen noch hören mit ihren Ohren noch verstehen mit ihrem Herzen.« So redete sie vor sich hin und streichelte mich mit dem Tuch. »Hast du von dem Kind gehört, das an der Küste geboren wurde? Es hatte drei Hände, also haben die Mandarine es ertränkt, weil sie es für einen Dämon hielten.«

»Du darfst nicht alles glauben, was im *Herald* steht. Manchen Leuten macht es Spaß, der Zeitung falsche Meldungen unterzujubeln.«

»Es ist ein schreckliches Land, aber wir werden es ändern, nicht wahr? Bei Jesaja heißt es: Ich aber sprach: Wie lange, Herr? Und weißt du, was Gott sagte: Bis dass die Städte wüst werden ohne Einwohner und die Häuser ohne Leute und das Feld ganz wüst daliegt. Denn der Herr wird die Leute ferne wegtun, dass das Land sehr verlassen sein wird. Verstehst du: Es ist alles Sein Wille! Und ob der zehnte Teil davon bleibt, so wird es abermals verheert werden – also das Land –, doch wie eine Eiche, von der beim Fällen noch ein Stumpf bleibt.« Ihr Gesicht kam meinem sehr nahe. Eine Strähne rotbraunen Haares hatte sich gelöst und schaute unter der Haube hervor, die sie trug. »Solcher Stumpf wird ein heiliger Same sein – das sind die Rebellen, nicht wahr? Nur sie werden überleben, der Rest muss ins Feuer.«

»Mary Ann ...«

»Oh, wie ich wünschte, ich könnte in die Tempel gehen und predigen. Manchmal wird der Reverend beschimpft, weißt du. Mandarine kommen, um ihn lächerlich zu machen. Er bleibt jedes Mal ganz ruhig und segnet sie und betet für ihre armen Seelen.«

»Mary Ann, ich ...«

»Ich würde ihnen die Augen auskratzen. Sollen sie mich doch ins Gefängnis werfen, ich würde zu den Gefangenen predigen. Sie können mich schlagen oder fesseln, es wäre mir egal. Du musst mir Chinesisch beibringen, hörst du. Ich will es unbedingt lernen!«

»Ich denke, ich sollte ein bisschen ausruhen.«

»Ja. Ja, natürlich.« Lächelnd hielt sie inne. Unter ihrem Kleid hob und senkte sich die eng eingeschnürte Brust. Im Aufstehen schloss sie kurz die Augen, als wäre ihr schwindlig. Vor einigen Wochen hatte sie morgens Blut gespuckt, und wenn ich nachts wach lag, hörte ich nebenan den Reverend, der auf seine fiebernde Frau einredete. Noch sah man es nicht, aber sie erwartete ein Kind. Die lose Haarsträhne schob sie zurück unter die Haube, und für einen Augenblick dachte ich, sie werde sich herabbeugen, um mich zu küssen. Dann ging sie.

313

Im Juli wurde es immer heißer. In den offenen Kanälen der Stadt verdampfte das Wasser und ließ einen stinkenden Morast zurück, in dem Ungeziefer und Krankheiten gediehen. Abends erzählte der Reverend von den Zuständen im chinesischen Teil Shanghais, der sogenannten Chinese City, die aus allen Nähten platzte, obwohl jeden Tag Hunderte Boote ablegten. Viele waren so überladen, dass sie in den braunen Fluten des Huangpu zu versinken drohten. Die britische und die französische Siedlung wurden abgesperrt, alle spürten die näher rückende Gefahr; der Einzige, der nicht mit dem baldigen Auftauchen der Rebellen zu rechnen schien, war Lord Elgin. Zum Entsetzen der Bevölkerung bestieg er nach kurzem Aufenthalt sein Schiff und brach auf zu den alliierten Truppen im Norden. Immer mehr Familien flohen nach Ningbo und Amoy, der Handel kam zum Erliegen, und die Stille in den Straßen wurde so drückend wie die Hitze. Es fühlte sich an, als wäre die Welt ein Kartenhaus, das der nächste Windstoß zum Einsturz bringen konnte.

Am Abend nach Lord Elgins Abreise machte ich zum ersten Mal seit langer Zeit einen Spaziergang. Es dämmerte, war aber noch nicht dunkel, als ich auf die verwaiste Allee trat, die die Engländer Church Street nannten. Unter den Blättern der Maulbeerbäume regte sich ein milder Hauch. Ich dachte an den Aufenthalt in Hukou und das berauschende Gefühl, als ich zum ersten Mal den Pavillon verlassen hatte. An die Tränen der dritten Schwester. Wie es ihr wohl ging? Was mochte es gewesen sein, das der Magistrat über ihre Familie erfahren hatte, das ihm nicht gefiel? Aus einigen Fenstern drangen Stimmen und leiser Gesang, aber die meisten Häuser sahen verlassen aus. Am Ende der Straße waren Soldaten dabei, Barrikaden zu errichten, dahinter markierte der Suzhou Creek die Grenze zur amerikanischen Siedlung.

Ich ging so langsam und vorsichtig wie ein alter Mann. Ein Vogelschwarm ließ sich auf dem Dach der Mission Chapel nieder, und auf einmal überfiel mich Sehnsucht nach Hongkong. Seit ich bei den Jenkins wohnte, wollte die Erinnerung an Elisabeths letzte Tage zurückkehren, aber ich fühlte mich zu schwach dafür. Trotz des hohen Fiebers war sie bis zum Schluss klar gewesen, manchmal fast heiter. Die Opiumtinktur, die ich ihr besorgt hatte, ließ sie liegen und sagte, es sei ihr lieber, sehenden Auges zu gehen. Wenn ihr zu heiß wurde, nahm sie Chinin, und wenn ich schwor, dass ich nicht zulassen würde, dass sie ging, lächelte sie. Thomas und Sara hatten mir einen Schlüssel gegeben, damit ich jederzeit zu ihr konnte. Sobald du gesund bist, sagte ich, werden wir nach Amerika fahren. Das Klima hier bekommt dir nicht.

Ihr Kopf ruhte auf dem weißen Kissen. Und meine Mädchen?, fragte sie.

In Amerika gibt es auch Kinder, die dich brauchen.

Nicht so wie hier.

Wir werden eigene Kinder haben, sagte ich, du musst nur endlich nachgeben und mich heiraten. Wie ein Verrückter lief ich die Church Street von Shanghai entlang und murmelte unsere damaligen Gespräche vor mich hin. Seit der Ankunft machte ich täglich Notizen, um meine Gedanken zu ordnen, aber eigentlich lag es mir nicht, so genau Rechenschaft abzulegen. Wichtige Entscheidungen hatte ich immer spontan getroffen und an ihnen festgehalten, solange es sich richtig anfühlte – jetzt fühlte ich nichts außer Anflügen von Selbstmitleid und dem Wunsch, allein zu sein. Noch immer fiel es mir schwer, zu glauben, dass ich derjenige sein sollte, dem das alles geschehen war. Als die Soldaten auf mich aufmerksam wurden, machte ich kehrt und ging zurück zum Haus der Jenkins. Bis zum Schluss hatte ich gehofft, Elisabeth werde doch noch einwilligen, mich zu heiraten, aber sie war sich treu geblieben, und nun machte es keinen Unterschied mehr. Sie war tot und ich ein Krüppel.

Mary Ann öffnete mir, noch bevor ich einen Fuß auf die Stufen vor der Tür gesetzt hatte. »Da bist du ja«, rief sie, als wäre ich stundenlang fort gewesen. »Rate, wer gekommen ist, um dich zu besuchen.«

Ich schälte mich aus dem Oberrock, den der Reverend mir geliehen hatte. Einhändig war das eine komplizierte Angelegenheit, die ich lieber unbeobachtet erledigt hätte. »Wer sollte mich besuchen?«, fragte ich, als ich mich von dem Kleidungsstück befreit hatte.

»Komm und sieh selbst.«

Ich folgte ihr in die Stube. Die einzige Lampe gab nur ein trübes Licht, und ich brauchte einen Moment, ehe ich die Gestalt erkannte, die vom Tisch aufstand. Zögerlich, als täten sich die vergangenen Monate wie ein Graben zwischen uns auf, kam Thomas Reilly auf mich zu. Erst warf er einen Blick auf den versehrten Arm, dann schüttelte er meine gesunde Hand und sagte: »Mrs Jenkins war so freundlich, mich hereinzubitten.« Ich erkannte den Schreck in seinen Augen, aber er kam mir ebenfalls gealtert vor. »Spaziergänge kannst du also wieder machen. In Victoria war es dir meistens zu heiß dafür.« Damit legte er sein Lächeln ab und deutete auf meine Verletzung. »Wie schlimm ist es?«

»Ich lebe«, sagte ich. »Schön, dich zu sehen.«

»Wir haben erst durch Reverend Jenkins erfahren, dass du hier bist. Wir hatten uns große Sorgen gemacht.«

»Es gab unterwegs keine Möglichkeit, zu schreiben.«

»Natürlich nicht. Setz dich, es ist noch Tee da.«

»Ich hole mehr«, sagte Mary Ann und ließ uns allein; Thomas und ich nahmen am Tisch Platz. Gerahmte Bibelsprüche und der Kupferstich einer schottischen Landschaft hingen an den Wänden, und einen Moment lang warteten wir beide darauf, dass der andere sprach. Auf dem Sekretär in der Zimmerecke lagen die Bögen eines angefangenen Briefes. »Was führt dich nach Shanghai?«, fragte ich, noch zu überrascht, um mich aufrichtig zu freuen. Eher fühlte ich mich überrumpelt.

»Zusammen mit der Nachricht über dein Eintreffen kam die Einladung zu einer Konferenz. Du hast sicher davon gehört. Fast alle Missionsgesellschaften in China schicken Vertreter, die LMS in Hongkong schickt mich.«

»Reverend Jenkins versucht, Kontakt zu den Rebellen herzustellen?«

»Bisher erfolglos. Die Lage ist so chaotisch wie seit Jahren nicht mehr. Wir wissen, dass Suzhou eingenommen wurde, sogar einigermaßen unblutig, abgesehen vom Schicksal der Tataren-Truppen. In Hangzhou soll es ein Inferno gewesen sein, und keiner weiß, was als Nächstes passiert. Der Vorstoß nach Osten ergibt keinen Sinn, wenn die Rebellen Shanghai aussparen. Botschafter Bruce scheint entschlossen zu sein, die Stadt zu verteidigen, aber wie? Abgesehen davon, dass es irrwitzig wäre, wenn England im Norden gegen den Kaiser kämpft und im Süden gegen seine Feinde. Im Moment scheint das aber niemanden zu stören.«

»Hat sich Hong Jin noch mal gemeldet?«

Thomas schüttelte den Kopf. »Nicht bei uns.«

»Sondern?«

»Sollten wir nicht erstmal über dich sprechen? Wie ist es dir ergangen? Wie kam es zu der Verletzung? Reverend Jenkins sprach von einem Überfall.«

»Thomas, bei wem hat er sich gemeldet?«

Mein Freund nickte und lächelte Mary Ann zu, die mit dem Tablett zurückkam. »Du weißt, dass seine Frau und ein Bruder noch in Hongkong leben«, sagte er. »Der Bruder ar-

317

beitet für Reverend Legge, von dem ich dir übrigens rasche Genesung wünschen soll.«

»Danke. Und die Frau?«

»Lebt in Sai Ying Pun. Man sieht nicht viel von ihr. Als Geste der Verbundenheit hat die Londoner Mission ihr jeden Monat sieben Dollar zukommen lassen. Offen gestanden haben wir damit die Hoffnung verbunden, dass Hong Jins Anhänger uns treu bleiben. Vor ein paar Monaten hieß es plötzlich, seine Frau habe Geld aus Nanking erhalten. Viel Geld, die Rede war von fünftausend Dollar.«

»Fünftausend!«, entfuhr es mir.

»Du hast seinen Brief gelesen, die vielen Titel. Dass er Geld hat, war zu erwarten, aber offenbar hat er auch Kanäle, um es zu verteilen. Uns hat er nicht mehr geschrieben. Ob er erfahren hat, dass du dich auf den Weg gemacht hast, wissen wir nicht. Der Bruder behauptet, er könne keine Nachrichten nach Nanking schmuggeln, aber das glaube ich nicht. Seit einiger Zeit haben wir das Gefühl, dass seine Leute uns nicht mehr brauchen. Es ist alles ein bisschen abgekühlt. Die Unterstützung für seine Frau mussten wir einstellen.«

»Warum holt er sie nicht nach Nanking?«

»Wenn sie den Kaiserlichen in die Hände fällt, ist sie tot. Außerdem gibt es Gerüchte …«, sagte er und warf einen kurzen Blick auf unsere Gastgeberin, die am Kopfende des Tisches saß und mit großen Augen zuhörte. »Manche sagen, die Könige in Nanking hätten gewisse Sitten des Pekinger Hofs übernommen.«

»Konkubinen.«

Mary Ann seufzte, sagte aber nichts.

»Keiner von uns kennt die Wahrheit. Wir müssen Kontakt aufnehmen und uns selbst ein Bild machen.«

»Gibt es einen Plan?«, fragte ich.

»Auf der Konferenz soll einer gefasst werden. Ich hatte zuletzt gute Gelegenheiten, mich umzuhören. Bin auf demselben Schiff gekommen wie der Sondergesandte Ihrer Majestät. Große Ehre, wie?« Thomas lachte sein selbstironisches Lachen, aber fröhlich wirkte er nicht. »Wenn ich gewollt hätte, wäre ich jetzt mit seiner Lordschaft auf dem Weg nach Norden. Sein Schiffskaplan ist krank geworden und in Amoy von Bord gegangen.«

»Was ist das für ein Mann?«, fragte ich. »Der noble Lord Elgin.«

»Keine Ahnung.«

»Du konntest nicht mit ihm sprechen?«

»Jeden Abend. Er gibt sich jovial und stellt Fragen, gleichzeitig ist er unnahbar und traut niemandem über den Weg. Ich habe ihn damals erlebt, als er zum ersten Mal nach Hongkong kam – er ist nicht mehr derselbe. Spricht viel mit sich selbst. Abends im Gun Room sitzen alle beieinander und machen Konversation, auf einmal fängt er an, vor sich hin zu murmeln. Es fällt ihm nicht auf. Nach einer Weile ändert sich sein Blick, so als würde er langsam zu sich kommen, dann kann man ihn wieder ansprechen. Er sagt, diesmal will er es durchziehen, was auch immer das heißt.«

Einen Moment lang war nur das Klappern der Töpfe in der Küche zu hören, wo die Mädchen das Abendessen zubereiteten. »Und sein Bruder?«, fragte ich.

»Klammert sich an die Idee eines Freiwilligen-Korps zur Verteidigung der Stadt. Ein paar hundert Männer gegen ein riesiges Heer! Der Einzige, der die Situation versteht, ist ein Sekretär namens Maddox. Ich kannte ihn, als er noch Übersetzer am Gericht von Victoria war, und hatte gehofft, dass Lord Elgin seinen Bruder mit in den Norden nimmt und der Sekretär die Entscheidungen hier trifft. Leider ist das Umgekehrte geschehen, offenbar will Lord Elgin nicht auf Maddox verzichten.« Thomas hielt inne und wendete den Kopf. »Ich fürchte, wir langweilen Sie, Mrs Jenkins. Sie müssen verzeihen, wir haben uns lange nicht gesehen.«

»Besteht gar keine Hoffnung?«, fragte sie, statt auf die Bemerkung einzugehen. »Versteht niemand, dass vor unseren Augen ein Wunder geschieht?«

»Würde es vor unseren Augen geschehen, wäre vieles leichter, aber wir werden eine Lösung finden. Bloß, solange die Rebellen nicht auf die Post Ihres Mannes reagieren, sind unsere Möglichkeiten beschränkt. Wir brauchen so etwas wie ein Mandat. Wenigstens eine Einladung.«

»Haben wir denn nicht längst eine?« Mit gefalteten Händen saß Mary Ann am Tisch und erklärte nicht, was sie mit der Bemerkung meinte. Auf ihrer Stirn standen Schweißtropfen, und sie hatte den leeren Blick einer Schlafwandlerin.

»Wir tun unser Bestes«, sagte Thomas und schob seinen Stuhl zurück. »Jetzt muss ich mich verabschieden. Mir wurde gesagt, man soll nach Einbruch der Dunkelheit nicht mehr auf die Straße.«

»Ich kann vermutlich nicht an der Konferenz teilnehmen?«, fragte ich.

»Ich wüsste nicht, wie das gehen soll. Als wessen Vertreter?«

Ich winkte ab. »Du wirst mir berichten.«

»Mrs Jenkins, vielen Dank für den Tee! Ihrem Mann richten Sie bitte meine Grüße aus. Ist er immer so lange unterwegs?«

»Jeden Tag. Besuchen Sie uns bald wieder, Bruder Reilly.«

»Das werde ich bestimmt.«

Draußen war es inzwischen vollkommen dunkel. Am Ende der Straße brannte ein Feuer, um das herum die Soldaten saßen. Stimmen hallten herüber, die Männer vertrieben sich die Zeit, indem sie einander Geschichten erzählten. Manchmal hörte ich sie nachts leise singen. »Wo wohnst du?«, fragte ich, als ich mit Thomas aus der Tür trat.

»Im Gästehaus der Mission. Gleich neben der Kapelle.«

»Glaubst du wirklich, dass wir ein Mandat brauchen, um in Shanghai eine Katastrophe zu verhindern? Das ist es nämlich, was hier passieren wird.«

»Wenn wir eins brauchen, werden wir uns eins beschaffen. Hör zu, ich halte dich auf dem Laufenden, mehr kann ich nicht tun. Bei den Jenkins sitzt du sowieso an der Quelle. Was ist mit der Frau, ist sie krank?«

»Krank, einsam, vermutlich schwanger. Das Klima ist Gift für ihre Lunge, es ist nur eine Frage der Zeit, bis sie …«

»Will Jenkins sie nicht in Sicherheit bringen?«

»Frag ihn. Ich bekomme ihn selten zu Gesicht. Eine Frau hat er bereits hier begraben.«

Thomas nickte und schloss für einen Moment die Augen. In seinem Backenbart zeigten sich die ersten grauen Haare. »Sara ist tot.« Er sagte es so leise und eindringlich wie einen Satz, dessen Bedeutung er nicht fassen konnte.

»Sie ist … wann?«

»Im letzten Winter. An der Cholera.« Dass er versuchte, zu lächeln, ließ den Schmerz umso deutlicher hervortreten. »Jetzt liegt sie genau gegenüber von Elisabeth. Eine Reihe weiter. Das würde den beiden gefallen, oder?«

Ich umarmte ihn, so gut es mit einer Hand ging. »Was ist mit den Kindern?«

»Sind bei meiner Schwester in Dundee.«

»Und du? Willst du nicht auch …? Ich meine, wenigstens für ein Jahr oder zwei.«

»Irgendwann. Ich verstehe jetzt, was du damals gesagt hast: Dass du einerseits wegwillst und andererseits nicht kannst. Es wäre, als würde ich sie ganz allein zurücklassen.« Einen Moment lang horchte er seinen Worten hinterher, dann hatte er sich gefangen. »Außerdem sind es fast zwölf Jahre. Wir haben nicht viel erreicht, aber irgendwie ist Hongkong eine Art Zuhause geworden. Die Kinder sind in guten Händen und können als Schotten aufwachsen.« Er schüttelte meine Hand und sah mir prüfend ins Gesicht. »Du kommst mir verändert vor.«

»Was hast du erwartet, ich bin ein Krüppel.«

»Stimmt es, dass du Geld aus Basel veruntreut hast?«

»Wenn es als Veruntreuung gilt, dass ich Medizin für Elisabeths Mädchen gekauft habe.«

»Was ist mit den Kosten für die Reise?«

»Ich dachte, es sei den Versuch wert. Wir beide haben das geglaubt, oder nicht? Dass ich kein guter Missionar war, weiß ich. Hätte ich immer getan, was die Zentrale von mir verlangt, wäre ich ein noch schlechterer gewesen.«

»Wie du meinst«, sagte er, als wäre ihm das Thema unangenehm. »Deine Nachfolger sind übrigens dabei, kräftig zu expandieren. Nördlich der High Street haben sie Land gekauft. Missionshaus, Kapelle, Mädchenschule, sie haben einiges vor in Victoria.«

»Mir wurde immer gesagt: Schnell weg aus Hongkong, die Insel gehört den Londonern. Schicken sie jemanden zur Konferenz?«

»Mit der Rebellion wollen sie nichts zu tun haben.« Noch einmal gab Thomas mir die Hand. »Ich komme wieder vorbei, wenn ich Neuigkeiten habe. Ruh du dich aus.« Dann ging er, und ich kehrte zurück ins Haus. Im Esszimmer wurde der Tisch gedeckt, aber ich hatte keinen Hunger, sondern stieg hinauf in meine Kammer, öffnete das Fenster und sah hinaus. Über den Warenhäusern am Bund tanzte der Widerschein unzähliger Feuer. Hier und da erklangen Kommandos und das nervöse Gebell von Wachhunden, und mich befiel das seltsame Bedürfnis, eine Pfeife zu rauchen. Mein

Blick strich über die Häuser der Siedlung mit ihren gepflegten Vorgärten und gestutzten Hecken. So leben wir, dachte ich, in Shanghai, Amoy, Ningbo, Fuzhou. In den gleichen Häusern wie zu Hause aßen wir das gleiche Essen, trugen dieselbe Kleidung und dachten dieselben Gedanken. Was mich daran störte, wusste ich nicht, es kam mir einfach falsch vor. Niemand hatte uns gerufen. Weil wir das Land nicht verstanden, in dem wir lebten, versuchten wir es nach unseren Vorstellungen zu verändern. Wir wähnten uns im Besitz der Wahrheit und waren bereit, sie zu teilen, aber in Wirklichkeit verteilten wir sie wie Almosen. Der Fortschritt, den wir brachten, machte uns reich und alle anderen zu unseren Knechten. Sachte schloss ich das Fenster und spürte wieder das Pulsieren in meiner unsichtbaren Hand. Auf dem Holztisch lag das aufgeschlagene Journal mit den Notizen, ein Protokoll meiner Reise, inklusive der Zeit in Victoria. Monatelang hatte ich alles getan, um gesund zu werden, aber ich blieb ein Krüppel und war auch sonst ein anderer geworden; nach dem Wiedersehen mit Thomas konnte ich das erstmals zugeben, ohne mir leidzutun. Den zuversichtlichen jungen Abenteurer, der in Singapur angekommen war, gab es nicht mehr, und den von Zweifeln geplagten Missionar aus Tongfu brauchte sowieso kein Mensch. Robert Blum hatte einmal gesagt, Gott habe es uns überlassen, die Welt so zu machen, wie er sie haben wollte – damals hatte mir das gefallen, jetzt klang es nach einem frommen Spruch. Kriege kosteten Opfer, und nachdem ich meines gebracht hatte, wollte ich mir nicht länger sagen lassen, was zu tun war; jedenfalls nicht von denen, die das Geschehen nur von der Kanzel herab kommentierten. Wenn die Missionare glaubten, sie könnten diese Rebellion lenken, hatten sie keine Ahnung. Was in China geschah, war größer als wir, sogar größer, als wir ahnten. Es wartete nicht darauf, dass irgendwer ein Mandat erhielt. Wer den Aufständischen zum Erfolg verhelfen wollte, musste sich in ihren Dienst stellen, statt ihnen kluge Ratschläge zu geben. Im Grunde ging es um eine einzige Frage: Bist du bereit, oder bist du es nicht?

Unten im Esszimmer wurde es laut. Mary Ann wollte ihr Tischgebet sprechen, aber wie immer plapperten die Hausmädchen einfach weiter. Ich klappte das Journal zu. Suzhou war nicht weit von hier. Wenn der Treue König die Stadt erobert hatte, musste es möglich sein, von dort weiter nach Nanking zu reisen. Also? Sollte ich die bisherigen Strapazen auf mich genommen haben, nur um vor dem letzten Schritt zurückzuschrecken?

Nein, hatte ich nicht. Ich war bereit.

*Das Tagebuch des Mädchens Huang Shuhua
Fünfzehnter Tag des dritten Mondes im zehnten
Jahr der Herrschaft Xianfeng*

咸豐十年三月十五日　少女黃淑華日記

Was soll jetzt werden? Wohin soll ich gehen? Überall herrscht Krieg, ich habe kein Zuhause mehr und nichts zu essen. Herr Ma, der Besitzer des kleinen Tofuladens in Hukou, wo ich oft eingekauft habe, hatte Mitleid mit mir, also durfte ich zwei Nächte zwischen den Regalen schlafen, aber länger nicht. Er verdient kaum genug, um seine Familie zu ernähren, wie soll er eine Fremde durchfüttern? Hat der Himmel kein Erbarmen mit mir? Zuerst dachte ich, die Kinder hätten mich angeschwärzt oder der garstige Verwalter, der mich vom ersten Tag an loswerden wollte – Denk bloß nicht, dass du hier nicht arbeiten musst, nur weil du lesen und schreiben kannst –, aber es ist viel schlimmer. Oder besser? Noch immer kann ich nicht glauben, was mir der Magistrat gesagt hat, aber er behauptet, er hätte es aus sicherer Quelle. Kaum waren die beiden Ausländer fort, hat er mich rausgeschmissen. Simei durfte mir ein paar Teigtaschen einpacken und eine Decke für die Nächte, das war alles. Zum ersten Mal sah ich meine starke Freundin weinen. Ich selbst war so geschockt, dass ich gar nichts fühlte.

Wenn du Klarheit suchst, setz dich hin und schreibe deine Gedanken auf, hat Vater mich gelehrt. Falls es stimmt und er wirklich bei den Langhaarigen in Nanking lebt, müssen die anderen auch dort sein, so viel steht fest. Mutter, mein

Bruder, die Schwägerin und … ich traue mich kaum, es hinzuschreiben: der kleine Baobao. Aber wie kann mein Vater für die arbeiten, die alles zerstört haben? Ich weiß noch, wie Mutter damals geschimpft hat, als er die Stelle beim Gouverneur verlor. Warum er nicht ein einziges Mal einen Kompromiss eingehen und seine Meinung zurückhalten könne. Er hat den Kopf geschüttelt und vom aufrichtigen Beamten Hai Rui erzählt. Wer die Klassiker studiert, sagte er, trägt Verantwortung für alles unter dem Himmel. Der Gouverneur war korrupt, Vater hat es gemeldet und konnte froh sein, dass er nur gefeuert wurde, statt gefoltert zu werden wie Hai Rui. Damals war ich stolz auf ihn. Was ist seitdem geschehen?

Gestern war ich im Tempel, um die Göttin Guanyin um Beistand zu bitten. Überall wird erzählt, was Soldaten mit Mädchen und Frauen tun, die ihnen in die Hände fallen, also habe ich mir die Haare abgeschnitten. Herr Ma hat mir ein altes Gewand von sich gegeben. Früher mochte ich die Geschichte von Mulan, die anstelle ihres Vaters in den Krieg zog, jetzt muss ich selbst versuchen, mich als Junge durchzuschlagen. Vielleicht kann ich auf einem Boot anheuern, das den Fluss hinabfährt. Was auch passiert ist, ich muss wissen, wie es meiner Familie geht. Jedes Mal, wenn Si-mei und ich den einarmigen Ausländer nach Frau und Kindern gefragt haben, behauptete er, es gebe niemanden, aber sein Blick wurde ganz leer dabei. Ob er es nach Shanghai geschafft hat? Ob auch er zu den Langhaarigen wollte? Am Anfang mochte ich ihn nicht, jetzt bin ich froh, dass er überlebt hat. Vielleicht heißt das, dass ich tatsächlich neue Hoffnung schöpfe.

Die Tante hat die schönsten Haare von allen, hat Baobao früher gesagt, wenn er mir beim Kämmen zusah. Jetzt sehe ich aus wie eine Fremde, aber um eines Tages meine Familie wiederzusehen, lohnt sich jedes Opfer. Es ist mein einziger Wunsch (und dass der Himmel die gute Si-mei beschützt). Das Einzige, was mir den Mut gibt, alleine aufzubrechen.

Sei bei mir, Göttin der Gnade! Ich bitte dich, sei bei mir!

## 12  Der Fluss der tausend Toten

Shanghai, Sommer 1860

Genau zum richtigen Zeitpunkt hatten die Bemühungen von
Reverend Jenkins Erfolg. Als er am 30. Juli die Konferenz der
ausländischen Missionsgesellschaften eröffnete, konnte er
ein Schreiben des Treuen Königs präsentieren, das die Missionare zu Gesprächen nach Suzhou einlud. Lasst uns über
die Verbreitung des heiligen Wortes im Reich des Himmlischen Friedens reden, stand darin. Auf der Stelle wurden
vier Vertreter bestimmt, die sobald wie möglich aufbrechen
sollten, auch wenn Botschafter Bruce die Reise strikt ab-
lehnte und militärischen Geleitschutz verweigerte. Wie es
hieß, hatte er ebenfalls Post vom Treuen König erhalten, es
aber für unvereinbar mit der Würde seines Amtes erachtet,
sie auch nur zu öffnen! Mehr noch, es war eigens ein Reiter-
kurier losgeschickt worden, um den Brief zurückzubringen
und dem Absender zu kommunizieren, dass man leider nicht
mit ihm kommunizieren könne. Thomas Reilly stand die Empörung ins Gesicht geschrieben, als er mir davon erzählte.

»Das muss ein Witz sein«, sagte ich.

»Dann wäre es lustig. Leider ist es der um sich greifende
Irrsinn des Ganzen. Der General einer Armee, die mehrere
hunderttausend Soldaten umfasst und kurz vor Shanghai
steht, schreibt unserem Botschafter einen Brief – aber der
liest ihn nicht! Aus Gründen der nationalen Würde. Mit
dem Kaiser und seinen Schergen wechselt sein Bruder täg-

lich Briefe, das scheint unserem Prestige nicht zu schaden.«

»Wie hat der Treue König reagiert?«

»Der Kurier kam nicht durch und musste umkehren. Der Brief liegt ungeöffnet im Archiv des Konsulats. Auf einem Empfang habe ich den Botschafter gefragt, ob ihn der Inhalt nicht interessiert. Eine Frage des diplomatischen Prinzips, meinte er. Für ihn sind die Rebellen Wilde, mit denen ein Botschafter Ihrer Majestät nicht redet. Punkt. Was der Treue König ihm mitteilen wollte, weiß niemand. Wenn unsere Leute in Suzhou sind, werden sie versuchen, es herauszufinden. Hoffentlich nicht zu spät.«

Wir sprachen auf einem unserer regelmäßigen Spaziergänge. Noch zwei Mal hatte Thomas mich bei den Jenkins besucht, dann war ich gesund genug, um in seiner Begleitung das Haus zu verlassen. An jenem Nachmittag gingen wir den Bund entlang nach Süden. Am Flussufer standen die großen Handelshäuser – Jardine Matheson & Co., Gibb Livingston & Co., Dirom Gray & Co. –, auf dem Wasser dümpelten Boote, und überall an den Piers warteten Kulis auf Arbeit. Einige schliefen im Schatten gestapelter Kisten. Statt hektischer Betriebsamkeit hing Friedhofsruhe über dem Hafen. Tags zuvor hatte mir Mary Ann die neueste Ausgabe des *Herald* ins Zimmer gebracht, demzufolge die alliierte Streitmacht im Norden fast zwanzigtausend Mann umfasste. An ihrem Sieg bestand kein Zweifel, spekuliert wurde nur darüber, ob es anschließend zum Untergang der Dynastie kommen würde und wenn ja, wie schnell. Während seines Kurzbesuchs in Shanghai hatte Lord Elgin gesagt, ein zweites Indien sei zwar nicht wünschenswert, aber besser, als alle zwei Jahre Krieg zu führen. Die Totenglocken des alten China, die Reverend Legge schon damals auf Hongkong gehört hatte, läuteten jeden Tag lauter.

Da ich mich gut zu Fuß fühlte, schlug ich vor, der Chinese City einen Besuch abzustatten. Wir passierten das Zollhaus und überquerten den Kanal, der die Grenze zur französischen Siedlung markierte. Eine halbe Stunde später fanden wir uns in einer anderen Welt wieder. Der chinesische Teil der Stadt war erst von Flüchtlingen überrannt und dann von allen verlassen worden, die sich noch bewegen konnten. Zurückgeblieben waren die anderen: hohlwangige, von offenen Wunden übersäte Kreaturen, die bettelnd auf dem nackten Boden lagen. Alle Geschäfte hatten geschlossen, vor den Fenstern hingen Holzkäfige mit toten Ziervögeln, die Kanäle waren voller Leichen, es stank bestialisch. Aus dem Landesinneren strömten neue Flüchtlinge herbei, und ich versuchte mir vorzustellen, wie es dort aussah, wo sie herkamen. Schlimmer als hier? Die zum Fluss führenden Ausgänge der City glichen verstopften Flaschenhälsen, wo Menschen mit Geldscheinen wedelten, nach Verwandten riefen und blindlings Gepäck über die Stadtmauer warfen. Zwanzig Silberdollar kostete es inzwischen, auf der anderen Seite des Huangpu zu sterben. Als wir nach einer Stunde in die französische Siedlung zurückkehrten, traf uns der vorwurfsvolle Blick der Wachen, die verhindern mussten, dass sich jemand mit uns durch die Gitter drängte. Nur wer weiße Haut hatte, durfte passieren. »Einerseits habe ich Angst davor«, sagte Thomas, als uns wieder die träge Ruhe des Nachmittags umgab, die auf einmal trügerisch und falsch wirkte, »andererseits sehne ich den Tag herbei, da unsere Hautfarbe uns nicht mehr helfen wird. Das hier ist zu grausam, um von Dauer zu sein.«

»Sich nur nach dem Tag zu sehnen, wird ihn nicht herbeiführen.«

»Erzähl endlich, was du unterwegs über die Rebellion gehört hast.«

»Was schon«, sagte ich. »Die Mandarine werfen den Re-

330

bellen Grausamkeit vor, obwohl sie selbst nicht besser sind. Sie haben bloß Angst, ihre Macht zu verlieren. Das größere Problem ist, dass die Leute, die von dem Umsturz profitieren würden, ihn nicht wollen. Alle denken, die Rebellen wären unsere Handlanger, die das Reich unterwerfen sollen, damit wir es besser ausbeuten können. Nach ihren wahren Zielen fragt niemand, weil alle sie für ausländisches Teufelszeug halten.«

Skeptisch sah er mich an. »Und?«

»Was glaubst du, weshalb Hong Jin nicht mehr schreibt? Die Chinesen haben es satt, von uns Ausländern herumkommandiert zu werden.«

»Was sollen wir tun, nach Hause fahren? Die kleinen Kinder sich selbst überlassen, denen man die Augen aussticht, um sie betteln zu schicken? Die ausgesetzten Mädchen, glaubst du, die haben es auch satt, dass wir ihnen helfen?«

»Ich zweifle nicht an unseren Absichten. Wir sind hier, um Gutes zu tun.«

»Und tun es!«

»Aber es wird korrumpiert dadurch, dass wir es sind, die es tun. Wohin ich auch kam, haben die Einheimischen mich als Ärgernis betrachtet. Wenn nicht als Feind.«

»Weil sie glauben, du würdest mit den Rebellen unter einer Decke stecken.«

»Oder sie hassen die Rebellen, weil sie vielleicht mit uns unter einer Decke stecken.«

Thomas schüttelte den Kopf. »Es ist nicht fair von mir, aber was würde Elisabeth sagen?«

»Stimmt, es ist nicht fair.«

»Was würde sie sagen?«

»Thomas, dein Land hat Krieg geführt, damit wir uns in Hongkong niederlassen konnten. Jetzt führt es Krieg, um uns den Zugang zum ganzen Reich zu eröffnen, aber in Wirklichkeit geht es um Opium. Jeder weiß, dass wir Teil eines dreckigen Spiels sind. Man braucht uns als Vorwand, und Elisabeth würde sagen, was sie oft gesagt hat: Würden wir dabei nicht reich werden wollen, wäre unser Einsatz glaubwürdiger.«

»Missionare bestimmen nun mal nicht die Politik. Reich werden wir sowieso nicht. Wir versuchen, das Beste aus der Situation zu machen, und zwar nicht für uns. Willst du lieber nach Hause fahren? Ich kann das verstehen, aber ...«

»Nach Nanking will ich.«

»Immer noch?« Er sah mich an, als glaubte er mir nicht. »Die Rebellen führen auch Krieg, es weiß bloß niemand mehr wofür.«

»Das Land ist so verkommen, dass es nicht reicht, nur ein paar Waisen zu retten. Alles muss sich ändern. Und es müssen Chinesen sein, die es tun.«

»Seit wann bist du Chinese?«

Wir hatten den Durchgang zum britischen Teil des Bunds erreicht, wo die Uniformen der Wachen frisch gewaschen und gestärkt aussahen. Ihre Bajonette glänzten in der Sonne, vor den Handelshäusern und Banken wehten stolz die Fahnen. Was mir der Magistrat in Hukou erzählt hatte, konnte ich nicht vergessen, aber Revolutionen waren nun einmal die Wette auf eine bessere Zukunft. Dass man sie verlieren konnte, wusste ich aus eigener Erfahrung, aber zuerst musste man es wagen. »Wenn ich helfen kann«, sagte ich, »werde ich es tun. Ich will ihnen nicht sagen, was sie tun sollen, sondern tun, was sie mir sagen. Ohne dass britische Kanonen mich beschützen.«

»In deinem Zustand. Mit einer Hand.«

»Ja«, sagte ich. »Mit allem, was ich noch habe.«

Schweigend bogen wir in die Mission Road ein. Die Häuser saßen in großzügigen, üppig bewachsenen Gärten, die

332

Eingänge der Geschäfte lagen unter Markisen im Schatten, und statt des Stöhnens sterbender Menschen erfüllte Vogelgezwitscher die Luft. Wenn in der Ferne ein Schuss zu hören war, hielten die Passanten kurz inne und gingen weiter. Als wir am Laden eines deutschen Segelmachers vorbeikamen, brach ich das Schweigen und sagte: »Du musst Jenkins irgendwie überzeugen, mich nach Suzhou mitzunehmen.«

»Muss ich das, ja?«

»Ich bitte dich als meinen Freund.«

»Was, wenn ich dir sage, dass bereits einer von uns in Nanking ist?«

»Einer von ...« Überrascht blieb ich stehen. »Ein Missionar? Wer?«

»Einer von uns ist nicht die richtige Formulierung. Eliazar Robards, ich nehme an, du hast von ihm gehört.«

Das hatte ich, was meine Überraschung noch vergrößerte. »Ich dachte, er sei nach Amerika abgehauen.«

»Einer der amerikanischen Baptisten hat es mir erzählt. Entweder hat Robards China nie verlassen, oder er ist wieder zurück. Seit wann er in Nanking lebt, weiß ich nicht.«

Wir sahen einander an und zuckten mit den Schultern. Eliazar Jeremia Robards war ein Prediger aus Boston, den seine Missionsgesellschaft schon vor Jahren entlassen hatte. Die Gründe lagen im Dunkeln, angeblich ging es um die Veruntreuung von großen Summen, aber dahinter musste mehr stecken. In seiner Heimat war Robards als militanter Gegner der Sklaverei bekannt, der in China ein neues Betätigungsfeld im Kampf gegen den sogenannten ›coolie trade‹ gefunden hatte. Arme Bauern wurden auf Schiffe verfrachtet, um sich – falls sie die Überfahrt überlebten – in den Silberminen von Spanisch Amerika zu Tode zu schuften. Manche gingen freiwillig an Bord, andere wurden mit falschen Versprechungen gelockt oder einfach entführt. Kanton war

das Zentrum des grausamen Geschäfts, und von Robards'
Gemeinde hatte es geheißen, sie sei in Wahrheit eine Miliz,
die den Handel mit allen Mitteln unterbinden wollte. Zwischen ihr und den Betreibern der Sklavenschiffe war es immer wieder zu gewalttätigen Auseinandersetzungen gekommen, es hatte Tote gegeben, und eines Tages, so wurde erzählt, sei Robards vor seinen Feinden zurück nach Amerika geflüchtet.

»Was denkst du?«, fragte ich, weil Thomas mich unentwegt musterte.

»Der amerikanische Bruder erzählte, er habe einen Brief von Robards erhalten. Darin nennt er sich Außenbeauftragter der Rebellenregierung.«

»Dass er zur Übertreibung neigt, ist bekannt.«

»Wer Briefe aus Nanking herausschmuggeln kann, muss Beziehungen haben.«

»Verstehe.« Von seinem Kampf gegen den Menschenhandel abgesehen, gab es noch etwas, das Robards interessant machte: Als einziger Ausländer in China kannte er den Himmlischen König persönlich. Vor über zehn Jahren hatte Hong Xiuquan ihn aufgesucht, um unter seiner Anleitung die Bibel zu studieren, manche behaupteten sogar, er sei von Robards getauft worden. »Meinst du, dass Hong Jin deshalb nicht mehr schreibt?«, fragte ich. »Mir gegenüber hat er immer abgestritten, dass Robards seinen Vetter getauft hat. Dessen Gemeinde bestand aus bewaffneten Herumtreibern, sie haben in den Hügeln um Kanton gehaust und Sklavenschiffe überfallen.«

»Früher hieß es, die Menschenhändler hätten viel Geld auf seinen Kopf ausgesetzt. Gefasst wurde er nie, jetzt hat er es mitten im Krieg nach Nanking geschafft. In Hongkong halten ihn die meisten für einen Fanatiker, verrückt und gefährlich.«

»Überzeug Jenkins davon, mich nach Suzhou mitzunehmen«, sagte ich, bevor wir den Weg fortsetzten.

In den nächsten Tagen wurde das Pulsieren in meiner unsichtbaren Hand stärker. Die Temperaturen stiegen, wie flüssiges Gas flimmerte die Luft in den Straßen, trotzdem machte ich jeden Tag einen Spaziergang, um wieder zu Kräften zu kommen. In der Stadt kursierten Gerüchte, wonach chinesische Händler einen Glücksritter namens Ward beauftragt hatten, Söldner für den Kampf gegen die Rebellen zu mobilisieren. Angeblich zahlten sie so gut, dass die regulären Soldaten in Scharen desertierten, um sich der Söldnermiliz anzuschließen. Bald wurden die Gerüchte von Flugblättern bestätigt, die um neue Mitglieder warben, und ich wusste endlich, wohin es meinen Reisegefährten gezogen hatte. Außerdem überlegte ich, ob Eliazar Robards der Grund sein konnte, weshalb Potter unbedingt nach Nanking wollte. Hatten sich die Wege der beiden früher in Kanton gekreuzt, zum Beispiel in der Nähe eines Sklavenschiffs? Wenn ja, waren sie mit Sicherheit keine Freunde.

Anfang August brachen die Missionare nach Suzhou auf. Da sich mein Fehlverhalten gegenüber der Basler Zentrale herumgesprochen hatte, wollte mich Reverend Jenkins nicht dabeihaben, aber Thomas überzeugte ihn, dass meine Freundschaft mit Hong Jin den Erfolg der Mission wahrscheinlicher machte, also durfte ich sie schließlich als nichtoffizielles Mitglied begleiten. Etwa achtzig Meilen betrug die Wegstrecke, die auf dem Suzhou Creek begann und über verschiedene Seitenarme und Seen führte. Von einem reichen Seidenhändler hatte Jenkins eine Dschunke mit vierköpfiger Crew gemietet. Außer ihm und mir gingen ein wortkarger Walliser namens Griffith John, ein Vertreter der Methodisten mit dem schönen Namen Mr Innocent und Monsieur Rau an Bord, ein Franzose mit dünner Drahtbrille, der wenig Englisch verstand und meistens für sich blieb. Ehe wir ablegten, sprach der Reverend ein Gebet und bat um göttlichen Beistand für die Reise, danach vertiefte er sich mit seinen Kollegen in Beratungen darüber, wie den Rebellen zum rechten Verständnis der Trinität verholfen werden könne. Das Boot verfügte über eine mit Bambusmöbeln ausgestattete Kabine, wo Bastvorhänge für angenehmes Halbdunkel sorgten. Rasch blieben die Häuser der britischen Siedlung hinter uns zurück. Verlassene Zollstationen trieben vorbei, über dem Land hing sommerliche Stille, und obwohl es mir vorkam, als wären seitdem Jahre vergangen, dachte ich oft an die Fahrt auf der *Avenger of the Seas*. Von der ausländischen Söldnermiliz hatte es zuletzt geheißen, sie habe die Stadt Songjiang erobert und werde bald Nanking angreifen; es schien möglich, dass Potter und ich uns eines Tages auf verschiedenen Seiten der Front gegenüberstehen würden. An ein Wiedersehen jedenfalls glaubte ich fest. Unsere Geschichte war noch nicht zu Ende.

Da niemand meine Gesellschaft suchte, blieb ich allein an Deck und brachte mein Journal auf den neuesten Stand. Am letzten Sonntag hatte ich erstmals den Gottesdienst in der Mission Chapel besucht, nachdem der Reverend signalisiert hatte, dass ich seine Gastfreundschaft andernfalls nicht länger in Anspruch nehmen konnte. Wie in Victoria saßen die Männer auf der einen Seite und die Frauen hinter einem Stoffvorhang auf der anderen. Alle fächelten sich Luft zu, die Einheimischen tuschelten miteinander, und sobald Jenkins in sein fehlerhaftes Chinesisch wechselte, begannen sie zu kichern. Der Predigttext handelte von Paulus, aber der Reverend kam ohne Umschweife auf die Aufständischen in Nanking zu sprechen, die wie die Menschen in Ephesus eine vorbereitende Taufe empfangen hätten und nun darauf warteten, das ganze Evangelium zu hören. Die Christen in

China seien in derselben Lage wie ihre Brüder und Schwestern zur Zeit des Apostels, auch sie würden unterdrückt und verfolgt, und trotzdem habe ein Schimmer der Wahrheit die Menschen in Nanking erreicht. »Nun liegt es an uns«, rief Jenkins, »ihnen zum richtigen Verständnis der Herrlichkeit Gottes zu verhelfen.« Zustimmendes Gemurmel kam auf. Der Gemeindehelfer am Harmonium hatte sich Tücher um die Handgelenke gebunden, damit der Schweiß nicht auf die Tasten tropfte.

Als ich später zurück in die Church Street ging, waren die Hausmädchen draußen mit der Wäsche beschäftigt. Alle Fensterläden waren zugezogen. Rasch stieg ich die Treppe hinauf, wechselte das Hemd und klopfte an die Schlafzimmertür. Nichts. Als ich sie öffnete, schlug mir abgestandene Luft entgegen. Mary Ann lag im Bett, die Haare klebten ihr am Kopf und ließen die Augen größer erscheinen. »Ich bin's«, sagte ich, weil sie mich ansah, als würde sie mich nicht erkennen. Je drückender die Hitze, desto schlechter ging es ihr. »Soll ich dir ein Glas Wasser bringen?«

Ihre Antwort klang wie Amen oder Amoy, ich verstand sie nicht und machte einen Schritt ins Zimmer. »Willst du Wasser?«, wiederholte ich.

»Sie dachte, ich spreche Dänisch.«

»Wer hat das gedacht?« Außer dem Bett gab es nur einen schwarzen Kleiderschrank und zwei Stühle. Einen davon zog ich zu mir heran.

»Die Französin in Amoy. Anne. Sie hieß Anne.« Ihr Lächeln wurde breiter, zweifellos hatte sie Opium genommen und wusste kaum, was sie redete. »Beinahe wie ich. Anne. Ann. An – auf Chinesisch heißt es Friede, nicht wahr?« In ihrem Mundwinkel klebten Speichelreste, Gesicht und Hals waren von rötlichen Moskitobissen übersät. Auf dem Nachttisch lagen das Pillenkästchen und die Bibel.

»Diese Anne dachte, du sprichst Dänisch?«

»Alle in Orkney, dachte sie. Alle sprechen Dänisch.« Mary Ann lachte rasselnd. »Stell dir vor, das hat sie wirklich geglaubt.«

»Erzähl mir von deiner Heimat«, sagte ich, aber es war, als würde meine Anwesenheit ihre Gedanken verscheuchen und nur den beseelten Ausdruck zurücklassen, der langsam auf dem Gesicht verwelkte. »Wo ist der Reverend?«, fragte sie.

»In der Kapelle. Der Gottesdienst ist gerade erst zu Ende.«

»Er hatte versprochen, mich mitzunehmen.«

»Erst musst du gesund werden.«

»Niemand hat Blumen gekauft.«

Ich fragte wofür, bekam aber keine Antwort. Elisabeth hatte einmal erzählt, dass sie während der Fieberattacken in verschiedenen Zeiten zugleich lebte, was eigentlich schön war, bloß dass alle anderen im Hier und Jetzt eingeschlossen blieben und ihren Worten nicht folgen konnten. Vielleicht ging es Mary Ann ähnlich. »Hat der Reverend etwas von einem Brief erzählt?«, fragte ich. »Einem Brief der Rebellen, der kürzlich angekommen ist?« Ich wollte unbedingt das Original sehen und war versucht, in Jenkins' Sekretär danach zu suchen.

»Er hat gesagt, sie verstehen nicht, dass Jesus Gott *und* Mensch ist.« Flehend heftete sich ihr Blick auf mich. Als sie nach meiner Hand griff, ließ ich es geschehen. »Nehme ich zu viel Opium? Doktor Burns sagt, ich muss aufpassen, dass ich nicht abhängig werde.«

»Darüber kannst du dir Sorgen machen, wenn du wieder gesund bist«, sagte ich. »Hat der Reverend nichts von dem Brief erzählt?«

»In meiner Post schreibe ich nichts davon. Sie würden es

nicht verstehen. In Orkney.« Das Lächeln von vorher huschte über ihr Gesicht und verschwand wieder. Über dem Bett
hing ein gerahmter Bibelspruch: Wen soll ich senden? Wer
will unser Bote sein? Ich aber sprach, hier bin ich, Herr, sen-
de mich! »Vermisst du den Winter auch so?«, fragte sie.

»Ich hab ihn nie gemocht.«

»Wie kann man den Winter nicht mögen? Weihnachten,
Feuer im Kamin, der Wind, den man nachts im Bett hört. Als
Kind habe ich geglaubt, es sind die Stimmen von Gespens-
tern, die übers Meer reisen. Du bist ein merkwürdiger Mensch.
Vermisst du gar nichts?«

»Du musst dem Reverend sagen, dass du im Sommer nicht
in Shanghai bleiben kannst. Es ist hier zu heiß für dich.«

»Als er mich gefragt hat, ob ich mit ihm nach China gehen will, wusste ich nicht einmal, wo Shanghai liegt. Ich dum-
mes Ding hatte den Namen nie gehört. Aber ich wusste,
dass ich ihn begleiten muss. Wenn man geliebt wird, ist es
egal, wo man lebt. Nicht wahr?«

Darauf fiel mir keine Erwiderung ein. Mary Anns Finger
begannen, meine zu streicheln, ohne dass sie es merkte. »Hast
du eben nach einem Brief gefragt?«

»Der Reverend hat erzählt, die Rebellen hätten ihm geschrieben. Leider war er nicht sehr auskunftsfreudig, was
den Inhalt betrifft. Mir gegenüber jedenfalls nicht.«

»Es wird alles so geschehen, wie er gesagt hat.«

»Was hat er gesagt?«

»Jesuiten und Katholiken sind nur aus eitler Neugier gekommen. Sie haben den Himmel vermessen und Kalender
aufgestellt und sind doch als Heiden gestorben. Für uns hat
Gott das Wunder aufgespart, aber erst müssen die Rebellen
den Krieg gewinnen.« Ein Hustenanfall hinderte sie am Weiterreden. Ihr Körper unter dem Laken wurde von Krämpfen
geschüttelt, ich nahm das Wasserglas vom Nachttisch, aber

339

es dauerte eine Weile, bis sie danach griff. In Shanghai konnte man nur importiertes Mineralwasser trinken; was aus den Brunnen kam, war so trüb, dass es ohne Kaliumsalz nicht mal zum Wäschewaschen taugte.

Als auf der Treppe Schritte ertönten, rückte ich den Stuhl vom Bett weg. Ohne zu klopfen, trat eines der Hausmädchen ein und blieb wie angewurzelt stehen. Mary Ann hatte sie mit der gleichen Tracht ausgestattet, die sie selbst trug, mit Haube, Schürze und steifem Kragen. Zögernd trat das Mädchen näher, stellte ein Tablett mit Tee auf den Nachttisch und entfernte sich wieder. Wenig später hörte ich unten aufgeregtes Flüstern. »Ich versuche, ihnen das Beten beizubringen, aber sie wollen nicht«, sagte Mary Ann betrübt. »Sie können noch nicht einmal ihre Hände falten und den Mund halten, wenn der Reverend ein Gebet spricht. Er muss sie schlagen, und selbst dann ...« Hustend richtete sie sich im Bett auf und deutete auf das Kästchen. Unter ihrem Nachtgewand zeichneten sich spitz die Schultern ab, aber nachdem sie eine Pille geschluckt hatte, entspannten sich ihre Züge etwas. »In Amoy waren wir bei Reverend Stromach zu Gast«, sagte sie. »Bei ihm wohnt ein Assistent, der ihm mit den Traktaten hilft und mir Chinesisch-Stunden gegeben hat. Missus learns very quickly, hat er immer gesagt. Er war der einzige Chinese, in dessen Gesicht ich es gesehen habe. Weißt du, was ich meine? Wenn der dumme Ausdruck verschwindet, mit dem sie uns anglotzen, und ein Strahlen darauf erscheint. Deinen Freund in Nanking stelle ich mir so vor, Hung Dschin«, flüsterte sie, als sei es ein geheimer Zauberspruch. Ihre Hand fuhr über meinen linken Arm, von der Schulter bis dahin, wo der Verband begann. »Sieht man seinem Gesicht an, dass er Christ ist? Man sieht es, nicht wahr? Sie werden beinahe schön dadurch, trotz der furchtbaren Augen. Der Reverend sagt, die Rebellen sind so grausam, weil das Heidentum bei den Chinesen tiefer sitzt als bei anderen Völkern. Ihr Gegner ist der Satan.«

»Ich lasse dich jetzt allein«, sagte ich. »Wenn du etwas brauchst, ich bin nebenan.«

»Manchmal wünschte ich, mein Bett stünde da, wo alle mich sehen können. Mitten in der Stadt. Erst würden sie nur dastehen mit ihrem blöden Chinesenblick, aber dann, weißt du, greifen sie nach meinen Händen. Aus schrägen Augen starren sie mich an, fühlen meine Stirn, und allmählich verstehen sie. Oh, ich wünschte, ich könnte so in der Gosse liegen, bis sie alle laut beten, dass ich gesund werde.«

»Schlaf jetzt.« Sachte nahm ich ihre Hand von meinem Arm. Mary Ann schloss die Augen, öffnete sie aber noch einmal und schaute mich an wie ein dankbares Kind. »Der Reverend sagt, du bist gar kein Missionar.«

»Früher war ich einer.«

»Ja, das hat er auch gesagt. Du warst einer.« Sie lächelte, als würden wir ein Geheimnis teilen. Ihr Atem beruhigte sich. Stundenlang hatte ich so an Elisabeths Bett gesessen und in jedem Lächeln die Anzeichen der bevorstehenden Genesung sehen wollen. Bis zum Schluss. Als ich aus einem kurzen Schlaf erwacht war, hatte sie den Kopf in meine Richtung geneigt, die Augen standen offen, und ihre Hände waren noch warm. Sie sah so friedlich aus, dass ich mich kaum traute, zu weinen. Später hatte mich die Trauer noch eine Weile in Victoria festgehalten, dann war ich gegangen, und jetzt begann ich zu glauben, dass ich trotz allem Glück gehabt hatte. Niemals wäre ich der Mann geworden, den sie sich hätte erlauben können, zu lieben. Es war vorbei.

Am dritten Tag unserer Reise wurden wir zum ersten Mal beschossen. Wie üblich saß ich an Deck, während die Missionare drinnen in der Kabine debattierten, als auf einmal

341

ein Schuss krachte. Aus dem Schilf am Ufer flogen Vögel auf. Kurz zuvor hatten wir eine größere Stadt passiert und kaum Spuren des Krieges gesehen, nur ungewöhnlich wenige Menschen. Anlegestellen und Märkte waren verwaist, aber auf dem Fluss herrschte reger Verkehr, lauter vollbeladene Boote kamen uns entgegen. Der Knall weckte mich aus einem Schlummer und ließ die Gespräche in der Kabine verstummen. Es war später Nachmittag. Mit dem Revolver in der Hand duckte ich mich unter die Reling und lauschte. »Werden wir angegriffen?«, fragte Reverend Jenkins von drinnen.

»Kann sein«, gab ich zurück. Die Ufer waren mit Dämmen befestigt, die den Blick auf die Umgebung versperrten. Hier und da standen verdorrte Maulbeerbäume. Der zweite Schuss ertönte bereits ein gutes Stück entfernt, trotzdem feuerte ich meinerseits und schreckte einige Enten auf, die quakend davonflogen. Zehn Monate waren seit dem Überfall vergangen, der mein Leben für immer verändert hatte, nun verschaffte mir ausgerechnet das Betätigen einer Schusswaffe das Gefühl, genesen zu sein. Als ich in die Kabine ging und meldete, dass die Gefahr vorüber war, wirkten die Missionare zum ersten Mal erfreut über meine Anwesenheit. Griffith John fragte, wie es zum Verlust meiner Hand gekommen sei, auch meine Verbindung zu Hong Jin war plötzlich von Interesse. Jenkins hatte ihn vor vielen Jahren in Shanghai getroffen und pries ihn in höchsten Tönen, wie um mir einen Gefallen zu tun. Niemals habe er einen so gelehrigen Schüler gehabt, sagte er und schaute verwundert, als ich erwiderte, ich hätte Hong Jin eher als Lehrer betrachtet.

Wir beschlossen, nach einem Ankerplatz für die Nacht zu suchen. Seit wir Shanghai hinter uns gelassen hatten, wussten wir nie, ob wir uns auf dem Territorium der Rebellen oder dem der kaiserlichen Armee befanden. Vermutlich fuhren wir die meiste Zeit durch Niemandsland. Die Städte ge-

hörten einer der beiden Kriegsparteien, aber auf dem Land
gab es keine Ordnung mehr. Einmal beobachteten wir mehrere Dutzend Männer, die über einen Damm zwischen den
Reisfeldern ritten, ohne Uniform oder Flagge. Wir passierten
Dörfer mit geschäftigen Märkten und andere, wo nur noch
Hunde zwischen den Ruinen herumstreunten. An einem
Baum am Ufer baumelten fünf männliche Leichen, drei hatten keine Füße. Kinder streiften mit Säcken in der Hand über
kahle Felder. An jenem Abend wiesen wir den Koch an, ein
einfaches Essen zuzubereiten und danach sofort das Feuer
zu löschen. Später übernahm ich die erste Wache. Den Matrosen wurde aufgetragen, sich ebenfalls mit dem Wachdienst abzuwechseln, aber meinen Vorschlag, ihnen eine
Waffe zu geben, lehnten die Missionare ab. »Vertraue niemals einem Einheimischen eine Pistole an«, sagte Mr Innocent, als teile er mir den Kern seiner langjährigen Erfahrung
in China mit.

Es war eine mondhelle Nacht mit leichten, schnell dahin-
treibenden Wolken. Zweihundert Yards vor uns machte der
Fluss eine Biegung, bis dahin hatte ich von meinem Platz
aus freie Sicht. Aus der Kabine drangen Gebete, im Heck rollten die Chinesen ihre Matten aus, danach dauerte es nicht
mehr lange, bis ich nur noch vielstimmiges Schnarchen hörte. In Shanghai hatte ich einen Vorrat an Opiumpillen einge-
packt, jetzt nahm ich eine und legte die Füße auf die Reling.
Ab und zu stieß ein im Wasser treibender Ast gegen den
Bootsrumpf. Der Fluss strömte ruhig dahin, und das Boot
schaukelte so sanft, als wollte es mich in den Schlaf wiegen.
Beinahe vermisste ich den Geruch von Keef, der würzig und
bitter übers Deck waberte.

Nein, nicht beinahe, ich vermisste ihn.

Um die Wunde zu lüften, wickelte ich den Verband ab und
betastete den Stumpf. Ein paar Stellen schmerzten, wenn

ich sie berührte, ansonsten war das Armende taub. Meinen Freund Robert Blum hatte ich einmal gefragt, ob er keine Angst habe, seine Frau zur Witwe und die Kinder zu Waisen zu machen, wenn er sich mit der Obrigkeit anlegte. Doch, hatte er gesagt. Nichts sonst, nur das: Doch. Auf einmal erschien es mir merkwürdig, dass ich diesen Mann gekannt haben sollte, nicht allein der vielen Jahre wegen, die seitdem vergangen waren. Gab es etwas, dass ich ihn heute gerne fragen würde? Ich schaute in die Nacht und überlegte, und nach einer Weile merkte ich, dass immer mehr Holz gegen die Bordwand stieß. Äste oder kleine Baumstämme, die das Boot sachte vibrieren ließen. Die gespannte Ankerkette knirschte. Wenn ich den Kopf in den Nacken legte, war es, als jagte das Boot so schnell dahin wie die Wolken am nächtlichen Himmel, bloß in umgekehrter Richtung. Ein Alptraum kam mir in den Sinn, den ich als Kind gehabt hatte: Ich lag wach im Bett und hörte Schritte auf der Treppe, die von der Stube herab in die Waschküche führte. Die Schritte eines fremden Mannes, die mich in Angst versetzten. Er ging und ging, obwohl die Treppe nur zwölf Stufen hatte, und wiederholte mit leiser Stimme immer dieselben Worte: Zur Zeit, zur Zeit, zur Zeit. Nur diese beiden Worte, untermalt von den schweren, zielstrebigen Schritten, die sich mir näherten, aber mich nie erreichten. Jedes Mal wachte ich schweißgebadet auf, ohne zu wissen, was an dem Traum mich so ängstigte. Selbst die Erinnerung daran verursachte mir Unbehagen. Zur Zeit, zur Zeit, zur Zeit.

Als ein besonders großer Ast das Boot rammte, schreckte ich auf und blickte mich um. Vielleicht war ich kurz eingeschlafen. In der Kabine machte ich eine Bewegung aus, die chinesischen Matrosen im Heck flüsterten, und obwohl ich kein Wort verstand, spürte ich, dass sie in Panik waren, aber warum? Hastig stemmte ich mich aus dem Stuhl.

»Was sind das für Erschütterungen?« Reverend Jenkins trat an Deck. Er trug ein langes Nachtgewand und hatte sich das Gewehr über die Schulter gehängt. Mr Innocent, Griffith John und Monsieur Rau waren ebenfalls aufgestanden. Im Süden, hatte ich gehört, holzten die Rebellen Waldstücke ab und ließen die Stämme flussabwärts treiben, um ihre Feinde aufzuhalten, aber hier in der Gegend gab es keinen Wald. Unsicher ging ich zur Reling. Der Fluss hatte seine Farbe verändert, er war nicht mehr schwarz, sondern schimmerte bläulich und bleich, und das war nicht die einzige Veränderung. Mit heiseren Stimmen redeten die Chinesen durcheinander. »Heiliger Vater im Himmel!«, entfuhr es Jenkins, als er näher kam.

Ich blinzelte ein paarmal, dann sah ich es auch.

Die meisten Leichen trieben mit dem Kopf voran. Männer, Frauen, Kinder. Sie schienen sich an den Händen zu halten und erst loszulassen, wenn sie unsere Bugspitze erreichten. Die einen zogen links, die anderen rechts vorbei, auf dem Rücken, auf dem Bauch, mit leicht abgewinkelten Armen. So weit das Auge reichte, war der Fluss voller lebloser Körper, und wir standen an der Reling, als nähmen wir eine Totenparade ab. Es waren Hunderte, vielleicht Tausende, die von dort kamen, wohin wir wollten. Die Leiche eines Mannes traf auf das Boot, blieb an der Ankerkette hängen, und sofort staute sich die schaurige Prozession. Köpfe schoben sich in Armbeugen, die Gliedmaßen verknäulten sich ineinander. Jenkins machte eine hilflose Bewegung. Ohne nachzudenken, griff ich nach der Stange, mit der uns die Matrosen durch Stromschnellen navigierten. Mr Innocent sprach ein Gebet, Griffith John bekreuzigte sich stumm. Ausgerechnet der einzige Einarmige, dachte ich, einen Fuß gegen die Reling gestemmt. Die letzten Monate hatten mich viel Muskelkraft gekostet, und es war schwierig, die Toten zurück in die Strömung zu drücken, ohne auf dem schwankenden Boden die Balance zu verlieren. Nach wenigen Minuten war ich völlig erschöpft. Keuchend unterbrach ich die Arbeit und blickte auf. Um die Flussbiegung kamen immer neue Leichen, sie waren nackt, trieben an uns vorbei und verschwanden hinter der nächsten Biegung. Wenn für einen Moment der Mond hinter den Wolken auftauchte, begann das Wasser unheimlich zu leuchten, die Toten bekamen Gesichter, und ihre schwarzen Augen schienen das Boot zu fixieren, ehe sie weiterzogen. Manche hatten Stichwunden. Wie eine lautlose Vorhut des Rebellenheers waren sie auf dem Weg nach Shanghai. In der anderen Richtung lag Suzhou und irgendwo dahinter Nanking, die Himmlische Hauptstadt am Ufer des Yangtze. Das Ziel meiner Reise.

# The Times

No. 23,768     London, Saturday, November 3, 1860     Price 4d.

## THE BRITISH EXPEDITION TO CHINA

*(From our Special Correspondent Thomas Bowlby)*

Camp Xinhe am Peiho-Fluss, 25. August

In einer Ödnis voller Schlamm und Unrat, wo das suchende Auge keine Pflanze findet, die es erfreut, und der Chronist eine ebenso trostlose Szenerie zu schildern hat wie weiland unser größter Dichter, als er die verzweifelte Mariana vor dem verlassenen Gehöft beschrieb – mit anderen Worten, im Norden Chinas beginnt unser Bericht. Hier, auf dem kargen Boden der Provinz Zhili sind die Söhne Englands gelandet, ›in China proper‹ könnte sagen, wer dem Wort einen ganz unenglischen Sinn geben wollte, denn nichts Properes hat diese graue, monotone Landschaft an sich. Einige Felsen in der Bucht vor Beitang ähneln den Kliffen bei Freshwater und füllen das sehnsüchtige Herz für einen Moment mit süßen Erinnerungen, das ist alles. Was im vergangenen Monat hier geschehen ist und was weiterhin geschehen wird, soll dieser Bericht unseren Lesern nahebringen.

Das Wichtigste zuerst: Die Dagu-Forts sind erobert! Kein tatarischer oder chinesischer Soldat in ihrer Nähe steht mehr unter Waffen. Die Armstrong-Kanone wurde erstmals im Feld getestet und darf als die imposanteste Waffe gelten, mit der die Soldaten Ihrer Majestät je in den Krieg gezogen sind. Unser Sonderbotschafter Lord Elgin befindet sich auf dem Weg nach Tianjin, um zügig in Verhandlungen mit der unterlegenen Seite einzutreten. Dies als Zusammenfassung für die Ungeduldigen, nun der Reihe nach und *en detail!*

Die Landung an der rauen Küste Chinas erfolgte am 26. des Vormonats in reibungsloser Manier. Nachdem der Versuch, die Dagu-Forts direkt anzugreifen, im Vorjahr in eine von chinesischer Hinterlist gestellte Falle geführt hatte, ging die alliierte Streitmacht diesmal drei Meilen nördlich der Flussmündung an Land und nahm zuerst die Stadt Beitang in Besitz. Sie wurde bewohnt von 30 000 bedauernswerten Chinesen, die die Soldaten aus ihren Häusern vertreiben mussten, da andere Quartiere nicht zu finden waren. Ein Teil der Bewohner fand zwar in umliegenden Dörfern Unterschlupf, dennoch war es ein herzzerreißender Anblick, Mütter mit schreienden Babys im Arm und alte Menschen auf dem Rücken ihrer Kinder den Ort verlassen zu sehen. Auch kam es vereinzelt zu unschönen Szenen, bei denen sich Kanton-Kulis und französische Gefreite besonders hervortaten. Der Chronist kann jedoch berichten, dass das Betragen unserer Truppen tadellos war. Auf Befehl von General Grant wurden die wenigen Plünderer mit zwei Dutzend Stockschlägen bestraft. Ein vorwitziger Gefreiter der Rifles, der sich lediglich eines herumstreunenden Schweins hatte bemächtigen wollen, ertrug die Strafe mit zusammengebissenen Zähnen. Dass bereits vor dem Eintreffen der Armee einige Familien ihre Töchter mit Opium vergiftet hatten, damit sie nicht den ›Barbaren‹ in die Hände fielen, konnte auch durch ein noch so rücksichtsvolles Vorgehen nicht verhindert werden. *Bella detesta matribus*, schrieb Horaz und hatte recht.

Einige Tage vergingen damit, das Terrain zu erkunden und die nächsten Schritte zu planen. Der Vormarsch sollte auf einer Schleife durchs Inland führen, um die Forts schließlich von ihrer weniger gut gesicherten Hinterseite aus zu attackieren. Das Wetter gab sich chinesisch launisch, heftige

Regengüsse ließen das Thermometer fallen und weichten den Boden auf. Dass der Krankenstand dennoch bei nur zwei Prozent lag, spricht für die hervorragende Moral der Truppe. Kein Soldat wollte seine Zeit auf dem Krankenschiff verbummeln, alle brannten darauf, die Schmach vom letzten Jahr vergessen zu machen und dem Feind eine Lektion in britischer Kampfkraft zu erteilen.

Am 12. August war es so weit. Nach mehrmaliger Verschiebung wegen schlechten Wetters setzte sich die 12. Division frühmorgens in Marsch, zusammen mit drei Kompanien der Buffs und mehreren von Captain Milwards Armstrong-Kanonen. Deren Transport erwies sich in den kommenden Stunden als die größte Herausforderung. Immer wieder versanken die Beine der Zugpferde im tiefen Matsch, so dass die Soldaten selbst Hand anlegen mussten, um ihr delikates Kriegsgerät – liebevoll ›gingerbread‹ genannt – durch ein Gelände zu ziehen, das im hintersten Bulgarien kaum widriger sein könnte! Wie sehr sich die Mühe gelohnt hatte, wurde jedoch klar, sobald alle Einheiten vor dem Ort Xinhe Aufstellung genommen hatten. Drei Armstrong-Kanonen bildeten das Zentrum, die Kavallerie hielt sich rechts, die Infanterie links eine Viertelmeile entfernt, während Stirlings Batterie über die erhöhte Straße nach Tianjin wachte. Auf der anderen Seite warteten bereits die finsteren Mongolen des berüchtigten Generals Sankolinsin.

Nun schlug die Stunde der Armstrong-Kanonen! Der Chronist stand bei Captain Milward, als um kurz nach 11 Uhr der erste Schuss abgegeben wurde, auf eine Entfernung von 1200 Yards und leider zu hoch. Ohne Schaden anzurichten, flog die Granate über die feindlichen Reihen hinweg. »Drei Grad senken!«, rief der erfahrene Captain, und da: Die nächste Granate explodierte inmitten der feindlichen Truppen und leerte auf einen Schlag ein Dutzend Sättel. In den folgenden

349

Minuten regnete mit tödlicher Präzision eine Salve nach der anderen auf die unglücklichen Mongolen nieder. Mangels Gegenfeuer konnten alle Männer das Schauspiel verfolgen, das auch auf gestandene Offiziere tiefen Eindruck machte. Der Feind verharrte ratlos, bis er nach zehn Minuten den Boden unter seinen Füßen zu heiß fand. Sofort setzten unsere tapferen Sikhs ihm nach. Mit gezückten Lanzen begegneten sie einer Reitergruppe, die plötzlich aus den Mulden hinter der Straße auftauchte. Statt zu fliehen, griffen die Mongolen todesmutig an, nicht ahnend, wozu die Männer von Fane's Horse imstande sind. In vollem Galopp stieß der erste Sikh seine Lanze in die Brust des Feindes; aufgespießt fiel dieser zu Boden und bewegte kein Glied mehr. So erging es fast der gesamten mongolischen Kavallerie, und nach weniger als einer Stunde war Xinhe in alliiertem Besitz.

Zehn Tage später erwartete unsere Truppen dann eine ungleich größere Herausforderung: die inzwischen berühmtberüchtigten Dagu-Forts. Die Zwischenzeit wurde mit Verhandlungen überbrückt, die Lord Elgin schriftlich führte, ohne dass seine Worte etwas gegen die arrogante Weltfremdheit der Mandarine vermochten. Die Armee nutzte die Pause, um den Kampf vorzubereiten. Nach Einschätzung von General Grant – der sein französischer Kollege erst nach ermüdenden Diskussionen zustimmen wollte – bildete das nördlichste der fünf Forts den Schlüssel. Wie sich schnell zeigte, hatten die Chinesen es in den vergangenen Monaten zu einer formidablen Festung ausgebaut. Da es zudem auf einer von Kanälen durchzogenen Halbinsel liegt, mussten schwimmende Brücken und schützende Wälle errichtet werden, um eine Attacke überhaupt zu ermöglichen. Am 20. August unternahm der aus Kanton herbeigeeilte Konsul Parkes einen letzten Versuch, den tatarischen Kommandeur zur kampflosen Aufgabe zu bewegen, wurde jedoch auf höchst unflätige Weise abgewiesen.

So begann am frühen Morgen des 22. die entscheidende Schlacht. Die Erde bebte, und die Luft zitterte, als die Artillerie das Feuer eröffnete. Groß war der Schaden, den der Beschuss anrichtete, aber er entband die Soldaten nicht von der Pflicht, das offene, morastige Gelände zu überwinden, das sie vom Fuß der Außenmauern trennte. Unablässig regneten Granaten, Stinkpötte und ungelöschter Kalk auf die Männer herab. Die Verteidigung war verzweifelt, aber die Tapferkeit der Angreifer durch nichts zu erschüttern. Schon erklomm ein mutiger Franzose die Brustwehr und feuerte munter ins Innere, bis ihn ein Speer ins Auge traf und niederstreckte. Andere erstürmten eine Rampe an der Rückseite der Festung, und nach einer halben Stunde drangen die ersten Alliierten ins Innere vor. In ihren Kasematten kämpften die Chinesen weiter und mussten im Duell Mann gegen Mann niedergerungen werden. Insgesamt dürften die Verluste des Feindes nicht weniger als 1500 Mann betragen haben. Als die Kämpfe abflauten und britische und französische Farben über den Zinnen wehten, hatten sich die Gräben um die Forts mit toten Chinesen gefüllt. England verlor an diesem Tag 17 tapfere Männer, 22 Offiziere und 161 Soldaten wurden verwundet. Nicht unerwähnt bleiben soll, dass die Lieutenants Rogers und Burslem sowie Fähnrich Chaplin für ihre Tapferkeit für das Victoria Cross vorgeschlagen wurden, das sie ohne Zweifel verdienen.

Die französischen Verluste beschränkten sich auf etwas über hundert.

Nachdem sich kurz darauf die anderen Forts ergeben hatten, suchte Konsul Parkes den Generalgouverneur der Provinz auf und erwirkte eine bedingungslose Kapitulation aller feindlichen Truppen. Damit endete ein so umsichtig geplanter wie zügig ausgeführter Feldzug, den die Hinterlist des Feindes unumgänglich gemacht hatte. Die Scharte vom letzten Jahr ist gründlich ausgewetzt, Englands Ehre wiederhergestellt. Gestern hat sich Lord Elgin auf der *Granada* nach Tianjin begeben, wo nun erneut die Stunde der Diplomatie schlägt. Es ist zu erwarten, dass dem umsichtigen Sonderbotschafter ein rascher Abschluss der Verhandlungen gelingen wird.

Das Wetter hat sich derweil gebessert, die Temperaturen reichen von 60 Grad in der Nacht bis 85 Grad am Tage. Die Soldaten genießen ihre wohlverdiente Ruhepause. In kleinen Gruppen sitzen sie im Camp, dessen Sauberkeit anzeigt, dass die Lektionen der Krim gelernt wurden. Manche gönnen sich einen Schluck des einheimischen Samshu und kommen zu dem Schluss, dass englischer Gin weit schmackhafter ist. Die Pferde der Sikhs wiehern und galoppieren in der Sonne, die Kanton-Kulis bereiten ihr Essen zu: eine mysteriös aussehende Masse, die ihnen niemand neidet. England kann stolz sein auf die Qualität seiner Waffen und den Mut seiner Männer. So Gott will und den Mandarinen ein Rest von Verstand geblieben ist, wird die *Times* schon sehr bald den Abschluss der Verhandlungen und die endgültige Unterzeichnung des vor nunmehr zwei Jahren geschlossenen Vertrags vermelden dürfen.

# 13 Der Blick der fremden Göttin

Lord Elgin in Tianjin,
September 1860

Hier war er also wieder – zwei Jahre später, zwei Jahre älter. Diesmal hatte ihn die *Granada* den Fluss hinaufgebracht, nachts und wegen der vielen Windungen des Peiho beinahe im Schritttempo, aber seinetwegen hätte es noch langsamer gehen können. Tianjin, dachte er und wusste nicht recht, was der Name ihm bedeutete. Die Unterkunft war komfortabler als beim letzten Mal, statt auf ausgehängten Türen schliefen die Offiziere in richtigen Betten, und alle Zimmer hatten Fenster aus Glas. Anfangs war die Hitze unerträglich gewesen, inzwischen spürte man abends einen Hauch herbstlicher Kühle, und der unermüdliche Maddox hatte ein Moskitonetz für sein Bett aufgetrieben. Gegen sieben Uhr stand Lord Elgin im Innenhof und wartete darauf, dass er müde genug wurde, um schlafen zu gehen. Bloß wovon, außer dem Inhalt des Glases in seiner Hand, sollte er müde sein?

Drei Briefe hatte er heute erhalten und sie so wenig beantwortet wie die vorigen. Solange die Chinesen auf Zeit spielten, gab es für ihn als Sonderbotschafter nichts zu tun, außer zu ignorieren, was Mandarine und Minister ihm schrieben. Die wichtigen Entscheidungen trafen General Grant und Admiral Hope. Dank der neuen Wunderwaffe aus dem Hause Armstrong war die militärische Bilanz fast makellos, und wahrscheinlich träumte nur er nachts von feindlichen Soldaten, die ein schrilles Heulen hörten und im nächsten

353

Augenblick in Fetzen gerissen wurden. Wieder einmal führte England in China keinen Krieg, sondern veranstaltete eine Reihe melancholischer Gemetzel, auch wenn es der *Times*-Korrespondent schaffte, das seinen Lesern zu verheimlichen, ohne sie direkt anzulügen.

Seufzend ließ Lord Elgin den Blick schweifen. Eingezwängt zwischen grauen Felsblöcken schimmerte ein Teich im Abendlicht, in dem achteckigen Pavillon davor verbrachte er die Nachmittage. Lesend, grübelnd, trinkend. Fünftausend Mann, hatte er zu Lord Palmerston gesagt, wäre die ideale Truppenstärke, militärisch ausreichend und logistisch zu bewältigen, aber der Premier hatte auf einer Streitmacht bestanden, die seiner Wut über die Ereignisse vom letzten Jahr entsprach, und die war mit der Zeit gewachsen. Aus England und Indien wurden immer neue Verstärkungen geschickt, der Feldzug kostete eine Million Pfund pro Monat, und täglich kam es zu Verzögerungen. Das französische Kontingent umfasste stolze siebentausend Mann, aber keine Pferde. Die hatte man in Japan kaufen müssen, mickrige Tiere, die aussahen wie Scarborough-Ponys am Ende der Saison. Die Kanonenboote waren in Einzelteilen nach China transportiert worden, und angeblich dauerte es auf den Docks von Toulon zwei Tage, sie zusammenzubauen, aber an der Küste des Gelben Meeres hatten noch nach zwei Wochen diverse Teile herumgelegen – neben den ›fertigen‹ Booten und umstanden von Offizieren, die sich ratlos am Kopf kratzten. Statt mit den Franzosen gegen die Chinesen zu kämpfen, hieß es im Stab, sollte man lieber erst die einen, dann die anderen zum Teufel jagen. In Hongkong hatte Général de Montauban allen Ernstes verlangt, den Union Jack auf den britischen Schiffen zu verkleinern, damit er die französischen Farben nicht ausstach! Er und General Grant waren wie Hund und Katze, und der unvermeidliche Streit über den Oberbefehl hatte nach viel Palaver eine wahrhaft salomonische Lösung gefunden: Sie wechselten einander ab. An einem Tag führte England die Koalition, am nächsten Frankreich, jeder auf seine Weise. Die einen setzten sich ein Ziel und erreichten es, die anderen räumten nebenbei ganze Städte leer. In mindestens einem Fall hatte eine Mutter die eigene Tochter erdrosselt, damit sie nicht den Barbaren in die Hände fiel. So marschiert der Fortschritt, hatte er seiner Frau geschrieben. In zwei Monaten würde der Herbst in einen Winter übergehen, von dem es hieß, er stehe dem russischen in nichts nach. Erinnerte sich niemand an das Massensterben auf der Krim? Der Feind jedenfalls wusste, dass er militärisch keine Chance hatte, also suchte er sein Heil in der Verzögerung.

Als Lord Elgin Schritte hörte, drehte er den Kopf. Er erwartete seinen Sekretär, aber es war die hagere Gestalt von General Grant, der durch einen Durchgang auf die Terrasse trat. Jeden Abend schaute er vorbei, um Bericht zu erstatten, wie er es nannte. Tatsächlich trug er eine Reihe von Einzeilern vor, die man ihm auch noch aus der Nase ziehen musste. »General, treten Sie näher«, rief Lord Elgin und bewunderte sich für seinen freundlichen Tonfall. »Leisten Sie mir auf ein Glas Gesellschaft.«

»Danke, Sir.«

Das hieß nein danke, aber er schenkte seinem Gast trotzdem ein und wies auf den freien Stuhl. »Was gibt es Neues von der Truppe?«

»In Ordnung.«

»Das freut mich zu hören, General. Das freut mich wirklich ... sehr, zu hören.« Reflexartig holte er seine Uhr aus der Tasche, um sie aufzuziehen. Der General war ein physikalisches Phänomen, in seiner Gegenwart stand die Zeit still. Der Abendhimmel färbte sich tiefblau, Lord Elgin trank Champagner und hätte beinahe nach einem der Bücher gegriffen, die sich auf dem Beistelltisch stapelten. Selten hatte er so viel gelesen wie auf dieser Reise. Marseille, Sardinien, Suez, Aden und der endlose Indische Ozean, alles zum zweiten Mal, ohne den Reiz des Neuen. In Ceylon hatte ein Schiffbruch für etwas Abwechslung gesorgt. Singapur, Hongkong im Monsun und drei Tage hohes Fieber, dann hatte er in Shanghai seinen Bruder wiedergesehen und bei Temperaturen von hundert Grad kaum atmen können. Angeblich stand die Stadt kurz davor, von den Rebellen überrannt zu werden, aber Frederick versicherte, alles im Griff zu haben. Schließlich der Aufbruch nach Norden, das Warten auf die frankojapanische Kavallerie, und zu keinem Zeitpunkt verließ ihn das Wissen, wie vermeidbar das alles wäre, hätten die Chinesen etwas mehr Verstand zwischen den Ohren. Stolz war nur eine Tugend, wenn das entsprechende Maß an Vernunft die Balance hielt.

»Haben Sie von den chinesischen Frauen gehört, General?« Er wendete den Kopf und fand in Grants Miene keinen Hinweis darauf, dass ihn die Frage überraschte. Mit seinen leeren Augen und eingefallenen Wangen konnte man sich ihn gut als Heizer auf einer Dampflok der Midland Railways vorstellen.

»Frauen, Sir?«

»Ihre Füße. Die gebundenen Füße, haben sie von dieser Unsitte gehört?«

»Eine Schande, Sir.«

»Kann man wohl sagen, ja. Aber sehen Sie, wenn die Füße ganz winzig und verkrüppelt sind, sagen die Chinesen goldener Lotus dazu. Jetzt schauen Sie auf den Teich dort, sehen Sie die Pflanzen darin? Das ist Lotus. Die Blätter sind größer als *meine* Füße.«

Der Blick des Generals folgte seiner ausgestreckten Hand. »Und runder, Sir.«

»Chinesen haben eine merkwürdige Art, die Dinge nicht beim Namen zu nennen. Finden Sie nicht auch?«

Keine Antwort.

»Sehen Sie, es gibt keinen *goldenen* Lotus. Die Namen drücken nicht aus, wie die Dinge sind. Mir scheint das eines der hervorstechendsten Merkmale der Chinesen zu sein. Unsere Sprache bildet die Wirklichkeit ab, ihre schafft eine poetische Fantasiewelt. Was soll man davon halten?« Ebenso gut hätte er Grants Meinung über Aristoteles' Poetik einholen können. Nur die Bibel, hatte der General auf die Frage geantwortet, ob er gern lese. Außerdem spielte er jeden Abend Cello. Morgens die Bibel, abends das Cello, dazwischen schoss er mongolische Reiter zu Klump, und falls darin ein Widerspruch lag, wüsste Lord Elgin gern, wie man ihn nannte. Pflicht? Patriotismus? Er hörte ein Klopfen, und auf seine Aufforderung kam Maddox durch die offene Terrassentür. Er stutzte, als er den General sah, der seinerseits noch vom Geheimnis des Lotus gebannt war, jedenfalls blickte er nicht auf.

»Exzellenz. General.« Mit ein paar Blättern in der Hand blieb Maddox vor ihnen stehen.

»Schön, dass Sie da sind, Maddox. Nehmen Sie sich ein Glas und ... oh. Bringen Sie eine zweite Flasche, im Eis neben der Kommode.«

»Sehr gern, Sir.«

Der General stellte sein volles Glas auf den Tisch und stand auf.

»Bleiben Sie ruhig sitzen, General. Maddox hat sicherlich amüsante Neuigkeiten von der Delegation, die uns ihre Aufwartung machen will.«

»Politik, Sir.« Sollte heißen ... *whatever*. Stolz straffte Grant seine Uniformjacke mit den vielen Orden.

»Gibt es ansonsten etwas, das ich wissen muss? Ihr Bericht war nicht sehr detailliert.«

»Wir sind bereit, Sir. Sobald Sie den Befehl geben. Die Männer können es kaum erwarten, Sam Collinson eins überzubraten.«

»Sam Collinson?« Verwundert blickte er den General an.

»Verzeihung, Sir.« Grant schüttelte den Kopf. »Ein Scherz meiner Männer. Niemand kann sich den Namen von diesem ... die chinesischen Namen. Wie heißt der Anführer?«

»General Sankolinsin?«

»Ja, Sir. Die Männer sagen, er ist Ire, von den Marines desertiert. Sam Collinson.«

»Wieso Ire?«

»Ein Scherz, Sir. Wir wissen, dass er Chinese ist.«

»Nun, das ist sehr amüsant, General. Danke für Ihren Besuch. Gute Nacht.«

Maddox und er warteten eine Weile, bis der General den Hof durchquert hatte. Zikaden zirpten in den Ästen einer Zeder, aber nicht so laut, wie er es aus dem Süden kannte. Als sein Sekretär Luft holte, schüttelte Lord Elgin den Kopf. »Sagen Sie nichts, Maddox. Er ist ein fähiger General. In der Armee zählt eine gewisse Beschränktheit zu den Tugenden, nehme ich an. Sie erleichtert das Gehorchen.«

»Sankolinsin ist Mongole, kein Chinese.«

»Zum Wohl, Maddox.«

»Ich wüsste von keiner Kavallerie, die von einem Chinesen geführt wird. Sie sind keine Reiter.«

»Und keine Seefahrer. Stoßen Sie mit mir an, Maddox, das ist ein Befehl!«

Sein Sekretär gehorchte, und sie erlaubten sich ein gemeinsames Lachen auf Kosten des Generals. Der gute Maddox hatte sich gemausert. Sein Anzug saß tadellos, er blickte einem beim Sprechen in die Augen, und statt der stotternden Unterwürfigkeit von früher strahlte er Selbstsicherheit aus. Frederick schätzte ihn so sehr, dass er überlegte, ihn zum Konsul vorzuschlagen, wenn er selbst in den Norden umzog. Konsul Maddox, wer hätte das gedacht. Vorher mussten die Chinesen allerdings bereit sein, einen Botschafter in ihre Hauptstadt zu lassen. »Neue Post?«, fragte Lord Elgin und deutete auf die Blätter in Maddox' Hand.

»Kein Tag ohne Post von unseren Freunden, Sir.«

»Steht was Interessantes drin?«

»Nun, der Gouverneur der Provinz schickt eine Art Willkommensgruß. Er betrachtet uns als seine Gäste und gewährt uns für die Zeit unseres Aufenthalts das Recht, in seiner Provinz geeignete Unterkünfte zu belegen. Ansonsten hofft er, dass unser Aufenthalt angenehm ist, und sollte es uns an etwas mangeln ... Soll ich weiterlesen?«

Stöhnend winkte Lord Elgin ab. Der Alkohol zeigte Wirkung, die Konturen des Gebäudes verschwammen vor dem dunklen Himmel, und irgendwie erschien ihm das bezeichnend. In diesem Land hatte nichts scharfe Konturen, nicht einmal der Gegensatz zwischen Krieg und Frieden, Feind und Gast, Eroberung und Besuch. »Seit jeher bemühe ich mich«, sagte er, »alle Menschen für vernunftbegabte Wesen zu halten, egal woran sie glauben. Ich halte das für meine christliche Pflicht, aber die Chinesen ...« Er sah Maddox an und verstummte.

»Sir, wollen wir die Post lieber morgen durchgehen? Ich hätte noch eine andere ...«

»Nein, Maddox, erklären Sie's mir. Was geht in diesen Menschen vor? Wir haben uns um Zurückhaltung bemüht, aber Sie wissen, was Armstrong-Kanonen anrichten. Mit gezückten Säbeln reiten sie auf uns zu, und wir schießen sie über den Haufen. Verhalten wir uns wie Gäste? Würde ich, wäre ich als Gast gekommen, fast zwanzigtausend Soldaten mit mir führen? Ich bin der Feind und will China in die Knie zwingen. Glauben diese Mandarine, ich würde es mir anders überlegen, wenn sie mir nette Briefe voller Humbug schreiben? Sagen Sie es mir, Maddox: Glauben sie das?«

»Nein, Sir.«

»Dann, in Gottes Namen, was soll das? Ich weiß, dass sie Zeit gewinnen wollen, aber diese Briefe verschaffen ihnen nicht einmal die halbe Stunde, die es brauchen würde, sie zu beantworten. Sie bewirken nichts!« In einigen Tagen wollten sie weiterziehen, näher an Peking heran, das war die einzige Möglichkeit, den Druck zu erhöhen. Verluste seiner Armee schienen dem Kaiser egal zu sein, aber die Aussicht auf Barbaren in der Hauptstadt ließ ihn panisch werden. Wobei es am Ende keinen Unterschied machte, Panik oder Gleichgültigkeit, beides lief darauf hinaus, dass keine Verhandlungen stattfanden. Gut möglich, dass sie Peking würden besetzen müssen. Es wäre der Beginn eines zweiten Indien, aber sollte England alle zwei Jahre Krieg führen, nur weil die Chinesen nicht wussten, was ein Vertrag war?

»Nun.« Maddox räusperte sich. »Die Provinzregierung kann nicht ignorieren, dass sich ein feindliches Heer auf ihrem Gebiet befindet, aber sie hat kein Mandat für Verhandlungen.«

»Geschenkt, Maddox. Sollen sie ihr Gesicht wahren. Geht das nur mit dieser absurden Maskerade? Wir wissen ja, dass sie uns hassen.«

»Wir führen Krieg, Sir, um in naher Zukunft ihr Partner zu werden, sie antworten mit der feindlichen Einladung, ihre Gäste zu sein. So ist die Situation.«

Das stimmte, und er verübelte es Maddox auch nicht, dass er ihn mit seinen unorthodoxen Ansichten herausforderte. Trotzdem. »Beide Seiten haben diesen Vertrag geschlossen, also müssen sie sich daran halten. Notfalls sorgen wir mit Waffengewalt dafür, dass die Chinesen es tun, insofern ist der Vertrag gegenwärtig ein Kriegsgrund. Sobald er aber ratifiziert wird, wandelt er sich in die Grundlage friedlicher, sogar freundschaftlicher Beziehungen zwischen unseren Ländern. Was dafür fehlt, ist allein die Unterschrift des Kaisers.«

»Man könnte argumentieren, Sir, dass der Vertrag durch Zwang zustande gekommen ist, und dass Rechte und Pflichten darin nicht gleichmäßig verteilt sind.«

»Schauen Sie sich um, Maddox. Finden Sie nicht, dass etwas mehr Wohlstand dem Land guttäte? Warum halten Chinesen an der Fiktion fest, sie seien das einzig zivilisierte Land auf der Welt? Sie kämpfen mit Säbeln und verkrüppeln ihre Frauen, verdammt noch mal, es ist eine orientalische Despotie!« In der einsetzenden Stille merkte er, dass er laut genug gesprochen hatte, um auf dem ganzen Anwesen verstanden zu werden. »Seien Sie so gut und schenken Sie mir nach, Maddox«, sagte er und reichte ihm das Glas. »Meine Augen werden immer schlechter. Bei Dunkelheit kann ich kaum noch sehen.«

»Da Sie die Frauen erwähnen, Sir, es gäbe noch diese andere Angelegenheit.«

»Einen Augenblick, Maddox. Danke.« Nickend nahm er das Glas zurück. »Haben Sie sich mal gefragt, warum die Chinesen nie zu uns gekommen sind? Sie haben Schiffe. Sie sind weder frei von Neugier noch grundsätzlich am Handel desinteressiert. Warum ist es ihnen nie in den Sinn gekommen, nach Europa zu fahren? Ich habe lange darüber nachgedacht und finde keine Antwort. Warum überlassen sie es uns, die Regeln aufzustellen?«

»Falls Eure Exzellenz sich der Unterhaltung über Hegel entsinnen ...«

»Ah!« Lord Elgin winkte so schwungvoll ab, dass ein Schluck Champagner aus dem Glas schwappte. Je länger sie sprachen, desto mehr ähnelte Maddox seinem anstrengenden Selbst von früher. Gestern hatte er einen Vortrag über die Kommunikation mit Tieren zum Besten gegeben. Demnach verfügten auch Hunde über eine Sprache, die allerdings nur aus zwei Wörtern bestand, nämlich *rrh* und *wuh*. Sein Sekretär hatte das durch eine Art teilnehmender Beobachtung herausgefunden, in Shanghai besaß er nicht weniger als fünf Hunde. »Der gute alte Weltgeist wollte also nicht, dass die Chinesen nach Europa kommen. Nun, das mag sein, aber was wollten sie selbst? Auf ewig in der Anbetung des Altertums verharren?«

»Sir, es gibt Gewohnheiten, die sich so fest einbürgern, dass man Alternativen nicht mehr denken kann.«

»Richtig. Wir bedürfen ihrer sogar, man nennt sie Sitten. Finden Sie aber nicht, dass wir das Vermögen besitzen, sie auf ihre Vernünftigkeit hin zu befragen und notfalls zu verwerfen? Im Gegensatz zu den Chinesen, meine ich. Geben Sie's zu, und wir sind uns einig.«

Aber Maddox wollte nicht. »Unsere Kavallerie trägt den Säbel am Gürtel«, sagte er, mit welcher Absicht auch immer. »Mongolen und Tataren haben eine Schlaufe am Sattel, oder sie schieben den Säbel unter den selbigen. Eine enorme Reduktion des Gewichts, Sir, mehrere Pfund.«

»Maddox, ich frage nach dem Interesse, fremde Länder zu bereisen, und Sie kommen mir mit Säbelschlaufen.«

»Sagen Sie einem der Männer von Fane's Horse, er solle seinen Säbel vom Gürtel nehmen, Sir. Neulich habe ich es versucht. Zivilist war noch das freundlichste Wort, das man mir an den Kopf geworfen hat.«

Lord Elgin musste sich ein Lachen verkneifen. Maddox mit seinem Gelehrtenhabitus, der einem kriegserfahrenen Reiter erklärte, wie er den Säbel handhaben soll. Übrigens glaubte er, dass Hunde nur Vokale verstanden, keine Konsonanten, was hinderlich sein musste, wenn eines von zwei Wörtern ihrer Sprache *rrh* lautete. Da hatte sich die Natur mal wirklich vertan. »Sie meinen, ich soll eine Order ausgeben: Säbel ab sofort vom Gürtel in die Schlaufe?«

»Ich meine, wir sind wie sie, Sir. Genau wie sie. Bloß anders.«

Statt zu antworten, beugte sich Lord Elgin nach vorne und zog den Bücherstapel heran, aber in der Dunkelheit dauerte es eine Weile, bis er das gesuchte Exemplar fand. »Hier. Lesen Sie, Maddox, und sagen Sie mir, ob ein Chinese fähig gewesen wäre, dieses Buch zu schreiben. Es ist Wissenschaft, aber in London hat sich sogar die Kirche dafür interessiert. Manche halten es für einen Angriff auf das Fundament unseres Glaubens. Ich sage, es ist ein Beweis für die Überlegenheit unserer Zivilisation. Nie geben wir uns mit dem zufrieden, was wir heute wissen. Wir verehren die Antike und glauben an Gott, aber wir lassen uns nicht davon abhalten, die Wahrheit zu suchen. Und wissen Sie, wie ich das finde? Ich finde es männlich. Der Fortschritt fällt einem nicht in den Schoß, man muss ihn erringen. Chinesen hingegen glauben immer noch, sie hätten den Gipfel der Weisheit vor zwei- oder dreitausend Jahren erreicht. Seitdem igeln sie sich ein und reagieren beleidigt, wenn man ihnen ihre Rückständigkeit vorhält. Das ist weibisch, Maddox, und ihre abscheuliche Grausamkeit ist nur die Kehrseite der Medaille, aber auch das wird uns nicht abhalten. Wir werden China öffnen, ob die Chinesen es wollen oder nicht.«

Lord Elgin lehnte sich zurück. Als er die Augen schloss, begann sich der Raum zu drehen, und das Gesicht seiner Mutter tauchte vor ihm auf. Zwei Wochen vor seiner Abreise war sie in Paris gestorben, aber für einen Besuch am Grab war keine Zeit geblieben. Mary Louisa hatte nicht gewusst, wen sie zuerst trösten sollte, ihn oder sich oder lieber die Kinder, die inzwischen alt genug waren, um zu wissen, wie lange ein Jahr dauerte. Nach dem tränenreichen Abschied hatte er in den ersten Wochen auf See beinahe Erleichterung empfunden. Das Mittelmeer zu durchqueren, war zwar nicht aufregend, aber bei gutem Wetter und in der Gesellschaft des *Times*-Korrespondenten Mr Bowlby durchaus angenehm. Auf den Zwischenstopp in Ägypten hatte er sich regelrecht gefreut und bei der Ankunft sofort die Gelegenheit ergriffen, die Pyramiden zu besuchen. Mr Bowlby, ein kluger Mann von tadellosem Benehmen, bot sich an, ihn zu begleiten.

Anfang Mai herrschte im Nildelta trockene Hitze. Der Wind blies aus Süden und fühlte sich an wie der heiße Atem eines Schmelzofens, weshalb ihre Gastgeber vorschlugen, den Ort bei Nacht zu besichtigen. Eine Kutsche des Paschas brachte sie bis zum Nil, auf der anderen Seite mussten sie sechs Meilen auf Eseln reiten. Es war Vollmond, und am liebsten hätte Lord Elgin den Fackelträgern befohlen, ihre Feuer zu löschen. Rechts und links standen Palmen in den üppig bewachsenen Feldern, Grillen zirpten. Die Vegetation wurde erst spärlicher, dann verschwand sie ganz. Die Wüste, dachte er. Weit vor ihm und gleichzeitig so nah, als könnte er sie mit ausgestreckten Händen berühren, hoben sich die Pyramiden in den Himmel. Dunkle Dreiecke, deren Spitzen die Sterne berührten. Mit einem Mal bekam das Wort Weltwunder eine sinnlich konkrete Bedeutung. Seine Augen waren so in den Anblick vertieft, dass er das andere Wunder erst sah, als Mr Bowlby ihn durch eine Handbewegung darauf aufmerksam machte.

Erschrocken fuhr er zusammen. Eine fremde Göttin schaute ihn an.

Bleiches Mondlicht schimmerte auf dem Gesicht, dessen Blick ihn traf, als wäre er erwartet worden. Den ganzen Weg über hatte er nur an die Pyramiden gedacht, jetzt fühlte er seinen aufgescheuchten Herzschlag in der Kehle. »Das ist sie, nicht wahr«, war alles, was ihm über die Lippen kam.

»Leibhaftig, möchte man sagen.« Mr Bowlby war ebenso beeindruckt wie er. Sie nahmen die Hüte ab und ritten bis auf zwanzig Yards an die rätselhafte Figur heran. Eine Mischung aus Löwe und Frau, der ausgestreckte Körper war halb im Sand versunken, der Kopf hoch aufgerichtet, und als Lord Elgin die Umrisse der vorderen Extremitäten erahnte, lenkte er seinen Esel einen Schritt zurück, als wäre er der Sphinx zu nahe gekommen.

»Sie blickt nach Osten, ja?«, flüsterte er. Beinahe erwartete er, dass sie den Kopf senkte, um ihn genauer zu mustern. »Sie wartet auf die Sonne.«

»Es scheint so«, sagte Mr Bowlby heiser.

Gruppen von Einheimischen, in lange Gewänder und weiße Tücher gehüllt, bevölkerten den Platz vor den Pyramiden. Der Pascha hatte sie vor Dieben gewarnt, aber in der Nähe der Sphinx fühlte sich Lord Elgin sicher. Im Mondlicht ruhte ihr Auge auf ihnen, wissend und ernst, fragend und gefasst, durch nichts zu erschüttern. Wahrhaft majestätisch.

»Sie hütet ein Geheimnis«, sagte Mr Bowlby.

Lord Elgins Blick folgte den Linien im Stein, und für einen Moment wusste er nicht, ob er das Gesicht weiblich fand. Der Löwe darin war männlich, eine angedeutete Mähne umgab den Kopf, aber die Augen erinnerten ihn an die Chinesin damals in Tianjin. »Sie weiß um das Geheimnis«, gab er zurück, »ohne es zu kennen. Warum sonst dieses Abwarten? Wäre es ihr Geheimnis, würde sie anders schauen.«

»Sie mögen recht haben.« Dass Mr Bowlbys Hand die Linien des Gesichts nachzeichnete, kam ihm wagemutig vor. »Oder vielleicht haben wir beide recht, Sir. Der Widerspruch liegt in ihrer Miene. Schauen Sie auf die Augen, dann betrachten Sie den Mund.«

»Der Mund ist freundlicher«, stimmte er zu, »geradezu hoffnungsvoll.«

»Die Augen erwarten, dass sich das Mysterium zeigt. Ob sie ihm gewachsen ist, verrät der Blick nicht, aber die Ruhe der ganzen Figur legt es nahe.« Mr Bowlby war von Berufs wegen ein guter Beobachter. Lord Elgin nickte und griff nach der Wasserflasche, der lange Ritt hatte seine Kehle ausgetrocknet, und noch immer waren es um die neunzig Grad. »Sie kennen natürlich Burkes Ausführungen über das Erhabene«, sagte er und suchte im Kopf nach den Zeilen. »A sort of delightful horror, a tranquility tinged with terror. Finden Sie nicht, dass genau das von ihr ausgeht?«

»Korrigieren Sie mich, Sir, aber Burkes Lieblingsbeispiel ist die sturmgepeitschte See.«

»Offenbar war er nie in Ägypten.«

»Ganz recht«, stimmte der Reporter zu. »Man muss vor ihr erschauern, aber man kann den Blick nicht abwenden. Ein Zwitter aus Löwe und Frau, wie um alles in der Welt sind die Ägypter darauf gekommen?«

Es war die erste Bemerkung seines Begleiters, die Lord Elgin geistlos erschien. Falsch und geradezu abgeschmackt in ihrer Oberflächlichkeit. Was denn sonst, lag ihm auf der Zunge. Hatte Mr Bowlby nie vor dem Blick einer Frau gezittert? Vor ihrem unausgesprochenen Wissen, der nie irrenden Intuition. Wusste er nicht, dass jede Frau ein Geheimnis hütete? Sie gebaren Kinder, weinten grundlos und lasen in den Gesichtern ihrer Männer wie in einem Buch. Beinahe hätte er von den Nächten zu sprechen begonnen, wenn Mary Louisa sich plötzlich verwandelte ... Natürlich wusste Mr Bowlby darum, jeder wusste es, trotzdem blieb es ein Geheimnis, und ihn überkam ein Schauer, sobald er daran dachte. Mitten in der ägyptischen Wüste sah er die Schenkel seiner Frau vor sich. Die unerwartete Kraft darin. Natürlich wollte sich niemand mit der Vorstellung belasten, dass Frauen Muskeln hatten, aber sie hatten welche. Schwächere zwar, trotzdem konnten sie sich wehren, wenn sie wollten, und was sollte man daraus schließen, dass sie es in der Regel nicht taten? Mary Louisa, die mit den Kindern das Nachtgebet sprach und dann zu ihm kam. Gewiss existierte das Eheversprechen mitsamt seinen Pflichten, aber er hatte seine Frau beobachtet und nie ein Anzeichen von Widerwillen gefunden. Wenn sie hinterher in seinen Armen lag, glich ihre Miene haargenau der, die hier auf ihn herabblickte. Stolz, gefasst, das Geheimnis wieder in sich verschließend. Frauen erschauerten nicht über sich selbst, stattdessen lächelten sie auf eine Art, als erheiterten sie sich an der Vorstellung, ein Mann zu sein und nichts zu wissen. Gefangen zu sein in blindem Tatendrang und …

Mr Bowlby räusperte sich. »Was ist mit der Nase?«

»Was?«, rief er so laut, dass sein Begleiter ihn erschrocken ansah.

»Ist Ihnen nicht gut, Sir? Sie sehen blass aus.«

»Das ist die Hitze, Mr Bowlby. Haben Sie je bei Nacht solche Temperaturen erlebt? Wir hätten uns anders anziehen sollen.« Statt auf die Figur zu schauen, sah er seinem Begleiter ins Gesicht. »Die Nase, sagten Sie?«

»Es heißt, Napoleons Soldaten hätten sie abgeschlagen, anno 1798. Die Franzosen streiten es natürlich ab.« Seine Hand wies auf das Gesicht der Sphinx, aber Lord Elgin weigerte sich, ihr zu folgen. Gebannt von dem Blick, hatte er nicht auf das klaffende Loch geachtet, das die Figur entstellte; nun musste er nicht mehr hinsehen, um es regelrecht zu spüren, und mit einem Mal war der Reiz dahin. Er schüttelte den Kopf, ohne zu wissen worüber. Lauerte am Ende hinter jedem Mysterium das Obszöne? »Vielleicht sollten wir zu den Pyramiden reiten«, sagte er, »was meinen Sie?«

Mr Bowlby nickte und schnalzte mit der Zunge. »Das bringt mich natürlich auf eine Frage, Sir: Glauben Sie, dass die Koalition mit den Franzosen halten wird? Ich meine, angesichts der Vorgänge in Savoyen.«

»Ich habe volles Vertrauen in Baron Gros.«

»Von seinem Kaiser würden Sie das vermutlich nicht sagen. Was geschieht, wenn die Franzosen sich plötzlich mit den Russen verbünden?«

»Mr Bowlby, Sie kennen die Zahlen. Unser Heer ist so groß, wir schaffen es notfalls auch allein. Wollen wir es für den Moment dabei bewenden lassen und den Ausflug fortsetzen?«

»Natürlich, Sir. Verzeihen Sie, es ist eine Berufskrankheit. Wussten Sie übrigens, dass der Vater von Baron Gros seinerzeit in Napoleons Auftrag durch Italien gereist war, um eine Liste aller Kunstschätze zu machen und die wichtigsten nach Paris zu bringen?«

»Nein, Mr Bowlby, das wusste ich nicht. Und offen gestanden, interessiert es mich auch nicht.« Als Lord Elgin auf die Uhr sah, war Mitternacht vorüber. Mit ihren einheimischen Begleitern hatten sie verabredet, die Nacht bei den Pyramiden zu verbringen und sie früh genug zu besteigen, um bei Sonnenaufgang auf der Spitze zu stehen. Das war eine gute Idee gewesen, aber nun fühlte er sich erschöpft. Sein Rücken schmerzte, er musste aus dem Sattel, doch sobald sie sich den Pyramiden näherten, strömten Horden von Arabern auf sie zu. Im Nu waren sie umringt. Zahlose Münder forderten ›backshish‹, Hände zerrten an ihren Jacken. Mit brennenden Fackeln gingen die Träger dazwischen, und Lord Elgin war froh, als sich eine Gasse auftat, durch die er entfliehen konnte. Mr Bowlby blieb zurück. Es war unhöflich, nicht auf ihn zu warten, aber er brachte es nicht über sich. Er musste allein sein.

Der Anblick der Pyramiden beruhigte seinen Herzschlag. Er hielt auf die größte von ihnen zu und glaubte zu schrumpfen, je näher er ihr kam. Sie war so riesig, dass sie sich allenfalls umrunden und mit den Augen abtasten ließ. Erleichtert sah er, dass sich auf der hinteren Seite keine Menschen tummelten. Er stieg ab, klopfte dem Esel aufs Hinterteil, bis er sich hinlegte, und ging zu Fuß weiter. Seine Kehle war trocken, aber er wollte nicht zurück, um Wasser zu holen. Auf dem sandigen Boden wurden seine Schritte unsicher.

Beinahe widerwillig erinnerte er sich an seine Rückkehr aus China im letzten Jahr. Mary Louisa war nach Paris gereist, um ihn zu empfangen; ein Wochenende zu zweit, bevor sie gemeinsam nach England fuhren. Zum Abendessen waren sie ausgegangen, seine Frau hatte ihm Briefe der Kinder vorgelesen und seine Freudentränen weggewischt, aber was in der Erinnerung am meisten hervorstach, war die Rückkehr ins Hotel. Kaum hatte sich die Zimmertür hinter ihnen geschlossen, war seine Frau regelrecht über ihn hergefallen. Zitternd, gierig, und für einen kurzen Moment, bevor das Verlangen ihn überwältigte, hatte er dem Drang widerstehen müssen, sie durch eine Ohrfeige zur Besinnung zu bringen. Jetzt fand er eine Mulde im Sand und legte sich hin, ein flacher Stein diente als Kopfkissen. Sobald er die Augen schloss, sah er das Zimmer vor sich, das zerwühlte Bett in der Stille danach, *a tranquility tinged with terror.* Im Bad hörte er Mary Louisa leise summen. Öffnete er die Augen, blickte er auf die gigantische schwarze Fläche, die sich in den Himmel schob, als würde ein fremder Planet auf die Erde sinken. Im Einschlafen war es, als nähme jemand neben ihm Platz. Hatten die alten Ägypter früher als andere verstanden, dass jeder Mensch eine Doppelnatur besaß? Dass der Mensch das Wesen war, worin sich alle Widersprüche vereinten? Die Person neben ihm kam näher. Er wünschte, es wäre seine Frau und er könnte sie um Verzeihung bitten. Was war bloß in ihn gefahren? Wie sollte er mit dem Wissen leben? Wer zum Teufel war er?

...

»Exzellenz?«

Erschrocken öffnete er die Augen. Er musste eingenickt und im Stuhl zusammengesunken sein, jedenfalls betrachtete Maddox ihn wie ein Arzt auf der Suche nach Symptomen. »Sir, sind Sie wach?«

»Natürlich bin ich wach, was soll die Frage? Ich habe einen Moment nachgedacht, wenn Sie gestatten.« Mit Mühe richtete er sich auf. Die Öllampen im Hof waren heruntergebrannt, nur hinter ihm flackerte ein Licht und warf tanzende Schatten auf den Terrassenboden. »Jetzt werde ich mich zurückziehen, es war ein langer Tag. Lesen Sie das Buch und sagen Sie mir, was Sie von Mr Darwins Ideen halten. Von Ihrem eigenen Buch reden Sie gar nicht mehr.«

»Eure Lordschaft erinnern sich, es gab noch diese andere Sache.«

»Mit Ihnen gibt es immer noch eine andere Sache, Maddox. Hat das nie ein Ende? Was ist mit Ihrem Buch? Kommen Sie nicht voran?«

»Es ist so gut wie fertig, Sir.«

»Darf ich den Titel erfahren?«

»*The Chinese Heart*, Sir. Es geht um den Versuch …«

»Ein ungewöhnlicher Titel. Fast möchte man an eine orientalische Romanze denken.«

»Gemeint ist das Herz im chinesischen Sinn.«

»Das immerhin hatte ich vermutet.«

»Im Sinn des Zeichens *xin*, Sir, das den Sitz unserer Gefühle wie auch des Verstandes meint. Verstehen Sie?«

»Ich darf aufrichtig versichern, dass ich Ihnen folgen kann, Maddox. Allerdings fand ich die Unterscheidung zwischen Verstand und Gefühl bisher eher nützlich.«

»Sie ist in China auch keineswegs unbekannt, Sir. Das Gewissen allerdings, das ebenfalls mit dem Zeichen für Herz benannt wird, versteht man gleichsam als die Verbindung von …«

»Bei Gelegenheit müssen Sie mir davon erzählen.« Er wollte sich aus dem Stuhl stemmen, schaffte es aber nicht. Sein Körper wurde immer schwerfälliger.

»Sir, es ist mir unangenehm, Eure Lordschaft zu bedrängen …«

»Wirklich? Ihr Verhalten ließe auch andere Schlüsse zu.«

»Die Dame ist hier, Sir. Sie wartet.«

Er hatte sich halb aufgerichtet, nun fiel er zurück in den Stuhl. Was für ein sturer Hund! In England wäre Maddox höchstens Kanzleischreiber geworden, und im diplomatischen Dienst würde er immer ein Parvenü bleiben, aber seine Beharrlichkeit zahlte sich aus. Auf Dauer war es einfach zu langweilig, ihm zu widerstehen. »Was meinen Sie mit ›hier‹?«, fragte er.

Sein Sekretär drehte den Kopf. »In meinem Zimmer.«

»Sind Sie verrückt, Maddox? Die Frau in unsere Unterkunft zu bringen!«

»Eure Lordschaft haben dem Treffen zugestimmt.«

»Kümmern Sie sich darum, habe ich gesagt. Sie glauben nicht ernsthaft, dass ich gemeint haben könnte, Sie sollten sie hierher bringen.«

»Niemand hat uns gesehen, Sir, die Offiziere sind im Feld. Im Übrigen geht einheimisches Personal ein und aus.«

»Nicht um diese Zeit.«

Ohne darauf einzugehen, stand sein Sekretär auf: »Soll ich sie also holen, Sir?«

»In Gottes Namen, Maddox. Ich kann nur hoffen, dass Sie wissen, was Sie tun.« Innerlich fluchend sah er seinen Sekretär den Hof verlassen. Als die Schritte verklungen waren, stand er ebenfalls auf, streckte sich und spürte Druck auf der Blase. Bis zu den Latrinen war es ein weiter Weg, also stellte er sich an den Rand des Teichs und zielte auf die fetten Karpfen im Wasser – traditionelle Symbole für Wohlstand und Glück, hatte der allwissende Maddox ihn belehrt. In China wimmelte es davon, weil man hier Symbole so schätzte wie in Europa die Wahrheit. Man war arm, kaufte einen Karpfen und fühlte sich reich. Statt sich zu fragen, welchen Nutzen das im Kampf ums Dasein hatte, lasen Chinesen seit Jahrhunderten dieselben seichten Sinnsprüche, um in ihren Prüfungen auf die immer gleichen Fragen die immer gleichen Antworten zu geben. Maddox hatte ihm erzählt, wie sie sich den idealen Herrscher vorstellten: Er sitzt auf dem Thron und blickt nach Süden. Konfuzius höchstselbst hatte das demnach gesagt. Bravo! Darauf wäre ein Platon nie gekommen.

Seltsamerweise war es der Umstand, dass er seinen Gedanken pissend nachhing, der sie zurück zu jener Nacht lenkte. Plötzlicher Harndrang hatte ihn davon abgehalten, den Fuß der Chinesin zu berühren, stattdessen war er hinab zu den Latrinen geeilt. Erst als er danach für einen Moment im Hof stand, fiel ihm auf, dass er vergessen hatte, sich ordentlich anzuziehen. Nachtluft strich über seinen nackten Oberkörper, die Füße steckten in ungeschnürten Stiefeln. Ein fragwürdiger Aufzug für den Sonderbotschafter der britischen Krone, aber zum Glück war ihm niemand begegnet. Durch das Mattendach sah er das erleuchtete Fenster seines Zimmers. Dort saß sie und wartete auf ihn, aber er beschloss, zunächst eine weitere Flasche Champagner zu holen. Nach einem Jahr eiserner Selbstdisziplin hatte er sich das verdient.

Es kam ihm vor, als liefe er durch das Stillleben eines angehaltenen Traums. Höfe, Gänge und geschwungene Dächer, alles in unwirkliches Blau getaucht, Fledermäuse flatterten umher. Tempel der höchsten Glückseligkeit, das klang nach der Art von Romanen, für die alternde Jungfern schwärmten. Entschlossen schritt der Earl durch die finsteren Gänge seines Gemachs, dachte er und musste ein Kichern unterdrücken. Offenbar war er betrunkener als gedacht. Die Wache vor der Kammer mit den Getränken machte einen Schritt auf ihn zu und erstarrte. Es folgte ein Moment vollkommener Stille, so als hielte der ganze Tempel die Luft an. Die anderen Wachen patrouillierten draußen vor den Mauern.

»Exzellenz.« Der Stimme nach war es ein junger Kadett. Ohne zu antworten, blieb Lord Elgin vor ihm stehen und schaute ihm in die Augen. Eines dieser Gesichter vom Land, dem man ansah, dass der Junge nur mit Mühe lesen konnte. Hatte ein Wort mehr als drei Silben, musste er wahrscheinlich den Zeigefinger zu Hilfe nehmen, aber den Chinesen fühlte er sich überlegen. Lord Elgin beschloss, kein Wort an ihn zu richten. Es war nur ein Traum, der die Lücke zwischen zwei Tagen füllte. Auf der Stirn des Soldaten perlte Schweiß. Eine Minute verging. Die Perlen zerflossen und liefen dem armen Kerl übers Gesicht, ehe er Millimeter um Millimeter zurückwich. Hektisch nestelte er am Schloss der Kammer, zog sie auf und stand neben der Tür stramm. Angenehm kalte Luft floss heraus. Alles kam darauf an, die Hülle nicht zu zerreißen, die den Traum umgab. Langsam ging Lord Elgin hinein, ließ den Blick über die gefüllten Regale streichen, fasste zwei Flaschen am Hals und zog sie heraus. Einem Impuls folgend, ließ er die Stiefel zurück. Barfuß war er früher über die Wiesen von Broomhall gelaufen. Die grünen Wiesen Schottlands, deren Grün so grün war, wie es das in China ...

»Eis, Sir?«

Mit einem Satz war er zurück bei dem Kadetten und schob sein Gesicht so dicht vor das des anderen, dass ihre Nasenspitzen einander berührten. Was bildete sich diese Kartoffel ein! Er war der Racheengel des Empire. Das chinesische Kaiserreich mochte es seit Tausenden von Jahren geben, aber wenn er den Befehl gab, würde es fallen. Niemand hatte ihn zu stören, wenn er an die grünen Wiesen Schottlands denken wollte. Niemand! Er wartete, bis der Soldat erneut zurückwich, um die Tür zu verriegeln, dann verschonte er ihn und ging in sein Zimmer.

Die Chinesin saß auf ihrem Platz wie vorher. Der Stupor, in den sie der Alkohol versetzt hatte, schien vorüber. Sie hatte die Augen geöffnet und wirkte wach.

»Madame«, sagte er schwungvoll, »es tut mir leid, dass ich Sie habe warten lassen. In unserem Domizil gibt es nachts nur die Möglichkeit der Selbstbedienung. Vorsicht, bitte nicht erschrecken!« Er ließ den Korken der ersten Flasche knallen, die Frau zuckte zusammen, und für einen Moment schien so etwas wie ein Lächeln über ihr Gesicht zu ziehen. Wie bei einem Kind, dem man einen Zaubertrick zeigt. Die zweite Flasche stellte er zu den Eisresten in der blauen Schale. »Es freut mich zu sehen, dass die Lebensgeister in Sie zurückkehren. Wollen Sie nicht doch noch einen Schluck versuchen ... nein?« Sie winkte ab – ein kurzes Wischen der Hand vor dem schmalen Mund – der erste Versuch von Kommunikation ihrerseits, der ihn regelrecht entzückte. Vielleicht hatte er ihr zu schnell jeden weiblichen Liebreiz abgesprochen. Die Augen waren katzenartig und so schwarz, dass die Pupille sich nicht von der Iris unterschied, aber nachdem man sich daran gewöhnt hatte ... Sie war eine Frau. Jung. Er setzte die Flasche an und genoss das kühle Kribbeln in der Kehle. In der Art, wie sie ihn musterte, lag weniger Furcht als zuvor. Na bitte.

»Fortschritt, meine Liebe, ist möglich«, sagte er und wischte sich über den Mund. ›Meine Liebe‹ war ein wenig kess, aber sie verstand ihn ja nicht. »In gewissem Sinne ist das nicht nur das Motto unserer unvermuteten Bekanntschaft, sondern meiner Mission überhaupt. Wobei mir daran liegt, zu betonen, dass ich kein blinder Verehrer des Fortschritts bin. Nein, eher würde ich mich als Skeptiker bezeichnen. Konservativ im Sinne Burkes, den Sie nicht kennen werden, aber sagen wir, ich weiß wohl, dass es sich beim Fortschritt um ein zweischneidiges Schwert handelt. Nicht in einem so rückständigen Land wie China natürlich, an dem der Fortschritt bisher vorbeigegangen ist und wo es leichtfällt, ihn rundheraus zu begrüßen – jetzt, da wir ihn bringen. Straßen, Schienen, Telegrafen, Gaslicht, die Liste ist endlos. Es mag hundert oder zweihundert Jahre dauern, bevor man von Ihrem Land als einem modernen wird sprechen können, aber glauben Sie mir, ich tue alles dafür, den Prozess zu beginnen. Ist es übrigens unbequem, auf diesem Holzgestell zu sitzen?« Er hielt inne, weniger besorgt um ihren Sitzkomfort als vielmehr unschlüssig, wo er selbst Platz nehmen sollte. Vorerst stand er halbnackt in der Zimmermitte und wünschte, die zart knospende Vertrautheit zwischen ihnen könnte zu etwas größerer Nähe führen. Ein Sofa wäre gut. Außer dem Gestell für seine Post gab es aber nur einen einzigen Stuhl. Und das Bett.

»Wissen Sie was«, sagte er, »für einen Moment lassen wir alles beim Alten und sprechen von meiner Heimat. Ich bin heute Abend ein wenig sehnsuchtsvoll gestimmt, hier in Tianjin. Madame, Ihnen würden die Augen übergehen, könnten Sie London sehen – und Sie müssten sich die Nase zuhalten, könnten sie London riechen, aber davon wollen wir nicht reden. Die Pracht seiner Straßen, die herrschaftlichen Parks und Theater. Oder Edinburgh, das Schloss auf dem Hügel, in Sichtweite des rauen Meeres. Man schaut darauf und fragt sich, wohin in einem *solchen* Land der Fortschritt noch führen soll. Nicht dass ich ihn für überflüssig halten würde, ich habe Ihnen ja das Beispiel der Penny Post gegeben. Inzwischen sind wir aber so weit, alles Neue mit dem Attribut fortschrittlich zu versehen, und da setzt meine Skepsis ein. Nehmen Sie zum Beispiel die Presse. Noch vor zehn Jahren war eine Tageszeitung für Normalbürger unerschwinglich, von Arbeitern nicht zu sprechen. Es gab die Werbesteuer, die *stamp duty*, eine Zeitung kostete für diese Schichten oft einen halben Tageslohn. Aber der Fortschritt kam, in diesem Fall als Kerosinlampe, und plötzlich wurden die Tage so lang, dass Menschen abends überlegten, was sie mit der verbleibenden Zeit anstellen sollten. Müßiggang, Madame, ist ein prekäres Gut, ich rede aus eigener Erfahrung, aber wie könnte man die freie Zeit besser verbringen als lesend? Also wurden die Steuern beseitigt, und die Zeitungen schossen wie Pilze aus dem Boden. Da es nur eine Realität gibt, mag man bezweifeln, wozu es so viele verschiedene Journale braucht, um über sie zu berichten, aber mein Punkt ist ein anderer. In der Galerie des Parlaments saßen auf einmal Reporter. Sie kennen vielleicht den Ausdruck ›playing to the gallery‹ und haben von Lord Palmerston, dem ungekrönten König dieser typisch modernen Disziplin, gehört.« Er nahm einen Schluck, und weil nur vor dem Holzgestell Teppiche lagen, setzte er sich dort hin. Vis-à-vis dieser unwirklich kleinen Schühchen aus bunter Seide. Schön war es, zu Füßen einer Frau zu sitzen. Außerdem gab es ihrem Beisammensein eine reizvoll spielerische Note, dass sie sich ab und zu vorbeugen musste, um zu schauen, was er da unten trieb. Einstweilen nichts.

»Sehen Sie, es gab einmal eine Zeit, da galt es als unfein für Politiker, dem Volk gefallen zu wollen. Wozu auch? Sie sollten ihre Pflicht und das Beste für ihr Land tun, und man erwartete von ihnen, besser als das Volk zu wissen, wie das geht. Aber nun gibt es Zeitungen, und damit ändert sich alles. Ein wenig ist es wie in einem Spiegelkabinett: Als gäbe es nicht mehr *eine* Realität, sondern ebenso viele, wie es Spiegelungen gibt – und das Volk kann zwischen ihnen wählen. Ganz recht, Madame: die Realität wählen! Also nicht *die* Realität, sondern, sagen wir es mit Platon, ihre Abbilder. Lord Palmerston hat das instinktiv verstanden, und damit meine ich nicht, es seien seine höchsten Instinkte gewesen; sie haben bei ihm die Form einer Pyramide, unten sind sie breiter aufgestellt. Oh, die Queen verachtet ihn, glauben Sie mir, der Prinzgemahl kann ihn nicht ausstehen, aber das Volk, Madame, liebt ihn. Und er liebt zwar nicht das Volk, aber ihm zu gefallen, liebt er sehr wohl. Erinnern Sie sich an die Don-Pacifico-Affäre? Ein obskurer portugiesischer Jude, der behauptet, in Gibraltar geboren und also britischer Staatsbürger zu sein. Sein Haus in Athen wird zerstört, und was macht Palmerston? Schickt die Navy. Um ein Haar wäre es zum Krieg mit Frankreich und Russland gekommen, wegen eines Hauses in Athen! Und das Volk feiert ihn. Der starke Arm Englands, die Leute lieben solche Formulierungen, und die Zeitungen auch. Fragen Sie irgendeinen Reporter, er wird sofort zugeben: Palmerston verkauft sich gut. Aber seit wann ist es das Geschäft der Politik, etwas zu verkaufen? Merken Sie, wie weit wir uns von der Idee entfernt haben, Zeitungen könnten das Volk bilden? 1840 hat ein junger Mann versucht, die Queen zu ermorden. Erfolglos, zum Glück. Als man ihn nach der Festnahme nach dem Motiv fragte, gab er an, seinen Namen in der Zeitung lesen zu wollen. Das hätte uns eine Warnung sein sollen.« Lord Elgin unterbrach sich, weil die Chinesin ihm von oben einen Blick zuwarf, und trotz des ernsten Themas konnte er sich nicht zurückhalten, ihr zu winken. 1840 war die Queen ein junges Mädchen gewesen, es war das Jahr ihrer Hochzeit, inzwischen hatte sie neun Kinder zur Welt gebracht. Die außergewöhnlichste Person, die er je getroffen hatte. Klein und zierlich und von solch innerer Stärke. Nie würde er den Ball vergessen, den sie zum Geburtstag des Duke of Cambridge gegeben hatte, im März 1854. Sie hatte mit ihm getanzt, strahlend und ununterbrochen redend, und als die Musik verstummte, stieß sie einen Seufzer aus und sagte: ›Zu schade, dass ich Russland morgen den Krieg erklären muss.‹ Ein Krieg, den auch Palmerston angezettelt hatte, mit Hilfe der Zeitungen.

»Da es bei Ihnen keine Presse gibt«, sagte Lord Elgin, »haben Sie vermutlich kein Wort für ›Sensation‹. Ein junges Wort, ich erinnere mich, dass mein Vater es mit derselben Verachtung aussprach wie ›Penny Post‹. So wie ich das Wort ›to loot‹ ausspreche, aber an Sensationen haben wir uns nicht nur gewöhnt, wir sind versessen auf sie. Den Attentäter von damals hat man für verrückt erklärt und nach Australien geschickt; würde man das heute mit jedem machen, der davon träumt, in der Zeitung zu stehen, wäre England bald leer. Übrigens sehe ich Ihrer heiteren Miene an, dass Sie meine Sorge über diese Entwicklung nicht teilen, aber was, wenn ich Ihnen sage, dass in gewisser Weise auch Ihr Land ein Opfer der englischen Presse ist? Keine Antwort, hm?« Lächelnd lehnte er sich zurück, verlor das Gleichgewicht und rollte auf den Rücken. Zum ersten Mal ließ die Chinesin ein kurzes, glucksendes Lachen hören. Ihre Füße baumelten zwei Zoll über seinem Bauch. Konnte es sein, dachte er, dass ›goldener Lotus‹ gar kein Euphemismus für eine Verkrüppelung war und in diesen Schuhen ein voll entwickeltes, gesundes Füßchen steckte, das nur von bunter Seide am Wachstum gehindert worden war? Nicht, dass es ihn interessierte, aber über China kursierten so viele Falschinformationen, dass man die Möglichkeit in Betracht ziehen musste.

»Sehen Sie«, sagte er im Liegen, »um heute als Politiker Erfolg zu haben, muss man nicht klüger oder fleißiger sein als andere Politiker, sondern etwas Sensationelleres zu bieten haben. Auch das hat Palmerston verstanden. Glauben Sie mir, der Mann hat seine Frau so häufig betrogen, dass man denken könnte, er wolle auf diesem Weg berühmt werden, aber sein eigentlicher Trumpf ist ein anderer. Der Krieg, Madame. Ich meine nicht die Farce um Don Pacifico oder die kleine Expedition, die mich nach China geführt hat – was ich, nebenbei bemerkt, an diesem Abend zum ersten Mal nicht als Unglück empfinde –, ich meine die Krim. Besuchen Sie meine Heimat, Madame, bereisen Sie das Königreich und zeigen Sie mir den Mann, der Ihnen sagen kann, warum wir auf der Krim Krieg geführt haben. Nicht, dass man Ihnen eine Antwort schuldig bleiben würde, nein, Sie werden leidenschaftliche Reden zu hören bekommen! Um die Ehre Englands sei es gegangen. Um englische Werte und die Verteidigung der Freiheit. Sogar aus dem Mund der Queen würden Sie das hören, so weit hat er es gebracht. Lord Palmerston. Im Grunde ihres Herzens hasst sie ihn, aber er hatte den Krieg so populär gemacht, dass sie ihn schließlich erklären musste. Den Zar in die Schranken weisen, der in seinem Reich nicht einmal die Verbreitung der Bibel auf Russisch duldet – Engländer lieben es, sich auf diese Weise der Überlegenheit ihres Landes zu versichern. Dass es in Wirklichkeit um die Frage ging, wer die heiligen Stätten in Jerusalem kontrolliert, dass wir also genau genommen einen Religionskrieg geführt haben, und zwar für den ebenso großen Despoten in Konstantinopel, fiel nicht ins Gewicht. Es zählte das hehre Ziel, versüßt durch die Aussicht auf eine kleine Rauferei. Leider war die Armee nicht vorbereitet, die Männer starben wie die Fliegen, aber Palmerston war inzwischen Innenminister und als solcher nicht verantwortlich zu machen. Noblere Männer als er mussten für das Desaster den Kopf hinhalten. Als er endlich sein Ziel erreicht hatte und die Regierung anführte, war nur noch die Hälfte der englischen Soldaten auf der Krim am Leben, und als zwei Jahre später in Kanton angeblich der Union Jack geschändet wurde, erkannte er die nächste Gelegenheit. Sie hätten die Zeitungen lesen sollen, Madame, Ihnen wäre angst und bange geworden. Seien Sie froh, dass er wenigstens den Mut besaß, mich zu schicken, so bleibt Ihrem Land das Schlimmste erspart. Übrigens stelle ich fest, dass es schwierig ist, im Liegen zu trinken.« Mit den Armen rudernd, richtete er sich auf und nutzte die Gelegenheit, um mit den Fingern ihre Wade zu berühren. Wenn in diesen seidenen Kokons wirklich zwei eitrige Knollen steckten, müsste er das riechen, aber er roch nichts. Nein, es waren gesunde Füße, bloß winzig und vermutlich nach Lotus duftend. Diese gerissenen Chinesen! Wahrscheinlich hatten sie das Gerücht selbst in Umlauf gebracht, damit kein Ausländer auf den Gedanken kam, sich für den Inhalt dieser bezaubernden Schühchen zu interessieren. Nun, nicht mit ihm. Was auch immer er vorher behauptet hatte, er interessierte sich. Sehr sogar. Schon griff er mit der ganzen Hand nach der Wade, fühlte den Muskel in seinem Handteller und spürte, wie die Chinesin erstarrte. Um sie zu beruhigen, fuhr er mit dem Daumen auf und ab.

»Madame, es drängt mich, Ihnen einige Verse vorzutragen. Unser größter lebender Dichter hat sie vor einigen Jahren komponiert, anlässlich von Wellingtons Tod. Waterloo, Sie erinnern sich, *der* Wellington, der eiserne Duke. Alle fühlten, es war das Ende einer Ära, und der große Tennyson schrieb: Though world on world in myriad myriads roll / Round us, each with different powers / And other forms of life than ours / What know we greater than the soul? Dann

380

die letzte Zeile, ohne Reim und darum noch gewaltiger: In God and Godlike men we build our trust. Ist das Poesie, Madame? Ich habe lange gebraucht, um zu verstehen, warum diese erhabenen Zeilen mich eher traurig stimmen. Wohl dem Land, das solche Männer hervorbringt, könnte man sagen, und England hat mehr davon hervorgebracht als jede andere Nation. Godlike men, aber was, wenn – *horribile dictu* – Wellington der letzte gewesen ist? Sehen Sie, das Volk macht einen Mann nicht groß, das tut er selbst, aber er wird es nur dann schaffen, wenn man ihn lässt. Wenn seine Größe erkannt wird. Ich will nicht unbescheiden sein, aber was ich in Kanada geleistet habe, war ungewöhnlich. Die Queen hat rührende Worte dafür gefunden und mir diesen ... nun, ich trage keine Uniform, folglich auch keinen Orden, aber glauben Sie mir, Madame, er bedeutet etwas. Dass mir allerdings breite Anerkennung zuteilgeworden wäre, lässt sich nicht behaupten. Die Zeitungen fanden es mühsam, die kanadischen Verhältnisse zu erklären, und da meine Leistung darin bestand, einen Konflikt halbwegs friedlich gelöst zu haben, konnten sie nicht von Schlachten und Toten berichten. Es fehlte die Sensation. Verstehen Sie mich nicht falsch, ich klage nicht. Palmerston konnte mit fünfundzwanzig Jahren Kriegsminister werden, weil er nie Geld verdienen musste. Ich kam aus Kanada zurück und ging nach Broomhall statt nach London – bis ausgerechnet Palmerston mich beauftragte, nach China zu reisen. Mich, einen von Natur aus zur Nachsicht neigenden Menschen, meine gesamte Laufbahn als Diplomat bezeugt es. Aber in Jamaika und Kanada musste ich mich nicht darum kümmern, was die Presse schrieb. Jetzt hingegen? Glauben Sie mir, die Zeitungen zu Hause sähen es am liebsten, ich würde den Kaiser an den Ohren vom Thron ziehen. Baron Gros sagt immer, mon cher ami, was sorgen Sie sich so um die Presse. Er hat gut reden.

Seinem Kaiser ist es nicht im Traum eingefallen, die *stamp duty* abzuschaffen und schon gar nicht die Zensur. Die Franzosen erfahren wenig von dem, was in China passiert. Man hat es unterlassen, ihre Leidenschaften anzustacheln, weil man ihre Unterstützung für den Krieg nicht braucht. Also können ihre Soldaten in Ruhe plündern, und Baron Gros kann davon reden, dass man den Kaiser nicht zu hart anfassen dürfe. Bemerken Sie die Ironie, Madame? England ist ein freies Land, und deshalb bin ich nicht frei, die Milde walten zu lassen, die ich für angebracht halte. Ich muss hart sein, so will es mein Volk. So hart wie der Premierminister. Nach dem Vorfall mit der *Arrow* gab es im Parlament eine erregte Debatte; Palmerston wollte die Navy schicken, um den Chinesen eine Lektion zu erteilen, aber die Mehrheit wollte das nicht, also hat er die Abstimmung verloren. Was geschah? Er löste das Parlament auf, reiste durchs Land und beschimpfte alle als ›unenglisch‹, die gegen ihn gestimmt hatten. Das Volk jubelte, er wurde wiedergewählt, und beim nächsten Mal wollte keiner mehr gegen ihn sein. Wenn Sie dem *Daily Telegraph* glauben, ist der Premier ein großer Mann, aber würden Sie ihn ›Godlike‹ nennen? Tennyson hat ja nicht an Mars gedacht. Und dann sehen Sie mich an, Madame, und sagen Sie mir, ob Sie einen Bully sehen? Warten Sie, ich stehe auf, dann erkennen Sie es besser.«

Sein linker Fuß war eingeschlafen, und für einen Moment taumelte er, nachdem er sich aufgerichtet hatte. Die Miene der Chinesin veränderte sich, als begänne sie, ihn zu verstehen. Die winzigen Härchen auf der Oberlippe zitterten sanft, bewegt vom Hauch ihres Atems oder der Angst in ihrer Brust. Die Augen schauten ihn an, und mit einem Mal überkam ihn das Bedürfnis, alles zu sagen, nichts zurückzuhalten. Dass es zum Beispiel nicht Quecksilber gewesen war, was die Nase seines Vaters zerstört hatte. Als Kind hatte man ihm das

erzählt, aber Nervenleiden wurden nicht mit Quecksilber
behandelt. Bevor er weitersprach, kam ein seltsamer Laut
aus seiner Kehle, ein Krächzen, das er nicht bewusst produ-
zierte, es stieg einfach in ihm auf. Als junger Diplomat war
sein Vater viel allein unterwegs gewesen, in Wien und Berlin. »Aber für Männer«, sagte er, »ist es nicht gut, allein zu
sein. In der Fremde, bei Tennysons ›other forms of life than
ours‹, in die einzudringen so verlockend erscheint. Sind die
niederen Instinkte einmal geweckt, Madame, schlafen sie so
schnell nicht wieder ein. Glauben Sie, ich würde nicht die
Lust empfinden, mich so zu gebärden, wie man es von mir
erwartet? So hart zu sein und ohne Rücksicht. O doch! Es
gibt Momente, da weiß ich selbst nicht, was mich zurück-
hält.«

Er lief durchs Zimmer und schloss das Fenster. Als er vor
dem Spiegel stehen blieb, stellte er fest, dass er nackt war.
Er trug nichts mehr am Leib. Das letzte Kleidungsstück lag
zu seinen Füßen, er schaute darauf und dann auf die Chinesin und sah aus ihren dunklen Katzenaugen Tränen laufen.
Entlasse einen Mann aus den Armen seiner Lieben, und er
wird sich verirren. Ozeane, hatte er unterwegs gedacht, waren mehr als bloß sehr viel Wasser. *Half the convex world ...*
Er selbst weinte ebenfalls. Keuchend ließ er sich auf alle vie-
re nieder, und weil das nicht niedrig genug war, legte er sich
flach auf den Bauch. Wie ein Reptil kroch er auf die Chinesin zu, hinterließ eine feuchte Spur auf dem Boden und fixierte die beiden seidenen Schuhe.

Schicksal, dachte er, es war Schicksal.

»Verzeihen Sie mir«, flüsterte er. Er hörte ihr unterdrücktes Schluchzen, aber das Rauschen in seinen Ohren wurde
lauter und übertönte es. Noch sechs Fuß, fünf, vier, drei. Mit
letzter Kraft streckte er die Hand aus und fasste nach den
Schuhen. Was ihn ergriff, war eine Art von erregungsloser

Raserei, köstlicher und schrecklicher als alles, was er je empfunden hatte. Er wollte sie liebkosen, diese kleinen Füßchen,
jede Zehe einzeln, die goldenen, holden, süßen Füßchen der
Chinesin. Keinen Zoll waren sie mehr von seinem Gesicht
entfernt, er roch bereits den Lotus. Dasselbe Aroma wie
Tee. »Verzeihen Sie mir, meine Liebe. Meine Teuerste, seien
Sie nachsichtig mit mir.« Saugen wollte er an den Zehen, die
wonnige Süße in sich aufnehmen, die es nur hier gab, für die
man um die halbe Welt fahren musste und für die sich jedes
Opfer lohnte.

»Mein Lotusengel«, keuchte er und zog an ihrem Schuh.

THE
# North China Herald

Vol. XI, No. 526.                    Price, Taels 15 p. a.

Shanghai, Saturday, August 25, 1860

## REBELLEN

Welch eine ereignisreiche Woche! Welch ein Sieg! Was unsere Truppen im Norden erreicht haben, wissen wir zur Stunde noch nicht, aber in Shanghai ist selbst langjährigen Bewohnern kaum erinnerlich, wann sich die Stadt zuletzt im Zustand einer solcher Aufregung befunden hat, und niemand entsinnt sich eines derart überwältigenden Gefühls der Erleichterung, das auf Wochen bangen Wartens folgte.

Wie vermutet, begannen die Rebellen ihren Vormarsch von Suzhou aus. Dichte Rauchsäulen am westlichen Horizont zeigten in den frühen Morgenstunden des 17. August ihr Näherrücken an. Zwei Meilen vor unserer Stadt stießen sie auf ein Kontingent kaiserlicher Streitkräfte und starteten ihre erste, mit ungewöhnlicher Verve vorgetragene Attacke. Die Tataren leisteten heftigen Widerstand, sahen sich nach einiger Zeit aber zum Rückzug gezwungen und wurden von den Rebellen verfolgt, die auf diese Weise in die Chinese City vorzudringen hofften. Capt. Cavanagh, R. M., durchkreuzte das freche Vorhaben jedoch, indem er rechtzeitig die Zerstörung der entsprechenden Brücken anordnete. Seine tapferen Kanoniere bereiteten den Angreifern sodann einen stürmischen Empfang. Auf der südlichen Stadtmauer waren es derweil die Kanonen von Capt. MacIntyres Madras-Gebirgszug, die die feindlichen Reihen durch heftiges Feuer lichteten und ihr Werk gewiss noch gründlicher wür-

385

den verrichtet haben, hätten zahlreiche Grabanlagen und Bäume den Angreifern nicht vorzügliche Deckung geboten. Bemerkenswert war indessen, dass die Rebellen keinen Schuss auf britische Stellungen abgaben! Zu tief saß der Eindruck unserer überlegenen Feuerkraft. Als sie am Nachmittag in südwestlicher Richtung abzogen, bekamen sie von Lieut. O'Grady, der seine Sikhs in der dortigen Feldwache postiert hatte, eine Salve aus Brown-Bess-Musketen und Enfield-Gewehren verabreicht, die sie bewegte, ihr Nachtlager lieber nahe dem sogenannten Baby Tower aufzuschlagen. Dank des umsichtigen Vorgehens unserer Offiziere war auf britischer Seite kein Verlust zu beklagen. Im Schutz der Dunkelheit wurden Männer ausgeschickt, um in den Vorstädten alle Häuser niederzubrennen, die dem Feind hätten Unterschlupf bieten können. Augenzeugen beobachteten dabei folgende bemerkenswerte Szene: Beim Südtor fanden unsere Truppen eine alte Chinesin auf einem Sarg sitzend, der ihren Mann enthielt. Sie weigerte sich kategorisch, ihr Haus zu verlassen, und verlangte, man möge sie an Ort und Stelle verbrennen, aber statt dem wunderlichen Ansinnen zu entsprechen, wurde sie kurzerhand mit in den Sarg gesteckt und wie auf einem Floß über den Stadtgraben gezogen. Unter den herumliegenden Leichen der Rebellen fanden sich viele, die so grausig entstellt worden waren, wie es die chinesische Tradition der Kriegsführung leider verlangt. Die Feuer der niedergebrannten Häuser loderten die ganze Nacht hindurch.

Das Abbrennen der Vorstädte machte sich zwei Tage später bezahlt: Ihres Schutzes beraubt, gaben die zurückkehrenden Rebellenverbände ein vortreffliches Ziel für die Schießübungen unserer tapferen Soldaten ab. Lieut. O'Grady erwies sich dabei als besonders treffsicher; nicht weniger als zwanzig Angreifer fielen seiner sicheren Hand zum Opfer. Mit

Ausnahme von zwei Stunden, in denen Reverend Hobson die Messe las, wurde an diesem Sonntag pausenlos geschossen. Gegen erbitterten Widerstand arbeiteten sich einige Rebellen bis zum ›Tempel der Himmelskönigin‹ vor, um auf dessen Dach ihre Fahne zu hissen. Solchem Vorwitz begegneten unsere französischen Verbündeten auf gewohnt humorlose Art. Wie ortskundige Leser wissen, befinden sich nahe dem Tempel viele Lagerhäuser für Zucker und Sojabohnen – sie alle wurden ausnahmslos abgebrannt. Die Chronistenpflicht verlangt es, anzumerken, dass unsere Alliierten gelegentlich die Regeln des soldatischen Anstands missachteten und mit unmäßiger Härte gegen Unbeteiligte vorgingen. Augenzeugen berichten von einer jungen Chinesin, die eben entbunden hatte und ohne Provokation durch einen Bajonettstich starb. Was die Häuser betrifft, so war es aufgrund ihrer Holzbauweise und der dichten Bebauung unmöglich, die Vorstadt vor der totalen Zerstörung zu bewahren.

Am Montag, den 20. August wagten die Rebellen einen letzten Vorstoß. Diesmal näherten sie sich aus Richtung der Pferderennbahn. Die HMS *Nimrod* und das Depeschenboot *Pioneer* hatten sich jedoch auf dem Fluss in Stellung gebracht und feuerten über die Dächer hinweg 13-Inch-Mörser in ihre Verbände. Die Rebellen ihrerseits gaben erneut keinen Schuss auf britische Soldaten ab, sondern zogen sich schließlich in ihr Camp bei Zi-jia-wei zurück. Dorthin brach am Dienstag ein Kurier auf, um eine Nachricht des Botschafters Ihrer Majestät zu überbringen, die noch einmal betonte, dass ganz Shanghai, inklusive der Chinese City, unter alliiertem Schutz steht.

So endete ein für alle Beteiligten unvergessliches Wochenende. Ungeachtet der Frage nach dem genauen Sinn der britischen Neutralität in diesem Bürgerkrieg, besteht durchaus Anlass, auf die erfolgreiche Verteidigung unserer Stadt stolz zu sein. Anders als von vielen Schwarzsehern prophezeit, die in den vergangenen Wochen die Kampfkraft der Rebellen überschätzt und die unsere geringgeachtet hatten, erwiesen sich die ergriffenen Maßnahmen als effektiv und ausreichend. Das Freiwilligenkorps sorgte mit seinen Wachdiensten dafür, dass innerhalb der britischen Siedlung zu keiner Zeit Panik um sich griff. Tag und Nacht standen tapfere Bürger auf ihren Posten, wo sie es oft sogar vermochten, militärische Pflichterfüllung und Geselligkeit miteinander zu verbinden. Stärkende Speisen und Getränke, herbeigeschafft von den fürsorglichen Bewohnerinnen umliegender Häuser, sorgten für eine feierliche Atmosphäre und zeugten vom Vermögen unserer Mitbürger, auch in Zeiten der Gefahr eine heitere Gelassenheit nicht zu verlieren.

Wir fügen diesem Bericht eine Kopie der den Rebellen übermittelten Nachricht von Botschafter Bruce an. Eine verlässliche Übersetzung ihrer Antwort ist uns bisher nicht zugegangen, wir dürfen aber sicher sein, dass sie wie üblich in höchst anmaßendem und bombastischem Ton gehalten war. Der Botschafter ließ auf Nachfrage verlauten, dass er sich in Zukunft nicht mehr dazu herablassen werde, mit den im Volksmund als ›Changmao‹ (die Langhaarigen) titulierten aufrührerischen Elementen in Kontakt zu treten.

## 14 Am Horizont der Zeit

Hauptquartier von General Zeng Guofan
Qimen, Anfang September 1860

Mit zwei Fingern griff sich der General an die Nasenwurzel und unterdrückte ein Stöhnen. Die Karte, die er hatte anfertigen lassen, zeigte Qimen und die beiden Nachbarkreise im Osten. Der Ort war darauf schwarz markiert, umgeben von roten Punkten für die zweite Linie der Verteidigung. Sie zog sich durch ein Terrain aus bewaldeten Hügeln und menschenleeren Tälern, das er von seinen Inspektionstouren kannte und das wie gemacht war für einen Feind, der sich unbemerkt anschleichen wollte. Der nächste Kreis hieß Yixian, darin gab es einen einzigen roten Punkt und weiter östlich gar keinen mehr. Von dort also, dachte er, trat einen Schritt zurück und kratzte sich am Rücken. Früh am Morgen war er den Hügel hinter der Brücke hinaufgestiegen und hatte den Männern eine Strafpredigt gehalten, die oben im Schatten dösten, statt Wache zu halten. Am Ende des langen Sommers machte sich in seiner Armee Erschöpfung breit, die Aufmerksamkeit ließ nach, aber die Gefahr stieg. Kaiserliche Soldaten, die nach Qimen flüchteten, behaupteten, die Langhaarigen stünden bereits kurz vor Huizhou – wenn das stimmte, waren sie nur noch fünf oder sechs Tagesmärsche entfernt, und die Karte bewies, wie wenig er ihnen entgegenzusetzen hatte. Missmutig wendete sich der General ab, öffnete die Tür und ließ nach Li Hongzhang rufen. Je größer die Sorgen, desto schlimmer wucherte die Flechte auf seiner Haut. Wie ein feindliches Heer eroberte sie Schultern und Oberarme. Was sollte er tun?

So schnell, als hätte er im Flur gewartet, erschien sein Schüler in der Tür. Jeden Morgen gehörte er zu den Ersten im Haus, auch wenn er am Vorabend als Letzter gegangen war. Den alten Herrn Zhi unterrichtete er, ohne zu murren, und mehrmals am Tag rief der General ihn herbei, um sich an seiner Zuversicht aufzurichten. Inzwischen war er, Zeng Guofan, offiziell zum Generalgouverneur befördert worden. Das Schreiben in zinnoberroter Tinte hatte im Hauptquartier Jubel ausgelöst, aber er spürte die Verantwortung wie ein Gewicht auf der Brust. Fortan war er der mächtigste Chinese unter dem Himmel und herrschte über jene drei Provinzen, in denen der Krieg am schlimmsten tobte. Im Norden waren die Barbaren bis Tianjin vorgerückt, weshalb der Kaiser bald gezwungen sein würde, aus dem ganzen Reich Truppen zusammenzuziehen, um die Hauptstadt zu verteidigen. Und dann? Den Befehl zu befolgen hieße, den Feldzug zu sabotieren, den er mit solcher Akribie geplant hatte. Ihn zu verweigern, wäre Hochverrat. Schnellen Blickes überflog er den Text, den sein Schüler ihm reichte. Zuerst musste er den Hof darum bitten, bei der Armee bleiben und einen Stellvertreter nach Shanghai entsenden zu dürfen. Nach den jüngsten Ereignissen war die Stadt am Huangpu die letzte sichere Bastion im unteren Yangtze-Tal, auch wenn niemand verstand, warum die Barbaren sie gegen die Langhaarigen verteidigt hatten. Wollten sie sich nicht mit ihren Glaubensbrüdern verbünden? Als er aufsah, war Li Hongzhangs Blick auf das Go-Brett neben dem Tisch gerichtet. »Ich wusste nicht, dass du dich dafür interessierst«, sagte der General. Es kostete ihn Überwindung, sich im Beisein anderer nicht zu kratzen.

»Ich kenne die Regeln, das ist alles.«

»Du solltest spielen. Es könnte ein paar Eigenschaften kultivieren, die dir abgehen. Beim Go gewinnt, wer sein Ziel nicht überhastet verfolgt, sondern geduldig und mit Weitblick.« Dass sein Schüler förmlich darauf brannte, nach Shanghai entsandt zu werden, war im Hauptquartier ein offenes Geheimnis.

»Sagt Konfuzius nicht an einer Stelle der *Gespräche*, Go zu spielen sei allenfalls besser als eitles Nichtstun?«

»Der Satz wird oft missverstanden. Tatsächlich rät der Meister denen, die zum Nichtstun neigen, sich lieber ins Go-Spiel zu vertiefen. Da er ein anderes Zeichen benutzt, wissen wir aber nicht, ob er dasselbe Spiel meint. Du solltest es versuchen«, wiederholte er und gab das Schriftstück zurück.

»Damit warten wir noch. Wenn der Kaiser den Notstand ausruft, müssen wir sowieso neu planen.«

»Exzellenz, mit Verlaub, Truppen in die Hauptstadt zu schicken, kommt nicht in Frage. Wir können niemanden entbehren.«

»Sag das den westlichen Barbaren. Jedes Verhandlungsangebot lehnen sie ab, die meisten Gesandten werden nicht einmal empfangen. Wenn der Kaiser den Notstand ausruft, schicken wir Truppen, oder willst du Hochverrat begehen?«

Statt zu antworten, deutete Li Hongzhang auf den Stuhl hinter dem Schreibtisch, als wäre er der Hausherr. »Soll ich etwas zu essen kommen lassen?«

»Ich bin nicht hungrig.«

»Vielleicht eine Tasse Tee?«

Er schüttelte den Kopf und ließ sich zu seinem Platz führen wie ein alter Mann. Bleischwer drückte die Müdigkeit auf seine Augen. Die vergangenen Nächte hatte er damit zugebracht, über die Transitsteuer nachzudenken und einzusehen, dass sie nicht so revolutionär war, wie sie auf den ersten Blick erschien. Das könnte helfen, den Hof zu überzeugen. Vor zweitausend Jahren hatte Kaiser Wu Handi alle Händler mit einer Abgabe von sechzig Talern je tausend Taler Einnahmen belegt, stand in Li Hongzhangs Bericht. Der General hatte seinen Adjutanten gebeten, das zu überprüfen, und es stimmte. Boote von über fünf *Zhang* Länge waren ebenfalls besteuert worden, und Wu Handi war nicht irgendwer, sondern hatte vierundfünfzig Jahre regiert, länger als alle anderen Kaiser vor dem großen Kangxi! Man musste verhindern, dass lokale Eintreiber in die eigene Tasche wirtschafteten; wie immer kam es auf die richtigen Männer an, aber undurchführbar war das Ganze nicht. »Hör mir gut zu.« Er sah seinen Schüler an, und plötzlich wusste er nicht mehr, worüber sie zuletzt gesprochen hatten. Go? »Du wirst das Schreiben aufsetzen, ohne das Wort Steuer zu verwenden. Kriegsabgabe kannst du sagen, aber lass nicht den Eindruck entstehen, wir hätten etwas zu verbergen. Stell es so dar, als würden Händler endlich die Chance bekommen, ihren Beitrag zur Landesverteidigung zu leisten. Verstanden?«

»Exzellenz können sich auf mich verlassen. Darf ich fragen, wieso mein Lehrer ...«

»Weil es nötig ist. Wir müssen aufrüsten, und zwar schnell. Mein Bruder schreibt, er sieht in Anqing keine Anzeichen von Panik. Seine Männer bauen Mauern und Wassergräben, aber die Bewohner bleiben ruhig. Als wüssten sie, dass Hilfe naht.«

»Das heißt, unsere Falle funktioniert.«

»Der Köder vielleicht. Das Problem ist, wenn wir Truppen in die Hauptstadt schicken müssen, haben wir bald keine Falle mehr.«

»Sollte der Befehl wirklich ergehen«, sagte sein Schüler, »bitten wir den Hof um genaue Instruktionen. Welche Einheiten werden gebraucht und wo? Im inneren Hof herrscht ein solches Chaos, es wird lange dauern, bis wir die Antwort bekommen.«

»Shao Quan, manchmal verstehe ich dich nicht. Bürokratische Spielchen, wenn es um das Überleben der Dynastie geht?«

»Unser Feind sind die Langhaarigen.«

»Wir sind Untertanen des Kaisers. Das bedeutet, seine Feinde sind die unseren.«

»Exzellenz, der Krieg im Norden ist längst verloren. Gegen die Waffen der Barbaren vermögen Sankolinsins Reiter nichts.« Von dieser Überzeugung war Li Hongzhang einfach nicht abzubringen. Neulich hatte er von einer Söldnertruppe berichtet, die seit kurzem in der Umgebung von Shanghai kämpfte, lauter ausländische Teufel mit ausländischen Waffen, nur das Geld kam von reichen Chinesen. Den Anstoß dazu hatte der Stadtintendant selbst gegeben, als er nicht mehr glaubte, dass die langhaarigen Banditen anders zu besiegen seien. Seitdem überlegte Li Hongzhang, wie man die Söldner für die Belange der Hunan Armee einspannen konnte, und der General fragte sich, ob es überhaupt etwas gab, wovor sein Schüler zurückschreckte.

»Sag mir, warum haben sie Shanghai gegen die Banditen verteidigt?« Die Frage ging ihm nicht aus dem Kopf. »Ich dachte, sie beten zum selben Gott.«

»Ihre eigentliche Religion ist der Handel«, erwiderte sein Schüler. »Wer ihn stört, ist ihr Feind, und das sollten wir ausnutzen. In Hankou wollen sie einen Hafen eröffnen, danach werden sie sämtliche Waren über den Fluss transportieren müssen, mitten durch die Gebiete der Langhaarigen. Wenn wir ihnen klarmachen, dass ihre Schiffe nur sicher sind, solange wir den Yangtze kontrollieren, können wir von ihnen alles bekommen, was uns heute fehlt. Kanonen, Gewehre, Mörser.«

»Nachdem dieselben Waffen unsere Hauptstadt in Schutt und Asche gelegt haben!«

»Wie hat mein Lehrer neulich gesagt: Opfere, um vorwärtszukommen.« Li Hongzhang senkte nicht einmal die Stimme, wenn er so etwas sagte. »Erst nehmen wir mit der Steuer das nötige Geld ein, dann kaufen wir uns die Söldner in Shanghai, danach sehen die Barbaren, dass man mit uns Geschäfte machen kann.«

Einen Moment lang herrschte gespannte Stille. Nein, dachte der General, es gab nichts. Sein Schüler hatte verstanden, dass diesen Krieg nur gewinnen konnte, wer zu allem bereit war. Bloß, was für eine Art von Sieg errang man, nachdem man ihm alles geopfert hatte? Ruckartig stand er auf und deutete zur Tür. »Geh jetzt und setz die Eingabe zur Transitsteuer auf. Das andere besprechen wir, wenn es so weit ist.« Danach stellte er sich ans Fenster und schaffte es nicht, seine Gedanken zu ordnen. Je länger der Krieg dauerte, desto stärker wurde das Gefühl, dass seine Anstrengungen am Ende zwar nicht vergeblich sein, aber ein anderes Resultat zeitigen würden, als er beabsichtigte. Nur welches? Am Nachmittag stand wieder ein Besuch beim alten Herrn Zhi an. Um sich von der Arbeit abzulenken, hatte er damit begonnen, nun musste er an der Gewohnheit festhalten, um die Bewohner von Qimen nicht zu beunruhigen. Jeder seiner Schritte wurde beobachtet. Wenn er zur üblichen Stunde aus dem Hauptquartier trat, flüsterten die Leute, die dort herumlungerten, einander zu: »Ah, er geht zum alten Zhi.« Bog er um die Ecke und passierte den Laden des zahnlosen Barbiers, hörte er ihn zu seinen Kunden sagen: »Da, der General ist auf dem Weg zum alten Zhi.« Marktfrauen boten ihm Obst an und fragten, ob er Herrn Zhi besuche, und wenn er bei dessen Haus ankam, wartete der alte Mann in der Tür und strahlte vor Stolz.

Beim Eintreten empfing ihn stickige Luft. Mücken schwirrten umher, am Fenster wob eine Spinne ihr silbriges Netz, aber die Kammer sah aufgeräumter aus als früher. An der Wand hing eine Kalligraphie in Li Hongzhangs eleganter Handschrift: ›Wer Großes leisten will, braucht kein übermenschliches Talent, nur einen unbeugsamen Willen.‹ Tee stand bereit, und während Herr Zhi redete, kaute er Betelnüsse – fast ohne Zähne! – und spuckte in einen Napf zu seinen Füßen. »Siebzehn Generationen«, antwortete er auf die Frage, wie lange seine Familie schon mit Tee handele. »Wir schicken ihn in alle Winkel des Reichs. Von Kanton aus wird er sogar in die Länder hinter dem Ozean verkauft.« Nach jedem zweiten Satz verbeugte er sich. »Der General ist zu gütig, mich mit seiner Anwesenheit zu beehren.«

»Eine so alte und angesehene Familie. Ist niemand Beamter geworden?«

»Mein dritter Onkel väterlicherseits hat die Prüfung abgelegt, aber danach sagte er: Bücher muss man studieren, Beamte sollen andere werden. Er lebt im Nachbarkreis und züchtet neue Teesorten. Roter Tee ist die Zukunft, sagt er. Der ehrenwerte General ist zu gütig …«

»Wie hat die Familie reagiert?«

»Warum roter Tee?«, erwiderte der Alte und ließ Speichel in den Spucknapf tropfen.

»Ich meine, dass er nicht Beamter werden wollte.«

»Wenn die Zeiten chaotisch sind, ist der klügste Mann der größte Tor. Sagt man nicht so? Er behauptet, in der Gegend um den Gelben Berg gibt es Ton. Auch Kalk und Salpeter. Wir sollen den Ton abbauen und dahin liefern, wo Porzellan hergestellt wird. Das ist die Zukunft, sagt er. Ein wunderlicher Mann, von der Zukunft spricht er oft.«

»Niemand hört auf ihn?«

»Damals, als die Banditen kamen, hat er die gesamte Familie verloren. Seine Frau wurde vor seinen Augen ... zwei Töchter haben sich ...« Herr Zhi warf einen Blick auf den Familienaltar, der an der rückwärtigen Wand der Kammer stand. Für einen Moment bewegten sich nur die Lippen, ohne dass er etwas sagte. »Werden die Langhaarigen zurückkommen?«, fragte er schließlich. »Alle sagen, es wird so schlimm wie damals. Vielleicht schlimmer.«

»Militärische Angelegenheiten sind zwar geheim«, erwiderte der General und senkte die Stimme, »aber so viel kann ich sagen: Wir haben den Verteidigungsring bis an die Grenze der Provinz ausgedehnt. Qimen ist sicher.«

»Der ehrenwerte General ist ...«

»Sicher wie nie, Väterchen.«

Draußen standen die Nachbarn und taten so, als seien sie in ihr eigenes Gespräch vertieft. Die Stimmung im Ort drohte zu kippen. Seit ein Teil der Stadtmauer nicht mehr stand, war der Zustrom flüchtender Truppen kaum noch zu kontrollieren. Auf den Märkten wurde gestohlen, und neulich hatten sich zwei Frauen im Fluss ertränkt, nachdem Soldaten nachts in ihr Haus eingedrungen waren. Seine Männer bewachten die Hügel, aber im Generalstab gingen die Meinungen auseinander: Die einen forderten einen Umzug an den Yangtze, die anderen glaubten wie er, dass man Anqing nicht belagern konnte, solange die Berge ungesichert im eigenen Rücken lagen. In Wahrheit war es jedoch so, dass sich mit zwei Bataillonen nicht viel ausrichten ließ. In den kommenden Tagen stand die Inspektion der Verteidigungsanlagen an, die den Nachbarprovinzen am nächsten lagen. Aus Zhejiang oder Jiangxi würde der Feind kommen, es war nur eine Frage der Zeit. »Dieser Onkel, der mit Tee experimentiert«, sagte der General. »Wie heißt er?«

»Zhi Sanbo. Der ehrenwerte G...«

»Schon gut.« Er winkte ab und erhob sich, für mehr als

eine Stippvisite fehlte ihm die Zeit. »Der Unterricht muss für eine Weile ausfallen, der gute Li Hongzhang wird gebraucht. Wir inspizieren neue Truppen an der Provinzgrenze.«

Der alte Zhi stand ebenfalls auf und verbeugte sich. »Stimmt es, dass die Familie des Generals siebzig Generationen zurückreicht? Bis zu Zeng Zi, dem Schüler des Konfuzius?«

»Wer erzählt das?«

»Was für eine Ehre für einen nichtsnutzigen Mann wie mich!«, rief der Alte. Im nächsten Moment warf er sich bäuchlings auf den Boden und schlug seine Stirn gegen die staubigen Holzplanken. Der General verdrehte die Augen. »Sofort aufstehen, Väterchen!«

»Eines Tages wird der General der mächtigste Mann unter dem Himmel sein. Unter ihm wird das Reich zurückfinden ...«

Verärgert zog er den Alten auf die Füße und klopfte ihm das Gewand ab. Flecken von Tee und Betelnusssaft bedeckten den durchgescheuerten Stoff. »Von wem hast du diesen Unfug?«

»Überall spricht man davon. Die Hunan Armee wird erst Nanking befreien und dann in die Hauptstadt ziehen.«

»Um dem Kaiser gegen die Barbaren beizustehen?«

»Um ihn zu verjagen und den General auf den Thron zu ...«

»Bist du verrückt!« Beinahe hätte er sich vergessen und den Mann geohrfeigt. Wenn solche Gerüchte den Hof erreichten, würde man ihn in die Hauptstadt rufen und öffentlich enthaupten. Ohne das aufgeregte Getuschel der Nachbarn zu beachten, hielt der General den alten Zhi am Kragen. »Wenn du das nächste Mal so etwas hörst, Väterchen, kommst du ins Hauptquartier und meldest es. Wer solchen Unfug verbreitet, ist unser Feind. Ist das klar?«

»Der ehrenwerte General kann sich auf mich verlassen.«
Ohne ein weiteres Wort verließ er die Kammer. In manchen Momenten erschien ihm seine Aufgabe unlösbar. Um den Krieg zu gewinnen, brauchte er dringend Geld und Verstärkung, also die Transitsteuer und mehr Soldaten, aber je mächtiger die Hunan Armee wurde, desto misstrauischer wurde sie am Hof beäugt. In dieser Situation eine neue Steuer einzuführen, war nicht nur organisatorisch schwierig, sondern auch ein enormes Risiko. Wie viele Männer brauchte es, um die Zollstationen zu besetzen, und woher sollte er sie nehmen? Musste man sie bewaffnen? Wie würden lokale Beamte darauf reagieren? Mit versteinerter Miene drängte er sich durch die Menge vor dem Hauptquartier und betrat seine Schreibstube. Sollte er in die Hauptstadt reisen, um dem Kaiser persönlich darzulegen, was er plante? Die Rückkehr der westlichen Barbaren hatte am Hof für Panik gesorgt, angeblich wurden bereits Fluchtpläne geschmiedet. Den Himmelssohn jenseits der Mauer in Sicherheit zu bringen, hielten die einen für unumgänglich, die anderen befürchteten einen Gesichtsverlust, den die Dynastie nicht überleben würde. Er musste vor das heilige Antlitz treten, seine Treue schwören und in aller Ausführlichkeit begründen, warum die Hunan Armee nicht nach Norden ziehen konnte, ehe Anqing erobert war. Und er musste es tun, bevor der Kaiser die Hauptstadt verließ und der Himmel einstürzte.

Wie immer arbeitete er bis zum Einbruch der Dunkelheit. Das Abendessen nahm er allein zu sich, danach wurde es still im Hauptquartier. In der Ferne zog ein Gewitter auf. Vom Bett aus hörte er, wie draußen die Nachtwachen patrouillierten und einander Meldung machten. Sieben Jahre Krieg hatten ihn mit genug Stoff für Alpträume bis an sein Lebensende versorgt, er musste nicht einmal die Augen schließen. Als wenig später Blitze zuckten und die ersten Donnerschläge krachten, sah er brennende Boote über den Poyang-See treiben. Ein Angriff mitten in der Nacht. Damals hatte er den heiligen Befehl befolgt und die Wertschätzung des Kaisers trotzdem verloren. Masten waren gebrochen und hatten die Schädel seiner Soldaten zertrümmert. Nie würde er vergessen, wie ihre Schreie durch die Dunkelheit gehallt waren. Verzweifelt hatte er sich ins Wasser gestürzt, Chen Nai hatte ihn wieder herausgezogen, und nun spürte er die Nähe des Todes erneut. Entweder auf dem Kohlmarkt der Hauptstadt oder auf dem Schlachtfeld würde es passieren, aber das Wissen ängstigte ihn nicht. Er hatte so viele Tote gesehen, dass er sich manchmal wünschte, auch er hätte es hinter sich. Entsetzen befiel ihn erst, wenn er an das dachte, was am Horizont der Zeit heraufzog. Auf einmal sprachen alle von der Zukunft und fragten sich, was sie bringen würde. Er wusste es. Spürte es langsam auf sich zutreiben wie ein Schiff ohne Anker. Schlaflos lag er im Bett, starrte mit aufgerissenen Augen in die Finsternis und zählte die Leichen auf dem Wasser.

Kaum war die Sonne aufgegangen, verließ der General mit seiner Entourage die Stadt. Chen Nai behauptete, außerhalb von Qimen sei es zu gefährlich für ihn, aber er wollte sich selbst ein Bild der Lage machen. Bläulicher Morgendunst hing über dem Fluss, als sie in einer Gruppe von zwanzig Reitern die Brücke überquerten. In den Wiesen brannten Lagerfeuer, Männer verzehrten ihr Frühstück und erkannten ihn bestimmt schon von weitem an seiner verkrampften Haltung. Als er in Changsha zum ersten Mal die Reihe seiner Rekruten abgeritten war, hatte ihn das Pferd vor aller Augen aus dem Sattel geworfen. Eines dieser mongolischen Ponys, die genau spürten, wenn jemand nicht auf einem Pferderücken zur Welt gekommen war. Jetzt ritt Li Hongzhang neben ihm und führte vor, wie ein geübter Reiter die Zügel hielt, einhändig nämlich, um mit der freien Hand hierhin und dorthin zu zeigen. Im Grunde brauchte er gar kein Pferd, seine Füße berührten sowieso fast den Boden. »Herr Zhi sagt, Exzellenz hätten ihn erneut mit einem Besuch beehrt?«

»Du warst nicht heute früh schon bei ihm?«

»Um ihm Aufgaben für die kommenden Tage zu geben. Nach dem Besuch Eurer Exzellenz war er so aufgeregt, dass er die ganze Nacht nicht schlafen konnte. Siebenmal musste er raus, um sich zu erleichtern.«

Er wollte seinem Schüler einen tadelnden Blick zuwerfen, schaffte es aber nicht und ließ die Respektlosigkeit unerwidert.

»Exzellenz haben ihm angeblich gesagt, ich würde jetzt anderswo gebraucht? Es klang so, als sollte der Unterricht nicht fortgesetzt werden.«

»Glaubst du, du konntest ihm helfen?«

»Ich habe mich bemüht. Leider ist sein Gedächtnis nicht viel stärker als seine Blase.«

»Hast du dich auch bemüht, ihn deine Herablassung nicht spüren zu lassen?«

»Exzellenz, es ist Eurem Schüler bewusst, dass es nicht um den alten Zhi, sondern um eine Bewährungsprobe ging. Darf ich fragen, ob ...«

»Wenn du das denkst«, sagte er, »hast du sie nicht bestanden.« Sie näherten sich der weißen Pagode, die er jeden Tag von seinem Büro aus sah. Am Wegrand stand ein halb verfallener Tempel, wo er alle Männer absteigen und zur Göttin Guanyin beten ließ, bevor sie den Weg fortsetzten. Im Licht des beginnenden Tages glänzten die Hügel, die Luft war angenehm frisch und kühl, am Himmel kreisten Raubvögel. Erst als sie in Zweierreihen einen steilen Pfad hinaufritten, setzte der General das Gespräch fort. »In Yixian lebt ein Gelehrter«, sagte er. »Ein Onkel des alten Zhi, der glaubt,

400

dass es in der Gegend Salpeter gibt. Wir werden ihn besuchen und uns zeigen lassen wo. Wir brauchen allen Salpeter, den wir kriegen können. Außerdem müssen wir einen geeigneten Ort finden, um daraus Schießpulver herzustellen, und Kanonen, um es zu verwenden. Dafür benötigen wir Geld.« Links und rechts des Pfades erstreckten sich Teefelder mit sorgfältig gestutzten Pflanzen, auf denen niemand arbeitete. »Du weißt, dass ich dich erst am Jahresende für einen Posten vorschlagen kann. So lange warten wir nicht, in Shanghai ist sowieso bekannt, dass du zu mir gehörst. Ehe das Jahr um ist, will ich Zollstationen entlang der wichtigsten Handelsrouten haben. Wenn genug Geld beisammen ist, wirst du es nicht den ausländischen Söldnern hinterherwerfen, sondern in Anhui eine neue Armee ausheben. Nur Offiziere, deren Familien du kennst. Wer plündert, wird hingerichtet, genau wie bei uns. Ist das klar?« Zum ersten Mal zeigte sich auf der Miene seines Schülers so etwas wie Ehrfurcht. »Sei vorsichtig bei allem, was du tust. Stoß die Leute nicht vor den Kopf, sondern bezeuge ihnen Respekt. Dein größter Feind, Shao Quan, sind nicht die Langhaarigen. Es ist deine Arroganz.«

»Exzellenz können sich auf mich verlassen.«

»Wie du siehst, tue ich das. Es wird deine Armee sein, für die du allein verantwortlich bist. Enttäusch mich nicht noch einmal.«

Nach einiger Zeit löste sich der Nebel auf, und es wurde wärmer. Der Pfad führte über einen Bergrücken, aus dem rundliche Erhebungen ragten, die wie Grabhügel aussahen. In der Ferne verschwamm die Landschaft zu einem metallischen Schimmern. Im Herbst sind die Berge verschwiegen und ernst, ging ihm durch den Kopf, als hüteten sie ein Geheimnis. Ein Bach gab ihnen Gelegenheit, die Pferde zu tränken, aber kaum saßen sie wieder im Sattel, stieß die Vorhut zwei kurze Pfiffe aus. Sofort sprangen alle ab und zogen die Schwerter. Drei Männer brachten den General hinter einem Felsvorsprung in Sicherheit. »Das muss jemand von uns sein«, flüsterte er und behielt recht. Der nächste Pfiff signalisierte Entwarnung. Es war eine fünfköpfige Gruppe, die ihnen zu Fuß entgegenkam, der ranghöchste Offizier ein Korporal namens Liu. Sie seien auf dem Weg nach Qimen, sagte er, um die Gefangennahme von einem Dutzend Banditen zu melden.

»Wann und wo?«, fragte der General.

»Am letzten Wachposten vor Yixian, Exzellenz. Vorgestern bei Einbruch der Nacht.«

»Verluste?«

»Zwei Mann. Die Langhaarigen hatten Lanzen und Schwerter, keine Feuerwaffen.«

»Und es wurden Gefangene gemacht? Ein ganzes Dutzend?«

»Wir wollten erst Meldung erstatten, bevor wir sie ...«

»Konnten Sie was aus ihnen rausbekommen?«

»Sie müssen aus dem Süden stammen, Exzellenz. Niemand von uns versteht sie.«

»Was machen sie dann hier?«

»Wie gesagt, wir haben es versucht, aber nichts erfahren.«

»Gut.« Er zuckte mit den Schultern. »Führen Sie mich hin, Korporal.«

Der Wachposten befand sich am Rand eines spitz zulaufenden Plateaus. Hier und da brach grauer Fels durch den Boden. Als sie ankamen, waren es nur noch neun Männer, die gefesselt unter einem hohen Ginkgo lagen und aus Nase, Mund und Ohren bluteten. Drei Tote hatte man bereits aussortiert. Das Feixen der Wachen verstummte, als der General näher trat, um die Gefangenen zu betrachten. Ihre Klei-

402

dung war zerschlissen, die roten Tücher hatte man aus ihren Haaren entfernt und als Fesseln verwendet, aber der säuerliche Geruch in der Luft ging von den Früchten des Baums aus. Nur zwei Gefangene trugen Schuhe. »Von wo sind sie gekommen?«, fragte er.

Der Korporal zeigte in die Richtung blassgrüner Wälder, die sich über eine Hügelkette im Osten zogen. »Etwa einen Tagesmarsch entfernt von hier«, erklärte er, »liegt ein Pass, den die Einheimischen Schafstall-Pass nennen. Vielleicht wollten sie erkunden, ob er sich als Korridor für eine Armee eignet. Wenn ich einen Vorschlag machen darf ...« Er wartete ab, bis der General nickte. »Bis dorthin sollten wir die Verteidigungslinie erweitern, Exzellenz. Falls wir genug Männer haben.«

»Wo liegt Huizhou?«, fragte er und folgte der Hand des Korporals, die etwas weiter nach Süden wies. Das Tal unter ihnen sah aus wie der Grund eines ausgetrockneten Sees. »Von dort können sie nicht gekommen sein?«

»Wenn sie uns täuschen wollten. Auszuschließen ist es nicht.«

»Haben Sie Information über die Armee, die sich dort versammeln soll?«

»Exzellenz, wir waren zu zehnt. Ein so weites Gebiet zu überwachen, ist unmöglich. Die Bewohner von Yixian verraten nichts, sie haben Angst.«

»Und die Gefangenen? Sollen wir nach jemandem schicken, der ihren Dialekt versteht?«

»Mit den drei Toten haben wir alles versucht. Das Einzige, was aus ihnen rauszukriegen war, klang nach Flüchen.«

»Ich würde es gern noch einmal probieren.« Li Hongzhang hatte sich zu ihnen gesellt und machte einen Schritt in Richtung des Baums. »Mit den beiden, die Schuhe tragen.«

»Shao Quan, du hast den Korporal gehört. Es sind Fanatiker, sie sterben gern.«

»Niemand will ihnen das Vergnügen nehmen. Wenn eine Armee im Anmarsch ist, müssen wir das aber wissen. Selbst wenn wir den Verteidigungsring weiter ziehen – bis nach Qimen braucht der Feind vier bis sechs Tage.«

Statt seinen Schüler zurückzuhalten, entfernte sich der General ein paar Schritte von den Gefangenen. Den Korporal wies er an, schon mal mit den restlichen sieben zu beginnen. »Sonst hatten sie nichts bei sich? Karten, Briefe, einen schriftlichen Befehl?«

»Bei einem haben wir ein Gebetbuch gefunden. Es liegt dort drüben.«

»Verbrennen Sie es mit allem anderen. Die Waffen?«

»Offenbar selbst gefertigt. Nicht der Rede wert.«

»Gut, Korporal. Schreiben Sie einen Bericht mit den Namen der beiden Gefallenen. Ich schicke Ihnen Verstärkung, dann verlegen Sie zehn Mann an den Schafstall-Pass, aber seien Sie vorsichtig. Die Langhaarigen können überall sein.« Um dem grellen Sonnenlicht zu entkommen, hockte er sich in den Schatten des Wachpostens und schloss die Augen. Auf einmal war er so erschöpft, als hätte er den ganzen Weg zu Fuß zurückgelegt. Ihm fiel ein, wie er als Kind zum ersten Mal einer Exekution beigewohnt hatte. Mit acht oder neun Jahren. In der Kreisstadt war eine Räuberbande festgenommen worden, und von überall strömten Menschen herbei, um sie sterben zu sehen. Sein Großvater war seinerzeit Dorfältester gewesen und hatte ihm erlaubt, mitzukommen. Es war ein weiter Weg durch die Felder, und die ganze Strecke über trug sein Vater den Großvater auf dem Rücken, denn dort, wo sie wohnten, gab es keine Sänften.

Den Marktplatz der Kreisstadt hatte er nie zuvor so überfüllt gesehen. Auf Kisten und Gemüsekarren, gestapeltem

Brennholz und Fenstersimsen, überall standen Menschen und reckten den Hals, aber weil sie zum Großvater gehörten, wurden sie durchgelassen bis ganz nach vorn. Dort erst sah er die Banditen, heruntergekommene Gestalten mit wirr abstehenden Haaren und verquollenen Gesichtern. Aneinandergebunden hockten sie vor dem Yamen des Magistrats, bewacht von Männern mit langen Säbeln. Der Magistrat wendete sich an die Menge und zählte die Verbrechen auf, die von Diebstahl und Erpressung bis zum Mord reichten. Dann gab er ein Zeichen. Je zwei Soldaten führten einen Mann herbei und zwangen ihn auf die Knie. Er musste sich vornüberbeugen, bis das Gesicht fast den Boden berührte, jemand zog an seinen Haaren, um den Nacken zu straffen, und ein anderer hieb ihm den Kopf ab. Beim ersten Mal ging ein Raunen durch die Menge. Der Körper kippte zur Seite, aus dem offenen Hals spritzte Blut. Während die Soldaten die Leiche beiseiteschafften, wurde bereits der nächste Delinquent herangeführt. Keiner von ihnen sagte etwas, alle starben stumm. Ihre Körper wurden weggeräumt, die Köpfe stapelte man zu einer Pyramide, und der General glaubte sich zu erinnern, dass er enttäuscht gewesen war. Ein Spektakel hatte er erwartet, Hass, Angst und Geschrei, aber die Leute schauten bloß zu, und die Banditen warteten, als stünden sie um Suppe an. Ein feucht-heißer Tag im August. Auf dem Rückweg trug sein Vater wieder den Großvater, und er schleppte den Korb mit Gemüse, das sie gekauft hatten.

Seitdem hatte er Tausende sterben sehen. Kurz nach dem Tod der Mutter war er nach Changsha gerufen worden, um die Langhaarigen zu vertreiben. Bei seiner Ankunft waren sie bereits weitergezogen, aber in der zerstörten Stadt herrschte der Hunger und machte die Menschen rebellisch. Hinrichtungen, hatte er gedacht, seien das beste Mittel, um für Ordnung zu sorgen, also hatte er ein Meldebüro eröffnet, wo jeder Bürger Anzeige erstatten konnte – schon bald waren täglich Hinweise auf Tagediebe, Herumtreiber und Trinker eingegangen, die seine Männer aufgriffen und an Ort und Stelle exekutierten. Jetzt wehte der Wind das vertraute Geräusch heran, mit dem eine Klinge zwischen Kopf und Körper fuhr. Die Leichen wurden in die Schlucht geworfen, dann schaute der General zum Ginkgo, dessen Blätter sich bereits verfärbten, obwohl der Herbst kaum begonnen hatte. Im Schatten unter den Ästen erklangen gedämpfte Schreie, der säuerliche Gestank in der Luft wurde immer penetranter. Kurz darauf stand sein Schüler auf, warf etwas ins Gebüsch und gab den Soldaten ein Zeichen. »Verdammte Bestien!«, fluchte er. »Kein Wort geben sie von sich.«

Der General bezwang einen Anflug von Übelkeit und nickte. »Du hattest recht damals mit deiner Warnung vor Qimen. Es gibt keine Fluchtwege.«

»Wir müssen die vier Bataillone zurückrufen, die wir nach Anqing geschickt haben. Wenn der Feind kommt, werden sie hier gebraucht.«

»Leider kann mein Bruder sie nicht entbehren. Die Belagerung würde zusammenbrechen.«

»Um nach Anqing zu gelangen, muss der vieräugige Hund durch diese Berge ziehen. Wir können die Belagerer nur schützen, indem wir seine Truppen hier stoppen.« Der Mann, den sein Schüler meinte, war einer der fähigsten Generäle der Langhaarigen. Sein Spitzname kam von zwei Muttermalen auf der Stirn, die angeblich aussahen wie ein Paar zusätzlicher Augen. Da seine Familie in Anqing wohnte, rechneten alle damit, dass er den Angriff führen würde.

»Wann, glaubst du, wird er kommen?«

»In diesem Jahr nicht mehr«, sagte Li Hongzhang und setzte sich ins Gras. »Die Feldzüge im Yangtze-Tal haben viel Kraft gekostet. Wenn Exzellenz seinen Bruder überzeugen kann, auf die Bataillone zu verzichten – die Zeit reicht, aber sie drängt.«

»Und wenn die Gerüchte stimmen, dass der Feind schon in Huizhou ist?«

Darauf antwortete sein Schüler nur mit einem Kopfschütteln. Wortlos sahen sie zu, wie die beiden letzten Banditen zum Rand des Plateaus geschleift wurden. Noch zweimal fuhr das Schwert herab, dann streuten die Soldaten Erde in die Blutlachen und gingen zu ihren Pferden. »Du reitest allein weiter«, sagte der General, ohne sich zu rühren. »Der Mann heißt Zhi Sanbo. Frag ihn nach dem Salpeter und nach der Situation in Huizhou. Seine Familie ist tot, er hat nichts zu verlieren. Ich kehre zurück nach Qimen und schicke Verstärkung. Sobald die Lage hier unter Kontrolle ist, reise ich in die Hauptstadt.«

Überrascht sah Li Hongzhang ihn an. »Wozu das?«

»Wenn die Barbaren kommen, kann es gut sein, dass der Kaiser nach Rehe gebracht wird. Wer dann die Regierungsgeschäfte führt, weiß ich nicht, aber wir brauchen Klarheit. Der Hof muss wissen, dass er uns vertrauen kann. Ich werde meinen Mentor Mushun besuchen, vielleicht kann ich über ihn was erreichen. Sag nichts«, fügte er hinzu, weil sein Schüler ihn auf die Risiken eines solchen Schrittes hinweisen wollte. »Falls sie mich verhaften, berate dich mit meinem Bruder. Gebt auf keinen Fall Anqing auf! Wenn ich zurückkomme, kannst du nach Shanghai fahren und die Steuer eintreiben. Wir haben zu lange mit gebundenen Händen gekämpft. Es wird Zeit, dass der Tiger Flügel bekommt.«

»Exzellenz können sich auf mich verlassen.«

»Als mein Stellvertreter bist du nicht befugt, mit dem Kaiser zu kommunizieren. Wenn ich von einem einzigen Brief höre, den du in die Hauptstadt schickst, sorge ich dafür, dass du nach Yili verbannt wirst, ist das klar? Sieh mich an«, sagte er und wartete, bis sich die harten runden Augen seines Schülers ihm zuwendeten. Li Hongzhang sah aus, als hätte man das Wort ›glattköpfig‹ eigens für ihn erfunden. Wahrscheinlich brauchte die Zukunft Männer wie ihn. »Ich weiß, was in dir vorgeht, Shao Quan. Du hast große Ziele, und ich bin sicher, du wirst sie erreichen. Vergiss bloß nicht, was im Buch *Guanzi* steht: Wenn das Scheffel zu voll ist, streicht der Mensch es glatt; ist der Mensch zu voll von sich selbst, streicht der Himmel ihn glatt. Verstehst du, was ich meine?«

»Euer Schüler wird vorsichtig sein.«

»Früher in Hunan dachte ich, es sei wichtig, möglichst hart durchzugreifen. Die Leute sind mir gefolgt, aber hinter meinem Rücken haben sie mich General Kopf-ab und Metzger Zeng genannt. Es war meine Schuld, dass sie keinen Respekt hatten, nur Angst. Du musst es besser machen. Glaubst du, du bist bereit?«

»Ich, Li Hongzhang, werde meinen Lehrer nicht enttäuschen.«

»Wenn du mit den Barbaren zu tun hast, sieh dich vor. Ich verbiete dir nicht, sie für dich arbeiten zu lassen, aber sei gewarnt. Noch können wir es nicht mit ihnen aufnehmen. Eines Tages mag sich das ändern, aber wenn wir bis dahin so geworden sind wie sie, haben wir trotzdem verloren. Es gibt einen Unterschied zwischen ihnen und uns, und wir müssen dafür sorgen, dass es so bleibt.« Im Aufstehen wurde ihm für einen Moment schwarz vor Augen. Er spürte, dass sein Schüler ihn am Arm fasste. Am Horizont zogen dunkle Wolken auf, ganz plötzlich kühlte die Luft ab, und der General zuckte erschrocken zusammen: Wie in einem bösen Traum sah er seinen Kopf über den Kohlmarkt der Hauptstadt rollen.

*Audienz seiner Majestät mit Prinz Sankolinsin,*
*General des Linken Hinteren Horqin-Banners*
*20. Tag 7. Mond 10. Jahr der Herrschaft*
*Xianfeng*

僧格林沁亲王觐见皇上
科爾沁左翼後旗將
咸豐十年七月二十日

Kaiser: Was ist so dringend, dass der Prinz von sich aus um eine Audienz ersucht?

Prinz: Auf dem Boden ausgestreckt, fleht Euer Diener darum, dass Majestät ihm Sein heiliges Gehör leihen.

Kaiser: Er möge sich aufrichten und sprechen.

Prinz: Wie Majestät wissen, sind die westlichen Barbaren bis nach Tianjin vorgedrungen. Trotz größter Anstrengung hat Euer Diener es nicht vermocht, ihren Vormarsch aufzuhalten. Die Kanonen, die sie besitzen, sind von unvorstellbarer Feuerkraft. Mit eigenen Augen sah Euer Diener, wie das Feuer vom Himmel regnete und unsere Männer vernichtete. Den Feind selbst sahen wir nicht.

Kaiser: Gleichwohl erinnern Wir uns an die Zuversicht des Prinzen im vergangenen Jahr. Die Barbaren wurden zurückgeschlagen, und er glaubte, sie für immer vertrieben zu haben. Erinnern Wir uns falsch?

Prinz (will den Kotau vollführen): Euer Diener ...

Kaiser: Wir sagten, er möge aufrecht sitzen!

Prinz: Es ist so, wie Majestät sagen.

Kaiser: Und nun, ein Jahr später, vermag der Prinz nichts gegen sie? Auf unserem eigenen Boden sollen wir zu schwach sein, uns der Eindringlinge zu erwehren? Der Prinz hat sich im Kampf gegen die langhaarigen Banditen große Verdienste erworben und die Barbaren von der Küste vertrieben. Wie kann er jetzt so sprechen? Würde der Himmel es dulden, wenn unser Reich vor ihnen die Waffen streckt?

Prinz: Eurem Diener fehlen die Worte, seine Beschämung auszudrücken.

Kaiser: Sogar Frauen und Kinder wissen, dass die Forderungen der Barbaren unerfüllbar sind. Dass sie sich an unseren Küsten angesiedelt haben, gleicht einer Erkrankung der vier Gliedmaßen des Körpers. Der Yangtze jedoch ist die Lebensader des Reiches; würde auch er befallen, hätte die Krankheit die inneren Organe erreicht. Will der Prinz das?

Prinz (vollführt den Kotau): Niemals!

Kaiser: Den Barbaren zu erlauben, Häfen im Landesinneren zu eröffnen, wäre so, als hielte man einen Tiger im eigenen Haus. Ist es das, was der Prinz Uns raten möchte?

Prinz: Voller Verzweiflung bekennt Euer Diener, dass der Tiger bereits in den Garten ...

Kaiser: Die Wachen waren unaufmerksam. Sie haben ihn hereingelassen, nun müssen sie ihn fangen und töten. Hat der Prinz einen Plan?

Prinz: Mit vor Scham brennendem Herzen bekennt Euer Diener sein Versagen.

Kaiser: Hindert ihn die Scham am Denken? Ob er einen Plan hat, den Tiger zu fangen?

Prinz (vollführt den Kotau): Es kann nur gelingen, wenn das Tier müde ist.

Kaiser: Unser Reich ist so weit, dass sich jedes Tier darin müde laufen kann. Weiter!

Prinz: Wenn es sich um ein Rudel handelt, muss man die Tiere trennen und einzeln jagen. Man muss es ihnen erschweren, Nahrung zu finden. Gleichwohl sind sie in hungrigem Zustand doppelt gefährlich. Auf dem Boden ausgestreckt, fleht

Euer Diener seinen Herrscher an, die Hauptstadt zu verlassen, bis die schrecklichen Bestien erlegt sind.

Kaiser: Der Prinz rät Uns zur Flucht? Wie könnten Wir unseren Ahnen gegenübertreten, würden Wir im Moment der Gefahr die Hauptstadt verlassen?

Prinz: Seit dem Beginn der Dynastie ist es Sitte, dass der Himmelssohn einmal im Jahr ins Land seiner Vorväter zurückkehrt, um zu jagen ...

Kaiser: Genug! Der Prinz erzürnt Uns mit seinem mangelnden Kampfgeist. Der Sommer ist zu Ende, in drei Monden werden die Flüsse zufrieren. Die Barbaren kennen das Reich nicht, in das sie gewaltsam eingedrungen sind. Kanonen mögen sie haben, aber an Zahl sind sie Unseren Truppen weit unterlegen. In fünf Tagen wird der Prinz seinen Namen erneut für eine Audienz präsentieren und Uns seinen Plan vorstellen. Für heute darf er gehen.

## 15 Die roten Mauern von Peking

Auf dem Vormarsch nach Peking,
September 1860

Die Nächte wurden kühler, und es regnete viel. Jeden Morgen erwachte Lord Elgin aus einem unruhigen Schlaf, betrachtete die grotesken Fabelwesen an der Wand seiner Unterkunft und fragte sich, was die Chinesen im Schilde führten. Ihre schriftlichen Nachrichten waren so undurchschaubar wie ihr Lächeln, voller rhetorischer Kratzfüße endeten sie jedes Mal mit der Aufforderung, die Engländer möchten sich bitte in die Peiho-Mündung zurückziehen, um auf neue Anweisungen zu warten. Die Lösung, schien das zu heißen, war zum Greifen nah, das Ende des Konflikts stand unmittelbar bevor – aber nichts geschah! Eine Delegation unter der Führung des alten Guiliang erreichte Tianjin und gab sich in allen Streitfragen kompromissbereit, bis herauskam, dass der Chefunterhändler von vor zwei Jahren keinerlei Befugnisse mehr besaß. Er sei geschickt worden, um zu reden, bekannte er, für einen Vertrag würde er sich neu autorisieren lassen müssen und das könne dauern. Ob Engländer und Franzosen nicht so lange in der Peiho-Mündung warten wollten? Es war immer dieselbe Leier, wieder und wieder, und am 8. September hatte Lord Elgin genug. Der Marschbefehl wurde erteilt und die Unterkunft geräumt, zwei Tage später schlug die Armee ein Camp in der Nähe des Dorfes Pukou auf.

Sofort entstanden neue Probleme. In der Sommerhitze

hatten sich die indischen Glockenzelte bewährt, bei Regen begannen sie zu lecken. Am Morgen des 11. meldete die Wache, alle chinesischen Kutscher seien mitsamt den Eseln und dem Proviant verschwunden. Reiterstaffeln durchstreiften die Umgebung, ohne eine Spur zu finden. Zwei Tage lang gab es nur Sardinen und trockene Kekse, und General Grants Stab versuchte fieberhaft, Nachschub über den Fluss zu organisieren. Der Regen wurde stärker. Auf dem Land ging es kaum voran, weil der Boden aufweichte und aus den frisch geernteten Hirsefeldern spitze Stiele ragten, an denen sich die Pferde verletzten. Am Nachmittag des 13. erreichten sie He-xi-wu, wo der schiffbare Teil des Peiho endete, und der General ordnete eine zehntägige Marschpause an, um ein Depot anzulegen. Die Entfernung von der Küste betrug inzwischen über neunzig Meilen, nach Peking waren es noch knapp vierzig, und bis zum Einbruch des Winters blieben acht bis zehn Wochen.

Lord Elgin bezog einen halb verfallenen Tempel nahe dem Stadttor. Maddox und der aus Kanton herbeigerufene Konsul Parkes brachen auf, um die nächste Delegation zu treffen, die angeblich nicht aus niederen Beamten, sondern aus Blutsverwandten des Kaisers bestand. Acht Stunden dauerte die Zusammenkunft, und als die beiden Unterhändler spätnachts zurückkehrten, brachten sie tatsächlich gute Nachrichten mit: Die Chinesen hatten eingewilligt, die Alliierten bis Tongzhou vorzulassen. Dort würden sie kampieren, während der Sondergesandte mit einer Eskorte von tausend Mann in die Hauptstadt reiste, um in Gegenwart des Kaisers den Vertrag zu unterzeichnen. Es klang zu schön, um wahr zu sein, und Lord Elgin erlaubte sich keinen Anflug von Genugtuung. »Glauben Sie daran?«, fragte er stattdessen. Gegen die feuchte Kühle hatte er sich seinen Mantel übergeworfen und trank heißen Grog. Das Gebäude war ungastlich, morsche Holztüren klapperten in der Zugluft, außerdem roch es nach Schimmel und Ruß.

»Sir, Prinz Cai ist ein Vetter des Kaisers«, entgegnete Parkes zuversichtlich. »Uns wurde versichert, dass wir ihm glauben können, als hätte der Herrscher selbst gesprochen.«

»Eine andere Frage ist, Sir, ob wir dem Kaiser vertrauen würden.« Maddox sprach leise und ohne seinen Rivalen anzusehen. »Im Übrigen raten Mandarine ja selten davon ab, ihnen zu glauben.« Seit Parkes' Ankunft im Norden wetteiferten beide Männer um die Gunst ihres Vorgesetzten und nutzten jede Gelegenheit, sich auf Kosten des anderen zu profilieren. Maddox ging dabei besonnener vor, aber Parkes war gerissener, und obwohl Lord Elgin ihn nicht mochte, befolgte er meistens den Rat des Konsuls. Sein Sekretär trug zu viele Bedenken mit sich herum und wusste zwar alles besser, lieferte aber keine Resultate. »Nun, an irgendeinem Punkt müssen wir ihnen glauben«, sagte er also und blies in sein Glas, »anders kommen wir nie zu unserem Abkommen. General Grant tut, was er kann, aber bis das Depot gefüllt ist, sitzen wir sowieso fest und zeigen guten Willen. Niemand soll uns vorwerfen, nicht alle diplomatischen Mittel ausgeschöpft zu haben.«

»Sir, ich schlage vor, dass ich am Montag noch einmal nach Tongzhou reite, um die Details zu klären.« Konsul Parkes war ein kleinwüchsiger, drahtiger Mann von geradezu legendärer Beharrlichkeit. Vor einigen Jahren hatte er den Statthalter von Amoy um die Baugenehmigung für ein neues Konsulat ersucht. Der Mandarin hatte ihn mit Ausreden hingehalten und sich auf eine Tour durch seinen Distrikt begeben, aber Parkes war ihm gefolgt. Obwohl er als Ausländer den Vertragshafen nicht hätte verlassen dürfen, jagte er den Statthalter quer durch die Provinz, wochenlang, bis der arme Mann endlich aufgab und eine Genehmigung ausstellte, auf die England drei Jahre gewartet hatte. Seitdem griffen britische Diplomaten zur Drohung ›Wir schicken Parkes‹, wenn sich die Chinesen stur stellten. Der Konsul war ein Hitzkopf, ein Bully und ein Streber, aber zum Glück so ungebildet, dass man keine Angst haben musste, er könnte plötzlich über deutsche Philosophie dozieren.

»Gut«, sagte Lord Elgin. »Mr Maddox wird Sie begleiten. Erst einmal danke ich Ihnen für Ihren Einsatz. Wollen Sie ein Glas Grog gegen die Kälte?«

»Vielen Dank, Sir. Ein andermal.« Ein Asket war Parkes nämlich auch noch.

»Exzellenz.« Statt seine Niederlage einzusehen, machte Maddox einen Schritt nach vorn. »Ich gebe zu bedenken, dass es sich um eine Finte handeln könnte. General Sankolinsin hat seine Kavallerie nach Tongzhou beordert, bis zu sechzigtausend Mann. Wir kommen auf weniger als fünftausend, solange sich der Rest noch auf dem Marsch …«

»Mr Maddox«, unterbrach Lord Elgin förmlich, »ich weiß Ihre Besorgnis zu schätzen, aber für militärische Fragen ist General Grant zuständig.«

»Mir sind unterwegs Plakate aufgefallen, Sir, die es den Bauern um Tongzhou untersagen, die Hirse zu ernten. Überall sonst sind die Felder bereits kahl.«

»Die Hirse, in der Tat. Ihnen entgeht wirklich nichts.«

»Sir, sie steht mancherorts zwölf bis vierzehn Fuß hoch. Selbst Reiter auf Pferden sind dahinter nicht auszumachen.«

Nun trat Parkes einen Schritt nach vorn, und Lord Elgin wurde ungeduldig. Mitternacht war lange vorüber, und die kleinbürgerliche Verbissenheit, mit der die beiden ihren Wettstreit führten, ermüdete ihn zusätzlich. »Sir, wir haben unterwegs lediglich eine berittene Division gesehen, etwa zweitausend Mann. Keine Anzeichen von Feindseligkeit. Wenn Sie mir die Einschätzung gestatten, Sir, ein Mitglied der kaiserlichen Familie lässt sich nicht für eine Finte einspannen. Es wäre unter seiner Würde.«

»Sie halten das Angebot für vertrauenswürdig?«

»Ja, Sir.«

»Gut. Wir bleiben auf der Hut. Sie beide reiten am Montag nach Tongzhou und halten die Augen offen. Beobachten Sie alles, auch die Hirse …« Als Parkes ein amüsiertes Schnauben hören ließ, hielt Lord Elgin inne. Keineswegs war ihm entfallen, wie viel der Mann seinerzeit dazu beigetragen hatte, diesen Krieg vom Zaun zu brechen. »Es besteht kein Zweifel, Konsul, dass die Chinesen uns am liebsten im Schlaf ermorden würden. Sie wissen aber um ihre Schwäche. Eine Besetzung der Hauptstadt werden sie nicht riskieren.«

»Ganz meine Meinung, Sir.«

»War sonst noch was, Gentlemen? Es geht auf zwei Uhr zu. Morgen ist Sonntag, um zehn beginnt die Messe, hier im Tempel.« Er stellte sein Glas ab und stand auf. »Ich wünsche eine gute Nacht.«


Der Montagmorgen war sonnig und kühl. Obwohl Lord Elgin lediglich seine Emissäre verabschieden wollte, stand er mit dem Gefühl auf, einen ereignisreichen Tag zu beginnen. Das ganze Wochenende über hatte er sich untersagt, zu große Hoffnungen in die Gespräche zu setzen, deren Ergebnis er frühestens am Abend erfahren würde. Sollte es den Chinesen diesmal ernst sein, konnte der Großteil der Truppe bald nach Tongzhou verlegt werden, er selbst aber würde erst nachkommen, wenn dort alles vorbereitet war. Ab sofort galt es, die diplomatische Etikette einzuhalten, der Stellvertreter der Queen durfte nicht länger in spontan akquirierten Tempeln absteigen, und da es an präsentablen Kutschen fehlte, würde man beim Einzug in Peking improvisieren müssen. Jemand hatte erzählt, dass britische Konsuln manchmal in

Prozessionen reisten, die von Einheimischen mit roten Seidenschirmen angeführt wurden. Das gefiel ihm, also hatte er Parkes beauftragt, nach geeigneten Objekten zu suchen. Wenn es in Tongzhou auch nur einen einzigen roten Seidenschirm gab, würde dieser Terrier von einem Diplomaten ihn flugs apportieren.

Als er den Tempel verließ, war die Delegation bereit zum Aufbruch. Die Gewehre an Lederriemen auf dem Rücken befestigt, saßen zwanzig Sikhs im Sattel. Insgesamt bestand die Gruppe aus sechsundzwanzig Männern, unter ihnen Mr Bowlby, der eben auf sein Pferd stieg. »Ich wünschte, ich könnte Sie begleiten«, rief Lord Elgin und hob grüßend die Hand. »Leider verurteilt meine Position mich zur Untätigkeit.«

»Guten Morgen, Sir. Nochmals danke für Ihre Erlaubnis, die Delegation begleiten zu dürfen.« Mr Bowlby hielt in der Bewegung inne. Seit den gemeinsamen Tagen in Ägypten herrschte zwischen ihnen ein beinahe vertrauter Ton, aber zuletzt war der Korrespondent viel bei der Truppe gewesen, sie hatten kaum reden können.

»Ich nehme an, die britische Öffentlichkeit hat ein Recht, alles aus erster Hand zu erfahren. Meine Frau schätzt Ihre Berichte sehr, schreibt sie mir. Und was sie in der *Times* liest, muss ich nicht mehr eigens zu Papier bringen.«

»Die Redaktion hat mir versichert, Sir, dass der Krieg zu Hause immer populärer wird. Man verfolgt unser Tun mit großem Interesse.«

Ohne besonderen Grund schüttelten sie einander die Hand. »Ich hoffe, wir haben bald die Gelegenheit zu einem Gespräch«, sagte Lord Elgin. »Es kommt immer noch vor, dass ich an unseren Besuch der Sphinx denken muss.«

»Wir haben uns bemüht, aber das Rätsel nicht gelöst, nicht wahr?«

»Vermutlich nicht, nein.«

»Sir, ich denke, dass ich nicht lange in Tongzhou bleiben werde. Vielleicht an einem der nächsten Abende?«

»Mein Tempel steht Ihnen offen.« Lord Elgin hielt das Pferd, damit Mr Bowlby aufsitzen konnte. »Sie werden es vielleicht befremdlich finden«, sagte er, »aber es gibt noch eine Sache, über die ich nachdenke. Wie Sie wissen, versuche ich im Moment, dieses rätselhafte Land besser zu verstehen.«

»Wir alle tun das, Sir, aber es scheint eine Lebensaufgabe zu sein.«

»Wohl wahr. Nun, in einem Buch bin ich auf den Hinweis gestoßen, dass gewisse Formen des Umgangs in China nicht existieren. Das war mir zwar bekannt, der Handschlag ist ein offensichtliches Beispiel, aber dem Buch zufolge gilt es auch für den Kuss. Das erscheint mir so bemerkenswert, dass ich geneigt bin, an eine Falschinformation des Autors zu glauben. Haben Sie je davon gehört?«

»Vom Kuss, Sir?«

»Ganz recht. Wenn die Chinesen nicht küssen, was tun sie stattdessen? Natürlich besitzen Sie auf dem Gebiet keine Erfahrung, Mr Bowlby, Sie sind ein Gentleman, aber Sie sind auch Reporter. Ist Ihnen etwas zu Ohren gekommen?«

»Sir, nicht dass ich … ähm.« Mr Bowlby rutschte auf seinem Sattel hin und her, als fände er ihn unbequem. »Gewiss habe ich zuletzt viel Zeit mit Soldaten verbracht. Einige Regimenter waren lange in Hongkong stationiert, das scheint ein Ort für Feldforschungen aller Art zu sein.«

»Das meinte ich. Haben Sie also etwas gehört?«

»Sir, wenn Sie eine Woche mit irischen Füsilieren verbringen, hören Sie vieles. Die Frage ist, darf man es glauben? Soldaten erzählen einander Geschichten, um sich zu unterhalten, und je ungewöhnlicher sie sind, desto besser. Verstehen Sie?«

»Mr Bowlby, bitte. Wir sind erwachsen.«

»Verzeihung, Sir. Also, es scheint, dass einige Männer in gewissen Situationen ihre … soll man Partnerinnen sagen? Dass sie sie mit Handlungen schockiert haben, die in Anbetracht der Situation … Es müssen ja Frauen mit einschlägiger Erfahrung gewesen sein. Sagen wir es ruhig, Prostituierte. Die Männer jedenfalls waren überrascht.«

»Sie halten es für möglich, dass der Autor des Buches richtig informiert war?«

»Ich kann es nicht ausschließen, Sir.«

»Was für ein undurchschaubares Volk.« Noch immer hielt er das Pferd am Zügel und sprach so leise, dass Mr Bowlby sich herabbeugen musste, um ihn zu verstehen. »Beinahe erscheint es mir zweifelhaft, dass es hier so etwas wie Liebe gibt. Ich meine, zwischen den Geschlechtern.«

»Eine sehr weitreichende Folgerung, Sir. Man möchte doch glauben, dass es Dinge gibt, die zum Menschsein allgemein dazugehören.«

Nachdenklich strich Lord Elgin dem Pferd über den Hals. Eine stolze schwarze Stute mit bandagierten Läufen. Als er den Kopf wendete, war es, als wartete die restliche Gruppe darauf, dass er das Gespräch beendete. »Und die Füße?«, fragte er.

»Die … Ich fürchte, Sir, ich habe Sie nicht verstanden?«

»Bei uns ist es üblich, einer Frau die Hand zu küssen. In China, hört man, schwärmen die Männer für weibliche Füße. Wenn es so ist, wäre es doch nur natürlich, wenn …«

»Ich weiß nicht, ob ich es natürlich nennen würde, Sir.«

»Wie würden Sie es nennen?«

Trotz der morgendlichen Kühle stand ein Schweißfilm auf Mr Bowlbys Stirn. »Mit Verlaub, Sir, aber ich denke, dass Konsul Parkes gerne aufbrechen würde.«

»Natürlich. Der Konsul liebt es nicht, zu warten.« Kurz

blickte er in Parkes' Richtung und wurde sich bewusst, dass er eine merkwürdige Figur abgab. »Glauben Sie, es war ein Fehler, ihn nach Norden mitzunehmen? Beim letzten Mal habe ich ihn aus guten Gründen in Kanton gelassen. Er ist ein Feuerkopf, und damit meine ich nicht seine Haarfarbe.«

»Ein Mann von energischem Auftreten, Sir. Ich glaube, so war meine Formulierung im letzten Bericht für die *Times*.«

»Energisch, hm? Mich haben Sie umsichtig und erfahren genannt. Würden Sie mich außerdem als ... ein philosophisches Temperament bezeichnen?«

»Unbedingt, Sir! Man spürt bei Ihnen die kongeniale Verbindung zu den großen Denkern.«

»Aber was wäre das Wort, das Sie eigentlich meinen? Zögerlich? Nicht energisch genug?«

Erschrocken sah der Korrespondent ihn an.

»Wir beide wissen, Mr Bowlby, dass Zeitungen ihre Geschichten nach demselben Prinzip erzählen wie irische Füsiliere. Vergessen Sie aber bitte nicht, wer ans Kreuz der öffentlichen Meinung geschlagen wird, wenn es schiefgeht. Sie nicht, Sie machen die Meinung nur.«

»Sir, ich muss sehr bitten. Kein Wort in meinen Berichten lässt sich anders auslegen denn als Ausdruck der Bewunderung dafür, wie Sie diesen schwierigen Konflikt meistern.«

»Nun, sei's drum. Wie Sie merken, bin ich etwas angespannt. In den nächsten Tagen wird sich zeigen, ob dieser Mission ein glücklicheres Schicksal beschieden ist als der letzten. Haben Sie nicht das Gefühl, dass die Chinesen uns immer tiefer in ihr Land hineinlocken? Also leben Sie ... ich meine, passen Sie auf sich auf, Mr Bowlby. Das Gespräch setzen wir bei anderer Gelegenheit fort.« Ein letztes Mal tätschelte er das Tier und trat einen Schritt zurück, aber statt das Zeichen zum Aufbruch zu geben, winkte er Maddox heran. Zu Pferd sah sein Sekretär männlicher aus als gewöhnlich. Exzellenter Reiter, Frederick hatte es bestätigt. »Guten Morgen, Mr Maddox.« Seit ihrem Disput in Tianjin bestand er darauf, wie ein Gentleman angesprochen zu werden. »Haben Sie die weiße Flagge dabei?«

»Die Inder werden sie vorantragen, Sir, sobald wir den Ort verlassen haben.«

»Gut. Sie werden mit Genugtuung hören, dass ich Ihre Warnung nicht vergessen kann. Seit Sie das mit der Hirse gesagt haben ... Glauben Sie, dass zwanzig Sikhs ausreichen?«

»Sir, der Feind hat mehrere zehntausend Soldaten in der Gegend.«

Lord Elgin nickte. »Sie sagen das mit bemerkenswerter Gelassenheit. Vielleicht gehört Ihr Mut zu den Eigenschaften, die ich bisher unterschätzt habe.« Auf einmal zitterte seine Hand, und er kämpfte gegen die Vorahnung an, die letzte Unterredung mit seinem Sekretär zu führen. »Es ist ein kühler Morgen«, fügte er hinzu, um sich abzulenken. »Erinnert mich an ein Prinzip meines Vaters: The prudent man wears flannel at all times. Sind Sie warm genug angezogen, Mr Maddox? Man weiß nie, was passiert.«

»Danke der Nachfrage, Sir.«

»Ich könnte Ihnen ein oder zwei Kleidungsstücke leihen, wenn Sie ... Nein?«

»Wirklich nicht nötig, Sir. Vielen Dank.«

»Zürnen Sie mir noch?«

»Es steht mir nicht zu, Sir, Ihnen zu zürnen.«

»Stimmt. Es wäre Ihnen allerdings zuzutrauen, dass Sie es trotzdem tun. Ich könnte es sogar verstehen, aber verstehen Sie, dass das für mich eine schwierige Situation ist?«

»Ja, Sir.«

»Gut. Ich bin jedenfalls froh, dass ich mich auf Ihre Diskretion verlassen kann.«

»Natürlich, Sir.«

»Schauen Sie Konsul Parkes ein wenig auf die Finger. Bleiben Sie hart in der Sache, aber freundlich im Ton. Ich werde vor dem Kaiser keinen Kotau vollführen, aber treffen muss ich ihn. Wir haben vor zwei Jahren zu viele Zugeständnisse gemacht, fürchte ich.«

»Sonst noch was, Sir?«

»In Gottes Namen, reiten Sie!« Er gab Parkes ein Zeichen und wünschte den Männern viel Glück, dann konnte er ihnen nur noch hinterhersehen und hoffen, dass ihn seine Vorahnung trog.

Am Nachmittag stiegen die Temperaturen. Als Lord Elgin um vier Uhr von einem Ausritt zurückkehrte, erwartete ihn die erste Nachricht seines Chefunterhändlers: ›Mandarine drohen mit Rückzieher wg. Audienz beim K. Was tun?‹, stand hastig hingekritzelt auf dem Stück Papier. Der Kurier, der es brachte, berichtete von Reiterverbänden entlang der Straße nach Tongzhou, die sich mal offen zeigten und mal hinter den erhöhten Flussufern versteckten. Während Lord Elgin mit General Grant beriet, erklangen Schüsse in der Ferne, und nachdem sie den Kurier mit ihrer Antwort losgeschickt hatten – ›In diesem Punkt unbedingt hart bleiben‹ –, dauerte es keine Stunde, bis er mit der Meldung zurückkehrte, die Straße nach Tongzhou sei gesperrt.

Der Kontakt zur Delegation war abgerissen.

»Schlitzäugige Idioten!«, entfuhr es dem General. Er schickte Reiter los, um die Lage zu sondieren, und befahl zwei Regimentern, am nächsten Morgen marschbereit zu sein. Der Rest blieb zurück, um den Proviant zu bewachen. Lord Elgin verbrachte den Abend mit seiner Korrespondenz und fuhr alle zwei Minuten auf, weil er glaubte, draußen Hufschläge zu hören, aber es trafen keine Nachrichten mehr ein. Waren sie den Chinesen in die Falle gegangen? Lauerten irgendwo in der Dunkelheit die sechzigtausend Reiter, von denen Maddox gesprochen hatte?

Am nächsten Tag hörte er Schüsse. Zuerst war es nur Gewehrfeuer, aber gegen zwölf Uhr setzten die dumpfen Schläge der Armstrong-Kanonen ein und verklangen erst bei Einbruch der Dunkelheit. Bis Mitternacht blieb Lord Elgin wach, dann kam ein Kurier und bestätigte seine schlimmsten Befürchtungen: Die gesamte Delegation war gefangen genommen worden, Maddox, Parkes, Mr Bowlby sowie drei Offiziere und alle Sikhs. Auch französische Geiseln schien es zu geben. General Grants Truppen hatten daraufhin den Ort Zhang-jia-wan eingenommen und sich dort verbarrikadiert. Der General gehe davon aus, sagte sein Kurier, dass bis zur Freilassung der Geiseln nicht mehr verhandelt werde. Lord Elgin bestätigte das, bevor er am nächsten Morgen selbst nach Zhang-jia-wan ritt.

Schon von weitem sah er Rauch in den blauen Himmel steigen. Der Ort bot ein Bild der Verwüstung, alle Häuser standen offen, zerbrochene Möbel und Scherben lagen herum, hier und da tote Zivilisten. Ein Soldat in Frauenkleidern tanzte vor seinen grölenden Kameraden. Der General hatte ein Yamen in der Ortsmitte besetzt und deutete bei Lord Elgins Eintreten auf die herumfliegenden Papierfetzen. »Eine Schande, Sir.« Mit großen Besen kehrten ein paar Männer den Müll zusammen.

»General, was ist hier geschehen?«

»Wir retten, was zu retten ist, aber Sie sehen ja.«

»Und die Plünderungen?«

»Bauern aus den Nachbardörfern. Wir haben Wachposten rund um den Ort postiert.«

»Ich habe einen Ihrer Soldaten gesehen, der ...«

»Sir.« General Grant war unrasiert und hatte Rußspuren im Gesicht, aber sein Blick gebot Autorität. »Außer Tee und schimmeligen Süßkartoffeln war nichts mehr da, als wir eintrafen.«

Mangels intakter Möbel blieb Lord Elgin stehen und sah durch das eingeschlagene Fenster nach draußen. Zwei Blaujacken brachten einen Tisch und berichteten von zwei Dutzend Frauen, die versucht hatten, sich mit Opium zu vergiften. In einem Haus am Ortsrand waren sie notdürftig versorgt worden, aber im Lauf der Nacht verschwunden, offenbar hatten sie sich auf ihren verkrüppelten Füßen in die Felder geflüchtet. Statt die Meldung zu kommentieren, breitete der General eine Karte aus. Sie zeigte den gewundenen Verlauf des Peiho, aber ein Bild der Landschaft vermittelte sie nicht. Weiße Flächen mit fremden Ortsnamen. China eben. »Was ist der Plan?«, fragte Lord Elgin.

»Five-Li-Point.« Grants knochiger Zeigefinger bohrte sich in einen Punkt unweit ihres jetzigen Standorts. »Dort ziehen wir die Truppen zusammen und richten ein Feldlazarett ein. Dann«, sein Finger bewegte sich nach Westen, »marschieren wir nach Tongzhou.«

»Und danach?«

»Halten wir einen Moment inne, Sir.« Der General wirkte aufgeräumt, beinahe gut gelaunt. »Ich vermute, dass die Geiseln nach Peking gebracht wurden. Wenn wir die Stadt angreifen, sterben sie, das muss uns klar sein.«

»Falls sie zur Stunde noch leben. Gibt es irgendwelche Neuigkeiten?«

»Nein, aber tote Geiseln sind wertlos. Sie leben.«

»Wir müssen den Chinesen klarmachen, dass ihre Hauptstadt ausradiert wird, wenn unsere Leute nicht unversehrt freikommen.«

»Gewiss. Exzellenz wissen aber, was das heißen würde.«

»Wir müssten die Herrschaft über das ganze Reich übernehmen.«

»Möchten Sie einen Brandy, Sir?«

»Bitte.«

Grants Aide-de-Camp brachte eine Flasche und zwei Gläser, dazu eine Munitionskiste als Sitzplatz für Lord Elgin. Draußen waren Soldaten damit beschäftigt, die Wege von Schutt und Müll zu befreien, um den Transport schwerer Waffen zu ermöglichen. Ab und zu knallten Schüsse, die auf streunende Hunde abgefeuert wurden.

»Das hier war Sam Collinsons Hauptquartier.« Grants freie Hand wies in den Raum. »Hastig leergeräumt bis auf loses Papier. Mein Stabsoffizier kann etwas Chinesisch. Offenbar hofft der Feind, Sie, Exzellenz, gefangen zu nehmen.«

»Mich?«

»Die Chinesen glauben, den Feldzug auf diese Weise beenden zu können. Das ist kindisch, trotzdem wäre es mir lieber, Sie blieben in He-xi-wu, Sir. Hier kann ich für Ihre Sicherheit nicht garantieren.«

»Ich weiß Ihre Besorgnis zu schätzen, General, aber in He-xi-wu gibt es für mich nichts zu tun. Ich bleibe bei der Armee.«

»Waren Sie schon mal im Krieg?«

Grants plötzliche Gesprächigkeit war enervierend. Militärs wurden nicht müde zu betonen, was für ein schreckliches Geschäft der Krieg sei, aber nie wirkten sie glücklicher, als wenn er endlich begonnen hatte. Lord Elgin leerte sein Glas und deutete auf die Karte. »Wenn Sie so freundlich wären, General, die an die Wand zu hängen. Den Tisch muss ich in den kommenden Stunden für mich beanspruchen. Es sind Berichte zu schreiben.«

Am Nachmittag traf ein Hilfsübersetzer namens Adkins ein, der sich schwertat mit dem Schreiben, das Lord Elgin ihm diktierte. Ohnehin war unklar, wie die Botschaft übermittelt werden sollte. Die Chinesen hatten bewiesen, dass ihnen eine weiße Flagge nichts bedeutete, und niemand wollte weitere Geiselnahmen riskieren. Reiter erkundeten die Umgebung von Tongzhou und meldeten Truppen entlang eines Kanals, der den Peiho mit der Hauptstadt verband. Zwei Brücken führten auf die andere Seite, wo eine mit Granitblöcken befestigte Straße verlief, danach gab es bis zur Stadtmauer von Peking kein Hindernis mehr. Während General Grant das Lazarett einrichtete und schwere Waffen herbeischaffen ließ, wurde klar, dass auch die Gegenseite mit einer Entscheidungsschlacht bei den beiden Brücken rechnete. Eine war aus Marmor, die andere aus Holz, und die Flaggen, die dort wehten, schienen von Tag zu Tag zahlreicher zu werden. Auf mehrere zehntausend schätzte der General die feindliche Truppenstärke. Wenn Lord Elgin nachts wach lag, sah er mordlustige Horden, die das englische Camp überrannten, und fragte sich, ob der Name für die Enge in seiner Brust Angst lautete. Manchmal erinnerte ihn das Gefühl an die Touren durch die Highlands, die er als junger Mann unternommen hatte: an die Atemlosigkeit vor dem Gipfel, die pochende Erwartung von etwas nie Gesehenem, das sich gleich vor ihm auftun würde. Sollen sie doch kommen, dachte er und schüttelte den Kopf über sich. Seit wann neigte er zu solchem Maulheldentum? Lag es daran, dass er in einem Armeezelt schlief, oder daran, dass es im Feld nicht möglich war, in Ruhe einen Brief zu schreiben? Wie sollte er Mary Louisa erklären, was hier geschah? Mit ihm.

Zum Glück, dachte er, hatten sie die Armstrong-Kanonen.

Im Morgengrauen des 21. September besetzten Grant und seine Entourage einen bewaldeten Hügel in der Nähe des Camps. Hirsefelder und Waldstücke breiteten sich unter ihnen aus, jenseits eines kleinen Flüsschens ragte die weiße Pagode von Tongzhou in den Himmel, dahinter wölbten sich die beiden Brücken über den Kanal. Die Distanz zwischen ihnen betrug etwa eine Meile. Als ihm der General sein Fernglas reichte, erkannte Lord Elgin die hin und her wogende Menge von Soldaten und Flaggen, die sich dort versammelte. Hinter ihm, unter einer Gruppe von Zedern, wurde ein Zelt aufgebaut, Erfrischungen standen bereit, aber ihm war nicht nach Geselligkeit. Der Tag der Entscheidung, dachte er grimmig. Der Feind stand mit dem Rücken zur Wand, jenen roten Mauern von Peking, die er im Morgendunst zu erkennen glaubte. Wie eine Luftspiegelung verschwammen sie am Horizont. Im August, bei der Eroberung der Forts, hatten sie Kanoniere gefunden, die mit Ketten an ihre Geschütze gefesselt worden waren. Chinesen starben lieber, als in Gefangenschaft zu geraten, und er fragte sich, was im Lauf des Tages mit Maddox und den anderen geschehen würde.

»Wollen Sie nicht absitzen, Exzellenz?« Mit seinen Orden auf der Brust und dem Helm in der Hand kam General Grant zu ihm herüber.

»Aus dem Sattel habe ich bessere Sicht. Ist das dort unten die Entourage von Général de Montauban?« Er gab Grant das Glas zurück. Aus der Ferne wirkte das Land offen und weit, aber der alliierte Aufmarsch verlief schleppend, weil die Hirsefelder nur schmale Durchgänge ließen. Noch drei bis vier Meilen trennten die Vorhut vom Kanal.

»Scheint so«, sagte der General betont gleichgültig. Auch den Plan für die heutige Schlacht hatten beide Oberbefehlshaber ausgehandelt, als wären sie Rivalen, keine Verbündeten. Die französische Infanterie stellte die rechte Flanke, die englische unter Sir Michel die linke, die Artillerie besetzte mit sechs Armstrong-Kanonen die Mitte. Zum Glück gab es zwei Brücken zu erobern, und niemand hatte ein Problem damit, den Franzosen die aus Marmor zu überlassen – die Holzbrücke lag näher zur Hauptstadt. Dem Plan zufolge sollten die indischen Reiter einen Bogen in östlicher Rich-

427

tung bis zum Kanal schlagen; sobald die Kämpfe begannen, würde der Feind durch heftiges Kanonenfeuer beschäftigt werden, in dessen Schutz die Infanterie vorrückte, danach mussten die Inder Druck von der Seite ausüben und den Feind zum Rückzug über die Brücken zwingen. In diesem Nadelöhr würde Sankolinsins Heer früher oder später die Ordnung verlieren, so dass man es durch energisches Nachsetzen hinter die Straße nach Peking jagen konnte. So weit die Theorie. Da die Franzosen jedoch nur über eine kurzbeinige Kavallerie verfügten und Général de Montauban auf seiner Seite des Schlachtfelds keine Sikhs sehen wollte, blieb nach rechts ein Fluchtweg ins offene Land. Entscheidend war, die Armstrong-Kanonen so schnell wie möglich nach vorne zu bringen. Wenn wir die Chinesen erst mal im Fadenkreuz haben, hatte General Grant beim Aufbruch gesagt, können die Franzosen keinen großen Schaden mehr anrichten.

»Sam Collinson«, murmelte er jetzt und zeigte in Richtung der Marmorbrücke. Mit bloßem Auge erkannte Lord Elgin die bunten Banner, die als Signalflaggen dienten. Die Brücke schien das Kommandozentrum der kaiserlichen Armee zu sein, davor konzentrierte sich die Infanterie, riesige Reiterverbände stellten die Flanken, und aus dem offenen Land hinter der Straße rückten weitere Regimenter vor. »Einkreisen will uns der alte Fuchs«, sagte Grant zufrieden, »was bleibt ihm bei seinen Waffen anderes übrig. Ist Ihnen zu Ohren gekommen, Sir, dass Mongolen ausschließlich rohes Fleisch essen?«

»Ich halte das für nicht sehr wahrscheinlich, General.«

»Reis und Gemüse verschmähen sie. Zu weich! Männer nach meinem Geschmack, Sir. Ich habe genug von diesen Mandarinen mit ihren Seidenkutten und Pfauenfedern.« Grant spuckte aus, ohne das Fernglas abzusetzen. Seiner Redseligkeit nach zu urteilen, stand der Beginn der Kämpfe unmittelbar bevor. »Bevor sie chinesisches Essen anrühren, fressen sie die eigenen Pferde.«

»Wie gesagt, General, ich ...«

»Da!« Wie ein Jäger auf der Lauer, der endlich das ersehnte Wild erspähte, deutete Grant auf kleine Wolken von Pulverdampf, die hinter einem Hirsefeld aufstiegen. Es dauerte einige Sekunden, bis das Echo der Schüsse sie erreichte. Lord Elgin sah, wie die feindlichen Reiter in zwei Kolonnen vorrückten. Eine zog geradewegs in die Linie, auf der die Sikhs ihren Flankenangriff starten würden, die andere hielt auf die Lücke zu, die sich zwischen den Franzosen und der englischen Infanterie auftat. »Die Franzen müssen die Reihen schließen«, schimpfte Grant sofort. »Hat General Mon-Chou-chou kein Fernglas? Vor Hongkong hätten wir ihre Schiffe versenken sollen, Sir, das hätte uns viel erspart.«

»Für den Moment, General, wäre es gut, Sie würden sich auf Ihre Aufgabe konzentrieren.«

Es dauerte nicht lange, bis auch die britische Artillerie zu feuern begann. Wie ein ferner Vulkanausbruch rollte ein Zittern über das Land, und nach einer Weile glaubte Lord Elgin, Risse in den chinesischen Linien zu erkennen. Das große Schlachten, dachte er. Bis zum Eintreffen der Sikhs würde noch eine halbe Stunde vergehen, und General Grant wollte etwas gegen die Lücke unternehmen, die zu Vorstößen gegen seine Infanterie einlud. Im Nu war das Zelt abgebaut und verstaut. Als die Gruppe den Hügel hinabritt, wurde der Kampflärm vorübergehend leiser. Sie durchquerten das Flüsschen, rechts standen Pfirsichbäume in Reih und Glied, auf den Wiesen lag noch der Tau. Etwa fünfhundert Yards trennten sie von der nächsten Erhebung, wo in diesem Moment einige Reiter auftauchten. Plänkler, die hinter die französischen Linien geschickt worden waren, falls der Feind sie durchbrach. Links des Weges stiegen kleine Rauchwölkchen auf, und als Lord Elgin den Blick wieder nach vorn richtete, stieß er auf eine Phalanx von Reitern, die sich über die gesamte Breite des nächsten Hügels zog. Noch knapp zweihundert Yards entfernt. Aus der Nähe sahen sie eher nicht wie Plänkler aus.

»Was zum Teufel …!«, entfuhr es dem General.

Abrupt kam die Gruppe zum Halt.

»Tataren!«, schrie jemand.

»Verdammte Franzosen!«, fluchte Grant.

Lord Elgin erkannte die blau-roten Uniformen, die er bisher nur an Leichen gesehen hatte. Ein Offizier ritt die Reihe ab, als schwöre er seine Männer auf die Attacke ein. Einige hielten Speere in der Hand, andere Feuerwaffen. »Wir ziehen uns nach innen zurück«, verfügte der General und wies die Richtung. »Zwei Fahnen voran, damit wir auf dem Schlachtfeld nicht unter Eigenbeschuss geraten. Die Dragoner zu Lord Elgin. Sofort!«

In der nächsten Sekunde war er von Männern mit Gewehren im Anschlag umringt. Langsam setzte sich die Gruppe in Bewegung, aber sie waren kaum fünfzig Yards geritten, als hinter ihnen wilde Schreie erklangen. Kugeln pfiffen durch die Luft. In vollem Galopp flogen sie über den abschüssigen Boden, machten einen Schwenk nach rechts und ritten mitten hinein ins Schlachtfeld. Lord Elgin duckte sich über den Widerrist seines Pferdes. Mary Louisas Gesicht tauchte vor ihm auf, mit auf die Wangen gelegten Händen, als hätte sie eben von seinem Tod erfahren. Die Inder von Probyn's Horse drehten sich im Sattel in alle Richtungen und feuerten, er schaffte es nicht einmal, den Kopf zu wenden. Weit vor sich erkannte er Kanoniere, die mit hastigen Bewegungen die Geschütze in Stellung brachten. Rohre senkten sich, bis er direkt in sie hineinschauen konnte. Den Kopf dicht über den Ohren des Pferdes, sah er dessen Schatten über den Boden jagen, und ihm schoss der merkwürdige Satz durch den Kopf: Es ist ein zu sonniger Tag, um in China zu sterben.

Das Land dehnte sich wie in einem bösen Traum. Neben ihm ging jemand schreiend zu Boden, dann hatten sie die englischen Linien erreicht, und im nächsten Moment explodierten die Kanonen. Rohre bäumten sich auf und spien Feuer. Ein halbes Dutzend Dragoner blieb bei ihm, die anderen machten sich bereit zum Gegenangriff. Er hörte ein hohes Pfeifen, Geschosse schlugen ein, Menschen wurden durch die Luft geschleudert. Einen Steinwurf entfernt hatte ein Pferd den Bauch offen und schlug mit den Beinen wie ein Käfer. Gedärme wickelten sich um die Hufe. Die Inder von Probyn's Horse schwärmten aus, und Lord Elgin beobachtete, wie einer von ihnen einen Tataren verfolgte, der sein Pferd verloren hatte und im Laufen die Waffen von sich warf. Das Schwert traf ihn von hinten, sein Kopf sprang weg, der Körper machte noch zwei Schritte, bevor er stolpernd zusammenbrach.

Ein Hagel aus Musketenfeuer regnete auf das Schlachtfeld, als die Infanterie vorrückte. Mit aufgesteckten Bajonetten zogen die Männer an Lord Elgin vorbei, er spürte sein Herz in der Brust und einen Anflug von Übelkeit, gleichzeitig durchströmte ihn Euphorie. Je sechs Pferde zogen eine Kanone über den tiefen Boden, Kulis schleppten Kisten mit Munition, und am liebsten wäre er abgestiegen und mitmarschiert. Schweiß lief ihm in den Kragen der Uniform. Zwei Inder trugen einen gefallenen Kameraden herbei, der kaum noch als Mensch zu erkennen war.

Brigadier Staveley kam, um ihn über das Geschehen zu informieren. Die Kavallerie sei soeben eingetroffen und richte ein prächtiges Chaos in der rechten Flanke des Feindes an. Man war den Brücken bereits nah genug, um auf die Männer mit den Signalflaggen zu schießen, und die Armstrong-

Kanonen erwiesen sich einmal mehr als wahrer Segen. Kurz, es lief alles nach Plan, Gott hielt seine schützende Hand über die Soldaten der Queen, und als Lord Elgin aus dem Sattel stieg, vibrierte der Boden wie in einem fahrenden Zug. Er musste sich an Staveleys Schulter festhalten. »Sagten Sie Gott, Brigadier?« Noch immer hörte er das Pfeifen, das alle anderen Geräusche überlagerte.

»Bitte um Verzeihung, Exzellenz. Sagte ich was?«

»Sagten Sie nicht ...?« Männer strömten an ihnen vorbei, er begegnete ihren begeisterten, irren Blicken. Die Verwirrung in Staveleys Gesicht ließ ihn aussehen wie Maddox. »Gott, sagten Sie eben, Brigadier. Wenn ich mich nicht verhört habe.«

»Es ist laut hier, Sir. Dort hinten bei der kleinen Baumgruppe haben wir ein paar Sanitäter stationiert. Wenn Sie vielleicht eine Sitzgelegenheit ...«

Es krachte. Fontänen stiegen aus dem Boden, als hätte sich die Erde aufgetan und spie Lava in den Himmel. Ein Pferd flog in hohem Bogen durch die Luft, das Zaumzeug um seinen Kopf wie ein Dornenkranz. »Einer meiner Männer wird Sie hinbringen, Sir.«

»Danke, ich bleibe hier.«

»Wie Sie meinen, Sir. Hey, du!« Der Brigadier zog einen vorbeieilenden Kuli am Zopf und nahm ihm die Munitionskiste ab. Lord Elgin setzte sich. Für die nächste halbe Stunde sah er nichts außer den Leibern der Araberpferde, die ihn umstellten wie eine Wand. Duckte er sich, blickte er unter ihren Bäuchen hindurch auf das leerer werdende Feld. Maddox hockte dort, hielt eine Kladde auf den Knien und machte Notizen – natürlich nicht in Wirklichkeit, er wusste das so sicher, wie Mary Louisas Hand auf seiner Schulter lag und nach Rosenseife duftete. Was geschah mit ihm? Nie hatte er sich geschont, Pflicht war Pflicht, aber eines Tages würde er vor seinen Schöpfer treten und ihm alles bekennen müssen. Weit weg ertönte ein Trompetensignal, um ihn herum brach Jubel aus. Später, als die Sonne hoch stand, führte ihn ein Dragoner zu seinem Pferd, und sie ritten in Richtung Kanal.

Gliedmaßen lagen im zertretenen Gras. Zu zweit liefen die Sikhs über das Schlachtfeld, stießen Lanzen in die reglosen Körper, und wenn einer aufschrie, zückten sie das Schwert. Kulis fledderten die Toten, reiterlose Ponys irrten kreuz und quer über die Wiese. Er kam sich vor wie Hannibal. Im Näherkommen erkannte er den Union Jack über der Holzbrücke. Eine Meile entfernt wehten die französischen Farben, dahinter standen Rauchsäulen über dem offenen Feld, wo früher Sankolinsins Heer kampiert hatte.

Von niemandem beachtet, betrat er die Brücke. Noch immer fühlte er sich benommen und legte Halt suchend die Hände aufs Geländer. Verlassene Boote trieben im Kanal, der Gestank des brackigen Wassers nahm ihm den Atem – dann hob er den Blick und sah die Stadt. Eine kompakte rechteckige Festung ohne Turm. Die Entfernung betrug zehn Meilen, hatte er sich sagen lassen, und der Anblick erregte ihn, als sähe er etwas Verbotenes. Das eingemauerte Herz einer jahrtausendealten Zivilisation, deren Schicksal in seiner Hand lag. Hier bin ich, dachte er und spürte die Zäsur, die genau darin lag: dass er hier war. Bloß, in wessen Auftrag und mit welchem Recht? Ohne darum gebeten zu haben, fand er sich zum Vollstrecker einer höheren Notwendigkeit berufen, und zum ersten Mal dämmerte ihm, was Maddox damals auf der *Furious* gemeint hatte. Den Weltgeist gab es wirklich, nur dass er kein liebender Gottvater war, sondern eine anonyme Macht, die zwar alles unterwerfen konnte, aber ihr eigenes Tun nicht begriff. Ab sofort waren auch die Chinesen ihr ausgeliefert und wurden von Gesetzen beherrscht, die absolut galten, obwohl niemand sie aufgestellt hatte. Der Weltgeist duldete keine Ausnahmen. Unaufhaltsam strebte er nach vorne, der alles umfassende, alles zermalmende und nur eine Richtung kennende Gang der Geschichte.

Lord Elgin stand am Brückengeländer, starrte auf die rote Festung und erschauerte. Zum ersten Mal begriff er, was Fortschritt war.

# 16 Die Hauptstadt der kalten Winde

General Zeng Guofan in Peking
September/Oktober 1860

Erst in der Hauptstadt verstand er, wie nah das Ende war. Auf den ersten Blick hatte sie sich kaum verändert, aber in den Straßen, die der General von früher kannte, stieß er überall auf geschlossene Läden und patrouillierende Soldaten. Wer das Garnisonsviertel betreten wollte, wo die Mandschus lebten, wurde von bewaffneten Wachen aufgehalten, und vor den Toren zur inneren Kaiserstadt stapelten sich Sandsäcke. Nirgends war eine Sänfte zu bekommen. Die äußeren Stadttore glichen Wunden, die nicht aufhörten, zu bluten: Ein endloser Strom von Kutschen, Pferden und Kamelen, von Söhnen mit alten Müttern auf dem Rücken und Trägern, die unter ihrer Last zitterten, ergoss sich in die Ebene. Der nahende Winter hielt niemanden ab. Blinde und Lahme, schreiende Kinder und jammernde Alte zogen in alle Himmelsrichtungen davon. Keiner wollte in der Stadt sein, wenn die Barbaren anrückten.

War er zu spät gekommen?

Vor zweihundert Jahren hatten die stolzen Ming das Mandat des Himmels verloren. Der General kannte die Stelle auf dem Kohlenberg, wo sich ihr letzter Herrscher erhängt hatte, sie lag ganz in der Nähe des Palasts, aus dem vor wenigen Tagen der jetzige Kaiser geflohen war; mit einem Heer von Beamten und Beratern, Köchen und Konkubinen, nachts durch ein Seitentor, ohne Fanfaren oder öffentliche Proklamation. Trotzdem hatte sich die Nachricht in Windeseile verbreitet, und seitdem flohen die Massen. In den besseren Häusern blieben Wachen zurück, anderswo nutzten Plünderer die Gunst der Stunde. Auf einmal befand sich alles in Auflösung.

Mitte des achten Mondes war er eingetroffen. Erschöpft von dem Parforceritt und unsicher über das weitere Vorgehen. Fürs Erste quartierte er sich und seine Männer in der Nähe des Baoguo-Tempels ein und sandte Kundschafter aus. Alle außer Li Hongzhang hatten ihm von der Reise abgeraten. Es konnte sein, dass man ihn verhaftete, wenn sein Aufenthalt bekannt wurde, also verließ er sein Quartier nur ab und zu, um wie früher durch die Gassen des Liuli-Viertels zu streifen. Manchmal wurde er von Buchhändlern erkannt und auf eine Tasse Tee eingeladen, dann vergaß er für kurze Zeit, dass er sich im Krieg befand. Früher hatte er ganze Nachmittage in den Läden verbracht, wo es nach Tusche und Leim roch und sich ein Dutzend Männer die Köpfe heißredete über Verse aus dem *Yijing*. Vor dem Fenster hingen Holzkäfige mit bunten Sittichen, auf dem Tisch standen Porzellangeschirr, Schreibpinsel und kandierte Früchte. Schon damals hatten sich die Barbaren im Süden gebärdet, als gehörte das Land ihnen, aber niemand wäre darauf gekommen, dass sie eines Tages vor den Toren der Hauptstadt stehen könnten. Mit mehr als zehntausend Mann!

Nach fünf Tagen zog er ins Haus eines alten Freundes von der Akademie. Musikanten-Hutong hieß die Gasse östlich der Kaiserstadt, wo der Freund ein von Mauern umgebenes Anwesen bewohnte, in dessen Hof prächtige Magnolien wuchsen. Zum ersten Mal seit langem fand der General Zeit, Gedichte zu schreiben, und er bedauerte, dass sein Besuch nicht in den dritten Mond fiel, wenn im Norden die Magnolien blühten. Über zwanzig Jahre war es her, dass es ihn zum ersten Mal in die Hauptstadt gezogen hatte, einen ehrgeizigen jungen Mann aus der Provinz, der von einem Posten an der Akademie träumte. Damals hatte noch der alte Kaiser regiert, und Mushun war Zensor bei den Hauptstadtprüfungen gewesen, eines seiner vielen Ämter, die er dazu nutzte, um junge Talente zu fördern. Er war der Mann, um dessen Gunst die Neuankömmlinge wetteiferten; kein großer Gelehrter, sondern ein gewiefter Strippenzieher am Hof, dessen Augenlider einen müde lauernden Blick verbargen. Das Krokodil nannte man ihn. Berühmte Männer wie Lin Zexu, der kaiserliche Kommissar vor dem ersten Barbaren-Krieg, waren über ihn gestürzt. Wenige Tage nach der entscheidenden Prüfung hatte der General zum ersten Mal den Krokodilsblick auf sich gespürt. Eigentlich hätten seine Noten nicht für den Eintritt in die Akademie gereicht, aber Mushun wollte ihn trotzdem dort haben. Es hieß von ihm, er könne den Lauf der Gestirne umkehren, wenn er es wollte, und tatsächlich hatte sein langer Arm den General schließlich bis ins Kabinett befördert. Würde er jetzt bald zu denen gehören, die über das Krokodil stürzten?

Seine Bitte um eine Audienz blieb vorerst ohne Antwort.

Abends führten sein Freund und er lange Gespräche. In den amtlichen Mitteilungsblättern wurde über Vorgänge in fernen Provinzen berichtet, aber zur Flucht des Kaisers stand dort nur, er befinde sich auf Jagdurlaub in Rehe. Die Verhandlungen mit den Barbaren leitete sein jüngerer Bruder, Prinz Gong, über den man wenig wusste, obwohl er seit Jahren im Großen Rat saß. Je länger der General auf eine Antwort seines Mentors wartete, desto klarer wurde ihm, wie nebensächlich der Kampf gegen die Langhaarigen in der Hauptstadt war. Hier sprachen alle von den Barbaren, die Sankolinsins Armee geschlagen hatten, aber seitdem nicht weiter vorrückten. Warteten sie auf Verstärkung, bevor sie

437

der Dynastie den Todesstoß versetzen würden? Innerhalb der Stadtmauern war noch kein ausländischer Teufel gesehen worden.

Zehn Tage dauerte es, bis er die erhoffte Einladung doch noch erhielt. Entweder war Mushun bei schlechter Gesundheit oder zurück auf der politischen Bühne. Am Morgen der Audienz fiel grauer, lautloser Regen. Vor dem Tor des Garnisonsviertels wurde der General empfangen und zu einem Gebäude bei den kaiserlichen Brücken geführt. Früher war sein Mentor der engste Vertraute des alten Kaisers gewesen, jetzt lebte er zwar im Ruhestand, aber immer noch im Dunstkreis der Macht. Der General trug seine beste Robe und hatte ein Päckchen mit Tee aus Qimen bei sich. Niemand hielt es für nötig, ihm einen Schirm anzubieten.

Nervös betrat er das spärlich möblierte Empfangszimmer. Geschlossene Fensterläden hüllten den Raum in Dämmerlicht. Als die Schritte der Wachen verklungen waren, drang kein Geräusch mehr an sein Ohr, selbst der Gesang der Vögel schien verstummt zu sein. Als hätte das Herz der Hauptstadt plötzlich aufgehört zu schlagen.

Eine Stunde lang saß er vollkommen still und wartete. Seine erste Audienz beim alten Kaiser fiel ihm ein; wie er den Palastdienern mit weichen Knien durch Höfe und Korridore gefolgt war und sich kaum getraut hatte, zu atmen. In der ›Halle zur Kultivierung der Natur‹ hatten sie ihn Platz nehmen lassen, und in den nächsten zwei Stunden saß er dort wie auf glühenden Kohlen. Hundertmal wiederholte er im Kopf seinen Text, bis schließlich ein Eunuch erschien und sagte, der Himmelssohn sei wegen dringender Geschäfte verhindert. Bei Bedarf werde man ihn am nächsten Tag erneut rufen. Erschöpft von der Anspannung war er ins Haus seines Mentors geeilt, um zu fragen, ob er etwas falsch gemacht hatte.

Welche Schriftrollen hingen an der Wand, fragte Mushun als Erstes.

Viele. Mehr konnte er nicht sagen.

Konzentrier dich, insistierte sein Mentor.

Er versuchte es, aber seine Eindrücke verschwammen. Kopfschüttelnd rief Mushun zwei Sekretäre, schickte sie mit einem Geldsäckchen aus dem Haus und befahl seinem Schüler, zu warten. Es wurde später Abend, ehe die Gehilfen mit mehreren beschriebenen Blättern zurückkehrten. Sie hatten die Palastwachen bestochen, sich in die Halle führen lassen und sämtliche Schriftrollen an den Wänden kopiert. Lern sie auswendig, sagte Mushun, vorher darfst du nicht gehen. Als draußen der Morgen dämmerte, war er nach Hause zurückgekehrt, am Nachmittag rief man ihn erneut in die Verbotene Stadt und führte ihn unverzüglich ins Audienzzimmer des Kaisers. Der Himmelssohn saß auf dem Thron und stellte nur eine Frage: Gestern hat Unser Diener in der Yangxing-Halle gewartet, kann er Uns sagen, was dort auf den Schriftrollen stand? Als jüngster Kandidat von allen war er bei der nächsten Palastprüfung in den zweiten Rang befördert worden. Seitdem verließ er keine Amtsstube, ohne jede Kalligraphie an der Wand auswendig zu kennen.

In Mushuns Haus allerdings waren die Wände nackt. Mandschus mochten es schlicht.

Als Schritte im Flur erklangen, sprang der General von seinem Platz auf. Im kühlen Klima des Nordens juckte sein Rücken weniger als sonst, aber jetzt flossen Schweißtropfen über die wunde Haut, und es brannte. Die Tür öffnete sich. Herein schlurfte ein gebeugter, alter Mann, den er kaum als seinen Mentor erkannte. Niemand sonst betrat den Raum, die Tür wurde von außen geschlossen. »Mein Lehrer, was für eine Freude!« Er machte zwei Schritte nach vorn und verbeugte sich tief. Als er wieder aufsah, war der Alte weitergeschlurft zum riesigen Schreibtisch, der den Raum dominierte wie ein Altar. Mit zitternder, knochiger Hand wies er auf den Stuhl, auf dem der General gewartet hatte. Eine knappe, beinahe rüde Geste. »Schön, dich zu sehen, mein Lieber. Setz dich.« Obwohl der Wechsel noch nicht verkündet worden war, trug Mushun bereits die Wintermütze. Wahrscheinlich beließ ihn der jetzige Kaiser nur aus Respekt vor seinem Vater am Hof, wo das Krokodil kein Amt mehr bekleidete und sein Ruf allmählich verblasste. Oder hatte sich die Lage durch Prinz Gongs Aufstieg verändert? Früher war Mushun dessen Erzieher gewesen.

»Es ist sehr großzügig von meinem Lehrer, mich zu empfangen. Und es freut mich, ihn bei guter Gesundheit anzutreffen.«

»Ganz meinerseits, lieber Disheng.« Sein Zweitname, gereinigte Wiedergeburt, den der General damals nach der Palastprüfung angenommen hatte. Es klang wie der Auftakt zu einer längeren Begrüßung, aber der alte Mann räusperte sich nur und ließ den Blick auf seinem Schüler ruhen. Der Spitzname passte immer noch.

»Natürlich wünschte ich, unser Wiedersehen fände unter glücklicheren Umständen statt. Nie habe ich die Hauptstadt in solchem Aufruhr erlebt. Ich wage mir kaum vorzustellen, wie sehr der Kaiser unter den Ereignissen leidet.«

Mushun kratzte sich am Kopf. Floskeln und bloße Höflichkeiten machten ihn seit jeher ungeduldig. »Wir verlangen nach deiner Armee«, sagte er, »und hier bist du – allein. Nicht die Niedertracht seiner Feinde ist es, worunter der Kaiser leidet. Wer würde von Barbaren etwas anderes erwarten? Schmerzhaft sind die Zweifel an der Loyalität seiner Untertanen.«

»Ich bin persönlich gekommen, um die Gründe für mein Handeln darzulegen.«

»Wem, mir?«

»Als ich aufgebrochen bin, wusste ich nicht, dass sich der Kaiser nach Rehe zurückziehen würde. Ich hatte gehofft ...«

»Vor das heilige Antlitz zu treten, ohne gerufen worden zu sein?« Mushun sprach kühl und knapp, aber die Mundwinkel umspielte ein Lächeln, so als wollte er seinem Schüler nur auf den Zahn fühlen. »Du bist weit gereist, mein Lieber. Kommst aus Qimen, hört man.«

Nickend stellte der General das Teepäckchen auf den Tisch. »Ein kleines Mitbringsel.«

Mushun sah es nicht einmal an. »Dem Ruf nach Shanghai wolltest du auch nicht folgen?«

»Einer meiner engsten Vertrauten wird mich dort vertreten, sobald meine Geschäfte in der Hauptstadt erledigt sind. Aus Qimen kann ich vorläufig nicht weg.«

»Außer, um hierherzukommen. Den Stellvertreter kenne ich, ein Grünschnabel aus Anhui. Schöne Handschrift, loses Mundwerk. Warum er?«

»Die wichtigste Lektion, die ich von meinem Lehrer gelernt habe, betrifft die Kultivierung von Talent. Inzwischen habe ich dabei selbst einige Erfolge erzielt. Li Hongzhang ist kein einfacher Mann, aber er hat mein Vertrauen.«

Die Antwort schien seinem Lehrer zu gefallen. »Die Kultivierung von Talent, hm? Bevor der Kaiser dich damals in den Kampf geschickt hat, wurden überall Meinungen eingeholt. Tang Jian, Wo Ren, deine Lehrer von früher. Die Antworten unterschieden sich kaum: Mäßig begabt, hieß es, aber er versteht es, Leute zu benutzen.«

»Das war es nicht, was ich meinte.«

»Humor hattest du noch nie.« Amüsiert schüttelte Mushun den Kopf. Trotz seiner vielen Titel und Ämter pflegte er die Ungeschliffenheit eines alten mandschurischen Bannermanns. »Offen gestanden, hat niemand geglaubt, dass aus dir ein Feldherr werden würde. Außer mir. Jeden deiner Schritte habe ich beobachtet, von Anfang an. Du hast Fehler gemacht, dein Hochmut stand dir im Weg. Immerzu denkst du, man kann den Tiger am Hintern berühren, deshalb hast du mehr Feinde, als du weißt, und weniger Freunde, als du brauchst.« Darauf wollte der General etwas erwidern, aber sein Mentor hob gebieterisch die Hand. »Trotzdem hast du eine Armee aufgebaut, beinahe aus dem Nichts. Am Hof hat man es kaum bemerkt. Es war clever von dir, in deinen Berichten das Wort Armee zu vermeiden und von einer Miliz zu sprechen. Mein Schüler, habe ich gedacht. Lässt sich erst in die Karten schauen, wenn sein Blatt gut genug ist. Offenbar glaubst du, dass es jetzt so weit ist. Hoffen wir, dass du dich nicht täuschst.«

»Ich wünschte, mein Lehrer hätte recht«, sagte er, die Drohung übergehend. »Leider bin ich als Bittsteller gekommen. Wir brauchen mehr Geld, mehr Männer und bessere Waffen. Die Langhaarigen sind uns zahlenmäßig weit überlegen, es fehlt an allem.«

»Sie setzen euch ganz schön zu, nicht wahr? Dabei sagst du selbst immer, dass es nicht auf die Zahl, sondern auf die Qualität der Soldaten ankommt. Ihr kämpft gegen den Abschaum des Reichs, Erdfresser aus dem Süden. In der Hauptstadt interessiert man sich eher für die Größe *deiner* Armee. Ein Generalstab von zweihundert Männern, man mag sich kaum vorstellen, was die alle machen. Du hast mehr Mitarbeiter als ein Gouverneur.«

»Ich bin der Generalgouverneur von drei Provinzen.«

»Und Chinese.« Mushuns Lippen schmatzten, als kostete er ein Gericht und fragte sich, was darin fehlte. »Ich weiß, dass du glaubst, über alle Zweifel erhaben zu sein, aber darf ich dich an deine ersten Petitionen an den jungen Kaiser erinnern: Unfähige Generäle im Feld, Mangel an politischer

Führung – und was warst du zu dem Zeitpunkt? Ohne mein Eingreifen hätte man dich nie aus dem Trauerurlaub zurückgerufen.«

»So ungern ich meinem Lehrer widerspreche, muss ich darauf bestehen ...«

»Dass du es gut gemeint hast? Hör mir zu. Du warst jung und unerfahren, aber du hast aus deinen Fehlern gelernt. Einige Entscheidungen im Feld waren unglücklich, aber für einen Bücherwurm hast du deine Sache gut gemacht. Neuerdings scheinst du allerdings zu glauben, dass kaiserliche Befehle für dich nicht gelten. Dass du besser weißt, was die Lage erfordert.« Vorwürfe, die aus Mushuns Mund wie ein Todesurteil klangen, aber je länger sie sprachen, desto ruhiger wurde der General. Seine Feinde umschmeichelte das Krokodil, nur zu Freunden und Schülern war er so streng wie jetzt.

»Warum«, fragte er, statt sich gegen die Vorwürfe zu verteidigen, »warum hat man mich damals mit der Aushebung einer Armee betraut? Weil ich nach dem Tod meiner Mutter sowieso in Hunan war?«

»Auch. Es sah nach einer schnellen Lösung aus.«

»Ich hatte keine militärische Erfahrung und in Hunan kaum Verbündete. Die Beamten in Changsha waren allesamt gegen mich.«

»Wen hätten wir schicken sollen? Im Übrigen solltest du keine Armee ausheben, mein Lieber, sondern eine Miliz. Die Armee war deine Idee, dafür hattest du kein Mandat.«

»Der Hof dachte, es wäre ein Aufstand wie damals der Weiße Lotus.«

»Ein Aufstand eben. Nicht der erste, nicht der letzte.«

»Als ich in Changsha ankam, herrschte noch größeres Chaos als heute in der Hauptstadt. Mir war klar, dass es nicht reichen würde, nur ein paar Dutzend Männer zu bewaffnen.«

»Also hast du die Macht an dich gerissen. Und du dachtest, die Beamten schauen zu und lassen dich gewähren? Das ist es, was ich mit Hochmut meine. Du hast dich aufgeführt, als wärest du damals schon Generalgouverneur gewesen. In Wirklichkeit hattest du kein Amt.«

»Trotzdem habe ich es geschafft, für Ordnung zu sorgen.«

»Die Langhaarigen waren bereits weitergezogen nach Nanking. Wo sie meines Wissens immer noch sind, während du in Anhui was tust?«

»Es nützt ihnen, dass sie unterschätzt werden. Der Abschaum des Reichs, Erdfresser aus dem Süden. In Wirklichkeit haben sie eine gut organisierte Armee. Um sie zu besiegen, braucht man zuerst einen Plan.«

»Der darin besteht, sich in den Bergen von Anhui zu verstecken? Du hattest den *Befehl*, nach Osten zu ziehen!«

Für einen Moment schloss der General die Augen. Mushun war ein erfahrener Beamter, aber von militärischer Planung verstand er nichts. Er tat bloß gern so. »Weiß der Kaiser, wie es im Yangtze-Tal aussieht?«, fragte er. »Menschen kratzen die Rinde von den Bäumen, um sie zu essen. Auf den Feldern wächst kein Halm mehr. Weiß der Hof das? Was geschieht mit den Berichten, die ich schreibe?«

»Ich lese sie.« Sein Mentor lächelte. »Es wird immer schwieriger, an sie heranzukommen, aber noch schaffe ich es. Deinen schönen Stil hast du dir bewahrt. Im Übrigen wusste ich nicht, dass du mit so viel Zeit kommen würdest. Als dein Brief eintraf, dachte ich, es sei ein Höflichkeitsbesuch bei deinem alten Lehrer. Soll ich Tee bringen lassen?«

Bevor er ablehnen konnte, klatschte Mushun in die Hände, und sofort öffnete sich die Tür. Mandschus mochten ihren Tee bitter und mit Kuhmilch versetzt. Irgendwo hatte der General gehört, dass die Barbaren ebenfalls Milch in den Tee gaben. Widerlich.

»Es ist also kein Höflichkeitsbesuch. Ich gestehe, das rührt mich. Seit ich im Ruhestand bin, behandeln mich alle wie einen entfernten Onkel, der um seine Eltern trauert. Früher saß ich Männern gegenüber, auf deren Stirn der Schweiß stand, heute kommen sie mit Tee und Ginseng. Niemand lässt sich mehr dazu herab, mich zu fürchten.«

»Es gibt in der Hauptstadt wenige Männer, die mehr Respekt genießen als mein Lehrer.«

»Ist ja niemand mehr hier. Auf meinem Morgenspaziergang begegne ich ein paar Wachen, das ist alles. Es wäre der ideale Zeitpunkt für einen Staatsstreich, aber wem sage ich das.«

Statt sich provozieren zu lassen, ging der General auf den Plauderton ein. »Mein Lehrer steht immer noch jeden Morgen vor der Sonne auf?«

»Wann sonst? Wir haben vergessen, wie anstrengend es ist, nicht zu verweichlichen. Statt unsere Sitten zu pflegen, haben wir uns euren angepasst. Gedichte, teurer Tee, Kalligraphie. Wir Mandschus sind ein Kriegervolk, aber die jungen Männer von heute können nicht mehr mit Pfeil und Bogen umgehen. Bald werden sie Pferde mit Kamelen verwechseln. Manchmal denke ich, der Himmel hat uns die westlichen Barbaren als Prüfung geschickt. Ist dir aufgefallen, dass wir nichts über sie wissen? Du bist der Generalgouverneur der Provinz, wo die meisten von ihnen leben, aber hast du je einen gesehen? Wir wollen uns nicht mit ihnen beschäftigen, obwohl ihre Armee zwanzig *Li* vor unserer Hauptstadt steht.«

»Wie ich weiß, hatte mein Lehrer früher in Kanton mit ihnen zu tun.«

»Gelegentlich, sie durften die Stadt ja nicht betreten. Ein paarmal war ich in den Kontoren am Fluss. Winzige Häuser. Hühnerställe haben wir sie genannt.«

»Damals waren es ein paar Händler, jetzt bringen sie ihre Frauen und Kinder mit.«

»Wir haben sie als unwillkommene Gäste betrachtet. Wann verschwinden sie wieder, war unsere einzige Frage. Um ihren Abgang zu beschleunigen, haben wir sie schlecht behandelt, aber als sie es leid waren, sind sie nicht verschwunden, sondern haben einen Krieg begonnen. Sie selbst betrachten sich nämlich nicht als Gäste, sondern als Herren. Indien gehört ihnen, aber reicht ihnen das? Nein, sie wollen immer mehr. Wie oft habe ich mich gefragt, warum sie den Vertrag unbedingt in der Hauptstadt unterschreiben wollen und nirgendwo anders.«

»Um uns zu demütigen.«

»Ja und nein. Sie erlauben nicht, dass wir sie behandeln, als kämen sie aus Siam oder Korea. Sonderrechte wollen sie. Herrenrechte. Einer von ihnen soll dauerhaft bei uns leben, hier in der Hauptstadt, sie nennen es Botschafter. Einmal habe ich einen englischen Barbaren gefragt, was das ist. Ein Botschafter, hat er gesagt, ist ein Mann, den man in die Fremde schickt, damit er für sein Heimatland lügt.« Mushun zuckte mit den Schultern. »Keine Ahnung, ob es ein Witz war. Immerzu behaupten sie, nur Handel treiben zu wollen, aber den Krieg führen sie, um einen Botschafter in unserer Hauptstadt zu stationieren? In Wirklichkeit geht es ihnen um Herrschaft – über uns.«

»Es muss schwierig gewesen sein, mit ihnen umzugehen.«

»Als ich zum ersten Mal einen gesehen habe, war ich erstaunt, dass er so lief wie wir. Man hatte mir gesagt, sie laufen wie Enten, weil sie Schwimmhäute haben. An Land können sie uns nicht gefährlich werden. Hast du dich mal gefragt, wie sie auf uns blicken? Niemanden scheint zu interessieren, was die angeblichen Herren in uns sehen.«

»Weil es Barbaren sind. Woher sollte jemand wissen, was in ihnen vorgeht?«

»Sie sind der Feind, und den kennst du erst, wenn du weißt, was er über dich denkt.«

Die Tür ging auf, der Tee wurde gebracht. Kurz blickte der General auf die milchige Brühe, die man vor ihm abstellte. Was sein Lehrer sagte, lief darauf hinaus, dass die Barbaren nicht vorhatten, jemals wieder zu verschwinden. Sie waren gekommen, um zu bleiben und zu herrschen. Um die Söhne des Gelben Kaisers in ihrem eigenen Land zu unterjochen! »Ein einziges Buch gibt es«, fuhr Mushun fort, nachdem er einen Schluck getrunken hatte. »Über die ausländischen Teufel, meine ich. Stell dir vor, es wurde von einem Mann geschrieben, den wir beide kennen. Deinem Lehrer Wei Yuan.«

»Meinem Lehrer ...« Der General stutzte. »Wie geht es ihm?«

»Er ist vor drei Jahren gestorben. Vor einigen Monden hat mir ein Besucher von einem japanischen Gesandten erzählt, der sich über unsere Erfahrung mit den Barbaren informieren wollte. In Edo weiß man, dass ihnen dasselbe bevorsteht, also haben sie einen Mann geschickt, und der fragte gezielt nach einem *Atlas der Länder hinter dem Ozean*. So habe ich von einem Buch erfahren, das in meiner Nachbarschaft entstanden ist. Die Japaner wussten es vor mir.« Abrupt stand der alte Mann auf und schlurfte zu einem bemalten Wandschirm. Der General befürchtete, er werde sich dort erleichtern, aber kurz darauf kam er mit einem Buch in der Hand zurück. »Nimm du es, ich bin zu alt, um noch zum Experten zu werden.«

Es war ein großformatiger Band, abgestoßen an den Ecken, mit einer gezeichneten Karte auf dem Einband. Der General stand auf und fragte sich, wie ihm ein Buch über die Barbaren im Kampf gegen langhaarige Banditen helfen sollte. Vielleicht war es unnötig gewesen, in die Hauptstadt zu kommen, der Norden führte einen anderen Krieg, und die Hunan Armee musste selbst sehen, wie sie ihre Ziele erreichte. Einen Moment lang blieb er stehen und suchte nach den richtigen Worten für den Abschied, dann sagte Mushun: »Wenn du schon mal hier bist … Es gibt etwas, das ich dir seit einiger Zeit mitteilen will, aber keinem Boten anvertrauen kann. Du bist gekommen, weil du auf eine Audienz mit Prinz Gong hoffst, nicht wahr?« Seine Hand wies den Gast zurück auf den Stuhl.

»Ist er der Mann, an den ich mich wenden soll?«

»Du hast nicht den besten Zeitpunkt gewählt. Der Prinz ist beschäftigt.«

»Er verhandelt mit den Barbaren?«

»Im Moment werden Briefe gewechselt. Der Prinz muss sich einen Überblick über die Situation verschaffen.« Mushun gab einen Seufzer von sich, der beinahe zufrieden klang. Offenbar war er zurück im Spiel. »Zu lange hatte niemand die Zügel in der Hand. Der Kaiser wollte keine Barbaren in der Hauptstadt, alles andere war ihm egal. Statt ihm die Wahrheit zu sagen, hat man ihm falsche Hoffnungen gemacht. Geiseln wurden genommen, stell dir vor! Sankolinsins Idee. Die Barbaren führen Krieg, und wir versuchen, einen Kuhhandel daraus zu machen. Jetzt stehen sie vor unseren Toren.«

»Wir haben Geiseln genommen? Ausländische Teufel?«

»Die meisten sind schwarze Teufel aus Indien, für die sich niemand interessiert. Aber fünf oder sechs sind Engländer. Der schreckliche Barbar fordert natürlich, sie unverzüglich frei zu lassen, andernfalls will er die Hauptstadt angreifen. Leider sieht es so aus, dass nicht mehr alle am Leben sind. Ausländische Teufel saufen das Blut ihrer Feinde, aber wenn sie drei Tage nicht baden, krepieren sie. Zwei wurden exekutiert, als Rache für die Niederlage bei den Brücken.« Angeekelt spuckte Mushun in den Napf zu seinen Füßen. Nichts war ihm so verhasst wie unüberlegtes, kopfloses Vorgehen. »Jetzt ist der Kaiser in den Norden geflohen, und wir müssen zusehen, wie wir den Zorn dieser Bestien besänftigen. Wenn es uns nicht gelingt, verlieren wir alles.«

»Sie warten nur auf ein Zeichen der Schwäche.«

»Redest du auch schon so? Wenn sie die Zeichen unserer Schwäche bisher übersehen haben sollten, ist alles gut. Dann sind sie nämlich blind und werden sich früher oder später gegenseitig erschießen.« Mushun schnaubte verächtlich und beugte sich nach vorn. »Denkst du, ich verstehe nichts von Ehre? Jahrelang wurde ich beschimpft, weil ich damals gesagt habe, vergesst nicht, wie schwach wir sind.« Das bezog sich auf den Krieg vor zwanzig Jahren, als der alte Mann zu denen gehört hatte, die einen Waffengang vermeiden wollten. »Dasselbe sage ich jetzt wieder. Eingebildete Stärke ist die größte Schwäche von allen.«

»Letztes Jahr am Peiho haben wir standgehalten und sie geschlagen.«

»Seitdem sind alle wie besoffen von unserer angeblichen Überlegenheit. Wir werfen sie ins Meer, haben die Prinzen getönt. Lass es dir von mir gesagt sein, jeder Sieg birgt den Keim der Niederlage. Diese Dummköpfe dachten, wir nehmen ein paar Geiseln, und der schreckliche Barbar schickt seine Männer zurück auf die Schiffe. Pah!« Noch einmal spuckte Mushun aus. Schweiß lief unter dem Rand seiner Mütze hervor. »Vor drei Jahren haben die schwarzen Teufel in Indien einen Aufstand gestartet. Sie wollten die Engländer aus dem Land jagen und haben Frauen und Kinder als Geiseln genommen. Einige wurden umgebracht. Was taten die Engländer? Haben sie gesagt: Oh, wie gefährlich hier, schnell nach Hause? Nein, sie haben die Armee geschickt, was sonst. Jeden schwarzen Teufel, der ihnen in die Hände fiel, haben sie massakriert. Sie haben sie vor die Mündung ihrer Kano-

449

nen gebunden und in Stücke geschossen. Dörfer wurden niedergebrannt, mit Frauen und Kindern darin. Weil die schwarzen Teufel Kühe anbeten, haben sie sogar die Kühe umgebracht. Das sind die Männer, die vor unserer Hauptstadt stehen. Zehn- oder zwanzigtausend. Glaub mir, sie warten nicht auf ein Zeichen der Schwäche, sondern hoffen, dass wir so dumm sind und ihre Geiseln töten, also rede nicht daher wie ein Prinz! Unsere Reiter wurden zu Klump geschossen, bevor sie wussten, wo der Feind stand! Wenn die Barbaren ihre Kanonen auf unsere Hauptstadt richten, wird nichts bleiben außer Schutt und Asche.« Mushun nahm den Fächer von seinem Gürtel, stützte einen Ellbogen auf die Stuhllehne und fächerte sich Luft zu. In den umliegenden Zimmern erklangen Stimmen, so als würde das Haus auf einmal zum Leben erwachen.

»Was hat der Kaiser jetzt vor?«, fragte der General und versuchte, seine Gedanken zu ordnen. »Weiß er um den Ernst der Lage.«

»Er ist in Rehe und wird abgeschirmt. Die Prinzen lassen niemanden zu ihm.«

»Ist sein Zustand so schlecht, wie man sagt?«

»Schlechter.«

»Was heißt das?«

»Du weißt, was es heißt.« Schadenfroh sah sein Mentor ihn an. »Jetzt wünschst du, du wärest in Qimen geblieben, wie? Bei deinen langhaarigen Banditen mit ihren primitiven Waffen. Ich weiß noch, wie du zum ersten Mal in mein Büro gekommen bist, zitternd vor Aufregung und bebend vor Stolz. Dass du dich im Norden nicht wohlfühlst, habe ich auf den ersten Blick gesehen. Spielst du noch Go?«

»Wenn ich Zeit finde.«

»Wozu? Man kann zwar viele Züge machen, hat aber nur einen Gegner, und er sitzt einem gegenüber. Diesen Luxus gibt es im richtigen Leben nicht. Du musst flexibler werden, hörst du. Ich habe deine Berichte gelesen, du bist ein großer Systematiker, aber du lässt dich überraschen. Im Krieg muss man jederzeit damit rechnen, dass ein neuer Gegner auftaucht. Einen, den man nie auf der Rechnung hatte.«

»Zum Beispiel?«

»Frag nicht, wenn du bloß höflich sein willst. Ich hätte mehr Zeit gebraucht, dir in Ruhe alles beizubringen. Jetzt bist du Generalgouverneur und der mächtigste Mann außerhalb der Hauptstadt. Nein, warte – im Moment bist du der mächtigste Mann *innerhalb* der Hauptstadt.« Die Miene seines Mentors ließ nicht erkennen, ob er ihn auf den Arm nehmen wollte. Kalt und reglos fixierte er sein Gegenüber wie ein Beutetier. »Du bekommst keine Audienz bei Prinz Gong. Überleg dir, wie es aussieht: Der Kaiser flieht, und plötzlich tauchst du bei dem Mann auf, von dem viele glauben, er verkaufe das Reich an die Barbaren. Dein Leichtsinn grenzt an Dummheit. Denkst du, es waren die vielen Hinrichtungen in Hunan, die dich verdächtig gemacht haben? Glaubst du, es kümmert hier jemanden, dass man dich General Kopf-ab nennt? Der Hof misstraut dir wegen deiner Armee. Jetzt bist du Generalgouverneur und bittest darum, eine neue Steuer eintreiben zu dürfen. Was als Nächstes, die eigene Hauptstadt? In Changsha hast du die Macht an dich gerissen, nachdem alle geflohen waren. Jetzt fliehen alle von hier, und wer klopft an meine Tür?«

»Ich, Zeng Guofan. Allein.«

»Auf der Suche nach Verbündeten?«

»Im Moment wäre ich schon froh, mir würde jemand zuhören. Meine Armee hat einen Plan für das gesamte Yangtze-Tal, aber niemanden interessiert es. Wenn ich eigenmächtig handele, mache ich mich verdächtig. Und das, nachdem ich sieben Jahre lang gegen die Feinde des Kaisers gekämpft habe.« Er wünschte, Mushun würde endlich sagen, was er mit ihm besprechen wollte, statt in einem fort vage Verdächtigungen vorzubringen. Ihre Zusammenkunft dauerte schon außergewöhnlich lange, aber warum? »Ist Prinz Gong in der Lage«, fragte der General, um das Thema zu wechseln, »die Verhandlungen mit den Barbaren zu führen? Er hat wenig Erfahrung.«

»Keine Sorge, ich habe ihn gründlich vorbereitet. Er war schon als Sechsjähriger äußerst fleißig. Vom älteren Bruder hieß es damals, dass er lieber ins Hanjiatan-Viertel geht, statt zu studieren. Alle Erzieher waren besorgt deswegen. Ich nicht, im Gegenteil. Je zweifelhafter der Ruf des Älteren wurde, desto sicherer konnte ich sein, den künftigen Kaiser zu erziehen. An seiner Eignung hatte ich keine Zweifel.« Mushun hielt einen Moment inne und blickte dem General in die Augen. »Hör zu, wenn du aus meinen Fehlern lernen willst.«

»Es kam anders.«

»Mit der Gesundheit des alten Kaisers ging es bergab. Der Krieg gegen die Barbaren hatte ihm zugesetzt, er wurde immer verschlossener. Die Entscheidung über die Thronfolge hat er getroffen, ohne meinen Rat einzuholen. Eines Tages rief er die beiden ältesten Söhne zu sich und fragte: Wenn ihr den Himmelsthron besteigt, was werdet ihr tun? Prinz Gong war vorbereitet. Ich hatte mit ihm die Reformen der Jiaqing-Zeit studiert, und er verstand genau, worum es ging. Sein Vortrag wäre eines Großen Sekretärs würdig gewesen.« Einen Moment lang waren nur Mushuns keuchender Atem und der Regen zu hören, der draußen niederging. Kühle Luft wehte ins Zimmer, und der General ahnte, dass der wichtige Teil der Unterredung begonnen hatte. Der Kaiser würde sterben und ein Kampf um die Macht ausbrechen, von dessen Ausgang auch für ihn alles abhing. »Was hat der ältere Bruder geantwortet?«, fragte er.

»Nichts. Er hat sich schluchzend auf den Boden geworfen, das war alles. Es sollte heißen: Damit ich Kaiser werde, muss mein Vater gestorben sein. Vielleicht hat er nicht mal bezweckt, Thronfolger zu werden, aber die Entscheidung war gefallen. Der alte Kaiser hat sie an Ort und Stelle getroffen, überwältigt von so viel Sohnesliebe. Ich wusste von nichts.«

»Wie hat Prinz Gong reagiert?«

»So wie ich es ihm beigebracht hatte.«

»Aber jetzt, wenn der Kaiser bei schlechter Gesundheit ist?«

»Tja, hier beginnt es, spannend zu werden. Der Kaiser hat einen einzigen Sohn. Sechzehn Konkubinen und nur einen Sohn. Man fragt sich, was ihn damals in die Amüsierviertel getrieben hat. Offenbar nicht sein männliches Qi!«

»Der Sohn ist noch ein Kind. Jemand muss Prinzregent werden.«

»Interesse?« Kurz lachte Mushun über seinen Scherz und wurde wieder ernst. »Wie ich die Lage einschätze, wird ein kleiner Kreis die Aufgabe übernehmen. Wer ihm angehören darf, machen sie unter sich aus, oben in Rehe. Ich habe dir die Geschichte erzählt, damit du verstehst, dass es darauf ankommt, im entscheidenden Moment am richtigen Ort zu sein. Ich war es nicht und bereue es bis heute. Im Moment bist du es, der sich am falschen Ort aufhält.« Es klopfte an der Tür und sein Mentor nickte ihm zu. »Jetzt musst du mich entschuldigen. Auch ein alter Mann wird ab und zu noch gebraucht.«

»Ich nehme an, mein Lehrer hat seine Schlüsse aus der Geschichte gezogen.«

Mushun erhob sich. »Ich verstehe nicht, was dich hierhergetrieben hat«, sagte er. »Ist dir nicht klar, dass dir zwar alle misstrauen, aber niemand dein Feind sein will? Geh zurück und führe deinen Krieg! Gewinne ihn! Danach solltest du

453

dich daran erinnern, dass in jedem Sieg der Keim der Niederlage liegt.«

»Es gibt keine Möglichkeit für eine Audienz bei Prinz Gong?«

»Was für ein starrköpfiger Kerl du bist! Hörst du nicht zu?«

»Kann ich ihm eine Nachricht zukommen lassen?«

»Ich denke darüber nach«, sagte Mushun und begleitete ihn zum Ausgang. Der Regen hatte nachgelassen, vor ihnen erstreckten sich hohe Mauern, geschwungene Dächer und die gelb gekachelten Wände des Kaiserpalasts. Die Mitte eines Reiches, das jeden Moment in sich zusammenfallen konnte. Seit er in der Hauptstadt war, spürte er, dass die Welt, die er kannte, kurz vor dem Untergang stand, aber glauben konnte er es trotzdem nicht. »Ich werde noch einige Tage in der Stadt sein«, sagte er. »Falls sich doch noch eine …«

»Bleib im Haus und lies das Buch, das ich dir gegeben habe. Wir müssen uns entscheiden, ob wir von den Barbaren beherrscht werden oder von ihnen lernen wollen. Das sind die Optionen. Die Frage ist, ob wir den Mut haben, die richtige zu wählen.«

Damit ließ sein Mentor ihn stehen, und der General kehrte zum Anwesen seines Freundes zurück und zog sich um. Viele Briefe waren zu schreiben, aber das verschob er auf später. Als er wieder auf die Straße trat, kam vorsichtig die Sonne hervor, und er wendete sich nach Osten. Das strenge Verbot, die Stadtmauern zu betreten, wurde schon lange nicht mehr durchgesetzt. Im Näherkommen sah er überall Grüppchen, die gestikulierend vor den Zinnen standen oder reglos in die Ferne starrten, auf das in der Ebene lagernde Heer der Barbaren. Rampen aus aufgeschütteten Steinen führten hinauf.

Im letzten Moment zögerte er. Es stimmte, dass er sich

im Norden nie wohlgefühlt hatte. Peking war die Hauptstadt der kalten Winde, die über flaches, lehmgraues Land wehten. Man trug schon im achten Mond gefütterte Roben, und im Herbst verschwand alles hinter dem gelblichen Schleier der Sandstürme. Zu Hause dagegen strömten die Flüsse breit und träge durch grüne Ebenen, haushoch wuchs der Bambus auf den Hügeln. Dorthin hatte sich Wang Fuzhi zurückgezogen, als im Norden die Mandschus eingefallen waren, die er Barbaren nannte, weil sie kein mitfühlendes Herz hatten. Über zweihundert Jahre war es her. Die Tugend des Herrschers ist wie der Wind, hieß es in den *Gesprächen*, die des gemeinen Mannes wie das Gras: Wenn der Wind weht, beugt sich das Gras. Aber galt das auch für einen kranken, vergnügungssüchtigen Herrscher, der sich lieber von Konkubinen umsorgen ließ, als die Kraft seiner Tugendhaftigkeit zu pflegen? Besaß die Dynastie das Mandat des Himmels noch, oder braute sich ein Sturm zusammen, der sie hinwegfegen und einer neuen den Weg ebnen würde?

Nachdenklich blickte der General auf die Mauer. Manchmal kam es ihm vor, als könnte er seinen eigenen Gedanken nicht folgen. Hatten die Mandschus das Reich nicht größer und mächtiger gemacht als je zuvor in seiner Geschichte? Endlose Wüsten und die weißen Berge von Tibet, alles gehörte den großen Qing, oder sollten schon diese Siege der Beginn der heutigen Niederlage gewesen sein? Sechzig Jahre lang hatte der Kangxi-Kaiser einst auf dem Drachenthron gesessen und vierunddreißig Söhne gezeugt. Jetzt war sein Nachfahre geflohen, um fern der Hauptstadt zu sterben, und vor den Toren standen Barbaren, deren Kraft mit Tugendhaftigkeit nichts zu tun hatte. Auf die Waffen kam es an. Wenn es gegen ihre Kanonen kein Mittel gab, war nicht allein die Dynastie dem Untergang geweiht, sondern alles unter dem Himmel. Dann würde das Undenkbare geschehen, und der

General fragte sich, warum er es kommen sah und dennoch nicht glaubte. Es war, als fehlte ihm entweder die Fantasie oder der Mut, um sich vorzustellen, dass die Wirklichkeit wirklich war.

*Das Tagebuch des Mädchens Huang Shuhua*
*Zehntes Jahr, achter Mond,*
*fünfundzwanzigster Tag im Himmlischen*
*Reich des Großen Friedens*

八月二十五日　太平天國庚申十年　少女黃淑華日記

Manchmal glaube ich, noch nie war ein Mensch so glücklich wie ich. Was hat man uns früher für Lügen erzählt! Dass die Langhaarigen wilde Tiere sind, die alles zerstören wollen. In Wirklichkeit trägt das kleine Paradies seinen Namen zu Recht, besonders jetzt, wenn die Sommerhitze nachlässt und die Nächte kühler werden. Alles ist neu und aufregend hier, zum ersten Mal im Leben werde ich nicht wegen meiner Füße verspottet, im Gegenteil! Wenn sich auf der Straße eine Frau mit gebundenen Füßen zeigt, schauen die Leute sie mitleidig an, aber es kommt auch vor, dass jemand herbeieilt, um sie am Arm zu führen. Alle spüren, dass in der Himmlischen Hauptstadt etwas Neues und Großes entsteht. Vor fünf Monden bin ich angekommen, dünn wie ein Stock, und noch immer wache ich morgens auf und fürchte, ich hätte nur geträumt. Dann schaue ich mich vorsichtig in der Kammer um, es war kein Traum, und ich könnte schreien vor Glück. Natürlich schreie ich nicht, sondern warte still, bis der kleine Baobao hereinkommt, um zu schauen, ob die Tante wach ist. Dann machen wir zusammen ein Geschrei wie die Mongolen, und Mutter schimpft, weil ich schon siebzehn *sui* bin und nie einen Mann finden werde, wenn ich mich so aufführe. Sie ist die Einzige von uns, die nicht findet, dass wir im Paradies leben.

Unsere Gasse liegt nur wenige Schritte entfernt vom Han-zhong-Tor. Fast alle Männer, die hier wohnen, arbeiten in Va-ters Druckerei (sie gehört ihm nicht, aber ich sage es so), und wenn ich nach der Bibelschule Zeit habe, schaue ich bei ihm vorbei. Allmählich werden meine Haare wieder länger, ich habe zugenommen, und Baobao sagt, die Tante ist so lustig wie früher. Er ist ein bisschen pummelig geworden, aber daran bin ich mitschuldig – sobald ich ihn sehe, stopfe ich ihm was in den Mund. Mutter schimpft mal wieder, weil die Vorräte knapp sind und es Märkte nur noch draußen vor der Stadt gibt, aber wenn ich anbiete, ihr das Einkaufen ab-zunehmen, lässt sie es nicht zu. Keine Ahnung warum. Na-türlich müssen wir aufpassen, dass sich nicht als Händler verkleidete Feinde bei uns einschleichen. Nach dem Krieg wird es anders sein, dann wird aus dem kleinen Paradies das große werden.

Die Druckerei war einmal ein Yamen des Ostkönigs. Wer das war, habe ich vergessen, auch im Unterricht ist für mich al-les neu; ich glaube, er hat früher den Willen des Himmlischen Vaters verkündet und wurde mit seiner gesamten Armee in den Himmel gerufen. Jedenfalls ist es ein schönes Gebäude, wie es sie früher zu Hause gab, mit drei Reihen von Räumen und kleinen Innenhöfen. Links sind die Werkstätten, in der Mitte die Schreibstuben und rechts die Lager. Wenn Vater Zeit hat, zeigt er mir, was sie drucken – Plakate, Aufrufe, so-gar die Bibel, die der Himmlische König herausgibt. Die Leh-rer sagen, wenn wir uns anstrengen, wird er uns eines Tages im Palast des Goldenen Drachen empfangen. Vorher muss ich die Prüfung bestehen, damit ich getauft werden kann, danach finde ich vielleicht eine Stelle im Palast – alle Kurie-re und Sekretäre dort sind Frauen, ist das nicht unglaub-lich? Frauen, die in Schreibstuben arbeiten! Es gibt auch welche, die die Tore bewachen und Waffen tragen! Ehrlich gesagt, für uns ist das kleine Paradies längst das große, und gestern in der Druckerei habe ich gefragt, warum es Mutter denn nicht gefällt. Vater hat das Gesicht gemacht, das er oft macht, wenn es um sie geht. Ihre Familie kommt aus Suzhou, für ihren Geschmack leben hier zu viele Leute aus dem Süden. Wie die sich anziehen, habe ich gesagt, ist wirklich kurios, aber sofort sah er mich streng an und legte einen Finger auf seine Lippen. Sein Direktor ist, was man einen Alten Bruder nennt: Er war von Anfang an dabei und kannte den Himmlischen König schon, als alle noch in den Bergen gelebt und gehungert haben. Du musst fleißig sein, sagte Vater, dann öffnen sich Türen, die dir früher verschlossen waren. Ansonsten hör auf deine Mutter.

So ist er eben. Als ich vor fünf Monden ankam und von einer Wache in die Druckerei gebracht wurde, hat er mich erst nicht erkannt, verdreckt und abgemagert, wie ich war. Dann fiel er auf die Knie und schloss mich in die Arme. Sobald ich daran denke, kommen mir die Tränen. Was für ein Glück es ist, wieder bei meiner Familie zu sein!

Statt zu heulen, wollte ich aber eigentlich etwas erzählen. Es ist so aufregend, dass ich kaum weiß, wo ich anfangen soll. Als ich gerade nach Hause gehen wollte, kam einer der Drucker, um etwas mit Vater zu besprechen. Am Vortag hatte ein Gesandter des Schildkönigs ein Manuskript in einer fremden Sprache abgegeben. Für solche Texte – die dann nach Shanghai geschmuggelt werden – gibt es in der Druckerei eine spezielle Maschine, aber sie ist schwer zu bedienen, weil niemand die fremde Sprache lesen kann. Vater hat also mit dem Drucker geredet, ich stand daneben, und plötzlich meinte der Mann: Der arme Teufel. Wieso armer Teufel, habe ich gefragt. Und was bekam ich zur Antwort? Der Gesandte ist ein ausländischer Bruder, und er hat nur eine Hand.

Unglaublich, oder? Zum Glück habe ich gelernt, mich zu verstellen. Habe nur gefragt, ob der ausländische Bruder oft in die Druckerei kommt. Ab und zu, genau wie ich. Warum mich das freut, weiß ich auch nicht. Ich bin jung, aber ich habe einiges erlebt, Gutes und Schlimmes. Die Lehrer sagen, alles kommt vom Gott Shang Di, der genau weiß und sieht, was auf der Erde geschieht. Wenn etwas Schlimmes passiert, ist es am Ende doch zu etwas gut, man muss nur regelmäßig beten. Zu Hause tun wir es vor jeder Mahlzeit, Vater spricht laut vor, und manchmal füge ich im Stillen hinzu, bitte sorge dafür, dass es meiner Freundin Si-mei gutgeht! Alle sagen, auch das kann Gott hören, deshalb dürfen wir nicht mal in Gedanken sündigen, was wirklich schwierig ist. Bestimmt weiß ER, was ich mir wünsche, vielleicht besser als ich selbst. Was soll ich da noch sagen?

Bitte, bitte, bitte! Amen.

# 17 Der rothaarige Teufel

General Zeng Guofan in Peking
Oktober 1860

Das Anwesen seines Freundes hieß Mondschwert-Residenz. Der ungewöhnliche Name bezog sich auf die halbmondförmig gebogene Waffe des Kriegsgottes Guandi; sein Freund hatte ihn gewählt, weil die beiden Zeichen genauso ausgesprochen wurden wie der Name der Gasse, in der das Haus lag, *yan yue*. Dort saß der General unter den Magnolien im Hof und schrieb an seinen Bruder Guoquan. Bei der Belagerung von Anqing sollte die Hunan Armee eine neue Taktik ausprobieren, auf die er beim Go-Spiel gekommen war. Am Anfang, hatte er bemerkt, war es zwar vorteilhaft, als Belagerer die Rolle des Gastes zu spielen, weil sie Bewegung erlaubte, aber mit der Zeit wurde ein Nachteil daraus, denn ständige Bewegung führte zu Erschöpfung. Stabile Mauern und ausreichende Reserven vorausgesetzt, ging die Hoheit über das Geschehen von den Belagerern auf die Belagerten über, so wie bei der Niederlage der Zentralarmee vor Nanking. War das Stadtgebiet groß genug, um Felder und Weiden anzulegen, konnte man die Bewohner nicht aushungern. Draußen schliefen die Soldaten in undichten Zelten, in der Stadt wurden Ehen geschlossen und Kinder geboren. Vor den Toren Nankings waren seinerzeit Märkte entstanden, wo die Banditen selbstgebrannten Alkohol gegen Tabak und junge Frauen gegen Waffen tauschten. Angeblich lebten bei ihnen fünfmal mehr Frauen als Männer, und während die Belagerer auf die hohen Mauern starrten, träumten sie vom süßen Leben dahinter. Der Gastgeber war der Berg, der Gast glich dem Wasser, das an seinen Hängen herabfloss und versickerte. Mit frischen Kräften hatten die Banditen eines Tages den Ausbruch gewagt und prompt die gesamte Zentralarmee vernichtet.

Wie konnten seine Männer diesem Schicksal entgehen, hatte er sich gefragt. Die Antwort klang verrückt, aber er fand keine bessere: Die Hunan Armee musste sich selbst einmauern! Derzeit war sein Bruder dabei, um die Stadt herum eine zweite Mauer hochzuziehen, die den Bewohnern signalisierte, von nun an sind wir der Gastgeber. Ihr könnt in unserer Mitte leben, aber ihr werdet dort sterben, denn wenn ihr den letzten Atemzug tut, sind wir immer noch hier. Sobald die Menschen in Anqing verstanden hatten, dass sie nicht auf unbestimmte Zeit belagert wurden, sondern für immer gefangen waren, würden sie Verstärkung anfordern, und dann schlug die Stunde der Truppen in der restlichen Provinz, vor allem in Qimen. Dort musste der Feind so lange aufgehalten werden, bis die Hunan Armee aus Anqing das todgeweihte Zentrum einer neuen Festung gemacht hatte.

Während der General seinen Bruder zur Eile mahnte, wurde es in der Hauptstadt immer leerer. Das Heer der ausländischen Barbaren zog in die Ebene um den Lama-Tempel, außerdem hieß es, sie hätten den Sommerpalast nordwestlich der Stadt besetzt. Unaufhaltsam rückte das Ende näher. General Sankolinsin wurde als Befehlshaber abberufen, aber niemand wusste, wohin seine Truppen verschwunden waren. Alles deutete darauf, dass die Hauptstadt bald kapitulieren würde, und nachdem der General die Hoffnung auf eine Audienz bei Prinz Gong aufgegeben hatte, legte er seine Abreise auf den 25. fest. Am Ende waren die Langhaarigen so verwegen, im Winter durch die Berge von Anhui zu ziehen. Er musste sich beeilen, jeder Tag zählte.

Am Morgen des 21. erklang Lärm in der Musikanten-Hutong. Gongs und herrische Stimmen hallten von den Mauern wider. Als der General das Dach der Residenz bestieg, sah er Soldaten, die die Stände der Straßenhändler aus dem Weg räumten, um Platz für eine Sänfte zu schaffen. Sie wurde von acht Männern getragen und war groß genug für zwei Personen, auf ihrem Dach wehte das eingefasste blaue Banner. Weitere Soldaten folgten und bildeten einen schützenden Korridor zwischen den Hausmauern. Erschrocken eilte der General zurück ins Haus, versteckte ein paar Briefe und zog seine beste Robe an. Hatte ihn jemand angeschwärzt? Als es am Tor klopfte, versammelte sich die Dienerschaft im Innenhof und sah ihn ängstlich an. Der Hausherr war bereits aufgebrochen zur Akademie. »Ich, Zeng Guofan, öffne selbst«, sagte er und straffte die Robe.

Draußen stand ein uniformierter Bannermann mit Fellmütze. »Generalgouverneur Zeng?« Sein starker Akzent verriet, dass er erst kürzlich in die Hauptstadt berufen worden war.

»Wer verlangt nach mir?«, fragte der General streng.

»Exzellenz mögen mir folgen«, erwiderte der Soldat lediglich.

In der Gasse drängten sich Schaulustige und flüsterten aufgeregt. Von den verschwitzten Gesichtern der Träger stieg Dampf auf, obwohl es ein kühler Morgen war und sie nur dünne Leibchen trugen. Zwei Soldaten zogen den Vorhang der Sänfte beiseite.

»Überrascht?« In voller Montur, mit Kette um den Hals und der zweiäugigen Pfauenfeder an der Mütze, schaute Mushun ihm entgegen. Sobald der General eingestiegen war, wurde die Sänfte angehoben. »Es freut mich, meinen Lehrer noch einmal zu sehen«, sagte er verwirrt. »Ich hatte bereits Arrangements für die Abreise getroffen.«

»Du solltest längst weg sein.«

Die Soldaten brüllten Befehle, und die Prozession machte sich auf den Weg zurück in die Kaiserstadt. Sein Mentor sah zufrieden aus, sagte aber nichts, und nach einer Weile fühlte der General, wie sich sein Herzschlag beruhigte. Um ihn zu verhaften, hätte man einen anderen Mann geschickt. »Stimmt es, dass die Barbaren den Sommerpalast gestürmt haben?«, fragte er gegen die Stille. »Überall wird erzählt, dass der Prinz nur knapp entkommen sei.«

»Knapp? Gebadet hat er, als sie durchs Tor kamen. Zum Glück waren sie so geblendet, dass sie das Gelände nicht sofort durchkämmt haben. Jetzt liegt alles in Scherben.«

»Warum wurde er nicht gewarnt? Wo sind Sankolinsins Truppen?«

Die Sänfte schaukelte im Rhythmus der Träger, aber Mushuns Krokodilsblick ruhte auf ihm wie die Augen einer Statue. »Ich bin nicht befugt, mit dir über diese Dinge zu sprechen«, sagte er.

»Aber er ist in Sicherheit? Der Prinz.«

»Die Barbaren stehen direkt vor dem Anding-Tor. Niemand ist in Sicherheit.«

»Die Geiseln, heißt es, seien auch im Sommerpalast gewesen. Was ist mit ihnen?«

Statt zu antworten, schob sein Mentor den Vorhang beiseite und warf einen Blick nach draußen. Auf der breiten Allee, die sie inzwischen erreicht hatten, liefen die Träger schneller. »Falls du glaubst, wir seien auf dem Weg zu Prinz Gong, muss ich dich enttäuschen. Er ist nicht in der Stadt.«

»Wohin gehen wir dann?«, fragte der General, aufs Neue alarmiert.

»Mir missfällt der Gedanke, du könntest die weite Reise

umsonst gemacht haben. Also zeige ich dir etwas, wovon du in Zukunft profitieren wirst. Betrachte es als letzte Lektion deines alten Gönners. Danach will ich dich in der Hauptstadt erst wieder sehen, wenn wir dich rufen.«

»Wir? Soll das heißen, mein Lehrer ist nicht länger im Ruhestand?«

Diese Frage schien Mushun zu erheitern. »Vor sieben Jahren hattest du dich nach Hause zurückgezogen, um den Tod deiner Mutter zu betrauern. Dann schrieb dir der Kaiser, dass du gebraucht wirst, also bist du aufgebrochen. Vor zwei Jahren warst du zu Hause, weil dein Vater gestorben war. Der Kaiser schrieb erneut, du hast dir das schwarze Band umgebunden und bist seinem Ruf gefolgt. Es ist unser Schicksal.«

»Das waren Notfälle.«

»Es ist unser Schicksal, in einer Zeit der Notfälle zu leben.«

»Hat der Prinz seinen früheren Erzieher um Hilfe gebeten?«

Seine Beharrlichkeit rang Mushun ein Lächeln ab. »Die Position des Prinzen ist so, dass er nichts tun darf, was Verdacht erregt. Ich weiß aber, dass er mir vertraut. Er weiß, dass er sich auf mich verlassen kann. Mir muss niemand einen Auftrag erteilen.«

»Um was zu tun?«

»Erinnerst du dich, was ich dir über das Go-Spiel sagte? Im wirklichen Leben geht die Gefahr nicht von dem Gegner aus, der dir gegenübersitzt, sondern von dem, den du nicht kennst. Von jemandem, den du für zu schwach hältst, um ihn als Gegner ernst zu nehmen. Hab ich nicht recht? Mit den Barbaren war es so, mit den Langhaarigen auch.«

Während er zuhörte, versuchte der General, nach draußen zu sehen – sie bewegten sich nach Norden –, aber sein

465

Mentor schüttelte den Kopf: »Zeig dich nicht in einer offiziellen Sänfte. Gerade haben wir das Yonghua-Tor passiert.«

»Wir besuchen nicht den Palast?«

»Der ist leer, alle sind in Rehe. Hab Geduld und denk ein bisschen mit. Wer wird jetzt unterschätzt? Wo liegt die größte Gefahr, die es abzuwehren gilt. Die Macht darf nicht in die falschen Hände geraten, wenn der Kaiser stirbt. Stimmst du zu?«

»In die Hände der ... Prinzen?«, flüsterte der General. Die Straße, der sie folgten, führte auf das Anding-Tor zu, und ihm wurde schwindlig bei dem Gedanken, dass Mushun ihn in eine Verschwörung verwickeln wollte. Im Nordosten der Stadt lagen keine Regierungsbüros, nur Tempel und das russische Legationsgebäude.

»Denk nach!«, sagte sein Mentor. »Die Prinzen sind der Gegner, der uns gegenübersitzt. Solange der Thronfolger ein Kind ist, werden sie die Zeit nutzen, um ihn zu beeinflussen. Dafür müssen sie beweisen, dass der Kaiser sie beauftragt hat. Der ist schwer krank. Wie ich höre, wird er von seiner liebsten Konkubine gepflegt. Er empfängt nur wenige Besucher, und meist gelingt es ihm nicht, sich verständlich auszudrücken. Sie muss erklären, was er sagen wollte. Fast niemand sieht ihn ohne ihr Beisein.«

»Wer ist diese Konkubine?«

»Die Mutter des Thronfolgers natürlich.«

Einen Moment lang hatte der General Mühe, ein Lachen zu unterdrücken. »Verstehe ich meinen Lehrer richtig?«

»Deinem Gesicht nach zu urteilen, verstehst du gar nichts.«

»Eine Konkubine des dritten Ranges! Ich kann mich nicht mal an den Namen erinnern.«

»Der tut nichts zur Sache. Wenn der Kaiser stirbt, bekommt sie einen neuen Namen. Sie wird auch einen anderen Titel bekommen, den der Kaiserin-Witwe.«

»Eine Frau!«

»Naturgemäß. Weißt du, dass es den Kaiser früher an gewisse Orte gezogen hat, sagt etwas über ihn aus. Er ist nicht wie seine Vorväter, er amüsiert sich gern. Obwohl er kaum aufstehen kann, sind in Rehe Arbeiter damit beschäftigt, die Opernbühne zu restaurieren. Unfruchtbar ist er auch nicht, trotzdem hat er nach der Geburt des Sohnes kein Kind mehr gezeugt. Fünf Jahre lang.«

»Bei allem Respekt. Eine Frau kann niemandem gefährlich werden.«

»Dein Gedächtnis, mein Lieber. Die Mutter des Shunzhi-Kaisers war nur eine Konkubine, aber noch als ihr Enkel den Thron bestieg, hat sie hinter dem Vorhang regiert. Es kommt selten vor, dass eine Frau klug und machthungrig ist, aber wenn, ist sie doppelt so gefährlich wie ein Mann. In diesem Fall versteht sie sich gut mit der Kaiserin. Das ist ungewöhnlich, sie scheint Leute für sich einnehmen zu können. Der Kaiser soll regelrecht verrückt nach ihr sein. Fünfzehn andere Konkubinen, fünf Jahre, ein vergnügungssüchtiger Kaiser und kein Kind? Ich sage, diese Frau hat einen Plan. Sie wird ihm die Hand halten – oder sie führen –, wenn er seinen letzten Willen aufschreibt. Wenn sie so klug ist, wie ich glaube, lässt sie sich sein Siegel geben.« Kurz hielt Mushun in seiner Rede inne. »Lach ruhig über deinen alten Lehrer. Einmal hab ich den Prinzen im Stich gelassen. Beim nächsten Mal bin ich da, wo ich ihm helfen kann, und wenn es mich den Kopf kostet.«

»In Rehe?«, fragte der General ungläubig.

»Wo sonst. Um meinen Kopf ist es nicht schade. Übrigens sind wir gleich da.«

Erst jetzt wurde dem General bewusst, dass sie noch einmal abgebogen waren, diesmal in Richtung des Konfuzius-Tempels. Außer den Schritten der Träger und dem Hufschlag der Pferde drang kein Geräusch an sein Ohr. Wenig später hielten sie an, und Mushun sprach auf Mandschurisch mit jemandem, der draußen an die Sänfte trat. »Wir warten noch einen Moment«, sagte er anschließend.

»Will mein Lehrer mir nicht verraten, wen wir besuchen?«

»Einen alten Bekannten. Nun, das ist in diesem Fall eine gewagte Formulierung. Wir sind uns vor Jahren in Kanton begegnet. Ich kann nicht behaupten, wir würden einander mögen, aber er ist ein außergewöhnlicher Mann. Klug ..., nein, gerissen ist das treffendere Wort. Wie es sich für einen Barbaren gehört, hat er keinerlei Sinn für Anstand, obwohl er ...« Das Ende des Satzes bekam der General nicht mit. Den ganzen Weg über hatte er ein ungutes Gefühl gehabt, die mühsam unterdrückte Vorfreude seines Mentors hatte ihn fürchten lassen, in eine Falle getappt zu sein, und genauso fühlte er sich jetzt.

»Ich soll einen ausländischen Teufel treffen?«

»Einen englischen Konsul. In Kanton hat er für eine Menge Ärger gesorgt, aber man kann mit ihm reden. Ich habe erst kürzlich erfahren, dass er zu unseren Geiseln gehört.«

Draußen erklangen Stimmen, Soldaten salutierten, und ein Offizier brüllte Befehle. »Heng Qi«, flüsterte Mushun. »Er ist im Auftrag des Prinzen hier. Unsere Geisel soll den schrecklichen Barbaren überzeugen, seine Truppen abzuziehen, aber natürlich weigert er sich. Der Konsul, meine ich. Er ist der starrköpfigste Mensch, den ich je getroffen habe. Schlimmer als du.«

Der General hatte Mühe, seine Gedanken zu ordnen. Heng Qi gehörte zu den höchsten Beamten, die sich noch in der Hauptstadt aufhielten, ein ehemaliger Zollinspektor in Kanton, den die Barbaren vor zwei Jahren verhaftet und für eine Weile festgesetzt hatten. Durch einen Spalt im Stoff sah er eine zweite Sänfte, die dorthin verschwand, von wo sie gekommen waren. Wie um alles in der Welt sollte er einem ausländischen Teufel gegenübertreten? Und warum überhaupt?

»Keine Angst, mein Lieber.« Lächelnd sah Mushun ihn an. »Es ist kein wilder Tiger, den ich dir vorstellen will. Bist du bereit?«

Ohne zu antworten, stieg der General aus der Sänfte. Eine von Bäumen bestandene Straße verlief parallel zur Stadtmauer. Vor dem nächsten Hauseingang hatte sich ein gutes Dutzend Soldaten postiert, viele weitere bildeten eine Kette um das Anwesen herum, das einem reichen Beamten oder Kaufmann gehören musste. Keine Schaulustigen waren zu sehen, nicht einmal spielende Kinder. Über den Dächern der anderen Straßenseite erhob sich die Stadtmauer, auf der mehr Wachleute standen als sonst.

Wartend beobachtete er, wie sein Mentor mit den Wachen am Eingang sprach. Allmählich setzte sich das Bild zusammen: Heng Qi, Mushun und Guiliang waren diejenigen, die Prinz Gong um sich geschart hatte, um die Verhandlungen zu führen. Erfahrene Männer, allesamt Mandschus und bekannt für ihre eher nachgiebige Haltung gegenüber den Barbaren. Der Prinz selbst war erst achtundzwanzig *sui*. Zwar hatte er vom Kaiser ein Mandat erhalten, aber die Prinzen in Rehe würden jedes Zugeständnis als Hochverrat ansehen und bei der nächsten Gelegenheit gegen ihn verwenden. Es war dasselbe Muster seit zwanzig Jahren: Wer die maßlosen Forderungen der Barbaren erfüllte, verlor das Gesicht, wer sich weigerte, riskierte einen Krieg, und wer den verlor ... Niemand wusste, wie man sich ihrer erwehren sollte. In den letzten Tagen hatte der General die Bibliothek seines Freundes benutzt und in den alten Schriften gelesen, ohne die erhoffte Ruhe zu finden. Stattdessen fühlte er sich traurig und verzagt. Er war in die Hauptstadt gekommen, um den Hof von seiner Taktik gegen die langhaarigen Banditen zu überzeugen, aber vielleicht stellten die Barbaren eine noch viel größere Bedrohung dar. Sie glichen wilden Tieren, die behaupteten, lediglich Handel treiben zu wollen, obwohl es Erpressung war, was sie so nannten. Tee verlangten sie in ungeheuren Mengen, aber statt dafür zu bezahlen, zogen sie es vor, ihn gegen Opium zu tauschen. Als das beschlagnahmt worden war, hatten sie das Feuer eröffnet und dem Reich einen Vertrag aufgezwungen, der sie für ihre Verluste entschädigte und ihnen obendrein die Kriegskosten erstattete. Schamlos nutzten sie ihre Stärke aus, ihre Gier war grenzenlos, die Gesetze interessierten sie nicht. Sie wollten herrschen und taten es.

Als er aufsah, stand Mushun vor ihm. Die Soldaten vor dem Eingang bildeten ein dichtes Spalier. »Gehen wir hinein.«

»Hat Heng Qi etwas erreicht?«, fragte er.

»Unsere Geisel wird dem schrecklichen Barbaren einen Brief schreiben, rechnet aber damit, dass die Hauptstadt bald angegriffen wird. Wir haben ihm klargemacht, dass uns dann keine andere Wahl bleibt, als ihn hinzurichten. Los, wir haben nicht viel Zeit.«

Hinter seinem Mentor trat er durch das Tor in den ersten Hof. Inzwischen war die Sonne hervorgekommen, und für einen Moment blendeten ihn die weißen Mauern des Gebäudes. Es war ein viel zu luxuriöses Domizil für eine Geisel. »Wieso hat man ihn nicht ins Gefängnis gesteckt?«, fragte er.

»Dort war er eine Weile. Prinz Gong hielt es für besser, ihn hierher zu bringen.«

»Warum?«

»Diplomatie, mein Lieber.«

Der Raum, in den sie kamen, glich einem Yamen in der

Provinz. Schriftrollen schmückten die getünchten Wände, Stühle standen um einen mit Schildpatt verzierten Tisch. Im nächsten Moment prallte der General zurück, als wäre er gegen eine unsichtbare Wand gelaufen: Zwischen kostbarem Porzellangeschirr stand eine Dose Tee aus Henan, der ausschließlich für die kaiserliche Familie produziert wurde. »Ein Geschenk des Prinzen«, sagte Mushun beschwichtigend.

»Ist der Mann ein Gefangener oder ein Ehrengast?«

»Das hängt davon ab, wie die Barbaren reagieren. Bis jetzt drohen sie nur.«

Bevor der General antworten konnte, entstand Bewegung im Hof. Er sah seinen Mentor vom Stuhl aufstehen und zur Tür eilen, die Wachen gaben den Weg frei – dann stand das fremde Wesen plötzlich im Raum. Ein kleines Männchen mit riesigem Kopf. Rötliche Haare bedeckten nicht nur sein Haupt, sondern wuchsen ihm buschig über die Wangen, und die Augen funkelten böse, obwohl er beim Sprechen den Kopf neigte, als bezeugte er Mushun Respekt. Ein leibhaftiger ausländischer Teufel, dachte der General. Genauer gesagt, ein englischer. Im Nu schienen Mushun und er eine angeregte Diskussion zu führen, wobei der Teufel mit den Armen ruderte, als hielte ihn ein böser Geist gefangen. Gekleidet war er in eine verschmutzte blaue Jacke, die röhrenförmigen Beinkleider wiesen Löcher auf, seine Stiefel schienen aus Leder zu sein. Offenbar war er erbost, jedenfalls klang seine Stimme schneidend und laut. Der General spürte, wie sein Rücken zu jucken begann, und bezwang den Impuls, aus dem Raum zu fliehen. Der Teufel stank nach Schweiß, und selbst wenn er still stand, schien er vor Ungeduld zu vibrieren. Kein Lächeln zeigte sich auf seiner Miene, aus jeder Geste sprach das Fehlen von Sitte und Anstand, so als hätte sich ein Wolf als Mensch verkleidet. Das Grummeln und

Bellen, das aus seinem Mund kam, schmerzte in den Ohren.

Es dauerte eine Weile, bis sich der General zu wundern begann, dass Mushun und der Teufel einander verstanden. Sein Mentor sprach Chinesisch, und als die Geisel einmal in die Richtung des Generals schaute, folgte Mushun dem Blick und sagte: »Verehrter Konsul, darf ich Ihnen Generalgouverneur Zeng Guofan vorstellen? Seit kurzem unterstehen ihm drei Provinzen im unteren Yangtze-Tal, er kämpft dort gegen die langhaarigen Banditen. Zurzeit ist er zu Besuch in der Hauptstadt.«

Der rothaarige Teufel machte eine Bewegung, als setzte er zum Sprung auf den General an. Aus seinem Mund kam erneutes Grummeln. Mushun lächelte zufrieden.

»Will er was sagen?«, fragte der General.

»Es dauert einen Moment, bis man sich daran gewöhnt hat.«

»Woran, an den Anblick?«

»Er spricht Chinesisch«, erwiderte sein Mentor mit einem entschuldigenden Nicken in die Richtung des Barbaren, der einen Stuhl an der Lehne fasste, als wollte er ihn aus dem Fenster werfen. Stattdessen zog er ihn zu sich heran und nahm Platz.

»Ich verstehe nicht«, sagte der General. »Chinesisch?«

»Lassen wir etwas zu trinken kommen.« Mushun klatschte in die Hände und gab der eintretenden Wache die Teedose.

»Zoing Kuofang« oder so ähnlich klang, was aus dem Mund des ausländischen Teufels kam. »... habe völ von Ehnen gehört.«

Der General schüttelte den Kopf. »Was meint er?«

»Du musst dich konzentrieren. Die Aussprache ist merkwürdig, sie können unsere vier Töne nicht, aber wenn man genau hinhört ... Der Konsul ist bereits als Kind nach China gekommen. War es nicht so, Konsul?«

»Dos est röchtig«, grummelte der Teufel, als würde er zustimmen. »Oich wor droizehn.«

»Stell dir vor, er war dabei, als der Vertrag von Nanking geschlossen wurde. Ich erinnere mich, wie Qiying von einem rothaarigen Jungen erzählte, der den englischen Häuptling begleitete. So habe ich zum ersten Mal von seiner Exzellenz gehört, lange bevor wir einander im Süden begegnet sind. Ah, der Tee.« Flink sprang Mushun auf, als sich die Tür öffnete, und für einen Moment saß der General dem Teufel allein gegenüber. Dessen Finger waren behaart bis zum letzten Glied, an den Handgelenken zeigten sich Spuren von Fesseln. Wieder grummelte er etwas, es klang nach einer Zahl, und weil er die Ziffern einzeln aufzählte, glaubte der General, sie zu verstehen. Eins, acht, vier, zwei. »Ich glaube, er hat tausendachthundertzweiundvierzig gesagt«, sagte er, als sein Mentor wieder Platz genommen hatte und den Tee einschenkte.

»Kann sein, sie zählen die Jahre anders. Nicht nach Kaisern oder den Himmelsstämmen, sondern nach der Geburt ihres Gottes. Sie müssen das so machen, weil die englischen Teu... also, die englischen Bar... wie sagt man denn? Engländer, weil sie andere Könige haben als die französischen oder russischen. Ist es nicht so, Konsul? Viele Könige, ein Gott.«

Das Nicken schien keine Zustimmung auszudrücken, sondern die Erlaubnis, die Dinge so darzustellen. Dann nahm der Teufel seine Tasse und trank den kaiserlichen Tee, als wäre es Wasser.

»Ihr Gott ist eintausendachthundertzweiundvierzig Jahre alt?«, fragte der General.

»Konsul, verzeihen Sie unsere Unwissenheit. Wir fragen uns, wie alt Ihr Gott ist. Die Zahl, die Sie eben nannten ...«

»Gott est öwig«, fiel ihm der rothaarige Teufel ins Wort. Was er anschließend von sich gab, verstand der General nicht, zu abgelenkt war er von seinem Verlangen, diesem stinkenden Tier die Tasse aus der Hand zu schlagen. Er selbst wagte es nicht, den Tee anzurühren.

»Der Sohn, aha. Wenn er beim Abschluss des Vertrags von Nanking eintausendachthundert und zweiundvierzig Jahre alt war, muss er heute, Moment, eintausendachthundert und ... sechzig Jahre alt sein. Richtig?« Triumphierend blickte Mushun den Teufel an, und der nickte wie ein Lehrer, der seinem begriffsstutzigen Schüler einen Erfolg gönnt.

»Die Jahre werden zu Ehren des Sohnes nummeriert?«, fragte der General. »Wieso nicht nach dem Vater? Wann wurde der geboren?«

»Öwig«, grummelte der Teufel. »Gottvater est öwig und das Schwoin der Wölt.«

»Hat er gesagt, ihr Gott ist ein Schwein?«

Sein Mentor schüttelte den Kopf. »Es liegt an den Tönen, wahrscheinlich meinte er *zhu* im dritten Ton: Der Herr der Welt.«

»Und was heißt öwig?«

»Schwer zu sagen, es ist ein bisschen wie bei uns. Wann genau haben Yao und Shun gelebt? Wie alt ist die Göttin Guanyin? Wir können es auch nicht ...«

Erneut hielt es der Teufel für unnötig, Mushun ausreden zu lassen. Unaufgefordert begann er einen langen Monolog, und zum ersten Mal entdeckte der General im Gesicht seines Lehrers einen Anflug von Ungeduld. Es war eine Beleidigung, mit diesem Wesen von gleich zu gleich reden zu müssen, und wahrscheinlich wünschte auch Mushun, den rot behaarten Kopf über den Boden rollen zu sehen. Der General dachte an die Geschichte von König Goujian, auf Feuerholz schlafen und Galle schmecken, den Hass in sich nähren, bis der Tag der Rache gekommen ist. Verstecke dein Messer hinter einem Lächeln, hieß es bei Sunzi, und der General hoffte, dass es ein solches Lächeln war, das sich sein Mentor abrang.

Der ausländische Teufel redete und redete. Mit der Zeit begann der General zu verstehen, dass es um einen Vater ging, der seinen eigenen Sohn hinrichten ließ und den man deshalb umso mehr verehren musste. Der Vater hatte die Welt und alle Dinge geschaffen, und zwar mit bloßen Worten, indem er sagte: Das und das, es sei! Tag und Nacht zum Beispiel. Der Sohn war der, nach dem die Jahre gezählt wurden, aber beide waren irgendwie eins, und außerdem gab es noch einen Dritten, der dem Wind glich, aber auch er und die beiden anderen waren streng genommen derselbe. Für wessen Bruder sich der Banditenkönig in Nanking hielt, ging aus der verrückten Rede nicht hervor, und überhaupt tat der ausländische Teufel so, als zählte er die Langhaarigen zu seinen Feinden. Frövel nannte er, was sie trieben – was auch immer das hieß. Gott habe nur einen Sohn, nämlich den Hingerichteten, der aber trotzdem noch lebte. Durch seinen Tod waren alle Barbaren gerettet worden, egal, wie sie sich aufführten, und aus Dankbarkeit tranken sie sein Blut. Das Blut eines Toten! Es war mehr als beleidigend, es war ekelhaft, sich so etwas anhören zu müssen. Der General gab seinem Mentor ein Zeichen, dass er gehen wollte.

»Nun, Konsul, das ist höchst aufschlussreich«, sagte Mushun, als der Monolog vorbei war. »Ich muss gestehen, von einem Gott, der vor den zehntausend Dingen existiert hat, noch nie gehört zu haben. Man fragt sich, wo war er? Darf ich mich trotzdem für die interessante Unterhaltung bedanken? Ich hoffe, wir können sie bei Gelegenheit fortsetzen.«

»Oich stehe zor Verfögung.« Der Teufel stand auf und deutete eine Verbeugung an. »Bös dahin hoffe oich söhr, doss

475

Sie der Röbellion im Söden bald Herr wörden. Ös est nicht im Önteresse Ehrer Mojestöt, doss sie Orfolg hat. Onruhe stört den Hondel. Göneral.« Ohne Vorwarnung streckte er die rechte Hand aus, als zöge er eine Waffe. Der General zuckte zurück und musste sich an der Lehne seines Stuhls abstützen. »Was hat er jetzt vor?«, fragte er erschrocken.

»Nimm die Hand«, sagte Mushun.

»Nehmen? Es ist ein …«

»Schüttel sie!«

Verwirrt betrachtete der General seine Hand, aber ehe er sich versah, hatte der Teufel danach gegriffen, quetschte sie kurz und ließ wieder los. Dasselbe tat er anschließend mit Mushun, der nichts dabei zu finden schien. Die Tür wurde geöffnet, und als er sich im Hinausgehen umblickte, war der ausländische Teufel bereits durch die andere Tür in den Innenhof getreten. Dort stand er und machte eine Bewegung, als schmerzte ihn sein Rücken. Beide Hände in die Seiten gestützt, ging er ins Hohlkreuz, und der General vernahm ein leises Stöhnen. Der erste menschliche Laut aus seinem Mund.

Im Nebenraum standen zwei Messingschüsseln und eine gefüllte Kanne. Bevor er sie ins Wasser tauchte, roch der General an seinen Fingern. Ein säuerlicher Geruch stieg ihm in die Nase, den er abrieb, so gut er konnte. Wie sollte man solchen Wesen gestatten, hier in der Hauptstadt zu leben? Wollten sie vor das heilige Antlitz treten und von Göttern fabulieren, die ihre Söhne töteten? Sie waren nicht einmal bereit, den Kotau zu vollführen, wie jeder Untertan des Kaisers. Aufgebracht wusch sich der General das Gesicht. Ihre Forderungen zu erfüllen, war ausgeschlossen, aber sie zurückzuweisen unmöglich, also würde es so kommen wie beim letzten Mal. Jeder Krieg endete mit einem Vertrag, der den nächsten Kriegsgrund enthielt. Als sein Mentor den Kopf durch die Tür steckte, griff er nach einem Tuch und rieb sich trocken. Draußen wartete die Sänfte, am Ende der Straße tauchte bereits die nächste Prozession von Reitern und Wachen auf. »Wer kommt dort?«, fragte der General und ließ sich erschöpft in die seidenen Kissen fallen.

»Keine Ahnung. Alle wollen den ausländischen Teufel sehen.«

»Wir werden ihn hinrichten, nicht wahr?«

»Mir wäre es lieber, ihn als Zeichen des guten Willens frei zu lassen. Ihn und alle anderen, die noch leben.« Mushun klatschte in die Hände, und die Sänfte wurde angehoben.

»Die Duldsamkeit meines Lehrers ist bewundernswert.«

»Was habe ich dir gesagt: Vergiss nicht, wie schwach wir sind. Sankolinsin wollte sie tief ins Land locken, damit ihre Armee sich aufteilt und wir sie in kleinen Gruppen auslöschen können. Das hat offenbar nicht funktioniert. Jetzt müssen wir uns fragen, ob wir untergehen oder mit der Schmach leben wollen.«

»Mit anderen Worten, wir ergeben uns.«

»Wir handeln besonnen und schließen einen Vertrag.«

»Dann brechen sie ihn und behaupten, wir hätten ihn gebrochen und …«

»Lass das unsere Sorge sein. Du hast eine Rebellion zu bekämpfen. Wenn die Banditen besiegt sind, sehen wir weiter.« Aus dem Gesicht seines Mentors sprach Tatendurst, und zum ersten Mal freute sich der General, die Hauptstadt in Kürze verlassen zu können. Ihm standen eine beschwerliche Rückreise und ein Winter in den Bergen bevor, aber immerhin gab es dort keine ausländischen Teufel. »Glauben sie wirklich, dass ihr Gott die zehntausend Dinge geschaffen hat?«, fragte er.

»Du hast ihn gehört: Berge, Flüsse, Tiere, Pflanzen – alles.«

477

»Wie gemacht? Woraus? Und wann, vor seiner Geburt? Die war erst in der Han-Zeit!«

»Die des Sohnes. Dessen Mutter übrigens Jungfrau war«, sagte Mushun und verkniff sich ein Lachen. »In Kanton habe ich einmal einen von ihnen gefragt, ob ihr Gott will, dass sie mit Opium handeln. Nein, hat er gesagt, Gott hasst den Opiumhandel. Warum tut ihr es dann, habe ich gefragt. Menschliche Natur, meinte er. Aber euer Gott weiß angeblich alles, habe ich erwidert, fürchtet sich niemand vor seiner Strafe? Nein, sagte er, wer seine Verfehlung zugibt und Reue zeigt, wird nicht bestraft. Ihr Gott sieht alles, weiß alles und hat die zehntausend Dinge geschaffen, aber am Ende verzeiht er auch alles, verstehst du? Er hat keine Prinzipien, genau wie sie selbst. Äußerlich sind sie stark, aber eines Tages werden wir diejenigen sein, die ihnen Befehle erteilen. Bloß brauchen wir dafür bessere Waffen.« Mushun richtete sich auf und beendete das Thema mit einer Handbewegung. »Reden wir von Wichtigerem: Ich werde bald nach Rehe aufbrechen, und ich weiß nicht, wie es ausgeht. Der Kaiser wird sterben, und du musst vorbereitet sein auf das, was danach passiert. Wer auch immer die Macht übernimmt, wird sich bei dir melden. Wenn es Prinz Gong ist, hast du wenig zu befürchten. Er wird fragen, was du vorhast, und fordern, dass du nach Nanking marschierst, statt dich in den Bergen von Anhui zu verkriechen. Je länger der Krieg dauert, desto stärker werden seine Gegner, also sei schnell. Seine Geduld ist endlich.«

»Es wäre besser, ich könnte ihm die Situation persönlich erklären.«

Sein Mentor schüttelte den Kopf. »Wenn die Prinzen die Macht übernehmen, gibt es zwei Möglichkeiten: Entweder wirst du befördert, das heißt, man wird dir die kaiserlichen Truppen in den Kriegsprovinzen unterstellen. Viele sind es nicht mehr, aber du wirst sehen, dass es deine Position verbessert. Alle zivile und militärische Gewalt wird bei dir liegen, aber lass dich nicht täuschen, es ist ein Handel: Du bekommst die Macht und verlierst alle Ausreden. Wenn Nanking nicht innerhalb von zwei Jahren fällt, wirst du abgesetzt und verbannt.«

»Und die andere Möglichkeit?«

»Sie laden dich zu Konsultationen in die Hauptstadt ein. Dann wirst du verhaftet, und sie schicken dir den seidenen Schal in die Zelle.« Sein Mentor lächelte, aber es war kein Scherz. »Glaubst du, dass du Nanking innerhalb von zwei Jahren erobern kannst?«

»Nein.«

»Vielleicht können dir die Barbaren helfen, wenn wir den Vertrag geschlossen haben.«

»Um beim nächsten Mal noch unverschämtere Forderungen zu stellen? Damals wollten sie nur Seehäfen, jetzt wollen sie ins Landesinnere. Was wird es beim nächsten Mal sein?«

»Allmählich beginnst du, wie ein Staatsmann zu denken. Gut. Jetzt musst du nur noch dein Temperament unter Kontrolle bringen. Du hast den Konsul angestarrt, als wolltest du ihm den Kopf abreißen. Wo war dein Lächeln? Willst du es für immer dem Grünschnabel in Shanghai überlassen, mit den ausländischen Teufeln zu verhandeln? Fahr nach Qimen, führ deinen Krieg und lies das Buch, das ich dir gegeben habe. Von den Barbaren lernen, um die Barbaren in Schach zu halten, das ist die Aufgabe. Sie erfordert Männer mit Augenmaß und Geduld. Erzählst du deinen Leuten immer noch die Geschichte vom Galle leckenden König?«

»Wenn es nötig ist.«

»Härte gegen sich selbst ist das eine, die haben wir. Wir dürfen aber nicht naiv sein. Der Wind bewegt nicht nur die

Blätter des Baums; weht er lange genug, beugt er auch den Stamm. Glaubst du, König Goujian war noch derselbe, als er aus der Gefangenschaft kam?«

»Er hatte an innerer Stärke gewonnen.«

»Gesprochen wie ein Bücherwurm«, stöhnte Mushun. »Hör zu, dein Lehrer ist ein alter Mann. Mein Leben lang habe ich die Aufsätze von jungen Spunden wie dir gelesen, den hellsten Köpfen des Reiches. Ich weiß, du hast ganze Bibliotheken im Kopf. Weißt du auch, wie man ein Schiff baut?«

»Ich kenne Leute, die es wissen. Sie arbeiten für mich.«

»Du kennst Leute, die wissen, wie man schlechte Schiffe baut. Chinesische Schiffe. Eines Tages werden wir junge Männer in die Länder der Barbaren schicken, damit sie lernen, gute Schiffe zu bauen. Glaubst du, sie können noch achtfüßige Aufsätze schreiben, wenn sie zurückkommen?«

Ohne zu antworten, nickte der General vor sich hin. ›Dass Chinesen die Barbaren zu ihrem Weg bekehren, habe ich gehört‹, hieß es bei Menzius, ›aber das Umgekehrte noch nie.‹

»Wenn die neue Steuer eingeführt ist«, fuhr Mushun fort, »solltest du überlegen, mit dem Geld eine Schule zu gründen. Wir müssen mehr wissen, und wir können nicht warten, bis wieder Frieden herrscht. Frieden ist der Lohn des Starken.«

»Dazu brauche ich die Erlaubnis des Kaisers.«

»Tust du nicht, du musst nur endlich deine Position verstehen.« Sein Mentor beugte sich nach vorn und sah ihm in die Augen. »Du hast eine Armee. Worauf wartest du noch?«

»Eben hat mein Lehrer davon gesprochen, dass man mich in die Hauptstadt rufen und mir den seidenen Schal ...«

»Du musst dem Ruf ja nicht folgen!«

Draußen erklang ein Befehl, und die Sänfte wurde abgesetzt. Als der General den Vorhang beiseitezog, erkannte er das bunt verzierte Tor der Mondschwert-Residenz. Lag in Mushuns Worten eine geheime Botschaft von Prinz Gong? Handelte sein Mentor in offizieller Mission oder auf eigene Faust? Mit dem rothaarigen Teufel jedenfalls hatte er kein Wort über den Krieg verloren. Da es in der Sänfte zu eng war für eine Verabschiedung, stieg der General aus und verbeugte sich. »Ich bin meinem Lehrer dankbar für die heutige Lektion«, sagte er. »Das nächste Wiedersehen wird hoffentlich unter glücklicheren Umständen stattfinden.«

»Hoffen ist gut, handeln ist besser«, erwiderte Mushun knapp.

»Euer Schüler weiß jetzt, was er zu tun hat. Der Prinz soll wissen, dass er sich auf mich verlassen kann.«

Ohne ein weiteres Wort klatschte sein Mentor in die Hände. Der General blieb in der Gasse stehen und sah der abziehenden Prozession hinterher. Wissen ist der Beginn des Handelns, ging ihm durch den Kopf, Handeln die Vollendung des Wissens. Es waren die Worte eines berühmten Denkers, der zu seiner Zeit ebenfalls gegen Rebellen gekämpft hatte. Von den portugiesischen Barbaren in Macao hatte er eine neuartige Kanone gekauft, die ihm zum Sieg verhalf, und in seinen Schriften gelehrt, dass alle Menschen von Geburt an Gut und Böse unterscheiden können; wie Menzius nannte er es das gute Wissen. Demnach gab es doch eine Möglichkeit, sich mit ausländischen Teufeln einzulassen, ohne zu werden wie sie.

Ein Hausangestellter öffnete das Tor. Der General nahm seinen Lieblingsplatz im Hof ein und bekam frischen Tee serviert. Der Anblick der Magnolien beruhigte ihn. Jeder Mensch verfügte über eine vom Himmel verliehene Natur; sie bestand aus reinem himmlischen Qi, das sich im Lauf des Lebens verunreinigte, wenn man es nicht pflegte. Erreichte es in einem Menschen seinen höchsten Zustand, strömte es frei und ungehindert und wurde das flutartige Qi genannt:

die moralische Kraft, die alle Hindernisse überwand und den Edlen befähigte, die Welt zu ordnen. Man musste ihr Raum geben, ohne sie zu zwingen. Wer sein Qi zwang, glich dem törichten Mann aus Song, der an den Setzlingen zog, damit sie schneller wuchsen. Nur wer Geduld hatte, erwarb schließlich jenes unerschütterliche Herz, von dem Menzius schrieb. Dann ließ er sich von Königen so wenig einschüchtern wie von Bauern in Hanfkleidern und trat einer Armee so furchtlos gegenüber wie einem einzelnen Mann. ›Wie könnte ich mir des Sieges sicher sein? Alles, was ich erreichen kann, ist, frei von Furcht zu sein.‹

## 18 Im Garten der vollkommenen Klarheit

Lord Elgin vor Peking
Oktober 1860

Die Nachricht erreichte ihn auf dem Marsch nach Peking. Anfang Oktober, als die Zeit knapp wurde und General Grant den Druck erhöhen wollte, indem er die Armee direkt vor eins der Stadttore führte. Die Wahl fiel auf das Anding-Tor im Norden, weil es dort keine dicht besiedelten Vorstädte gab, nur Tempelanlagen und eine Ziegelbrennerei, doch kaum hatten sich alle in Bewegung gesetzt, hieß es, die Geiseln würden draußen im Sommerpalast festgehalten. Sofort drangen französische Soldaten in die Hügel nordwestlich der Hauptstadt vor, aber leider kamen sie zu spät. ›Kein Mitglied der kaiserlichen Familie angetroffen‹, schrieb Général de Montauban. ›Angestellten zufolge ist der gesamte Hof an einen Ort namens Rehe geflohen, jenseits der großen Mauer. Palast wurde von uns besetzt. Kaum Gegenwehr, keine Spur von den Geiseln.‹

Das war vor sechs Tagen gewesen.

»Und jetzt?« Mit verschränkten Armen stand Lord Elgin am Fenster seiner Unterkunft, atmete den penetranten Duft von Räucherstäbchen ein und spürte, dass er sich erkältet hatte. Ein Tempel, wieder mal. In der Haupthalle ertönte der monotone Sprechgesang der Mönche, die den ganzen Tag auf niedrigen Bänken hockten, mit dem Oberkörper vor und zurück wippten und bis zur Besinnungslosigkeit beteten. Lamaismus, hatte man ihm erklärt, war eine aus dem

483

Hochland kommende Variante des Buddha-Glaubens, und soweit er es beurteilen konnte, förderte sie eine besonders inbrünstige Form von Geistlosigkeit.

Jedes Mal, wenn er schluckte, kratzte es im Hals.

Was folgte aus der Flucht des Kaisers? Wahrscheinlich hatte er gleich nach der Schlacht bei den Brücken das Weite gesucht und die Verhandlungen seinem Halbbruder überlassen, einem gewissen Prinzen Gong, der in seinem ersten Schreiben verlangte, die Alliierten sollten sich zur Küste zurückziehen, dann könne über die Freilassung der Gefangenen geredet werden. Bestand keine Möglichkeit, diesen Leuten klarzumachen, was die Stunde geschlagen hatte? Wollten sie, dass ihre Hauptstadt besetzt wurde? Manchmal stellte sich Lord Elgin vor, was passiert wäre, wenn seine Soldaten den Himmelssohn auf der Flucht gestellt und zum Kriegsgefangenen der Royal Army erklärt hätten ... Die *Times* wäre über die Schlagzeile außer sich geraten, dachte er, aber die Chinesen hätten einfach einen anderen Kaiser ernannt.

Westwind kam auf und wehte Sand über die Steppe. Bis zum Beginn des Winters blieben vier bis sechs Wochen. Waren die Geiseln noch am Leben? Hielt man sie in Einzelhaft, oder blieb ihnen der Trost gegenseitiger Gesellschaft? Die erzwungene Untätigkeit verursachte ihm Herzrasen, und er bekam Lust, den riesigen Holzbuddha in Stücke zu hacken, zu dessen Füßen er seine Post erledigte. Dieses überlegen milde Lächeln machte ihn wahnsinnig! Wohin man auch schaute, flüchteten sich die Chinesen aus der Realität in eine wolkige Scheinwelt. Vor zwei Jahren, auf dem Rückweg von seiner ersten China-Mission, hatte er in Manila Station gemacht und über die vielen Kirchen gestaunt, die es dort gab. Überall in der Stadt standen kleine weiße schmucke Kirchen. Sogar einheimische Nonnen hatte er gesehen, anfangs sah es ungewohnt aus, aber jetzt überlegte er, ob die Katholiken in diesem Punkt nicht richtig lagen. Zuerst alle bekehren! *Fais-toi chrétienner, ou je t'arrache l'âme*, hatte schon Charlemagne seinen Feinden entgegengeschleudert. Das klang grausam und ließ sich ohne eine gewisse Härte nicht umsetzen, aber vielleicht wäre es am Ende humaner als die englische Nachsicht, die aus den fremden Rassen des Empire Bürger zweiter Klasse machte. Siehe Indien. Heiden konnten nun einmal keine Brüder und Schwestern sein. In Tongzhou hatte er mit dem russischen Gesandten darüber gesprochen, denn als einzige Nation unterhielt das Zarenreich so etwas wie eine Botschaft in Peking. Das ›Russian Hostel‹ war eine Mischung aus orthodoxem Priesterseminar und diplomatischer Vertretung, aber die Frage, ob die Priester auch missionarisch tätig seien, hatte Generalmajor Ignatiev mit einem erstaunten Lächeln beantwortet: ›Aber Exzellenz, Chinesen kann man nicht missionieren.‹ Stimmte das? Niemand wusste es, und den Russen war natürlich nicht zu trauen. Mit seinen achtundzwanzig Jahren blickte der Generalmajor bereits auf eine beachtliche diplomatische Karriere zurück, die er der Fähigkeit verdankte, lächelnd zu lügen. Den Chinesen gegenüber tat er so, als wollte er zwischen den Kriegsparteien vermitteln, aber in Wirklichkeit versuchte er ihnen Land abzuluchsen, und als Gegenleistung bot er angeblich Waffenhilfe im Kampf gegen die Alliierten. Fluchend wendete sich Lord Elgin vom Fenster ab. Bum, bum, bum, sangen die Mönche. Wie sollte er nachdenken, wenn er den ganzen Tag diese Katzenmusik im Ohr hatte? Irgendwie musste es doch möglich sein, Prinz Gong klarzumachen, dass ... Ein Klopfen an der Tür schreckte ihn auf.

»Herein!«, schrie er, als habe man ihm einen Schlag versetzt.

»Verzeihen Sie die Störung, Exzellenz.« Adkins, sein Hilfs-übersetzer, kam ins Zimmer, ohne die Hand vom Türknauf zu lösen. »Es ist eine Nachricht eingetroffen, Sir. Kutschen sollen vor dem Anding-Tor vorfahren.«

»Was für Kutschen?«

»Wir wissen es nicht, Sir, möglicherweise die Geiseln ...? General Grant lässt fragen, ob Seine Exzellenz ihn begleiten möchten?«

»Natürlich. Jetzt sofort?«

»Aufbruch in fünfzehn Minuten, Sir.«

Als Lord Elgin nach draußen ging, saßen etwa vierzig Männer im Sattel, hauptsächlich Dragoner und die Inder von Fane's Horse. »Von wem kam die Nachricht, General?«, fragte er und bestieg sein Pferd. Es war kurz vor elf am Vor-mittag.

»Sie trug das Siegel des Prinzen, Sir.«

»Von Prinz Gong?«

»Ja, Sir. Gong.«

Er unterdrückte die Frage, warum man den Brief nicht zuerst ihm gezeigt hatte; seit der Geiselnahme betrachtete der General die Kommunikation mit den Chinesen als mili-tärische und nicht mehr als diplomatische Angelegenheit. »Der Brief hat Kutschen angekündigt?«, fragte er stattdes-sen. »Sonst nichts?«

»Nichts, Sir.«

»Glauben Sie wirklich, dass die Geiseln freikommen?«

Der General warf ihm einen Blick zu und schaute wieder nach vorn. Wozu reden?

Bis zum Tor war es nur ein kurzer Ritt. Ein gewaltiger, mit Schießscharten und Fenstern versehener Aufbau erhob sich über die Stadtmauer. Auf den Zinnen patrouillierten Soldaten, davor lag eine Reihe verlassener Barracken, wo zu Friedenszeiten die Wachen wohnten. Dort befahl Grant, zu halten. Nichts deutete darauf hin, dass Prinz Gong der britischen Forderung entsprechen und das Tor bald räumen wollte. Aus den Schießscharten ragten Kanonenrohre, und Lord Elgins Blick fiel auf das eingemauerte Feld, das sich den Baracken anschloss. Der russische Friedhof. Er hoffe natürlich das Beste, hatte Ignatiev beiläufig gesagt, aber wenn es anders komme, könne England seine Toten wenigstens in geweihter Erde bestatten. War das ein freundliches Angebot gewesen oder eine verklausulierte Warnung? Zum Abschied hatte er Lord Elgin eine Karte von Peking geschenkt und gesagt, Mitarbeiter des ›Russian Hostel‹ hätten die Stadt vermessen und damit zwar gegen chinesisches Recht verstoßen, aber stimme Seine Exzellenz nicht zu, dass Gehorsam selten das effektivste Mittel sei, eigene Interessen zu verfolgen? Als Militärattaché in London hatte sich der Generalmajor den Ruf erworben, ein entschiedener Gegner der britischen Präsenz in Asien zu sein. Sollte die Karte zeigen, dass sein Land über Möglichkeiten verfügte, die dem Vereinten Königreich fehlten? Jede Gasse war darauf verzeichnet, jeder Tempel, jedes Tor. Auf die Frage, wie lange es dauern werde, aus den Chinesen verlässliche Handelspartner zu machen, hatte Ignatiev mit unverhohlener Herablassung reagiert: Hundert bis hundertfünfzig Jahre. Pause. Wenn man es geschickt anstellt.

Fröstelnd hüllte sich Lord Elgin in seinen Wintermantel. Ohne Maddox und Parkes hatte kein Mensch im englischen Lager eine Ahnung, was in den Köpfen der Tataren vor sich ging. Was würde geschehen, wenn die Armee das Anding-Tor besetzte? Massenhafter Selbstmord der Bewohner? Würde Sankolinsin sein Heer in eine letzte, verzweifelte Schlacht führen? Die Sonne schien durch gelben Dunst, der das Land so dicht einhüllte, dass er die Kutschen erst bemerkte, als sie nur noch zweihundert Yards entfernt waren. Drei von

Eseln gezogene geschlossene Gefährte ohne Flaggen. Auf den Böcken saßen Fahrer, die wie gewöhnliche Kutscher aussahen. Mit ängstlichen Mienen erreichten sie den Punkt, wo die Sikhs ihnen den Weg versperrten. Für einen Moment bewegte sich nur der Staub, den die Räder aufgewirbelt hatten, dann rief jemand etwas, und im nächsten Augenblick wurden die Türen von innen aufgestoßen. Sechs oder sieben Insassen stürzten heraus. Unter den Indern brach Jubel aus, als sie einen der ihren erkannten. Vier Männer in französischen Uniformen blickten sich um, als wüssten sie nicht, wo sie sich befanden. Aus der letzten Kutsche stieg Konsul Parkes, und sobald Lord Elgin ihn sah, saß er ab und lief auf ihn zu. »Konsul!«

Parkes sah ihn ebenfalls und nickte. Er hatte abgenommen, die Augen blickten glasig, und als sie einander die Hand schüttelten, erkannte Lord Elgin die Hautabschürfungen durch zu enge Fesseln. »Willkommen in Freiheit, Konsul. Sind Sie wohlauf?«

Parkes trug dieselbe Kleidung wie am Tag der Geiselnahme, auf seinem Gesicht lag ein verstörter Ausdruck. »Nur drei?«, fragte er, als die Kutschen zurück zur Stadtmauer rollten.

»Sieben Insassen, wenn ich mich nicht verzählt habe. Zwei Inder, vier Franzosen und Sie. Wissen Sie etwas über den Verbleib der anderen? Maddox, Mr Bowlby?«

»Ich hatte gehofft, sie wären bei uns.«

»Leider nicht. Geht es Ihnen gut, Konsul? Sie sehen mitgenommen aus.«

»Sir, wir müssen den Chinesen schreiben. Ein gewisser Heng Qi ist zuständig für die ...«

»Vielleicht wollen Sie erst einmal ins Camp kommen«, fiel Lord Elgin ihm ins Wort. »Es tut gut, Sie zu sehen, Konsul. Wir haben uns Sorgen gemacht. Brauchen Sie einen Arzt?«

»Der Wievielte ist heute? Der 6.?«

»Der 8. Oktober, Konsul. Im Camp erzählen Sie mir alles. Kommen Sie!«

Unterwegs begrüßte Lord Elgin die frei gelassenen Franzosen und versprach, dass man sie zu ihren Landsleuten in den Sommerpalast bringen werde. Das Bild, das sich nach und nach aus den Berichten ergab, war erschütternd: Mindestens sechs Geiseln hatten die Haft nicht überlebt, und nach Aussage der Inder befand sich Mr Bowlby darunter. Die Fesseln hatten seine Finger anschwellen und aufplatzen lassen, Maden waren in die Wunden eingedrungen, und am fünften Tag der Gefangenschaft war er gestorben. Sein Leichnam, sagten die Inder, sei über eine Mauer geworfen worden, wo sich Hunde und Schweine seiner annahmen. Zwei Sikhs und einem französischen Gefreiten war es ebenso ergangen, außerdem hatten die Chinesen nach der Schlacht bei den Brücken Captain Brabazon und einen katholischen Geistlichen namens Abbé de Luc hingerichtet. Das Schicksal der anderen Geiseln blieb unklar, offenbar waren sie in kleine Gruppen aufgeteilt und an verschiedene Orte gebracht worden. Über Maddox wusste niemand etwas.

»Sie werden dafür bezahlen«, sagte Lord Elgin am Abend, als er Grant und Parkes zur Besprechung traf. Den ganzen Tag über hatte er Informationen gesammelt und Berichte geschrieben, jetzt war es sieben Uhr, und er spürte einen dumpfen Schmerz, der sich vom Hinterkopf über die Schultern zog. Möglicherweise bekam er Fieber. »Allerdings sollten wir nichts tun, was die restlichen Geiseln gefährden würde. Was war Ihr Eindruck, Konsul: Wissen die Chinesen, was sie tun, oder haben sie vollends den Verstand verloren?«

»Sir, es ist wie damals in Kanton: Sie sind die schwächere Partei und handeln, als wären sie die stärkere.« Parkes hatte eine Woche im Stadtgefängnis von Peking gesessen, dann war er in ein komfortables Anwesen gebracht worden, wo man ihm mal mit Hinrichtung gedroht und ihn mal angefleht hatte, irgendwie den Rückzug der ausländischen Truppen zu erreichen. Das Ganze sah weniger nach einer konzertierten Aktion als nach purer Verzweiflung aus, aber zumindest den britischen Soldaten war das egal. Überall standen sie in kleinen Gruppen beisammen und schworen Rache für die toten Kameraden. General Grant ordnete an, dass niemand das Camp ohne Erlaubnis verlassen durfte. Seit Tagen kursierten Gerüchte, wonach die Franzosen den Sommerpalast zur Plünderung freigegeben hatten, und alle brannten darauf, sich ihren Teil zu sichern.

Am 13. Oktober trafen vier frei gelassene Sikhs ein und brachten mehr schlechte Nachrichten: Lieutenant Anderson, der Kommandeur von Fane's Horse, war am neunten Tag der Gefangenschaft gestorben, am siebzehnten ein Franzose, dessen Namen die Inder mit Bux angaben. Vier Reiter von Fane's Horse waren ebenfalls tot, aber Maddox' Schicksal blieb ungeklärt. Das Warten ging weiter.

Die Mönche sangen. Der Westwind wehte mehr Sand heran.

Zwei Tage später saß Lord Elgin über seiner Korrespondenz, als draußen am Tor wütendes Geschrei erklang. Vom Fenster aus konnte er nichts erkennen, aber kurz darauf kam Adkins herein und meldete, es seien erneut zwei Kutschen eingetroffen. Seine Miene verriet, dass sie diesmal keine Geiseln gebracht hatten, und Lord Elgin legte sein Schreibgerät beiseite, wie um die Neuigkeiten mit leeren Händen zu empfangen. »Leichen?«, fragte er. Damit ihr Zittern nicht auffiel, ballte er die Finger zur Faust.

»Ich fürchte ja, Sir. Insgesamt sechs.«

»Konnten Sie sie bereits ... Ich meine, wissen wir, wer es ist?«

»Sir, sie sind kaum zu erkennen. Teils wegen der Verletzungen, teils wegen des Kalks, in dem sie vermutlich schon lange liegen. Anhand der Rangabzeichen konnten wir Lieutenant Anderson und einen Gefreiten namens Phipps identifizieren. Drei Tote tragen Turbane und die Uniform von Fane's Horse. Der sechste«, fügte Adkins hinzu und senkte den Blick, »muss Zivilist gewesen sein. Der Kleidung nach. Es tut mir sehr leid, Sir.«

Schweigend sah Lord Elgin ihn an.

»Außer Konsul Parkes und Mr Bowlby, Sir, gab es nur eine Geisel ohne Uniform.«

»Ich weiß, Adkins. Danke für die Meldung.«

»Wir haben die Särge in einen Seitentrakt gebracht, Sir. Falls Sie ...«

»Natürlich. Ich komme sofort.«

Einige Minuten saß er vollkommen reglos. Auf dem Altarsockel lag ein angefangener Brief an seine Frau, aber inzwischen verstand er, warum General Grant so wenig sprach. Was sollte man schon sagen? Drei lange Jahre hatte er nicht nur mit den Chinesen gekämpft, sondern darum gerungen, unbeschadet aus der leidigen Affäre herauszukommen, und mit welchem Ergebnis? Als er schließlich die notdürftig eingerichtete Leichenhalle betrat, wurde ihm klar, dass er verloren hatte. In den Ecken standen Kübel mit Eis, den verbleibenden Raum nahmen zwei Dreierreihen schlichter Holzsärge ein. Auf den hinteren lag die Fahne von Fane's Horse, auf zwei andere hatte jemand mit Kreide die Namen Anderson und Phipps geschrieben. Lord Elgin zog sein Taschentuch hervor und bedeutete der Wache, den sechsten Sarg zu öffnen.

Maddox' Gesicht war ausradiert. Kalk sammelte sich in den Augenhöhlen, der Mund stand offen, und obwohl keine Knochen hervortraten, sah die Kinnpartie aus wie der Schädel eines Skeletts. Leblos, hart und von bräunlicher Farbe. Die Hände waren aufgebläht und von schwarzem Blut verkrustet, der Kopf lag gegen das Ende des Sargs gequetscht, als hätte der Tote ihn von innen aufzudrücken versucht. Maddox. Mit dem Taschentuch vor Mund und Nase sah Lord Elgin ihn an. Kurz vor seiner Abreise hatte Mary Louisa gefragt, ob er glaube, sich zum Racheengel zu eignen, und er war darüber mit ihr in Streit geraten. Jetzt rollten Tränen über seine Wangen. Vielleicht war es von Anfang an Hybris gewesen, die gesamte Mission und seine Gedanken neulich auf der Brücke. Der angebliche Beginn eines neuen Zeitalters. Vielleicht konnte man ein Volk eben nicht gegen seinen Willen zum Fortschritt zwingen. Er wusste, dass er weinte, aber außer dem schwarzen Fleck in seiner Seele, für den ihm kein Wort einfiel, fühlte er nichts. Eines Tages würde auch er in einer Kiste liegen. Er konnte bloß hoffen, dass es nicht in China geschah.

Am frühen Nachmittag des 17. fuhr er hinaus zum Sommerpalast. Hoffnung auf noch lebende Geiseln bestand nicht mehr, die letzte Möglichkeit zu einer friedlichen Einigung war dahin, und im alliierten Stab wurde über die fällige Vergeltung diskutiert. Angesichts der sechzehn Toten reichten die Vorschläge vom Abriss der Verbotenen Stadt bis zur Erschießung einer entsprechenden Zahl von Chinesen, manche forderten gar die Zerstörung ganz Pekings. Wie viele Menschen innerhalb der Mauern lebten, war allerdings unbekannt, und nach einem Blick auf die russische Karte hatte General Grant zunächst die symbolische Einnahme der Hauptstadt angeordnet. Diese verlief reibungslos. Damit war das Anding-Tor in britischer Hand, und bisher zeigte die Bevölkerung keine Anzeichen von Panik. Im Camp tauchten derweil immer mehr Wertgegenstände aus dem Sommerpalast auf, also wollte sich Lord Elgin selbst ein Bild der Lage machen. Der General und Konsul Parkes begleiteten ihn.

Auf das Abflauen des Windes folgten sonnige, angenehm kühle Tage. Die gepflasterte Straße führte an Grabanlagen vorbei, die wie riesige Fingerhüte in die allmählich hügeliger und waldreicher werdende Landschaft ragten. Hier und da waren beladene Kamele unterwegs, einmal passierten sie drei Holzkäfige mit abgeschlagenen Köpfen – einheimische Straftäter vermutlich, die man zur Warnung am Straßenrand ausgestellt hatte. Lord Elgin saß in seinen Wintermantel gehüllt, schwitzte und schaute mürrisch vor sich hin. Inzwischen war die Grippe voll ausgebrochen, sein Steiß schmerzte, und die Augen brannten. Französische Soldaten kamen ihnen mit gefüllten Taschen entgegen. Um im Windschatten der Engländer ebenfalls ein Tor zu besetzen, hatte Général de Montauban sein Quartier verlegt und den Sommerpalast seinem Schicksal überlassen. Den chinesischen Namen des Ortes übersetzte Parkes mit ›Garten der vollkommenen Klarheit‹, obwohl es der Spielplatz eines Herrschers war, der die Klarsicht eines Fünfjährigen besaß. Als ihnen in einem Waldstück drei Blaujacken begegneten, stieß Grant einen derben Fluch aus und ließ die Kutsche anhalten. »Welches Regiment?«, bellte er die Männer an, die erschrocken strammstanden und einen Teil ihrer Beute fallen ließen. Einer hatte sich ein seidenes Gewand umgebunden, was aus den Taschen seines Nachbarn hervorschaute, sah wie ein goldener Kerzenständer aus.

»Drittes Infanterieregiment, Sir, General Sir!«, lautete die Antwort. »The Buffs.«

»Was tragen Sie da mit sich, Soldat?«

»Nur Reste, Sir. Die Franzosen und die Kulis waren schneller. Es ist nicht mehr viel zu holen, Sir.«

»Nun, Sie werden die Reste bei Brigadier Reeves abgeben

und ihm sagen, wer aus ihrem Regiment noch im Sommerpalast war. Alle hinterlegen ihr Diebesgut beim Brigadier,
haben Sie mich verstanden?«

»Ja, Sir! General Sir!«

»Aus meinen Augen«, knurrte Grant, bevor sich die Kutsche wieder in Bewegung setzte. Minuten später begegnete
ihnen die nächste Gruppe, und der Wortwechsel wiederholte sich, nur dass es diesmal Gefreite des 44. waren, die ge-
rollte Wandschirme und Gemälde unter dem Arm trugen.
Einer glotzte betrunken durch zwei europäisch aussehende
Bilderrahmen. Es folgten Infanteristen, die die Weitsicht
besessen hatten, eine Schubkarre mitzubringen, was den
Transport schwerer Vasen erlaubte. Auch ihnen wurde von
Grant befohlen, ihre Beute abzuliefern, aber als sich die vierte Gruppe näherte, schloss der General die Augen und ließ
den Kutscher weiterfahren. »Verdammte Schande«, war alles, was er von sich gab.

»Was wird mit den Sachen geschehen?«, fragte Lord
Elgin.

»Werden registriert und versteigert.«

»Sie wollen geplünderte Schätze versteigern? Innerhalb
der Armee?«

»Wem sollten wir sie zurückgeben? Im Krieg geschehen
nun mal Dinge, Sir. Auch solche, die nicht geschehen sollten. Das ist der Lauf der Dinge.«

»Immerhin schön gesagt, General.«

Den Rest der Fahrt legten sie schweigend zurück. Die Einheimischen beteiligten sich an der Plünderung, allerorts
huschten Gestalten durch die Wälder und schleppten volle
Säcke und Kisten mit sich. Ganze Familien schienen vor der
französischen Armee geflüchtet zu sein, Lord Elgin hörte
schreiende Babys, aber am Eingang des Palasts herrschte ge-
spenstische Stille. Kein Soldat weit und breit, nur zwei riesi-

ge Löwen aus Bronze bewachten das Tor. Dahinter öffnete sich ein von prächtigen alten Bäumen umstandener Platz, auf dem sie hielten. Nahe der Hauptstadt war die Vegetation so karg, dass die Jahreszeiten kaum Spuren hinterließen, nun stieg Lord Elgin aus und sah bunte Herbstblätter einen Teich bedecken. Vögel zwitscherten, auf den ersten Blick war kein Hinweis auf Krieg zu entdecken. Alle Gebäude in Sichtweite sahen unversehrt aus. »Ich werde mich ein wenig umsehen«, sagte er zu seinen Begleitern, obwohl ihm jeder Schritt schwerfiel. Das Fieber stieg und fiel und stieg wieder. Am Horizont standen strahlend weiße Wolken.

»Haben Sie eine Waffe, Sir?« Der General machte keine Anstalten, auszusteigen.

»Natürlich. Wir treffen uns in einer Stunde. Wenn Soldaten kommen, schicken Sie sie weg. Das Plündern hat ein Ende, haben wir uns verstanden?« Ohne Grants Antwort abzuwarten, ging er los. Als Erstes musste er einen Hügel oder Turm finden, um sich einen Überblick über die Anlage zu verschaffen. Der Palast, den er suchte, war vorerst nicht zu sehen, nur ein paar flache Unterstände für Kutschen und Sänften, an deren Wänden er Blutspritzer zu erkennen glaubte. Anderswo hing Wäsche zum Trocknen, vor einem offenen Fenster lag Küchengeschirr im Gras, aber Angestellte ließen sich nicht blicken. Die Szenerie war ein wenig unheimlich. Nach wenigen Minuten erreichte er eine Audienzhalle von etwa hundert Fuß Breite und sah, dass ihre hölzernen Säulen mit Messern bearbeitet worden waren. Zwischen Akazien und Weiden floss ein schmaler Kanal und erinnerte Lord Elgin daran, dass er kein Wasser mitgenommen hatte. Kaum aufgebrochen, war er in Schweiß gebadet.

Wo in diesem unübersichtlichen Gelände stand der Sommerpalast des Kaisers?

Am Vormittag hatte er einen Brief an Mr Bowlbys Witwe begonnen und sich gefragt, was die *Times* daran hindern sollte, ihn als Sonderbotschafter für den Tod ihres Korrespondenten verantwortlich zu machen. Solange der Schuldige an diesen feigen Morden hinter der großen Mauer saß und sich in Opernvorstellungen vergnügte, musste man der Öffentlichkeit einen anderen zum Fraß vorwerfen. Warum nicht ihn? Lord Elgin erreichte das Ufer eines Sees und betrachtete die umliegenden Gebäude, von denen keines heil geblieben zu sein schien. Eingeschlagene Türen, vor denen sich zertrümmerte Möbel auftürmten. ›Ill fares the land‹, ging ihm durch den Kopf, ›to hastening ills a prey, where wealth accumulates and men decay.‹ Die ganze Anlage kam ihm dekadent vor, ohne majestätisch zu sein, nirgends glänzten Gold oder Marmor, und statt stolz imperiale Größe zu demonstrieren, wirkte alles selbstgenügsam, wie von Kindern erträumt. Je länger er lief, desto mehr vermisste er die symmetrische Strenge englischer Parks. Weder unterwarf dieser Garten die Natur dem menschlichen Gestaltungswillen, noch ließ er ihr freien Lauf, stattdessen sah Lord Elgin überall sinnlose Verspieltheit. Im Zickzack führte eine Brücke über den See – warum nicht geradeaus? –, und als er sie betrat, entdeckte er zwei Frauenleichen im Wasser. Sie hielten sich an den Händen, als hätten sie den letzten Schritt gemeinsam getan. Die weißen Gewänder schienen zu schweben, an den entblößten Beinen nibbelten Fische. Angewidert machte er kehrt und folgte dem Seeufer. Flaschen lagen im Gras, es roch nach Exkrementen, und er musste sich beherrschen, seine Frustration nicht laut herauszuschreien. Fünftausend Mann, hatte er Palmerston gesagt, bei einem größeren Heer war kaum aufzuhalten, was General Grant den Lauf der Dinge nannte. Natürlich hatten die Chinesen das Unglück selbst über sich gebracht, trotzdem schämte er sich, als hätte er bei der Verwüstung des Gartens selbst mit Hand angelegt.

Auf der anderen Seite des Sees stieg der Boden an. Lord Elgin folgte einem gewundenen Pfad und gelangte zu einer Pagode, die endlich die erhoffte Aussicht versprach. Stufen führten auf ein Plateau aus hellem Marmor, Splitter von Glas, Jade und Porzellan bedeckten den Boden. Drinnen waren sich die Soldaten offenbar nicht zu schade gewesen, ihren Kot gleichmäßig auf der Treppe zu verteilen, so dass er sie in Ausfallschritten und flach atmend besteigen musste. Kacheln hatte man von den Wänden geschlagen, zerrissene Schriftrollen lagen herum. »Verdammte Schande«, murmelte er vor sich hin.

Oben blieb ihm die Aussicht versperrt. Aus einem achteckigen Raum fiel sein Blick nur auf Bäume, die die Pagode überragten, also stieg er wieder hinab und erinnerte sich, wie er einmal mit Mary Louisa durch Plainshill Park spaziert war. Hand in Hand, bezaubert davon, wie die Szenerie ihre Stimmung aufnahm und verstärkte. Ein Spiegel der Seele, hatte seine Frau gesagt, die seit jeher über ein feineres Gespür verfügte als er. Sie wusste immer genau, was sie fühlte, während er *etwas* fühlte und sich fragte, was es sein könnte, aber jetzt wusste er es auch: Beklemmung. In den letzten Tagen im Tempel hatte er reichlich Gelegenheit gehabt, Ameisen zu beobachten; wenn sie eine Straße bildeten, folgten sie geraden Linien, aber einzelne Ameisen gingen nie geradeaus, sondern wuselten richtungslos hin und her. Es fiel ihm ein, weil hinter jeder Wegbiegung, die er erreichte, schon die nächste auftauchte, und hinter jedem Hügel eine weitere Erhebung wartete. Er bekam regelrecht Atemnot. Was er hier durchquerte, war eine mutwillig verkleinerte, in sich gekehrte Welt, allein dazu gedacht, die Bewohner darüber hinwegzutäuschen, dass es sich um ein Gefängnis handelte. Parkes hatte erzählt, dass alle Gebäude Namen trugen, immer irgendwas mit Lotus und Jade, Frühling und Himmel, anders gesagt, es war dieselbe Scheinwelt, in der China seit zweitausend Jahren vor sich hin vegetierte. Nicht nur ohne Fortschritt, sondern ohne Bewegung. Den Kompass hatten sie erfunden und trauten sich nicht aufs Meer; das Schießpulver, aber ihre Kanonenrohre platzten nach dem dritten Schuss; den Buchdruck, nur um immer wieder die gleichen hohlen Sinnsprüche zu produzieren. Eine ganze Zivilisation, die sich mangels Vision abschottete und einigelte. Statt einmal ins Weite zu schweifen und Möglichkeiten zu erkennen, blieb der Blick am nächsten hübschen Kleinod hängen.

Wo war der verdammte Palast?

Die nächste Stunde verbrachte er damit, im Kreis zu laufen. Seine Schritte wurden immer schwerfälliger, und als er erneut ans Ufer des Sees gelangte, stieß er einen lauten Fluch aus – bis er bemerkte, dass es ein anderer sein musste. Es gab Inseln darin, und was weit entfernt in die Höhe ragte, sah nach der Pagode aus, die er vorher bestiegen hatte. Die Zunge klebte ihm am Gaumen, und er musste einen plötzlichen Anflug von Panik niederkämpfen. Wo war er? Den Wintermantel hatte er ausgezogen und sich unter den Arm geklemmt, aber dann offenbar verloren. Das Wetter schien umzuschlagen, nicht mehr strahlend hell, sondern bleich und kraftlos stand die Sonne am Himmel. Es ist eine Falle, dachte er. Als er den Weg fortsetzte, erkannte er, dass ihm jemand entgegenkam.

Ein Chinese. Sofort tastete Lord Elgin nach seinem Revolver, aber der steckte in der Manteltasche. Der fremde Spaziergänger schien ein Hofbeamter zu sein, der die typische Seidenkutte und eine seltsam aussehende Kopfbedeckung trug, viereckig, mit Bändeln und einem breiten Kinnriemen.

Gleichmäßigen Schrittes kam er näher. Das Blut, das aus einer Wunde am Hals lief, war erst zu erkennen, als sie einander fast erreicht hatten. Der Mann blieb nicht stehen und sah nicht einmal auf, sondern ging so ungerührt weiter, dass Lord Elgin für einen Moment glaubte zu träumen. Langsam drehte er sich um. Das Gewand des Chinesen war blutgetränkt, der Saum schleifte über den Boden und ließ eine rote Spur zurück. Ihm wurde übel. Nachdem er sich ein paar Meter weitergeschleppt hatte, hörte er ein Geräusch und fuhr herum.

Reglos lag der Mann im Wasser.

Als Lord Elgin zurückeilte, war der Tote bereits vom Ufer weggetrieben. Ein Schuh hatte sich gelöst und schwamm knapp unter der Wasseroberfläche. Jenseits des Sees versank das Land im farblosen Dunst. Weitergehen, sagte er sich, immer weiter, aber auf einmal kam ihm der See so riesig vor, dass er das Gefühl hatte, geradeaus zu laufen, wenn er um ihn herumging. Wie lange würde er noch ohne Trinkwasser durchhalten?

Nach einer weiteren Stunde tauchte am Ufer eine rote Mauer auf. Er ging darauf zu, fand ein offenes Tor und stand auf einer Straße, die breit genug für drei Kutschen war. Auf der anderen Seite wurde sie von der nächsten Mauer begrenzt, und als er die passiert hatte, war er in Europa. Ein Rokoko-Schlösschen glotzte ihn aus verrußten Fensteröffnungen an.

Verlor er den Verstand?

Es dauerte eine Weile, bis ihm die Erklärung einfiel. Maddox, wer sonst, hatte einmal von Gebäuden im europäischen Stil erzählt, die jesuitische Baumeister hier errichtet hatten. In den Innenräumen hingen italienische Gemälde, es gab Uhren aus England und der Schweiz, Übersetzungen von Galileo und Newton, oder jedenfalls hatte es das alles gegeben, bevor die alliierte Zerstörungswut bis in die letzten

Winkel des Gartens vorgedrungen war. Was würden die Jesuiten dazu sagen? Vor rund zweihundert Jahren waren sie die Ersten gewesen, die in China die Orientierung verloren hatten. Ausgehend von dem Dogma, dass ungetaufte Kinder in die Hölle kamen, getaufte aber – wenn sie sofort nach der Taufe starben – in den Himmel, hatten sie ihr ganzes Bemühen auf die Rettung der Kinderseelen gerichtet. Sobald sie von einem todkranken Baby hörten, eilten sie herbei und tauften es, was im dogmatischen Sinn effektiv und in jedem anderen Sinn absurd war. Suchend blickte sich Lord Elgin um. Ein Brunnen aus Marmorquadern war in tausend Stücke gehauen worden. Maddox hatte gesagt, die europäischen Gebäude stünden im hinteren Teil des Parks, aber wo war vorne? Beinahe hätte er laut nach seinem Sekretär gerufen. Dann sah er den Irrgarten.

Endlich, dachte er.

Ein paar Stufen führten hinab zum Eingang. Mit den Augen folgte Lord Elgin den Linien der gestutzten Hecken bis zur Mitte, wo in einem Pavillon mit Kuppeldach ein leerer Thron stand. Dort musste der Kaiser gesessen haben. Entschlossen ging er los. In den Gängen lagen zerbrochene Fächer und Flakons herum, vollgepisste Schals und seidene Schuhe. Zunächst suchte er den richtigen Weg, aber nachdem er ein paar Mal in Sackgassen geraten war, änderte er die Taktik und brach wie ein wilder Eber durch die Hecken. Er hörte seine Jacke reißen, stürmte weiter und wurde mit jedem Schritt wütender. Hier also hatte sich der Himmelssohn vergnügt, während Mr Bowlbys gefesselte Hände langsam angeschwollen und schließlich geplatzt waren. Staub geriet ihm in den Hals, er spuckte aus und war völlig außer Atem, als er sein Ziel erreichte. Ein Thron aus Rosenholz. ›Rule, Britannia!‹ hatte ein tapferer Engländer in die Sitzfläche geritzt. Sogar mit Satzzeichen.

Keuchend ließ er sich darauf nieder. Für einen kurzen Moment empfand er so etwas wie Genugtuung. Von diesem Platz aus hatte der Kaiser den Irrgarten überblickt, wo die Hofdamen darum wetteiferten, in seine heilige Nähe zu gelangen. Abends, im Schein von Laternen und bunten Lampions, deren Schimmer auf kostbare Gewänder fiel. Lachend gerieten die jungen Mädchen in Sackgassen, kehrten um und klatschten vor Begeisterung in die Hände. Sie kamen aus allen Ecken des Reiches und hatten sich darum beworben, dem Kaiser zu dienen, indem sie ihm ihren Körper schenkten. Aus den besten Familien mussten sie stammen und in der Blüte ihrer Schönheit stehen. Ihre Schritte waren leicht und flink, das Lachen klang wie Glockenspiel. Der Himmelssohn hielt einen Korb auf dem Schoß und lockte sie mit kandierten Früchten. Dankbar für seine Zuwendung begannen ihre Augen zu leuchten, wenn er ihnen etwas zuwarf. Später würde ein Wink genügen, damit die Eunuchen eine von ihnen in sein Schlafgemach führten.

Als Lord Elgin die Augen aufschlug, stand Maddox am Eingang des Irrgartens. Er trug denselben Anzug wie bei ihrem Abschied und verharrte so reglos wie damals auf dem Deck der *Furious*, als er seinen Chef nicht hatte stören wollen. »Stehen Sie schon lange dort, Maddox?«, überwand er sich zu fragen.

»Ich wollte Exzellenz nicht …«

»Ich weiß schon. Ihre Rücksichtnahme ist noch genauso enervierend wie früher. Oft habe ich mich gefragt, ob Sie sich dessen wohl bewusst sind.«

Daraufhin lächelte sein Sekretär. Mit dem Gesicht stimmte etwas nicht, Spuren von Kalk verwischten die Züge. »Ich habe mich bemüht, Exzellenz zu schonen.«

»Lassen Sie es bleiben, Maddox, und sagen Sie mir, wie Sie gestorben sind.«

»So wie Mr Bowlby, Sir. Sie haben meine Hände ja gesehen. Am dritten Tag sind sie aufgeplatzt, und sofort krochen die Maden hinein. Nach sechs Tagen war es vorbei.«

»Wir werden Ihren Tod rächen, Maddox, darauf gebe ich Ihnen mein Wort. Ich weiß bereits wie.«

»Hoffentlich haben Sie dabei mehr als den Applaus der *Times* im Sinn, Sir.« Sein Sekretär machte ein paar Schritte in den Irrgarten hinein, quer durch die Hecken wie zuvor er selbst, nur ganz ohne Anstrengung. »Übrigens saß der Kaiser nie dort, wo Sie jetzt sitzen. Er mochte diesen Teil des Gartens nicht.«

»Wie immer sind Sie bestens informiert, Maddox. Ist es Ihnen schwergefallen, für mich zu arbeiten? Ich hatte gelegentlich den Eindruck.«

»Manchmal.«

»Und die Sache mit dem Zimmermädchen haben Sie inszeniert, um mir eine Lektion zu erteilen?«

»Es war Ihr Wunsch, Sir.« Je näher er kam, desto furchterregender sah er aus. In den leeren Augenhöhlen lag ein Schatten, der Lord Elgin veranlasste, sich abzuwenden und zu der Fantasie von vorher zurückzukehren. Vielleicht war plötzlich ein Schuss gefallen. Schrecken hatte die versammelte Hofgesellschaft erfasst. Das heilige Antlitz von Missmut umwölkt, blickte der Himmelssohn zu seinen Eunuchen. Dann der nächste Schuss. Statt den Weg zum Pavillon zu suchen, klammerten sich die Mädchen ängstlich aneinander. Niemand hatte ihnen von fremden Armeen berichtet, die das Reich bedrohten, sie kannten nicht einmal die Namen der Länder, die sich ihr Herrscher zum Feind gemacht hatte. Flehende Blicke richteten sich auf den Thron, aber der war leer. Für den Himmelssohn gab es einen geheimen Ausgang, seine Gespielinnen blieben zwischen den Hecken zurück ... War es so geschehen? Über die Umstände der Erstürmung hatte Général de Montauban geschwiegen, ›kaum Gegenwehr‹ konnte vieles heißen. Waren seine Männer mit aufgepflanzten Bajonetten in den Garten gestürmt? Ungewaschene Bauernburschen aus der Normandie, die seit Wochen in undichten Zelten schliefen. Mit bloßen Händen Hunde zu erwürgen, machte ihnen nichts aus, aber Seide hatten sie noch nie berührt. Wie hätten sie ihr Glück anders fassen sollen denn mit beiden Armen? Der verdiente Lohn für die Monate des Heimwehs und der Entbehrung – wer es nicht erlebt hatte, verstand nicht, wie sehr ein Mann darunter litt. Wie sich gewisse Bilder im Kopf festsetzten und das Verlangen anfachten, man musste kein Grobian sein, es war ...

»Höhere Gewalt?«

Als Lord Elgin wieder hinsah, stand Maddox direkt vor dem Pavillon. Das Gesicht halb verwest, mit weißlichen Rückständen auf dem Anzug, aber wenigstens hatte er die schwarz aufgeblähten Hände in die Taschen gesteckt. »Sind Sie sicher, dass Sie kein besseres Wort finden, Sir? Im Übrigen waren der Kaiser und die Hofdamen natürlich längst fort, als die Franzosen eintrafen. Ich hoffe, die Fantasie hat Ihnen trotzdem gefallen. Es kamen gar keine Schühchen darin vor.«

»Was wollen Sie von mir, Maddox?«

»Nichts, Sir, ich stehe Ihnen zu Diensten. Auf meine Diskretion ist mehr denn je Verlass.«

»Sie haben mir davon erzählt. *Sie* haben mir die Idee eingegeben, genau wie den Unfug mit dem Weltgeist.«

»Wären Exzellenz dafür nicht so ausgesprochen empfänglich gewesen.«

»Zum Teufel mit Ihnen, Maddox. Goldener Lotus. Diese Füße sahen hässlicher aus als Ihre Hände. Sie hätte einfach nur stillhalten müssen, aber nein. Getreten hat sie nach mir. Mit ihren stinkenden Krüppelfüßen hat sie mich ...«

»Und Sie mussten sie festhalten, Sir, nicht wahr? Um sie zu beruhigen.«

»Die Frau tat mir leid. Es war eine schockierende Entblößung, für sie wie für mich.«

»Ich verstehe, Sir, ich verstehe vollkommen. Wer wollte Ihnen Vorwürfe machen. All die Monate in engen Kajüten, so weit weg von zu Hause. Es war wirklich ... früher hätten Sie Schicksal gesagt, nicht wahr?«

»Ich wusste nie, was in Ihnen vorging, Maddox. Sie waren der Einzige von uns, der dieses Land verstanden hat, aber erklären konnten sie es nicht. Trotzdem tut es mir leid, dass ich oft grob zu Ihnen war. Ich kann es nicht wiedergutmachen, aber ich werde mich um Ihr Buch kümmern, das verspreche ich. Nun sollte ich mich auf den Rückweg machen, Konsul Parkes und der General warten auf mich.« Kraftlos stemmte er sich aus dem Thron des Kaisers. Seine Knie zitterten. »Leben Sie wohl, mein Lieber. Seien Sie versichert, dass ich Sie nie vergessen werde.«

Maddox' Lächeln machte alles noch schlimmer. »Oh, da bin ich sicher, Sir. Sehr sogar. Wir sehen uns.«

Konsul Parkes und der General saßen plaudernd in der Kutsche. Als sich Lord Elgin näherte, sahen sie auf, wirkten aber weder erstaunt über seine lange Abwesenheit noch froh über die Rückkehr. Grant hatte beide Füße auf die gegenüberliegende Sitzbank gelegt und rauchte eine Zigarre. »Haben Sie etwas gesehen, Sir?«

»Wasser«, war alles, was er hervorbrachte. »Geben Sie mir Wasser.«

Der spöttische Blick, den die beiden tauschten, entging ihm nicht. Parkes reichte ihm seine Feldflasche, und er trank so gierig, dass es ihm in den Kragen lief. Noch nie hatte Wasser so köstlich geschmeckt. »Haben Sie nicht nach

mir suchen lassen?«, fragte er, als er schwer atmend innehielt.

»Sir, Sie sagten in einer Stunde.« Der Konsul wirkte aufgeräumt, die Folgen der langen Geiselhaft waren ihm schon
nicht mehr anzusehen. »Für den General und mich dauerte
Ihre Abwesenheit allerdings lange genug, um einen Geistes-
blitz zu haben, auf den wir ein wenig stolz sind, Sir. Wollen
Sie ihn hören?«

Einen Moment lang starrte er die beiden Männer stumm
an. Der General zog an seiner Zigarre. In den Bäumen zwitscherten die Vögel wie bei der Ankunft, und auch die Sonne,
fiel ihm auf, war nur ein kleines Stück weitergewandert.
»Wir haben uns gesagt«, nahm Grant den Faden auf, »dass
die Chinesen eine Weile brauchen werden, um ihre Niederlage zu verwinden. Sie haben es eben nicht gern, wenn
man ihnen die halbe Kavallerie zerschießt. Wenn wir unsere Botschaft mitten in der Stadt eröffnen, Sir, wird es nicht
leicht sein, für die Sicherheit der Mitarbeiter zu sorgen. Hier
hingegen ...« Die Hand mit der Zigarre machte eine Bewegung, als verteilte sie Almosen an ein paar Bettler.

»Verstehe ich Sie richtig, General? Unsere Botschaft?«

»Nicht nur unsere, Sir. Die Franzosen sind bereits da und
werden wie üblich denselben Vertrag schließen. Von den
Russen heißt es, sie wollten ihre Präsenz ausweiten. In Shanghai warten die Amerikaner, bis sich der Rauch verzogen
hat, und wenn die Nachricht erst einmal in Europa ankommt ... Österreich, Sir, die Preußen, über kurz oder lang
werden alle Nationen, die etwas auf sich halten, Vertretun-
gen in China eröffnen. Schauen Sie sich um: Das Gelände ist
eingemauert, eine gepflasterte Straße führt bis zum Stadttor von Peking. Es gibt Ställe und Gemüsegärten, Baracken
fürs Personal, irgendwo soll sogar ein Theater stehen. Nach
den Ereignissen der letzten Tage wird man dies und das sa-

nieren müssen, aber als solche ist die Anlage ideal, Sir, finden Sie nicht?«

»Mag sein«, sagte er. An seinen Händen entdeckte er keine Kratzer, auf der Sitzbank der Kutsche lag sein Wintermantel. Sonnenbeschienen und still streckte sich der Garten vor ihm aus. Ein Handelsabkommen hatte er schließen und die Aufnahme diplomatischer Beziehungen in die Wege leiten sollen. Jetzt saß ein Ekel in ihm, den er für den Rest seiner Tage nicht loswerden würde. »Morgen früh, General, werden Sie ein Regiment hierherführen. Meinetwegen auch zwei oder drei, es ist ein weitläufiges Areal mit Dutzenden von Gebäuden. Schicken Sie jemanden voraus, der eine Skizze anfertigt, man verläuft sich leicht auf den gewundenen Wegen. Bringen Sie genug Brennholz mit. Öl, Sprengstoff, alles was Sie brauchen. Verstehen Sie, was ich meine?«

»Ich vermute es, Sir. Sind Sie sicher?«

»Für unsere Botschaft werden wir ein geeignetes Haus in der Stadt finden. Das hier war der Lieblingsort jenes Mannes, der schuld ist am Tod der Geiseln. Persönlich hat er letztes Jahr den Befehl gegeben, die Delegation meines Bruders anzugreifen. Ich will, dass nichts übrig bleibt, General, löschen Sie diesen Ort aus! Vielleicht verstehen die Chinesen dann, dass wir es ernst meinen.«

Der Konsul nickte beeindruckt. General Grant zog ein letztes Mal an der Zigarre, dann warf er sie fort. Lord Elgin stieg ein, zog sich den Mantel über, und ehe sie abfuhren, drehte er noch einmal den Kopf. Wo auch immer der Sommerpalast des Kaisers stand, in Kürze würde es ihn nicht mehr geben. In vollkommener Klarheit sah er das Feuer vor sich.

Alle anderen würden darüber in der *Times* lesen.

*Brief des älteren Bruders Guofan an*
*den jüngeren Bruder Guoquan, geschrieben*
*in der vierundzwanzigsten Nacht des achten*
*Mondes, im zehnten Jahr der Herrschaft*
*Xianfeng*

國藩致沅弟之書

咸豐十年八月二十四夜

Kleiner Bruder Neun:

Da mir Dein Bericht vom 18. des vorigen Mondes in die
Hauptstadt nachgeschickt werden musste, habe ich ihn erst
jetzt erhalten. Es freut mich, zu hören, dass die Arbeiten in
Anqing trotz der widrigen Umstände Fortschritte machen.
Dass Du meiner Bitte entsprochen und die vier Bataillone
nach Qimen beordert hast, zeugt von Deiner Großzügigkeit.
Li Hongzhang berichtet, dass in Anhui zurzeit alles ruhig ist,
aber ich bin sicher, dass der vieräugige Hund bald angreifen
wird. Hoffentlich erst nach meiner Rückkehr.

Ebenso freut es mich, zu hören, dass Du meiner Empfeh-
lung gefolgt bist und die Gedichte von Shao Yong liest. Ich
hatte den Ratschlag sorgfältig erwogen, da den Dichtern
der Nördlichen Song-Zeit etwas eignet, das Dir fehlt und
das Du von ihnen lernen musst. Wie Du schreibst, siehst
Du keinen Widerspruch darin, Dir durch den Dienst für das
Reich einen guten Namen und materiellen Reichtum zu erwerben. Dass Du in letzter Zeit zu Hause viel Land gekauft
hast, weiß ich und muss Dich warnen: Solches Verhalten
kann leicht missverstanden werden. Deinem Brief entneh-
me ich, dass Du Shao Yong zwar liest, aber noch nicht begriffen hast, worum es ihm geht.

So wie die Gedichte von Han Yü, Li Bai oder Du Mu verströmen auch Shao Yongs Verse eine große Ruhe und Gelassenheit. Alle diese Dichter haben einen weiten, offenen Geist, der sie mit den größten Helden der Geschichte verbindet und dessen Wurzel die Unbekümmertheit um Geld und Ruhm ist. Erinnere Dich an den Satz bei Zhuangzi: ›Wer himmlische Gaben hat, mag davon wissen oder nicht, mag davon gehört haben oder nicht.‹ Oder Konfuzius' Worte über Shun: ›Er besaß alles unter dem Himmel, aber er strebte nicht nach dem Thron.‹ Merkst Du, dass sich die edelsten Männer zwar in manchen Ansichten unterscheiden mögen, aber in dieser Haltung stimmen sie überein. Daran musst Du Dich orientieren!

Unsere Familie ist in den letzten Jahren hoch aufgestiegen, und darin liegt eine Gefahr. Wer Bücher liest und die Felder bestellt, kann den Verfall fünf oder sechs Generationen lang abwehren. Reiche Händler schaffen es drei oder vier Generationen lang, aber hohe Beamte nur eine oder zwei. Jetzt bin ich Generalgouverneur, und es bekümmert mich, zu denken, dass mein Aufstieg den Niedergang unserer Familie beschleunigen könnte. Dagegen gibt es jedoch Mittel: Ehrlichkeit, Bescheidenheit und Fleiß. Die Haltung der großen Dichter entspringt der Pflichterfüllung um ihrer selbst willen. Tun, was zu tun ist, ohne nach Lohn zu fragen. Lies jeden Tag ein paar Zeilen von Shao Yong, und nimm den Geist seiner Gedichte in Dich auf!

Du schreibst von Deiner Reizbarkeit und Unruhe, daran siehst Du, woran es Dir fehlt. In Deiner Leber gibt es zu viel Yang und zu wenig Yin, daher das Übermaß des Elements Feuer und der Mangel an Wasser. Sicher kennst Du den buddhistischen Ausdruck *xiang long fu hu,* Drachen zähmen und

Tiger bezwingen. Mit ›Drachen zähmen‹ ist gemeint, was die Alten ›das Niederhalten von Launen und Begierden‹ nannten: Man muss das Element Wasser nähren, damit das Feuer nicht um sich greift. Ein Übermaß an Feuer ist das Merkmal vieler edler Männer, aber das Ungleichgewicht darf nicht zu groß werden. Wie Du siehst, stimmen in diesem Punkt sogar die Buddhisten mit uns überein! Achte also auf Deine Ernährung und iss weniger feurige Speisen. Wer starke Begierden hat, braucht einen noch stärkeren Charakter, um sie zu beherrschen.

Die Lage hier in der Hauptstadt ist verzweifelt. Seit einigen Tagen sehe ich am Himmel eine riesige schwarze Rauchsäule, die von dort aufsteigt, wo sich der Garten der vollkommenen Klarheit befindet. Den ausländischen Barbaren ist nichts heilig! Wenn ich Zeit finde, werde ich Dir berichten, was ich in den letzten Tagen erlebt habe. Erst muss ich jedoch nach Qimen zurückkehren, solange es noch möglich ist. Jeden Nachmittag werden für kurze Zeit einige Tore geöffnet – außer das Anding-Tor, das die Barbaren besetzt haben. Wir wissen nicht, was kommen wird, und müssen auf das Schlimmste gefasst sein. Die Hoffnung, die ausländischen Teufel würden uns eines Tages in Frieden lassen, hat sich als trügerisch erwiesen. Sobald ich in Qimen bin, wird Li Hongzhang nach Shanghai reisen und versuchen, Kontakt zu ihnen aufzunehmen. Ich weiß nicht, ob etwas Gutes daraus entstehen kann, aber inzwischen fürchte ich, dass wir ihre Waffen brauchen, um die Langhaarigen zu besiegen.

Noch etwas: Du schreibst, dass die armen Bauern, die in Anqing Gräben ausheben, weil es Dir an Soldaten fehlt, nur verschimmelten Reis zu essen bekommen. Bedenke, wie das auf den Ruf der gesamten Armee zurückfällt! Statt zu Hause

Land zu kaufen, hättest Du Rücklagen für Zeiten wie diese bilden sollen. Jetzt darfst Du keine Kosten scheuen, um die Männer, die für Dich arbeiten, anständig zu ernähren.

Verzeih diese unordentlichen und schlecht komponierten Zeilen. Ich schreibe in großer Hast. Morgen in aller Frühe reise ich ab, schicke Du also keine weiteren Briefe in die Hauptstadt.

京市演樂胡同偃月府　國藩手具

von eigener Hand aufgesetzt in der Hauptstadt, Musikanten-Hutong, Mondschwert-Residenz, gezeichnet Guofan

*Hansard's Parliamentary Debates*
Protokoll der Sitzung im House of Lords
vom 19. Dezember 1860

Auszug aus der Rede von EARL GREY:

My Lords, vor wenigen Tagen erst hat die britische Öffentlichkeit mit großer Erleichterung die Nachricht von der Beendigung des Krieges in China vernommen. Durch einen kurzen, mit bewundernswerter Effizienz geführten Waffengang wurde der Feind gezwungen, das bereits vor zwei Jahren in Tianjin geschlossene Abkommen zu ratifizieren. Der Vertrag von Peking, so die allgemeine, von der großen Mehrheit des Hohen Hauses geteilte Meinung, wird die Beziehungen unserer beiden Länder auf eine neue, tragfähige Grundlage stellen, und ich würde es gewiss nicht auf mich nehmen, meine Zweifel an der Berechtigung dieser Hoffnung zu äußern, erfüllte mich nicht die Sorge, dass der Vertrag im Gegenteil weder unseren Interessen dient noch mit unseren Prinzipien in Einklang steht. Auch nach der erfolgreichen Beendigung des Kriegs bleibt es meine Überzeugung, dass ihn zu beginnen ein Fehler war, und so gern ich es unterließe, die unappetitlichen Wurzeln des Konflikts freizulegen, muss ich die noblen Lords daran erinnern, dass britische Staatsbürger in China einen umfangreichen Opium-Schmuggel betreiben, aus dem unsere Regierung in Indien einen substanziellen Teil ihrer Einnahmen bezieht. Diesen Handel versucht die chinesische Seite seit langem zu unterbinden, und wie immer man zu den Mitteln steht, die sie zu diesem Zweck ergriffen hat, lässt sich doch kaum ihr gutes Recht bestreiten, die Handelsbeziehungen zu anderen Nationen auf eine Weise zu gestalten, die ihre eigenen Wertvorstellungen so wenig verletzt wie die Gesundheit ihrer Bürger. Das Bemühen, dies zu tun, führte allerdings bereits anno 1839 zu einem Krieg, den China verlor, und drei Jahre später zum Vertrag von Nanking, der das Land zwang, fünf Häfen entlang seiner Küste für den Handel zu öffnen. Der jüngste Waffengang nun – über dessen Rechtmäßigkeit zu befinden unser Parlament nie eingeladen wurde! – fand seine Begründung darin, dass die chinesische Regierung den Vertrag von Nanking verletzt habe, indem sie es versäumte, die Stadt Kanton als fünften Vertragshafen unseren Händlern zu öffnen. Ich bin in keiner Position, zu beurteilen, ob dafür tatsächlich Sicherheitsbedenken ausschlaggebend waren, wie der Gouverneur von Kanton seinerzeit behauptet hat. Wohl aber und mit großem Bedauern muss ich feststellen, dass unsere Seite ebenfalls gegen den Vertrag von Nanking verstoßen hat. Dass sie der chinesischen Gerichtsbarkeit entzogen sind, scheinen unsere Landsleute in China als *carte blanche* misszuverstehen, die sie jeder Gesetzestreue entbindet, während der Vertrag unsere Konsuln dazu verpflichtet, die Einhaltung von Recht und Gesetz zu gewährleisten. Geltendes chinesisches Gesetz ist aber unzweifelhaft das Verbot, mit Opium zu handeln. Nur war es leider das Ziel unseres Krieges, diesen Handel zu ermöglichen und sogar auszuweiten, folglich haben unsere diplomatischen Vertreter vor Ort ihn keineswegs unterbunden, sondern ihn mit dem Hinweis gefördert, dass andernfalls der britischen Regierung in Indien nicht zu verkraftende Einnahmeverluste drohen.

My Lords, weit davon entfernt, die Fehler des früheren Dokuments zu korrigieren, stellt der Vertrag von Peking nur den nächsten Schritt auf jenem unheilvollen Weg dar, den wir in China beschreiten. So wie jener schweigt auch dieser Vertrag zur Frage des Opiumhandels. So wie jener fordert auch dieser Vertrag Reparationen von der chinesischen Regierung und nimmt ihr damit die Mittel, sich der furchtbaren Rebellion zu erwehren, die das Reich seit Jahren erschüttert. Mehr als fünf Millionen Pfund Sterling verlangen England und Frankreich einem Land ab, von dem Lord Elgin bereits vor zwei Jahren sagte, es zeige die Symptome einer drohenden Staatspleite. Durch Opiumschmuggel werden der chinesischen Regierung Zolleinnahmen vorenthalten, die sie zur Tilgung ihrer Schulden brauchen würde, und damit nicht genug, zwingen wir sie obendrein, die Transitzölle auf jene Güter zu senken, mit denen unsere Kaufleute handeln. Es scheint sicher, dass die kaiserliche Regierung unter dieser Last zusammenbrechen wird. Mindestens aber dürfte ihre Fähigkeit, sich gegen die Rebellen zu behaupten, weiter geschwächt werden, und es ist dieser Punkt, my Lords, der mir die größte Sorge bereitet.

Unsere Erfahrung in Indien sollte uns eine Warnung sein. Sie sollte gezeigt haben, dass es zwar leicht ist, asiatische Regierungen zu stürzen, ungleich schwerer aber, sie zu ersetzen. Ich fürchte, dass die Schwächung der chinesischen Staatsgewalt den Druck auf uns erhöhen wird, das zu tun, was sie nicht mehr vermag, nämlich für jene Sicherheit zu sorgen, auf die der freie Handel angewiesen ist. Dies gilt umso mehr, als einige der neuen Vertragshäfen im Landesinneren liegen, wohin der Zugang von den Rebellen kontrolliert wird. Unsere Politik, my Lords, droht uns in das Dilemma zu führen, China entweder dem Chaos zu überantworten oder seine Administration selbst in die Hand zu nehmen. Ersteres verbieten unsere Interessen, Letzteres übersteigt die Mittel auch der mächtigsten Nation der Erde. Treffend schreibt Lord Elgin in einer seiner Depeschen: ›Privilegien, die auf eine Weise erworben werden, welche die Regierung schwächt und ihren moralischen Einfluss zerstört, erlangt man in der Regel zu einem zu hohen Preis.‹ Eine wahre Feststellung, welcher der Vertrag von Peking allerdings versäumt, Rechnung zu tragen! Deshalb muss ich zu dem Schluss kommen, dass dieses Dokument wie sein Vorgänger die Saat künftiger Konflikte in sich trägt. Die Chinesen mögen in manchen Bereichen des Lebens beachtliche Errungenschaften vorzuweisen haben, sie bleiben dennoch ein barbarisches Volk – die widerwärtige Behandlung der Gefangenen in Peking hat es aufs Neue gezeigt und rechtfertigt in meinen Augen die Zerstörung des Sommerpalasts, zu der sich Lord Elgin schweren Herzens entschließen musste. Dennoch glaube ich, dass auch Barbaren empfänglich sind für Gesten der Menschlichkeit und des guten Willens. Wir dürfen nicht vergessen, dass die großen zivilisierenden Wahrheiten des Christentums ihnen bisher unbekannt geblieben sind. Umso betrüblicher erscheint mir unser Versäumnis, ihrem prinzipienlosen Gebaren mit Rechtstreue und ihrer exzessiven Grausamkeit mit christlicher Nachsicht zu begegnen. Ich bin sicher, my Lords, dass nur auf diesem Weg eine bessere Zukunft möglich und unser Ziel erreichbar ist: freier Handel zum beiderseitigen Nutzen und der schrittweise Aufstieg Chinas unter die zivilisierten Nationen der Erde.

# 19 Der Barbier von Aden

Lord Elgin in Shanghai
Winter 1860/61

Viele Sachen hatte Maddox nicht besessen. In seinem Büro im britischen Konsulat standen fünf Holzkisten, von denen drei nur Bücher enthielten, die Lord Elgin beschlossen hatte, auf seinem Schiff mitzunehmen, statt sie mit dem nächsten Truppentransport nach England zu schicken. Auf ein paar Wochen kam es nicht an. Der Familie hätte er gern kondoliert, aber als Sonderbotschafter konnte er keine Briefe an einen Apotheker in Sussex schreiben, das würde er von Broomhall aus nachholen. Seine Abreise war für den 4. Januar vorgesehen. Draußen regnete es ohne Unterlass, ein Wald von Masten bedeckte den Huangpu-Fluss, und er fand es deprimierend, zu denken, dass in wenigen Tagen Weihnachten war.

Ostern, sagte er sich. Ostern würde er zu Hause feiern.

Seine Mission war beendet. Der Vertragstext dürfte bereits in London angekommen sein, aber eine Reaktion würde ihn frühestens Mitte Januar in Hongkong erreichen, so lange musste er sich mit alten Ausgaben der *Times* begnügen, die Frederick für ihn gesammelt hatte. ›Wenn die Bevölkerung eines Landes in zwei feindliche Lager gespalten ist‹, postulierte ein Artikel über die Kämpfe in Shanghai im August, ›sehen sich ausländische Kriegsparteien gewöhnlich bemüßigt, mit einem von beiden gegen das andere zu koalieren, aber die Politik Chinas ähnelt der Zoologie Australiens:

Geltende Gesetze werden von ihr auf den Kopf gestellt.‹ Was auch immer das hieß, es klang nicht so, als folgte man den Ereignissen zu Hause mit besonderer Anteilnahme. Vielleicht würde er zurückkehren wie seinerzeit aus Kanada: ein Empfang bei der Queen, zwei neue Orden an der Brust und in den Zeitungen wohlwollende Erwähnungen in den Randspalten. Manchmal glaubte er, dass er eine stille Rückkehr sogar wünschte. Was hatte er schließlich erreicht?

»The man who opened China«, murmelte er und sah aus dem Fenster. Bund hieß die lange Promenade, die das Flussufer säumte. Europäische Fassaden, aber im Grunde war die Stadt auf Opium gebaut, und selbst die englischen Bewohner hatten etwas Yankeehaftes an sich, fand er. Seit seiner Rückkehr aus dem Norden machte er jeden Morgen einen Spaziergang zur Pferderennbahn. Kürzlich war er dort mit einem jungen Mann ins Gespräch gekommen, der als Tee-Tester für Dent & Co. arbeitete und ungefragt sein Faible für eine ›kompromisslose Außenpolitik‹ bekundet hatte. Dass England gleichzeitig gegen zwei verfeindete Parteien Krieg führte, fand er überhaupt nicht widersprüchlich. Wir Engländer zeigen es am liebsten den hohen Tieren, meinte er, das waren nach dieser Logik im Norden die Mandarine und im Süden die Rebellenkönige, also musste man es eben beiden zeigen. So einfach war das, wenn man Volkes Stimme glaubte. Durfte er daraus schließen, dass er diesmal sogar Palmerston-Anhänger, Opiumhändler und sonstige Hardliner hinter sich gebracht hatte? Wenn ja, nur hier oder auch zu Hause?

Auf den ersten Blick war die Vertragsunterzeichnung in Peking ein britischer Triumphzug gewesen. Sechzehn Träger hatten seine Sänfte in die Verbotene Stadt gebracht, begleitet von hundert Reitern und zwei Bands, die *Rule, Britannia!* und *God Save The Queen* spielten. Absichtlich war er drei Stunden zu spät erschienen, um den Chinesen ein letztes Mal zu zeigen, wer gewonnen hatte. Damit es nicht zu Zwischenfällen kam, stand am Anding-Tor eine Feldbatterie bereit, die Einladung zum chinesischen Bankett war aus Angst vor Vergiftungen ausgeschlagen worden, aber dann ging alles glatt. Prinz Gong entpuppte sich als nervöser Mann von erst siebenundzwanzig Jahren, der offenbar zum ersten Mal einem Ausländer begegnete. Gekleidet in einen Mantel aus Seeotterfell und Hermelin, hielt er Lord Elgin seine ausgesprochen feine, geradezu feminine Hand hin. Den Daumen zierte ein weißer Jadering, am Handschlag musste er noch arbeiten, aber im Gespräch machte er einen einigermaßen intelligenten Eindruck.

Ungeduldig schaute Lord Elgin auf die Uhr. Kurz nach zehn. Wo blieb Konsul Parkes mit der Post?

Einen Tag später hatten die Franzosen den gleichen Vertrag geschlossen und sich Reparationen in identischer Höhe gesichert. Angesichts ihrer viel geringeren Militärausgaben war das schwer zu rechtfertigen, aber Baron Gros hatte darauf bestanden und außerdem keine Gelegenheit ausgelassen, die Zerstörung des Sommerpalasts als Akt der Barbarei zu geißeln. Man hätte meinen können, es käme ihm gelegen, dass mit der Anlage auch die Spuren ihrer Verwüstung durch seine Soldaten verschwunden waren, aber weit gefehlt. In der hohen Kunst der Doppelzüngigkeit wurde der Baron nur von Generalmajor Ignatiev übertroffen, der Grund hatte, sich für den eigentlichen Sieger der ganzen Affäre zu halten. Über dreihunderttausend Quadratmeilen hatte er China abgenommen, irgendwo nördlich des Amur und ohne einen einzigen Schuss abzufeuern. Mehr als sechsmal die Größe Englands! In Peking hatte Lord Elgin ihn getroffen, um die heikle Frage der Botschaften zu besprechen. Sollte man sie sofort eröffnen, wie Frederick glaubte, oder noch ei-

517

nen Winter warten und die Diplomaten so lange in Tianjin belassen, wie Baron Gros riet? Das Ziel war, Prinz Gong und den Reformern den Rücken zu stärken, aber wie erreichte man es? Trat man zu hart auf, bestand die Gefahr, dass sie des Landesverrats angeklagt werden würden, sobald der Kaiser aus Rehe zurückkehrte – dann wären wieder die Kriegstreiber am Zug. War man zu weich, schwoll den Chinesen die Brust, und es drohte eine Wiederholung der Ereignisse von 59. Ignatiev hatte es auf den Punkt gebracht: Die Chinesen musste man so besiegen, dass *sie* sich wie die Sieger fühlten, und gleichzeitig verhindern, dass ihr Stolz den Glauben nährte, sie könnten einen tatsächlich schlagen. Sein Rat lautete, die Botschafter sollten in Tianjin bleiben, bis sich die Wogen geglättet hatten, und dem war Lord Elgin gefolgt. Jetzt sah es freilich so aus, als habe der Generalmajor die Alliierten nur aus der Hauptstadt locken wollen, damit er in Ruhe seinen Coup landen konnte. Ohne Soldaten, allein mit Diplomatie. Angeblich war er bereits auf dem Weg nach St. Petersburg, um sich ausgiebig feiern und belohnen zu lassen.

Er selbst hingegen? Wer garantierte ihm, dass die Chinesen im nächsten Jahr nicht einen ihrer berühmten Rückzieher machen und Lord Palmerston zwingen würden, ihn ein drittes Mal herzuschicken? Der Vertrag hatte den Konflikt beendet, aber nicht gelöst und über seine Wurzel kein Wort verloren. Das gegenseitige Misstrauen saß tiefer denn je.

Bevor Lord Elgin den Gedanken fortsetzen konnte, eilte Parkes mit einem Stapel Papier ins Zimmer. »Verzeihen Sie die Verspätung, Exzellenz, aber ...«

»Guten Morgen, Konsul«, unterbrach er ihn. »Treten Sie doch bitte ein.«

»Pardon, Sir. Guten Morgen.« Parkes blieb stehen und

neigte schuldbewusst den Kopf. Die Ähnlichkeiten mit Maddox wurden von Tag zu Tag größer. »Haben Sie gut geschlafen, Sir?«

»Nein, aber das soll nicht Ihre Sorge sein, Konsul. Was bringen Sie mir?«

»Gute Nachrichten, Sir. Offenbar will Prinz Gong in Kürze die Einrichtung eines neuen Ministeriums vorschlagen. Wir würden es als Außenministerium bezeichnen, Sir. Dank Ihres entschiedenen Vorgehens geraten die Dinge endlich in Bewegung.«

»Glauben Sie das, ja?«, fragte er, statt sich zu erkundigen, wie Parkes an die Information gekommen war. »Bewegung in China?«

»Wenn Sie mir die Einschätzung gestatten, Sir.«

Draußen ließ der Regen nach, aber die Wolken hingen tief und hatten dieselbe graue Farbe wie der Fluss. In Gedanken war Lord Elgin noch bei den dreihunderttausend Quadratmeilen. Wie ein Schatten war Ignatiev den Alliierten nach Peking gefolgt, mit nichts als der Drohung in der Hand, sich mit ihnen gegen China zu verbünden. Vielleicht sollte die Queen eines ihrer Kinder nach Russland verheiraten, dem Zar schien der Sinn nach Expansion zu stehen, und er gab sich wenig Mühe, das zu verbergen. An der Pazifikküste hatten seine Truppen im Sommer einen Ort besetzt und ihn Wladiwostok genannt: Beherrsche den Osten. »Hoffen wir das Beste«, sagte er abwinkend. »Übrigens wollte ich Sie nach dieser Insel fragen, die wir auf der Rückreise passiert haben. Gützlaff Island, ein kurioser Name für eine chinesische Insel. Man sagte mir, sie wurde nach dem Mann benannt, in dessen Obhut Sie aufgewachsen sind?«

»Das ist korrekt, Sir. Ein deutscher Missionar, der mit meiner Cousine verheiratet war.«

»Aber dieses Inselchen wurde nicht nach ihm benannt,

weil er es geschafft hat, aus Ihnen einen Gentleman zu machen, nein?«

»Nein, Sir.« Noch eine Ähnlichkeit mit Maddox: Wenn man wollte, dass Parkes einen Witz auch erkannte, musste man ein Schild dranhängen.

»Sind Sie der deutschen Sprache mächtig, Konsul? In Mr Maddox' Kisten gibt es einige Notizen, die ich nicht lesen kann.«

»Leider nein, Sir. Im Haus meiner Cousine wurde Englisch gesprochen.«

»Wie löblich. Mit dreizehn Jahren kamen Sie nach China, haben Sie erzählt, mit vierzehn hat Sir Pottinger Sie mitgenommen zur Unterzeichnung des Vertrags von Nanking. Sie haben ein Talent, Konsul, immer dort zu sein, wo Geschichte geschrieben wird.«

»Ich würde es eher Glück nennen. Sir Pottinger war sehr großzügig zu mir.«

»Neulich behauptete jemand, Lord Palmerston würden Sie auch kennen. Persönlich.«

»Einmal hatte ich die Ehre, von ihm empfangen zu werden, Sir. Auf Heimaturlaub. Er war seinerzeit noch Foreign Secretary.«

»Und Sie bloß Übersetzer. Warum hat er Sie empfangen?«

»Seine Lordschaft hat sich schon damals für China interessiert, Sir. Ich muss sagen, er war sehr gut informiert. Dass Kanton der Schlüssel ist, war ihm längst klar.«

»Kanton, hm?« Täuschte er sich, oder lag ein selbstzufriedener Glanz in Parkes' Blick? Seit Maddox' Tod war er in seiner Position unangefochten und schien es zu genießen. »Ich will ehrlich sein, Konsul, ich hatte seinerzeit an Ihrem Vorgehen einiges auszusetzen. Haben Sie Palmerston beigebracht, dass die Chinesen nur eine Sprache verstehen?«

»Sir, ich war in keiner Position, seine Lordschaft zu be-lehren. Allerdings würde ich sagen, dass die jüngsten Er-eignisse diese These stützen. Sosehr wir es bedauern, ohne Zwang geht es in China nicht.«

»Sie meinen, uns wurde keine Wahl gelassen. In Peking?«

»Alle anderen Mittel hatten sich als untauglich erwiesen, Sir.«

Genau das würde er auch gerne glauben, aber es aus Parkes' Mund zu hören, verstärkte die Zweifel noch. »Schau-en wir nach vorn, Konsul. Wie können wir unserer Verant-wortung für Chinas Geschicke fortan gerecht werden? Sie wissen schon, die Rebellion im Yangtze-Tal. Ich halte es für unumgänglich, eine Delegation den Fluss hinaufzuschicken. Bevor wir die neuen Vertragshäfen in Hankou und Jiujiang eröffnen, müssen wir uns mit den Rebellen ins Benehmen setzen. Allerdings würde ich das gerne tun, ohne sie in ih-rem Tun zu bestärken.«

»Das wäre sicherlich klug, Sir. Ich meine, sie nicht zu be-stärken.«

»Sie waren schon einmal in Nanking. Ich fürchte, Sie müssen wieder dorthin.«

»Jederzeit. Wie lautet der Auftrag?«

»Admiral Hope wird Sie auf der *Coromandel* den Fluss hinauffahren. Wir brauchen ein Bild der militärischen Situa-tion. Die Rebellen wurden vor Shanghai zurückgeschlagen, was planen sie als Nächstes? Die Sicherheit unserer Schiffe muss gewährleistet werden, aber Sie verstehen die Zwick-mühle: Als Partner der chinesischen Regierung, der wir jetzt sind, können wir kein Abkommen schließen, das uns an ih-re Feinde bindet. Erfahren Sie alles, Konsul, erreichen Sie viel und versprechen Sie nichts – ist das ein Auftrag nach Ihrem Geschmack?«

»Danke für Ihr Vertrauen, Sir«, erwiderte Parkes ungerührt. »London weiß von dem Plan? Ich meine, weil wir die Häfen vertragsgemäß erst eröffnen dürfen, wenn die Rebellion ...«

»Mein lieber Konsul: Nachdem Sie aufgebrochen sind, wird London davon hören, und bei der Rückkehr erfahren Sie, ob es eine genehmigte Reise war. So läuft es in diesem Teil der Welt, ich dachte, das sei Ihnen bekannt. Oder hatte Lord Palmerston Ihnen schon damals gestattet, Kanton zu bombardieren?« Streng sah er sein Gegenüber an, aber die Lust, ihn zu provozieren, verflog schnell. Ohne Männer wie Parkes kam man in China nicht voran, und es war nicht dessen Schuld, dass er noch lebte und andere nicht mehr. Bloß, wessen Schuld war es? Hartnäckig verfolgte ihn die merkwürdige Epiphanie seines Sekretärs. Nach dem Besuch im Sommerpalast hatte er tagelang fiebernd im Bett gelegen und ununterbrochen mit Maddox geredet, und noch hier in Shanghai passierte es, dass er nachts mit dem Gefühl aufwachte, es sei jemand im Zimmer. »Dazu fällt mir eine Anekdote ein«, sagte er, um die Erinnerung abzuschütteln. »Der unglückliche Mr Bowlby hat sie mir erzählt, Ihnen vielleicht auch. Es geht um den Barbier im Hotel Suez in Aden. Haben Sie davon gehört?«

»Nein, Sir. Was ist mit ihm?« Der Konsul machte ein Gesicht, als dauerte ihm die Unterhaltung bereits zu lange.

»Der Barbier ist ein alter Mann und sehr erfahren in seinem Beruf. Als den Gipfel seiner Kunst – falls Sie den Ausdruck gestatten – betrachtet er es, einen Kunden im Schlaf zu rasieren, ohne dass er aufwacht. Man muss den Termin am Vorabend vereinbaren, dann kommt er bei Sonnenaufgang ins Zimmer und ... Ich weiß, es klingt unglaubwürdig, aber sehen Sie: Als Mr Bowlby die Geschichte erzählte, fiel mir auf, dass mir selbst genau das passiert war. Kurz zuvor hatte ich im Hotel Suez übernachtet, und eines Morgens bin ich aufgewacht und war frisch rasiert. Ich dachte mir nichts dabei, am Abend zuvor hatte ich eine Kleinigkeit getrunken, und sowieso war ich seinerzeit etwas zerstreut. Ich dachte, ich hätte mich vor dem Zubettgehen rasiert und es vergessen. Bis Mr Bowlby die Geschichte erzählte, auf dem Weg nach Ceylon. Da erst dämmerte mir, dass mich der Barbier von Aden rasiert hatte. Unheimlich, oder? Ich könnte Ihnen nicht sagen, wie der Mann aussieht. Einen Termin hatte ich auch nicht vereinbart, aber nach der Reise über den Sinai war ich recht ungepflegt. Irgendwie muss er das erfahren haben. Tja, ich brauchte eine Rasur und bekam sie. So geht es manchmal.«

Stumm sah Konsul Parkes ihn an. Mr Bowlby hatte sehr lachen müssen, nachts, auf dem Oberdeck, bei einer guten Flasche Champagner. Jetzt lag sein Leichnam auf dem russischen Friedhof von Peking, und wieder stellte sich die Schuldfrage. Natürlich hatten die Chinesen diese Morde begangen, aber wie immer gab es, was man *the bigger picture* nannte, und darin fehlten einige Teile. Ein Gefühl sagte ihm, dass er nach der Lektüre von Maddox' Manuskript klarer sehen würde, vielleicht klarer, als ihm lieb war, also schob er die Lektüre vor sich her. »War sonst noch was, Konsul?«, fragte er, weil Parkes beharrlich schwieg.

»Es gibt einen Mann, Sir, der Sie gerne treffen würde. Ein Chinese.«

»Wie Sie wissen, ist meine Mission zu Ende. Sagen Sie dem Mann, er soll meinen Bruder treffen, wenn er nächstes Jahr nach Shanghai kommt.«

»Er könnte Ihnen etwas über den Stand des Bürgerkriegs berichten, Sir. In Ergänzung zu dem, was ich in Nanking erfahren werde. Haben Sie von der Hunan Armee gehört?«

»Fragen Sie mich nicht aus, Konsul. Sagen Sie mir, was ich wissen muss.«

»Eine Armee außerhalb des staatlichen Systems. Der Anführer ist ein Chinese, kein Tatar, seine Soldaten kommen
alle aus der Provinz Hunan, aber sie kämpfen für den Kaiser. Früher war er ein hoher Beamter am Hof, jetzt halten
ihn viele für die letzte Hoffnung, die Rebellen zu besiegen.
Seit dem Sommer ist er Generalgouverneur der unteren
Yangtze-Provinzen, der erste Chinese auf diesem Posten seit
sehr langer Zeit. Während meiner Gefangenschaft in Peking
bin ich ihm kurz begegnet.«

»Und jetzt ist er hier und will mich treffen?«

»Nein, Sir, er ist im Landesinneren auf Feldzug. Nach
Shanghai hat er einen Vertrauten geschickt, einen Mann namens Li Hongzhang. Der möchte Sie gerne sprechen, Sir.«

»Bekleidet er ein offizielles Amt?«

»Er soll Generalinspektor der Provinz werden, aber die
Bestätigung steht noch aus. Außerdem ist er Träger des
höchsten Prüfungstitels und ...«

Demonstrativ verzog Lord Elgin den Mund. »Ein Mandarin.«

»Sir, er hat auch Erfahrung als Kommandeur im Feld. Viele glauben, dass er in Zukunft eine wichtige Rolle spielen
wird.«

»Wenn es so ist – die Zukunft Chinas interessiert mich.
Außer dem alten Guiliang habe ich hier noch keinen Mann
von Format getroffen. Prinz Gong mag Potenzial haben,
aber in der Verbotenen Stadt aufzuwachsen, scheint mir
keine Vorbereitung auf das Leben außerhalb zu sein. Haben
Sie gehört, er bewundert unsere Uniformen? Genauer gesagt
die Taschen. Das sei praktischer, als seinen Fächer am Gürtel zu tragen. Eine Beobachtung, wie man sie vom guten
Maddox erwarten würde, nicht wahr? Waren Sie dabei, als
er mir seinerzeit einen Vortrag über die Säbelschlaufen gehalten hat?«

»Nein, Sir. Darf ich also einen Termin arrangieren?«

»Nach Weihnachten, Maddox. Ich meine Konsul, pardon! Wie Sie sehen, brauche ich eine Pause. Finden Sie bitte außerdem jemanden, der Maddox' Kisten in mein Zimmer bringt. Ich will die Sachen ein bisschen vorsortieren, vielleicht müssen wir nicht alles nach England mitnehmen. Der Gute hat ja doch viel Ballast mit sich herumgeschleppt.«

Weihnachten war in diesem Jahr eine bedrückende Angelegenheit. Mit Sicherheit hatte Mary Louisa einen Brief geschickt, aber die Post war nicht rechtzeitig angekommen. Im Konsulat fand eine kleine Feier statt, danach kehrte Lord Elgin in sein Quartier zurück und erlaubte sich keinen Schluck Alkohol. Im Oktober hatte ihm die Zeit für Weihnachtspost gefehlt, und was er jetzt zu Papier brachte, würden die Adressaten erst im Februar erhalten, trotzdem tat er es. Sein Bruder Robert war neuerdings der Erzieher des Prinzen von Wales und berichtete von einer Tour durch die USA, demnach kam das Sorgenkind der königlichen Familie bei den Amerikanern gut an. Ausgerechnet in der Oper von Philadelphia hatte das gesamte Auditorium die Hymne der alten Kolonialherren angestimmt. Die politischen Aussichten hingegen waren düster, der Konflikt zwischen Nord- und Südstaaten drohte zu eskalieren, und jeder ahnte, was das für die Baumwollproduktion des Südens und damit für die englische Textilindustrie bedeuten konnte. Inzwischen dürfte Robert zurückgekehrt sein, um die Feiertage auf Broomhall zu verbringen; in Vertretung des älteren Bruders, der derweil in Shanghai seine Sachen packte.

Zwischen den Jahren fielen die Temperaturen fast auf den Gefrierpunkt, aber die Luft war feucht und schwer, und der Blick aus dem Fenster blieb in dichtem Nebel hängen. Frederick schrieb aus Tianjin, er habe nicht vor, mit den

Rebellen in Nanking eine Einigung zu suchen, stattdessen wolle er den Begriff Neutralität künftig so weit fassen, dass darunter jede Hilfe für den Kaiser fiel, die keinen Einsatz britischer Soldaten erforderte. Es sei Zeit, China endlich von dieser Pest zu befreien. Geht mich nichts mehr an, dachte Lord Elgin und starrte auf Maddox' Notizen, die er unterwegs würde lesen müssen – um was zu erfahren? Dass er erneut alle Ziele erreicht und das Wesentliche verfehlt hatte?

Das Treffen mit dem Chinesen ließ er Parkes auf den Vormittag des 2. Januar legen. Am 4. sollte die *Ferooz* ihn nach Hongkong bringen, damit er Kowloon offiziell in Besitz der Krone nahm, seine letzte Amtshandlung als Sonderbotschafter. Die Melancholie, die ihn zum Jahreswechsel befiel, konnte er sich nur mit der Ahnung erklären, dass die Heimkehr dieses Mal noch schwieriger werden würde. Aus dem Spiegel starrte ihm ein Mann entgegen, der aussah, als würde er im Sommer siebzig werden, nicht fünfzig. Kahler Kopf, runder Bauch, er hatte etwas von einem alternden Ladenbesitzer, der nach Feierabend in den Pub ging, um ein Ale zu trinken und die anderen Besucher mit seinen Schnurren zu unterhalten. Das Märchen vom Barbier von Aden hatte Mr Bowlby ihm zum Zeitvertreib auf hoher See erzählt. Als Beispiel für orientalischen Humbug, weiter nichts.

Im Schlaf rasiert, was war los mit ihm?

Als er am Morgen des 2. Januar das Büro betrat, teilte ihm Parkes mit, der Chinese sei bereits da. »Gut«, erwiderte er, »bringen Sie ihn herein, ich habe nicht viel Zeit.« Es war zur Abwechslung ein freundlicher Tag, vereinzelte Sonnenstrahlen fielen in den regennassen Garten des Konsulats. Am Nachmittag sollte sein Gepäck aufs Schiff gebracht werden, am Abend stand ein Abschiedsdinner für die britische Geschäftswelt Shanghais an. Nach einer Minute kam Parkes

526

zurück und führte den größten Chinesen herein, den Lord Elgin je gesehen hatte. Der Mann maß mindestens sechs Fuß! Herausgeputzt war er wie ein typischer Mandarin, ganz in Seide und mit einer langen Kette um den Hals, aber die Stirn erinnerte an eine polierte Kanonenkugel. Li Hongzhang also, der aufgehende Stern an Chinas Firmament. Man musste tatsächlich nach oben schauen, um den Blick aus seinen listigen kleinen Augen zu erwidern. Während Parkes sie einander vorstellte, fühlte sich Lord Elgin eingehend gemustert. Selbstvertrauen füllte den Raum wie eine unsichtbare Entourage.

»Mr Li möchte sich zunächst für die Ehre bedanken, vom Sonderbotschafter der Königin empfangen zu werden«, übersetzte Parkes, was der Hüne in einem Ton vortrug, der eher nach Befehlen klang. »Er behauptet von sich, seit langem zu denen zu gehören, die Chinas Zukunft in einer engen Partnerschaft mit den Ländern des westlichen Ozeans sehen.«

»Nun, sagen Sie unserem Gast, mein Engagement der letzten drei Jahre war von keinem anderen Ziel geleitet, als diese Partnerschaft herbeizuführen. Nehmen wir Platz.« Lord Elgin wies auf eine Sitzecke beim Fenster, und nachdem sich die erste Überraschung gelegt hatte, beschloss er, einfach da weiterzumachen, wo er in Peking mit Prinz Gong aufgehört hatte. »Es freut mich«, sagte er, »in China einen Mann zu treffen, dessen Blick in die Zukunft gerichtet ist. Der gegenläufigen Einstellung bin ich auf meiner Mission allzu oft begegnet, was Sie bitte nicht falsch verstehen wollen: Als Absolvent einer so traditionsbewussten Institution wie Christ Church begrüße ich die Hochschätzung, die Ihre Landsleute der eigenen Geschichte entgegenbringen. Keine Zivilisation kommt ohne den Rat ihrer weisesten Männer aus, und so gerne wir sie als Zeitgenossen hätten, sie sprechen nur noch aus Büchern zu uns. Eine der Geistesgrößen unserer Tradition, ein Mann namens Machiavelli, hat einmal klug bemerkt, nichts sei schwieriger zu bewerkstelligen oder mit größeren Risiken verbunden als die Einführung einer neuen Ordnung der Dinge. Genau diese Aufgabe, fürchte ich, steht Ihrem Land in den kommenden Jahrzehnten bevor ...«

»Verzeihen Sie, Exzellenz.« Parkes hob die Hand. »Sie müssten mir bitte einen Moment Zeit geben, zu übersetzen.«

»Oh, natürlich, Konsul, tun Sie das. Ich hoffe, Sie konnten sich alles merken.«

Der Gast nickte, als Parkes seine Rede wiedergab, aber was in ihm vorging, verriet die Miene nicht. Sein Auftreten erinnerte eher an einen Hausherrn, der vorbeischaute, um sich zu vergewissern, dass die Mieter sorgsam mit seinen Räumlichkeiten umgingen. Auf Sir Hayters Porträt der Queen hatte er beim Eintreten einen Blick geworfen, als fragte er sich, wie ein Land groß und mächtig sein konnte, an dessen Spitze diese kleinwüchsige Frau stand.

»Bemerkenswert ist«, fuhr Lord Elgin fort, »dass Machiavellis Diktum nicht grundsätzlich gegen das Bemühen gerichtet war, die Verhältnisse zu verändern. Es sollte eine Mahnung zur Vorsicht sein. Da er ein gutes Auge für menschliche Schwächen hatte, schien ihm, dass wir dazu neigen, immer wieder an denselben Aufgaben zu scheitern. Er wusste, dass aus jeder Neuerung die Notwendigkeit weiterer Neuerungen folgt, weshalb der historische Prozess nie an ein Ende kommt und schwer zu steuern ist. Der Zug der Geschichte, könnte man sagen, hält nicht an. Schienen hat er auch keine. Nun lässt sich natürlich fragen, was soll ein Zug, der ohne Schienen fährt und nie anhält? Tja.« Gute Frage. Offenbar hatte er seine Worte nicht mit der nötigen Sorgfalt gewählt und musste kurz nachdenken, wie es weiterging. »Das Bild erscheint Ihnen vielleicht unangemessen, es gibt ja keine Eisenbahn in China. Noch nicht. Haben wir kein Wasser, Konsul? Ich würde gern etwas trinken.«

»Soll ich etwas bringen lassen, Sir?«

»Wie wäre es, wenn Sie es selbst holen? Mr Li und ich laufen nicht weg.«

»Natürlich, Sir.« Kopfschüttelnd stand der Konsul auf. Seine kurze Entschuldigung nahm der Gast mit einem gelassenen Nicken entgegen, so als habe er es nicht eilig, sein Anliegen vorzubringen. Vielleicht hatte er gar keines, sondern war nur gekommen, um einmal dem Mann gegenüberzusitzen, den alle den schrecklichen Barbaren nannten.

»Mir fällt eben auf«, sagte Lord Elgin, »dass es eine Ähnlichkeit zwischen Machiavelli und Herbert Spencer gibt. Allerdings ziehen beide Männer aus ihren Prämissen gegensätzliche Schlüsse. Aus jeder Neuerung, sagt Machiavelli, ergeben sich notwendig weitere Neuerungen. Das kommt Spencers Einsicht nahe, dass eine Veränderung immer der Grund für mehrere andere Veränderungen ist, woraus er ableitet, Fortschritt sei genau das: die unendliche Auffächerung von Gleichem in Verschiedenes. Alles wird immer komplexer. Machiavelli hingegen folgert, dass es keinen Fortschritt gibt. Für ihn besitzt die Geschichte eine Eigendynamik, in der ein Schritt den nächsten bedingt, bis der Ablauf des Ganzen seinen Sinn gleichsam überholt hat, verstehen Sie? Was der eine für den Grund hält, weshalb Fortschritt unmöglich ist, betrachtet der andere als das Prinzip des Fortschritts selbst. Das erscheint mir interessant. Offenbar läuft es auf die Frage hinaus, wie sich eine Veränderung das Prädikat fortschrittlich verdient. Ein deutscher Denker sagte dazu, entscheidend sei das sich entwickelnde Bewusstsein der Freiheit, aber ich fürchte, das hätte Machiavelli nur ein müdes Lächeln entlockt. Ihnen vielleicht auch. Ah, da kommt unser Wasser.« Er nahm sein Glas, setzte es an den Mund und wünschte, Parkes hätte einen ordentlichen Drink gebracht. »Sagen Sie unserem Gast bitte, dass Machiavelli Atheist war, insofern sind seine Ansichten mit Vorsicht zu genießen. Vielleicht ist es am Ende Gottvertrauen, das uns davor bewahrt, blindlings ins Chaos zu laufen. Der Glaube an einen höheren Plan, meine ich.«

Mr Li schien Mühe zu haben, dem Gedanken zu folgen, den ihm der Konsul darlegte. Seine Rückfrage jedenfalls klang ausgesprochen bodenständig. »Unser Gast möchte wissen, wie groß die Einwohnerzahl Englands ist.«

»Oh. Eine Frage, die nur der Sonderbotschafter der Queen beantworten kann. Nun, sagen Sie ihm, die Einwohnerzahl hat sich in den vergangenen fünfzig Jahren verdoppelt – das ist ein Indiz für die sich stetig verbessernden Lebensbedingungen im Vereinten Königreich, von Fortschritt also. Sie dürfte derzeit rund achtzehn Millionen betragen.«

Die Zahl schien den Gast zu erstaunen. »Und Indien?«, übersetzte Parkes seine nächste Frage.

»Indien?«

»Ist darin nicht inbegriffen, nein?«

»Großer Gott, Konsul, das wissen Sie selbst! Sagen Sie Mr Li, Indien gehört uns, aber es gehört nicht *zu* uns. Wenn er wissen will, wie viele Menschen dort leben, möge er sich an Lord Canning wenden. Ich glaube nicht, dass sie je gezählt wurden.«

Der Gast machte eine scherzhafte Entgegnung. Je länger das Treffen dauerte, desto wohler schien er sich zu fühlen. »Die Chinesen«, dolmetschte Parkes, »leben offenbar in dem Glauben, dass England eine so kleine Insel ist, dass die Hälfte der Bevölkerung auf Schiffe verfrachtet und in ferne Länder gebracht werden muss. Aus Platzmangel.«

»Ich hoffe, wir konnten wenigstens unseren Gast von dieser bedrückenden Vorstellung befreien. Fragen Sie ihn, was seiner Meinung nach in Peking geschehen wird, wenn der Kaiser zurückkehrt. Hält er Prinz Gongs Position für gesichert?«

Die Antwort fiel kurz aus: »Mr Li glaubt nicht, dass der Kaiser zurückkehren wird.«

»Wie das?«

»Seine Majestät ist krank und wird bald sterben.«

Vergebens suchte Lord Elgin im Gesicht des Mannes nach einer Regung. Seine hohen Wangenknochen ließen ihn hart und entschlossen aussehen, aber der Blick blieb unbeteiligt. »Was wird passieren, sollte sich Mr Lis Einschätzung als zutreffend erweisen? Soweit ich weiß, gibt es keinen erwachsenen Thronfolger.«

Für den Übergang werde es einen Rat der Prinzen geben, antwortete der Gast, hielt es aber für möglich, dass unter den Mitgliedern dieses Gremiums ein Kampf um die Vorherrschaft ausbrechen werde. Prinz Gong sei daher in einer prekären Lage. Die Reparationen an England und Frankreich leerten die Staatskasse, und der Handel könne erst wiederbelebt werden, wenn die Rebellion niedergeschlagen sei. Solange die Langhaarigen die Tee- und Seidenproduktion kontrollierten, habe China keine Güter, mit denen es handeln könne. Die Schlussfolgerung passte erneut in einen Satz: »Er sagt, um seine Position zu sichern, braucht Prinz Gong unsere Hilfe im Kampf gegen die Rebellen. Mindestens Waffen.«

»Sagen Sie ihm, unsere Neutralität legt uns gewisse Grenzen auf.«

Daraufhin schüttelte der Gast unwirsch den Kopf. »Er meint, wenn die Rebellen nicht bald besiegt werden, droht größtes Unheil. Dann wird England weder seine Reparationen erhalten noch die neuen Vertragshäfen eröffnen können.«

»Das mag sein, aber für Chinas interne Kämpfe sind wir nicht verantwortlich.«

Als Parkes übersetzte, sah Lord Elgin in den Augen seines Gastes etwas aufblitzen, was er bisher bei keinem Mandarin gesehen hatte. Natürlich hassten sie ihn, seit der Sache mit dem Sommerpalast noch mehr als zuvor, aber Mr Li war der Erste, der seinen Hass geradezu nonchalant zum Ausdruck brachte. Ein Lächeln erschien auf seinem Gesicht, als könne er es kaum erwarten, in das Spiel einzusteigen, das die Ausländer in China begonnen hatten. Selbstzweifel kannte er offenbar nicht. »Mr Li möchte wissen, ob die Kampfhandlungen in Shanghai vor vier Monaten ebenfalls Ausdruck der britischen Neutralität waren.«

»Das war ein Notfall. Es ging darum, unsere Landsleute, ihr Eigentum und die englischen Handelsinteressen zu schützen«, sagte Lord Elgin.

»Mr Li fragt, ob man dieses Prinzip auch auf die neuen Vertragshäfen anwenden könnte.«

»Nicht, solange die Rebellen uns nicht angreifen.«

Das Lächeln des Chinesen wurde breiter.

»Fragen Sie ihn nach der militärischen Situation im Inland«, sagte Lord Elgin und bekam wieder eine längere Antwort. »Mr Li behauptet, das Blatt wendet sich gegen die Rebellen. Im Auftrag der Hunan Armee führt er gegenwärtig im unteren Yangtze-Tal eine neue Steuer ein. Auf diese Weise …«

»Moment, Konsul. Eine Armee, die ihre eigenen Steuern eintreibt? Weiß unser Gast, wie sehr das der Autorität der Regierung schaden kann?«

»Mr Li sagt, es gibt ein altes Sprichwort: Nicht auf die Ratte schießen, aus Angst die Vase zu treffen.«

»Hübsch. Vasen haben sie ja genug. Wem gegenüber ist diese Armee loyal?«

»General Zeng Guofan, Sir, ihrem Anführer.«

»Wem gegenüber ist der loyal?«

»Dem Kaiser«, ließ Mr Li ausrichten.

»Und nach dessen Tod?«

Mit affektiert wirkender Geste zog der Gast einen Fächer hervor und faltete ihn auf. »Mr Li möchte wissen, ob Exzellenz mit dem Konzept vom ›Mandat des Himmels‹ vertraut sind.«

»Maddox hat es erwähnt. Sagen Sie mir zwei Sätze dazu.«

»Chinesen glauben, Sir, dass der Kaiser mit einem Mandat regiert, dass ihm vom Himmel verliehen wurde. Er behält es, solange er seine Sache gut macht. Naturkatastrophen, Kriege und dergleichen sind Anzeichen dafür, dass der Himmel ihm das Mandat entzieht.«

»Rebellionen auch? Sagen Sie Mr Li, sein Glaube an die Zukunft der Dynastie scheint nicht besonders groß zu sein.«

Es folgte ein kurzer Moment der Stille. Vielleicht ein wunder Punkt, vielleicht nur Taktik.

»Unser Gast fühlt sich missverstanden. Er wollte das Konzept erwähnen, weil Exzellenz eben vom Vertrauen in einen höheren Plan sprachen.«

»Verstehe, es fehlen lediglich die Mittel, ihn umzusetzen, ja?«

»Mr Li denkt, es sei keinesfalls zu spät, die Dynastie zu retten. Die Lehren der Rebellen passen nicht nach China. Ausländer verbreiten sie, um das Volk zu verwirren, damit es Halt im Genuss von Opium sucht. Insofern denkt er, dass England sehr wohl mitverantwortlich ist für Chinas gegenwärtige Not. Er fragt, warum wir erst Soldaten schicken, um einen Vertrag zu schließen, nun aber nichts tun, damit der Partner seine Verpflichtungen auch erfüllen kann – obwohl dies in Englands Interesse läge.«

»Ich nehme an, das ist noch einmal in anderen Worten

die Forderung nach Waffen. Denkt er nicht, dass die Rebellion noch andere Ursachen hat als das Wirken unserer Missionare?«

Mr Li schüttelte den Kopf. »Nein.«

»Folglich ist Waffengewalt das einzige Mittel, mit dem er gegen sie vorzugehen gedenkt? Draufschlagen, bis sich nichts mehr rührt?«

Beinahe amüsiert stimmte der Gast zu, und Konsul Parkes konnte seinen Unmut nicht länger unterdrücken. »Soll ich ihn hinauswerfen, Sir? Diese Impertinenz ist ja unerträglich.«

»Nein, Konsul, ich finde seine Offenheit eher erfrischend. Es kommt nicht oft vor, dass ein Chinese uns sagt, was er denkt. Sagen Sie ihm, in diese inneren Angelegenheiten mischen wir uns nicht ein. Allerdings möchte ich seinem Land raten, Fortschritt nicht nur als Zuwachs an militärischer Macht zu verstehen. Nationen werden groß, wenn sie eine Vision haben, die das Materielle übersteigt. Das ist jedenfalls die Lektion unserer Geschichte.«

»Mr Li glaubt, sie werden erst groß, wenn sie die Mittel haben, ihre Vision durchzusetzen. Für diese Lektion sei uns sein Land ausgesprochen dankbar.«

»Wenn Dankbarkeit in diesem drohenden Unterton geäußert wird, besteht Grund zur Skepsis.« Er wartete, bis Parkes übersetzt hatte, aber als sein Gast antworten wollte, schüttelte er den Kopf. »Wie Sie sehen, Mr Li, besteht unser Hauptproblem in mangelndem Vertrauen. Dass England Ihrer Regierung misstraut, liegt daran, dass wir bereits vor zwei Jahren einen Vertrag geschlossen haben, an den sich Ihre Seite dann nicht halten wollte. Für die Gründe, weshalb Sie uns nicht trauen, habe ich mehr Verständnis, als Sie ahnen. Nun jedoch ist meine Mission beendet. Was in Peking geschehen ist, bedaure ich sehr, aber nach der Ermordung unserer Landsleute blieb mir keine Wahl. Die Zukunft muss zeigen, ob wir eine andere Art des Umgangs finden werden. Wenn Sie sich an meinen Bruder wenden, werden Sie erfahren, dass er eine aktive Rolle Englands in Ihrem Konflikt befürwortet. Mich müssen Sie bitte entschuldigen, meine Abreise steht unmittelbar bevor. Ihnen und Ihrem Land wünsche ich alles Gute. Leben Sie wohl.« Er stand auf und reichte dem Gast die Hand. Solange der Konsul übersetzte, lächelte Mr Li auf ihn herab.

»Unser Gast wünscht eine gute Heimreise«, sagte Parkes, bevor er ihn hinausbrachte.

Anschließend stand Lord Elgin am Fenster und versuchte, seine Gedanken zu ordnen. Je näher die Abreise rückte, desto beklommener wurde ihm zumute. Die Zeitungen zu Hause würden über ihn herfallen, vielleicht taten sie es bereits. Der Vater die Akropolis und der Sohn den Sommerpalast, welcher Reporter konnte widerstehen, da einen Zusammenhang herzustellen? Manchmal fragte er sich selbst, ob es einen gab. Was sollte er fortan mit seinem Leben anstellen? Wenn es kam, wie befürchtet, würde ihm Lord Palmerston keinen Platz im Kabinett anbieten, jedenfalls keinen prominenten. Broomhall wurde von Schulden erdrückt und brauchte einen zupackenderen Mann als ihn. Beinahe beneidete er Mr Li, als er ihn mit festen Schritten das Konsulat verlassen sah. Beim Tor drehte er sich um und schenkte dem Gebäude ein letztes, abschätziges Lächeln, ehe er aus Lord Elgins Blickfeld verschwand. Ein bemerkenswerter junger Mann, nicht nur so wertvoll wie ein Rohdiamant, sondern auch so hart. Im Rückblick war es, als hätte jeder seiner Sätze noch eine zweite Bedeutung gehabt.

»Das Mandat des Himmels«, murmelte er nachdenklich. Woher nahm der Gast seine Siegesgewissheit, die weit über den Kampf gegen die Rebellen hinauszureichen schien? Vielleicht war es falsch gewesen, diesem Land jede Vision abzusprechen, er verstand bloß nicht, wie sie aussah und worauf sie sich stützte. Woran glaubten Chinesen? Was trieb sie an? Wovon träumten sie? Bisher hatte er den Eindruck gehabt, China fehle jedes Nationalgefühl und damit gleichsam das Trittbrett für den Aufstieg, jetzt war er nicht mehr sicher, aber er ahnte, dass die Rebellion tatsächlich scheitern musste. Ihre Führer waren Fanatiker, die sich früher oder später selbst opfern würden; Männer wie Mr Li hingegen besaßen einen langen Atem und die Fähigkeit, nicht in Monaten und Jahren, sondern in Generationen zu denken. Entschlossenheit hatte er ausgestrahlt, während Lord Elgin seine eigene Erschöpfung immer deutlicher spürte. Was sollte er am Kabinettstisch, er war erledigt. Zwei Monate lang würde er nachts an Deck stehen und mit Maddox reden, dann in der Bibliothek in Broomhall sitzen wie mit einem Stundenglas im Kopf: der langsam verstreichende Rest seines Lebens. Die Zeitungen konnten schreiben, was sie wollten, der einzige Mensch, dessen Reaktion er fürchtete, war Mary Louisa. Vor vierzehn Jahren hatte er ihr geschworen, sich mit aller Kraft ihrer Liebe würdig zu erweisen, jetzt trat er einen Schritt zurück und kämpfte mit den Tränen. Frauen liebten anders als Männer, mit weniger Besitzerstolz, aber doppelt so hellsichtig – das war es, was er immer an ihr bewundert hatte und jetzt fürchtete. Vielleicht wäre es besser, sie schliefen fortan getrennt. Wie sonst sollte er vor ihr verheimlichen, dass er nachts wach lag, weil ein Toter mit kalkweißem Gesicht ihn anstarrte? »Orientalischer Humbug«, flüsterte er. War Maddox der einzige Mensch, der ihn kannte? Sein geheimnisvoller Doppelgänger. Als Lord Elgin das Spiegelbild betrachtete, das geisterhaft blass in der Fensterscheibe stand, fiel ihm zum ersten Mal die Ähnlichkeit auf.

*Hansard's Parliamentary Debates*
Protokoll der Sitzung im House of Lords
vom 21. Februar 1861

Auszug aus der Rede des EARL OF ELLENBOROUGH:

My Lords, zum zweiten Mal innerhalb von ebenso vielen
Monaten debattiert unser Haus über die Folgen des Krieges
in China. Der noble Earl Grey hat uns auf seine leidenschaftliche Art dazu angehalten, eine Änderung des politischen
Kurses zu erwirken, andernfalls sehr bald neue und schreckliche Konflikte in diesem unglücklichen Teil der Welt zu ge-
wärtigen sein werden. Seiner Einschätzung, dass die verfehlte
Politik unserer Regierung solche Konflikte wahrscheinlicher
gemacht habe, hat der noble Lord Wodehouse unter Verweis auf das Verhalten der chinesischen Seite widerspro-
chen, das er betrügerisch und schikanös nannte. Ich gestehe, dass ich in dieser Frage mit der Darstellung von Earl
Grey übereinstimme. Die rasche Ausbreitung der Rebellion
war nur unter Umständen möglich, die heraufgeführt zu
haben einen dunklen Fleck auf der stolzen Flagge unseres
Landes bildet, und keinesfalls ist die Ungerechtigkeit unseres Auftretens durch das hinterhältige Verhalten der Chinesen zu rechtfertigen. Eine zivilisierte Nation muss höhere
Ansprüche an sich stellen als eine halb zivilisierte! Gleichwohl bin ich Lord Wodehouse dankbar, dass er in diesem
Zusammenhang von einer bevorstehenden Expedition den
Yangtze hinauf berichtet, die Gerüchten zufolge bereits
jetzt beginnen soll, auch wenn sie vertragsgemäß erst

nach dem Ende der Kampfhandlungen in der Region erfolgen dürfte.

LORD WODEHOUSE: Der noble Earl gibt den Sachverhalt vollkommen korrekt wider. Wie aus der jüngsten Depesche des Botschafters Ihrer Majestät, Mr Bruce, hervorgeht, macht der Vertrag ein Ende der Kampfhandlungen zwar zur Bedingung für die Eröffnung des Handels auf dem Yangtze, offenbar hat die chinesische Regierung aber keine Einwände dagegen, eine vorbereitende Expedition bereits jetzt den Fluss hinaufzuschicken.

EARL OF ELLENBOROUGH: Mit größter Freude vernehme ich die Bestätigung des noblen Lords. Seit Jahren sprechen wir davon, das Reich der Mitte für den Handel zu öffnen, und wenngleich wir uns scheuen, sie auszusprechen, wissen wir alle um die Wahrheit des Satzes: To open trade is to open fire. Wer Handel treiben will, muss bereit sein, zu schießen. Als Lord Elgin vor zwei Jahren den Yangtze hinauffuhr, wurde er von den Rebellen beschossen, und es gibt keinen Grund, anzunehmen, dass es der nächsten Expedition anders ergehen könnte. My Lords, ich sage daher: Lasst sie schießen! Ein solcher Angriff würde uns in das Recht versetzen, das Feuer zu erwidern und alle Hindernisse zu beseitigen, die diese Banditen unserem Vormarsch in den Weg stellen wollen. Denn nichts als Banditen sind sie, my Lords, deren langer Katalog an Verbrechen von der Blasphemie bis zum Mord reicht und die allein der starke Arm Englands abhalten kann, auch den Rest des chinesischen Reichs mit blutigem Terror zu überziehen.

Während ich also ganz und gar mit der Darstellung des noblen Earl Grey übereinstimme, die anzuhören so schmerzlich wie lehrreich war, möchte ich eine andere Korrektur unseres Kurses vorschlagen: Seien wir mutiger, my Lords, und seien wir forscher! Zwar haben unsere Kriege großes Leid über China gebracht, aber mit unseren Waffen verfügen wir über das Mittel, Abbitte zu leisten für vergangene Fehler. Leichtfertig haben wir uns in einen Krieg mit der kaiserlichen Regierung verwickeln lassen und den Vormarsch der Banditen ermöglicht, nun ist es unsere Pflicht, diesen Vormarsch aufzuhalten. Die Chinesen sind zu schwach, um das Tor zur Zukunft aufzustoßen, aber ihre Dankbarkeit wird denen gelten, die es für sie tun.

Ergänzung: LORD WODEHOUSE stellt klar, dass seinem Kenntnisstand zufolge die vom noblen Earl begrüßte Expedition bereits von Shanghai aus aufgebrochen ist.

# 20 Frühling in der Himmlischen Hauptstadt

Nanking, im Frühjahr 1861

Was für ein Unterschied, dachte er oft. Hatte er nicht früher alle Chinesen in zwei Klassen eingeteilt? Hier die katzbuckelnden, geknechteten Untertanen, die immerzu den Kopf senkten und zu Boden blickten, dort die selbstgefälligen Mandarine mit ihren seidenen Roben und bestickten Kappen, die das Reich aussaugten wie Blutegel. Dass es auch freie chinesische Bürger gab, hatte er erst in der Himmlischen Hauptstadt verstanden. Viele waren auffallend jung und trugen den Stolz der neuen Zeit im Gesicht. Nirgendwo sonst in China sah man so schöne Frauen wie hier, die in bunten Kleidern durch die Straßen flanierten; sie banden ihre Füße nicht und winkten ihm zu, wenn sie ihn sahen. Seit der Eroberung von Suzhou war die Mode noch farbenfroher geworden, Petticoats endeten knapp unterhalb der Knie, und die ganz jungen trugen ihre Haare offen wie Männer. Weder mangelte es an feinen Seidenstoffen noch an breiten Boulevards, um sie vorzuführen. Im freien China glotzten die Leute auch nicht, sondern grüßten selbstbewusst, und niemand nannte ihn ausländischer Teufel. ›Sekretär für Auswärtige Angelegenheiten‹ stand auf seinem Siegel. Wenn er den Palast verließ, um einen Spaziergang zu machen, wurden ihm Kinder mit Reiskuchen und Obst hinterhergeschickt. *Xiansheng* riefen sie ihn, mein Herr, einige kannten sogar seinen chinesischen Namen.

Am liebsten ging er frühmorgens über die Stadtmauer. Wie eine erhöhte Straße streckte sie sich vor ihm aus, breit genug für drei Kutschen und beinahe menschenleer. Die letzten Nachtwachen standen auf ihren Posten, und jedes Mal, wenn hinter den Bergen die Sonne aufging, staunte er, wie sich alles gefügt hatte. Im Osten ragte der Gipfel der Drachenschulter in den eisblauen Himmel, unter ihm lag die Stadt in einem Bett aus bleichem Nebel. Der Frühling wollte beginnen, aber noch waren die Nächte kalt, und als er stehen blieb, bildete sich eine Atemwolke vor seinem Mund. Zum ersten Mal seit Jahren hatte er einen richtigen Winter erlebt, frostig und klar, wie es ihn im Süden nicht gab. Seine Robe war mit Flanell gefüttert, eigens für ihn gefertigt, mit einem verkürzten linken Ärmel ohne Öffnung. Die Haare fielen ihm bis auf die Schultern. Du kommst wie gerufen, hatte Hong Jin bei seiner Ankunft gesagt. Jetzt schielte er auf seine Nase, hauchte in die Luft und musste lachen, ohne zu wissen worüber. Es war kurz vor sieben Uhr. Ein letztes Mal verfolgte er, wie sein weißer Atem in die Morgenluft stieg, dann machte er sich auf den Rückweg, verließ die Mauer beim Tongji-Tor und erreichte eine halbe Stunde später den Palast des Schildkönigs. Die Wachen winkten ihn durch in die riesige Empfangshalle. Auf der Marmortafel neben dem goldenen Thron, auf dem sein Freund bei wichtigen Anlässen saß, standen die Seligpreisungen aus der Bergpredigt. Zwei Palastdiener kamen, um ihn durch ein Gewirr aus Bogengängen und schattigen Höfen zu führen, vorbei an den Schreibstuben der Sekretäre und einigen privaten Quartieren. Irgendwo erklang ein chinesisches Saiteninstrument, ansonsten war es still. Gespannt betrat er den Raum, zu dem außer ihm nur ein Dutzend Männer Zutritt hatte. Im Glutbecken vor dem Fenster knisterten frische Kohlenstücke, Bücher bedeckten den Schreibtisch, in den

Regalen standen ausländische Uhren, ein Teleskop und mehrere Gläser mit Mixed Pickles, die der Hausherr eigens aus Shanghai kommen ließ. Zwei alte Säbel, die normalerweise an der Wand hingen, lagen mit gekreuzten Klingen auf dem Boden.

Aus dem Nebenraum drangen lachende Frauenstimmen.

In den ersten Wochen hatten sie oft bis zum Morgengrauen hier gesessen und geredet. In diesem Büro war der Plan für den großen Ostfeldzug entstanden, der im letzten Jahr das Yangtze-Tal befreit hatte, und von hier aus steuerte Hong Jin auch den Westfeldzug, der den Krieg endgültig entscheiden sollte. Fei Lipu legte seine Papiere auf einen Beistelltisch und trat ans Glutbecken. Ein paarmal spreizte er die kalten Finger und ballte sie zur Faust. Je besser er verstand, was die Freiheit aus Menschen machen konnte, desto mehr ärgerte er sich über frühere Missionskollegen und britische Diplomaten. Die Rebellenarmee eilte von Sieg zu Sieg, der Kaiser war aus Peking verjagt worden und der Feind schwach wie nie – warum wollten die Ausländer nicht sehen, wem die Zukunft gehörte? Hatten sie in Wahrheit Angst vor dem, was sie angeblich so dringend herbeiwünschten? Ein fortschrittliches, freies und starkes China. Als er die Tür hörte, drehte er sich um und hob grüßend die Hand.

»Pünktlich wie immer.« Gut gelaunt kam Hong Jin herein. Das noch feuchte Haar trug er offen, auf seinem seidenen Morgenmantel sprang ein Goldfisch durchs Drachentor – wir werden Kaiser, hieß das grob übersetzt. Offenbar war er gerade erst aufgestanden und mit den Gedanken noch nebenan. »Hast du mal eine Mischung aus Limonensaft und Kokosöl benutzt, um dir die Haare zu waschen?«, fragte er. »Ein neues Rezept aus Singapur, die Frauen schwören darauf.«

Fei Lipu schüttelte den Kopf. »Kenne ich nicht.«

»Du warst doch in Singapur, oder?«

»Lange her. Ich weiß immer noch nicht, welche Sprache ich da gelernt habe.«

»Sag mal einen Satz.«

Er wiederholte die Begrüßung, mit der Lehrer Yen jeden Morgen den Unterricht begonnen hatte, und sein Freund nickte. »Hokkien«, sagte er und zog einen Stuhl heran. »Wird an der Südostküste gesprochen, in Fujian. Dein Lehrer Gützlaff hätte es dir sagen können, der sprach das angeblich sehr gut.«

»Vielleicht komme ich eines Tages in die Gegend und kann es gebrauchen.«

»Wir arbeiten daran.« Gewohnt schnell legte Hong Jin den Plauderton ab, setzte sich nah ans Kohlenbecken und hielt die nackten Füße über die Glut. Wenn er so saß, wurde ein leichter Bauchansatz sichtbar. »Die Übersetzung? Wie ich dich kenne, bist du längst fertig.«

»Fast.« Fei Lipu zog einen Zettel mit Stichworten hervor. »Ich schlage vor, wir nennen es ein ›Manifest für Chinas Zukunft‹«, sagte er, schließlich enthielt Hong Jins Text mehr als bloß ein paar Ideen für den Wiederaufbau nach dem Krieg. Es ging ihm nicht nur um Bahnschienen und Dampfschiffe, er wollte auch eine gerechte Verteilung des Bodens und für alle Bürger die Möglichkeit, Eingaben direkt an den Himmlischen Thron zu richten. Im Winter war im *Herald* ein Interview mit ihm erschienen, in dem er die wichtigsten Ideen vorstellte, aber das Echo hatte alle enttäuscht. Die Rebellen konnten noch so visionär denken, England schien entschlossener denn je, die sieche Dynastie am Leben zu erhalten. »Lass uns die Einleitung straffen«, sagte Fei Lipu, »wichtiger sind die inneren Reformen, ergänzt um einen Absatz über die Bedeutung des freien Handels. Wir müssen es weiter versuchen, auch wenn es mühsam ist.« Nebenan plätscherte Badewasser in ein Bassin. Das süße Aroma von

Kokosnuss und Limone waberte herein und lenkte ihn kurz ab; meist wurde ihm erst nach Feierabend bewusst, dass er auch in seinem neuen Leben vieles vermisste. »Schlechte Nachrichten?«, fragte er, weil sein Freund gedankenverloren vor sich hin starrte, statt zu antworten.

»Wie es aussieht, hat der Treue König Qimen doch nicht eingenommen.« Hong Jin stand auf, nahm eine Karte vom Schreibtisch und rollte sie auf dem Boden aus. »Das heißt, dass wir Anqing erst angreifen können, wenn die Armee aus dem Westen zurückkommt. Bis dahin wird sich der Feind vor der Stadt eingegraben haben. Ich hatte gehofft, wir würden ihn vorher vernichten.«

Fei Lipu nickte. Bei den Generälen waren die Pläne für den Westfeldzug von Anfang an auf Skepsis gestoßen. Träume eines Emporkömmlings, hieß es, der seit der glücklichen Befreiung des Yangtze-Tals im letzten Jahr dazu neigte, sich zu überschätzen. Als Verwandter des Himmlischen Königs war Hong Jin zwar unantastbar, aber mangels Erfahrung auf dem Schlachtfeld besaß er nicht dieselbe Autorität wie die sogenannten Alten Brüder aus Guangxi. Im Übrigen verriet es wirklich großen Ehrgeiz, Hankou und Wuchang, die Zwillingsstädte im fernen Hubei, gleichzeitig angreifen zu wollen. Für eine solche Zange brauchte es riesige Armeen, deren Bewegungen genau aufeinander abgestimmt sein mussten. Anqing hatte in der bisherigen Planung nur eine Nebenrolle gespielt, aber die Hunan Armee errichtete dort Barrikaden und legte Gräben an, als werde sich der Krieg nirgendwo anders entscheiden. Wollte Hong Jin seine Pläne deshalb nachbessern?

»Ich bin zwar kein Experte«, sagte Fei Lipu vorsichtig, »aber dass die Stadt wichtig ist, sieht man auf den ersten Blick, oder? Wer sie hält, kontrolliert den Unterlauf des Yangtze. Sollte Anqing fallen …«

»Was nicht geschehen wird. Trotzdem frage ich mich, ob man immer vom Ufer aus die Flüsse kontrollieren muss. Warum nicht umgekehrt? Du hast Konsul Parkes gehört, ihm ist es egal, wer die Ufer hält, notfalls kriegen alle britischen Händler Geleitschutz durch die Royal Navy. Das ist es, was uns fehlt: Dampfschiffe. Wir müssen endlich beginnen, eine *Heavenly Navy* aufzustellen.« Hong Jin schaute ihn an, als machte es ihm Spaß, seine Gedankenspiele immer noch einen Schritt weiterzutreiben. In manchen Momenten allerdings wirkte er dabei selbst wie ein Getriebener. »Hat Zeng Guofan eine Navy?«, fragte er. »Denkt er daran, eine aufzubauen, oder hofft er, dass die Engländer ihm eine liefern? Anqing allein wird ihm wenig nützen, trotzdem hat er den Befehl des großen Teufels ignoriert, nach Osten zu ziehen. Für einen Mann wie ihn ist das keine Kleinigkeit. Er scheint zu denken, dass er machen kann, was er will. Bloß, was genau will er?« Eine rhetorische Frage, auf die Fei Lipu nicht reagierte. Er ahnte bereits, welche Schlüsse sein Freund aus der Antwort gezogen hatte.

»Der Feldzug der Engländer im Norden kam ihm gelegen«, sagte Hong Jin, »aber jetzt gerät er unter Zeitdruck. Der Hof ist nicht mehr abgelenkt und will Resultate sehen.« Sein Blick streifte die Lehrbücher auf dem Tisch, *The Principles of Fortification* und ähnliche Titel. »Ich muss früher aufbrechen als geplant, studiert habe ich lange genug. Es wird Zeit für die Praxis.« Der Aufstieg zum Regierungschef hatte den sanftmütigen Katechisten von früher in einen Mann verwandelt, der die Dinge gern anpackte und schnell ungeduldig wurde, wenn er auf Widerstand stieß. Entsprechend war es beim Besuch von Konsul Parkes vor einigen Wochen hoch hergegangen. Der Diplomat hatte eine Liste von Forderungen mitgebracht, die er in schneidendem Tonfall vortrug, ohne mit einem Wort die Interessen des Taiping-Reichs zu erwähnen; ›das Gebiet der Aufständischen‹ nannte er es bloß. Dass der Vertrag zwischen London und Peking auch die Regierung in Nanking band, hielt er für selbstverständlich und kündigte an, weiter flussaufwärts nach Hankou zu reisen. Als neuer Vertragshafen stehe die Stadt unter britischem Schutz und dürfe keinesfalls angegriffen werden. Außerdem verlangte er, in alle weiteren Schritte der Rebellenarmee eingeweiht und für jede Aktion um Erlaubnis gefragt zu werden. Offenbar hielt er das für sein natürliches Recht als Engländer. Nach zwei Tagen waren sich Hong Jin und er nur darin einig gewesen, dass sie einander nicht ausstehen konnten. Die Hankou-Frage blieb ungeklärt, aber daran hing der gesamte Feldzug.

»Wann willst du los?«, fragte Fei Lipu.

»In zehn Tagen.«

»So bald! Und für wie lange?«

»Erst einmal muss ich die Truppen ausheben. Dann bleibt abzuwarten, was der elende Konsul unterdessen anrichtet. Wenn sich der Mutige König aufhalten lässt, haben wir ein Problem. Solange uns Hankou nicht gehört, sind wir am Nordufer ungeschützt. Anqing muss von drei Seiten in die Zange genommen werden, aber das Terrain ist schwierig. Ich hoffe, dass ich in einem Jahr zurück bin.«

»Was soll ich so lange tun?«

»Bist du nicht ausgelastet mit den Übersetzungen?«

Unschlüssig zuckte Fei Lipu mit den Schultern. Zwar lebte er noch nicht lange in Nanking, aber die Spielregeln waren ihm bekannt. Der Himmlische König, niemand sonst, verteilte Ämter und kassierte sie wieder, beförderte die einen, verbannte die anderen und behielt die Gründe für sich. Außer seinen engsten Vertrauten bekam ihn niemand zu Gesicht, und ohne Hong Jin würde es für ihn als Ausländer schwer werden, sich in dem Netz aus Beziehungen zurechtzufinden, das die gesamte Hauptstadt umspannte. Sein Freund wiederum brannte darauf, endlich als Gegenspieler seines Erzfeinds Zeng Guofan ernst genommen zu werden – das ging nur mit Siegen auf dem Schlachtfeld.

Nebenan stiegen die Frauen aus dem Bad. Ein warmer, feuchter Hauch ließ die Fenster zum Garten beschlagen, weil die Tür nur angelehnt war. Über Hong Jins Gesicht zog ein Lächeln, ehe er mit dem Thema auch die Sprache wechselte. »Denkst du noch oft an Hongkong?«, fragte er im Hakka-Dialekt.

»Manchmal. An die Abende, wenn wir zu fünft vor meiner Station saßen. Im Sommer.«

»Sehnsucht?«

»Es war eine schöne Zeit. Ich hatte zwei Hände, Elisabeth war noch da ...«

»Natürlich«, unterbrach ihn sein Freund, als habe er die Frage weniger privat gemeint. »Für euch schon, ihr wart frei. Ich frage mich, ob ich früher hätte gehen sollen, statt mich von Reverend Legge herumkommandieren zu lassen.«

»Er hat deine Arbeit mehr geschätzt, als du denkst.«

»Sie hat ihm ja auch genützt. Auf die Idee, sich zu revanchieren, kommt er nicht.«

»Was wir hier tun«, sagte Fei Lipu, »befremdet ihn. Er ist Missionar.«

»Und eine Revolution ist keine Bibelstunde in der Hollywood Road.« Dass sich auch seine alten Freunde nicht stärker für das neue China einsetzten, kränkte Hong Jin so sehr, dass er immer wieder darauf zurückkam. War seine Dünnhäutigkeit eine Folge des hohen Drucks, der auf ihm lastete, oder hatte er sie früher bloß besser verborgen? Ruckartig stand er auf und lief vor dem Fenster hin und her. »Zeng Guofan hat jemanden nach Shanghai geschickt«, sagte er verärgert, »um Lord Elgins Bruder zu bearbeiten und Kontakt zu diesen Söldnern aufzunehmen. Hätten wir die Stadt letztes Jahr erobert, müssten wir uns jetzt keine Sorgen machen, aber das wollten die Engländer ja nicht. Und unsere Kollegen schweigen. Hast du Jenkins' Bericht gelesen? Ein paar Tote auf dem Fluss haben ihn so erschreckt, dass ihm zu den anderen Fragen nichts mehr einfiel. Seit wann sind Ausländer so zimperlich? Als vor zwei Jahren im Süden ein französischer Matrose umkam, wurden als Vergeltung fünfzig Chinesen erschossen – das hat niemanden gestört. Wir kämpfen für die Zukunft eines ganzen Volkes und müssen uns für jeden Kratzer rechtfertigen, den wir dem Feind zufügen.«

Fei Lipu seufzte. »Ich mag Jenkins nicht, aber er hat geschrieben, dass die Revolution die einzige Hoffnung auf ein christliches China bleibt.«

»Allerdings wäre es ihm lieber, unsere Soldaten würden die andere Wange hinhalten, statt zu schießen. In Shanghai haben sie es getan, und? Der Botschafter war sich zu gut, den Brief des Treuen Königs auch nur zu öffnen! Lieber lässt er ein Blutbad anrichten. Ich habe es satt, um ihr Wohlwollen zu werben, es bestätigt sie nur in ihrer Arroganz. Deine Übersetzung wird vorerst nicht veröffentlicht. Mal sehen, was sie tun, wenn uns Hankou gehört.«

»Wie du meinst. Allerdings macht es die Frage von eben noch dringender: Was soll ich in deiner Abwesenheit tun?« Dass er schon einen Termin in der Druckerei am Hanzhong-Tor vereinbart hatte, verschwieg er. Das ließ sich ändern. Nebenan war inzwischen alles still, die Frauen hatten sich zurückgezogen, dafür erwachte der restliche Palast zum Leben. Eilige Schritte und Stimmen füllten die Gänge.

»Kümmere dich um Robards«, sagte Hong Jin.

»Der wird immer verrückter. Ich weiß nicht, wie er uns in seinem Zustand nützen soll.«

»Wir werden was finden.«

»Hast du den Himmlischen König gefragt, ob er bereit wäre, ihn gehen zu lassen?«

»Über dich haben wir gesprochen«, erwiderte sein Freund ausweichend. »Gestern Abend erst.« Reglos stand er am Fenster. Draußen streckte eine Zeder ihre Äste in die allmählich wärmer werdende Luft. »Er war überrascht, zu hören, dass dein zweiter Vorname Johann lautet.«

»Wieso überrascht?«

»Man hört es nicht. Fei Lipu. Außerdem klingt Johann biblisch, das interessiert ihn.«

»Zu Hause wurde ich Philipp genannt, also hat der Lehrer in Singapur es so übersetzt. Ist es wichtig? Bekomme ich eher eine Audienz, wenn ich mich Ruohan nenne?«

Hong Jin schüttelte den Kopf. »Außerdem wollte er wissen, ob du dir deine Hand selbst abgeschlagen hast.«

»Ob ich mir ... wieso hätte ich das tun sollen?«

»Wenn dich aber deine Hand ärgert, so haue sie ab; denn besser ist es dir, dass du als ein Krüppel ins Leben eingehest, denn dass du zwei Hände habest und fahrest in die Hölle.« Die Bibel zitierte er wie immer auf Englisch. »Ich glaube, er wartet auf ein Zeichen.«

»Was für ein Zeichen?«

»Eine neue Vision. Eine Weisung von oben.« Hong Jin richtete seinen Morgenmantel und nahm wieder Platz. »Sollen wir hierbleiben oder nach Norden ziehen? Vor einigen Jahren haben wir es versucht und wurden von Sankolinsins Truppen zurückgeschlagen. Ist der Zeitpunkt jetzt besser? Mein Vetter glaubt, dass solche Fragen nicht von Menschen entschieden werden. Es braucht einen höheren Ratschluss.«

»Was hat das mit mir zu tun?«

»Ich habe ihm gesagt, dass du deine Hand ... ich glaube

549

›geopfert hast‹, waren meine Worte. Um hierher zu kommen. Er denkt viel über die Geschichte von Joseph in Ägypten nach. Die Träume des Pharao, der fremde Traumdeuter, du weißt schon. Dein Name steht auf der Liste, also halte dich bereit. Robards bleibt vorerst, wo er ist. Versuch, ihn bei Laune zu halten, ich sorge dafür, dass du in meiner Abwesenheit keine Probleme kriegst. Verlass dich auf mich.« Ein aufmunternder Blick signalisierte das Ende der Besprechung, und Fei Lipu packte seine Sachen zusammen. Dass sein Freund keine emotionalen Abschiede mochte, gehörte zu den Dingen, die sich nicht geändert hatten. »Pass auf dich auf, wenn du in den Krieg ziehst.« Kurz nickten sie einander zu, dann beugte sich der Schildkönig wieder über die Karte, und Fei Lipu ging hinaus.

Zwei Wochen später war der Winter endgültig vorbei. Bei seinen morgendlichen Spaziergängen lief Fei Lipu durch ein Meer aus Kirschblüten, das entlang der Stadtmauer im Wind wogte. Kam eine Böe auf, wirbelten die weißen Blätter wie verspätete Schneeflocken umher. Die Wärme tat gut, trotzdem erschien ihm die Stimmung in der Hauptstadt seltsam gedämpft; dass die Wandzeitungen keine Siegesmeldungen aus dem Westen brachten, machte die Bewohner stutzig. Im alten Garnisonsviertel, auf das er von der Mauer aus herabblickte, hing Wäsche zum Trocknen aus, notdürftig geflickte Schornsteine pafften Rauch in die Luft, aber Menschen waren keine zu sehen. Die Einheimischen mieden das Viertel wegen der vielen Trümmer, die seit der Befreiung dort herumlagen, stattdessen schien sich neuerdings allerlei zwielichtiges Volk einzunisten, Schmuggler, Deserteure, Fengshui-Meister, angeblich gab es sogar Schwarzmärkte für Tabak und Alkohol. Früher wäre das undenkbar gewesen, aber in diesem Frühjahr machte sich in Nanking eine schwer zu fassende Ungewissheit breit, die lähmende Vorahnung drohenden Unheils. Der Herrscher blieb unsichtbar und wartete auf ein Zeichen seines Vaters, fällige Reformen wurden aufgeschoben, und für Fei Lipu gab es nichts zu tun, außer gelegentlich Eliazar Robards zu besuchen. Vor einem Jahr war der verrückte Amerikaner plötzlich aufgetaucht und hatte überall herumerzählt, der Himmlische König persönlich habe ihn eingeladen. Vielleicht stimmte das nicht, aber dass jemand eine schützende Hand über Robards hielt, war der einzig denkbare Grund, weshalb er noch lebte. Öffentlich hatte er das Taiping-Reich der Frevelei bezichtigt, deshalb stand er jetzt unter Hausarrest hinter den hohen gelben Palastmauern, die Fei Lipu jedes Mal einschüchterten, wenn er am Tor ankam. Über den Zinnen erhoben sich die getarnten Schießscharten der Wachtürme. Die äußeren Gebäude beherbergten Amtsstuben, der innere Bereich wurde noch einmal durch Mauern abgetrennt, die nur Mitglieder des Hong-Clans sowie das Heer von Köchinnen, Dienerinnen, Waschfrauen und Schneiderinnen passieren durfte, die den Herrscher von Zehntausend Jahren umsorgten. Sogar die Wachen am inneren Tor waren Frauen.

Er meldete sich an und ließ die mitgeführten Schriftstücke prüfen. Kurz darauf erhielt er sie zurück und durchquerte die parkähnliche Anlage. Akazien spannten ihre Äste aus, über den Grünflächen hing die angenehme Stille des späten Nachmittags. Das vergoldete, mit Drachen geschmückte Boot, auf dem der Herrscher damals in die Hauptstadt eingefahren war, stand wie gestrandet vor dem ›Tor der Göttlichen Liebe‹. Robards' Unterkunft lag idyllisch in einem von Lotusblüten bedeckten und von alten Bäumen umstandenen Teich. Ein Steg führte hinüber zum Eingang, vor dem zwei Soldatinnen saßen, die den streitbaren Gefangenen bewachten. Die Fenster waren wie immer von innen verhängt.

»Gibt es Neuigkeiten?«, fragte Fei Lipu, während die beiden einen Blick in seine Tasche warfen.

»Er braucht mehr Papier für seine Baupläne. Der Kaffee heute Morgen war zu dünn, und er möchte dringend den amerikanischen Botschafter sprechen. Was insofern neu ist, als er kürzlich noch selbst Botschafter war.« Die Frauen warfen einander belustigte Blicke zu. Noch immer erstaunte es ihn, wenn Chinesinnen so selbstbewusst und unbefangen mit ihm redeten. An manchen Tagen nutzte er die Gelegenheit zu einer Plauderei, jetzt nickte er nur, ließ sich aufschließen und betrat den Pavillon. Stickig säuerliche Luft schlug ihm entgegen. Ein Wandschirm verdeckte den Durchgang zum hinteren Zimmer, wo der Gefangene schlief. Sämtliche Möbel waren an die Wand gerückt, Blätter mit gezeichneten Kathedralen lagen herum, und an einer Stelle schimmerte der Boden feucht. Es kostete ihn Überwindung, die Stimme zu heben und nach Robards zu rufen. Einmal hatte der Himmlische König seinen früheren Lehrer empfangen, aber darauf bestanden, dass er sich vor ihm hinkniete, und seitdem zürnte der Mann dem gesamten Reich. Als Fei Lipu Schritte hörte, blickte er gespannt zum Wandschirm. »Wer da?«, bellte Robards, obwohl es nur einen Menschen gab, der auf Englisch nach ihm rief.

»Sie kennen mich, Sir. Es sind wieder zwei Wochen vergangen.«

Dem Geräusch nach zu urteilen, spuckte der Gefangene auf den Boden.

»Ich wollte mich nach Ihrem Befinden erkundigen. Außerdem wäre zu besprechen, ob Sie sich gewisse Vergünstigungen verdienen wollen. Zweimal in der Woche Ausgang im Garten, unbegrenzte Vorräte an Papier. Sollte es darüber hinaus Dinge geben, die Sie ...« Robards' Erscheinen ließ ihn innehalten. Ein untersetzter Mann von gut sechzig Jahren. Dass sein kahler Kopf dicht auf den Schultern saß, ließ ihn kampfbereit aussehen, und tatsächlich stieß er häufig Drohungen aus und warf mit Gegenständen. Gekleidet war er in eine zerschlissene, schwarze Robe und trug etwas auf dem Kopf, das wie eine selbstgebastelte Krone aussah. »Man will mich umbringen«, knurrte er.

»Wer könnte das wollen«, entgegnete Fei Lipu sanft und deutete mit dem Finger auf eine Wunde auf Robards Stirn. »Haben Sie sich gestoßen?«

»Der Himmlische König!«, schrie der Gefangene. »Er will mich aus dem Weg räumen.«

»Beruhigen Sie sich, Mr Robards.« Bei fast jedem Besuch fantasierte der Missionar von Anschlägen auf sein Leben, und am liebsten hätte ihm Fei Lipu auf den Kopf zugesagt, dass er verrückt war. Gleichzeitig empfand er Respekt für diesen Mann, der einst in Kanton gegen skrupellose, schwerbewaffnete Menschenhändler gekämpft hatte, und außerdem tat Robards ihm leid. Am besten wäre es, ihn einfach ins nächste Boot nach Shanghai zu setzen, aber das ging nur mit der Erlaubnis von ganz oben. »Niemand will Ihnen etwas antun«, sagte er, »glauben Sie mir. Dass Sie vorübergehend hier untergebracht sind, hat einen simplen Grund ...«

»Er kam zu mir«, fiel Robards ihm ins Wort, »in mein Haus. Nie zuvor hatte er die Bibel gelesen, aber in den Wäldern bereits Hunderte Anhänger versammelt. Die Gottesanbeter vom Distelberg.«

»Ich weiß, Sie haben davon erzählt. Faszinierende Geschichte.«

»Am Leib trug er nichts als Fetzen. Ich habe ihn aufgenommen und ihn die Worte des Apostels gelehrt: Zieht an die Waffenrüstung Gottes, damit ihr bestehen könnt gegen die listigen Anschläge des Teufels. Damals behauptete er, zu jedem Opfer bereit zu sein, jetzt lebt er im Palast und vergnügt sich mit seinen Huren.«

Fei Lipu erlaubte sich ein kurzes Schnauben und schüttelte den Kopf. »Ich bin nicht gekommen, um über die Vergangenheit zu reden, sondern um Ihnen ein Angebot zu machen. Wenn Sie sich stärker für unsere Sache engagieren …«

»Warum kommt er nicht selbst her?« Wie festgewurzelt stand der Missionar neben dem mannshohen Wandschirm und wirkte so aufgebracht, als hätte die Unterredung mit dem Himmlischen König gerade eben stattgefunden. Sein konfuses Zeitgefühl mochte eine Folge des langen Hausarrests sein. »Hat er Angst, seinem früheren Lehrer gegenüberzutreten? Hat er meine Lektionen schon vergessen? Ihr aber, liebe Brüder, seid zur Freiheit berufen. Allein seht zu, dass ihr durch die Freiheit nicht dem Fleisch Raum gebt. Verstehst du, was ich meine? Unsere Sache ist es, ihn auf den rechten Weg zurückzuführen.«

»Mr Robards, was der Himmlische König tut, muss er keinem von uns erklären.«

»Ich habe mich bemüht, ihm seinen Stolz auszutreiben. Was macht er? Verfasst eine neue Bibel! Andere hören auf die Heilige Schrift, er schreibt sie lieber um.« Seine Lippen zuckten, in den Mundwinkeln sammelte sich Speichel, und statt sich zu beruhigen, redete er immer lauter. »Vers für Vers sind wir sie durchgegangen. Ich stand mit dem Bambusrohr hinter ihm, aber er glaubte, alles besser zu wissen. Jetzt will er auch nicht mehr kämpfen. Es gefällt ihm zu gut in seinem kleinen Paradies. Von wegen Waffenrüstung, die Not seiner Landsleute ist ihm längst egal.«

»Sie sind nicht auf dem neuesten Stand, Mr Robards. Es ist ein Feldzug im Gang, der das mittlere Yangtze-Tal in unsere Hand bringen wird. Wenn Ihnen Chinas notleidende Massen am Herzen liegen, nehmen Sie mein Angebot an.«

Er stellte sich ans Fenster, zog den Vorhang beiseite und sah hinaus. Die Sonne ging unter, ihre Strahlen warfen einen warmen Schimmer auf die Palastmauern. Auch nach einem halben Jahr gab es noch Augenblicke, in denen es ihm unwirklich vorkam, dass er nun in Nanking lebte und für die Rebellen arbeitete. Außerdem fragte er sich, ob eines Tages sein alter Reisegefährte hier auftauchen würde. Da mit dem Gefangenen kein normales Gespräch möglich war, hatte er nicht herausfinden können, ob sich Potter und Robards von früher kannten, aber er vermutete es. »In Shanghai«, setzte er noch einmal an, »wurde jüngst eine ausländische Söldnertruppe aufgestellt. Reiche Chinesen zahlen den Männern viel Geld, damit sie gegen uns kämpfen. Sie nennen sich die *Ever Victorious Army*, noch füllen hauptsächlich Deserteure die Ränge, aber wir befürchten, dass sich das ändern wird. Für die Engländer wäre es eine Möglichkeit, den Krieg zu beeinflussen und nach außen trotzdem neutral zu bleiben. Wenn das geschieht, stehen die Söldner eines Tages vor unseren Toren. Ich verstehe, dass Sie mit Ihrer Situation unzufrieden sind, aber das werden Sie nicht wollen. Im Moment liegt unsere wichtigste Aufgabe darin, zu verhindern, dass die Miliz weiter wächst. Gibt es Mitstreiter von früher, die Sie anschreiben könnten?«

»Gott hat mich nicht geschickt, das Wort eines geilen Bauern aus Guangxi zu verbreiten. Kaum war ich hier, wurden mir meine Sachen abgenommen. Will er mich etwa erpressen? Mich?« Stolz und irre sah der Gefangene ihn an und hatte bereits den nächsten Bibelvers parat. »Stehet nun fest und lasst euch nicht wieder das Joch der Knechtschaft auflegen. Sag dem himmlischen Hurenkönig, ich bleibe auch als sein Gefangener ein freier Mann. So wie er ein Knecht der Sünde bleibt.«

»Ihre Gefangenschaft wird enden, Mr Robards, sobald

Sie aufhören, feindliche Propaganda zu betreiben. Unsere Ziele reichen weiter als Ihre damals. Wir wollen nicht nur ein paar Kulis die Arbeit in mexikanischen Silberminen ersparen, sondern das ganze Land befreien.« Er zeigte auf die herumliegenden Zeichnungen. »Glauben Sie, diese Kirchen, die Sie so gekonnt entwerfen, werden gebaut, wenn wir den Krieg verlieren? So naiv können Sie nicht sein.«

»Warum bin ich eingesperrt? Wieso wurde mir auch meine Bibel abgenommen?«

»Mit Ihren Predigten haben Sie nicht nur sich selbst geschadet, aber Sie können es wiedergutmachen. Schreiben Sie Ihren Landsleuten in Shanghai. In Amerika steht England auf der Seite der Sklavenhalter – wollen ausgerechnet Sie dem Land hier gegen die Rebellion helfen? Was tragen Sie da für ein komisches Ding auf dem Kopf?«

»Meine Dornenkrone«, sagte Robards.

Fei Lipu unterdrückte einen Seufzer. »Ich lasse Ihnen Papier bringen.«

»Zuerst will ich meine Bibel zurück. Als Missionar habe ich ein Recht darauf.«

»Schreiben Sie die Briefe. Rechte hat nur, wer seine Pflichten erfüllt. Auf Wiedersehen, Mr Robards.«

Er ging nach draußen und atmete tief durch. Um ihn herum leuchtete der Palastgarten in satten Farben, überall hingen rote Laternen und Banner mit den Zeichen *tai ping*, ewiger Frieden. Der Anblick beruhigte ihn, aber der schale Geschmack in seinem Mund blieb. Die Besuche bei Robards waren eine deprimierende Angelegenheit, und dass der Gefangene seit Hong Jins Abreise sein einziger regelmäßiger Kontakt war, machte es nicht besser. Manchmal schämte er sich dafür, ihn so grob zu behandeln und mit sinnlosen Aufträgen hinzuhalten. Andererseits wurde ein neues Zeitalter nicht durch Nettigkeiten herbeigeführt, und er konnte schlecht behaupten, das nicht gewusst zu haben. Von der Fahrt nach Suzhou träumte er immer noch oft. Alle hatten mit anfassen müssen, um das Boot den verstopften Fluss hinaufzunavigieren. Mit der Zeit hatten die Leichen immer widerlicher gestunken, und als sie ihr Ziel erreichten, war Reverend Jenkins so mitgenommen, dass er auf der ersten Audienz beim Treuen König kein Wort herausbrachte – so jedenfalls wurde es Fei Lipu berichtet. Da er nicht zur Delegation gehörte, musste er in einer Vorhalle des Palasts warten, an dessen Wänden die jüngsten Kämpfe ihre Spuren hinterlassen hatten. Die Soldaten, die ihm Gesellschaft leisteten, waren junge Hakka aus dem Süden, mit derben Gesichtern und schlechten Zähnen, gekleidet in die teuersten Seidenstoffe, die die Stadt zu bieten hatte. Breitbeinig fläzten sie auf den Bänken und fanden es zum Totlachen, dass ausgerechnet ein Ausländer ihren Dialekt verstand. Ihre gute Laune war ansteckend. Es dauerte nicht lange, bis er den von Jenkins geliehenen Anzug gegen ein rotes Seidengewand tauschte und unter Applaus das steife Gebaren eines Mandarins nachmachte. Alle boten ihm Schnaps aus ihren Kürbisflaschen an und sprachen von einem großen Feldzug nach Westen, der demnächst beginnen sollte. Sein Wunsch, die Truppe bis Nanking zu begleiten, wurde dem Treuen König vorgebracht und umstandslos genehmigt. Wenige Tage später brachen sie auf. Zum Abschied gab ihm Jenkins die Hand und bat ihn, das gemeinsame Anliegen nicht zu vergessen. Was Dreieinigkeit bedeutete, wollte den Rebellen nicht in den Kopf, hier war missionarische Beharrlichkeit gefragt. Steter Tropfen höhlt den Stein.

»Bestellen Sie Mary Ann schöne Grüße«, erwiderte Fei Lipu kühl.

Auf dem Boot war er der Ehrengast des Treuen Königs. Ein zupackender Mann um die vierzig, der nicht so tat, als würde er sich für Theologie interessieren. Ein Gott, zwei Söhne, zehn Gebote, das reichte ihm. Die Frage nach dem Verlauf der Gespräche beantwortete er mit einem Schulterzucken. Die Missionare hatten gelehrte Vorträge gehalten, er musste im Kriegschaos versuchen, eine funktionierende Verwaltung aufzubauen. Alle Vorstädte von Suzhou, durch die sie kamen, lagen in Trümmern, aber die Männer an Bord genossen die Fahrt. Gut gelaunt plauderten sie mit den Besatzungen anderer Boote, egal ob die ihren Dialekt verstanden oder nicht.

Wegen des dichten Verkehrs auf dem Fluss schafften sie am ersten Tag nur zwanzig chinesische Meilen. Am zweiten überquerten sie den Taihu-See, am dritten erreichten sie ein kleines Dorf, wo sie an Land gingen und die Reise zu Fuß fortsetzten. Kulis schleppten das Gepäck, für den Treuen König und seinen Gast standen Tragestühle aus Bambus bereit; Fei Lipus Versuche, die Ehre abzulehnen, führten zu nichts. Vierzig Meilen legten sie auf diese Weise zurück, und am Abend schmerzte sein Steiß so sehr, dass er nach dem Essen sofort ins Bett fiel.

Am Nachmittag des vierten Tages kamen sie durch Danyang, wo Soldaten dabei waren, einen alten Tempel abzureißen. Die Seitenwände waren bereits zerstört, nur die Stützbalken trugen noch das mit Kacheln bedeckte Dach. Bei der Ankunft des Treuen Königs brach die Gruppe in Jubel aus. Im Nu waren sie umringt und wurden eingeladen, beim letzten Schritt des Abrisses dabei zu sein. Vier Männer kletterten auf den First, um starke Taue zu befestigen, an deren Enden sich dichtes Gedränge bildete. Alle wollten mit anfassen. Unter lauten Kommandos begannen die Männer zu ziehen, und binnen Sekunden krachte das Dach in einer riesigen Staubwolke zu Boden. Der Blick des Treuen Königs schien zu sagen: Siehst du, wir meinen es ernst. Als sich der

Staub gelegt hatte, trugen die Soldaten eine Statue herbei, die zuvor beiseite geschafft worden war. Eine sitzende, in eine bunte Rüstung gehüllte Figur, um deren Schultern ein roter Umhang hing. Fei Lipu erfuhr, dass es sich um den Kriegsgott Guandi handelte. Zweimal im Monat waren die Belagerer von Nanking hier zusammengekommen, um seinen Beistand zu erbitten. »Hat es ihnen was genützt?«, rief der Treue König triumphierend und musterte die Statue, die ihm kaum bis zur Hüfte reichte. »Der Gott unseres Feindes ist ein Zwerg«, befand er und erntete lautes Lachen. Jemand aus seiner Entourage reichte ihm ein gewaltiges Schwert, das er mit der Spitze in den Boden stieß. »Was soll ich mit ihm anstellen?«, fragte er, und alle skandierten »Kopf ab! Kopf ab!«. Eine Weile ließ er die Männer gewähren, dann hob er gebieterisch die Hand. »Es ist heute ein besonderer Gast bei uns. Von Hongkong aus hat er sich auf die Reise gemacht, um beim Aufbau des neuen China zu helfen. Wie ihr seht, hat er eine Hand verloren und trotzdem nicht aufgegeben. Wollen wir es ihm überlassen, diesem lächerlichen Gnom den Kopf abzuhacken? Was meint ihr, ja oder nein? *Hao bu hao?*«

Der ausbrechende Jubel ließ Fei Lipu keine Wahl. Zuerst wusste er nicht, ob er das Schwert mit einer Hand würde heben können, und um ihm die Aufgabe zu erleichtern, wurde die Figur auf den Boden gelegt. Der Kopf ruhte auf einem flachen Stein. Stille senkte sich über die Menge, die im Kreis um ihn herum stand. Es war später Nachmittag, die Sonne näherte sich dem Horizont, und als er den Blick hob, glaubte er in der Ferne die Mauern von Nanking zu erkennen. In seiner unsichtbaren Hand zuckte es. Er ging ins Hohlkreuz und wuchtete das Schwert in die Höhe. Vor vielen Jahren hatte er auf einer Barrikade gestanden, eine schwarz-rotgoldene Fahne geschwenkt und etwas empfunden, wofür ihm bis heute kein Name einfiel – das Gefühl, seinen Platz und seine Aufgabe gefunden zu haben. Mit einem Schlag der zu werden, der er immer sein wollte. Einen Moment lang genoss er die Spannung, dann ließ er den Arm niederfahren und hackte dem Kriegsgott Guandi den Kopf ab.

Ab sofort gehörte er dazu.

No. 155

*Acting Consul Harry S. Parkes to*
*HM Ambassador Frederick Bruce (Received April 17)*

*(Extract)*    *HMS Coromandel,* Huangzhou, March 24, 1861

Exzellenz,

ich habe die Ehre, Ihnen von der Unterredung mit einem
Rebellenführer zu berichten, den ich vor zwei Tagen Gelegenheit hatte, über die Handelsinteressen der britischen Regierung aufzuklären. Die kurzfristig anberaumte Unterredung fand in Huangzhou statt (nicht zu verwechseln mit
dem an der Küste gelegenen Hangzhou), etwa fünfzig Meilen unterhalb von Hankou, wo ich ein Kontingent der Rebellen vorfand, das offenbar den Sturm auf die zuletzt genannte
Stadt vorbereitet. Beim Anführer handelt es sich um einen
jungen Mann namens Chen Yucheng, der aufgrund zweier
auffälliger Muttermale auf der Stirn der vieräugige General
genannt wird. Seine Feinde, ließ er mich nicht ohne Stolz
wissen, schmähen ihn als den vieräugigen Hund. Der offizielle Titel lautet Mutiger König (*Ying Wang*).

Ich darf behaupten, dass mein unangemeldetes Erscheinen an diesem Ort einiges Aufsehen erregt hat. Ein großer
Teil der meist aus ärmlichen Gegenden stammenden Rebellen scheint nie zuvor einem ›ausländischen Teufel‹ begegnet zu sein, entsprechend aufgekratzt war die Menge, die mir
nach dem Verlassen des Schiffes auf einem Rundgang durch
den Ort folgte. Drei prominent platzierte Bekanntmachun-
gen fielen mir auf, die kurz nach der Einnahme der Stadt angebracht worden sein müssen: Eine lud die Bevölkerung zum

Handel mit der ›Himmlischen Armee‹ ein, eine zweite verbat den Soldaten das Plündern und eine dritte – befestigt an den abgeschlagenen Köpfen zweier Männer – warnte augenfällig vor den Folgen eines Verstoßes gegen den zweiten Befehl. Mein Rundgang endete im ehemaligen Yamen der Präfektur, wo ich ein Spalier aus Hellebarden und Bannern zu durchlaufen hatte, ehe man mich vor den Thron des Mutigen Königs führte. Er trug eine Robe aus gelbem Satin und auf dem Kopf eine possierliche, mit Drachen bestickte Haube, machte ansonsten aber einen intelligenten und sogar mannhaften Eindruck.

Der Ton unserer Unterhaltung war überraschend freundlich. Ein angenehmer Kontrast zu der ernüchternden Erfahrung, die ich jüngst in der Hauptstadt der Rebellen zu machen gezwungen war. Anders als der ebenso verschlossene wie aufbrausende Schildkönig erzählte der Mutige König offenherzig von dem Vorhaben, zuerst in einer Zangenbewegung die Städte Wuchang und Hankou einzunehmen, um dann das flussabwärts gelegene, von der Hunan Armee belagerte Anqing zu befreien (wo ein Teil seiner Familie lebt). All dies ist Teil eines größeren Plans – von den Rebellen Westfeldzug genannt –, der das gesamte Yangtze-Tal in ihre Gewalt bringen und den Krieg zu ihren Gunsten entscheiden soll. Zu diesem überaus ambitionierten Unterfangen konnte ich meinem Gesprächspartner nur gratulieren, musste ihm von der Einnahme Hankous allerdings mit größtem Nachdruck abraten. Unter Verweis auf den jüngst in Peking geschlossenen Vertrag, der uns berechtigt, die Stadt als Binnenhafen zu nutzen, ließ ich keinen Zweifel an unserer unbedingten Entschlossenheit, dieses Recht auch auszuüben. Wenngleich Wuchang im Vertrag nicht genannt wird, hielt ich es für ratsam, den Rebellen die Einnahme dieser Stadt ebenfalls zu untersagen, da zu befürchten steht, dass bewaffnete Kämpfe dort den Handel stören würden. Ich führte also aus, dass wir beide Städte, da sie nur durch den Fluss getrennt sind, als Einheit betrachten. Die Logik dieses Räsonnements machte auf mein Gegenüber einen überaus tiefen Eindruck. Ohne Zweifel war ihm die Schlussfolgerung nicht willkommen, aber ich konnte ihm versichern, dass wir als neutrale Nation keinerlei Einfluss auf den Kriegsverlauf zu nehmen suchen, sondern einzig und allein kommerzielle Interessen verfolgen.

Die Stärke seiner Truppen gab der Mutige König mit einhunderttausend an, wovon jedoch erst die Hälfte Huangzhou erreicht habe. Wie er seinen Feldzug weiter führen wird, vermag ich nicht vorherzusagen. Zwar hoffe ich, ihn von einem Vorrücken auf Hankou abgebracht zu haben, jedoch soll Wuchang von einer anderen Armee unter dem Befehl des sog. Treuen Königs eingenommen werden, über deren Position ich zur Stunde nichts sagen kann. Evtl. wäre zu überlegen, die vor kurzem von Admiral Hope geäußerte Anregung aufzugreifen und um _alle_ Vertragshäfen einen gedachten Radius von dreißig Meilen zu ziehen, dessen Betreten den Rebellen untersagt ist. Man könnte argumentieren, dass uns nur so die Ausübung des vertraglich zugesicherten Rechts auf freien Handel möglich ist. Die angesprochene Einheit von Wuchang und Hankou wäre damit ipso facto hergestellt, da erstere Stadt im Sicherheitsradius der letzteren läge.

Die Bevölkerung von Huangzhou, die einmal vierzigtausend betragen haben soll, scheint übrigens vollständig geflohen zu sein. Die von mir in Augenschein genommenen Häuser wurden sämtlich von Rebellen bewohnt, deren Betragen ihrem absurden Putz zum Trotz mehr oder weniger geordnet war. Fälle von Trunkenheit oder handgreiflichen Streitigkeiten, wie sie unter Soldaten sonst gang und gäbe sind, konnte ich nicht beobachten, alle vertrugen sich und verstießen in brüderlicher Eintracht gegen das Verbot von Plünderungen. Armes China! Im Moment gibt es keine Macht, die stark genug ist, um die Rebellen aufzuhalten, während deren Stärke zwar ausreicht, die alte Ordnung zu zerstören, nicht aber, eine neue aufzubauen. Zweifellos wird der Westfeldzug ebenso blutig scheitern wie vor einigen Jahren der sog. Nordfeldzug nach Peking. Das Reich der Mitte ähnelt einem schwerkranken Mann, der sich selbst nicht mehr zu helfen weiß und der allenfalls durch radikale Kuren auf den Weg der Besserung gebracht werden könnte – wenn jemand die schwierige Rolle des Arztes spielen wollte, der stets Gefahr läuft, durch eine falsch dosierte Maßnahme das Leben des Patienten zu beenden, statt es zu retten. Armes China, in der Tat.

Morgen werde ich die Expedition mit einem Besuch in Hankou abschließen und mich dann auf den Rückweg nach Shanghai begeben. Falls das Kriegsgeschehen es zulässt, hoffe ich, einen Zwischenstopp in Anqing einzulegen; jener Stadt, in der sich der Krieg und damit das Schicksal des kranken Mannes von Asien entscheiden könnten. Sollte die Hunan Armee dort die Oberhand behalten, ergäbe sich vielleicht eine Möglichkeit, das Reich vom Geschwür der Rebellion zu befreien. Im Moment scheinen es allerdings ausländische, vor allem britische Händler zu sein, die die eingeschlossene Bevölkerung mit Nahrungsmitteln versorgen und damit eine Wende im Kriegsgeschehen hinauszögern oder sogar verhindern. Es mag eine Überlegung wert sein, ob und wie wir unsere Landsleute davon abbringen können, dergestalt die langfristige Stabilität des Landes ihren kurzfristig zu erzielenden Gewinnen zu opfern.

Ich verbleibe, & c.

(Gezeichnet)                                          Harry S. Parkes

## 21 Der Befehl des Jadekaisers

General Zeng Guofan vor Anqing
Frühjahr/Sommer 1861

Nachts schlich sein Geist durch die eingeschlossene Stadt. Vom Flussufer führte der Weg über eine schmale Landzunge, wo einmal die Hütten von Händlern und Fischern gestanden hatten. Hierher waren die Bewohner von Anqing gekommen, als es auf den Märkten noch etwas zu kaufen gegeben hatte, jetzt stand die siebenstöckige Pagode verlassen auf ihrem gemauerten Fundament. Der Geruch von Tang und Moder waberte über die Hafenmole, kaltes Mondlicht warf scharfkantige Schatten, und überall lagen Trümmerteile und Scherben herum. Seit einem Jahr wurde die Stadt belagert, um ihre Mauern zog sich ein dichtes Netz von Wällen und Wachtürmen, Gräben und gezimmerten Rampen für die Kanonen. Wie eine riesige Schlange war die Hunan Armee dabei, ihre Beute zu erdrosseln, viele tausend Männer, Frauen und Kinder, die nur noch über den Fluss versorgt wurden. Mein Werk, dachte der General und streifte lautlos durch die Gassen. Hier und da sah er kleine Gärten, in denen Obst und Gemüse angebaut wurde, aus offenen Fenstern drang friedliches Schnarchen. Weil die Bewohner nicht wussten, mit wem sie es zu tun hatten, träumten sie von ihrer baldigen Rettung.

Nach einer Weile kehrte er um und bestieg die Pagode. In engen Windungen führten die Stufen hinauf, und er geriet außer Atem, wie in seinem Traum vom vorletzten Winter.

Weitergehen, sagte er sich, immer weiter, bis er das oberste
Stockwerk erreicht hatte und hinaustrat auf die kaum gesi-
cherte Balustrade. Mit klopfendem Herzen drückte er sich
gegen die Wand und ließ den Blick schweifen. Vor ihm beschrieb der Fluss einen Bogen und schirmte Anqing in süd-
licher und westlicher Richtung ab, im Norden schlossen sich
Berge an, die nur einen einzigen Durchgang ließen, und im
Osten glitzerten Seen im Mondlicht, deren Ufer gut gesichert waren. Die Stadt zu seinen Füßen war wie gemacht
für eine Armee in der Rolle des Gastgebers. Die erste Attacke des vieräugigen Hundes hatte sein Bruder bereits im
Winter zurückgeschlagen, als der General noch in Qimen
um sein Leben bangte; seitdem wusste er, dass auch dieser
Feldzug vom sogenannten Schildkönig in Nanking geleitet
wurde. Alles trug seine Handschrift. Mit einer gewaltigen
Zangenbewegung sollten zunächst Hankou und Wuchang
eingenommen werden, die Zwillingsstädte am Mittellauf des
Yangtze, um dann von Westen her das gesamte Flusstal zu
erobern. Es war ein gewagter Plan, der bei näherem Hinsehen viel über seinen Urheber verriet. Hier suchte jemand
den schnellen Erfolg und vergaß darüber, das Feld zu bereiten. Auch die längste Reise erfolgte in kleinen Schritten. Aus
abgefangenen Briefen ging hervor, dass der vieräugige Hund
jüngst demselben Barbaren begegnet war, den er, Zeng Guofan, in der Hauptstadt getroffen hatte. Danach war seine Armee nicht weiter vorgerückt, sondern hatte neue Befehle
abgewartet und den günstigsten Zeitpunkt für einen Angriff
auf Hankou verpasst. Die kalte Steinwand im Rücken, richtete der General den Blick in die Ferne und erlaubte sich
kein Triumphgefühl. Zwar schien dem Feind die Hoheit über
das Geschehen zu entgleiten, aber die Schlacht um Anqing
war noch lange nicht gewonnen. Weiter flussabwärts sah
er die ausländischen Handelsschiffe, die die eingeschlossene

Stadt mit Reis versorgten. Da niemand einen neuen Krieg mit den englischen Barbaren wollte, gab es nichts, was seine Armee dagegen tun konnte.

Als ihm das scharfe Aroma von Hengyang-Tabak in die Nase stieg, wusste er, dass er nicht allein war. Jede Nacht wandelte er durch dieses mondbeschienene Niemandsland, wissend, dass er träumte, und vorsichtig darauf bedacht, nicht zu früh aufzuwachen. Im Krieg wurden die Grenzen durchlässig, zwischen Traum und Wirklichkeit ebenso wie zwischen Gut und Böse, Leben und Tod. »Nicht mehr lange«, sagte er über die Schulter, »dann folge ich dir zu den neun Quellen.«

Statt zu antworten, gab sein Großvater ein missbilligendes Schnalzen von sich. So hatte er seine Söhne und Enkel früher schon korrigiert, ihnen wortlos beigebracht, nicht unbedacht daherzureden. *Li yan*, das Aufstellen der rechten Rede, bereitete den Boden für die Erziehung zum Edlen. Von klein auf war der General in die Rolle des Familienoberhaupts hineingewachsen, weil niemand sonst in Frage kam. Ein Jahr nachdem sein Vater im siebzehnten Anlauf *Xiucai* geworden war, hatte er, Zeng Guofan, die Prüfung im zweiten Versuch bestanden. Jetzt wollte er hinter sich in das vertraute Gesicht mit den wässrigen Augen schauen, aber er fürchtete, die Balance zu verlieren. Was, wenn er nicht wach wurde, sondern sich unten auf den Platten den Schädel brach? Im Übrigen wusste er, weshalb der Großvater ihn aufsuchte. Alles hatte er von ihm gelernt, auch die vier Grundsätze der Familienführung, deren erster lautete, Harmonie zwischen den Brüdern zu wahren. Wie sollten Familien gedeihen, wenn die Söhne miteinander stritten? »Was kann ich noch tun?«, fragte er und fürchtete, vom Klang seiner eigenen Stimme geweckt zu werden.

Mehr Geduld haben, lautete die Antwort. In blassblauen

Schwaden trieb der Pfeifenrauch an ihm vorbei und löste sich auf. Der Geruch von Zuhause. Keiner von ihnen besitzt dein Talent, Guoquan ist der Einzige, der dir immerhin an Ehrgeiz nahekommt, aber er muss lernen, dass wahre Stärke bedeutet, sich selbst zu überwinden. Mit deinem Schüler bist du geduldig, mit dem eigenen Bruder nicht. Das kränkt ihn.

»Ich habe ihm Shao Yong zu lesen gegeben, aber er will nicht auf mich hören. Von mir belehrt zu werden, war ihm schon immer lästig.«

Du hast das Qi eines Gelehrten, deine Natur strebt nach Ausgleich. Er ist anders. Was ihm an Weitblick fehlt, macht er durch Entschlossenheit wett. Ihn richtig einzusetzen, ist deine Aufgabe.

Der General kämpfte gegen das Schwindelgefühl an, das ihn in der Höhe immer befiel. Anderen nicht zu vertrauen, gehörte zu seinen größten Schwächen, und ihm blieb nicht mehr viel Zeit, um den Streit auszuräumen. So bald wie möglich musste er mit Guoquan reden, vom älteren zum jüngeren Bruder. Nachdem er den Entschluss gefasst hatte, roch er keinen Tabak mehr. Im Osten bekam der Horizont einen kupferfarbenen Saum, im nächsten Moment begann die Pagode zu wanken. Erschrocken fuhr er herum, ruderte mit den Armen und verlor den Halt. Im Fallen kam ihm ein Schrei über die Lippen – davon wachte er auf.

Mondlicht schien in seine Kajüte. Die Schiffsplanken knirschten in der Dunkelheit, aber er keuchte so laut, dass er sie übertönte. Es musste die Zeit der dritten Wache sein, und wieder einmal hatte er geträumt, ohne zu schlafen. Stöhnend drehte er sich auf die andere Seite. Noch bevor der Tag begann, fühlte er sich ausgelaugt und von seinen Pflichten erdrückt. Gleich nach der Schneeschmelze hatte er Qimen verlassen und sein neues Quartier hier aufgeschla-

gen, an Bord eines Schiffes sechzig *Li* oberhalb der belagerten Stadt. Wenig später war der vieräugige Hund zurückgekehrt, um die zweite Attacke zu beginnen. Seitdem tobten
die Kämpfe ohne Unterbrechung.

Seinen Vormarsch im Westen schien der Feind vorläufig
abgebrochen zu haben. Wuchang war nicht einmal angegriffen worden, stattdessen berichteten Kuriere von riesigen
Armeen, die durch die angrenzenden Provinzen irrten. Derweil warf der vieräugige Hund seine Truppen in Manövern
nach vorn, die erst gewagt und dann zusehends kopflos
wirkten. Ende des vierten Mondes hatte er den Fehler begangen, seine Truppen zu teilen; zwölftausend Mann waren
zurückgeblieben, mit dem Rest wollte er den Weg für Verstärkung freikämpfen, die von Nanking aus unterwegs war,
angeblich vom Schildkönig persönlich angeführt. Sofort war
die Hunan Armee vorgerückt, hatte ihn von den zwölftausend Mann abgeschnitten und deren Schicksal besiegelt.
Ohne Nachschub konnten sie ihre Stellungen nicht halten.
Als sich einmal achttausend Banditen ergaben, hatte Guoquan nicht gewusst, was er mit so vielen Gefangenen anstellen sollte – das war der Anlass ihres Streits gewesen. Schriftlich hatte ihn der General an den Unterschied zwischen
echtem und falschem Mitgefühl erinnern müssen: Das eine
war die Liebe zum Volk, das andere Nachsicht mit dem
Feind. Hatten die Verteidiger von Anqing etwa Nachsicht
mit ihnen? Seit dem Beginn der Belagerung warfen sie nicht
nur Müll und tote Hunde über die Stadtmauer, sondern
auch hungrige Ratten, die sich durch Zeltwände fraßen und
den schlafenden Soldaten in die Ohren bissen. Wunden ent-
zündeten sich, der Gestank von Rattenpisse füllte die Gräben, und nun ging das Frühjahr in den Sommer über, und
die Stadt hielt der Belagerung immer noch stand. Als sich
der General im Bett aufrichtete, hörte er draußen die Toten

über den Fluss ziehen. Geisterhafte Stimmen, die vor dem anbrechenden Tag flüchteten, aber wenn man hinausging und sie orten wollte, wehte einem nur gelber Staub ins Gesicht. Tagsüber reagierte sogar die Sonne auf das Übergewicht des bösen Yin in der Welt: Rot färbte sie sich, wie die Augen eines Hundes, der Leichen fraß. Unterdessen saß er in seiner Kajüte und schrieb Briefe, bis ihm der Pinsel aus den Fingern fiel.

Der einzige Lichtblick waren die Berichte, die sein Schüler aus Shanghai schickte. Kaum angekommen, hatte Li Hongzhang die Geldgeber der ausländischen Söldner aufgesucht und eine Zusammenarbeit begonnen. Jetzt entwarf er bereits die nächsten Schritte. Warum nicht englische Fregatten anmieten, sobald die Zolleinnahmen sprudelten, um die Armee schneller an einen neuen Einsatzort zu bringen? Außerdem riet er, der General solle über Prinz Gong darauf drängen, dass die Barbaren aufhörten, Anqing mit Reis zu versorgen. In der Hauptstadt gab es für solche Fragen neuerdings ein eigenes Ministerium, und laut dem Vertrag mit England war die Armee berechtigt, alle Schiffe zu stoppen, die feindliche Häfen anlaufen wollten. Unschlüssig hatte der General das Für und Wider abgewogen. Seit wann scherten sich die Barbaren um den Teil eines Vertrags, der ihrer Gier Grenzen setzte? Schließlich bat er den Hof, sich um ein Ende der Reislieferungen zu bemühen, und ermahnte seinen Schüler, die ausländischen Söldner nur in der Nähe der Vertragshäfen einzusetzen. ›Benutze sie, wenn es sein muss‹, schrieb er, ›aber vertraue ihnen niemals. Erinnere dich, wie es den Ming erging, als sie sich von Fremden helfen ließen, das Reich zu verteidigen.‹

Sein Bruder Guoquan kam an einem der ersten heißen Tage des Jahres. Als neuntes Kind wurde er in der Familie nur

Kleiner Bruder Neun gerufen. Auf seine Erziehung hatte der General besondere Mühe verwendet und aus Guoquan einen fähigen Kommandeur gemacht, der allerdings zum Starrsinn neigte und sich schnell bevormundet fühlte. Selbstbewusst betrat er die von Bambusvorhängen abgedunkelte Kajüte. Zunächst ließ sich der General einen ausführlichen Lagebericht geben. In der schwülen Hitze juckte sein Rücken stärker als sonst, und die Augen schmerzten so stark, dass er sie immer wieder zusammenkniff.

»Militärisch läuft alles nach Plan«, fasste sein Bruder die Situation zusammen. »Das Problem sind die Reislieferungen. Solange die Bewohner genug zu essen haben, werden sie nicht aufgeben.«

»Nicht so schnell, was heißt nach Plan?«

»Außer den Stellungen am Jixian-Pass gehören uns alle strategisch wichtigen Punkte. Die Verstärkung, die aus Nanking unterwegs war, konnten wir zurückschlagen. Wir haben beide Hände an ihrem Hals, aber noch atmen sie.«

»Haben sich weitere Langhaarige ergeben?«

»Wenige.«

»Wie viele?«

»Ein paar hundert hier, ein paar hundert da. Es hat sich herumgesprochen, dass wir keine Gefangenen machen. Meistens nehmen sie uns die Arbeit ab, ehe wir sie schnappen können.«

Trotz der guten Nachrichten missfiel dem General die schnoddrige Art, in der Guoquan sie vorbrachte. »Wenn es nach dir gegangen wäre«, sagte er lauernd, »was wäre neulich mit den achttausend Banditen passiert, die sich ergeben hatten?«

»Genau das, was mit ihnen passiert ist.«

»Aber dabei sein wolltest du nicht, oder? Hast du vergessen, was es heißt, eine Armee zu *führen*?« Streng blickte er

571

dem Jüngeren ins Gesicht. Die forsche Wölbung seiner Stirn verriet Ambition und Entschlossenheit, das breite Kinn zeugte von innerer Härte, aber an den hochmütig geschürzten Lippen sah man, dass er es nicht für nötig hielt, anderen zuzuhören. Stattdessen übte er sich in *duo yan*, leichtfertigem Dahinreden, zu dem er schon immer geneigt hatte. »Warum, glaubst du, lasse ich meine Offiziere regelmäßig Essays schreiben?«, fragte der General. »Es kostet sie viel Zeit, aber ich verlange es, weil ich sicher sein muss, dass sie den richtigen Charakter haben. Alles verrät ein Mann durch die Art, wie er seine Gedanken in Worte fasst. Als General führst du deine Männer nicht nur mit Befehlen, sondern musst ihnen Vorbild sein. Hast du die Lektionen unseres Großvaters schon vergessen?« Als er innehielt, zeigte Guoquan keine Reaktion außer dem Mahlen seiner kräftigen Kiefer. Er und Li Hongzhang waren fast gleich alt und ähnelten einander in vielem, aber der Ehrgeiz seines Schülers galt großen Zielen, während sich Guoquan von Begierden treiben ließ, die eines Gelehrten unwürdig waren. »Antworte!«, forderte der General. »Wieso hast du die Aufgabe delegiert?«

»Im Gegensatz zur Akademie«, erwiderte Guoquan mit kaum verhohlener Wut, »versieht eine Armee praktische Aufgaben. Unsere bestand darin, um die gesamte Stadt herum eine neue Festung zu bauen. Kaum hatten wir damit begonnen, sollte ich vier Bataillone zurück nach Qimen schicken. Danach musste ich arme Bauern verpflichten, denen ich nur verschimmelten Reis geben konnte, was mir den Vorwurf meines Bruders einbrachte, dem Ruf der Armee zu schaden. Trotzdem stehen wir inzwischen kurz vor dem Sieg. Als diese achttausend Gefangenen gemacht wurden, habe ich meine Männer angewiesen, sie in Gruppen von zehn aus dem Lager zu bringen und zu enthaupten. Das ist geschehen. Welchen Unterschied macht es, wo ich war?«

»Den entscheidenden.« Er sah den Mund seines Bruders schmal werden und beugte sich drohend nach vorn. »Den Unterschied zwischen einem General, der seine Männer anführt, und einem, der ihnen die Drecksarbeit überlässt. Eine gut geführte Armee respektiert ihren General und geht für ihn in den Tod. Eine schlecht geführte verachtet ihn und lässt ihn irgendwann im Stich. Erkennst du den Unterschied jetzt?«

»Was in Qimen passiert ist«, gab Guoquan hämisch zurück, »war demnach das Debakel einer gut geführten Armee. Wie konnte es denn dazu kommen?«

»Im Gegensatz zu dir kenne ich meine Schwächen. Fortan werde ich unsere Feldzüge im Hintergrund koordinieren. Als Kommandeur habe ich versagt, nicht zum ersten Mal, und ich schäme mich dafür.« Noch einen Moment schaute er seinem Bruder in die Augen, dann lehnte er sich wieder zurück. »Über die Reislieferungen habe ich den Hof unterrichtet, vielleicht gibt es eine diplomatische Lösung. Den Kampf um Anqing wirst du fortan so führen, wie ich es von dir verlange. In den nächsten Tagen erwarte ich außerdem einen Essay über die Stelle aus dem *Zuozhuan,* die vom Aufstellen der rechten Rede handelt. Erinnere dich an Konfuzius' Ausspruch ›Mit dreißig stand ich fest‹. Du gehst auf die vierzig zu, es wird langsam Zeit.« Damit erhob er sich und begleitete den Bruder hinaus. Obwohl es früh am Nachmittag war, schaute die Sonne wie ein blutunterlaufenes Auge auf die Erde herab. Alles geriet aus dem Gleichgewicht, auch die Natur; tagsüber wurde es nicht hell, nachts nicht dunkel, und im ständigen Zwielicht begann der Fluss giftig zu schimmern. Guoquans Offiziere standen wartend am Steg.

»Weißt du, was ich in Qimen gelernt habe?« Zum Abschied schlug der General einen versöhnlichen Ton an. »Manchmal ist eine Armee am verwundbarsten, wenn ihr

573

der Sieg sicher scheint. Die Langhaarigen hatten uns eingekesselt. Ich saß im Hauptquartier und habe mein Testament gemacht, aber plötzlich sind sie abgezogen. Wussten
sie nicht, wie nah sie dem Sieg waren?« Kurz nach seinem
fünfzigsten Geburtstag hatte er dort in Qimen mit dem Leben abgeschlossen, und wusste noch immer nicht, warum
es anders gekommen war. Jetzt blieb er an der Reling stehen
und sah seinem Bruder hinterher. Mit fünfzig kannte ich
das Mandat des Himmels, ging ihm durch den Kopf. Mit
sechzig war mein Ohr gehorsam, mit siebzig konnte ich dem
Verlangen meines Herzens folgen, ohne das Falsche zu tun.
Unter den Heiligen des Altertums war es allein König Shun
gelungen, die Ordnung so perfekt zu verkörpern, dass er
nichts tun musste, um sie zu wahren. Sein flutartiges Qi
hielt die Welt im Gleichgewicht, ohne dass er handelte. Er,
Zeng Guofan, hingegen hatte im entscheidenden Moment
seine alte Schwäche auf dem Schlachtfeld offenbart: Statt
Befehle zu geben, verlangte er Informationen und hantierte
mit Karten, bis der Wind sie zerriss. Einen Papier-General,
nannte man das. Fast tausend Soldaten hatte er in Qimen
verloren, und als er in die Kajüte zurückkehrte, beschloss
er, dass es auch für ihn Zeit wurde, seine Fehler zu bekennen. Wenn sich beim Schreiben die Hand zusammenkrampf-
te, wurde die Schrift unleserlich, trotzdem arbeitete er bis
spät in die Nacht. Weil ihm kein besserer Adressat einfiel,
richtete er den Text an seine Söhne.

Wenn ein Mann scheitert, schrieb er, dann aus einem von
zwei Gründen, Faulheit oder Hochmut. Erstere ist weniger
gefährlich, man wird ihrer leicht gewahr, doch mit dem
Hochmut verhält es sich wie mit den eigenen Wimpern, die
man nicht sieht. Mein Großvater hat mich von klein auf davor gewarnt, aber um der Gefahr zu entgehen, muss man zuerst verstehen, wie alles miteinander zusammenhängt. Ihr

werdet in einer Welt leben, die sich von der heutigen unterscheidet, umso wichtiger ist es, die unwandelbaren Bahnen zu erforschen, in denen sich der Kosmos bewegt. Ihr kennt das Zeichen *li*, es bedeutete ursprünglich die Maserung von Jade, das innere Muster der Linien, das dem Betrachter den Wert des Steins verrät. So verhält es sich mit allen Dingen, jedes besitzt ein Muster, das sein Qi durchzieht wie die Adern den Körper. Den Dingen auf den Grund gehend, erfasse ich ihr *li*, schrieb Zhu Xi einst und bezog sich auf die *Große Lehre*, wo es heißt: ›Die Weisen des Altertums wollten überall unter dem Himmel die Tugend zum Leuchten bringen, doch zuerst mussten sie das Land gut regieren. Um das Land gut zu regieren, mussten sie erst ihre Familien ordnen. Um ihre Familien zu ordnen, mussten sie sich selbst kultivieren. Um sich selbst zu kultivieren, mussten sie ihr Herz verbessern. Um ihr Herz zu verbessern, mussten sie aufrichtig werden in ihren Gedanken. Um in Gedanken aufrichtig zu werden, mussten sie ihr Wissen erweitern. Die Erweiterung des Wissens besteht darin, allen Dingen auf den Grund zu gehen.‹ Wie ihr seht, beginnt die Ordnung des Kosmos in uns selbst, denn auch das menschliche Herz hat eine Maserung. Für sie gibt es viele Namen, Mitgefühl lautet einer, aber entscheidend ist die Einsicht, dass die Welt kein Chaos ist, auch wenn sie uns so erscheinen mag. Ordnung ist ihr eingeschrieben wie die Linien der Jade, und auf dieselbe Weise besteht sie in unserem Herzen. Seht ihr den Zusammenhang? Wer die heiligen Texte studiert, kann das Muster erkennen. Wer sein Herz kultiviert, kann es erkennen. Wer Mitgefühl empfindet, hat es erkannt. Heute scheint es, als wäre die Ordnung zusammengebrochen, aber in uns besteht sie weiter und kann nur durch uns wiederaufgerichtet werden. ›Er achtete sich selbst und blickte nach Süden‹, sagte Konfuzius über König Shun, so hielt er alles unter dem

Himmel im Gleichgewicht. Wenngleich unsere Fähigkeiten geringer sind, gilt der Auftrag des Himmels auch uns. Ihn zu erfüllen, ist mehr als eine heilige Pflicht: Es ist das, was uns zu Menschen macht.

Kurz nach Guoquans Besuch erreichte die Hitze ihren Höhepunkt. Der vieräugige Hund warf seine letzten Reserven in den Kampf, und der Wind trug ein finsteres Grollen das Flusstal herauf, das nicht mehr nachließ. Aus Shanghai meldete Li Hongzhang, dass Prinz Gong den englischen Botschafter getroffen und der seinem Konsul vor Ort geschrieben habe. Nun sei allen Händlern in der Stadt klar, dass die kaiserliche Regierung keine Versorgung von Anqing duldete und die Hunan Armee berechtigt war, notfalls die Ladung der Schiffe zu konfiszieren. Lippenbekenntnisse, dachte der General, aber tatsächlich blieb von da an die Landzunge vor der Stadt leer. Kein Reis wurde mehr geliefert, und die Auswirkungen zeigten sich schnell. Hungernde Bewohner versuchten, aus dem Kessel auszubrechen, aber die Belagerer ließen es nicht zu. Der Gastgeber entschied, wer aß und wer nicht. Als Guoquan beiläufig schrieb, es seien im Camp neuerdings keine Rattenbisse mehr zu behandeln, nahm der General den Brief mit nach draußen und starrte in den anbrechenden Morgen. Statt Erleichterung spürte er einen Anflug von Übelkeit. Heller Dunst hing über dem Fluss, im Uferschlamm pickten dicke schwarze Vögel nach Nahrung. Immer wieder hatte er den Himmel um Hilfe angefleht, jetzt war die Antwort eingetroffen wie ein Urteil, das er in Kürze vollstrecken musste.

»Exzellenz?«

Langsam drehte er sich um. Mit einem großen Umschlag in der Hand stand Chen Nai an der Reling und machte das Gesicht, das er für schlechte Nachrichten reserviert hatte.

»Von meinem Bruder?«

»Aus der Hauptstadt«, sagte sein Adjutant. Wie auf Kommando flogen die schwarzen Vögel vom Ufer auf.

Seit langem begleitete ihn die Vorahnung, jetzt straffte er sich innerlich und entrollte das Schreiben. Es war nicht die offizielle Proklamation, sondern eine interne Nachricht an die höchsten Beamten: *Long yu shang bin*, der Drache ist aufgefahren ins himmlische Gasthaus. Kraftlos sank der General auf die Knie und schlug die Stirn gegen die Holzplanken. Seit dem Besuch in der Hauptstadt hatte er gehofft, Anqing früh genug einzunehmen, um seinem Kaiser neuen Lebensmut zu spenden, nun war es zu spät. Im elften Jahr einer Herrschaft, die vom ersten Tag an aus Kummer und Bedrängnis bestanden hatte, war der Himmelssohn gestorben, nicht an körperlichen Gebrechen, sondern an der Schande. Das Reich seiner Vorväter wurde von langhaarigen Banditen überrannt und von Barbaren geplündert, und der General beschloss, kein Fleisch mehr zu essen, bis Anqing erobert war. Was sonst konnte er tun? »Hilf mir auf«, keuchte er und hielt seinem Adjutanten die Hand hin.

Im Lauf des Tages musste er sich mehrmals übergeben. Aus den Camps um die Stadt trafen ununterbrochen Nachrichten ein; in einem letzten verzweifelten Aufbäumen stürzte sich der Feind in die Schlacht, und vielerorts wuchsen die Leichenberge so hoch, dass die Soldaten die Wälle überwanden, indem sie über ihre gefallenen Kameraden kletterten. Der General ließ sein Flaggschiff näher an die umkämpfte Stadt heranfahren. Nach dem Verfassen von über dreißig Depeschen tanzten am Abend bunte Punkte vor seinen Augen, nachts im Bett konnte er die Eingeschlossenen heulen und jammern hören. Oder zogen wieder Geister über den Fluss? Sobald er einschlief, fand er sich in dunklen Gassen wieder, wo Menschen über ein paar gefangene Ratten herfielen.

In der Nacht auf den 30. erleuchtete ein riesiger Feuerball den Himmel. Er stieg von einer Anhöhe hinter der Stadt auf, wo sich die letzten feindlichen Unterstände befanden. »Ziehen sie ab?«, flüsterten die Männer, die mit dem General hinausgeeilt waren und in die plötzlich taghelle Nacht blickten. Am frühen Morgen regnete schwarze Asche auf den Fluss, Eilboten wurden losgeschickt und kehrten am Mittag mit der Bestätigung zurück, dass der vieräugige Hund Anqing aufgegeben hatte. Das große Feuerwerk war ein Ablenkungsmanöver gewesen, um eingeschlossenen Kämpfern die Flucht zu ermöglichen; innerhalb der Mauern hatte die Hunan Armee nur noch Zivilisten vorgefunden. Reglos nahm der General die Siegesmeldung entgegen. »Wie viele?«, fragte er lediglich.

»Fünfzehn- bis zwanzigtausend«, lautete die Antwort. »Hauptsächlich Frauen, Kinder und Alte.«

»Prüft nach, ob Verwandte des vieräugigen Hundes darunter sind.« Dem Hof meldete er, dass die Schlacht entschieden war. Nach dem Tod des Kaisers musste er seine Worte noch vorsichtiger wählen als sonst, aber es fiel ihm leicht, keine Triumphgefühle zu zeigen. Der nächste Tag war der erste des achten Mondes, an dem er das Opfer für die Offiziere leitete und die großen Trauerriten vorbereitete. Am zweiten ließ er sich von Chen Nai überreden, ein wenig gegarten Fisch zu essen, im Morgengrauen des dritten bestieg er einen Sampan und setzte über den Fluss. Sein Bruder hatte ihn eingeladen, die eroberte Stadt zu besichtigen.

Die Hügel am anderen Ufer sahen aus wie mit verdünnter Tusche gemalt. Im Sommer wirken die Berge farblos und fern, ging ihm durch den Kopf, als wären sie unerreichbar. Er wusste, was ihn erwartete, es war die Art von Wissen, die sich nicht abschütteln ließ, sondern alle Gedanken auf sich zog. Die letzte Etappe legte er im Sattel zurück, obwohl sich seine Flechte so weit nach unten ausgebreitet hatte, dass er kaum sitzen konnte. Zwanzig *Li* vor Anqing lagerten die ersten Einheiten der Armee, aber statt ausgelassenen Jubels empfing ihn erschöpftes Schweigen. Männer saßen vor ihren Zelten, hatten Ruß im Gesicht und aßen kalten Reisbrei. Niemand erkannte ihn. Die Stadt selbst lag direkt am Fluss, hügelig und still, über den Gassen wehten schwarze Rauchfahnen. Die siebenstöckige Pagode, die er im Traum bestiegen hatte, war nur noch eine Ruine, an der Landzunge davor ankerten unzählige Boote. Drei Tage nach dem Ende der Kämpfe wurden immer noch Frauen an Bord geschleppt. Der Unterschied zwischen den Barbaren und uns, dachte er benommen – bestand er nur in Friedenszeiten? Obwohl hier und da Feuer aus getrockneten Rhabarberblättern brannten, war der Verwesungsgeruch so stark, dass der General befürchtete, ohnmächtig zu werden.

Umgeben von seinen Offizieren, empfing ihn Guoquan am Stadttor. Den geforderten Essay hatte er erst wenige Tage zuvor geschickt, ohne zu verbergen, dass er die Aufgabe für Zeitverschwendung hielt. Nach der Begrüßung zog es der General vor, niemanden für den erfolgreichen Feldzug zu loben. »Wie konnten so viele Banditen entkommen?«, fragte er stattdessen und sah die selbstzufriedenen Mienen der Offiziere erstarren. »Die Rede ist von mehreren tausend.«

»Unter unseren Stellungen müssen Tunnel gewesen sein«, antwortete Guoquan. »Zu tief, um sie zu bemerken.«

»Wie viele Bewohner sind zurückgeblieben?«

»Wir zählen noch. Etwa sechzehntausend.«

»Keine Kämpfer darunter? Verwandte des vieräugigen Hundes?«

Sein Bruder schüttelte den Kopf. Zwei Jahre lang hatte der General pausenlos an die Eroberung von Anqing gedacht, aber erst jetzt begann ihm zu dämmern, wie viel Kraft es gekostet hatte. »Bringen wir es hinter uns«, sagte er und spürte den Geschmack von Asche im Mund. Über den Dächern schien die Sonne nicht mehr matt und rot, sondern verströmte ein gleißendes Licht, das in den Augen schmerzte. Nirgendwo hörte man ein Huhn gackern oder einen Hund bellen, alle Pflanzen waren gerupft worden, nicht einmal Unkraut hatten die ausgehungerten Bewohner verschmäht. Wortlos inspizierten sie das Skelett einer verendeten Stadt. Im Yamen des Gouverneurs hockten Menschen mit glasigen Augen im Dreck, Soldaten gingen durch die Reihen und sortierten die aus, die sich nicht mehr rührten. Überall stieg Staub auf und verhüllte die Augen des Himmels. Als sie einen verlassenen Markt erreichten, entdeckte der General Tafeln, worauf in blasser Schrift Preise notiert waren. Dreißig Kupfermünzen für ein *Jin*, las er und verstand, dass die Ratten nicht lange vorgehalten hatten. Wie um der Vorstellung zu entkommen, eilte er weiter. Das Fleisch der zweibeinigen Hammel, hatte es neulich jemand genannt, das man nur fraß, wenn es sonst gar nichts mehr gab. Die Frauen auf den Booten konnten sich glücklich schätzen, dass sie von hier fortgebracht wurden. Oder nicht? Manchen ließ man sogar die Kinder.

›Palast des Mutigen Königs‹, stand über dem Tor, vor dem sie schließlich Halt machten. Der General hieß die Offiziere warten und ging mit seinem Bruder hinein. Es gab mehrere Innenhöfe, in denen löchrige Matten aufgespannt waren, um die Sonne abzuhalten. Das zweistöckige Hauptgebäude ähnelte seinem Quartier in Qimen. Am Morgen hatte er sich an das Gespräch mit seinem Mentor in der Hauptstadt erinnert und gedacht, dass er beginnen musste, über den Krieg hinaus zu planen. Eine Schule, hatte Mushun vorgeschlagen, vielleicht ein Arsenal für Feuerwaffen, eine

Werft. Als Erstes würde er Li Hongzhang bitten, ein ausländisches Dampfschiff zu kaufen und den Fluss hinaufzuschicken, damit seine Männer es untersuchen konnten. Fanden sie so etwas wie ein inneres Muster, konnte man Spezialisten hinzuziehen, um nach und nach alle Erzeugnisse der Barbaren zu studieren. Den Dingen auf den Grund gehen, dachte er, um sein Wissen zu erweitern. Vielleicht würde aus dem totalen Zusammenbruch eine neue Ordnung erwachsen, die auf denselben Prinzipien fußte wie früher, auch wenn sie nach außen hin anders aussah. Es war eine Aufgabe, die zu erfüllen hundert Jahre dauern konnte, aber Anqing war der richtige Ort, um sie anzugehen. Vorwurfsvoll zeigte der General auf zwei zertrümmerte Wassertonnen, die er gut hätte gebrauchen können, wenn er den Palast bezog. »Was ist mit deinen Männern?«, fragte er und spürte den Zorn, den er seit der Lektüre des schlampigen Essays mit sich herumtrug. »Werden sie immer noch nicht ordentlich geführt?«

»Ein Jahr lang mussten sie in feuchten Gräben hocken, zwischen Rattenscheiße und ...«

»Deshalb hast du ihnen erlaubt, die Frauen wegzuschaffen?«

Guoquans Blick wurde hart. Nicht schon wieder, schien er zu denken.

»Bist du zu stolz, um mir zuzuhören?«, fragte der General weiter. »Jedes Vergehen, das du ungestraft lässt, untergräbt die Disziplin. Eine Armee ohne Disziplin ist schwach. Am Ende tötet der Feind umso mehr deiner Männer, weil du sie nicht erzogen hast.« Aus seinem Zwerchfell stieg ein Schwall heißer Wut auf, er spürte es wie Sodbrennen. »Was stehst du so selbstgefällig vor mir, bist du zufrieden mit dir? In Gedanken scheinst du dich schon für den Befreier von Nanking zu halten, aber deine Soldaten nennen dich den gierigen General. Hast du dafür eine Erklärung? Glaubst du, die nötige Umsicht zu besitzen, um die Hauptstadt der Langhaarigen einzunehmen? Die Mauern sind doppelt so hoch wie hier und dreimal so dick. Seinerzeit wurden sämtliche Tunnel entdeckt, die die Zentralarmee gegraben hatte, weißt du wie? Die Banditen ließen Tonfässer in die Erde und setzten Leute hinein, die nichts weiter taten, als zu horchen – Tag und Nacht. Wer einschlief, wurde hingerichtet. So hält man die Disziplin aufrecht, nicht indem man von Ruhm und Reichtum träumt.« Beißend waberte der Gestank von Urin durch den Hof, in dem sie standen, und im nächsten Moment war es mit seiner Selbstbeherrschung vorbei. »Wie konntest du ihre Tunnel nicht bemerken?«, brüllte er außer sich vor Wut. »Direkt unter euren Stellungen! Den Feind lässt du entkommen, die Stadt plündern und die Frauen verschleppen. Kennst du nicht mal mehr den Unterschied zwischen der Hunan Armee und einer Räuberbande? Sieh mich an und sag mir, dass ich mich in Zukunft auf dich verlassen kann! Wenn nicht, pack deine Sachen und fahr nach Hause! Was soll ich mit einem Bruder, der nur Schande über meinen Namen bringt?!«

Schwer atmend stand Guoquan vor ihm. Seine Kiefer mahlten, als zerrieben sie kleine Steine.

»Sprich!«, schrie der General.

»... Mein älterer Bruder kann sich auf mich verlassen. Wie immer.«

»Beweis es mir! Sonst lasse ich eine andere Truppe auf Nanking vorrücken.« Obwohl es unter den Matten schattig war, schwitzte er aus allen Poren. Seine Beine zitterten so stark, dass er sich nach einer Sitzgelegenheit umsah. Nacht für Nacht war sein Geist durch die schlafende Stadt gewandelt, die nicht wusste, was ihr bevorstand. Er hatte es von Anfang an gewusst, schon vor dem Beginn der Belagerung.

»Erinnerst du dich an das *Jade Register*?«, fragte er, um seinen Herzschlag zu beruhigen. »Zu Hause stand es in Großvaters Bibliothek.« Ein abgegriffener Band, der das Geschehen in den zehn Höfen der Hölle zeigte: Untreue Ehefrauen wurden ein Kliff hinabgestoßen, Lügner verschwanden zwischen eisernen Schleifsteinen, Ehebrecher verbrannten an Säulen aus glühender Bronze. »Früher hat er mir oft die Abbildungen darin gezeigt und gesagt: Das alles geschieht auf Befehl des Jadekaisers. Er ist derjenige, der die Ordnung bewahren muss, Richter und Henker führen seinen Willen bloß aus. Verstehst du?«

Herausfordernd hob Guoquan den Blick, sagte aber nichts.

»Als ich später in die Hauptstadt gegangen bin, hat er zu mir gesagt: Dass du fleißig bist, weiß ich, aber bist du auch reif genug? Auf seine bedächtige Art hat er den Grundstein für den Aufstieg unserer Familie gelegt. Ohne studiert zu haben.« Vorwurfsvoll sah er den Bruder an. »Dein Verhalten würde ihn beschämen.«

»Der Alte war ein Tyrann«, erwiderte Guoquan ruhig. »Ich habe nie begriffen, warum du ihn so verehrst.«

Kopfschüttelnd sank der General auf einen Stapel Brennholz. Engstirnig und undankbar war sein Bruder, der als Zweitjüngster nie hatte lernen müssen, Verantwortung zu tragen. Weil er ihr Gewicht nicht kannte, hielt er es für leichter, einen Befehl zu geben, als ihn auszuführen. Er, Zeng Guofan, wusste es besser. Warum sonst lag er jede Nacht wach und fragte sich, ob er noch ein Mensch war? »Du redest daher wie einer, der nichts verstanden hat«, sagte er, »und von dessen Worten nichts abhängt. Genauso schreibst du auch.«

»Zurzeit habe ich wichtigere Dinge zu tun. Was ist jetzt: Soll ich meinen Männern befehlen, dass wir sofort weiterziehen? Eigentlich brauchen sie eine Pause.«

»Das könnte dir so passen.« Sobald er die Augen schloss, floss um ihn wieder das kalte Licht des Mondes. In einer dieser Nächte hatte er begriffen, dass sein Traum von damals gar keiner gewesen war. Als er geglaubt hatte, aufzuwachen, war er in Wirklichkeit ins Reich der Toten hinabgestiegen und hatte bloß geträumt, weiterzuleben. Nur ein Geist konnte tun, was der Krieg ihm abverlangte. »Ich weiß, dass es daoistische Höllenspekulationen waren«, sagte er wie zu sich selbst, »aber darauf kommt es nicht an. Jahrelang haben die Bewohner von Anqing den Langhaarigen gedient. Bis zum Schluss dachten sie, der vieräugige Hund würde sie retten. Sie sind alle Komplizen.« Langsam zog er einen Fächer hervor und fächelte sich Luft zu. Seine Kehle war trocken, unter sich fühlte er das harte Feuerholz, auf dem er saß. Niemanden hatte König Goujian verschont, als er schließlich die feindliche Hauptstadt eroberte. Wer Unkraut ausrupfte, durfte die Wurzeln nicht vergessen.

»Ich weiß, was du denkst«, sagte er, weil sein Bruder vor ihm stehen blieb, als wartete er auf einen Befehl. »Es wäre meine Aufgabe gewesen, dich besser anzuleiten. Das stimmt, aber wie soll man im Krieg seine Familie erziehen? Den Essay wirst du neu schreiben und dir diesmal mehr Mühe geben.« Als er die Augen wieder öffnete, schlug ihm das Licht unerwartet grell entgegen. »Jetzt geh und bring zu Ende, was du angefangen hast.«

Guoquan rührte sich nicht. Nur die Muskeln seines Gesichts gerieten in Bewegung, es sah wie ein unterdrücktes Zittern aus. »Ist es immer noch wegen der achttausend«, fragte er, »oder weil ich es gewagt habe, dir zu widersprechen?«

»Weil es notwendig ist«, sagte der General. »Wir haben einen Auftrag, also wähle deine Männer sorgfältig aus. Lass sie nicht wieder allein, sei ein Vorbild! Wenn der Feind zu allem entschlossen ist, müssen wir es auch sein.«

Jetzt erst schien sein Bruder zu verstehen, was er zu tun hatte. Zum ersten Mal änderte sich sein Blick. »Alle?«, fragte er.

Draußen erklang das aufgeregte Flüstern der Offiziere, die jedes Wort mitgehört hatten. Die Stimmen der Lebenden und die Stimmen der Toten, er erkannte schon keinen Unterschied mehr und fragte sich, ob es Galle war, was er schmeckte. »Nicht alle«, antwortete er. Sogar seine eigene Stimme klang fremd – als fiele es ihm schwer, wirklich zu meinen, was er sagte. »Wer noch Milchzähne hat, den könnt ihr laufenlassen.«

*HM Ambassador F. Bruce to Foreign Secretary Lord Russell –*
*(Received January 16, 1862)*

Peking, November 10, 1861

My Lord,
ich habe die Ehre, Sie in Kenntnis zu setzen über die höchst
bedeutsamen und zudem für unsere Seite vorteilhaften Ereignisse, die in den vergangenen zehn Tagen die chinesische
Hauptstadt erschüttert haben. Alles deutet darauf hin, dass
eine – sofern je Anlass bestand, dies von chinesischen Amts-
trägern zu behaupten – uns freundlich gesinnte Fraktion
am Hofe den Machtkampf für sich entschieden hat, der nach
dem Hinscheiden des Kaisers zwar im Verborgenen, aber
dafür offenbar umso schärfer entbrannt war.

So viel wissen wir: Am 1. des laufenden Monats wurde der
Leichnam des Kaisers in einer feierlichen Prozession in die
Hauptstadt gebracht. Seine Witwe und die Mutter des erst
fünfjährigen Thronfolgers – eine Konkubine von niederem
Rang, die allerdings den einzigen männlichen Nachkommen geboren hat – führten die Prozession an und wurden
am Stadttor von Prinz Gong empfangen. Der weitere Gang
der Ereignisse legt es nahe, zu glauben, dass zwischen den
beiden Frauen und dem Prinzen eine geheime Absprache
bestanden hat. Noch am selben Tag nämlich verlas dieser
eine Erklärung im Namen des Thronfolgers, die durch das
kaiserliche Siegel autorisiert war und insgesamt acht hohe
Amtsträger, die dem sogenannten Rat der Prinzen angehören, des Hochverrats beschuldigte. Unter anderem wurde

ihnen zur Last gelegt, den Kaiser durch falsche Informationen dazu verleitet zu haben, Krieg gegen die westliche Allianz zu führen und im Verlauf der Kämpfe Geiseln zu nehmen, was die bedauerlichen Ereignisse des vergangenen Herbstes heraufbeschwor, die Eurer Lordschaft nur zu bekannt sind.

Die höchste Gerichtsbarkeit des chinesischen Reichs, das Kaiserliche Clan-Gericht, befand die Angeklagten in allen Punkten für schuldig. Fünf von ihnen wurden ihrer Titel beraubt und in die westlichen Grenzgebiete verbannt, die drei anderen mussten für ihre Verbrechen mit dem Leben bezahlen. Dass die Urteile binnen weniger Tage vollstreckt wurden, spricht dafür, dass es sich um einen politisch motivierten Prozess gehandelt hat, mit anderen Worten, um einen Staatsstreich. Kurz darauf wurde ein weiteres Edikt öffentlich, das im Namen des Thronfolgers seine Mutter sowie die Witwe des Kaisers dazu bestimmt, gemeinsam die Regierungsgeschäfte zu leiten. Die Mutter des Thronfolgers trägt fortan den Namen Ci Xi und wird ebenso wie die Hauptfrau des verstorbenen Monarchen offiziell Kaiserin-Witwe genannt. Viele halten sie für die treibende Kraft hinter dem mit großer Finesse und Entschlossenheit ausgeführten Coup. Eine vollkommen unbekannte Frau von sechsundzwanzig Jahren, die angeblich kaum lesen und schreiben kann.

Wenn Eure Lordschaft mir gestatten, vom bloßen Bericht zu dem Versuch fortzuschreiten, die Ereignisse einzuordnen, muss ich betonen, dass sie zu einem im chinesischen Kontext höchst ungewöhnlichen Arrangement geführt haben, über dessen Bewährung in der Praxis sich zur Stunde nur mutmaßen lässt. Zwar scheint es in der Geschichte einige Fälle gegeben zu haben, in denen die Kaiserin-Witwe ihren verborgenen oder, wie man in China zu sagen pflegt, ›hinter dem Vorhang‹ ausgeübten Einfluss geltend gemacht hat, aber das Zeremoniell des Hofs lässt den direkten Eingriff einer Frau in die Regierungsgeschäfte eigentlich nicht zu – und Zeremoniell ist in diesem kuriosen Land bekanntlich alles. Die Macht dürfte daher künftig in den Händen von Prinz Gong liegen, was der Anlass für meine obige Einschätzung ist, dass es sich um einen für unsere Seite vorteilhaften Machtwechsel handelt. Der Prinz ist gewiss unerfahren, hat sich in den Verhandlungen mit meinem Bruder aber als verlässlicher und für chinesische Verhältnisse sogar aufgeschlossener Partner erwiesen, dessen Aufstieg hoffentlich bedeutet, dass der jüngst ratifizierte Vertrag tatsächlich umgesetzt wird und die Beziehungen unserer beiden Länder jene tragfähige Grundlage erhalten, die wir ihnen seit Jahren zu geben versuchen. Der Prinz, wenn ich es etwas salopp formulieren darf, könnte unser Mann sein.

Die Herausforderungen, denen er sich gegenübersieht, sind freilich enorm. Zwar hat die Hunan Armee mit der Eroberung der Stadt Anqing einen bedeutsamen militärischen Erfolg erzielt, den einige Beobachter als Durchbruch zu bezeichnen geneigt sind; gleichwohl bleiben die Rebellen in Nanking fest verankert und sind in den Küstenregionen höchst aktiv. Im Übrigen drängt es mich, Eure Lordschaft auf eine Gefahr hinzuweisen, die meiner Ansicht nach weithin unterschätzt wird: Die Hunan Armee kämpft zwar im Auftrag der Regierung, gebärdet sich aber zunehmend wie ein Staat im Staate und versieht in den Gebieten unter ihrer Kontrolle diverse bürokratische Aufgaben, die inzwischen sogar das Eintreiben von Steuern umfassen, deren Erträge ihren eigenen Etat aufstocken. Eine Aufsicht durch die Regierung findet allenfalls noch nominell statt. Sollte es General Zeng Guofan eines Tages gelingen, die Aufständischen aus Nanking zu vertreiben – wie man hört, soll die erneute Belagerung der Stadt bald beginnen, und gewiss wird sie dieselben unappetitlichen Begleiterscheinungen zeitigen wie jüngst in Anqing –, würden weite Teile Chinas einem Mann unterworfen, dessen militärische und finanzielle Mittel die der Zentralregierung weit übersteigen. Bedauerlicherweise gilt dies auch deshalb, weil unsere Reparationsforderungen, so maßvoll sie sind, die staatlichen Finanzen nicht unerheblich belasten. Die Gefahren, die dieses innere Ungleichgewicht mit sich bringt, sind zweifellos groß.

Angesichts dieser Situation sollten wir die Regierung unbedingt zu überzeugen suchen, dass sie in uns einen verlässlichen Partner hat, dessen Ziele zwar rein kommerziell sind, der jedoch bereit ist, in ihrer Verfolgung gewisse Zugeständnisse an die besonderen Umstände vor Ort zu machen. Zum einen erscheint eine militärische Präsenz in der Nähe der Hauptstadt ebenso wie in den Vertragshäfen unabdingbar, um unsere Handelsinteressen vor den Kräften der Unvernunft und des Fanatismus zu schützen. In Shanghai sind wir derzeit dabei, einen Sicherheitsradius von dreißig Meilen um die Stadt zu ziehen, der es uns erlauben wird, etwaigen Vorstößen durch die Rebellen frühzeitig zu begegnen. Dies mag eine gewisse Dehnung des Begriffs Neutralität bedeuten, aber unsere gefährdete Position verbietet es, dass wir uns auf eine Prinzipientreue versteifen, die ihre eigenen Konsequenzen nicht bedenkt. In diesem Sinne prüfen wir zum anderen die von einem Mittelsmann Zeng Guofans, einem gewissen Mr Li, an uns gerichtete Anfrage, Truppentransporte der Hunan Armee durch privat betriebene britische Dampfschiffe zu unterstützen. Dies würde nicht nur den Betreibern erhebliche Einnahmen bescheren, sondern es auch erlauben, die Belagerung Nankings aus zwei Richtungen zu beginnen. Solange die größte Gefahr für den Handel von aufrührerischen Elementen ausgeht, sollten wir uns nicht erlauben, in der Wahl der Mittel, ihr ungebremstes Vorrücken zu verhindern, allzu zögerlich zu erscheinen.

Ich verbleibe, & c.
(Gezeichnet) Frederick Bruce     Botschafter Ihrer Majestät
in China

# 22 Der fremde Gast

Himmlische Hauptstadt
Winter/Frühjahr 1861/62

Jeder wusste es, aber keiner wagte, es auszusprechen: Das Schlimmste war eingetreten. Mit Anqing verlor das Taiping-Reich seine letzte Bastion im Westen, ab sofort kontrollierte der Feind den Yangtze und eroberte die Städte am Mittellauf fast ohne Gegenwehr. Selbst die Nachricht vom Tod des großen Schlangenteufels konnte den Schreck nicht mildern, der die Himmlische Hauptstadt erfasst hatte. Fischer berichteten von verstümmelten Leichen, die zu Tausenden den großen Fluss hinabtrieben, es war eine Völkerwanderung der Toten, und die Regierung machte alles noch schlimmer, indem sie die Katastrophe herunterspielte. Als wäre nichts geschehen, blieb der Himmlische König in seinem Palast und verfasste erbauliche Losungen, die draußen am Tor angeschlagen wurden. ›Selig sind die Fleißigen‹, lautete eine, ›denn sie werden beim Aufbau des neuen China helfen.‹ Dass die Hunan Armee unaufhaltsam näher rückte, flüsterten die Bewohner einander nur hinter vorgehaltener Hand zu. Wer es laut sagte, musste mit Konsequenzen rechnen.

Kalt und lichtlos senkte sich der Winter über die Stadt. Aus einem veralteten Exemplar des *Herald*, den er im Palast des Schildkönigs fand, erfuhr Fei Lipu von dem Staatsstreich, der sich im Herbst in Peking ereignet hatte. Über den neuen starken Mann, Prinz Gong, hieß es, er trete dafür ein ›to put relations between our two countries on a more satisfactory footing‹ – eine Formulierung, die für gewöhnlich bedeutete, dass die andere Seite tat, was England verlangte. Der Krieg kam nur am Rande vor, aber wohin sich die Dinge bewegten, wurde trotzdem klar. Die britische Regierung verbot ihren Soldaten nicht länger, der *Ever Victorious Army* beizutreten, die an der Küste bereits mehrere Städte hielt. Im Hintergrund zog ein für seine Ruchlosigkeit bekannter Mandarin die Fäden, der als Nächstes ausländische Schiffe chartern wollte, um die Hunan Armee den Yangtze hinabtransportieren und Nanking auch von Osten aus angreifen zu können. Gewohnt umsichtig, begannen Zeng Guofan und seine Schergen, was der *Herald* die hoffentlich letzte Etappe ihres Feldzugs nannte: die Belagerung der Himmlischen Hauptstadt.

Gab es nirgendwo einen Lichtblick? Einen Hoffnungsschimmer? In der Zeitung suchte Fei Lipu vergebens danach. Im Sommer war in Amerika ein Bürgerkrieg ausgebrochen, auch dort kämpfte die Freiheit gegen die Sklaverei, und England blieb sich treu, indem es die falsche Seite unterstützte. Zwar warnte ein Artikel davor, die Südstaaten als kriegführende Nation anzuerkennen, weil es verheerende Auswirkungen auf den Handel mit dem Norden haben werde, aber die Folgerung lautete: Die britischen Textilexporte nach China müssen ausgebaut werden – oder sollten ausgerechnet die tüchtigen Menschen von Lancashire für die Halsstarrigkeit weltfremder Mandarine büßen? Das Blatt war durch viele Hände gegangen und schon so abgegriffen, dass Fei Lipu einige Stellen kaum entziffern konnte. Eine Anzeige, unter der er den Namen Edvin Jenkins entdeckte, teilte mit, es habe dem Allmächtigen gefallen, seine liebe Frau Mary Ann zu sich heimzurufen. ›This sweet flower in His garden‹, stand dort, ›He has been pleased to pluck a little earlier.‹ Die Beerdigung lag bereits drei Monate zurück.

Dann, als der verregnete Winter endlich endete, erwachte der Amtssitz des Schildkönigs zu neuem Leben. Über ein Jahr lang hatte dort Ratlosigkeit geherrscht, nun wurde der Hausherr zurückerwartet, und alle gingen ihrer Arbeit mit frischem Elan nach. Es ist noch nicht zu spät, hieß es in den Fluren. Zwar war der Westfeldzug katastrophal gescheitert, aber die Verantwortung ruhte auf mehreren Schultern, schließlich hatten weder der Mutige noch der Treue König ihre Aufgaben erfüllt. Ersterer war nach seiner Begegnung mit Konsul Parkes direkt auf Anqing vorgerückt, statt zunächst Hankou einzunehmen, Letzterer hatte sich nach der gescheiterten Attacke auf Qimen an die Küste zurückgezogen, ohne in den Kampf um Anqing einzugreifen – ein unerklärlicher, an Hochverrat grenzender Entschluss, der Hong Jins Leute fassungslos machte, aber nach außen hielten sie sich zurück, schließlich hatte der Schildkönig als Kommandeur ebenfalls versagt. Von feindlichen Verbänden aufgehalten, war er nie auch nur in die Nähe der belagerten Stadt gelangt und hatte obendrein den Mutigen König verleitet, seine Truppen zu teilen, damit sie ihm den Weg freikämpften. Jetzt konnte es nicht mehr lange dauern, bis der Frontverlauf mit den Mauern von Nanking verschmolz, und die Bewohner flohen in immer größerer Zahl. Um sie aufzuhalten, wurden die meisten Tore zugemauert und die Wachen verstärkt. Wenn Fei Lipu nichts zu tun hatte, machte er lange Spaziergänge durch die halbleere Stadt. Im Norden, wo niemand mehr wohnte, wurden Felder für Kartoffeln, Mais und Sojabohnen angelegt, und wer kräftig genug war, musste zum Arbeitsdienst antreten. Über den anderen Vierteln hing eine unheilvolle, resignierte Stille. Ohne sich um die Verbote zu kümmern, verkauften alte Frauen Amulette des

Buddha und der Göttin Guanyin, vor zerstörten Tempeln glimmten Räucherstäbchen, und eine Wandzeitung zitierte den mingzeitlichen Beamten Hai Rui mit seinem berühmten Vorwurf an den Kaiser: ›In der Vergangenheit habt Ihr Gutes getan, aber was geschieht jetzt? Trotz Eurer vielen Fehler weist Ihr jede Kritik zurück.‹ Unterschrieben waren die Plakate mit ›Gedanken eines Unbekannten‹, und als es im Frühjahr ernst wurde, fanden sich immer mehr davon.

Zeng Guofans Bruder, der Schlächter von Anqing, war mit seiner Armee im Anmarsch.

Fei Lipu ging weiterhin jeden Morgen über die Stadtmauer. Vor dem Südtor wurde alles weggeräumt, was den Angreifern als Schutz oder Unterstand dienen konnte. Eine halbe Meile entfernt erkannte er die einzige natürliche Erhebung diesseits der Stadt, genannt die ›Terrasse des Blütenregens‹. Einer alten Sage zufolge hatte dort ein Mönch gewohnt und den Himmel mit seinem Lebenswandel so gerührt, dass er weiße Blüten herabregnen ließ, jetzt befand sich auf dem Hügel ein Fort, wo die himmlischen Truppen ihre Übungen abhielten. Dahinter, bisher noch unsichtbar, sammelten sich mehr als zwanzigtausend feindliche Soldaten. Dass die Zentralarmee damals mit siebzigtausend angerückt und besiegt worden war, beruhigte heute niemanden mehr. Die Mauern der Himmlischen Hauptstadt sahen zwar imposant aus, aber vor neun Jahren hatten die jetzigen Verteidiger sie überwunden und mit den Mandschus dasselbe gemacht, was jüngst in Anqing den Anhängern der Revolution widerfahren war. Wenn Hong Jin nicht bald zurückkehrte und die Verteidigung organisierte, würde die Stadt zur tödlichen Falle werden. Wusste der Himmlische König das? War ihm bekannt, dass in seinem Reich die Angst regierte? Wenn ja, fiel ihm dazu außer frommen Kalendersprüchen nichts ein? An manchen Tagen fühlte sich Fei Lipu so frustriert, dass er selbst eine Wandzeitung schreiben wollte. Was war aus dem Versprechen geworden, eine neue Zeit einzuläuten und ein neues China zu schaffen?

Der Rückweg führte ihn durch das alte Amüsierviertel am Qinhuai-Fluss. Schlingpflanzen wuchsen über die verzierten Fassaden der Teehäuser, verrottete Blumenboote dümpelten im Wasser vor sich hin. An einer Kreuzung blieb er stehen, ohne zu wissen, was ihn aufhielt. Bleich und kraftlos schien die Sonne auf die Stadt herab. Ältere Frauen versahen ihren Arbeitsdienst, indem sie mit langen Besen die Straße fegten. Hatte jemand nach ihm gerufen? Schweiß lief ihm übers Gesicht, also steuerte er ein paar Schemel an, die vor dem Eingang einer Teestube standen. Auf einmal musste er an Elisabeth denken. Nachts kam es vor, dass er wachlag und plötzlich ihre Stimme hörte. Wer bist du?, fragte sie, als würde sie ihn nicht mehr kennen. Was machst du hier? Jetzt strich sein Blick über die Häuser auf der anderen Straßenseite, und nach einer Weile entdeckte er, wonach er gesucht hatte. Wie damals in Kanton stand der Junge in einem Spalt zwischen zwei Hauseingängen. Als Fei Lipu winkte, zuckte er zusammen, und für einen Moment schien es tatsächlich derselbe Junge zu sein. Er war acht oder neun Jahre alt und hatte so kurze Haare, dass er fast glatzköpfig aussah. Zögerlich setzte er sich in Bewegung und blieb eine Armlänge entfernt stehen. Auf die Frage nach seinem Namen schüttelte er wortlos den Kopf.

»Du kommst mir bekannt vor«, sagte Fei Lipu. »Kann das sein?«

Keine Reaktion. Auch nicht, als er den Satz im Kanton-Dialekt wiederholte.

»Willst du nicht reden, oder hat es dir jemand verboten?«

Statt zu antworten, machte der Junge eine fordernde Handbewegung. Komm mit, sollte das heißen, und Fei Lipu spürte, wie sein Herz schneller schlug. War sein ehemaliger Reisegefährte in der Stadt und nahm Kontakt auf? Jedermann wusste, dass der *Ever Victorious Army* ein Heer von Frauen folgte, die für die Söldner kochten, Uniformen flickten und natürlich auch andere Bedürfnisse befriedigten; die Rede war von ganzen ›Familien‹, die sich die Männer hielten. Zwar operierten sie vorwiegend an der Küste, aber dass die Himmlische Hauptstadt bald von der Außenwelt abgeschnitten sein würde, dürfte sich herumgesprochen haben. Wollte Potter die letzte Gelegenheit nutzen, an Eliazar Robards heranzukommen?

Aus dem Ärmel seines Gewands zog Fei Lipu einen Zettel. Seine früheren Versuche, den eingesperrten Missionar frei zu bekommen, waren gescheitert, und in letzter Zeit hatte er ihn immer seltener besucht. Jetzt notierte er hastig einige Zeilen und faltete das Papier. »Sag dem Mann, der dich geschickt hat, wir dürfen nicht zusammen gesehen werden. Ich glaube, ich weiß, wo ich ihn finde.« Der Blick des Jungen ließ nicht erkennen, ob er ihn verstand. Wortlos steckte er den Zettel ein und rannte davon, und die alten Frauen unterbrachen für einen Moment die Arbeit, um ihm hinterherzuschauen. Eine rieb sich die von Gicht gekrümmten Finger.

Ausgiebig erkundete er in den nächsten Tagen das alte Garnisonsviertel. Vor der Befreiung hatten hier die Bannertruppen und ihre Familien gelebt, noch früher war es die Palaststadt der Ming-Kaiser gewesen, heute versteckten sich in den Ruinen vor allem Schnapsbrennereien und Bordelle. Auf Mauerresten saßen Handleser und warteten auf Kundschaft. Es war, als liefe er durch eine fremde Stadt, wo die Gesetze des Taiping-Reichs nicht galten. Hin und wieder schaute er über die Schulter und glaubte einen Schatten zu sehen, der zwischen den Trümmern verschwand, aber weder Potter noch der Junge ließen sich blicken. Hoffte er auf ein Wiedersehen, oder hatte er Angst vor dem, was sein Gefährte von ihm wollen würde? Müde kehrte er von den Ausflügen zurück und wusste nicht, ob er noch an das neue China glaubte oder insgeheim dabei war, einen Ausweg zu suchen. Sein Leben jedenfalls wurde dem in Tongfu immer ähnlicher, nur ohne Feldarbeit und die Reisen nach Victoria, und wenn er darüber nachdachte, kam er sich betrogen vor. Damals, vor seiner Abreise, hatte Hong Jin ihm Hoffnung auf eine Audienz beim Himmlischen König gemacht, inzwischen kursierten Gerüchte, der sei längst tot. Wie sonst sollte man erklären, dass er sich seit der Eroberung Nankings nicht öffentlich gezeigt hatte – neun Jahre lang!

Die ständige Ungewissheit zehrte an ihm und brachte sein Zeitgefühl durcheinander. Nachts fiel Mondlicht durch den mit Schnitzereien verzierten Raumteiler aus Rosenholz, hinter dem sein Bett stand, und er konnte nicht sagen, ob er gerade aufgewacht war oder seit Stunden wach lag. Wohin sollte er fliehen, falls der schlimmste Fall eintrat und ein Heer blutrünstiger Krieger die Stadt überrannte? Hongkong war der einzige Ort, der ihm einfiel. Überall sonst würde man ihn der Rebellion anklagen, und darauf stand in China eine Art der Hinrichtung, die ›der hinausgezögerte Tod‹ hieß. Die Engländer nannten es ›death by a thousand cuts‹. Mit nichts als einem Lendenschurz bekleidet, wurde der Delinquent auf einen Holzrahmen gespannt und ... Auf einmal pochte es in seiner unsichtbaren Hand, als hätte er darauf gelegen. Außerdem hörte er ein verdächtiges Geräusch.

Von einer Sekunde auf die andere war er hellwach.

Durch die Fenster floss kaltblaues Licht herein. Als er sich aufsetzte und horchte, erklang das Geräusch noch einmal. Zuerst sagte er sich, es seien die Ratten, von denen es im Palast wimmelte. Statt ihres hohen Fiepens hörte er allerdings ein gleichmäßiges Hauchen. Er spürte seinen Herzschlag, starrte auf das Schnitzwerk des Raumteilers und glaubte dahinter eine Bewegung wahrzunehmen. Auch der Geruch im Zimmer kam ihm verändert vor, aber ehe er sich fragen konnte, was ihm frisch und süßlich in die Nase stieg, setzte ein hektisches Rascheln ein. Schatten huschten durch den Raum, und wie von Geisterhand bewegt, wanderte der schwere Raumteiler ein Stück nach hinten.

»Potter?«, flüsterte er erschrocken. »Bist du es?«

Der Gast im Zimmer schwieg.

Wie gebannt starrte er auf das Möbelstück. Sein Atem stockte, als er nach einer Weile ein Auge erkannte, das ihn durch die Löcher im Holz musterte, so unverhohlen wie damals in der Opiumhöhle von Kanton. »Eigentlich hätte ich dich früher erwartet«, sagte er und wunderte sich, dass er keine Erleichterung empfand. Kalt und reglos ruhte der Blick auf ihm. »Du willst, dass ich dir helfe, an Robards heranzukommen, nicht wahr? Leider ist das unmöglich, solange er unter Hausarrest steht.« Als er erneut keine Antwort erhielt, nahm Fei Lipu all seinen Mut zusammen, schlug die Bettdecke zurück und ...

»Wehe dem, dessen Blick Unser Antlitz trifft!«

Der Schreck ließ ihn mitten in der Bewegung innehalten. Es war eine fremde, gebieterische Stimme, und sie sprach nicht Englisch, sondern Chinesisch. Hinter der Stellwand erhob sich ein Schatten und schwebte zum Fenster. Langsam sank er auf den Korbstuhl, der dort stand, gelber Seidenstoff floss über den Boden. Die Drachenrobe war so lang, dass sie den Träger umgab wie Wasser eine Insel. Eine goldene Krone glitzerte im Mondlicht.

»Ist Unser Untertan wach?«, fragte der Himmlische König.

»Er ist wach«, antwortete er atemlos.

»Warum kniet er nicht nieder?«

Mit gesenktem Blick stieg er aus dem Bett und wollte mit der Stirn den Boden berühren, aber die Stimme hielt ihn zurück. »Genug! Als Auserwählter unter den Untertanen muss er nicht den Kotau vollführen. Die Völker des westlichen Ozeans sind stolz, Wir wollen sie nicht kränken.«

Fei Lipu verharrte in geduckter Haltung. Schweiß lief ihm den Rücken hinab, obwohl er nur ein dünnes Leinenhemd trug.

»Will er sich nicht bedanken und Uns begrüßen?«

»Der Himmlische König lebe zehntausend Jahre!«, rief er. »Zehntausend Jahre, zehnmal zehntausend Jahre!«

»Unser auserwählter Untertan kennt die Formen, das freut Uns. Weiß er auch, was es heißt, dass Sternenlicht den Anblick des Himmlischen Vaters herbeiführt?«

Sein Hals war so trocken, dass er kaum sprechen konnte, aber von irgendwo flog ihm die Antwort zu. »Es heißt, dass wir den Himmlischen Vater sehen werden, weil wir den Älteren Himmlischen Bruder haben.« Unter den Papieren, die Hong Jin ihm gezeigt hatte, war der Text einer Prüfung gewesen, der dieselbe Frage enthielt.

»Ganz recht. Seinen ersten Sohn hat Gott nicht in die Welt geschickt, damit er sie richte, sondern dass die Welt durch ihn selig werde. Seinen zweiten Sohn aber schickte er mit dem Schwert, um die Dämonen zu töten und sein Volk ins kleine Paradies zu führen. Unser Untertan weiß das?«

»Er weiß es.«

»Und habe ich mein Volk nicht geführt, mit dem Schwert in der Hand? Über Berge und durch Flüsse, so wie einst Moxi die Seinen führte, und wie der Himmlische Vater es mir aufgetragen hat. Wollt ihr mir gehorchen, sprach er, so sollt ihr die Früchte des Landes genießen; weigert ihr euch aber und seid ihr ungehorsam, so sollt ihr vom Schwert gefressen werden. Was meint Unser Untertan: Werden wir vom

Schwert gefressen? Man sagt Uns, die Dämonen nähern sich aus allen Richtungen, sie ziehen vom Meer herauf und den großen Fluss herab. Der Schlangenteufel ist nicht tot, sondern erhebt erneut sein freches Haupt. War mein Volk also ungehorsam?« Der Himmlische König sprach so klar und deutlich, dass Fei Lipu jedes Wort verstand. Wenn er sich selbst meinte, sagte er manchmal *wo*, so wie jeder Chinese, und manchmal *zhen*, ein Wort für ›ich‹, das eigentlich nur der Kaiser benutzen durfte. Auf eine Antwort schien er nicht zu warten. »Auch Unser Untertan ist ein Fremder, der übers Meer nach China kam. Uns wird berichtet, er spreche nachts im Schlaf. Wir kamen, um Uns davon zu überzeugen.«

»Ich ... Euer Untertan weiß es nicht.«

»Was hat er eben gesagt? Kennt er die Bedeutung seiner Worte, oder ist er nur ein Gefäß für den göttlichen Sinn? Uns schien, er habe große Angst.«

»Das mag sein. Seit der Verletzung seiner Hand hat ...«

»Tut es weh, sich die Hand abzuschlagen?«

»Es ... es war notwendig«, stammelte er.

»Wir erlauben ihm, ein Stück näher zu kommen.«

Auf Knien rutschte er nach vorn. Der frische Geruch im Raum wurde stärker, und Fei Lipu erkannte das Aroma von Limone und Kokos. Das Wissen, dass der Himmlische König seine Leibgarde mitgebracht hatte, ließ ihn ruhiger werden, aber die Frauen, die hinter dem Raumteiler kauerten, wagte er so wenig anzusehen wie den Herrscher selbst. »Genug!«, sagte der, als er nur noch ein Stück vom Saum der Robe entfernt war. »Zeige er Uns das Wundmal.«

Hastig wickelte er den Verband ab, beugte sich vor und hob den verstümmelten Arm. »Es stimmt also«, murmelte der Himmlische König wie zu sich selbst. »Mit welcher Botschaft wurde er zu Uns geschickt? Auf dem Weg Jesu verbreitet sich die Kälte – weiß er, ob das der Ort ist, wohin wir ziehen sollen?«

»Euer Untertan weiß es nicht.«

»Redet er in fremden Zungen, die nur verstehen kann, wer vom Himmlischen Vater den Auftrag erhalten hat? Wir sind der Kopf des Taiping-Reichs und müssen es wissen.«

Einen Moment lang herrschte Stille. *Ye lu san leng*, hatte der Himmlische König gesagt, aber nicht gemeint, was die Zeichen bedeuteten. Es war kein Satz – auf dem Weg Jesu verbreitet sich die Kälte –, sondern ein Wort aus der chinesischen Bibel, die Fei Lipu schon so lange nicht mehr gelesen hatte, dass es ihm nicht gleich aufgefallen war: Je-ru-sa-lem. Wollte der Herrscher die Himmlische Hauptstadt verlassen, wusste aber nicht wohin? Was sollte er darauf antworten? »Euer Untertan weiß nicht, was er spricht«, sagte er. »Womöglich ist er wirklich nur das Gefäß für …«

»Gewiss«, sagte der Himmlische König gütig. »Gewiss. Kennt er den Heiligen Bericht von den Taten der Schüler?«

»Er kennt ihn.«

»Der Apostel wollte nach China ziehen, aber die Berge waren zu hoch und die Flüsse zu breit. Also trug der Himmlische Vater ihm auf, die Aufgabe einem anderen zu überlassen, der nach ihm kommen sollte. Als der Apostel in eine Stadt namens Yi-fu-suo kam, fragte er die Menschen, ob sie den heiligen Wind empfangen hätten, und sie sprachen zu ihm: Wir haben nie gehört, dass ein heiliger Wind sei. Unser Untertan kennt den Bericht?«

»Er kennt ihn.« Die Geschichte von Paulus' Besuch in Ephesus.

»Der Apostel fragte: Worauf seid ihr getauft? Und sie sprachen zu ihm: Auf die Botschaft von Ruohan dem Täufer. Er aber sprach zu ihnen: Ihr sollt an den glauben, der nach dem Ruohan kommt. Weiß unser Untertan, wer damit gemeint war?«

»Er weiß es.«

»Als die Menschen das hörten, ließen sie sich auf den Namen des Älteren Bruders Yesu taufen, und als der Apostel die Hände auf sie legte, kam der heilige Wind über sie, und sie redeten in Zungen und weissagten. So steht es im Heiligen Bericht, aber es steht dort nicht, *was* sie weissagten: dass nach dem Älteren Bruder der Jüngere kommt, um die Dämonen zu töten und das heilige Werk zu vollenden. Der Bericht weiß nichts von der neuen Einheit von Himmel, Erde und Mensch. Der Vater aber ist der Himmel und der Höchste unter ihnen, und der Ältere Bruder die Erde, und der Menschensohn sind Wir, der neue heilige Wind. Versteht Unser Untertan, was Wir ihm sagen? Wir sind der Wind, die Untertanen sind das Gras. Wenn der Wind weht, muss sich das Gras beugen. Versteht er das?«

»... Ja.«

»Unser Untertan weiß nicht, was er nachts spricht, weil er nicht auf die Weise der neuen Einheit getauft wurde. Lange hat er sich hinter einem falschen Namen versteckt. Ruohan heißt er eigentlich, ist es nicht so?«

»So lautet ...« – mein zweiter Vorname, wollte er sagen und schaffte es nicht. »Es ist so, wie der Himmlische König sagt.«

»So hat sich denn die Weissagung erfüllt: Nicht nur kam nach dem Älteren Bruder der Jüngere, auch ein zweiter Ruohan wurde uns geschickt. Der erste war ein Täufer, der zweite aber muss selbst erst getauft werden, bevor er uns dienen kann. Himmel, Erde und Mensch nämlich sind drei und doch eins, versteht er das?«

»Er versteht es.« Noch immer kauerte Fei Lipu auf dem Boden und erkannte am Knistern der seidenen Robe, dass sich der Himmlische König erhob. Hinter dem Wandschirm entstand ebenfalls Bewegung. Als die Stimme das nächste Mal erklang, fiel sie wie von weit oben auf ihn herab: »Ist mein Untertan bereit, die heilige Taufe zu empfangen?«

»Er ist bereit«, hörte er sich sagen.

Die Frauen der Leibgarde halfen ihm auf. Es waren vier, in schlichte Gewänder aus blauer Seide gehüllt, mit einem kurzen Dolch am Hüftband. Aus den Frisuren strömte der Duft von Limonen und Kokos und ließ ihn für einen Moment schwindeln. Als sie ihn nach draußen führten, fiel ihm ein, wie er am Arm der dritten Schwester seine Kammer in Hukou verlassen hatte. Auch an sie dachte er oft, wenn nachts die Einsamkeit an ihm nagte. Der Himmlische König ging voran bis zum Rand des von Trauerweiden umstandenen Teiches. Die Nacht war mild und vom Zirpen der Zikaden erfüllt, und auf einmal fand er, dass die Luft nach Sommer roch. Stand er auf der Schwelle zu einem neuen Leben? Zwei Frauen nahmen neben dem Herrscher Aufstellung und hielten ihm ein schweres Buch und ein Zepter hin, die beiden anderen halfen Fei Lipu aus seinem Nachtgewand, bevor sie sich selbst entkleideten und mit ihm ins Wasser stiegen. Der Boden war uneben, aber wenn er ins Straucheln kam, hielten sie ihn fest. In der Mitte reichte ihm das Wasser bis über die Knie. Licht fiel auf die nackte Haut der Frauen und ließ sie milchig aussehen. Trotz der Wärme zitterte er am ganzen Körper. Sanft legten sie ihre Hände auf seine Schultern, bis er verstand und sich hinkniete. Danach reichte ihm das Wasser bis zur Brust.

»Himmlischer Vater«, sagte der Herrscher und breitete die Arme aus. »Der Nachfahre jenes Ruohan, der einst dem Älteren Bruder voranging, ist bereit, die heilige Taufe zu empfangen. Von Deiner Stimme gerufen, hat er Berge, Flüsse und Meere überwunden, um in unseren Dienst zu treten.« Eine Hand legte er auf das Buch, mit der anderen ergriff er das Zepter und senkte es, bis es wie ein Degen nach vorn zeigte. »So empfange denn die Taufe nach der Art des neuen Vertrags, den der Himmlische Vater mit seinem auserwählten Volk geschlossen hat. Du seist getauft auf den Namen des Vaters …« Mit den Händen schöpften die Frauen Wasser aus dem Teich und ließen es über seinen Kopf rinnen. »Und des Älteren Bruders …« Wasser floss über seine Schultern. »Und des Jüngeren Bruders. Amen.« Eine Hand fuhr liebevoll über seine Brust, als suchte sie das Herz. »Von nun an bist du ein König von dreitausend Jahren. Dein neuer Name sei König Heiliges Gefäß, denn es steht geschrieben über dich: ›Wir haben aber diesen Schatz in irdenen Gefäßen, damit die überschwängliche Kraft von Gott sei und nicht von uns.‹ All deine Sünden sind dir vergeben. Am ersten Tag des kommenden Mondes wirst du umziehen in den ›Pavillon der Himmlischen Gnade‹.« Damit ließ er die Arme sinken, und sein Tonfall wurde weniger erhaben. »Weiß er, dass er auch als König Unser Untertan bleibt?«

»Euer Untertan weiß es und wird es beachten.«

»Dann darf er aus dem Wasser kommen.«

Als die Frauen ihm aufhalfen, spürte er die Nähe ihrer Leiber, und sein Zittern wurde so stark, dass er kaum stehen konnte. Unsicher stieg er aus dem Teich. Die Wunde an seinem Arm brannte ein wenig, und er war froh, als ihm das Nachtgewand wieder übergezogen wurde. Die beiden Frauen blieben nackt, aber er wagte nicht, sie anzuschauen. Dichter als zuvor stand er dem Himmlischen König gegenüber und hielt den Blick gesenkt, bis er angesprochen wurde. »Als Zeichen der Wertschätzung erlauben Wir Unserem Untertan, Uns anzusehen.«

Langsam hob er den Blick.

Aus der Miene des Herrschers sprachen Milde und Güte. Der sandfarbene Bart fiel ihm bis auf die Brust, die Augen saßen tief in den Höhlen und funkelten wie feuchte Kohlenstücke. »Verstehst du, was deine Aufgabe ist?«, fragte er und klang beinahe freundschaftlich. »Du bist das Gefäß, in das der Himmlische Vater die Liebe zu Seinem Volk gießt. Durch dich wird Er zu Uns sprechen, auch wenn du Seine Worte nicht verstehst. Wir verstehen sie. Eben hattest du Angst, weil dein Herz nicht bereit war. *Po-de* hast du gesagt, das bedeutet die zerbrochene Tugend. Der Himmlische Vater glaubt, Wir sind zu nachgiebig mit Unserem Volk. Wer das Volk liebt, muss es für seine Verfehlungen bestrafen.«

»Soll Euer Untertan, was der Vater ihm eingibt, dem Schildkönig berichten?«

Augenblicklich wurde die Miene des Himmlischen Königs streng. »Der Schildkönig hat Unser Vertrauen missbraucht. Sein Feldzug nach Westen hat die Hand des Feindes gestärkt, Wir mussten ihn zum König von fünftausend Jahren degradieren. Der König Heiliges Gefäß aber kommt selbst aus dem Westen und wird Uns nicht enttäuschen.«

In seinem Kopf wirbelten die Gedanken durcheinander. Was bedeutete es, dass Hong Jin in Ungnade gefallen war – würde er nie wieder in die Hauptstadt zurückkehren? Außerdem fiel ihm ein, das ›Pavillon der Himmlischen Gnade‹ der Name von Eliazar Robards' Quartier war; was sollte aus ihm werden, wenn er selbst dort einzog? Oder lebte der Gefangene bereits woanders? Lebte er überhaupt noch?

»Ich weiß, wie dir zumute ist.« Der Tonfall des Himmlischen Königs wechselte erneut und wurde verständnisvoll. »So wie meinem Bruder zumute war, als er meinen Vater bat, den Kelch an ihm vorübergehen zu lassen. So wie mir zumute war, als der Vater mir das Buch gab, das den Schlüssel zur Wahrheit enthielt. Es war eine schreckliche Bürde,

605

aber ich musste sie schultern. Solange die Dämonen regieren, lebt das Volk in Unwissenheit und Armut. Nun haben sie sich mit den ausländischen Teufeln verbündet und trachten danach, die Mauern des kleinen Paradieses einzureißen. Wir wussten, dass es so kommen würde, es war seit jeher geweissagt. Ein großes Zeichen erschien am Himmel: eine Frau, mit der Sonne bekleidet und dem Mond unter ihren Füßen und auf ihrem Haupt eine Krone von zwölf Sternen. Sie war schwanger und schrie in Kindsnöten und hatte große Qual bei der Geburt – meine Frau, die erste Gebieterin des Mondes, die meinen Sohn Tiangui gebar. Und weiter steht geschrieben: Ein anderes Zeichen erschien am Himmel, ein großer, roter Drache mit sieben Häuptern und zehn Hörnern, dessen Schwanz fegte hinweg den dritten Teil der Sterne des Himmels – das war der große Schlangenteufel im Norden, der seine Armee zum Kampf versammelte. Sie stiegen herab auf die Ebene und umringten das Heerlager der Heiligen und die geliebte Stadt. Und es fiel Feuer vom Himmel und verzehrte sie. Sieht mein Untertan, wie sich die Weissagung erfüllt? Dann aber wird sein ein neuer Himmel und eine neue Erde und darin eine neue Stadt. Jemand wird kommen, uns zu sagen, wo sie ist, so wie einst ein Fremder zum Herrscher von Yi-zhi-bi-duo kam, um seine Träume zu deuten. Ich selbst träume nicht mehr, ein Fremder wurde geschickt, um es für mich zu tun. Er wird mir sagen, wo das neue Jerusalem liegt. Oder das neue Rom?« Die letzten Worte sprach der Himmlische König langsam aus, wie eine Einladung, ihm zuzustimmen, aber sein Blick wurde fordernd. »Weiß er, wo Rom liegt?«, fragte er.

Noch immer hielten ihn die zwei Frauen an der Schulter, als wollten sie ihn ermutigen, zu sprechen. Die anderen beiden, fiel ihm auf, standen wie Wachen vor der Tür zu seinem Gemach. »Zur Zeit des Apostels«, begann er unsicher,

»war es die Hauptstadt der Ungläubigen. Dorthin schickte er einen Brief und schrieb: Soviel an mir liegt, bin ich willens, auch euch in Rom das Evangelium zu predigen.«

»In der Hauptstadt der Dämonen?«

Er schluckte. »... Vielleicht.«

»Zu predigen mit dem Schwert?«

»Wahrscheinlich. Euer Untertan ...«

»Du musst dich ausruhen«, sagte der Himmlische König gütig. »Die Namen von dir und Ruohan dem Täufer und Ruosefu dem Traumdeuter beginnen alle mit demselben Zeichen. Jetzt, da du getauft bist, wirst du träumen und im Traum die Stimme meines Himmlischen Vaters vernehmen. Er wird dir sagen, was Wir wissen müssen. Gab es nicht einmal einen Ort namens Suo-duo-ma? Bedenke, mein Vater hat die Zeichen geschaffen, auf dass alle die Wahrheit sehen, die in den Namen liegt. Was heißt Suo-duo-ma, was bedeuten die drei Zeichen?«

»Wo viele Pferde sind.«

»Und die beiden Zeichen für Rom, Luo-ma, was bedeuten sie?«

Ratlos sah er seinen Herrscher an. *Ma* hieß Pferd.

»Du kommst aus dem Westen und lebst noch nicht lange genug bei uns. Das Pferd ist eines der zwölf Tierkreiszeichen, weißt du das nicht? Ihre Zahl entspricht den Jüngern Yesu. Und sind nicht die Dämonen ein Volk der Reiter? Kamen sie nicht auf Pferden über die Steppe des Nordens, um unser Volk zu unterjochen? Aber so wie es Suo-duo-ma erging, auf das mein Vater Feuer und Schwefel regnen ließ, weil er keine fünfzig Gerechten fand, so wird es uns ergehen. Hat er nicht prophezeit, dass die Städte wüst werden und ohne Einwohner und die Häuser ohne Leute. Hat er nicht gesagt, er will die Menschen ferne wegtun, bis der zehnte Teil bleibt, so wie Eichen und Linden, von denen beim Fällen noch ein Stumpf bleibt. Sieben Jahre werden wir auf Feuerholz schlafen und Galle schmecken, aber ein heiliger Same wird übrig bleiben, der zehnte Teil des Volkes, und wir sind dieser heilige Same.« Speichel sprühte von den Lippen des Himmlischen Königs, obwohl er die Stimme nicht hob. »Früher hat Uns der Ostkönig den Willen des Himmlischen Vaters verkündet. Seit er aufgefahren ist ins große Paradies, herrscht Stille in Unserem Herzen. Kann Unser Untertan auch hören, wie sie nachts auf den Palast niedersinkt und die Träume vertreibt? Die Stille. Wir hören sie, denn Wir schlafen nie.« Dann schüttelte er den Kopf, als hätte er zu viel gesagt und wiederholte: »Du musst dich ausruhen.« Auf sein Zeichen hin gingen alle zurück ins Schlafgemach. Dort knieten die beiden nackten Frauen nieder, wie um einen Befehl zu empfangen.

»Von nun an«, sagte der Himmlische König, »wird meine Leibgarde deinen Schlaf bewachen. Jedes Wort, das du sprichst, wird mir mitgeteilt. Manchmal werde ich selbst kommen, um zu hören, was der Vater dir eingibt, also sei bereit. Denn ich komme, wie es in der Offenbarung des Ruohan heißt: Wie ein Dieb in der Nacht. Selig ist, der da wacht und seine Kleider bewahrt, damit er nicht nackt gehe und man seine Blöße sehe.«

Ein Schauer überkam ihn. »Euer Untertan weiß nicht, in welcher Sprache er die Worte des Himmlischen Vaters empfängt.«

»Sei unbesorgt. Sie beherrschen sämtliche Sprachen der Welt. Wir selbst haben sie ihnen beigebracht. Nun knie nieder, damit Wir Uns zurückziehen können.«

Er kniete sich zwischen die beiden Frauen und senkte den Blick. Gemeinsam riefen sie: »Der Himmlische König lebe zehntausend Jahre! Zehntausend Jahre, zehnmal zehntausend Jahre!«, dann wurde das Knistern der Robe leiser.

Die Tür ging auf und wieder zu, nur noch das Zirpen der Zikaden drang durch die offene Terrassentür. Die Frauen halfen ihm aus dem feuchten Gewand, und zum ersten Mal wagte er, sie anzusehen. Sie waren noch schöner, als er geglaubt hatte. Schweigend hielten sie ihm das Moskitonetz auf, er schlüpfte hindurch, und sie folgten. Alles geschah wie von selbst, als König musste er die Erfüllung seiner Wünsche nicht befehlen. In den ›Pavillon der Himmlischen Gnade‹ würde er ziehen, um im Traum das göttliche Wort zu empfangen. Eine Frau kniete sich hin, und er legte den Kopf in ihren Schoß, die andere beugte sich über ihn, als hätte er etwas geflüstert. Er war das Gefäß, und sie würden die Worte von seinen Lippen trinken, ohne dass er wusste, was sie hörten. Wäre er bei Verstand, müsste er Angst haben, aber er hatte keine. Silbrig und fern schien der Mond in den Garten. Er musste nicht verstehen, was er tat, sondern durfte es geschehen lassen, darin bestand sein neues Vorrecht. Die Brüste der Frau waren klein und fest, ihr warmer Atem streichelte sein Gesicht. Irgendwann würde der Himmlische König zurückkehren wie ein Dieb in der Nacht. So stand es in der Offenbarung, und so würde es geschehen.

Irgendwann. Nicht heute.

*Das Tagebuch des Mädchens Huang Shuhua*
*Himmlische Hauptstadt, zehnter Tag*
*im ersten Mond im dreizehnten Jahr*
*des Himmlischen Friedens*

少女黃淑華日記

天京太平天國癸開

十三年正月初十日

In letzter Zeit bin ich abends so müde, dass mir nichts zu schreiben einfällt. Wenn ich vom Arbeitsdienst komme, stehe ich beim Hanzhong-Tor um Reis oder Tofu an – oft vergebens –, und zu Hause sind meine Glieder so schwer, dass ich beim Aufwaschen zu zittern beginne. Allen geht es so, selbst Mutter mit ihren schlimmen Händen muss draußen die Straße fegen. Mein Bruder gräbt Tunnel oder schleppt Sandsäcke, die Schwägerin und ich harken, säen und ernten und werden jeden Abend durchsucht wie Verbrecher, damit wir bloß keine Kartoffel nach Hause schmuggeln. Einmal wurde eine Frau erwischt und bekam fünfzig Schläge mit dem schweren Bambus. Dass im Krieg die Disziplin gewahrt werden muss, sehe ich ein, aber in unserem Zustand fünfzig Stockschläge? Zwei Mohrrüben hatte sie sich unters Gewand geschoben, wenig später war sie tot.

Obwohl ich so erschöpft bin, schlafe ich schlecht. Nebenan höre ich Baobao jammern und wünschte, ich hätte etwas für ihn, aber was wir auf den Feldern ernten, wird größtenteils an die Armee geliefert. Nur einmal, vor ein paar Tagen, als wir um den leeren Tisch saßen und nichts zu reden wussten, kam Mutter plötzlich mit einem Wok voll gebratenem Reis herein. Eier waren darin und Schinken, Paprika und Zwiebeln, und Vater erschrak so sehr, dass er aufsprang

und die Fenstervorhänge zuzog. Alle schauten sie entgeis-
tert an, aber sie schaute bloß stumm zurück, bis es uns einfiel. Nach dem alten Kalender war Neujahrsabend, und meine Mutter hatte ihr Leben riskiert, um uns eine Freude zu
machen. Ich weiß nicht, ob wir so schnell aßen, weil wir
hungrig waren oder aus Angst, dass uns jemand entdeckt.
Fiel mir als Einziger auf, dass wir nicht beteten wie sonst?
Hinterher saßen wir am Tisch und dachten daran, wie wir
früher das neue Jahr begonnen hatten, mit Knallfröschen,
*Hongbaos* und einem großen Festmahl. Tu das nie wieder,
sagte Vater, aber er meinte es nicht so vorwurfsvoll, wie es
klang. Wo sie die Sachen aufgetrieben hatte, wollte Mutter
nicht verraten.

Vater arbeitet am meisten von allen. Oft schlafe ich schon,
wenn er aus der Druckerei kommt. Gestern Abend habe
ich ihn dort besucht, um ihm eine Schüssel Tofumilch zu
bringen, und natürlich war er der Letzte im Gebäude. Im
Licht einer Talgkerze stand er über die Druckmaschine gebeugt und fuhr erschrocken auf, als er mich hörte. Sein Gesicht sah müde aus, er nahm die Schüssel und versuchte, zu
lächeln, aber es gelang ihm nicht. Einen Moment lang fiel
uns beiden nichts zu sagen ein. Was war mit dem Ostkönig,
fragte ich schließlich. Es gibt einen Feiertag zu seinen Ehren,
aber wenn ich mehr wissen will, reagieren die Leute komisch. Vater nickte. Bevor er mir die Geschichte erzählte,
musste ich versprechen, sie nicht einmal meinem Tagebuch
anzuvertrauen.

Du bist kein kleines Mädchen mehr, begann er ... Weil draußen die Wachen standen, konnte er nur flüstern, und mir
fiel ein, wie er mir früher die Geschichte von Hai Rui erzählt
hatte, dem Beamten, der sich nicht scheute, den Kaiser zu

maßregeln: ›In der Vergangenheit habt Ihr Gutes getan, aber was geschieht jetzt? Trotz Eurer vielen Fehler weist Ihr jede Kritik zurück.‹ In den letzten Monden war ich zu müde, um meine Angst zu spüren, aber je länger ich gestern zuhörte, desto enger wurde meine Brust. Manchmal ist die Wahrheit eine Bürde, die man mit sich herumschleppt, und ich ahne, dass ich ab sofort noch erschöpfter sein werde. Ist es das, was der Himmlische Vater will? Hat er das gemeint, als er die Menschen aus dem ersten Paradies vertrieb? Verflucht sei der Acker um deinetwillen! Bezog es sich nicht nur auf die Feldarbeit, sondern auf alles, was wir Menschen versuchen? Nie habe ich verstanden, warum er den Baum mitten in den Garten pflanzen musste. War doch klar, dass sie davon essen, wo sie ihn immerzu vor Augen hatten! Stünde ein Obstbaum hier in der Stadt, die Leute würden einander tottrampeln ...

Gestern habe ich zum ersten Mal seit langem an den einarmigen Ausländer gedacht. In der Druckerei ist er nicht mehr aufgetaucht, aber in der Stadt hingen vor einiger Zeit Plakate, die seine Berufung zum König verkündeten. Vater sagt, es werden ständig neue Könige berufen, über tausend sollen es schon sein, und niemand weiß, was sie tun. Ich spüre, wie unzufrieden er ist, und habe Angst, dass er wieder etwas tut, so wie damals, als er den korrupten Gouverneur anklagte! Wenn ich nur einen Weg wüsste, mit dem Ausländer in Kontakt zu treten. Jemand muss uns beschützen, aber der Arbeitsdienst lässt mir keine Zeit, außerdem komme ich sowieso nicht in den Palast rein. Ich habe schon überlegt, Baobao mit einer Nachricht zum Tor zu schicken, Kinder sind die Einzigen, die nicht überall nach ihrer *Yaopai* gefragt werden. Auf einmal ist es wieder wie damals, als es plötzlich hieß, die Langhaarigen kommen. Die einen wollten es nicht glauben, die anderen stürzten sich in den Brunnen, und ich lag nachts im Bett und spürte das Unheil näher rücken. Jetzt donnern die Kanonen vor der Stadt, angeblich wird der Feind bald die Terrasse des Blütenregens erobern – und dann? Jeder weiß, was die Hunan Armee in Anqing gemacht hat, aber davon reden dürfen wir nicht. Wieso verbieten sie uns, etwas auszusprechen, das allen bekannt ist?

In der Not klammert man sich an die Füße des Buddha, sagt das Sprichwort, aber ich weiß nicht mehr, woran ich mich noch klammern soll. Haben wir immer noch nicht genug gelitten?

## 23 Die Brücke in die andere Welt

Lord Elgin in Dharamsala, Indien
November 1863

Vom Bett aus sah er den Himalaya. Gewaltige schneebedeckte Gipfel, die in den blauen Himmel ragten und so nah wirkten, als könnte man sie in einem Tag erreichen. Tatsächlich lagen sie beinahe auf einem anderen Erdteil, jedenfalls hatte Doktor Macrae von einem Artikel erzählt, der Indien als sogenannten Subkontinent bezeichnete. Zu Fuß wäre man sehr lange unterwegs, vielleicht mehrere Wochen, denn einige dieser strahlend weißen Gipfel lagen in Tibet, und ihn hatte Gott dazu ausersehen, in Indien zu sterben.

Wie sollte man das begreifen? Er wartete auf Mary Louisa, aber die würde erst am späten Nachmittag zurückkehren. Im Tal stand eine kleine Kirche aus Backstein, St. John in the Wilderness, umgeben von anmutigen Bäumen, die man Himalaya-Zedern nannte. Er hatte den Ort auf Anhieb gemocht, die Luft war viel besser als in Kalkutta, wo man nicht schlafen konnte, ohne dass ein Boy die Punkahs bediente, aber mit Diener im Zimmer schlief er erst recht nicht. Bei jeder Mahlzeit standen doppelt so viele von ihnen im Speisesaal, wie Gäste am Tisch saßen, und am Morgen musste er die beiden Kammerdiener hinausschicken, die ihn ankleiden wollten, denn natürlich hatte sich Lord Canning nicht selbst angezogen. – Wie kam er jetzt darauf? Opium erschwerte das Nachdenken, aber jedenfalls lag das Klima hier im Hochland seinem schottischen Naturell mehr. Ein

Schotte als Vizekönig von Indien … Kaum aus China zurückgekehrt, hatte ihm Palmerston die Berufung überbracht und von der Krönung seiner diplomatischen Laufbahn gesprochen. Government House in Kalkutta, der prestigereichste Posten im gesamten Empire.

Mary Louisa hatte eine Woche lang geweint.

Jetzt war es früher Nachmittag. Er hatte darum gebeten, die Vorhänge zurückzuziehen und ein Fenster zu öffnen, und für einen Moment stellte er sich vor, hinaus auf den Balkon zu gehen, aber er war zu schwach. Niemals hätte er die Brücke überqueren dürfen, ein Mann in seinem Alter. Wobei er nicht alt war, erst zweiundfünfzig, aber wie hatte Lord Ellenborough vor der Abreise gesagt: You will find yourself by far the oldest man in India. Auf Empfängen im Palast entging ihm das Getuschel nicht. Klein gewachsen, untersetzt und stupsnasig, mit Ringen unter den Augen und dem weißen Haarkranz auf dem Kopf machte er keinen majestätischen Eindruck. Wieder und wieder hatte er Mary Louisa gesagt, dass er den Posten nicht ablehnen konnte, nun lag er in einer Hill Station im hohen Norden Indiens und riss die Augen auf, weil alles so schwer zu begreifen war. Aus nichts als Seilen und Zweigen gefertigt, war die Brücke am Ende des Sommers kaum noch begehbar gewesen, aber einen anderen Weg über den Fluss hatte es nicht gegeben. Chandra hieß er, wenn er sich richtig erinnerte. Der Fluss. Eines Tages würden englische Ingenieure eine bessere Brücke bauen, hatte er seinen Leuten gesagt, einstweilen gab es nur diese, und wann war er je vor einer Herausforderung zurückgewichen? Kingston, Montreal, Peking – nie!

Neben ihm auf dem Nachttisch lag seine Bibel. Ein Mensch in seiner Herrlichkeit kann nicht bleiben, sondern muss davon wie das Vieh. Wenn Mary Louisa da war, las sie ihm aus den Psalmen vor, jetzt streckte er die Hand aus und fand das Buch zu schwer, um es zu halten. Um diese Zeit herrschte Stille in Mortimer House. Seine jüngste Tochter spielte im Garten; hier in den Bergen war sie die Einzige, die Kalkutta vermisste, die endlosen Galerien des Palasts und Tombo, ihren Elefanten. Durch das offene Fenster wehte kühle Luft herein, aber kein Vogelgezwitscher, und manchmal kam es vor, dass er gar nichts dachte. So wenig Opium wie möglich, hatte er Doktor Macrae gebeten, und wenn es so weit war, niemanden im Raum außer seiner Frau. Die meiste Zeit über betrachtete er die Berge, ihre klar umrissene Form vor dem glänzenden Himmel. Irgendwie tröstlich. Was der Name des Ortes bedeutete, hatte er vergessen zu fragen.

»Dharamsala«, flüsterte er in die Stille des Zimmers. Von Anfang an hatte er geahnt, dass es sein letzter Aufbruch sein würde. Beim Abschied, den ihm die Bewohner von Dunfermline bereitet hatten, hätte er beinahe die Fassung verloren. Fünf Jahre betrug die Amtszeit, und er kannte das tropische Klima und wusste um seine Erschöpfung. Die Söhne wurden in Internate gebracht, Victor Alexander nach Eton, die drei Jüngeren nach Glenalmond. Mary Louisa war im dritten Monat schwanger und würde in einem Jahr nachkommen, er bestieg seine Galeere und fuhr allein nach Osten. Wieder mal. Weniger als ein Jahr nach der letzten Rückkehr.

Die Krönung seiner diplomatischen Laufbahn.

Marseille, Malta und der Golf von Suez. Aden und das Rote Meer. In Ceylon fragte er sich, ob inzwischen jemand seinen Knight-of-the-Thistle-Orden geborgen hatte. Auf dem Indischen Ozean verschwand der Horizont, Meer und Himmel hatten dieselbe Farbe, und der Raum wurde endlos. Ein Stopp in Madras und schließlich der Diamond Harbour von Kalkutta, wo er 57 auf der *Shannon* angekommen und wie ein Held bejubelt worden war. Der Retter Indiens. Diesmal empfing ihn Lord Canning, verwitwet und seit der letzten Begegnung um zehn Jahre gealtert, und führte ihn in seine Aufgaben ein. *Rule by prestige*, betonte er. Zeremoniell war wichtig, denn es beeindruckte die Orientalen. Reisen sollte er viel, auch in abgelegene Provinzen, denn Indien war mehr als ein Land, und an Konflikten herrschte kein Mangel. Moslems und Hindus provozierten einander bei jeder Gelegenheit. Der Teeanbau musste erweitert werden, um künftig unabhängiger von den schwierigen Chinesen zu sein, ebenso die Produktion von Baumwolle, weil in Amerika Krieg herrschte. Das Land brauchte Straßen und Schienen, Telegrafenleitungen und Kanäle, und wenn die Zeitungen schrieben, dass ein neues Massaker drohte, galt es, Ruhe zu bewahren. Nach sechs Tagen wünschte Canning ihm Gottes Beistand und trat die Heimreise an. Ab sofort war er selbst die höchste Autorität vor Ort.

Im März war die Hitze noch auszuhalten. Als Erstes lernte er die Namen aller Provinzen, dann die der größten Städte und Flüsse, die einheimischen Maharadschas und britischen Gouverneure, alle Kasten, Feiertage und die wichtigsten Götter. Die Temperaturen stiegen. Ein Aufenthalt im Freien war nur vor Sonnenaufgang und nach Sonnenuntergang möglich, also stand er um halb fünf auf und bewegte sich für eine Stunde auf der Veranda. Danach zwölf Stunden Schreibtisch. Er las Berichte, bis ihm die Augen tränten, aber die Stapel wurden immer höher. Abends lud er Mitglieder des Legislativ-Rats zum Dinner, um sich in kleiner Runde zu informieren, aber meist konnte er den Gesprächen kaum folgen. Je länger die Männer in Indien gelebt hatten, desto weniger englische Wörter benutzten sie. Was war ein *Talukdar*? Ein Landbesitzer, der Steuern eintrieb, ähnlich wie ein *Japirdar*, bloß dass dessen Titel nicht erblich war, oder erst ab der zweiten Generation. Man könnte ihn einen Lord of the Manor nennen, aber er war mächtiger, im Grunde fast ein *Zamindar*, und im Übrigen sollte er nicht auf Definitionen vertrauen, denn in Indien war alles im Fluss. Ein Dutzend Mal am Abend hörte er Sätze, die mit ›Das Wichtigste in Indien ist …‹ begannen: niemals Schwäche zeigen; genug Wasser trinken; eine Ehefrau, die einem den Rücken freihält; Nerven bewahren; Brandy; nicht zu viel Alkohol; kompromissbereit bleiben: wenn man keine *pucka* Straße bauen kann, tut es auch eine *kutcha* Straße; gesunder Schlaf; das harte Los der *Ryots* verbessern; nie ohne Waffe aus dem Haus gehen; die Währung stabilisieren; immer daran denken, was sie unseren Frauen und Kindern angetan haben; die Uniform sauber halten; gegen barbarische Sitten wie das *Sati* vorgehen und so weiter und so fort. Indien war eine wilde Agglomeration von Königreichen, Völkern und Sprachen. In China hatte es Chinesen und Tataren gegeben, Mandarine und die anderen, aber hier?

Ende April schrieb Mary Louisa von ihrer Fehlgeburt. Trost war eine wertlose Währung, wenn man ihn über Tausende von Meilen hinweg spenden wollte. Die Hitze wurde so drückend, dass er dreimal das Nachthemd wechselte, bevor er in einen unruhigen Halbschlaf fiel, aber er konnte sich nicht an die Anwesenheit von Fremden neben seinem Bett gewöhnen. In der Armee hielten sich selbst einfache Gefreite zwei Boys, die ihnen die ganze Nacht Luft zufächelten, so billig war indische Arbeitskraft – ein Problem, über das er viel nachdachte. Tagsüber stand die Sonne am Himmel wie ein wütender Gott, und im Mai erreichte ihn die Nachricht seines eigenen Todes. Sie kam über den Telegrafen, im Palast gingen Anfragen wegen der Beerdigung ein, aber der Unglückliche war ein Mr Eglinton, stellte sich heraus, Agent einer Handelsfirma in Delhi. Der Gouverneur im Nordwesten warnte vor Ärger in Afghanistan: Gerüchte über die An-

618

kunft eines Propheten hätten die Bevölkerung aufgewühlt, es drohten neue Massaker. Vielleicht würde es helfen, schrieb Lord Elgin zurück, wenn die englischsprachige Presse aufhörte, die Gerüchte zu verbreiten.

Auf seiner schweißnassen Haut erschienen rote Pusteln.

Die Nachricht vom Tod seines Bruders Robert kam im Juni, und diesmal war es kein Irrtum. Er hatte den Prinzen von Wales auf einer Reise ins Heilige Land begleitet und sich ein Fieber zugezogen, an dem er kurz nach der Rückkehr nach England gestorben war. Für den Fall, dass ihm selbst in Indien etwas zustoßen sollte, hatte er gehofft, dass sich Robert um Mary Louisa und die Kinder kümmern würde. Jetzt war der Jüngere zuerst gegangen, und er konnte nichts tun, als der Witwe zu schreiben. Die Schwüle übertraf alles, was er in China erlebt hatte. ›The ditch‹ wurde Kalkutta völlig zu Recht genannt. Doktor Macrae riet zu einem Aufenthalt in Bhagalpur, wo es zwar kaum kühler war, aber weniger feucht, und nachdem Lord Elgin im Juli die nächste Todesnachricht erhalten hatte, willigte er ein. Lord Canning, gleich nach der Rückkehr. Immerhin wurde seinem Vorgänger die Ehre eines Grabes in der Westminster Abbey zuteil. Der milde Canning, hatte die Presse während des Aufstands gespottet, als der sich bemühte, die englischen Racheexzesse einzudämmen.

Für den eigenen Ruf, dachte er, konnte man nichts Besseres tun als sterben.

In Bhagalpur lebten kaum Europäer. Von seinem Schreibtisch aus sah er den Ganges und die Elefanten im Garten, die mit wackelnden Köpfen Heu verzehrten. Jeden Tag kamen zwei Züge aus Kalkutta und brachten Akten. Wenn er nicht wolle, dass die Lage eskaliere, schrieb der Gouverneur im Nordwesten, müsse er dringend einen *Vakeel* an den Hof des Emirs von Afghanistan schicken. Der einzige Lichtblick war Mary Louisas Ankündigung, im Herbst aufzubrechen und ihre Jüngste mitzubringen. Lord Elgin wies seinen Stab an, einen kleinen Elefanten aufzutreiben, den man einer Siebenjährigen schenken konnte. Er tat, was er konnte, aber es reichte nicht. Immer öfter streckte ihn hohes Fieber nieder, und die Arbeit blieb liegen. Als Victor Alexander aus Eton schrieb, dass sein Latein gute Fortschritte machte, brach er weinend zusammen.

The oldest man in India.

Aus der Ferne spürte Lord Elgin einen Blick auf sich. Opium machte das Gelände sumpfig, durch das seine Sinne zurück in die Gegenwart strebten. So wie die Straßen von Kalkutta im Monsun, wenn selbst zweispännige Kutschen steckenblieben, aber durch pure Willenskraft zwang er sich vorwärts. In sein Bett vor dem Fenster, mit Blick auf die Berge. »Bist du wach?«, fragte Mary Louisa, als er sie endlich erkannte. Sie trug noch ihre Reitkleidung, offenbar war sie eben erst zurückgekommen. Die Trauer gab ihrer Schönheit eine Tiefe, die ihn jedes Mal erschreckte.

»Dharamsala.« Das Wort kam von selbst aus seinem Mund, und um nicht wie ein Idiot auszusehen, fragte er, ob sie sich nach der Bedeutung erkundigt hatte. »Doktor Macrae weiß so etwas. Oder Mr Thurlow.« Sein Sekretär. Mein Maddox, dachte er manchmal, aber als seine Frau die Lippen aufeinanderpresste, fiel es ihm ein. »Gestern hast du es mir gesagt, richtig?« Er kannte den Gesichtsausdruck, den er jetzt machte, und er hasste ihn. »Warte ... Heim des Dharma oder so ähnlich. Bloß, was ein Dharma ist, weiß niemand. In Indien hat jedes Wort tausend Bedeutungen, genau wie in China.«

»Doktor Macrae meinte, man kann es mit ›Herberge des Pilgers‹ übersetzen.«

»Richtig, Herberge des Pilgers. Ich nehme an, es gibt

einen schlimmeren Ort, um zu ... Ich meine, hast du ...«
Manchmal ging ihm mitten im Satz die Luft aus, und er
musste neu ansetzen. »Hast du eine Stelle gefunden?«

Sie nickte.

»Beschreib sie mir.«

Sie zog die Handschuhe aus, trat an sein Bett und fuhr
ihm über die Stirn. Wenn er wissen wollte, ob Gott ihm vergeben hatte, musste er nur seine Frau anschauen. »Direkt
bei der kleinen Kirche«, sagte sie. »Es ist leicht abschüssig,
man kann die Berge sehen. Rundherum stehen die Bäume,
die du so magst. Es ... wird dir gefallen.« Tränen liefen ihr
über die Wangen.

»Himalaya-Zedern«, flüsterte er. Er sah den Schatten unter ihren Blättern, das lichte Grün schottischer Frühlingsta-
ge und dahinter die Berge in ihrer majestätischen Gleichgültigkeit. Seine Gedanken im Hier und Jetzt zu halten, wurde
immer schwieriger. Die Welt war porös und weit, die Grenzen der Anschauung lösten sich auf, und er vermutete, dass
Religionen dort ihren Ursprung hatten. Nicht in Raum und
Zeit, sondern dahinter, aber den Gedanken auf den Punkt
zu bringen, gelang ihm nicht. What know we greater than
the soul, dachte er und griff nach ihrer Hand. Danke, sollte
das heißen. Er wollte kein pompöses Grab.

Kurz vor seiner Abreise hatten sie gemeinsam die Queen
besucht. Im Januar 1862, mitten im grauen englischen Winter, drei Wochen nach Prinz Alberts Tod. Sogar die Wachen
am Tor von Osborne House hatten flüsternd gesprochen,
drinnen waren alle Jalousien geschlossen. Nie zuvor hatte
er die Königin so erlebt, in Tränen aufgelöst im wahrsten
Sinn des Wortes: nicht mehr sie selbst, aus nichts als Trauer
bestehend. Der einzige finstere Wille, den sie erkennen ließ,
bestand darin, niemals über den Verlust hinwegzukommen.
*Mein Albert, mein geliebter Albert*, immer wieder verfiel sie

ins Deutsche und hielt eine Locke seines Haars wie eine Reliquie in der Hand. Verwitwet mit zweiundvierzig Jahren und neun Kindern. Mary Louisa hatte sie zu trösten versucht, die beiden kannten sich seit der Kindheit, aber auf dem Rückweg nach London war seine Frau zusammengebrochen und hatte ihm das Versprechen abnehmen wollen, ihr dieses Schicksal zu ersparen. Jetzt versuchte sie zu lächeln, und er wusste nicht mehr, worüber sie zuletzt gesprochen hatten. »Mr Thurlow muss der Bank schreiben«, sagte er.

»Nicht jetzt«, bat sie.

»Robert kann sich nicht mehr darum kümmern. Frederick lebt in Peking. Der Hafen und die Eisenbahn müssen verkauft werden, sonst wird Victor Alexander sein Leben lang Schulden haben.« Die Vorstellung brachte ihn so auf, dass er zu keuchen begann. »Willst du, dass es ihm geht wie mir? Immer ein neuer Posten auf einem anderen Kontinent. Es kostet Kraft, Liebes, schau mich an.« Schau mich an! Aber Mary Louisa weinte stumm, und er fragte sich, ob er auf der anderen Seite seine erste Frau wiedersehen würde. Und Mary, die als Säugling in Kingston gestorben war – würde sie immer noch ein Säugling sein oder eine Frau von zwanzig Jahren? Als die Atemnot schlimmer wurde, versuchte er, sich im Bett aufzurichten, und schaffte es nicht. Sein Herz war zu schwach, hatte Doktor Macrae gesagt, daher die Flüssigkeit in Lunge und Gliedmaßen, die Atemnot, das Karussell seiner Gedanken. Jeden Tag bekam er frischen Zitronensaft, und der Doktor hatte nach Kalkutta geschrieben, man solle Fingerhut schicken, aber es ging nur noch darum, ihm die letzten Tage zu erleichtern. »Hilf mir auf, Liebes«, bat er. Hoffnung auf Genesung bestand nicht mehr.

»Willst du etwas essen? Eine Suppe?«

Er schüttelte den Kopf. Manchmal baumelte ein Gedanke

vor ihm, ohne dass er ihn zu fassen bekam. »Ich weiß noch, wie ich zum ersten Mal in Indien war«, sagte er. Im Sitzen sah er die Berge deutlicher und fühlte sich besser. »Während des Aufstands, erinnerst du dich? Dass ich eines Tages selbst den Palast beziehen würde, hätte ich mir nicht träumen lassen.«

»Du warst schon 56 im Gespräch, hast du gesagt.«

»Immer im Gespräch und nie erste Wahl. Nach China hätten sie auch lieber einen anderen geschickt. Nicht den Sohn dieses …«

»Hinterher wussten sie, dass sie keinen Besseren hätten schicken können.«

»Der verdammte Marmor«, keuchte er. »Ich will nicht, dass Victor eines Tages genauso auf mich blickt, verstehst du? Er soll wählen können.«

»Versuch dich nicht aufzuregen«, bat sie besorgt. »Willst du eine Pille?«

Erneut schüttelte er den Kopf. Für die Zeitungen war es ein gefundenes Fressen gewesen. *Punch* hatte eine Karikatur gebracht, auf der er drohend vor dem Kaiser von China stand, in einer Hand eine Opiumkugel, die andere mit ausgestrecktem Finger zu Boden zeigend: ›Knie dich hin! Und diesmal kein Betrug!‹ New Elgin Marbles, stand darüber, das bezog sich auf den Marmor und das Opium, und die Botschaft lautete: Wie der Vater so der Sohn. Genau wie er es vorhergesehen hatte. Hätte er sich energischer verteidigen sollen? Gelegenheiten hatte es gegeben, die Einladung der Royal Academy, das eine oder andere Dinner, aber auf die Frage nach dem Sommerpalast antwortete er jedes Mal nur, es sei die humanere Strafe gewesen. Lord Palmerston war mit dem Ausgang der Mission zufrieden, aber im House of Lords sah es anders aus. Mal war er persönlich schuldig, mal der machtlose Handlanger einer verfehlten Politik, jeder glaubte, sich ein Urteil anmaßen zu können. Das härteste kam von einem Franzosen, der auf den Kanalinseln lebte, seit er Napoleon III. als Winzling verspottet hatte. Als sollte er auch darin dem Vater ähneln, dass ein berühmter Dichter ihn ächtete. Byron war tot, dafür wetterte von Guernsey aus kein Geringerer als Victor Hugo gegen die Zerstörung eines der prächtigsten Bauwerke der Menschheit. ›Wir Europäer sind zivilisiert‹, schrieb er, ›und die Chinesen sind für uns Barbaren. Voilà, das ist es, was die Zivilisation der Barbarei angetan hat.‹ Ausgerechnet Hugo, der ein Gebäude kaum ansehen konnte, ohne es sich als Ruine vorzustellen. Damals in Paris hatte er den Salon von seiner, Lord Elgins, Mutter besucht.

Lügentüncher, dachte er. Ein Wort aus dem Buch Hiob, in dem er seit einiger Zeit täglich las. Man musste gelitten haben, um zu verstehen, wie viel Weisheit und Schönheit darin steckte. Die Nacht hoffe aufs Licht, doch es komme nicht, und sie sehe nicht die Wimpern der Morgenröte. Ihm war aufgefallen, dass die frommen Reden der Freunde Hiob von der einen Erkenntnis abbringen sollten, auf die alles ankam, aber der hielt daran fest: So merkt doch endlich, dass Gott mir Unrecht getan hat. *Das* war der Unterschied zwischen Frömmigkeit und wahrem Glauben. Er hatte es erst in den letzten Monaten verstanden, hier in Indien, auf dem langen Weg nach Dharamsala.

Im Februar waren sie aus Kalkutta aufgebrochen. Lord Elgin hatte beschlossen, sich selbst ein Bild der Lage im Nordwesten zu machen und den Legislativ-Rat künftig auch außerhalb der Hauptstadt tagen zu lassen. Nicht nur er musste die verschiedenen Landesteile besser kennenlernen. Lahore, die Hauptstadt des Punjab, wurde zum nächsten Sitzungsort bestimmt, vorher wollte er Agra und Delhi sehen und die heißesten Monate im Hochland von Simla verbringen. Die ersten Etappen legten sie per Eisenbahn zurück. In Kanpur nahm er an der Weihe des Brunnens teil, in den die Aufständischen drei Jahre zuvor die ermordeten Frauen und Kinder geworfen hatten. Wo es keine Bahnstrecke gab, bildete sich eine gewaltige Prozession aus geschmückten Elefanten und Kutschen. Von den umliegenden Fürstentümern kamen Abgesandte, um dem Vizekönig ihre Reverenz zu erweisen. *Durbar* hieß dieser in riesigen Zelten abgehaltene Hoftag, bei dem er in vollem Ornat auf einem goldenen Thron saß, mit zwei Löwen als Armlehnen, die Füße auf einem goldbestickten Teppich, unter sich ein Kissen aus violettem Samt. Der Nachfahre von Robert the Bruce, ein untersetzter älterer Mann, der die Königin von England vertrat. Zum Durbar von Agra erschien er mit einer Eskorte von zehntausend Mann, aber der Maharadscha von Jaipur übertraf ihn und kam mit dreißigtausend. So weit das Auge reichte, lagerten sie in der Ebene vor dem Taj Mahal. Nie zuvor hatte er so viele Diamanten gesehen, so groteske, bunte Uniformen und fantastische Kopfbedeckungen wie an diesem Tag. Der Reichtum war nicht weniger schockierend als die Armut, in deren Mitte er sich präsentierte. Kanonen donnerten ihren königlichen Salut, und die Versammlung erhob sich wie ein Mann, als die Band *God Save the Queen* anstimmte. Moses hatte weniger Menschen aus Ägypten geführt. Häuptlinge und Chiefs, Prinzen und Magnaten, Mörder und Propheten, alle waren gekommen, um ihm zu huldigen. Sein Thron stand auf einer Plattform aus Edelholz, überall glitzerte und blitzte es, und mitten in seiner Ansprache überfiel ihn die Frage, warum sie nicht einfach ihre Elefanten losschickten, um alle Engländer niederzutrampeln. Warum saßen sie in ihrer Pracht vor einem weißen Mann, dessen Anwesen so verschuldet war, dass er im Winter an Brennholz sparen musste? Verstanden sie ein Wort von dem, was er sagte? Niemand lachte, als er die tiefe Anteilnahme betonte, mit der Queen Victoria das Geschick ihrer indischen Besitzungen verfolgte – was sie wirklich tat. Die Queen liebte Indien, es gab bloß keinen Begriff dafür, inwiefern seine Worte zwar der Wahrheit entsprachen, aber dennoch nicht von dieser Welt waren. Was stellten sich diese dunkelhäutigen Männer vor, wenn sie das Wort London hörten? Worin bestand der Sinn der Behauptung, dass der gramgebeugten Witwe in Osborne House dieses Land *gehörte*?

Im März hielt er in Ambala einen Durbar für die Chiefs der Sikhs ab, die ihn weniger als Vizekönig von Indien denn als Eroberer von Peking verehrten. Am Ostersonntag erreichten sie Simla und blieben fünf Monate. Zum ersten Mal seit der Ankunft in Indien fühlte er sich wohl. Frau und Tochter waren bei ihm, er atmete frische Höhenluft, das Thermometer zeigte nie mehr als siebzig Grad. Im großzügigen Garten der Unterkunft wuchsen Stechpalmen und Rhododendron, und er plante mit neuem Eifer die Konferenz von Lahore. Sie sollte den eigentlichen Beginn seiner Amtszeit markieren, eine Periode behutsamer Reformen. Seine Erfahrungen in Kanada würden ihm helfen, das Militär ab- und die Eisenbahn auszubauen und vor allem das Lohnniveau zu heben. Zum ersten Mal spürte er Zuversicht, aber sie währte nicht lange. Im Juni kam ein Telegramm von zu Hause: Charles, sein dritter Sohn, war an Hirnhautentzündung gestorben. Im Alter von zehn Jahren, alleine auf der Krankenstation von Glenalmond.

Als er Mary Louisa die Hiobsbotschaft überbrachte, fiel er vor ihr auf die Knie. Draußen im Garten spielte seine Tochter mit einem Cricketschläger. Lastete ein Fluch auf ihm, würde er nach und nach alles verlieren? Es gab nicht einmal eine Zeremonie, die sie abhalten konnten. Seine Frau hatte gezeichnete Porträts der Kinder mitgebracht, und das von Charles bekam einen Trauerflor, das war alles. Im September zog die Karawane weiter. Teeplantagen entlang der Grenze mussten inspiziert werden, und ein Armeekontingent wurde entsandt, um irgendeinen Aufstand im Indus-Tal zu bekämpfen. Mary Louisa ließ nicht zu, dass er die Truppe begleitete, stattdessen überquerten sie auf Pferden und Elefanten den Rohtang-Pass, in dreizehntausend Fuß Höhe. Hier und da schossen Wasserfälle aus dem Gestein, der Anblick erinnerte ihn ans schottische Hochland, aber als sie in tiefere Lagen zurückkehrten, konnte er sich nur verschwommen erinnern. Immer wieder träumte er von Maddox. In einer langen Prozession folgten sie dem Ufer des Chandra, und am 12. Oktober erreichten sie die Brücke. Der einzige Weg auf die andere Seite.

Er hatte sofort ein schlechtes Gefühl.

Die Überquerung dauerte den ganzen Tag. Als Erstes wurden zwei Sikhs vorangeschickt, um die brüchigsten Stellen zu flicken. Es war eine Hängebrücke, geformt wie ein der Länge nach halbiertes Bambusrohr und höchstens vier Fuß breit. Ein Dutzend Mal kletterten die Sikhs hin und her, nahmen Ausbesserungen vor und transportierten ein paar Kisten, dann erst erlaubte Lord Elgin, dass die Soldaten seine Frau und seine Tochter hinübertrugen. Er selbst folgte am frühen Nachmittag allein. Zweihundert Yards flussabwärts hatte er Männer postiert, die mit langen Stangen am Ufer standen. Bisher waren zwei Kisten mit Geschirr und ein Esel im Chandra versunken.

Nach einer halben Stunde erreichte er die Mitte des Flusses. Inch für Inch tasteten sich seine Füße vorwärts, schob er die Hände über das raue Material und versuchte, zu ignorieren, was ihm vom Ufer aus zugerufen wurde. Sein Herz klopfte, als drohte es zu platzen. Zitterten die Beine, vibrierte die gesamte Brücke. Die Sonne brannte erbarmungslos auf ihn herab. Er sah Maddox im Wasser stehen, reglos in der reißenden Flut und die Augen auf ihn geheftet, als verfolgte er den Ausgang einer Wette. Hatte sein Sekretär ihn verflucht? Die Hirse, dachte er. Das Zimmermädchen. Was er als Nächstes spürte, war wie ein Krampf in der Brust, die Sonne explodierte, und die Landschaft verschwand. Vom anderen Ufer wollte ihm ein Sikh zur Hilfe kommen, aber in der Mitte war die Brücke am löchrigsten, und nach einer Minute hatte er sich so weit gefangen, dass er dem Soldaten abwinken konnte.

Wie er hinübergekommen war, wusste er hinterher nicht mehr. Einige Tage konnte er sich jeweils für ein paar Stunden im Sattel halten, dann kam der nächste Krampf, und die Kraft verließ ihn vollends. Er schaffte es nicht einmal mehr, aufrecht zu sitzen, sondern lag auf einer Trage und rang nach Luft. In kurzen Etappen wurde er zur nächsten Militärstation gebracht, wo es einen Telegrafen gab. Mary Louisa bestand darauf, den Arzt aus Kalkutta rufen zu lassen. Dharamsala hieß der Ort, er hatte den Namen nie gehört, aber was er von der Trage aus sah, gefiel ihm. Es gab eine schöne Kirche und in den Bergen einen alten Handelsweg nach Tibet; er wurde das Gefühl nicht los, nach Hause zu kommen. Seine Waden schwollen an, bis sie so dick waren wie die Oberschenkel. Alles deutete auf Wassersucht, vielleicht würden sie die Konferenz von Lahore verschieben müssen.

Nach acht Tagen kam Doktor Macrae und untersuchte ihn.

Die ganze Zeit über war Mary Louisa ein Ausbund an Tapferkeit gewesen. Tag und Nacht hatte sie bei ihm gesessen und ihn, wenn es nötig war, gefüttert, aber als er ihr am Abend eröffnete, wie es um ihn stand, brach sie zusammen.

Hilflos sah er zu, wie sie sich die Haare raufte, in die Finger biss und auf den Boden stampfte, als hätte sie einen Anfall. »Du darfst nicht sterben!«, schrie sie. Alle Verzweiflung, die er selbst nicht empfinden konnte, blickte ihm aus ihren Augen entgegen. Was hätte er sagen sollen, außer dem immer gleichen Satz. »Aber Liebes, ich muss.«

Als er wieder zu sich kam, war es dunkel. Auf dem Tisch vor dem Fenster brannte eine Öllampe und spiegelte sich in der Scheibe. Seine Frau hatte das Zimmer verlassen, er hörte ihre Stimme im Erdgeschoss. Auf dem Schreibtisch lag ein Haufen Briefe an seine Kinder, die er diktiert hatte. Abschied zu nehmen, war das Einzige, was ihm noch zu tun blieb. In Würde sterben, nannte man es, solange die Aufgabe in unbestimmter Zukunft lag. Irgendwann war seine Tochter ins Zimmer gekommen, fiel ihm ein, offenbar hatte er nicht geschlafen, sondern im Wachtraum gelegen, dem Sparmodus seines erschöpften Gehirns. Vor dem Bett stehend, hatte sie den fremden Vater angesehen, der die Hälfte ihres Lebens fort gewesen war und in der anderen Zeit nicht gestört werden durfte; früher nicht, weil er arbeiten musste, und jetzt nicht, weil er starb. Eines Tages würde sie sagen, sie erinnere sich undeutlich an ihn. ›In Indien hat er mir einen Elefanten geschenkt.‹

Frederick würde er gerne noch einmal sehen. Den Botschafter Ihrer Majestät in Peking. Seit Roberts Tod schrieben sie einander häufiger als vorher. Der Krieg gegen die Rebellen tobte immer noch, aber dank englischer Unterstützung war das Ende nur noch eine Frage der Zeit, Nanking stand kurz vor dem Fall. Prinz Gong hatte seine Rivalen ausgeschaltet und regierte zusammen mit der Mutter des Thronfolgers. Eine Frau an der Spitze dieses Staates, wer hätte das vor zwei Jahren zu denken gewagt! Außerdem gab es ein Außenministerium, der Handel zog an, die Reparationen wurden pünktlich bezahlt – das Land entwickelte sich in die richtige Richtung, und jeder konnte selbst entscheiden, wem er das als Verdienst anrechnen wollte. Für seine Tapferkeit während der Geiselhaft war Harry Parkes, der Sohn eines Eisenhändlers aus Walsall, zum Knight Commander of the Order of the Bath gemacht worden! Maddox hingegen ... Das Manuskript seines Buches ruhte in einer Schublade in Broomhall. Auf eigene Kosten hatte Lord Elgin es veröffentlichen wollen, aber dafür war es zu konfus. Der Verfasser wusste zwar viel über China, konnte aber nie bei seinem Thema bleiben und verstrickte sich fortwährend in Widersprüche. Mal schrieb er über die britische Dekadenz, die angesichts des Aufstiegs von Russland und Amerika brandgefährlich sei, mal beklagte er die Kriegslust der englischen Bevölkerung und nannte das Singen von Liedern wie *Rule, Britannia!* einen halb barbarischen Kriegstanz. Als Gegenmittel empfahl er den zivilisierenden Einfluss von Beamtenprüfungen nach chinesischem Vorbild. Ein langer Abschnitt über Nasen widmete sich dem Vorurteil, die Stupsnase der asiatischen Rasse sei ein physiognomischer Ausdruck ihrer Minderwertigkeit, und widerlegte es mit dem Hinweis auf ›gewisse Europäer‹, deren Nasenform keineswegs ihrem sozialen Stand entsprach. Es folgten Ausführungen über den typisch britischen Unfug, Hüte zu tragen, die bei Wind davonflogen. Flüchtenden Kopfbedeckungen hinterherzujagen, sei eine Vergeudung nationaler Ressourcen, und überhaupt dienten Filzhüte der Selbstgeißelung, da die Kopfhaut unter ihnen schwitzte, bis man sie lüften musste und sich unweigerlich der Gefahr einer tödlichen Erkältung aussetzte. Abhilfe versprach der chinesische Bambushelm, der trotz seiner Luftdurchlässigkeit stabil war und nur sechzehn Unzen wog – beziehungsweise sechzehn und drei Viertel, denn Maddox nahm es gern genau. Die Zeitverschwendung durch das morgendliche Rasieren kalkulierte er – in einem Kapitel mit der Überschrift *Daily Life in China* – auf eintausendachthundertfünfundzwanzig Stunden zwischen dem fünfundzwanzigsten und fünfundvierzigsten Lebensjahr, wenn man pro Rasur fünfzehn Minuten ansetzte. Morgens, wenn der Geist am frischesten war! Wer das Buch las, musste den Eindruck bekommen, dass dem Vereinten Königreich der Aufstieg zur Zivilisation erst noch bevorstand und dass auf dem Weg dorthin Stolpersteine lauerten, die man nur mit Maddox' scharfen Augen erkannte. China hingegen befand sich bereits auf dem Abstieg, war dem Abendland also einen Schritt voraus und musste sich dennoch bemühen, den Anschluss zu halten. Wie hätte er seinen Namen für diesen Humbug hergeben können?

»Maddox«, flüsterte er jetzt in die Stille und dachte an den Abend damals in Tianjin – als er aufgestanden war, um in den Teich zu pissen. Atemnot begleitete die Erinnerung. Aus irgendeinem Grund war er wütend gewesen und hatte beim Pissen an die Sphinx gedacht; dass zu leben nichts anderes hieß, als dem Rätsel in die Augen zu sehen, oder so ähnlich. Dann war die Wut von ihm abgefallen, er knöpfte sich die Hose zu und wartete, dass Maddox zurückkam. Der Säbel gehörte unter den Sattel, hatte der ihn eben belehrt. Im Brustton der Überzeugung, den er für die ganz großen Nichtigkeiten reservierte. Der Alltagsphilosoph des Fortschritts. Der Weltgeist als Krämerseele.

Im nächsten Moment hörte Lord Elgin Schritte und drehte sich um.

Wegen ihrer Füße musste sein Sekretär die Frau am Arm führen. Sie hielt ein Bündel vor der Brust und blickte zu Boden. Obwohl die Kleidung die gleiche war wie damals, hätte er sie auf der Straße nicht erkannt. »Maddox, Maddox.« Er wollte nicht feige sein, aber es fiel ihm schwer, sie anzusehen. »Werden Sie mir wohl verraten, was Sie mit dieser Inszenierung bezwecken?«

»Nun, Sir. Ich dachte, dass ... Also, es schien mir, dass Sie vielleicht Interesse daran haben müssten, wenigstens einmal ...« Sein Kinn wies auf die Frau, die schwankend neben ihm stand. Schwankend oder zitternd. Inzwischen brannten im Hof nur noch wenige Lampen, und seine Sicht verschwamm, weil er betrunken war.

»Immer, wenn Sie nicht in ganzen Sätzen sprechen, Maddox, habe ich das Gefühl, Sie wissen nicht, was Sie sagen.«

»Verzeihung, Exzellenz.« Sein Sekretär straffte den Rücken und hob das Kinn, aber was er dachte, verriet die Miene nicht. »Wie ich bereits geschrieben habe, Sir, es ist ...«

»Gehen Sie und holen Sie der Dame einen Stuhl«, unterbrach er ihn.

»Sehr wohl, Sir. Ich bin gleich wieder da.«

»Lassen Sie sich ruhig Zeit.«

Nachdem Maddox gegangen war, atmete Lord Elgin tief durch. Konnte man erwarten, erschüttert zu sein und dann enttäuscht, wenn das Gefühl ausblieb? Als die Chinesin ihn ansah, schaffte er es, zu lächeln. »So sehen wir uns also wieder«, sagte er, »unter Umständen, die fast noch ungewöhnlicher sind als beim letzten Mal. Es würde mich interessieren, wie Maddox mit Ihnen in Kontakt geblieben ist, aber lassen wir das für den Moment auf sich beruhen.« Kurz hielt er inne, aber da war immer noch nichts, kein Schock, auch sonst keine Emotion, also redete er einfach weiter. »Lange Zeit, Madame, habe ich darüber nachgedacht, in welche Worte ich die Entschuldigung kleiden soll, die ich Ihnen zweifellos schulde. Jetzt sehen Sie mich im wahrsten Sinn des Wortes sprachlos. Nicht aus Stolz, glauben Sie mir, sondern aus Verwirrung. Ich will nicht ausweichen, aber es gelingt mir nicht, mich als den Mann zu erkennen, der ... Nun,

Sie wissen, was ich meine. Es ist das Gegenteil von allem, wofür ich stehe. Wie konnte es trotzdem dazu kommen, bin ich etwa irre?« Der letzte Satz klang merkwürdig, aber er sah keinen Grund, ihn zurückzunehmen. Möglich war es. »Wie denken Sie, wenn ich fragen darf? Ihnen hat man schließlich nie eingeredet, dass Gegenteile einander ausschließen. Wenn ich unter allem, was ich über Ihre Zivilisation gelernt habe, eine bewundernswerte Einsicht finde, dann diese: dass in unserer Welt nichts ein Gegenteil besitzt, das nicht zugleich es selbst ist. Sicherlich verstehen Sie das besser als ich. Ich muss zugeben, eher intuitiv zu erkennen, dass eine tiefe Wahrheit darin stecken könnte. Traditionell denken wir Abendländer anders, aber es ist schwer genug, überhaupt zu denken – auch noch zu verstehen, *wie* man denkt, ist beinahe unmöglich, nicht wahr?«

In der Art, wie die Chinesin ihn ansah, von Furcht so frei wie von Verständnis, ähnelte sie zum ersten Mal der Frau von damals. Alles hatte damit begonnen, dass er von der Penny Post sprach. Als sein Sekretär den Stuhl brachte, eilte Lord Elgin ihm entgegen und sagte: »Warten Sie im Büro auf mich, Maddox. Ich rufe Sie, wenn ich Sie brauche.«

»Sir, benötigen Sie keinen Dolmetscher?«

»Überhaupt nicht, wir verstehen einander gut.«

»Wie Sie meinen, Sir. Ich stehe zur Verfügung.«

Dankbar nahm die Chinesin Platz, und er holte einen zweiten Stuhl von der Terrasse. »Ich könnte mein Dilemma auch so formulieren«, sagte er, als sie einander gegenübersaßen. »Wie entschuldigt man sich für etwas, das man im tiefsten Inneren nicht bereut, weil es einen mit diesem Inneren überhaupt erst bekannt gemacht hat? Ich wünschte, Ihnen erklären zu können, warum ich so empfinde, aber ich weiß es nicht. Als junger Student in Oxford habe ich einen Aufsatz über den Tempel von Delphi verfasst, Sie wissen schon, den berühmten Spruch über dem Eingang. Was, wenn es keine Aufforderung war, sondern ein Fluch? Ihre Zivilisation war jedenfalls klüger, scheint mir, als sie beschloss, sich lieber nicht zu erkennen. Bloß, wer vermag dergleichen zu beschließen? Wessen Ratschluss setzt eine Zivilisation auf die Spur, der sie dann durch die Jahrhunderte folgt? Übrigens wollte ich diese Frage gar nicht stellen, sondern sagen, dass unsere Philosophie den Zwilling der Religion als einer Macht brauchte, die den Rahmen des Denkbaren absteckte. Die verbotene Frucht, Sie erinnern sich. Bei Ihnen war solche Vorsicht unnötig, wenn ich es richtig verstehe. Bis heute sind Religion und Philosophie eins geblieben, Letztere rebelliert nicht gegen die Verbote der Ersteren, darum wirkt alles organischer, harmonischer, aber eben auch ein wenig statisch. Wir hingegen ... ein kluger Mann hat es das Mühlradwesen der Europäer genannt. Glauben Sie mir, es ist eine anstrengende Angewohnheit, die Dinge nie auf sich beruhen zu lassen. Zu oft schießen wir übers Ziel hinaus oder drehen uns im Kreis, Hauptsache wir vermeiden den Stillstand.« Lächelnd zuckte er mit den Schultern. Eigentlich streifte er nur, was er sagen wollte, und entdeckte auf dem Gesicht der Frau einen spöttischen Ausdruck, so als schmunzelte sie über seine Neigung zu ausufernden Monologen. »Man könnte bis zum Anfang zurückgehen: Als die Schlange Eva verführte, versprach sie ihr die Erkenntnis des Unterschieds zwischen Gut und Böse. Dass ausgerechnet darin der Keim der Sünde liegt, fand ich schon immer seltsam. Man sollte meinen, es sei nur möglich, der Sünde zu entgehen, wenn man sie kennt. Oder sind Ignoranz und Unschuld dasselbe? Ich frage, weil von der Warte unserer Zivilisation aus die Ihre ein wenig kindlich wirkt, fast unschuldig, aber das muss eine Täuschung sein, nicht wahr? Wenn Maddox Ihre Füße nie erwähnt hätte ...« Er verstummte und sah auf das Bündel in ihrem Arm. »Trotzdem bin ich froh, dass wir uns noch einmal begegnen«, sagte er. »Es drängt mich sogar, Ihnen zu danken. Mit niemandem habe ich je offener gesprochen. Es tut gut, nicht verstanden zu werden, und ich wünschte, wir könnten das Gespräch fortsetzen, aber leider ist das unmöglich. Die Welt, in der wir leben, lässt Wunder dieser Art nur für Momente zu. Geld ist alles, womit ich Ihre Zukunft ein wenig erleichtern kann, das hat Maddox sicherlich schon gesagt. Was ich Ihnen angetan habe, tut mir leid. Jetzt tun Sie mir bitte den Gefallen und lassen Sie mich einen Blick auf ...« Seine Stimme stockte, er streckte die Hände aus. Beinahe gierig, trotz seiner Angst. »Darf ich?«

Zögerlich reichte sie ihm das Bündel. Vorsichtig schlug er den Stoff zurück.

Das Baby hatte die Augen geöffnet und starrte ihn unverwandt an. Es ist ein Junge, hatte Maddox eben sagen wollen. Bastarde, nannten seine Landsleute solche Kinder, von denen es in Victoria und Shanghai viele gab. Er musste sich ermahnen, den Blick dieser dunklen knopfartigen Augen auszuhalten. Hätte er zu Hause keine richtigen Söhne, würde er jetzt den neunten Earl of Elgin im Arm halten. Einen halben Chinesen, es war schwer zu begreifen. Im erleuchteten Fenster sah er den anderen halben Chinesen sitzen, natürlich am Schreibtisch und über ein Buch gebeugt. Gestern hatte Maddox ihn gefragt, ob er den Jungen zu taufen wünschte. Was sollte man darauf erwidern? Ein Zimmermädchen, um nichts weiter als das hatte er gebeten!

Seine Hände zitterten, als er der Chinesin das Kind zurückgab. Dann rief er nach Maddox, und sein Sekretär erschien in der Tür. »Wir sind hier fertig. Bringen Sie die Dame nach Hause.«

»Jawohl, Sir.«

»Das Geld habe ich Ihnen gegeben. Sie haben sich bisher so rührend um alles gekümmert, tun Sie es weiterhin.«

»Sir, darf ich noch einmal auf die Frage nach der …«

»Nein, dürfen Sie nicht. Kein Wort mehr. Bringen Sie die Dame hinaus, und seien Sie vorsichtig. Wenn ich nur den leisesten Hinweis auf eine Indiskretion erhalte, dann, bei Gott, Maddox, bringe ich Sie um! Haben Sie das verstanden?«

»Ihr Ton, Sir. Ich fürchte, den muss ich mir verbitten.«

»Fürchten Sie lieber mich, Sie haben allen Grund dazu. Und jetzt ab!«

Wie zuvor führte sein Sekretär die Frau am Arm. Vor dem Durchgang zum nächsten Hof drehte sie sich noch einmal um, und Lord Elgin winkte. Schweiß lief ihm über die Schläfen. Auf der Brust lag ein unsichtbares Gewicht, das ihm kaum zu atmen erlaubte.

Aus seinem Rachen kamen rasselnde Geräusche.

Er war wieder wach.

Neben ihm lag Mary Louisa und schlief. Hinter den Gardinen schimmerten die Berge weiß und fern. Mit eisernem Willen schaffte er es, sich so weit aufzustützen, dass er einen Schluck trinken konnte, ohne seine Frau zu wecken. Die Uhr zeigte viertel nach drei. Manchmal ahnte er den Durchgang, der sich vor ihm auftat, das letzte Tor, das er noch passieren musste. So mühsam, wie er atmete, so schwerfällig schlug sein Herz dem Ende entgegen. Doktor Macrae sagte, wenn es stillstand, führe das Gehirn noch eine Weile fort, Bilder zu produzieren. Bis langsam alles erlosch.

Dass es ohne Hast geschah, gefiel ihm.

Die Herberge des Pilgers, dachte er. Welch merkwürdigen Weg er genommen hatte. Jetzt gab es nichts mehr zu tun, außer bereit zu sein wie einst Hiob. Gürte deine Lenden wie ein Mann! Die frömmlerischen Freunde schickte Gott fort, denn sie hatten nicht recht von ihm geredet wie sein

Knecht, obwohl dessen Schuld darin bestand, vom *Un*recht des Herrn gesprochen zu haben. Demnach gab es nur zwei Möglichkeiten: Zu reden wie die Frömmler oder sich schuldig zu machen, und Hiobs Geschichte ließ keinen Zweifel daran, was Gott lieber war. ›Ich will dich fragen, lehre mich!‹ Sprach so der allwissende Schöpfer der Welt? Warum hatte er den Baum der Erkenntnis denn gepflanzt? Was auch immer die Theologen sagten, Gott brauchte seine Geschöpfe, um zu erkennen. Ohne Sünde ging es nicht.

Lord Elgin legte sich eine Hand auf die Brust und fror. Ich sterbe, dachte er verwundert. Seiner Frau hatte er versprochen, sie zu wecken, wenn er konnte, aber er brachte es nicht über sich. Sie war immer gut zu ihm gewesen. Jahrelang hatte sie auf ihn gewartet, und er hatte sich danach gesehnt, bei ihr zu sein, aber den letzten Schritt musste er allein tun. Die Berge leuchteten in der Nacht, als wollten sie ihm den Weg weisen. Zu Hause würde niemand eine Ode auf ihn schreiben, der Glorienschein des Ruhms blieb anderen vorbehalten, und ihm war es recht so. Die Vollendung, von der die Dichter sangen, gab es nicht. Die Galeere lief in den Hafen ein und strich die Segel. Warum nicht in Dharamsala.

Ein Mensch in seiner Herrlichkeit kann nicht bleiben, sondern muss davon wie das Vieh.

Keine Westminster Abbey, nicht für ihn. Sein Grab lag unter Himalaya-Zedern.

Als er die Augen schloss, konnte er es sehen.

*Hong Xiuquan* 洪
秀
全

*Wenn des Nachts der Tau über die Lager fiel, so fiel das Ma-*
*na mit darauf. Und als der Tau weg war, lag's in der Wüste,*
*rund und klein wie der Reif auf dem Lande, und das Volk lief*
*hin und sammelte es, stieß es in Mörsern, kochte es in Töpfen*
*und machte Aschenkuchen daraus. Aber die Kinder Yi-se-er*
*wussten nicht, was es war, bis Mo-xi zu ihnen sprach: Es ist*
*das Brot, das euch der HERR zu essen gegeben hat.*

*Das Ma-na, denkt er und beschließt, es anders zu überset-*
*zen. Tian-lu, süßer Tau, erscheint ihm passender. Steht nicht*
*im Bericht vom großen Auszug, dass es honigsüß sei und den*
*Samenkörnern von Seidelbast ähnelt? Jetzt werden im klei-*
*nen Paradies die Vorräte knapp, also hat er Boten ausge-*
*schickt, denn Seidelbast gibt es in Yunnan, Sichuan und Hu-*
*bei und sogar in der Nähe der Himmlischen Hauptstadt, aber*
*die Männer sind nicht zurückgekehrt. Der große Schlangen-*
*teufel will, dass sein Volk hungert, statt sich zu stärken für*
*den langen Marsch.*

*Aschenkuchen, denkt er. Wie Ölkuchen soll er schmecken,*
*steht im Heiligen Bericht, aber woraus wird er gemacht? Seit*
*draußen das Frühjahr heraufzieht, lässt er die Palastfrauen*
*im Garten taufeuchte Blätter sammeln und in Teig verbacken.*
*Einige sind daran gestorben. Was hat er getan, dass er nicht*
*Gnade findet vor den Augen des HERRN? Die Last des ganzen*
*Volkes ruht auf ihm, Heerscharen von Königen träumen für*

*ihn, aber keiner spricht mit der Stimme des Himmlischen Vaters. Seine eigenen Träume handeln von jener Nacht, da der Ostkönig in den Himmel auffuhr. Will sein Vater, dass er den Kelch mit süßem Tau selber trinkt?*

*Wenn der Kanonendonner leiser wird, hört er das Jammern umso lauter. In feuchten Gewändern liegen die Frauen im Garten und lecken Tau. Ein jeglicher sammle, so viel er für sich essen mag. Und die Kinder Yi-se-er aßen Ma-na vierzig Jahre lang, bis sie zu dem Land kamen, da sie wohnen sollten: Bis an die Grenze des Landes Jia-nan aßen sie das Mana. ›Jia‹ heißt mehr und ›nan‹ heißt Süden – tief im Süden muss das Land liegen, in das er sein Volk führen soll, aber wer weiß, wo genau? Der Bote, der es ihm sagen sollte, ist nicht erschienen.*

*Vierzig Jahre, denkt er. Nicht sieben, auch nicht vierzehn, sondern vierzig. Magere Jahre werden es sein, so wie er selbst immer magerer wird, und murren wird sein Volk, wie die Kinder Yi-si-er murrten, als Mo-xi sie durch die Wüste führte. Als aber der HERR das Murren hörte, ergrimmte sein Zorn, und er zündete das Feuer an, das verzehrte die äußeren Lager. Geschieht es im kleinen Paradies nicht ebenso? Auch hier murrt das Volk, sagt der Schildkönig, und Feuer verzehrt das Land vor den Mauern. Haben sie vergessen, wie er, der Himmlische König, sie geführt hat mit dem Schwert in der Hand? Undankbar sind sie wie jene, zu denen Mo-xi sprach: Am Abend sollt ihr innewerden, dass der HERR euch aus Yi-zhi-bi-duo geführt hat, und des Morgens werdet ihr seine Herrlichkeit sehen.*

*Und die Herrlichkeit des Herrn war anzusehen wie ein verzehrendes Feuer.*

*Wer murrt, muss brennen, beschließt er. In ölgetränkten Stoff sollen die Frevler gewickelt und von Flammen vernichtet werden, wie der Zorn des HERRN es verlangt. Und das kleine Paradies wird sein wie die Stätte, die man Lustgräber hieß, darum, dass man daselbst begrub das lüsterne Volk. Den Kelch aber muss er trinken, denn er ist der Himmlische König. Vierzig Jahre lang wird er süßen Tau essen, also geht er hinaus in den Garten, wo die Frauen im Gras liegen. Früh am Morgen ist es, sie tragen noch das Nachtgewand über ihren mageren Leibern, aber er zeigt ihnen seine Herrlichkeit und befiehlt ihnen, still zu sein. Denn ihr Jammern ist nicht wider ihn, sondern wider den HERRN.*

*Dann legt er sich zu ihnen und leckt den süßen Tau, wie sein Vater es befohlen hat.*

## 24  Das Refugium der fortgesetzten Träume


General Zeng Guofan
Anqing, Frühjahr 1864

Mit nacktem Oberkörper lag der General auf dem Bett. Eine
Paste aus dem Fruchtfleisch der Wolfsbeere hatte man ihm
in Qimen empfohlen, und tatsächlich linderte sie das Jucken
seines Rückens, jedenfalls für kurze Zeit. Mit einem ausge-
dienten Schreibpinsel trug Fräulein Chen die Paste auf und
sang dabei leise vor sich hin, *Die Kurtisane Su-san wird verbannt* und andere Opernstücke. Zwischendurch nickte er ein
und schreckte hoch, wenn sie einen Ton verfehlte. Draußen
im Hof klapperten die Küchenfrauen mit dem Geschirr, seine Gehilfen verließen ihre Schreibstuben, und wer nebenan
nach einem Termin beim Chef fragte, wurde auf den nächsten Morgen vertröstet. Schon lange erlaubte er nur noch die
dringendsten Besuche. Das Frühjahr hatte mit heftigen Re-
genfällen begonnen, über dem Yangtze hingen weiße Dunst-
schleier, aber seine Haut glich einem ausgetrockneten Fluss-
bett. Die Bahnen der kosmischen Ordnung, dachte er träge.
Von einem Tag auf den anderen hatte er kürzlich seinen Ge-
schmackssinn verloren; wie immer war ihm zum Frühstück
weißer Reis serviert worden, und zuerst hatte er gedacht, er
wäre alt oder verkocht, aber Chen Nai versicherte ihm, er
sei frisch aus Hunan gekommen. Was ist es, hieß es im Buch
*Mengzi*, das in allen Herzen auf die gleiche Weise wirkt? Es
sind zwei Dinge, das Muster *li* und die Aufrichtigkeit *yi*. Der
Heilige war bloß derjenige, der zuerst bemerkte, dass sie das

Herz so erfreuten wie Rind- und Schweinefleisch den Gaumen. Um sicherzugehen, hatte er mit Tee nachgespült und nur abgestandenes Wasser geschmeckt, jetzt zuckte er zusammen, weil sich Pinselhaare in eine offene Stelle bohrten. Erschrocken hielt seine Nebenfrau inne. Vielleicht hätte er doch einen der Männer bitten sollen, ihm den Rücken zu behandeln.

»Du musst vorsichtiger sein«, knurrte er. Sein Adjutant hatte ihm Fräulein Chen vermittelt, ohne von ihrer Krankheit zu wissen. Wenn das Husten zu schlimm wurde, schickte er sie nachts in die andere Kammer, aber neuerdings spuckte sie auch noch Blut, und er ahnte, was es bedeutete. Wenn der Mensch zu voll ist, dachte er, streicht der Himmel ihn glatt. In den letzten zwei Jahren war Anqing zur heimlichen Hauptstadt des Reichs geworden, von überall strömten junge Männer herbei, ohne dass er sie rufen musste, sein Name war Ruf genug. Manche besaßen Diplome und wollten helfen, Wang Fuzhis Schriften zu edieren, andere hatten im Süden bei den Barbaren gelernt und bauten im Hafen an etwas, das sie Dampfmaschine nannten. Was ausländischen Schiffen erlaubte, ohne Segel zu fahren, hatte sich herausgestellt, war eine Mischung aus Kohlenfeuer und Qi. Ein Mann war zu ihm gekommen, der in Amerika absolviert hatte, was er eine große Schule nannte, und der sich als Experte für Erziehungsfragen bezeichnete. Wen willst du im Krieg erziehen, hatte der General gefragt und ihn auf der Stelle zurückgeschickt: Mehr von diesen Qi-getriebenen Maschinen solle er kaufen, die man auch für die Produktion von Waffen verwenden konnte. Silber gab es im Überfluss, die Einnahmen aus der Transitsteuer sprudelten wie eine heiße Quelle, allein aus Kanton kam eine halbe Millionen Taler pro Jahr. Damals in Qimen hatte er nicht gewusst, wie er die Miete für sein Hauptquartier bezahlen sollte, hier gehörte ihm die ganze Stadt. Seine Armee war ein geflügelter Tiger, der drei Provinzen verwaltete, mit Salz und Getreide handelte, Kanonen kaufte, Schiffe baute und alles in allem über dreihunderttausend Mann unter Waffen hatte. Auch wenn er morgens kaum aufstehen konnte, weil seine Beine zitterten, gab es keinen mächtigeren Mann unter dem Himmel als ihn. Der Kaiser in der Hauptstadt war ein Kind, die Kaiserin-Witwe eine Frau und Prinz Gong ein Schwächling, der sich nicht gegen sie durchsetzen konnte. Er, Zeng Guofan, hielt das Reich zusammen. Fragte sich nur, wie lange noch und um welchen Preis.

»Ist es so besser, Väterchen?«, wisperte Fräulein Chen.

»Kennst du eigentlich die Geschichten der Opern, die du vor dich hin trällerst?«, fragte er. Er mochte es nicht, dass sie ihn *Lao Ye* nannte, aber angesichts des Altersunterschieds fiel auch ihm keine passendere Anrede ein. »Hat dein Vater dir nicht beigebracht, dass es sich für Frauen nicht ziemt, anzügliche Lieder zu singen?«

»Er war selten zu Hause. Meistens musste er …«

»Jetzt ist er im Ruhestand und hat nichts Besseres zu tun, als dir hinterherzureisen? Es gefällt mir nicht, dass deine Eltern in Anqing leben. Neulich musste ich deiner Mutter versprechen, dass ich deinen Leichnam in die Heimat überführe, wenn du gestorben bist. Lass das meine Sorge sein, hab ich ihr gesagt, und was antwortete sie? Exzellenz müssen sich mit solchen Kleinigkeiten nicht belasten. Ich sollte ihr das Geld geben, darum ging es ihr.« Es entstand ein Moment der Stille, in dem sich Fräulein Chen die Hand vor den Mund hielt, um entweder den Husten oder ein Weinen zu unterdrücken. Die Tochter eines verarmten Beamten aus Hubei. War er so grob zu ihr, weil er sich schämte? In seiner Familie war es nicht üblich, Nebenfrauen zu haben, aber was sollte er tun? Aus folgendem Grund, schrieb Menzius, sage ich, dass jeder Mensch ein Herz besitzt, das die Leiden der anderen nicht erträgt: Ein Mann kommt in ein Dorf, sieht auf dem Rand des Brunnens ein Kind spielen und spürt im Herzen eine Erschütterung aus Trauer und Mitleid. Was den Menschen vom Tier unterschied, waren die sogenannten vier Samen, die man besaß wie seine Gliedmaßen: das zur Trauer fähige Herz war der Same des Mitgefühls, das zur Scham fähige Herz der Same der Aufrichtigkeit, das zur Zurückhaltung fähige Herz der Same des Anstands und das Gut und Böse erkennende Herz der Same der Weisheit. Der General spürte, wie ein Teil der Paste an seiner Seite herablief und wischte mit der Hand darüber. Und wenn man nichts mehr besaß? Wenn das Herz so ausgetrocknet war wie sein Rücken und so taub wie sein Gaumen? *Fei ren ye*, dachte er. Dann verschwamm der Unterschied zwischen Mensch und Tier.

»Meine armen Eltern«, flüsterte Fräulein Chen, »ängstigen sich sehr um mich.«

»Kein Wunder, so wie du hustest.«

»Vielleicht sollte ich eine Weile bei ihnen schlafen, um nachts nicht …«

»Tu nicht so rücksichtsvoll«, sagte er streng, »wenn du in Wahrheit nur abergläubisch bist.« Unheimlich sei es ihr, hatte sie neulich zugegeben, in diesem verlassenen, von den Seelen der Toten heimgesuchten Palast zu leben. Auch die Küchenfrauen flohen geradezu vom Gelände, sobald sie ihre Arbeit erledigt hatten, um nicht hören zu müssen, wie der vieräugige Hund nachts im Hof winselte. Im Krieg fiel die Grenze zwischen dieser und der anderen Welt, jeder wusste das, und wohin wollte man in Anqing denn entkommen? Niemand, der heute hier lebte, stammte auch von hier, es war eine Geisterstadt, in der noch immer viele Häuser leer standen. Frauen gab es fast keine mehr, darum hatte sein

Adjutant bis Hubei reisen müssen. »Mach weiter«, sagte er ungeduldig, »bevor es antrocknet und zu kratzen beginnt.«

»Die Paste ist aufgebraucht, Väterchen. Soll ich neue anrühren?«

Missmutig schlug er die Augen auf. Die Regenzeit ging allmählich zu Ende, und am späten Nachmittag warf die Sonne einen gelblichen Schimmer auf die Wände. Von Büchern abgesehen, hatte er keine eigenen Sachen mitgebracht, sondern sich mit dem begnügt, was es im Palast gab. War man noch ein Mensch, fragte er sich, wenn man nichts wünschte, außer dass es zu Ende ging? Vormittags lief er durch staubige Gassen hinunter zum Hafen und ließ sich von den Männern erklären, was sie trieben. Im Herbst war das erste chinesische Dampfschiff vom Stapel gelaufen, seitdem fragte er sich, ob auch Schiffbau zu den Tätigkeiten gehörte, von denen Zhu Xi geschrieben hatte: Den Dingen auf den Grund gehend, erfasse ich ihr inneres Muster. Konnte man bei Schrauben beginnen, um am Ende den gesamten Kosmos in Ordnung und die Tugend zum Leuchten zu bringen? Auf dem Rückweg schaute er bei den Kopisten vorbei, die ihm zeigten, welche Fortschritte die Wang-Fuzhi-Ausgabe machte, abends las er einige Zeilen und empfand so etwas wie Heimweh, die verblasste Erinnerung an ein Leben, das einmal seines gewesen war. Studierstuben und Bücher, Kalligraphie und Gedichte, der kühle Geruch frisch angerührter Tinte. Jetzt drehte er sich um, ohne darauf zu achten, dass die Paste das Laken verschmutzte.

»Vor langer Zeit«, sagte er, »lebte im Süden ein bedeutender Gelehrter aus Hunan. Er war jung und bereitete sich gerade auf die Provinzprüfung vor, als Barbaren das Reich überfielen. Statt zu studieren, stellte er eine Bauernmiliz auf, um gegen die Invasion zu kämpfen. Nach einiger Zeit jedoch gab er auf und zog sich in die Heimat zurück. Was ihn dazu bewog, war nicht Angst vor dem Tod. Seine Welt ging unter, er hatte keinen Grund, weiterzuleben, trotzdem harrte er vierzig Jahre lang in den Bergen aus und schrieb. Er war so arm, dass er sich in den Tavernen alte Rechnungsbücher geben ließ und die Rückseiten benutzte. Viele seiner Schriften werden für immer verschollen bleiben, wie Schätze auf dem Grund des Meeres.« Er fühlte sich den Tränen nah, verstummte und sah Fräulein Chen an. Schön war sie nicht. Ihre Haut wirkte grau, wie Tinte mit zu viel Wasser, und im Übrigen drifteten die Gedanken durch seinen Kopf, ohne Spuren zu hinterlassen. Es war, als suchte er etwas und hätte vergessen was. Am Morgen war ein Bote eingetroffen und hatte für die kommenden Tage schwierigen Besuch angekündigt. Was tut man, dachte er, wenn man nichts mehr tun kann? Wang Fuzhi hatte seine *Gedichte aus Trauer und Wut* geschrieben.

»Gibt es noch etwas, womit ich Väterchen eine Freude machen darf?« Sanft legte Fräulein Chen eine Hand auf seinen Bauch, aber er sprach einfach weiter.

»Als der berühmte Beamte Hai Rui starb«, sagte er, »fand man in seinem Haus zwanzig Unzen Silber. Es reichte nicht einmal für ein ordentliches Begräbnis. Oder nimm Qi Jiguang, einen General, wie es ihn einmal in hundert Jahren gibt, aber am Ende wurde er krank und konnte sich keine Medizin leisten. Er starb einsam und vergessen, und das war nicht allein sein persönliches Schicksal. Yin und Yang waren aus dem Gleichgewicht geraten, ein ganzes Zeitalter ... niemand konnte es aufhalten, verstehst du? Die Drift war zu stark geworden.«

»Vielleicht eine kleine Massage?«, fragte sie.

»Wahrscheinlich denkst du, mir wird es besser ergehen. Sei dir nicht so sicher, Kleines. Verglichen mit unserer Zeit war ihre beinahe beschaulich.« Kurz berührte er ihre Hand, spürte die kalten Finger und ließ sie wieder los. In den Schriften des großen Einsiedlers war er auf etwas gestoßen, das ihn nicht losließ. Zhu Xi hatte aus dem Muster etwas gemacht, das außerhalb der natürlichen Welt existierte, unveränderlich und jenseits der Formen – das eine *li*, das sich in den zehntausend Dingen spiegelte wie der Mond im Wasser. So viel hatte er darüber geschrieben, dass man nicht mehr wusste, um wessen Muster es eigentlich ging. Wang Fuzhi hingegen glaubte, es gab nur, was in den Dingen saß und ihren Gang von innen bestimmte. Folglich durfte man sich nicht auf Einzelheiten konzentrieren, um es zu erkennen, sondern musste das Ganze betrachten, die Zeit, in der man lebte und die ihr eigenes Gleichgewicht von Yin und Yang hatte – oder eben nicht. In seinen Manuskripten gab es einen Ausdruck, der dem General früher nicht aufgefallen war. *Shi* bedeutete Macht, aber Wang Fuzhi benutzte das Zeichen, um die Tendenz anzudeuten, die allen Dingen innewohnte, die Richtung, in die sie strebten. Wie von selbst, aber nicht ganz von selbst. Die Drift eben. Wenn zum Beispiel ein armer Mann zu Geld kam, entstand in seinem Herzen Gier, und er strebte danach, seinen Reichtum zu mehren. Wenn ein Schüler seinen Lehrer verehrte, wuchs in ihm der Wunsch, so weise zu werden wie jener, also wurde er wissbegierig und fleißig. Tendenz, Sog, Drift, wie man es auch nannte, es war ebenso die Folge menschlicher Handlungen wie ihr Grund, und die Frage lautete, konnte man es steuern? Genauer: Bis zu welchem Punkt konnte man das? Steif wie ein Brett lag der General auf dem Rücken, spürte, dass Fräulein Chens Finger ihn zu streicheln begannen, und schloss die Augen. Das Entscheidende an der Tendenz war nämlich nicht ihre Richtung, sondern dass es einen Punkt gab, an dem sie sich nicht mehr aufhalten ließ. Der junge Wang Fuzhi musste das verstanden haben, als er gegen die ins Land drängenden Barbaren kämpfte. Wie sonst konnte ein Mann, der so loyal war, plötzlich die Waffen strecken, um sich in die einsamen Berge seiner Heimat zurückzuziehen? Sobald der General daran dachte, strebten seine Gedanken zum Fuß des Chuanshan-Bergs. Irgendwo dort musste der Ort liegen, wo Wang Fuzhi vierzig Jahre lang versucht hatte, seine Einsicht in Worte zu fassen: Eine Dynastie verlor das Mandat des Himmels nicht in dem Moment, da feindliche Truppen ihre Hauptstadt überrannten. Der Untergang geschah nicht, wenn er offenbar wurde, sondern folgte einer Tendenz, die sich lange vorher in unscheinbaren Zeichen ankündigte. Nicht wenn Flüsse über die Ufer traten oder Hungersnöte das Land heimsuchten, sondern wenn ein Mann wie Hai Rui starb und keine zwanzig Silberunzen hinterließ. Wenn der größte General seiner Zeit verschied, ohne dass es in den Annalen des Hofes vermerkt wurde, *dann* hatte die Drift den Punkt erreicht, an dem es kein Zurück mehr gab. Sie war zu mächtig geworden und brach sich unaufhaltsam Bahn. Wang Fuzhis Rückzug in die Berge war der letzte loyale Akt gewesen, den seine Zeit ihm erlaubt hatte: in seinen Schriften festzuhalten, was außer ihm niemand sehen wollte, dass das Schicksal der Dynastie seit fünfzig Jahren besiegelt war. Wenn man nichts mehr tun konnte, dachte der General, blieb nur das Refugium der fortgesetzten Träume.

Als Fräulein Chen die andere Hand zu Hilfe nehmen wollte, schüttelte er den Kopf. Eine alles durchdringende, in ihrer Wucht fast angenehme Resignation ergriff von ihm Besitz. Er schlug die Augen auf und schaffte es, zu lächeln wie ein gütiger alter Mann. »Gib mir Wasser«, bat er und trank gierig aus dem Becher, den sie ihm hinhielt. Am Morgen war ein Bote eingetroffen, um für die nächsten Tage ... hatte er das nicht gerade schon gedacht? Kein Geringerer als Li Hongzhang wollte ihn besuchen, zum ersten Mal seit fast zwei Jahren. »Der Gute ist in Schwierigkeiten«, murmelte er, streckte die Hand aus und tätschelte seiner Nebenfrau die Wange. »Warum sonst sollte er mich plötzlich besuchen.«

»Wer ist in Schwierigkeiten, Väterchen?«

»Sag bloß, du hast nichts davon gehört. Im Haus sind schon alle ganz aufgeregt. Was kann er wollen, der Held von Suzhou? Dem Boten hat er natürlich nichts aufgetragen. Er denkt, er kann mich überrumpeln, aber ich kenne ihn.«

»Bestimmt kommt er, um Väterchen General um Rat zu fragen.«

»Väterchen General, wie du redest!« Tadelnd hob er den Finger und fuhr ihr noch einmal über die Wange. »Zwei Jahre lang hat mein Bruder seine Truppen in Nanking geschunden, jetzt will Li Hongzhang dabei sein, wenn die Stadt endlich fällt. Mit seinen Barbarenfreunden hat er sich nämlich überworfen. Geh in die Küche und sag Bescheid, nur weißen Reis und Gemüse zum Abendessen. Der hohe Gast kommt erst in einigen Tagen. Bis dahin leben wir so, wie es sich im Krieg gehört.«

»Soll ich nicht vorher den Rücken abwischen?«

»Das mache ich selbst. Gib mir ein feuchtes Tuch.« Mit Mühe setzte er sich auf und winkte sie aus dem Raum. Li Hongzhang besaß inzwischen seine eigene Armee und war geschäftsführender Gouverneur von Jiangsu, aber das reichte ihm nicht. Nanking hieß der große Preis, auf den er hoffte. Das kurz bevorstehende Ende des Krieges weckte überall Begehrlichkeiten, nur für ihn, Zeng Guofan, kam es zu spät. Ohne einen Hauch von Triumph würde er in die gefallene Hauptstadt des Feindes einziehen, dann nach Hause zurückkehren, aber nie mehr die kräftige, scharfe Küche genießen, die er so liebte. Alles schmeckte wie ungewürzter Tofu. Als er sich wieder hinlegte, hatte er bereits vergessen, was ihm zuletzt durch den Kopf gegangen war. Nicht einmal eine junge Frau konnte seine Sinne noch erregen. Er schloss die Augen, spürte einen leichten Schwindel und murmelte die Redensart vor sich hin, die seinen Zustand am treffendsten beschrieb: *xing shi zou rou*, wandelnder Leichnam, gehendes Fleisch.

Anders als erwartet, kam der hohe Besuch nicht mit dem Boot. Am Tag vor seiner Ankunft traf ein Bote ein und meldete, die Sänfte des Gouverneurs werde gegenwärtig über den Jixian-Pass getragen, demnach hatte er einen Umweg über seine Heimatstadt Hefei gemacht. Der General ließ ein Quartier vorbereiten und wies die Küche an, üppiger als sonst zu kochen. Keinesfalls hatte er vor, dem Ansinnen seines Schülers zu entsprechen, aber verprellen wollte er ihn auch nicht. In der Hauptstadt stand der forsche junge Mann in dem Ruf, ein Experte für die Angelegenheiten der Barbaren zu sein, jedenfalls war es bis zum jüngsten Zwischenfall so gewesen. Als die Sänfte in den Hof des Palasts getragen wurde, stand der General drinnen am Fenster und beobachtete alles. Für einen Moment wirkte Li Hongzhang irritiert, dass er von seinem alten Freund Chen Nai begrüßt wurde statt vom Hausherrn, aber er fing sich schnell. Die Küchenfrauen, die draußen ein paar Hühner rupften, hielten in der Arbeit inne und starrten den hoch aufgeschossenen Gast an, der sogleich ins Gebäude eilte, als gehörte es ihm. Der General nahm hinter dem Schreibtisch Platz. Nebenan lag Fräulein Chen mit einer Fieberattacke im Bett, und er ärgerte sich, sie nicht für eine Weile zu ihren Eltern geschickt zu haben.

»Exzellenz!« Schon füllte die riesenhafte Gestalt seines Schülers den Türrahmen.

»Shao Quan, mein Lieber! Wie schön, dich zu sehen. Komm herein.« Sitzend nahm er die Begrüßung entgegen und wies auf den Besucherstuhl. Seit Li Hongzhang in Anhui seine eigene Armee ausgehoben und sie den Fluss hinuntertransportiert hatte, hatten sie einander nicht mehr gesehen. Wie immer war seine Stirn frisch rasiert und die Robe frei von Flecken und Falten. Unverhohlen amüsiert sah er sich um. Was für eine Hütte, schien er zu denken. Zum ersten Mal seit dem Untergang der Zentralarmee residierte wieder ein Gouverneur in Suzhou, und wahrscheinlich hatte er den dortigen Palast gründlich renovieren lassen, bevor er eingezogen war.

»Zufrieden siehst du aus«, bemerkte der General. »Gibt es gute Nachrichten vom Treuen König?« Seit der vieräugige Hund in Stücke gehackt worden war, hatten die Langhaarigen nur noch einen ernstzunehmenden Feldherrn.

»Angeblich versucht er, südlich des Flusses neue Truppen auszuheben. Wenn das stimmt, muss er weit ziehen, um jemanden zu finden. Das Land ist total verwüstet. Hat sich vor Nanking etwas getan?« Wie üblich wies ihm sein Selbstbewusstsein den direkten Weg, ein Anliegen vorzubringen, aber der General schüttelte den Kopf.

»Sollten wir nicht zunächst über das sprechen, was in Suzhou passiert ist? Es würde mich interessieren, welche Schlüsse du daraus gezogen hast.«

»Keine besonderen«, erwiderte sein Schüler gelassen.

»Dann schuldest du mir eine Erklärung. Was genau ist geschehen? Am Anfang hieß es, du kommst gut mit den ausländischen Söldnern zurecht.«

»Ihr erster Anführer war ein fähiger Soldat, leider ist er beim Angriff auf Songjiang gefallen. Sein Nachfolger war ein Trinker. Ich wollte ihn sofort loswerden, aber der englische Botschafter bestand auf einem Amerikaner an der Spitze. Es sollte nicht so aussehen, als würde die Miliz britischen Interessen dienen ... Sie sind verlogen, Exzellenz, und handeln impulsiv. Nachdem der Trinker einen unserer Geldgeber geohrfeigt hatte, musste ich ihn entlassen. Prompt ist er mit einer Handvoll Männer zu den Langhaarigen übergelaufen, dabei war deren Lage längst hoffnungslos geworden.« Abfällig grinsend saß Li Hongzhang vor ihm. Keine Spur von der Zerknirschung, die der General erwartet hatte. »Seine sogenannten Offiziere waren die verlottertsten Gestalten, die man sich denken kann. Einer hatte lauter Goldzähne im Mund und ließ sich einen ausschlagen, wenn er Geld brauchte. Ein anderer hatte ein Auge aus Glas. Es war mir recht, sie die Seiten wechseln zu sehen. Als wir uns Suzhou zurückgeholt haben, wurden die meisten gefasst. Ein paar sind entkommen.«

»Die gefasst wurden, hast du hinrichten lassen?«

Sein Schüler schüttelte den Kopf. »Westliche Barbaren zu exekutieren, sollten wir vorerst unterlassen.«

»Was war dann der Anlass für den Streit, von dem du geschrieben hast? Wieso sind sie entsetzt, dass du dich nicht an Absprachen hältst – an welche?« Feuchte Hitze füllte den Raum, und der General kämpfte gegen die Versuchung, seinen Rücken an der Stuhllehne zu reiben. Krank wie sie war, konnte Fräulein Chen ihn nicht behandeln, stattdessen erschien jeden Morgen die Mutter und wollte Geld für Medizin, die sie dann nicht kaufte. Als von nebenan das Husten herübertönte, hob sein Schüler die Augenbrauen. »Ist das die Frau, von der ich gehört habe?«

»Erzähl weiter«, sagte der General. »Ich brauche jemanden, der mich versorgt.«

»So jemanden scheint sie auch zu brauchen.«

»Was ist bei der Einnahme von Suzhou passiert?«

»Der Nachfolger des Trinkers war dann doch ein Engländer. Der Botschafter hatte endlich eingewilligt. Komischer Vogel, aber verlässlich. Gordon, hieß er. Er hat akzeptiert, dass wir die Miliz bezahlen und dass ich bestimme, wo sie eingesetzt wird. Suzhou wurde umstellt, er hat mit den Langhaarigen verhandelt, um unnötiges Blutvergießen zu vermeiden. In der Stadt gab es Streit, die Banditen mussten erst einen ihrer Anführer umbringen, aber irgendwann sind sie rausgekommen. Gordon hatte ihnen versprochen, dass ihnen nichts passiert. Tja.« Li Hongzhang lächelte böse. »Dann ist ihnen doch etwas passiert.«

»Der Barbar dachte, wir lassen sie davonkommen?«

»So sind sie, Exzellenz. Sie saufen und huren, schmuggeln Opium und plündern ganze Städte, aber wenn sie einem Banditen etwas versprechen, damit er sich ergibt, reden sie von Ehrenwort. Ich war zum Glück nicht mehr vor Ort, als Gordon es erfahren hat, sonst hätte er mich erschossen. Er soll getobt haben. Alle Barbaren haben getobt.«

»Ich hoffe, es war dir eine Lehre«, sagte der General. »Du dachtest, du kennst sie. Von Anfang an hast du gedacht, du als Einziger kannst mit ihnen umgehen und sie für unsere Zwecke einspannen. Ihre Schiffe anmieten. Und jetzt?«

»Sie waren uns nützlich, oder nicht? Ohne ihre Hilfe wäre der Treue König viel früher zurück nach Nanking gezogen. Das hätte die gesamte Belagerung gefährdet.«

»War es nötig, die Langhaarigen vor ihren Augen zu exekutieren?«

»Wir hätten sie einsperren können und den Rest erledigen, wenn niemand hinschaut.«

»Aber so umsichtig warst du nicht.«

Noch einmal war von nebenan das Husten zu hören, und Li Hongzhang tat, als würde er abgelenkt. Kurz blickte er zur Tür und räusperte sich. »Ich wollte, dass sie es sehen«, sagte er zufrieden. »Hatte der Hof nicht befohlen, dass wir

653

sie nach Nanking schicken, damit es dort schneller geht? Ich habe mich an die Worte meines Lehrers erinnert: Nur an der Küste, auf keinen Fall im Inland. Suzhou war der letzte Ort, wo sie uns helfen konnten. Danach wäre es schwer geworden, sie von Nanking fernzuhalten.«

Für einen Moment war der General sprachlos.

»Ihr Chief«, fuhr Li Hongzhang fort, »nicht der Botschafter, sondern der bei ihnen zu Hause, hat inzwischen verboten, dass sich Engländer der Miliz anschließen. Wir brauchen sie nicht mehr, sie war ja sehr teuer, und nun gibt es sie nicht mehr. Welche Schlüsse soll ich ziehen? Mir scheint, es hat sich gelohnt.«

Die brachiale Entschlossenheit, mit der sein Schüler zu handeln verstand, kannte der General gut, aber ein so geschicktes Vorgehen hatte er ihm nicht zugetraut. »Shao Quan«, sagte er kopfschüttelnd, »sollte ich dich nach so vielen Jahren immer noch unterschätzt haben?«

»Ich habe sie beobachtet, Exzellenz. Sie reden viel von Ehre, aber ihr Antrieb ist die Gier. Und die Neugier, das macht sie so unberechenbar. Sie fühlen keine Verpflichtung gegenüber Ahnen und Alten, sondern schauen nach vorne. Immerzu verändern sie alles, nur sich selbst nicht. In ihren Ländern werden Briefe nicht mehr mit Pferden transportiert, sondern über Drähte im Boden. Große eiserne Kästen fahren kreuz und quer übers Land. Es gibt immer noch viel, was wir von ihnen lernen können.«

»Bloß, je mehr wir von ihnen lernen, desto ähnlicher werden wir ihnen.«

»Sie lassen uns keine Wahl. Die einzigen Waffen, mit denen wir sie eines Tages schlagen können, sind ihre.«

Der General rief Chen Nai herein und ließ Tee bringen. Zum ersten Mal seit langem fühlte er sich durch ein Gespräch nicht ermüdet, sondern belebt. Zu gern hätte er das

Gesicht dieses Barbaren gesehen, als er verstand, dass nicht sein Wort galt, sondern das seines chinesischen Vorgesetzten. »Bist du über Land gekommen, um Nanking zu umgehen?«, fragte er, als sie wieder allein waren. »Wie ich höre, ist der Fluss inzwischen sicher.«

»Der Yangtze gehört uns. Kein Schiff wird mehr beschossen. Ich bin allerdings nicht von Suzhou gekommen, sondern aus der Hauptstadt.« Beschwichtigend, so als habe er mit einer ärgerlichen Reaktion gerechnet, hob Li Hongzhang die Hand. »Die Kaiserin-Witwe wollte wissen, was in Suzhou passiert ist. So stand es jedenfalls in ihrem Brief.«

»Wieso wusste ich nichts davon?« Gespannt beugte sich der General nach vorne.

»Ich dachte, Exzellenz wären informiert, aber das stimmte nicht. Suzhou war nur ein Vorwand. Die Barbaren sind im Moment kein großes Thema in der Hauptstadt.«

»Sondern?«

In der Art, wie sein Schüler kurz über die Schulter schaute, bevor er sprach, lag bereits die Antwort: »Am Hof macht der Vergleich mit Zhao Kuangyin die Runde. Alle fragen sich, was meinen Lehrer abhalten sollte, der nächste General zu werden, der eine Dynastie gründet.«

»Zhao Kuangyin wurde gebeten, den Drachenthron zu besteigen.«

»Heute bestünde die Möglichkeit, es auch ungebeten zu tun. Der Kaiser ist ein Kind ...«

Mit einem energischen Zungenschnalzen schnitt ihm der General das Wort ab. Überrascht war er nicht. Unmittelbar nach ihrem Coup hatte ihn die Kaiserin-Witwe mit Auszeichnungen und Geschenken überhäuft. Großer Sekretär durfte er sich nennen, und im Hafen von Anqing waren Schiffe voller Roben, Felle und Schmuckstücke eingetroffen. Sein Stab hatte gewitzelt, er solle offenbar dazu verführt werden, einen eigenen Hofstaat einzurichten, aber er wusste, dass es um etwas anderes ging, als ihm und seiner Armee Respekt zu bezeugen. Lang war die Liste derer, die ihren Kopf nicht deshalb verloren hatten, weil sie eine Dynastie stürzen *wollten*, sondern weil sie es hätten tun können. Die Ehrungen sollten ihm klarmachen, dass seine Fallhöhe zu groß war, um den Sturz zu überleben. »Was denkst du?«, fragte er, weil sein Schüler ihn stumm ansah. »Über die Kaiserin-Witwe, meine ich.«

»Es ist schwer, einen Eindruck zu gewinnen, wenn man durch einen Vorhang getrennt ist.«

»Hast du lange mit ihr gesprochen?«

»Länger als gewöhnlich. Sie ist äußerst direkt. Ist Zeng Guofan loyal, hat sie gefragt.«

»Konntest du sie beruhigen?«

»Ich habe gesagt, ich weiß es nicht.«

Für einen Moment glaubte er, sein Schüler wolle ihn herausfordern, aber natürlich war es eine Finte. »Du dachtest, wenn du etwas anderes sagst, denkt sie, wir stecken unter einer Decke.«

»Sie weiß, wem ich noch mehr verdanke als meinem Vater.«

»Und du glaubst, wenn du so antwortest, dann durchschaut sie nicht, dass du bloß keinen Verdacht auf dich lenken willst?«

»Exzellenz, wenn ich ehrlich bin, war ich überrumpelt. Es war ihre erste Frage, ich hatte kaum die Begrüßung vollzogen. Diese Frau ist ein Drache.«

»Eine Frau mit einem Plan, hat mein Mentor schon gesagt, als sie noch eine Konkubine unter vielen war. Konntest du Mushun treffen? Er kennt sie gut.«

»Ich wurde nicht zu ihm vorgelassen. Das mit dem Plan stimmt, allerdings weiß noch niemand, wie er aussieht. Auf keinen Fall wird sie sich das Heft aus der Hand nehmen lassen, ehe ihr Sohn alt genug ist, um zu regieren. Danach vielleicht auch nicht.«

Ein paarmal nickte der General vor sich hin. Vor dem Tod hatte er keine Angst, aber einer Frau zum Opfer fallen wie seinerzeit die Prinzen wollte er nicht. »Noch was?«, fragte er.

»Sankolinsin ist zurück in ihrer Gnade. Wie ich höre, hat sie ihn losgeschickt, um die Grenze zwischen Hubei und Anhui zu sichern.«

»Sichern ... vor meiner Armee?«

»Wenn ich fragen darf: Was *hat* mein Lehrer nach dem Fall von Nanking vor?«

Wie von weit her, hörte der General die Stimmen draußen im Hof. Vor ihm lagen Wang Fuzhis Manuskripte mit den Anmerkungen in seiner eigenen, immer unleserlicher werdenden Schrift. War es nicht folgerichtig, dass das Zeichen für ›Macht‹ zugleich ›Tendenz‹ bedeutete? Je mehr man davon hatte, desto weniger beherrschte man sie. Macht besaß man nicht, sondern wurde von ihr bis zu dem Punkt getrieben, an dem es kein Zurück mehr gab. »Warum bist du hier, Shao Quan?«, fragte er. »Hat sie dich geschickt?«

»Damals in Qimen hat mein Lehrer zu mir gesagt: Du weißt nicht, mit wie viel Misstrauen man uns in der Hauptstadt beobachtet. Jetzt weiß ich es, aber es liegt nicht nur an der Größe unserer Armeen. Die Kaiserin-Witwe wüsste auch gern, warum in Anqing die Schriften eines Mannes herausgegeben werden, der von den Mandschus behauptet hat, sie seien Barbaren ohne Mitgefühl.«

Kurze Zeit hatte ihn das Gespräch belebt, jetzt kehrte die Erschöpfung zurück und drückte ihm auf die Augenlider. Wenn die Kaiserin-Witwe wüsste, wie es um ihn stand, hätte sie Sankolinsins Heer im Norden gelassen. Sah niemand, wie wenig er noch einem Menschen glich? Glaubte der Hof ernsthaft, er wolle eine neue Dynastie gründen und Kaiser werden? Es fiel ihm schwer, seinen Schreibpinsel zu halten!

»Vor zwölf Jahren«, sagte er leise, »nach dem Tod meiner Mutter, kam ein alter Freund zum Trauerbesuch. Gerade hatte ich den Auftrag erhalten, eine Miliz aufzustellen, um gegen die Langhaarigen zu kämpfen. Ich wollte ablehnen und trauern, wie es sich gehört, aber der Freund hat mich überredet. Wir kannten uns von der Akademie. Früher, während des ersten Kriegs gegen die Barbaren, hatte er an einer großen Wang-Fuzhi-Ausgabe mitgearbeitet, die immer noch nicht fertig war. Überall in Hunan wurden Manuskripte gesammelt, aber als die Langhaarigen kamen, musste der Freund in die Berge fliehen. Die Druckblöcke für die Ausgabe wurden gefunden und zerstört, die Arbeit vieler Jahre ging in Rauch auf. Bei unserem Wiedersehen haben wir beschlossen, wenn eines Tages die Möglichkeit besteht, bringen wir das Projekt zu Ende. Als Zeichen des Sieges, um zu beweisen, dass wir haben, was diesen Bestien fehlt. Jetzt geht der Krieg zu Ende, bald werden alle Banditen tot sein, aber was haben wir noch? Wir bauen Schiffe und Kanonen, und zweifellos brauchen wir sie, aber was ist mit der Weisheit eines Mannes wie Wang Fuzhi?« Lächelnd trank er einen Schluck Tee. »Sollen wir auf sie verzichten, weil uns manche seiner Einsichten ungelegen kommen? Wir wären wie Blinde, die keinen Stock wollen, weil er ihnen zu schwer ist.«

»Aber ist es der richtige Zeitpunkt?«

»Um das zu entscheiden, müsste man wissen, in welcher Zeit wir leben.«

»Ich bin nicht sicher, ob ich meinem Lehrer folgen kann.«

»Ich weiß«, sagte er. »Wir beide sind keine Gelehrten mehr. Unsere Diplome besitzen wir noch, alles andere hat uns der Krieg genommen. Hör dir zu, wie du von Drähten im Boden sprichst. Es war nicht mein Wunsch, Feldherr zu werden, aber die Verantwortung trage ich trotzdem. Statt um meine Eltern zu trauern, habe ich eine Armee aufgestellt, statt meine Brüder zu erziehen, musste ich zwei von ihnen begraben. Der dritte führt sich vor Nanking auf, als wollte er auch bald sterben. Viel kann ich nicht mehr tun, aber wer mich daran hindern will, diese Schriften zu edieren, der muss mir den Kopf abschlagen. Wenn du willst, geh zur Drachenfrau und sag ihr, das ist meine Form von Loyalität. Jetzt lass uns von anderen Dingen reden, so wie früher.«

Bedauernd schüttelte sein Schüler den Kopf. »Ich habe einen Boten vorausgeschickt. Im Hafen wartet ein Schiff auf mich.«

»Du willst heute noch weiterreisen?«

»Es tut mir leid, Exzellenz. Ich kann meine Armee nicht so lange allein lassen.«

»Wie du meinst«, sagte er, ohne seine Enttäuschung zu verbergen. »Dann lasse ich dir eine Mahlzeit für unterwegs einpacken.«

Als sie hinausgingen, stand die Sonne hoch über der Stadt. Der General gab die nötigen Anweisungen, dann setzten sie sich auf eine Bank im Schatten und warteten. Aus den Augenwinkeln musterte er seinen Schüler, der es nicht mehr eilig zu haben schien, über seine Rolle im Kampf um Nanking zu reden. Seit zwei Jahren belagerte Guoquan die Stadt, es war die letzte Etappe eines Krieges, der alles verändert hatte, nur dass niemand verstand, was es bedeutete – alles. Als Li Hongzhang doch den Blick hob, kam ihm der General zuvor. »Es ist nur noch eine Frage der Zeit«, sagte er. »Mein Bruder lässt aus verschiedenen Richtungen Tunnel anlegen. Kurz bevor sie das Taiping-Tor erreichen, wird an-

659

derswo ein Angriff beginnen, um die Verteidiger abzulenken. Wir wissen, dass die Nahrungsmittel knapp sind. Ihre Kampfkraft ist so gut wie aufgebraucht.«

»Fast hätte ich nicht mehr daran geglaubt.«

»Doch, hast du. Du hättest es auch verdient, bei der Eroberung dabei zu sein, trotzdem geht es nicht.« Tröstend legte er seinem Schüler die Hand auf die Schulter. »Damals nach der Einnahme von Anqing standen mein Bruder und ich hier im Hof. Ich habe ihm seine Fehler vorgehalten, ohne zu ahnen, wie sehr er es sich zu Herzen nehmen würde. Von da an hat er den Feldzug geführt, als wollte er mitsamt der Armee untergehen. Vor der ›Terrasse des Blütenregens‹ haben sie sich eingegraben. Der Treue König kam mit hundertzwanzigtausend Mann, Guoquan hatte weniger als die Hälfte. Jeden Tag habe ich ihn angefleht, entweder Verstärkung kommen zu lassen oder sich zurückzuziehen. Irgendwann, schrieb er mir, wird der Feind seine Truppen nicht mehr versorgen können. Das stimmte. Ihm sind auch Männer verhungert oder an Krankheiten gestorben, wie mein jüngster Bruder. Als dein Bote eintraf, wusste ich, was du von mir willst, aber ich hoffe, du kannst es akzeptieren. Guoquan wird den Triumph mit niemandem teilen. Es ist seiner.«

Aus einem Nebengebäude kamen die Sänftenträger und bereiteten den Aufbruch vor. Hier unter dem Mattendach hätten sie sitzen und reden können, dachte der General, vielleicht sogar Go spielen, stattdessen würde er die ganze Nacht Fräulein Chen husten hören. »Ich fand schon immer«, sagte Li Hongzhang, »Nanking einzunehmen, sollte meinem Lehrer und seiner Familie vorbehalten bleiben. Mir gebührt die Ehre nicht.«

»Shao Quan, ich bin stolz auf dich.« Beinahe hätte ihm vor Rührung die Stimme versagt. »Seit du damals nach Qimen zurückgekehrt bist, hast du keinen Fehler mehr gemacht.

Ohne deine Zusammenarbeit mit den Barbaren ... wer weiß, was passiert wäre. Ich bin sicher, der Hof wird dich angemessen belohnen.«

»Und mein Lehrer?«, fragte sein Schüler. »Was wird aus ihm?«

»Meine Bitte um einen Krankenurlaub ist bereits geschrieben. Ich werde den größten Teil der Soldaten entlassen und mich nach Hause zurückziehen. Die Herausgabe von Wang Fuzhis Schriften ist das eine – ich will auch den Ort finden, wo er sie geschrieben hat. Wenn der Hof mich nicht ruft, werde ich Hunan nie wieder verlassen.«

»Ruhestand«, sagte sein Schüler so bedächtig, als lernte er ein neues Wort. »Wie hieß der Ort noch gleich? Das Refugium der fortgesetzten Träume.«

Entschlossen stand der General auf. »Irgendwo muss es sein. Irgendwo zu Hause.«

Chen Nai kam, um sich von seinem Freund zu verabschieden, dann hielt der General den Vorhang der Sänfte, damit Li Hongzhang einsteigen konnte. Der Innenraum war beinahe zu klein für die riesenhafte Gestalt, die es sich zwischen den Kissen bequem machte. »Empfindet mein Lehrer auch die tiefe Befriedigung, die darin liegt, in einer Stadt zu wohnen, die man selbst erobert hat?« Lachend gab er ein Zeichen, und die Sänfte wurde angehoben. Ihre hölzernen Stangen bogen sich unter dem Gewicht. Ohne zu antworten, ließ der General den Vorhang los und folgte der Prozession bis zum Tor. In der Ferne sah er, wie der Yangtze durch sein Bett floss, still und breit wie das Meer. Für einen Moment war er so traurig, dass sich die Klarheit der Empfindung beinahe gut anfühlte. Sein Schüler wusste natürlich, dass die Eroberung der feindlichen Hauptstadt der heikelste Teil des Krieges war. Eine Stadt mit dreizehn Toren! Wenn ein einziger Banditenführer entkam, würde der Hof ermitteln und die Verantwortlichen bestrafen. Gingen sie zu grausam vor, würde man es ebenso gegen sie verwenden wie im Fall zu großer Nachsicht. Machte es denn noch einen Unterschied, dachte er? Langsam verschwand die Sänfte aus dem Blick, er blieb stehen und fühlte Tränen über seine Wangen rollen. Anqing war nichts als ein Skelett, lehmfarben und leer. Konnte es wirklich sein, dass das Schlimmste noch bevorstand? Drähte im Boden, hatte sein Schüler gesagt. Die Barbaren besaßen Kanonen, die aus so großer Entfernung feuerten, dass man sie nicht sah. Wie ein Blitz aus heiterem Himmel traf einen der Tod. War das besser oder schlimmer als das Schwert eines Henkers? Mit schreckstarren Augen blickte er über den Fluss, die große Schlange, die von dort kam, wo früher die Welt zu Ende gewesen war. Jetzt zog im Westen eine neue Zeit herauf. Der Unterschied zwischen ihnen und uns, dachte er, mochte einmal bestanden haben, aber bald würde es nur noch zwei Arten von Barbaren geben: jene von hinter dem Ozean und jene, die sich irrtümlich für Chinesen hielten. Vielleicht war sein Schüler einer von ihnen. Oder vielleicht sein Bruder. Die Verantwortung lag jedenfalls bei ihm. Zitternd stand der General am höchsten Punkt der Stadt und begriff, dass er gerade erst aus dem Traum von damals erwachte.

Nicht nur der Rückweg war verschwunden. Es gab auch kein Refugium mehr.

*Gedanken eines Unbekannten*

無
名
氏
之
見

*Bald werden sie mich holen. Vor wenigen Tagen kam zum ersten Mal die Geheimpolizei in die Druckerei, um alle Mitarbeiter zu befragen. Bisher hat niemand etwas verraten – vielleicht weiß niemand etwas –, aber wenn der Verdacht bereits auf unser Haus gefallen ist, kann es nicht mehr lange dauern. Allzu vorsichtig war ich nicht. Tief in meinem verwirrten Herzen sitzt der Wunsch, vor sie hinzutreten und zu sagen: Ich habe das geschrieben, es sind meine Worte, und ich schäme mich nicht. Obwohl genau genommen beides nicht stimmt. Hai Ruis Worte sind es, und ich fürchte, es war viel Eitelkeit im Spiel, als ich sie mir zu eigen machte. In letzter Zeit jedenfalls gehe ich abends erst nach Hause, wenn dort alle schlafen. Ich kann ihnen nicht länger in die Augen sehen.*

*Was soll aus meiner Familie werden, wenn sie mich verhaften? Was blüht ihnen, wenn die Hunan Armee die Stadt erobert? Lange nämlich kann auch das nicht mehr dauern. Ist es ehrenhaft, das eigene Gewissen über das Wohl derer zu stellen, die man liebt, oder ist es anmaßend, sich für alles unter dem Himmel verantwortlich zu fühlen? Auf keine dieser Fragen habe ich eine Antwort, und sie kommen ohnehin zu spät. Aus sämtlichen Richtungen graben die Belagerer ihre Tunnel, und vielleicht werden mich feindliche Soldaten erschlagen, bevor die Geheimpolizei zurückkehrt. Während ich dies schreibe, halte ich immer wieder inne und horche in die Nacht. So lange schon leben wir in einer Stille, wie nur die Angst sie gebiert.*

*Vor einiger Zeit hat mich Shuhua abends in der Druckerei überrascht. Plötzlich stand sie in der Tür, als ich gerade an einem Plakat schrieb, um mir eine Schale Tofumilch zu bringen. Ob sie etwas bemerkt hat, weiß ich nicht. Sie fragte nach dem Ostkönig, und als ich ihr die Wahrheit erzählte, konnte ich in ihren Augen sehen, wie sehr es sie schmerzte. Sie ist so jung und musste meinetwegen schon so viel durchmachen. Zu wissen, dass ihr das Schlimmste noch bevorsteht, zerreißt mir das Herz. Warum konnte ich damals nicht beim korrupten Gouverneur bleiben und schweigend meine Pflicht erfüllen? Wie oft hat meine Frau mich angefleht, nur einmal einen Kompromiss einzugehen, und wie selbstgerecht war ich, es nicht zu tun. Jetzt werden wir alle sterben, und warum? Meinetwegen!*

*Durch Zufall habe ich im Lager der Druckerei eine Bibel gefunden. Nicht jene, die der Himmlische König herausgegeben hat, sondern die andere, die von den Ausländern nach China gebracht wurde. Vieles ist unverständlich, wenn man nicht weiß, was die fremden Namen bedeuten und wo die Orte liegen, aber manches berührt mich in seiner Einfachheit so wie unsere alten Texte. Je länger ich darin lese, desto klarer wird mir, wie weit wir uns von dem entfernt haben, was der Ältere Bruder Yesu gelehrt hat. Als ich hierherkam, hoffte ich, es würde ein neues China entstehen, ohne korrupte Mandarine, aber es kam anders, und daran ist nicht nur der Himmlische König schuld. Wir alle sind fähig, die höchsten Ideale zu haben und die niedrigsten Taten zu begehen, oft genug benutzen wir Erstere sogar, um Letztere zu rechtfertigen. Hai Rui wird zu*

*Recht für seine Tugend und seinen Mut gerühmt, aber niemand weiß, was in der Nacht geschah, in der seine Frau und seine Nebenfrau starben. Der Himmel jedenfalls, der alles sieht, gewährte ihm keine männlichen Nachkommen, und in der Verbitterung seiner späten Jahre empfahl er dem Hof, bestechliche Beamte zu häuten und die Haut öffentlich auszustellen. Glaubte er wirklich, so lasse sich der Verfall aufhalten und die Tugendhaftigkeit fördern?*

*Wird uns unsere Natur vom Himmel verliehen, oder sind wir Sünder von Geburt an? Ich weiß es nicht. Mein Leben lang habe ich die Wahrheit gesucht, ohne sie zu finden. Jetzt bin ich ganz allein, so wie der alte Hai Rui, und horche ängstlich in die Dunkelheit.*

## 25  Die Kinder des Ungehorsams

Nanking, Sommer 1864

Nacht für Nacht sah er dem Feind in die Augen. Zwei Jahre lang hatten die Kämpfe getobt, nun wurde es auf einmal still in der Himmlischen Hauptstadt. Der Geschützdonner ließ nach, das Kampfgeschrei verstummte, und die Bewohner fragten sich ängstlich, was als Nächstes geschehen würde. Durch das Umland zog sich ein Spinnennetz aus langen Tunneln; statt die Stadt zu beschießen, arbeiteten die Belagerer unterirdisch und lautlos an ihrem Fall. Hörst du etwas, flüsterten die Menschen einander zu, wenn sie auf der Straße innehielten. Die Wachen auf den Türmen spähten nach verdächtigen Erdaufwürfen und dem gelb verfärbten Gras, das die feindlichen Aktivitäten verriet. Wurde Alarm geschlagen, mussten in Windeseile sogenannte Gegenminen gegraben werden, über die Rauch oder Abwasser in die Tunnel geleitet wurde, ehe sie der Mauer zu nahe kamen. Eine riskante, oft tödliche Arbeit, weil die schlecht gesicherten Schächte einstürzten oder zwei Minen aufeinandertrafen – dann standen sich die verfeindeten Parteien plötzlich auf Armlänge gegenüber und gingen mit Harken und Spaten aufeinander los. Jede Nacht war er an vorderster Front mit dabei. Aus den Augen der Soldaten blitzte ihm blanke Mordlust entgegen, er wollte wegrennen, war aber wie gelähmt und erwachte mit einem Schrei auf den Lippen.

Beruhigend legte sich eine Hand auf seine Brust. Durch

die verzierten Fenster schien der Mond in den ›Pavillon der himmlischen Gnade‹. Aus der verschmutzten, schattigen Höhle, in der Eliazar Robards einst gehaust hatte, war ein lichtdurchflutetes Refugium mit Möbeln aus Sandel- und Ebenholz geworden, Kalligraphien schmückten die Wände, in den Regalen stand koreanisches Porzellan. Das Bett, wo ihm die Frauen den Schweiß von der Stirn wischten, befand sich im hinteren Zimmer. Er lag wach, hatte Angst, erneut einzuschlafen, und wartete auf die Dämmerung. König Heiliges Gefäß. Tagsüber verbrachte er die meiste Zeit damit, gegen das schlechte Gewissen anzukämpfen, das seine unverdienten Privilegien ihm verursachten. Der einzige feste Termin war eine Audienz beim Schildkönig alle zehn Tage. Pünktlich holte ihn die Sänfte mit acht Trägern am Tor ab, und er schwebte wie durch ein Spalier flüsternder Stimmen. Auf vielen Hauswänden stand die Parole ›Alle horchen auf das böse Treiben der Dämonen.‹ Mittels Aushängen wurde nach Menschen mit besonders scharfem Gehör gesucht, und wenn sich nicht genug Blinde meldeten, hieß es, wurden Sehende aufgegriffen und kurzerhand blind gemacht. Gerüchte, von feindlichen Agenten gestreut, um die Bevölkerung aufzuwiegeln. In Wirklichkeit durfte mittlerweile jeder gehen, der wollte, aber die Hunan Armee griff alle Flüchtenden auf und schickte sie zurück, um die Hungersnot zu verschärfen. Als er die Gardine beiseiteschob, fiel sein Blick auf den Schriftzug ›Wer betet, wird siegen. Wer zweifelt, geht unter.‹ Ein Echo auf das, was er geträumt hatte, entdeckte er fast nie und wünschte, Hong Jin würde ihm sagen, was er träumen *sollte*, aber das Risiko ging der Freund nicht ein. Kürzlich erst war er zum Erzieher des Thronfolgers ernannt worden, ein Anzeichen für seine allmähliche Rehabilitierung, die er nicht durch eigenmächtiges Handeln gefährden wollte.

Träum, was du willst, hatte er beim letzten Mal gesagt.

Innen war die Sänfte mit roter Seide ausgeschlagen. Sein Blick strich die Straße entlang, aber erst als er den Jungen entdeckte, wurde ihm bewusst, dass er nach ihm gesucht hatte. Jedes Mal wartete er am Tor und folgte der Eskorte, aber beim Palast des Schildkönigs hielten ihn die Wachen zurück. Standartenträger riefen seinen Titel aus und salutierten, dann wurde die Sänfte vor der Haupthalle abgesetzt. Seit der Rückkehr vom Westfeldzug empfing ihn Hong Jin so, wie es das Protokoll vorsah, danach erst zogen sie sich in die hinteren Räume zurück. Auf dem Heimweg würde der Junge wieder da sein. War es immer derselbe, und wenn ja, was wollte er? Hatte Potter ihn beauftragt, sich einfach nur zu zeigen, wie eine stumme Erinnerung daran, dass es keinen Ausweg gab, solange er sich versteckte? Eliazar Robards saß inzwischen in einem gewöhnlichen Gefängnis, und wenn man es geschickt anstellte, wäre es durchaus möglich, an ihn heranzukommen.

Auch im Palast sprachen die Mitarbeiter mit gedämpften Stimmen. Verflogen war der kameradschaftliche Geist, der früher hier geherrscht hatte. Im Gespräch kniff Hong Jin die Augen zusammen und fixierte sein Gegenüber, als suchte er nach etwas, das man vor ihm verbarg. Mehr noch als sein eigenes Versagen grämte ihn der Verrat der Engländer, die den Feind erst offen unterstützt hatten und seit dem Massaker von Suzhou wieder Neutralität heuchelten. Immer häufiger forderte er, dass China seinen eigenen Weg gehen müsse, allein, ohne die Hilfe doppelzüngiger Ausländer. »Was kann ich für den König tun?«, fragte er jetzt. Dicke Vorhänge hielten die Sonne ab und hüllten den Raum in ein ganztägiges Halbdunkel.

»Weniger förmlich sein?« Er wartete kurz, aber sein Freund zog nur die Augenbrauen hoch und spielte mit den Quasten seines Hüftbandes. »Ich wollte mich nach dem

Stand der Dinge erkundigen. Außerdem habe ich ein Anliegen.«

»Bitte.«

»Es heißt, der Treue König sei zurück in der Stadt, stimmt das?«

»Seit zwei Tagen.«

»Hast du mit ihm gesprochen?«

»Ich erwarte seinen Besuch.«

»Aber du weißt bereits, ob er etwas erreichen konnte.«

»Militärische Dinge fallen nicht in deine Zuständigkeit.«

»Außer dass ich sie beeinflussen könnte, aus Versehen.«

Zum ersten Mal zog ein Lächeln über Hong Jins Gesicht. Inzwischen wurden beinahe im Wochentakt neue Könige berufen, die nicht viel zu tun hatten, aber Befugnisse verlangten und damit den Aufbau einer stabilen Verwaltung behinderten. »Was hast du erwartet«, erwiderte er bitter. »Nichts hat er erreicht, nur Männer verloren. Mehrere zehntausend.«

»Verstehe.« Drei Monate lang hatte der Treue König versucht, in den angrenzenden Provinzen neue Truppen zu rekrutieren. Trotz seines Versagens auf dem Westfeldzug war er zum obersten Verteidiger der Hauptstadt ernannt worden, aber Hong Jin betrachtete ihn als Verräter. Für den Fall von Anqing machten sich die beiden gegenseitig verantwortlich, und die aktuelle Lage beurteilten sie auch unterschiedlich. Der Treue König wollte aus dem Kessel ausbrechen, um im Süden eine neue Basis aufzubauen, Hong Jin hielt sich an die wolkigen Vorgaben seines Vetters. Durchhalten, beten und hoffen auf den süßen Tau des Herrn – ob er wirklich daran glaubte, verriet seine Miene nicht. »Was heißt das für uns?«, fragte Fei Lipu.

»Noch einmal, das sind militärische Dinge, die nicht ...«

»Ich frage anders: Gibt es etwas, das ich tun kann?«

669

Demonstrativ zuckte Hong Jin mit den Schultern. »Hast du was geträumt?«

Für einen Moment herrschte Stille. Im Nebenraum wurde schon lange nicht mehr gebadet und gelacht, aber als Fei Lipus Gedanken vorauseilen wollten zu den Freuden der kommenden Nacht, hielt er sie zurück. Die Besuche der Frauen waren ein schwacher Trost für die erzwungene Untätigkeit, und sie vermochten nichts gegen die Angst, die ihn innerlich auffraß. Inzwischen hatten die Belagerer das Fort auf der Drachenschulter erobert und würden der Stadt bald nahe genug sein, um mit ihren Kanonen über die Mauer zu feuern. Für den Fall, dass Hong Jin ihn nicht stärker einband, hatte er in den letzten Wochen einen Entschluss gefasst. Oder zumindest verschiedene Möglichkeiten durchgespielt. »Hör zu«, sagte er, »du hast deinem Vetter von mir erzählt ...«

»Du nennst ihn bitte den Himmlischen König.«

»Ich lag nachts im Bett, und plötzlich war er da. Ich hatte nicht um das Amt gebeten.«

»Niemand von uns hat darum gebeten. Wir haben einen Auftrag.«

»In meinem Fall einen sehr vagen. Um nicht zu sagen einen sinnlosen.«

»Das mag für dich so aussehen«, erwiderte sein Freund kühl. »Allerdings liegt es nicht an dir, das zu entscheiden. Aufträge führt man aus.«

»Darf ich fragen, warum deine Laune heute so besonders übel ist?«

Hong Jing schüttelte den Kopf und antwortete dann doch. »Post habe ich bekommen. Stell dir vor, Reverend Legge erweist mir die Ehre, mich über seine Ansichten in Kenntnis zu setzen.«

»Ihr seid noch in Kontakt?«

»Wann immer er das Gefühl hat, ich bedürfte seiner Unterweisung.« Mit einer Hand zog er ein Kuvert hervor und schob es über den Tisch. Es enthielt die Kopie eines Artikels, den Legge in einem Missionsmagazin veröffentlicht hatte, um gegen die Unterstützung seiner Regierung für die sieche Dynastie zu protestieren.

»Hier steht«, sagte Fei Lipu, während er den Text überflog, »dass die Zeit der Mandschus vorbei ist, so wie die der Stuarts in England oder die der Bourbonen in Frankreich.«

»Ich weiß nicht, wer das war, und es ist mir egal. Zu uns fällt ihm nur ein, dass wir keine Christen sind. Im beigefügten Brief steht, ich soll zurück nach Hongkong kommen. Bei guter Führung darf ich wieder als Katechist anfangen. Nett, oder?«

»Wenn du geglaubt hast, du könntest Reverend Legge überzeugen, bist du selbst schuld. Außerdem ist seit Suzhou sowieso alles anders. Unser Problem sind nicht die Engländer, sondern dass wir es nicht schaffen …«

»Unser Problem ist«, unterbrach ihn Hong Jin, »dass sich zu viele Leute berufen fühlen, zu entscheiden, was wir tun sollen. Statt einfach ihre Pflicht zu erfüllen.«

»Jede Nacht kommen Palastfrauen in mein Gemach, und während ich schlafe, machen sie irgendwelche Notizen. Was genau ist meine Pflicht? Was soll ich tun?«

»Hast du schon mal vom Ostkönig gehört?«, fragte sein Freund. »Ich erinnere mich, dass wir über ihn gesprochen haben. Damals, vor meiner Abreise.«

»Viel wolltest du nicht verraten. Was ist mit ihm?«

»Lange Zeit kannte ich selbst nur die halbe Geschichte. Yang Xiuqing hieß er, ein armer Köhler aus Guangxi, ich habe ihn nie getroffen. Er konnte nicht lesen und schreiben, war aber ein militärisches Genie. Die frühen Feldzüge im Süden hatte er geplant. Der Himmlische König war nie ein großer Stratege, sondern hat sich mehr für die Bibel interes-

671

siert und den militärischen Bereich anderen überlassen. Nach der Gründung des Reichs wurde Yang Xiuqing ein König von neuntausend Jahren. Schon im Süden hatte er angefangen, im Namen des Himmlischen Vaters zu sprechen. Er fiel in einen Dämmerzustand, alle mussten niederknien und die Befehle anhören. Im Rückblick klingt es seltsam, aber mein Vetter hat ihm vertraut und zu spät gemerkt, dass er seine Macht zu missbrauchen begann. Mit der Zeit wurde es immer offensichtlicher. Yang Xiuqing wollte einen größeren Palast als die anderen Könige, mehr Konkubinen, und auch die militärischen Entscheidungen wurden riskanter. Er hielt sich für unfehlbar. Der Nordfeldzug, den er angeordnet hatte, um Peking einzunehmen, endete bekanntlich im Fiasko, aber er suchte die Schuld bei anderen. Wurde ein Befehl nicht befolgt, ließ er den Verantwortlichen auf der Stelle hinrichten. Hier in der Hauptstadt hatte er sechstausend Soldaten stationiert, die nur ihm gehorchten, und egal wie dringend sie draußen gebraucht wurden, er bestand darauf, dass sie blieben. Es war alles Teil seines Plans, die Autorität des Himmlischen Königs zu untergraben. Er warf ihm vor, sich in Vergnügungen zu ergehen, und ein- oder zweimal wurde mein Vetter mit Stockschlägen gezüchtigt, nachdem Gott es angeblich befohlen hatte. Ich weiß«, sagte er und hob beschwichtigend die Hand. »Lass mich ...«

»Nie habe ich eine Forderung gestellt. Eine Audienz war alles, was ich wollte. Um mich nützlich zu machen.«

»Niemand wirft dir etwas vor, lass mich einfach erzählen. Früher haben wir ganze Nächte hier gesessen und geredet.«

»Auch einen Titel habe ich nicht verlangt.«

»Ich weiß. Hör dir die Geschichte an.« Für einen kurzen Moment entspannte sich Hong Jins Miene, dann sprach er weiter. »Es war alles perfekt vorbereitet. Die treuesten Generäle meines Vetters befanden sich außerhalb der Stadt, als

Yang Xiuqing verlangte, ein König von zehntausend Jahren zu sein, dem Himmlischen König gleichgestellt. Natürlich hat er behauptet, es sei Gottes Wille. Zu dem Zeitpunkt musste er nicht mehr in seinen Dämmer fallen, das Wort kam im Schlaf zu ihm, er ließ es aufschreiben und verkünden. Mein Vetter war überrumpelt, aber schließlich verstand er, was gespielt wurde. Er bat um Bedenkzeit und rief seine Generäle zurück in die Hauptstadt. Dann haben sie getan, was notwendig war. Es war eine Krise, die das Reich hätte zu Fall bringen können, nur hartes Durchgreifen konnte uns retten.« Er zuckte mit den Schultern. »Was ich damit sagen will: Es ist nicht leicht, Macht zu haben. Der Zweck heiligt die Mittel nicht, aber manchmal verlangt er sie. Es war ein großer Palast, und niemand durfte überleben. Nicht die Leibgarde des Ostkönigs, nicht die Sekretäre, weder seine Familie noch die Palastfrauen. Allein davon gab es fünfhundert. Außerdem blieb das Problem seiner sechstausend Soldaten. Wer konnte garantieren, dass sie sich nicht gegen den Himmlischen König auflehnen würden? Also ging es weiter. Mein Vetter hat die Gewalt bei der Erstürmung des Palasts zum Schein verurteilt und zwei Generäle zu fünfhundert Schlägen mit dem Bambusrohr verurteilt. Die Soldaten des Ostkönigs durften der Bestrafung beiwohnen, aber natürlich mussten sie am Eingang zum Palast ihre Waffen abgeben ...« Betont langsam, wie um zu zeigen, dass ihn das Ende der Geschichte nicht schreckte, nahm Hong Jin seine Teetasse und trank. »Ich weiß, wie es von außen aussieht, aber das ist es, was ich dir zu erklären versuche: Wir sind nicht außen. Du sagtest, du hast ein Anliegen?«

»Sie haben sechstausend ihrer eigenen Leute ermordet?«

»Mein Freund, manchmal frage ich mich, ob du verstehst, was wir hier tun. Allen wäre es lieber, kein Blut zu vergießen, aber was wir vorhaben, hat in dreitausend Jahren noch keiner geschafft. Glaubst du, wir schaffen es, wenn wir uns bei der Wahl der Mittel immer an die Bergpredigt halten?«

»Es gibt einen Feiertag, der an den Eingang des Ostkönigs ins große Paradies erinnert.«

»Jahrelang war er der engste Vertraute meines Vetters. Die Trauer um seinen Tod wird ihn nie verlassen. Sie ist einer der Gründe, weshalb er so zurückgezogen lebt.«

»Trotzdem hat er es getan. Um seine Macht zu verteidigen.«

»Jetzt redest du auch schon wie der Reverend. Was ihr Ausländer euren Glauben nennt, ist nichts als Heuchelei. Wer das Schwert erhebt, soll durch das Schwert umkommen, aber wer Kanonenboote hat, muss nichts befürchten. Es stört euch nicht, was wir predigen, sondern dass uns nicht kümmert, was *ihr* predigt. Als wir uns in Victoria kennenlernten, warst du anders, aber vielleicht nur, weil du sowieso kein Missionar gewesen bist. Schon damals hast du nicht an das geglaubt, was du getan hast, und wenn du es immer noch nicht tust, weiß ich nicht, was du hier willst. Genieße das süße Leben, aber vergiss deinen Auftrag nicht. Für meinen Vetter bist du ein heiliges Gefäß, durch dich spricht entweder der Himmlische Vater oder der Teufel. Das ist alles, was ich dir sagen kann. Willst du mir dein Anliegen nun verraten oder nicht?«

»Ich will Robards aus der Stadt bringen.«

»Warum?«

»Ich weiß, dass du denkst, er sei nicht in Gefahr, aber jemand trachtet ihm nach dem Leben. Ein Feind von früher. Außerdem weiß jeder, dass er verrückt ist. Er kann uns weder schaden noch nützen. Man hat mir gesagt, dass es vom Nordtor einen Pfad zum Fluss gibt, vorbei an der alten Relais-Station für Postpferde. Ich könnte ein Boot organisieren, aber ich brauche einen Passierschein. Wenn alles gutgeht, werden wir nie wieder von ihm hören. Wäre das nicht das Beste für uns? Für ihn sowieso.«

Eine Zeitlang sah Hong Jin ihn stumm an. »Wenn du gehen willst, sag es einfach.«

»Schau dich an, überall witterst du Verrat. Nachdem wir uns wie lange kennen?«

»Eine *Yaopai* für dich und Robards? Zum Fluss?«

»Ja, nach der Sperrstunde.«

»Ich hoffe, du weißt, was du tust.«

Fei Lipu stand aus dem Stuhl auf und zögerte einen Moment. Außer ihnen beiden war niemand im Zimmer. »Bestehst du darauf?«, fragte er. »Auch wenn keiner dabei ist.«

»Der Reverend würde sagen: Betrachte es als Exerzitium.« Es klang nach einem Witz, aber er meinte es ernst, also kniete Fei Lipu nieder, hob die Hände und rief: »Der Schildkönig lebe fünftausend Jahre, fünftausend Jahre, fünfmal fünftausend Jahre!«

Hong Jin erlaubte sich ein spöttisches Lachen. »Du erinnerst dich an seinen Spruch über die Katholiken: Wer keinen Glauben hat, muss sich eben ans Ritual halten. Mach's gut, mein Freund.«

Gerne hätte er etwas gesagt, das ihrer Freundschaft gerecht wurde, aber ihm fiel nichts ein. »Hat er auch was über mich geschrieben?«, fragte er. »Legge, meine ich.«

Hong Jin schüttelte den Kopf und wendete sich seinen Papieren zu.

Kurz ließ Fei Lipu den Blick durch den Raum schweifen, dann ging er.


Eine Woche später holte er Eliazar Robards aus dem Kerker. Zuerst wollten ihn die Wachen nicht herausgeben, aber die Dokumente, die er vorzeigte, trugen das Siegel des Schildkönigs. Robards war in besserem Zustand als erwartet, zwar ungepflegt wie eh und je, aber regelrecht erfreut, ein bekanntes Gesicht zu sehen. Dass er bei Nacht aus der Stadt gebracht werden sollte, nahm er ungerührt zur Kenntnis. Fei Lipu hatte sich eine Geschichte zurechtgelegt, um ihn von der Notwendigkeit der Flucht zu überzeugen, aber das erwies sich als unnötig. Die Sonne ging gerade unter, als sie den Pavillon der Himmlischen Gnade erreichten, wo neue Kleidung für Robards und ein Beutel mit Wegzehrung bereitlagen. »Dich behandeln sie besser als mich«, war alles, was dem Missionar beim Betreten der Räume einfiel.

»Wir warten bis nach der Sperrstunde«, sagte Fei Lipu. »Dann gehen wir los.«

Drei Tage zuvor hatte eine gewaltige Detonation die Stadt erschüttert. Im Südwesten war die Hunan Armee der Mauer nahe genug gekommen, um ein Loch hineinzusprengen, zum Glück zu klein, als dass es ihren Truppen die Erstürmung ermöglicht hätte. In Windeseile war eine behelfsmäßige zweite Mauer gebaut worden, und die Regierung bemühte sich, den Vorfall als Sieg zu verkaufen. Wie üblich wurde die Bevölkerung vor dem Glockenturm zusammengerufen, aber alle waren erschöpft von den Arbeitsdiensten und riefen die Parolen eher pflichtschuldig als inbrünstig. Die anschließende Hinrichtung vollzog sich in betretener Stille. Nach monatelanger Suche war der Verfasser jener aufwieglerischen ›Gedanken eines Unbekannten‹ gefasst worden, nun stand er eingewickelt in ölgetränkte Stoffbahnen neben der Rednertribüne. Die Erdschicht, die man um ihn herum ausgebreitet hatte, sollte verhindern, dass das Feuer um sich griff. Von seinem Platz aus verfolgte Fei Lipu, wie ein Soldat mit brennender Fackel vortrat, dann schloss er die Augen. Der Mann hatte in der Druckerei am Hanzhong-Tor gearbeitet; gut möglich, dass sie einander dort begegnet waren. Er hörte ein Fauchen, das sich über den Köpfen der

676

Menge fortsetzte. Quälend lange dauerte es, bis die Schreie des Delinquenten erstarben. Ein unruhiger Wind verteilte den Rauch über den Platz. Später saß er in der Sänfte, die ihn zurück zum Palast brachte, und roch den Brandgeruch an seinen Kleidern.

Den ganzen Abend hallten die Schreie in seinem Kopf wider. Als die Frauen ihn zur üblichen Stunde aufsuchten, schickte er sie fort und sagte, sie sollten nach dem Ende der zweiten Wache wiederkommen. Dann zog er sich um. Anders als früher wurde der Pavillon nicht bewacht, er musste nur die Soldaten am Haupttor überzeugen, dass er in der Stadt zu tun hatte und keine Eskorte brauchte. Nach ein wenig Hin und Her ließen sie ihn durch. Draußen entledigte er sich seiner Robe, rollte sie zusammen und klemmte sie unter den Arm. Darunter trug er ein schlichtes dunkles Gewand und für alle Fälle ein Messer am Gürtel, ansonsten hatte er nichts bei sich, nicht mal einen Plan. Wenn sein Gefährte noch in der Stadt war, würde er sich hoffentlich zeigen. Und dann?

An zwei Wachposten musste er vorbei, aber die Männer schliefen tief und fest. Zielstrebig ging er nach Osten, in der Ferne sah er den sanften Anstieg der Drachenschulter, die sich vom nächtlichen Himmel abhob. Ab und zu erklangen dort Schüsse und Detonationen. Je näher er dem alten Garnisonsviertel kam, desto dunkler wurden die Gassen, und ein seltsamer Geruch wehte ihm entgegen: faulig wie Kompost, streng wie Tierkadaver, beißend wie abgestandener Urin. Mehr als zehn Jahre lag es zurück, dass himmlische Krieger durch die Tore gestürmt waren, um die Schlafenden in ihren Betten und die Flüchtenden in den Gassen zu erschlagen. Fette Ratten wieselten umher, er fühlte sein Herz schlagen und zwang sich, langsamer zu gehen. Die rechte Hand umschloss den Griff des Messers.

Wie hatte er so lange brauchen können, um zu sich zu kommen? Nach der Ernennung zum König war ihm eine Zeitlang jeden Abend eine Mahlzeit aus zehn Gerichten serviert worden. Wenn er wollte, hatte er Samshu bekommen und danach im Bett gelegen und auf die leisen Schritte der Palastfrauen gewartet. Im Dunkeln erkannte er ihre Gesichter nicht, und am Morgen fragte er sich, wo die Erinnerung aufhörte und die Träume begannen. Mittlerweile gab es nur noch zwei oder drei einfache Gerichte, und er hatte Alpträume. Niemand glaubte mehr an die hehren Ziele der Revolution, sogar über den Schildkönig kursierten Gerüchte, er werde unter dem Vorwand, in Jiangxi neue Truppen auszuheben, bald die Stadt verlassen. Während sich Fei Lipu im Schatten der Mauern hielt, dachte er daran, wie er damals durch das vom Krieg zerstörte Kanton geschlichen war, unterwegs zu seinem ersten Treffen mit dem einäugigen Teufel.

Zwei Stunden irrte er durch die nachtschwarzen Gassen. Ab und zu sah er das Flackern von Kerzenlicht, und einmal glaubte er englische Stimmen zu hören, aber im Näherkommen verschwanden sie. Den Jungen hatte er zuletzt nicht mehr gesehen, und vielleicht war auch sein Gefährte längst aus der Stadt verschwunden, deren Fall unmittelbar bevorstand. Fei Lipu erreichte eine Kreuzung, wo ihm Schutt und Geröll den Weg versperrten. Steine waren aus dem Boden gerissen worden, und eine lange Stange, vielleicht ein Fahnenmast, drückte auf das Dach des nächsten Hauses. Früher musste es ein Yamen gewesen sein, jetzt stand es halb zerstört und leer von der Gasse zurückgesetzt. Durch den offenen Eingang sah Fei Lipu, wie Mondlicht in den Innenhof fiel, davor erkannte er die Silhouette eines Mannes, der grüßend die Hand hob. Sein Hut sah aus wie ein Zylinder, aber statt vorzutreten und sich offen zu zeigen, verschwand er im Inneren des Gebäudes. Als Fei Lipu ihm folgte, gelangte er in einen Raum, worin außer dem gemauerten Bett in der Ecke keine Möbel standen. Ein vertrauter Geruch stieg ihm in die Nase. Reglos saß der Mann auf dem Bettrand, der Rauch aus seiner Pfeife waberte durch die Dunkelheit. Keef, dachte er und fühlte denselben Schwindel wie damals auf dem Boot. Auf einmal kam es ihm vor, als wären seitdem wenige Tage vergangen. Ein überraschend angenehmes Gefühl.

»Majestät.« Potter lupfte seinen Hut und legte ihn neben sich ab.

»Ich habe mir oft vorgestellt, wann und wo wir uns wiedersehen.«

»Willkommen in meinem Palast. Es gibt einen Stuhl, da hinter dir.«

Er setzte sich mit dem Rücken zur Wand, nah bei der Tür. »Wie ist es dir ergangen?«, fragte er. Zürnte sein Gefährte ihm, weil er sich so lange versteckt hatte?

»Jeder Krieg bietet Möglichkeiten, aber wem sage ich das.« Potters Stimme war nichts anzumerken.

»Du hast dich als Söldner verdingt? Im Auftrag der Mandarine?«

»Sagen wir, ich habe versucht, aus meinem bescheidenen Talent das Beste zu machen.«

Obwohl keine Lichtquelle auszumachen war, kam ihm die Dunkelheit mit der Zeit weniger dicht vor. Im nächsten Hof rankten sich Pflanzen an den Mauern empor, und überall türmten sich Schutthaufen. »Wo hast du gekämpft?«

»Hier und da. Unser erster Anführer war ein feiner Kerl, Fred Ward, leider hat er sich in Songjiang eine Kugel eingefangen. Sein Nachfolger hieß Burgevine, auch ein feiner Kerl, aber er kam nicht mit dem schweinsäugigen Chinesen aus, der uns vorgesetzt wurde.«

»Ich glaube, ich weiß, wen du meinst.«

»Sie wollten uns verheizen. Wenn wir nein gesagt haben, gab's keinen Sold. Burgevine musste einem Chink ein blaues Auge verpassen, schon hat das Schweinsauge fünfzigtausend Taler auf seinen Kopf ausgesetzt. Danach sollten wir zu einer respektablen Armee werden, mit einem lispelnden englischen Offizier an der Spitze.« Potter schüttelte den Kopf. »Ich hab mich für eine Weile nach Shanghai abgesetzt, aber du warst schon weg. Dann, stell dir vor, sind Burgevine, ich und ein paar andere zu den Rebellen übergelaufen.«

»Zu uns?«, fragte er erstaunt.

»Nach Suzhou. Es war wie in der guten alten Zeit. Weniger Regeln, mehr Beute. Leider hatte Burgevine seine Trinkerei nicht unter Kontrolle, und im Winter haben uns ausgerechnet die alten Kameraden angegriffen. Ich dachte, ich habe genug für andere gearbeitet und sollte mich mal wieder um meine eigenen Angelegenheiten kümmern.« Jedes Mal, wenn er an der Pfeife zog, spiegelte sich die Glut in seinem gläsernen Auge. »Und du«, sagte er aufgeräumt, »hast beschlossen, deine letzten Tage königlich zu verbringen.«

»Meine letzten Tage?«

»Draußen stehen siebzigtausend Soldaten, die nur darauf warten, euch die Haut vom Leib zu ziehen. Vermutlich wissen sie sogar, wie es geht. Ist nämlich schwieriger, als man denkt.«

»Bist du hier, um mich zur Flucht zu überreden?« Für einen Moment glaubte er, dass es tatsächlich so einfach war: Das Nordtor, ein Pfad zur Relaisstation, ein Boot und dahinter die Zukunft. Als wäre er auf Reisen gewesen und das Glück hätte all die Jahre geduldig auf ihn gewartet. Bloß, wenn es so einfach wäre, warum sollte man ihn dann überreden müssen?

680

»Wie geht's deinem Arm?«, fragte Potter, statt zu antworten. »In den letzten Wochen habe ich die Operation noch zweimal wiederholt, aber so gut ist sie mir nicht mehr gelungen.«

»Was soll ich sagen, ich lebe.«

»Noch. Das Komische ist: Nachdem ich dein Leben gerettet habe, fühle ich mich jetzt dafür verantwortlich. Oder was dachtest du, weshalb ich hier bin?« Er lachte über seinen Witz und blickte zur Tür. Mit einem Tablett in den Händen kam eine junge Chinesin herein. Wortlos stellte sie es neben Potter ab, nahm zwei Tassen und gab sie ihnen. Dann ging sie wieder.

»War es schwer, in die Stadt reinzukommen?«, fragte er.

»Nein, aber bald wird es schwierig sein, rauszukommen.«

»Falls du Robards suchst, der ist an einem Ort, wo nicht einmal du an ihn herankommst.«

»Es sei denn, jemand hilft mir.«

»Selbst wenn ich wollte …«

»Im Gegenzug würde ich dein Leben noch mal retten. In zehn Tagen fährt von Shanghai aus ein Schiff nach Amerika. Das ist mein Angebot, überleg's dir gut. Du weißt, wie es euren Leuten in Suzhou ergangen ist. Der Engländer hatte ihnen freies Geleit zugesichert, der schweinsäugige Chinese ließ sie in Stücke hacken. Hier werden sie auf den Trick mit dem Geleit verzichten und gleich zum zweiten Akt übergehen.«

»Für deine Verhältnisse bist du heute ausgesprochen gesprächig.«

»Das ist deine Antwort?«

»Ich kann dir nicht bei einem Verbrechen helfen.«

»Was glaubst du, was du die ganze Zeit tust? Es war in Ordnung, an diesen Horseshit zu glauben, solange du auf Hongkong gelebt hast – wo du hättest bleiben sollen, wenn du mich fragst. Und gib die Schuld nicht mir. Du hattest Papiere, um ins Rebellengebiet zu gelangen, und wolltest obendrein bezahlen. Nach dem Überfall hättest du in Shanghai bleiben können, aber nein, du wolltest mitmischen. Glaub mir, ich kenne deine Sorte, früher oder später haben sie alle Blut an den Händen.« Er klopfte seine Pfeife aus und stopfte sie erneut. »Zumindest an einer Hand.«

Fei Lipu fiel auf, dass er die unter den Arm geklemmte Robe verloren hatte. Sein linker Arm war nutzlos, ein tauber Stumpf. »In Amerika herrscht auch Krieg«, sagte er und hasste den verzagten Klang seiner Stimme.

»Wer weiß, wie lange noch. Wir müssen uns beeilen.«

»Robards hat mir nichts getan.«

»Aber mir. Seine Männer haben mich zu Brei geschlagen, und er stand daneben und hat sie angefeuert. Mit Bibelversen. Seitdem habe ich diese Glaskugel im Kopf.«

»Vielleicht hättest du deine Finger vom Menschenhandel lassen sollen.«

»O höret den König. Die armen Teufel hatten sowieso nur die Wahl, ob sie zu Hause verrecken oder es in Übersee versuchen. Sie wollten gehen. Mein Job war es, denen die Entscheidung abzunehmen, die sich nicht getraut haben.«

»Du hast immer eine Antwort.«

»Du nicht. Es ist zu spät, den Unschuldigen zu spielen. Was hast du früher für Reden geschwungen über deinen Hass auf die Monarchie. Und jetzt? Irgendwas mit Gefäß.«

Fei Lipu leerte seine Tasse und stand auf. »Wo ist der Junge?«

»Welcher Junge?«

»Den du nach mir geschickt hast. Der jedes Mal meiner Sänfte folgt.«

Mit einer Kopfbewegung wies Potter nach nebenan. »Das Mädchen und ich sind erst seit ein paar Tagen in der Stadt.

Ich dachte, ich müsste dich suchen, aber nein – nur warten musste ich. Du weißt, was die Stunde geschlagen hat. Entweder eure Feinde finden Robards, oder ich tue es, also sei kein Trottel! Der Einzige, den du noch retten kannst, bist du.«

Das Zeug in der Pfeife machte Fei Lipu benommen und aggressiv. Einen Moment lang spürte er den Impuls, sich mit gezücktem Messer auf seinen Gefährten zu stürzen. »Du bist der Teufel, Alonzo Potter«, sagte er, »niemals hätte ich mich mit dir einlassen dürfen.« Dann fing er sich wieder und verstand, dass er seine Entscheidung nicht länger aufschieben konnte.

Als die Sperrstunde ausgerufen wurde, brachen sie auf. Er hatte Robards Tee gekocht und vorsichtshalber einige Tropfen Laudanum hineingegeben, die ihn noch ruhiger werden ließen. Erst als der Missionar sah, wie er das Messer an seinem Gürtel befestigte, wurde er stutzig. »Für alle Fälle«, sagte Fei Lipu. »Der Weg vom Nordtor zum Fluss ist gefährlich, und es sind mindestens anderthalb Meilen. Wir müssen auf alles vorbereitet sein.«

»Wir sollten beten«, erwiderte Robards.

»Später. Von hier bis zum Nordtor sind es noch mal drei Meilen.« Er nahm den Beutel mit der Verpflegung, aber als Robards sich hinkniete, ließ er ihn gewähren.

»Gott der Gerechten und der Mutigen«, sprach der Missionar laut. »Weil du es befiehlst, verlassen wir die Stadt, die das neue Jerusalem hätte werden sollen und das neue Sodom wurde. Der hier herrscht, nennt sich dein Sohn und ist in Wahrheit der, von dem es heißt: Alle seine Götzen sollen zerbrochen und sein Hurenlohn soll mit Feuer verbrannt werden. So treffe denn dein heiliger Grimm die Stadt und töte, was darinnen ist, Unzucht, Habsucht, böse Begierde und

Götzendienst. Denn um solcher Dinge willen kommt dein Zorn über die Kinder des Ungehorsams. Amen«, sagte er, stand auf und sah Fei Lipu fragend an: »Haben wir genug Wasser?«

»Ja«, sagte er. »Wir haben alles, was wir brauchen.«

Die Wache am Tor warf einen kurzen Blick auf ihre *Yaopai*, dann wurden sie durchgelassen. Auf einer Karte hatte sich Fei Lipu den Weg eingeprägt, aber darauf verzichtet, sie mitzunehmen. Noch hing der Mond dicht über dem Horizont. Am Tag hatte es geregnet, jetzt lockerte die Bewölkung auf. Die Explosionen aus Richtung der Drachenschulter kamen immer näher, und in keinem Haus, das sie passierten, war ein Licht zu sehen. Noch einige Male wurden sie angehalten, aber die Papiere waren in Ordnung, und sooft Fei Lipu über die Schulter blickte, konnte er niemanden entdecken, der ihnen folgte. Als sie die letzten Häuser hinter sich gelassen hatten, erstreckten sich vor ihnen offene Felder und eingezäunte Obstplantagen. Robards atmete schwer. Fei Lipu hatte alles sorgfältig geplant, aber nicht bedacht, wie schwach ein Mann von sechzig Jahren war, der so lange in der Zelle gesessen hatte. Als er ihm die Kürbisflasche mit dem Wasser reichte, trank der Missionar gierig. »Das Nordtor muss direkt vor uns liegen«, sagte Fei Lipu und zeigte in die Richtung. »Dort können wir verschnaufen.« Rechts von ihnen standen Schuppen, die zur Aufbewahrung von Arbeitsgerät dienten, und er wunderte sich, dass sie nicht bewacht waren.

»Wer folgt uns?«, fragte sein Begleiter keuchend.

»Niemand.«

»Mein Sohn, du schaust in einem fort über die Schulter. Wer folgt uns?«

»Die Dinge haben sich verändert«, sagte er ausweichend. »Wer die Stadt verlassen will, macht sich verdächtig.«

»Wir haben Papiere.«

»Mit dem Siegel des Schildkönigs, ja. Seit dem Westfeldzug gibt es auch andere Fraktionen.«

Nach einer halben Stunde tauchte vor ihnen ein schwarzes Band auf, das im weiten Bogen die Felder begrenzte. Die Mauer, dachte er und fühlte sein Herz schneller schlagen. Seit vier Jahren hatte er die Stadt nicht verlassen, jetzt sah er sich erneut um und glaubte eine Gestalt zu erkennen, die ihnen über die Felder folgte. Spielten seine Nerven ihm einen Streich oder hatte Hong Jin jemanden auf sie abgestellt? Noch konnte er sich anders entscheiden, jenseits der Stadtmauer nicht mehr.

Das Nordtor war vergleichsweise klein und wurde nur von einem Dutzend Soldaten bewacht. Vier kamen ihnen mit gezückten Schwertern entgegen. »Wohin?«, bellten sie, und Fei Lipu zeigte die Passierscheine vor. Als er sich das nächste Mal umblickte, erkannte er einen Mann, der etwa eine Viertelmeile entfernt in den Feldern stand und in ihre Richtung zu starren schien. Vorsichtshalber machte er die Wachen darauf aufmerksam. Zwei Männer wurden losgeschickt, und Robards und er nutzten die Gelegenheit, um das Tor zu passieren.

Augenblicklich schlug sein Herz etwas ruhiger.

Draußen fiel das Land zum Fluss hin ab. Früher hatten hier Fischer und Händler gewohnt, jetzt war die Gegend so ausgestorben wie das alte Garnisonsviertel. Die Spuren von Karren und Lasttieren durchzogen die aufgeweichten Wege, mancherorts schimmerten Laternen, hier und das saßen Männer um ein Feuer und senkten die Stimmen, wenn sich jemand näherte. Feindliche Soldaten waren zwar nicht zu sehen, konnten aber nicht weit sein.

»Meine Pläne«, sagte Robards plötzlich und blieb stehen.

»Ihre ... Welche Pläne?«

685

»Die Baupläne für die Kathedralen. Du hast gesagt, sie sind im Palast des Schildkönigs.«

»Ich fürchte, an die kommen wir nicht mehr heran«, erwiderte er und holte erneut seine Flasche hervor. »Trinken Sie einen Schluck, Mr Robards, dann gehen wir weiter.« Bis zum Ufer war es noch eine knappe Meile, er konnte bereits das Rauschen des Flusses hören, und weil sich der Missionar nicht rührte, sagte er: »Ein Boot wartet auf uns. In zwei oder drei Tagen sind Sie in Shanghai, dort haben Sie alle Möglichkeiten. Ich weiß von einem Schiff nach Amerika, das bald ablegt.«

Als wäre die Wirkung des Laudanums schlagartig verpufft, erwachte Robards zu seinem alten widerspenstigen Selbst. »Wer bist du, Sohn?«, fragte er und starrte Fei Lipu böse an. »Was hast du vor?«

»Ich will Sie in Sicherheit bringen. Dafür müssen Sie mir aber folgen.«

»Wohin? Mein Auftrag war: Mach dich auf und geh in die große Stadt und predige wider sie, denn ihre Bosheit ist vor mich gekommen.«

»Sir, entweder Sie kommen jetzt mit mir, oder Sie werden sterben, wenn die große Stadt untergeht. In Amerika können Sie neue Kathedralen entwerfen, vielleicht werden sie dort eines Tages sogar gebaut. Hier nicht.«

»Ich bin Melchisedek, der König von Salem.« Der Blick des Missionars bekam den irren Ausdruck, den Fei Lipu von früher kannte. Haare klebten ihm auf der Stirn, und das Gesicht zuckte, als könnte er die Gefahr wittern, in der er schwebte.

»Ist mir egal, wer Sie sind. Für Könige halten sich hier fast alle. Wir gehen jetzt weiter!« Grob packte er den alten Mann am Arm und führte ihn ab wie einen Gefangenen. Eine halbe Stunde später erkannte er einige halb verfallene

686

Schuppen, die verlassen in den Flusswiesen standen. Das musste die frühere Relais-Station für Postpferde sein. Dahinter floss der Yangtze schwarz wie Öl durch sein breites Bett, auf dem sandigen Streifen zwischen Uferböschung und Wasser lagen die Wracks zerstörter Boote. Die Luft roch faulig. Kurz hielt Fei Lipu inne und sah sich um. Einige hundert Yards hinter ihnen befand sich die Stelle, wo der Stadtgraben begann, dort loderten mehrere Feuer, also zog er Robards weiter flussaufwärts. Das gegenüberliegende Ufer war zu weit entfernt, um es zu erkennen. Sie stapften durch hohes Schilf und versanken bis zu den Knöcheln im Boden. Mehrmals musste er seinen Begleiter vorwärtsstoßen, damit er nicht stehen blieb. Ob sie immer noch verfolgt wurden, wusste er nicht, aber mit Sicherheit patrouillierten Soldaten in der Nähe.

Nach weiteren fünfzehn Minuten erreichten sie eine Flussbiegung, wo mehrere Stege ins Wasser ragten. Vor einem davon lag eine heruntergekommene chinesische Dschunke. »Was habe ich Ihnen versprochen, Sir?« Erleichtert zeigte Fei Lipu nach vorne. »Ihr Boot.« Am Hauptmast hing als Erkennungszeichen eine brennende Laterne.

»Kannst du so ein Ding segeln?«, fragte der Missionar und klang wieder völlig klar.

»Es müsste jemand an Bord sein, der es kann. Schauen wir nach.« Hinter ihnen war von den Mauern der Hauptstadt nichts mehr zu sehen. Sie hatten ihr Ziel so gut wie erreicht, das Boot lag einen Steinwurf entfernt, aber plötzlich fühlte sich Fei Lipu, als würde alle Kraft aus seinem Körper weichen. Unzählige Male hatte er in den letzten Tagen seine Optionen erwogen und am Ende festgestellt, dass es nur eine gab – jetzt spürte er, wie Panik in ihm aufstieg. Einen Moment lang konnte er seine Füße nicht vom Boden heben. Neben ihm stand Robards und betrachtete die Dschunke, als berge sie ein dunkles Geheimnis. »Was ist mit dir, Sohn?«, fragte er. »Solltest du auch eingesperrt werden, oder hast du bloß Angst, zu sterben?«

Er schüttelte den Kopf und glaubte zu ersticken. Es war wie in den nächtlichen Alpträumen, weglaufen wollen und nicht können, dann tastete er nach seinem Messer und schloss die Finger so fest um den Griff, dass es wehtat. »Gehen Sie voran, Sir«, flüsterte er. »Da vorn über den Steg.«

Ein Pfad führte die Böschung hinab. Mit hellem Geräusch liefen die Wellen am Ufer aus, ansonsten schwieg der Fluss. Aus der Nähe war fast keine Strömung zu erkennen. »Wer da?«, rief eine gedämpfte Stimme vom Boot her.

Angestrengt kniff Fei Lipu die Augen zusammen. »Ich bringe den Passagier«, antwortete er, obwohl er vor Angst kaum sprechen konnte.

»Er soll mir willkommen sein.«

Robards stutzte. »Ein Ausländer?«

»Ein Landsmann von Ihnen. Erfahrener Segler.« Er hielt das Messer so, dass die Klinge im Ärmel seines Gewands verschwand. Auf dem Steg fehlte hier und da eine Planke.

»Was für ein erbärmlicher Kahn«, murmelte der Missionar.

»Oh, er tut seinen Dienst«, sagte der Mann an Bord und schob ein Brett über die Reling. »Darf ich Ihnen behilflich sein, Sir?« Breitbeinig stellte er sich ans Ende der improvisierten Gangway, streckte Robards die Hand entgegen und zog ihn an Bord. »Unter Deck ist ein Bett vorbereitet, Sir. Vorsicht, stoßen Sie sich nicht den Kopf. Unter meiner Aufsicht soll niemand zu Schaden kommen.«

Unwillkürlich wich Fei Lipu ein paar Schritte zurück. Die Wolken am Himmel zogen so schnell dahin, dass der Anblick ihn schwindeln ließ. Es war, als hätte er die ganze Zeit gehofft, dass es doch noch einen Ausweg gab, aber er sah keinen.

Statt über das Brett zu steigen, sprang der Mann mit einem Satz auf den Steg. »Was ist jetzt?«, flüsterte er. »Kommst du?«

»Wieso, brauchst du einen Zeugen?«, gab er zurück.

»Ich wollte meinen Teil der Abmachung einhalten. Wenn du lieber hierbleiben willst, bitte.«

»Du könntest dich täuschen, weißt du. Nach so langer Zeit trügt einen manchmal das Gedächtnis. Außerdem ist er ein verwirrter alter Mann. Soll ich einfach zusehen, wie du …«

»Wirst du den Mund halten!« Drohend kam Potter auf ihn zu. Das tote Auge funkelte in der Dunkelheit, aber im nächsten Moment wurde sein Tonfall beinahe mild. »Geh an Bord und leg dich hin. Es gibt Opium. Wenn du aufwachst, ist alles vorbei.« Unter ihnen gab der Steg ein leises Knarzen von sich. »Übrigens habe ich gar nicht vor, ihn zu töten. Er soll nur spüren, wie es ist. Auge um Auge.«

»Ich nehme an, das ist deine Idee von Milde.«

»Von Gerechtigkeit.«

»Hast du nicht befürchtet, ich könnte es mir anders überlegen?«

»Wieso solltest du?«

»Nach Shanghai kann ich mich auch alleine durchschlagen.«

»Das haben wir ja gesehen«, erwiderte sein Gefährte und spuckte ins Wasser. »In einer Minute legen wir ab.«

Blinde Wut stieg in ihm auf. Selten hatte Potter ihn seine Verachtung so deutlich spüren lassen, und nie war er sich selbst verachtenswerter und lächerlicher vorgekommen: ein ungläubiger Missionar, ein Feind der Monarchie mit absurdem Königstitel, ein verkrüppelter Freiheitskämpfer im Dienst der Tyrannei – und ein Feigling. Was auch immer er früher gewagt hatte, zählte nicht mehr, wenn er jetzt einen alten

Mann ans Messer lieferte, um sich selbst zu retten. Als er zum Ufer blickte, erkannte er die Person, die ihnen gefolgt war. Am Rand der Böschung stand sie und sah ihm trotz der Entfernung direkt in die Augen. In der mondhellen Nacht leuchtete ihr weißes Kleid. Winkend hob er die Hand, für einen Moment schien tatsächlich alles nur ein böser Traum gewesen zu sein. Im wahren Leben hatte er eine Frau und zwei Hände, und über der Bucht von Victoria dämmerte der Morgen. Gleich würde er hinausgehen auf die Terrasse, die Sonne im Gesicht und den Tag vor sich. Nur noch einen Augenblick, dachte er. Als Kind hatte er erlebt, dass die Nacht plötzlich endete und ein neues Leben begann ... dann war die Illusion vorbei. Niemand stand am Ufer, Mondlicht war auf einen kahlen Baum gefallen, und der Wind bewegte die Äste. Durch die Bootswand hörte er, wie Robards leise vor sich hin murmelte. Es klang nach einem Gebet.

Potter stand gebückt am Ende des Stegs und löste die Leine.

»Wie du meinst«, sagte Fei Lipu und machte einen Schritt nach vorn. In seiner einzigen Hand spürte er den Griff des Messers.

*Auszug aus der Chronik des Kreises*
*Xiangxiang: Die letzte Nachricht des*
*Mädchens Huang Shuhua, geschrieben am*
*zwölften Tag des sechsten Mondes*
*im dritten Jahr der Herrschaft Tongzhi*

同治三年六月十二日　少女黃淑華遺筆　湘鄉縣誌：

Sie kamen am späten Vormittag. Seit Tagen hatte es geheißen, dass das letzte Fort vor der Stadt gefallen sei und der Feind beim Taiping-Tor einen langen Tunnel grabe. Dann war eine gewaltige Detonation zu hören, am Glockenturm wurde Alarm geläutet, und wir wussten, es ist so weit. Den ganzen Nachmittag über erklangen Schüsse und Schreie, aber noch waren sie nur im Osten der Stadt, weit weg von unserer Straße. Bei Einbruch der Dunkelheit lief mein älterer Bruder los, um zu schauen, ob es einen Ausweg gab, aber die Armee hatte bereits alles abgesperrt. Sänften wurden durch das Hanzhong-Tor getragen, die hohen Herren flohen und überließen uns unserem Schicksal. Wir waren zu fünft. Meine Mutter, mein Bruder, seine Frau und der kleine Baobao. Bis tief in die Nacht hörte ich die Schwägerin weinen, und als sie zu schreien begann, wusste ich, dass sie es getan hatten. Sofort verriegelte ich die Tür der Kammer, damit sie nicht auch mich retten konnten – jetzt wünschte ich, ich hätte sie unversperrt gelassen. Am Morgen kam der Lärm immer näher. Wir hielten uns an den Händen und beteten, bis es am Tor pochte. Mein Bruder öffnete. Sie waren zu dritt, ein Offizier und zwei Gefreite, alle mit den Zeichen *Xiang Yong* auf der Brust. Zuerst erstachen sie den Bruder, dann stürmten sie durchs Haus und schlugen mit ihren Schwertern alles kurz und klein. Meine Mutter, die Schwägerin und ich wurden in den Hof gezerrt. Mutter fiel auf die Knie und wollte berichten, was mit Vater passiert war, aber bevor sie den Mund öffnen konnte, sagte der Offizier ›Befehl von oben‹ und schlug ihr den Kopf ab. Meine Schwägerin schleppten die Gefreiten ins Haus, ich flehte den Offizier an, mich auf der Stelle zu töten und mir das andere zu ersparen, aber er lachte nur und schüttelte den Kopf. Dich töte ich nicht, sagte er. Du kommst mit nach Hunan und wirst meine Frau.

Dies sind meine letzten Worte. Ich kann nicht mehr weinen, und ich will nicht mehr beten. Manchmal fällt mir ein, wie Baobao in meine Kammer kam und fragte, ob die Tante mit ihm spielen will, aber es ist so lange her, dass es sich wie ein Traum anfühlt. Mit neun *sui* war sein Leben zu Ende, ich bin einundzwanzig, aber der Himmlische Vater, der ewig lebt, wollte uns nicht retten. Als die Gefreiten zurückkamen, wurde ich aus der Stadt gebracht. Überall brannten Feuer, Leichen lagen in den Gassen, und die Soldaten schleppten zum Fluss, was sich bewegen ließ. Möbel, Kleidung und Wertsachen, vor allem aber junge Frauen. Am Flussufer warteten unzählige Boote. Zusammen mit zwei anderen Mädchen wurde ich auf einen Sampan verfrachtet, eine hieß Zhang und die andere Jin, beide waren jünger als ich und starrten aus leeren Augen vor sich hin. Der kleinen Schwester Zhang gelang es, sich kurz nach dem Ablegen ins Wasser zu stürzen, als die Männer mit dem Segel beschäftigt waren. Daraufhin wurden Schwester Jin und ich am Mast festgebunden. Die Himmlische Hauptstadt, die einmal das kleine Paradies gewesen war, blieb in Rauch gehüllt zurück. Ungefähr dreißig Tage waren wir unterwegs. Die Männer an Bord freuten sich darauf, als Sieger nach Hause zurückzukehren, den ganzen Tag tranken sie Reiswein, und manchmal setzte sich der Offizier zu mir und erzählte, wie schön es in Hunan sei. Jedes Mal flehte ich ihn an, mich ins Wasser zu werfen, aber er tat es nicht. Ich liebe dich doch, sagte er und lachte sein dreckiges Lachen. Im Kreis Xiangxiang gingen wir an Land. Träger kamen, um die Beute des Offiziers in sein Dorf zu bringen. Bevor wir ihnen folgten, führte er mich in eine billige Unterkunft und fiel über mich her. Seine beiden Frauen zu Hause, sagte er, seien ihm zu alt. Hinterher lag er neben mir und schnarchte zufrieden. Das Schwert, mit dem er meiner Mutter den Kopf abgeschlagen hatte, lag direkt vor dem Bett. Du sollst nicht töten, heißt es im Heiligen Buch des Alten Vertrags, aber wie könnte ich mit dieser Schande leben? Soll ich Tag für Tag die Kerzen vor dem Familienaltar meines Peinigers anzünden? So leise es ging, stieg ich aus dem Bett und nahm das Schwert. Mit beiden Händen hob ich es hoch. Als die Klinge seine Brust durchbohrte, riss er die Augen auf und sah mich an. Fahr zur Hölle, flüsterte ich, du Mörder meiner Familie! Er starb, wie er es verdient hatte, mit offenen Augen. Wird meine Strafe darin bestehen, ihm im Jenseits wiederzubegegnen? Oder werde ich mit meiner Familie vereint sein? Früher hat Vater oft gesagt, die Beamten des Kaisers haben vergessen, was es heißt, dem Weg des Himmels zu folgen. Als er dasselbe von den Königen des Taiping-Reichs behauptete, wurde er abgeholt und beim Glockenturm verbrannt, seitdem war auch mein Leben vorbei. Shuhua, hat er mich ermahnt, als sie ihn holten, nicht nur Kaiser und Könige haben einen Auftrag des Himmels, wir auch. Ich glaube, so steht es in einem der verbotenen Bücher. Jetzt gibt es niemanden mehr, an den ich meine letzten Worte richten könnte. Ich habe versucht, ein guter Mensch zu sein, aber ich hatte wenig Zeit. Möge das Leid meiner Familie niemals vergessen werden.

*Die Nachricht wurde neben den beiden Leichen gefunden. Die junge Frau hatte sie mit ihrem eigenen Blut geschrieben, bevor sie sich am Deckenbalken erhängte. Wir können ihre Tat nicht gutheißen, aber den Wunsch, die Erinnerung zu bewahren, möchten wir ehren.*

*Brief von Reverend Thomas Reilly*
*an Reverend James Legge, D.D.*
*Leiter der London Missionary Society*
*in Victoria, Hollywood Road*


Nanking, 5. November 1864

Verehrter Reverend Legge,

nach zwei Monaten kann ich Ihnen endlich eine Nachricht
aus Nanking senden, verbunden mit Grüßen an alle Brüder
in Victoria, deren Gebete mich auf meiner Reise begleiten.
Nach der Ankunft war ich einige Zeit lang fiebrig und konnte keine Briefe zum Hafen bringen, aber sobald es mir besser ging, habe ich meine Nachforschungen aufgenommen.
Bevor ich davon berichte, muss ich gestehen, dass ich nicht
glaube, je Gewissheit über das Schicksal unseres deutschen
Bruders zu erlangen. Nanking mag einmal zu den prächtigsten Städten des Orients gehört haben, aber wer heute hier
ankommt, stößt nur noch auf die Zeugnisse ihres Unter-
gangs. Was genau geschah, als vor vier Monaten die Stadtmauern brachen, wird vielleicht nie bekannt werden, aber
ich sehe Hinweise auf Mord und Totschlag in ungeheurem
Ausmaß. Noch immer hängt der Faulgeruch der Verwesung
über den Trümmern. Aus der Himmlischen Hauptstadt ist
die Hölle auf Erden geworden.


Der verantwortliche Heerführer wurde inzwischen abberufen und nach Hause geschickt. Das Kommando hat sein Bruder übernommen, der berüchtigte General Zeng Guofan, den
viele für den mächtigsten Mann Chinas halten. Vor zwei Ta-

gen wurde ich von Soldaten in den Palast gebracht, in dem er residiert. Früher war es der Palast des Himmlischen Königs, von dem es heißt, er sei bereits im Frühjahr gestorben. Manche sprechen von Selbstmord, andere sagen, er sei entweder verhungert oder vergiftet worden. Über Hong Jins Schicksal dagegen herrscht Klarheit. Vor einem Monat wurde er in der Provinz Jiangxi verhaftet, zusammen mit dem halbwüchsigen Sohn seines Vetters. Sie waren noch hundertfünfzig Meilen vom Meiling-Pass entfernt, und ich nehme an, dass sie versuchen wollten, nach Hongkong zu fliehen. Stattdessen starben sie den grausamsten Tod, der sich denken lässt. Gott sei ihrer armen Seele gnädig!

Natürlich fiel es mir nicht leicht, dem Mann gegenüberzutreten, der einen meiner Freunde hat in Stücke schneiden lassen. Angeblich soll Zeng Guofan sofort nach dem Fall der Stadt um seine Entlassung ersucht haben, aber der Wunsch wurde abgelehnt. In Hunan leben zu viele Veteranen seiner Armee, deshalb glaubt man hier, dass der Hof ihn niemals nach Hause zurückkehren lassen wird. Als ich ihm vorgeführt wurde, sah er aus, als hätte er seit hundert Jahren nicht geschlafen. Anfang fünfzig soll er sein, wirkt aber viel älter, obwohl sich in seinem langen Bart kein weißes Haar zeigt. Es muss an den Augen liegen, dem gleichzeitig harten und doch seltsam leeren Blick. Er sprach so leise, dass ich ihn kaum verstand, und starrte unentwegt auf das kleine Kruzifix auf meiner Brust. »Bei der Befreiung waren keine Ausländer in der Stadt«, erklärte er, nachdem ich mein Anliegen vorgebracht hatte. Um zu zeigen, dass ich ihm nicht glaubte, fragte ich, ob ich jemanden sprechen könne, der die Eroberung Nankings persönlich miterlebt hatte. »Nein«, lautete die Antwort. Wie ein Angeklagter stand ich vor dem riesigen Schreibtisch, und obgleich der General mich unentwegt musterte, hatte ich das Gefühl, dass er mit den Gedanken woanders war. Auf der Halbinsel Shandong ist bereits die nächste Rebellion im Gang, und Zeng Guofan soll befohlen worden sein, seine inzwischen verkleinerte Armee dorthin zu führen. Für ihn wird der Krieg nie enden. Als sein Sekretär, der bis dahin stumm hinter ihm gestanden hatte, nach vorne trat, hörte er gleichgültig zu. »Gouverneur Li Hongzhang in Suzhou«, murmelte er schließlich. »Er hat gute Kontakte zu allen ausländischen ...« Das Wort ›Teufel‹ verkniff er sich mit Mühe.

Mehr hatte er mir nicht zu sagen.

Sie, Reverend, können sich meine Enttäuschung vorstellen. Seit den Ereignissen damals in Suzhou weiß jeder, dass Li Hongzhang ein Unmensch ist, dem man nicht trauen kann. Leider habe ich im Moment keine andere Spur. Da ich außerdem nicht weiß, wann ich Ihnen das nächste Mal schreiben kann, möchte ich diesen Brief nutzen, um noch etwas anzusprechen, das mir auf der Seele liegt. Ich muss befürchten, dass es Ihnen nicht gefallen wird, aber ich hoffe auf Ihr Verständnis.

Seit fünfzehn Jahren bemühe ich mich, Gottes Wort unter den Chinesen zu verbreiten. Seit vier Jahren tue ich es ohne den Rückhalt meiner Frau und den festen Anker eines Zuhauses, dessen Wert Sie so gut kennen wie ich. Meine Kinder wachsen in Schottland auf. Sollte ich von dieser Reise lebend zurückkehren, werde ich den Dienst bei der Londoner Mission beenden. Ich habe meinen Teil geleistet und mir damit das Recht erworben, die Aufgabe in andere Hände zu geben. Der Respekt Ihnen gegenüber gebietet es jedoch, auch jene Gründe zu nennen, die tiefer reichen als Einsamkeit und Heimweh.

Ich erinnere mich, wie Sie einmal bekannten, inzwischen

mehr Zeit mit Ihren chinesischen Studien zu verbringen als mit der Heiligen Schrift. Meine scherzhafte Antwort, dass Sie Letztere ohnehin auswendig kennen, dürfte kaum den Schreck verborgen haben, der mich dabei durchfuhr. Nicht weil ich, wie manche unserer Vorgesetzten, am Sinn Ihrer Studien zweifeln würde, sondern weil mir plötzlich etwas dämmerte, für das mir bis heute die rechten Worte fehlen. Als junger Mann kam ich nach China, ohne zu zweifeln, dass Gott mich gerufen und zu diesem Dienst bestimmt hatte. Jetzt habe ich das Gefühl, das Land verlassen zu müssen, wenn ich meine tiefsten Gewissheiten nicht verlieren will. Ich glaube sogar, dass Eile geboten ist. Am liebsten würde ich mich auf dem schnellsten Weg nach Hongkong begeben und von dort nach Hause. Verstehen Sie das, Reverend? Ich selbst verstehe es nämlich nicht.

In letzter Zeit geschieht es manchmal, dass ich an Lord Elgin denke. Wie Sie wissen, bin ich einmal auf seinem Schiff von Victoria nach Shanghai gereist. Seinerzeit dachte ich, seine Unnahbarkeit sei Ausdruck aristokratischen Hochmuts, aber vielleicht gab er so wenig von sich preis, weil seine Gedanken Pfade beschritten, die den meisten von uns gefährlich erscheinen würden. Zu Missionaren ging er sogar noch mehr auf Distanz als zu anderen, obwohl er nie eine Messe verpasste und spürbar ungehalten war, wenn andere es taten. Als er mich fragte, ob ich ihn als Militärkaplan in den Norden begleiten wollte, konnte ich meine Überraschung nicht verhehlen. »Ich dachte, Sie halten nicht viel von meiner Profession«, sagte ich. Zuerst wirkte er verstimmt, dann schüttelte er den Kopf und begann von seiner Zeit in Jamaika zu erzählen, von Missionaren, die gegen die Plantagenbesitzer agitiert hätten (gewiss zu Recht, dachte ich im Stillen). Offenbar fand er ihr Verhalten falsch, aber plötzlich hielt er mitten im Satz inne und sagte: »Wir wissen nie, in wessen Dienst wir wirklich stehen.« Was er damit meinte, sagte er nicht, sondern fügte nur noch hinzu, ich solle es mir in Ruhe überlegen, das Angebot stehe. Meine Absage zwei Tage später nahm er kühl und unbeteiligt entgegen. Als ich letztes Jahr von seinem Tod in Indien hörte, fiel mir als Erstes dieser Satz ein. Wir wissen nie, in wessen Dienst wir wirklich stehen. In der Tat.

Tragen wir Missionare eine Mitschuld an diesem Krieg? Eines unserer Traktate hat Hong Xiuquan glauben lassen, er sei von Gott auserwählt, die Tataren aus dem Land zu jagen. Sind wir für die Missverständnisse verantwortlich, die entstehen, weil Menschen aus welchen Gründen auch immer nicht vorbereitet sind auf die Wahrheit unserer Botschaft? Dieses lassen sie außer Acht, jenes nehmen sie zu wörtlich – sollen wir behaupten, nur für die Aussaat zuständig zu sein, nicht aber für den Boden, auf den sie fällt, und die Frucht, die sie hervorbringt? Dieser barbarische Krieg wurde von Menschen begonnen, die glaubten, Gottes Befehl zu gehorchen! Kann man überhaupt Christ sein, ohne im Herzen zu fühlen, was Gott von einem verlangt? Ich glaube, wenn man es am wenigsten wünscht, weiß man es am besten. Jetzt allerdings wünsche ich es mehr denn je und weiß nichts. Sollte der Moment, da wir Seinen Willen zu erkennen glauben, zugleich der Beginn der Barbarei sein?

Wir werden darüber sprechen, wenn ich nach Victoria zurückkehre. Bis dahin kann ich nur hoffen, durch eine wundersame Fügung doch noch herauszufinden, was mit meinem Freund Philipp geschehen ist. Vielleicht hat er Nanking vor dem Fall der Stadt verlassen und schämt sich, seinen Irrtum einzugestehen. Vielleicht wollte er irgendwo neu beginnen, wo niemand ihn kennt. In manchen Momenten glaube ich so fest daran, dass ich ihn beinahe vor mir sehe: einen nicht mehr ganz jungen Mann, der das Rätsel zu verbergen weiß, das ihn umgibt, und dessen Blick sich manchmal in die Ferne richtet, als könnte er es selbst nicht entschlüsseln. Ich glaube sogar, es würde ihm gefallen, dieser Mann zu sein. Ich hoffe und bete, er hat es geschafft.

Auf bald
Ihr Bruder Thomas Reilly

# Schluss

Das Leben ist eine Reise, sagt man nicht so? Es hat einen Anfang und ein Ende, vielleicht sogar ein Ziel. ›Destination‹
heißt es hier, ein so eng mit ›destiny‹ verwandtes Wort, als
würden wir nicht selbst entscheiden, wohin es uns schließlich verschlägt. Meine Muttersprache, in der ich nach so vielen Jahren nicht einmal mehr träume, nennt es den *Lebens-
weg*, dem jeder Mensch folgt bis zum letzten Atemzug. Mir
scheint allerdings, dass das Leben mehr ist als die Verbindung zwischen zwei Punkten, und seit einiger Zeit kann
ich nicht aufhören, darüber nachzudenken. Ab einem gewissen Alter sucht man nach Antworten auf all die Fragen,
die sich unterwegs angehäuft haben.

Unterwegs, habe ich gesagt. Also doch eine Reise?

Die Leute hier im Ort kennen mich als Mr Newcamp. Er-
folgreicher Unternehmer, Veteran des Bürgerkriegs, wort-
karg und ein wenig undurchschaubar. Die meisten grüßen
mich, ohne stehen zu bleiben. Vor einigen Wochen war ich
in Mr Millers Laden, und seine Frau erzählte von einem Neuankömmling, der jemanden suchte, der ihm beim Hausbau
hilft. Also bin ich hingegangen und habe mich vorgestellt.
Sein Zungenschlag verriet sofort, aus welchem Land er kam –
denn inzwischen ist es *ein* Land –, und er brauchte nicht
lange, um in mir einen Landsmann zu vermuten, aber ich
habe es abgestritten. Habe gesagt, er irrt sich und dass ich

leider keine Zeit hätte, ihm mit dem Haus zu helfen. Um sicherzugehen, habe ich sogar meine Hand auf seine Schulter gelegt und hinzugefügt, an seiner Stelle würde ich lieber woanders sesshaft werden. Ich muss überzeugend gewesen sein; als ich vor einigen Tagen wieder im Laden war, habe ich gehört, der Mann hätte sein Grundstück verkauft und sei spurlos verschwunden. Keine einfache Sache, oder? Wir alle hinterlassen Spuren.

Es sei denn, ein Krieg löscht sie aus.

Es ist ein kleiner Ort, in dem ich mich niedergelassen habe. Die Stadt ist einen Tagesritt entfernt, und drei-, viermal im Jahr reite ich hin, um Männer mit breiten Schultern und starken Armen zu suchen, geeignet für die schwere Arbeit, die ich anbiete. Jedes Mal fühle ich mich seltsam in der Nähe des Ozeans. Diese endlose Wasserfläche, die genau genommen gar nicht endlos ist. Wer ein bisschen unterwegs war, weiß um die vielen Orte da draußen, größtenteils ärmliche Flecken, von denen man nicht schnell genug wieder loskommt, aber jedes Mal stehe ich am Kai und denke: Noch einmal und ich hätte die Welt umrundet. *Completed the circle*. Es klingt mehr nach Vollendung als nach Ende und ist wahrscheinlich bloß eine Metapher, oder wie man es nennt, und bedeutet gar nichts. Kann man aber über das Leben nachdenken, ohne zu glauben, dass es einen dahin führen sollte, wohin man gehört?

Als ich hier ankam, ging der Krieg gerade zu Ende. Es wäre das erste Mal gewesen, dass ich auf der richtigen Seite stehe *und* bei den Gewinnern, aber mit einem Arm hätte ich natürlich nicht kämpfen können. Allerdings hat mich die Verstümmelung nach dem Krieg wie jemand aussehen lassen, der sehr wohl für die gute Sache gekämpft und eine Belohnung verdient hatte. Um den Eindruck abzurunden und das Geschäft in Gang zu bringen, habe ich mir bei einem

Pfandleiher einen Orden besorgt. Einen Partner ohne fremden Zungenschlag zu haben, war ebenfalls hilfreich. Ich hatte von klein auf gelernt, mit Holz zu arbeiten, und wollte Häuser bauen, in denen sich die Leute wohlfühlen, aber mein Partner meinte, mit Kirchen sei in Amerika mehr Geld zu verdienen. Schicksal, richtig? Ausgerechnet Kirchen.

Wir waren das seltsamste Gespann, das man sich vorstellen kann. Am Anfang sahen uns alle scheel an, wenn wir mit unserem Einspänner in einen Ort gefahren kamen und mein Partner schon zu predigen begann, bevor wir angehalten hatten. Wie ein Wasserfall erzählte er vom Kampf gegen die Sünde der Sklaverei und wie er jahrelang im Gefängnis gesessen hatte in der Hauptstadt des Südens, weil die Leute Gottes Wahrheit nicht hören wollten. Aus seinem Mund klang es wie eine Geschichte aus dem Alten Testament. Dann sprach er von mir, wie ich nachts in den Kerker gekommen war, um ihn zu befreien, obwohl mir ein Sklavenjäger den Arm abgehackt hatte, und wie wir fliehen mussten, erst über den Fluss, dann übers Meer uns so weiter und so fort. Die Moral war immer, dass Gott selbst uns in ihr schönes Städtchen geführt hatte, wo alles so schmuck und proper war, dass man allenfalls noch wünschen konnte, es gäbe eine etwas hübschere Kirche. An dem Punkt trat meistens jemand vor, um uns zum Essen einzuladen, und noch während er kaute, zeichnete mein Partner eine kleine Kirche mit stolzem Turm und hohen Fenstern, und die guten Leute von Irvington oder Mt Pleasant wurden immer aufgeregter, je deutlicher sie in der Zeichnung ihre eigene bessere Zukunft erkannten. Es war nicht mal Betrug, mein Partner wusste einfach, was die Menschen wollten, und in diesem Land wollen alle glauben, dass Gott ihnen mehr zugedacht hat.

Der Rest war mein Job. Ich habe die Männer angestellt,

ihnen die Aufgaben zugeteilt und dafür gesorgt, dass sie sie erfüllten. Die meisten mochten meine ruhige Art und dachten, ich hätte genug gelitten, so dass ich lieber für mich war. In gewisser Weise stimmte das. Nur mein Partner wusste, dass in der Stadt eine Frau und ein Sohn darauf warteten, dass ich genug Geld verdient hatte, um ein Haus für uns zu bauen. Das ging schnell in diesem Land, wo die Leute niemals vor einem König buckeln würden, sich aber mit Wonne einem Gott zu Füßen werfen, den sie nach ihrem Bilde geschaffen haben: Ein gütiger Vater, der zu allem imstande ist. O welche Tiefe des Reichtums, beides, der Weisheit und der Erkenntnis Gottes! Wie unbegreiflich sind seine Gerichte und wie unerforschlich seine Wege! Wenn man das liest, könnte man glauben, Er sei auch bloß ein armer Wanderer, der sich in seiner Schöpfung verlaufen hat.

Wie auch immer. Vor ein paar Jahren ist mein Partner gestorben, aber unsere Firma heißt weiterhin Newcamp & Robards, und ich bin immer noch am liebsten allein. Die Menschen hier respektieren das; sie machen Geschäfte mit mir, aber noch nie hat jemand versucht, mein Freund zu werden. Dass ich Geld habe und jeden Sonntag in die Kirche gehe, macht mich in ihren Augen zu einem anständigen Bürger, trotzdem ahnen sie etwas in meiner Geschichte, wovon sie lieber nichts wissen. Meine Frau sieht fremd aus und spricht kaum Englisch. Sonntags sitzt sie neben mir und versteht nicht, wieso unsere gesetzestreuen Mitbürger einen hingerichteten Straftäter anbeten, und unsere Kinder ... Vor vielen Jahren hat ein gelehrter Mann zu mir gesagt: ›Einem Chinesen kann man nicht ins Herz sehen‹, und so ähnlich schauen die Leute auf meine Familie und in gewisser Weise auch auf mich, obwohl ich so weiß bin wie sie. Sobald der alte Robards gestorben war, gingen die Aufträge zurück, und ich fing an, Fabriken und Kontore zu bauen. Bald wird mein

704

Ältester ins Geschäft eintreten, und mir bleibt noch mehr Zeit, um über das Rätsel des Lebens nachzudenken.

Begreift man es als Reise, kann man natürlich seine Schritte zurückverfolgen. Man kann Ausschau halten nach der Weggabelung, an der man falsch abgebogen ist oder sich verirrt hat, bloß glaube ich eben nicht, dass wir Reisende sind. Wir folgen keiner Linie und gehen nicht im Kreis, es gibt kein Bild für die beängstigende Weise, auf die das Leben unbestimmt und offen ist. In uns streiten so viele Impulse und Begierden um die Vorherrschaft, dass wir es nicht schaffen, sie in eine Ordnung zu bringen. Als wollten wir den Anker auswerfen in einem grundlosen Meer, in dem wir ihn bloß hinter uns herziehen. Kurs zu halten, ist sowieso unmöglich, wenn draußen Stürme toben, und was wir Prinzipien nennen, geht über Bord, sobald die Wellen über uns hereinbrechen. All diese hehren Ideen und Vorstellungen von uns selbst entstammen dem Moment, als wir sicher im Hafen lagen und das Meer so einladend aussah wie damals in Rotterdam.

Ja, ich habe Alonzo Potter getötet. Von hinten habe ich ihn niedergestochen und ins Wasser gestoßen und Robards gesagt, wer er war. Der alte Mann dankte mir und sprach ein kurzes Gebet, danach mussten wir das Boot den Fluss hinuntersegeln, in einer Dunkelheit so dicht, dass wir kaum unsere Hände sahen. Es war ein Höllenritt, aber er half mir, meine Gedanken von dem abzulenken, was ich getan hatte. Manchmal denke ich, ich bin immer noch auf diesem Boot und versuche mit aller Kraft zu verhindern, dass es gegen die Felsen prallt. Erst am nächsten Morgen, als ich Potters Sachen durchsuchte und drei Billetts fand, wurde mir klar, dass ich etwas übersehen hatte. Dass Robards das Schiff nach Amerika besteigen würde, konnte mein Gefährte nicht geplant haben ... oder doch? War der Missionar gar nicht der, den er gesucht hatte, war alles nur ein Spiel gewesen, um mir zu zeigen, dass ich ein Verräter war wie alle anderen? Sollte Potter am Ende nach Nanking gekommen sein, um Robards und mich zu retten?

Wir stellen uns das Schicksal gern als alles umfassenden Plan vor, der ohne unser Zutun aufgestellt wurde und in dem alle unsere Entscheidungen schon festgelegt waren, bevor wir überhaupt wussten, dass wir uns entscheiden müssen. Allenfalls im Rückblick glauben wir, den Plan zu erkennen, aber das beweist bloß, wie sehr uns die Vorstellung ängstigt, wirklich frei zu sein. In Wahrheit ist unser Leben die Antwort auf eine Frage, die niemand gestellt hat.

Unter einem Haufen alter Decken fanden wir die Frau. Es war dieselbe, die Potter und mir Tee serviert hatte, ein paar Nächte zuvor im alten Garnisonsviertel. Sie zitterte vor Angst, und es brauchte einen Verrückten, um der verrückten Situation mit Klarsicht zu begegnen: ›Du hast ihren Mann getötet, jetzt musst du sie mitnehmen und heiraten.‹ Ein paar Tage später hat Robards uns in Shanghai zu Mann und Frau erklärt, und noch ein paar Tage später waren wir auf See. Aufbruch in ein neues Leben, sagt man, aber ich habe schon damals nicht geglaubt, dass ich Potter je loswerden würde. Vielleicht will ich es gar nicht. Stattdessen rauche ich Pfeife und trage den gleichen Hut wie er damals in Kanton, und wenn ein Kunde nicht rechtzeitig bezahlt oder die Männer betrunken zur Arbeit kommen, spiele ich seinen Part so gut, dass es mich selbst erschreckt. Es ist nützlich, eine dunkle Seite zu haben, aber manchmal frage ich mich, ob ich eine habe oder sie mich. Oder haben wir alle eine, auch die braven Leute, die nichts von ihr wissen und es für den Beweis ihrer Rechtschaffenheit halten, dass sie Ehebrechern das ewige Höllenfeuer wünschen ... Zum Beispiel.

Für wen war das dritte Billett? Hätte einer wie Potter eine fremde Frau mit nach Amerika genommen? Über das, was in jener Nacht geschehen ist, haben wir später nie gesprochen. In einer Ecke im Schuppen steht ein kleiner Altar für ihre Götter, und ich nehme an, dass sie mir dankbar ist, weil ich sie nicht verstoßen habe. Davon abgesehen, ist sie mir so fremd, wie ich mir selbst geworden bin, und wahrscheinlich ebenso einsam. Als die Kinder älter wurden und zu ahnen begannen, was für eine seltsame Familie wir sind, haben sie mir Löcher in den Bauch gefragt. Wie habt ihr euch kennengelernt? Meine Tochter Elisabeth mit ihrer romantischen Ader wollte sogar wissen, wie ich um die Hand ihrer Mutter angehalten hatte. Na ja, es war auf dem Schiff, habe ich gesagt, ich war so hingerissen, dass ich den Kapitän bitten musste, uns auf der Stelle zu verheiraten. Das hat sie amüsiert, aber vermutlich hat sie mir keine Sekunde lang geglaubt. Alles in allem ist es gut, dass unsere Kinder *queer* aussehen, wie man hier sagt. Auf der Straße werden sie zwar gemustert, aber man würde ein schärferes Auge brauchen, als die meisten Leute haben, um zu erkennen, dass der Älteste mir überhaupt nicht ähnelt.

Das ist meine Geschichte. Manche Leute behaupten, um zu akzeptieren, wer man geworden ist, muss man vergessen, wer man einmal war. Leichter gesagt als getan. Je älter ich werde, desto häufiger liege ich nachts mit einem Gefühl wach, für das mir kein Wort einfällt. *Heimweh* hieß es früher, als ich nicht wusste, wie es sich anfühlte. Jetzt, da ich ein Zuhause habe, weiß ich es, aber wonach sehne ich mich? Vor vielen Jahren habe ich mir gesagt, dass es für jeden von uns eine Grenze dessen gibt, was wir aushalten, ohne ein anderer zu werden. Ich wusste nur nicht, dass ich die Grenze noch mehrmals würde überschreiten müssen. Wenn ich mich heute erinnern will, wer ich gewesen bin, weiß ich nicht, wen ich eigentlich meine. Sein früheres Selbst zu vergessen, scheint ebenso schwer zu sein, wie sich daran zu erinnern, und schon gar nicht weißt du, wer du heute bist. Ich meine es ernst. Allenfalls kannst du eine Wahl treffen und daran festhalten und versuchen, das Boot nicht gegen die Felsen zu steuern. Wenn du nachts keinen Schlaf findest, mach es wie ich als blindes Kind, bleib still liegen und warte. Irgendwann bricht ein neuer Morgen an.

Und einer wird dein letzter sein.

The China Post    December 19, 2012    ASIA-PACIFIC

Kampf gegen ›üble Kulte‹:
Über 400 Festnahmen in China

(PEKING, AFP)
Die Regierung der VR China verstärkt ihren Kampf gegen sogenannte ›üble Kulte‹. Wie die staatliche Nachrichtenagen-
tur Xinhua meldete, wurden am Wochenende allein in der
westchinesischen Provinz Qinghai über 400 Mitglieder einer
Sekte namens ›Allmächtiger Gott‹ festgenommen. Die christlich inspirierte Gruppierung wird beschuldigt, Gerüchte über
das bevorstehende Ende der Welt zu verbreiten und zum
Kampf gegen den ›roten Drachen des Kommunismus‹ auf-
zurufen. Berichten des staatlichen Fernsehsenders CCTV zufolge, stellten die Behörden große Mengen an gedrucktem
und digitalem Material sicher.

»Die genannte Zahl von 400 Festnahmen ist korrekt«, bestätigte ein Regierungssprecher und fügte hinzu: »Der Kampf
gegen ›Allmächtiger Gott‹ ist ein wichtiger Teil unserer Be-
mühung um politische Stabilität und wirtschaftlichen Auf-
schwung in der Region.« Die Provinz Qinghai verfügt über
einen großen tibetischen Bevölkerungsanteil und gehört
zu den wirtschaftlich rückständigsten in der Volksrepublik.

Das Regime in Peking duldet keine Herausforderung seiner Autorität und geht entschieden gegen alle religiösen Grup-
pierungen vor, die sich den staatlichen Vorgaben nicht beugen. Von Menschenrechtsorganisationen wurde das Vorgehen
wiederholt als unverhältnismäßig und politisch motiviert verurteilt.

China verfügt über eine lange Geschichte von religiös motivierten Aufständen gegen die staatliche Herrschaft. Der blutigste fand Mitte des 19. Jahrhunderts statt, als ein christlicher Konvertit die sogenannte Taiping-Rebellion anführte, um den Kaiser in Peking zu stürzen. Historiker schätzen, dass im Zuge der damaligen Kämpfe bis zu 30 Millionen Menschen ums Leben kamen.

»... and Heaven have mercy on us all – Presbyterians and Pagans alike – for we are all somehow dreadfully cracked about the head, and sadly need mending.«

Herman Melville, *Moby-Dick*

# Personenverzeichnis

*Die Aufständischen*

Hong Xiuquan 洪秀全   Himmlischer König, Anführer der
                     Taiping-Rebellion
Hong Rengan 洪仁玕    Schildkönig, Hong Xiuquans Vetter,
                     genannt Hong Jin
Li Xiucheng 李秀成    Treuer König, Militärführer
Chen Yucheng 陳玉成   Mutiger König, Militärführer, genannt
                     der vieräugige Hund
Yang Xiuqing 楊秀清   Ostkönig, bis 1856 der strategische Kopf
                     der Rebellion

*Die Ausländer*

Philipp Johann Neukamp  ehemaliger Mitstreiter der Revolution
                        von 1848 und Missionar der Basler Mis-
                        sionsgesellschaft, chinesischer Name Fei
                        Lipu
Elisabeth               Leiterin eines Findelhauses für Mädchen
                        in Victoria/Hongkong
Karl Gützlaff           China-Missionar, Übersetzer, Diplomat
                        und Betrüger
Alonzo Potter           Abenteurer aus Amerika
Reverend Edvin Jenkins  Leiter der London Missionary Society in
                        Shanghai

| | |
|---|---|
| Mary Ann Jenkins | seine Frau |
| Reverend James Legge | Leiter der London Missionary Society auf Hongkong |
| Thomas Reilly | Angestellter der London Missionary Society |
| Sara Reilly | seine Frau |
| Eliazar Jeremia Robards | amerikanischer Missionar und Kämpfer gegen die Sklaverei |
| Lord Elgin | James Bruce, Earl of Elgin and Kincardine, Sonderbotschafter der britischen Krone im Zweiten Opiumkrieg |
| Lady Elgin | Mary Louisa Lambton, Lord Elgins zweite Frau |
| Frederick Bruce | Lord Elgins Bruder, Englands erster Botschafter in China |
| Robert Taylor Maddox | Lord Elgins persönlicher Sekretär |
| Harry S. Parkes | Ziehsohn von Karl Gützlaff und britischer Diplomat |
| Kapitän Osborn | Admiral der Royal Navy |
| Admiral Seymour | Befehlshaber der Royal Navy im Zweiten Opiumkrieg |
| General Grant | britischer Oberbefehlshaber im Zweiten Opiumkrieg |
| Baron Gros | französischer Sondergesandter im Zweiten Opiumkrieg |
| Général de Montauban | französischer Oberbefehlshaber im Zweiten Opiumkrieg |
| Thomas Bowlby | Reporter der *Times* in London |

*Die Hunan Armee*

| | |
|---|---|
| Zeng Guofan 曾國藩 | Oberbefehlshaber der Hunan Armee |
| Li Hongzhang 李鴻章 | Schüler von Zeng Guofan, Zweitname Shao Quan |
| Chen Nai 陳鼐 | Adjutant von Zeng Guofan und Freund von Li Hongzhang |
| Zeng Guoquan 曾國荃 | jüngerer Bruder von Zeng Guofan, General der Hunan Armee |
| Zeng Guohua 曾國華 | jüngerer Bruder von Zeng Guofan (gefallen bei Sanhe, 1858) |
| Zeng Guobao 曾國葆 | jüngster Bruder von Zeng Guofan (an Typhus gestorben, 1863) |
| Magistrat Wang 王知縣 | Freund und Verbündeter von Zeng Guofan |


*Das offizielle China / Die Qing-Dynastie*

| | |
|---|---|
| Prinz Gong 恭親王 | Halbbruder des Xianfeng Kaisers (Regierungszeit 1850-61) |
| Ci Xi 慈禧 | die Kaiserin-Witwe, Konkubine des Xianfeng Kaisers und Mutter des Thronfolgers |
| Sankolinsin 僧格林沁 | mongolischer Prinz und hoher Militärbefehlshaber der Qing |
| Mushun 穆順 | Mentor von Zeng Guofan, Hofbeamter zur Zeit des Daoguang Kaisers (Regierungszeit 1820-50) |
| Yeh Mingchen 葉名琛 | Gouverneur von Kanton zur Zeit des *Arrow*-Zwischenfalls |

*Andere*

| | |
|---|---|
| Hai Rui 海瑞 | 1514-1587, hoher Beamter, wurde wegen seiner Kritik am Kaiser ins Gefängnis geworfen |
| Wang Fuzhi 王夫之 | 1619-1692, einflussreicher Denker, der sich nach dem Fall der Ming (1644) in die Berge Hunans zurückzog |
| Zhao Kuangyin 趙匡胤 | 927-976, Militärführer, unter dem Namen Song Taizu Gründer und erster Kaiser der Song-Dynastie |

# Inhalt

| | | |
|---|---|---|
| *Gedanken eines Unbekannten I* | | 7 |
| 1 | Der Hafen der Düfte | 11 |
| | *Hong Jin* | 37 |
| 2 | Die große Flut im Land Sinim | 41 |
| | *Ein Brief aus der Himmlischen Hauptstadt* | 72 |
| 3 | In der Mündung des weißen Flusses | 76 |
| 4 | Im Tempel der höchsten Glückseligkeit | 103 |
| | *Hong Xiuquan* | 132 |
| 5 | Der Fremde mit dem gläsernen Auge | 135 |
| | *Der Brief des Himmlischen Königs an die Engländer* | 162 |
| 6 | Die Frau mit den Lotusfüßen | 166 |
| | *Kapitän Osborns Antwort an den Himmlischen König* | 192 |
| 7 | Nebel auf dem Poyang-See | 196 |
| | *Das Tagebuch des Mädchens Huang Shuhua I* | 223 |
| 8 | Der Schlangengott aus dem Kunlun-Gebirge | 227 |
| 9 | Die Rückkehr des Magistrats | 248 |

*Zeng Guofans Brief an seinen Sohn* 275

10 Die Flügel des Tigers 279

*The Missionary Magazine and Chronicle*: Ein
Vortrag von Reverend Jenkins 301

11 Die Stadt über dem Meer 305

*Das Tagebuch des Mädchens Huang Shuhua II* 325

12 Der Fluss der tausend Toten 328

*The Times*: Bericht über den Feldzug im Norden 347

13 Der Blick der fremden Göttin 353

*The North China Herald*: Bericht über die Kämpfe
um Shanghai 385

14 Am Horizont der Zeit 389

*Protokoll einer kaiserlichen Audienz* 409

15 Die roten Mauern von Peking 412

16 Die Hauptstadt der kalten Winde 435

*Das Tagebuch des Mädchens Huang Shuhua III* 457

17 Der rothaarige Teufel 461

18 Im Garten der vollkommenen Klarheit 483

*Zeng Guofans Brief an den Bruder Guoquan* 507

*Protokoll einer Debatte im House of Lords I* 511

19 Der Barbier von Aden 515

*Protokoll einer Debatte im House of Lords II* 537

20 Frühling in der Himmlischen Hauptstadt 540

*Konsul Parkes' Bericht über das Treffen mit dem
Mutigen König*     561

21 Der Befehl der Jadekaisers     565

*Bericht von Botschafter Bruce über den Staatsstreich
in Peking*     586

22 Der fremde Gast     591

*Das Tagebuch des Mädchens Huang Shuhua IV*     610

23 Die Brücke in die andere Welt     614

*Hong Xiuquan*     638

24 Das Refugium der fortgesetzten Träume     641

*Gedanken eines Unbekannten II*     663

25 Die Kinder des Ungehorsams     666

*Der Abschiedsbrief des Mädchens Huang Shuhua*     691

*Thomas Reillys Brief aus Nanking*     695

Schluss     701

*The China Post*: Kampf gegen ›üble Kulte‹     709